張大明 著

國民黨文藝思潮

——三民主義文藝與民族主義文藝

序 言

　　矢志於現代文學思潮研究的張大明先生，20 多年來鍥而不捨，按部就班，相繼撰寫並出版了《中國現代文學思潮史》（合著）、《西方文學思潮在現代中國的傳播史》、《中國象徵主義百年史》，最近又完成了《三民主義文藝和民族主義文藝》，這是張大明關於中國現代文學思潮研究書系中的第四本。

　　作者一如既往，以提供豐富、準確，而且又是第一手的史料為己任，就三民主義文藝和民族主義文藝的產生及其時代與政治背景，這兩種文藝派別包括依附者與追隨者的理論、批評、創作、翻譯、所辦刊物、同其他派別（主要是左翼文學）的關係，進行了全面地、系統地、深入地、歷史地梳理。通過這本書，讀者可以清晰地看到三民主義文藝和民族主義文藝的全貌：它們對國民黨執政當局的依附關係，它們各自的生存狀態和主要活動方式，它們生滅變化的軌跡和整個過程，它們在當時產生的影響和在歷史上的地位。從上一世紀 30 年代即三民主義文藝和民族主義文藝先後登場以來，研究現代文學思潮的學者和文學史家們都沒有這樣做過，但張大明這樣做了，而且做得很好很細緻。可以說，他的這本著作是七十多年來第一次對三民主義文藝和民族主義文藝作全面系統的梳理，做了前人沒有做過的工作，填補了以往研究現代文學思潮的學者和文學史家們的缺失。

　　三民主義文藝和民族主義文藝在現代文學史上的被忽略甚至被遺漏，其實是人為造成的。原因主要是在國共兩黨尖銳鬥爭的年代，共產黨領導的左翼文學對國民黨的三民主義文藝和民族主義文藝，理所當然地要予以無情的批判、堅決的打擊與徹底的否定。影響到後來，在幾十年的時間裏，同樣是出於政治上的考量，研究現代文學思潮的學者和文

學史家們對這兩種文學派別也籠而統之地視為反動一筆抹殺。反過來也一樣，當年國民黨蔣介石在對革命根據地進行軍事「圍剿」的同時對左翼文學進行文化「圍剿」，此後也一直未曾停息過對共產黨領導的革命與進步的文學運動的壓制與摧殘。在特定的歷史條件下，國共兩黨雖然有過短暫的「合作」，但意識形態上的根本分歧從未消失也不可能消失，所謂「沒有永遠的朋友，也沒有永遠的敵人」那句名言適用於政治和軍事，卻不適用於意識形態領域，政治上和軍事上化敵為友的事例屢見不鮮，但意識形態領域似乎無此先例。

「研究歷史的人比創造歷史的人幸運」，這是張大明在本書中說的頗具名言意味的一句話。現在，歷史的車輪已經進入 21 世紀，中國改革開放也已經有 30 年之久。當年國共兩黨尖銳鬥爭已成為過去，如今人們可以不再專注於政治上的利害，以寬容的心態，用歷史的視角，重新審視並評價三民主義文藝和民族主義文藝這樣「燙手」的問題，並得出實事求是、比較公允的結論。

一、三民主義文藝和民族主義文藝是豐富的，複雜的，是具有執政黨性質的文藝。但從人員構成來看，從在它們的刊物上發表文章的作者隊伍來看，未必全是國民黨分子，甚至基本上不是。

二、紅色文藝，白色文藝，灰色文藝（指自由主義文藝派別），鬥爭確實存在著，而且很尖銳，很複雜。但這也恰恰說明了三民主義文藝和民族主義文藝同其他文藝派別的共生關係。共生未必共榮，「不是東風壓倒了西風，就是西風壓倒了東風」；然而雖未共榮卻也共生過，植根在同一塊神州大地上的三民主義文藝和民族主義文藝、左翼文藝「本是同根生，相煎何太急」，這就是歷史，這才是歷史。割棄任何一個，歷史都不是完整的。

三、三民主義文藝和民族主義文藝，他們對文藝與政治、與時代、與群眾關係的認識，對文藝功能的看法，可以說跟普羅文學持同樣的觀點，操同樣的腔調。甚至有的文章，只要把其中的關鍵詞調換一下，簡直就互為你我，分不清是哪一家的主張。這樣就為研究普羅文學提供了一個新的角度。如：

　　……文藝作品畢竟不是「權位利祿」的符號。它不能關在深衙裏，以森嚴的禁衛，保護它的高貴的神秘；它不能裝在汽車裏疾馳而過，讓人家聞不到它的氣息；它不能塗起特殊的色彩，掩藏它僵死的內容，使人們誤認為美麗活潑的仙子……因為人類看文藝的眼睛，永遠是「智慧」的，不是「肉」的。尤其是三民主義文藝作品，它的作者必須更有充分的修養和艱苦的努力，才能避免過去一切口號式和尾巴主義的錯誤，也才能叫人們睜開文藝的眼睛來發現它的生命之美。而真正優秀的作品，我們認為除了熟練的技術之外，必須更有正確思想和中心信仰。這種正確思想和中心信仰，就包含在三民主義文藝作家的人生觀和世界觀之中。

　　這一段話引自〈三民主義文藝創作論〉，如果把其中「三民主義」改為普羅文學所遵奉的「無產階級」或「社會主義」，就儼然是一篇左翼文論了，因為作家必須要有正確的人生觀和世界觀本是左翼文學一貫強調的主題。

　　張大明認為：「寫歷史，就是敘述歷史進程的前因後果。」「看歷史，首先不是看對它的評價，尤其是先入為主的判斷，而是看歷史發展的過程，看事物的運動軌跡。」唯不先入為主，所以才會有新的視角、新的觀點、新的結論、新的收穫。這本《三民主義文藝和民族主義文藝》，就是他學術思想和治學方法的又一次體現。張大明總是用豐富的史料說話，從不在沙灘上構建所謂「純理論」的殿堂。也許有的人對此並不完全贊同，也許有的人不會以此為滿足，但它成為張大明幾本學術著作一以貫之的風格卻是不爭的事實。

　　勤奮和踏實是張大明治學的一大優點，得到了許多同行的稱道。他肯下苦功夫，笨功夫。為了理清三民主義文藝和民族主義文藝，他不辭辛苦，認真查閱了那些奇奇怪怪的、大大小小的、有名無名的刊物。這些刊物過去同三民主義文藝和民族主義文藝一樣受到冷落，很少甚至沒有人觸及，幾乎是「鎖入瓊林庫，歲久化為塵」了，但張大明卻從中發現了新大陸，尋覓得了大量鮮為人知的第一手史料。正如他自己所說：「我

可以理直氣壯的說，我沒有偷懶，沒有省力，我用了笨工夫，儘管我也沒有能夠讀全。」後者顯然是客觀條件的限制，是不能苛求於作者的。比如說他只能「畫地為牢」，在大陸幾個大城市如北京、上海的圖書館查閱資料（這就很不容易了），沒有機會也沒有經費去臺灣查閱有關檔案與其他史料。缺了哪一面，猶如月亮缺了一角，自然也還不能說圓圓滿滿。

自胡（錦濤）連（戰）在北京會談後，國共雙方捐棄前嫌，在「九二共識」的基礎上共同反對台獨，臺灣地區領導人更迭又為改善兩岸關係提供了新的契機。天時地利人和，我在充分肯定張大明所著《三民主義文藝和民族主義文藝》的同時，希望臺灣的有識之士能夠將這本書在臺灣出版；也希望有關領導提供必要的條件，讓張大明到臺灣去查閱史料並訪問尚健在的當事人，使本書進一步充實完善。這對兩岸文化交流當有裨益。

桑逢康

2008 年 9 月 22 日

寫在前面

　　本書是我的中國現代文學思潮研究書系的第四本，前三本是《中國現代文學思潮史》（合作）、《西方文學思潮在現代中國的傳播史》、《中國象徵主義百年史》。也可以說還有一本，那就是 30 年代左翼文學史的雛形：《三十年代左翼文藝資料選編》（合作）、《三十年代文學札記》、《不滅的火種──左翼文學論》，這都是長期構思欲寫的左翼文學史的探索之路留下的足跡。

　　本書以提供史料為己任。寫法是：按歷史發展的脈絡，按我的思路，堆砌材料：標標準準的原始材料，不折不扣的第一手資料。一切由事實說話。將事件的來龍去脈理順了，說清楚了，寫史的任務就算基本上完成了。在此基礎上，如果有修養，有能力，再從中總結經驗教訓，抽象出理論，那是一種昇華，當屬上乘。

　　自 1927 年以後，在中國這塊土地上，國民黨是執政黨。沒有其他政黨可以與之抗衡。共產黨算是唯一敢和它鬥爭的，但也經過了 20 多年的艱苦奮鬥，流血犧牲，才使江山改換顏色的。

　　作為執政的國民黨，什麼都有，唯獨沒有文藝。要勉強說有的話，那就是 1929 年公佈的三民主義文藝政策，第二年成立的中國文藝社，及其辦了 12 年的社團刊物《文藝月刊》；緊接著是 1930 年亮相的民族主義文藝運動，及其主辦的前鋒社，它的機關刊物《前鋒週報》、《前鋒月刊》、《現代文學評論》。它們都從國民黨中央得到經費資助。與此同時，在上海、南京、杭州、南昌等地，一些主動願意「幫同」開展民族主義文藝的人，還辦了種種社，創刊了種種刊物，存在的時間有長有短，個別的還辦得有模有樣。如果說執政的國民黨有文藝的話，這就是它的全部。有人也賜它一個封號，叫做白色文藝，以與共產黨的紅色文藝相對應。抗戰時期，曾經再次提出過三民主義文藝政策，但不和前期的口號、政

策掛鉤，似乎不承認前期的存在。抗戰 8 年，是國共合作建立統一戰線，全民不分黨派聯合抗日；國民黨的官員們、學者們，再怎麼說，也不能不顧及大前提、大形勢、大方向。共同抗日大於一切。

在 30 年代的時候，三民主義文藝家和民族主義文藝家們都紅口白牙，說共產黨的左翼文藝是受蘇聯指使，從莫斯科領過盧布。70 多年的歷史過去了，事實證明，這是胡說八道。

紅色文藝、白色文藝，還有被欽定的灰色文藝（指自由主義文藝派），鬥爭確實存在著。很尖銳，很複雜。

這是三民主義文藝和民族主義文藝的歷史，及與文壇其他文藝派別的共生關係。

幾十年間，文壇人士，文學史家，學術工作者，對三民主義文藝和民族主義文藝一貫的做法是：主觀上認為愈是反動的東西，就愈不碰它，不去接近它、研究它、近距離認識它。對三民主義文藝，似乎並不認為它存在過；對民族主義文藝，僅僅就一篇〈民族主義文藝運動宣言〉，兩三篇（部）作品，就下結論，判死刑。而且全都依據三位權威（如瞿秋白、魯迅、茅盾）的說法，定型定性，思維就此停格，思路就此止步。七八十年都如此。學術論著如此，文學史如此。眾口一詞，沒有異議，連疑義都少見。批閱了大量的史料以後，我才明白：

我所研究的對象三民主義文藝和民族主義文藝是豐富的。三民主義文藝沒有什麼理論，但《文藝月刊》辦了 12 年，那麼長久，那麼穩定，僅僅歸之於國民黨中央給了錢，尚缺說服力。民族主義文藝不僅有《宣言》，有《前鋒》週報、月刊，有譽之為「東方拜倫」的詩人黃震遐，有《國門之戰》、《隴海線上》、《黃人之血》等作品，它還有一批擁護者、跟隨者，願「幫同」協辦，在南京在上海，在杭州在南昌在廣州，熱熱鬧鬧，成立社團，創辦刊物，有的還像個樣子，並不全是嘔啞嘲哳，一派胡鬧。

我所研究的對象是複雜的。第一，三民主義文藝派和民族主義文藝派在連篇累牘的文章中，除了說領蘇聯盧布，魯迅為了紅頂子而投降，這樣的純屬無稽之談外，對普羅文學、左翼文學創作上的弊病說得不為

過。因此不能說它對左翼文學全是誣衊和攻擊，它確實擊中了普羅文學、左翼文學的某些要害。第二，對三民主義文藝和民族主義文藝的頭面人物，更不用說在它的刊物上發表文章的作者，絕不能全都說成是反動派，是敵人。情況複雜得多，生動得多。幾年中，三民主義文藝和民族主義文藝的作者隊伍總在五六百人以上，甚至近千人。除左聯的頂尖人物，新月派的主力，論語派的林語堂，北平的周作人、廢名等而外，《小說月報》群，《現代》派，包括《水星》、《文學季刊》眾生，更有大量新登上文壇的作者，都給三民主義文藝和民族主義文藝派的刊物供過稿。這現象很複雜，絕不能只看一面，僅讀一文（哪怕是受人尊敬的權威寫的）就下結論。當年的文壇都容得下那麼複雜的現象，我們作為歷史的研究者，更應該放眼全局，把握全局。其牛鼻子是共生。第三，三民主義文藝和民族主義文藝在現代文學史上只是旁枝末流，雖說有執政黨撐腰保護，但仍然勢單力薄，撐不起文壇，擔不起重任，阻擋不了潮流。不是它左右了其他思潮流派，倒是有為的作家、大批剛踏上文壇的青年，利用它的刊物發表作品，得到實惠。這是共生的好處。

綜上所述，從時間上說，過去只注意不足一年的民族主義文藝運動，實則從 1929 年到抗戰中期，它們都有活動。從地域說，不只上海一隅，還有南京（這是國民黨政府的首都）、杭州、南昌（這是國民黨「剿匪」的前線指揮部、蔣介石的行營、「新生活運動」就從這兒發出指令）、廣州等地。從範圍說，哪裏僅僅才《前鋒》刊物一種存在形態。從人員說，未必全是國民黨分子，甚至基本不是。

本來是辯證的，靈活的，發展的，變化的，你中有我，我中有你，共生一時，共處一地，卻非要將它看死，一言九鼎，一錘定音，一成不變。需要的是寬闊的胸懷，寬容的心態，宏放的眼光，歷史的視角。既看當年你吃掉我、我吃掉你的血淋淋的現實，又看大浪淘沙，滄海桑田，時間的選擇，歷史的淘汰，群眾的存廢。

三民主義文藝和民族主義文藝屬於國民黨的文藝，但本書又不是為執政黨的文藝政策立傳。研究執政黨的文藝政策是一個大題目，一個系統工程，要看全部檔案，要全部翻閱執政黨的機關報刊（黨報黨刊是黨

的喉舌），要看大量的當事人的回憶錄、傳記，要訪問健在的人，要全面掌握共生的文壇（環境），等等，等等。我只能畫地為牢，就題目所限的範圍，盡可能多提供史料。就這一點說，我又是夠格的，自信的：至少我是認真地翻閱了那些奇奇怪怪的，大大小小的，有名無名的刊物，我可以理直氣壯地說，我沒有偷懶，沒有省力，我用了笨功夫，儘管我也沒有能夠讀全。

目次

楔子

——無產階級革命文學的倡導

　　1928 年，中國文壇興起了無產階級革命文學運動。那時候，革命文學，無產階級文學，無產階級革命文學，普羅列塔利亞文學（簡稱普羅文學），新興文學，還有其他一些叫法，實際上指的都是一種文學形態，即無產階級革命文學。由於認識上的差異，還展開了熱烈的、聲勢浩大的「革命文學」論爭。在為期一兩年的論爭中，參與各方各抒己見，就無產階級革命文學的方方面面，如什麼是無產階級革命文學，它的性質、任務、特徵是什麼，或者說這種文學與時代、與革命、與群眾、與「五四」文學革命的關係如何，怎樣建設革命文學，革命文學作家應該具備什麼條件，等等，闡述了各自的看法。倡導革命文學的理論根據，來自馬克思、恩格斯、列寧，來自蘇俄和日本。彼此認識有一個過程，觀點前後有變化。倡導普羅文學，歸根到底，就是無產階級要在文學上、文壇上爭奪話語權。既然從 1927 年夏天起，無產階級在政治上就單獨舉起紅旗，要以武裝鬥爭的形式，奪取政權，那麼在文學上也得脫胎換骨，標新立異，另搞一套：文學運動要由無產階級及其政黨領導，文學創作要反映工農群眾的利益和要求，文學事業是無產階級政治革命的一個組成部分，文學活動要為無產階級革命鬥爭服務。

　　通過論爭，普羅文學擴大了影響，真正成為時尚。社會上，人們以談普羅為時髦。商家以在文學作品、出版物中填上普羅字句、貼上普羅標籤以斂財，也是心照不宣的秘密。

　　無產階級革命文學，不是無根之木，無本之花，而是有它的時代原因，有它的文學思潮發展歷史的原因。它有根有據，順理成章，勢所必然。

　　無產階級革命文學對「五四」文學革命說來，是一次跳躍，是新文學發展歷史的一個新階段。

主張是新的，任務是新的。

什麼是無產階級革命文學，這種文學與「五四」新文學有何不同？

北伐前夕，創造社元老郭沫若在〈革命與文學〉一文中就說：「歐洲今日的新興文藝，在精神上是徹底表同情於無產階級的社會主義的文藝，在形式上是徹底反對浪漫主義的寫實主義的文藝。」在中國就應該提出：「凡是表同情於無產階級而且同時是反抗浪漫主義的便是革命文學。革命文學倒不一定要描寫革命，讚揚革命，或僅僅在表面上多用些炸彈，手槍，幹幹幹等花樣。無產階級的理想要望革命文學家點醒出來，無產階級的苦悶要望革命文學家實寫出來。要這樣才是我們現在所要求的真正的革命文學。」他呼籲文藝青年把「文藝的主潮認定！……我們所要求的文學是表同情於無產階級的社會主義的寫實主義的文學，我們的要求已經和世界的要求是一致。時代昭告著我們，我們努力著向前猛進！」[1]

此後，他又說：「文藝是應該領導著時代走的，然而中國的文藝落在時代後邊尚不知道有好幾萬萬里。」「社會上有無產階級便會有無產階級的文藝。」「無產階級的文藝是傾向社會主義的文藝。」[2]

太陽社的蔣光慈在〈關於革命文學〉一文中說：

> 革命文學是以被壓迫的群眾做出發點的文學！
> 革命文學的第一個條件，是具有反抗一切舊勢力的精神！
> 革命文學是反個人主義的文學！
> 革命文學是要認識現代的生活，而指示出一條改造社會的新路徑！[3]

後期創造社成員李初梨在〈怎樣地建設革命文學〉一文中高高舉起批判的旗幟：他口氣強硬地說，那種認為「文學是自我的表現」的觀點，「是

---

[1] 郭沫若〈革命與文學〉，載 1926 年 5 月 16 日《創造月刊》第 1 卷第 3 期。
[2] 麥克昂（郭沫若）〈英雄樹〉，載 1928 年 1 月 1 日《創造月刊》第 1 卷第 8 期。
[3] 蔣光慈〈關於革命文學〉，載 1928 年 2 月 1 日《太陽月刊》二月號。

觀念論的幽靈，個人主義者的囈語」；認為「文學的任務在描寫社會生活」的觀點，「是小有產者意識的把戲，機會主義者的念佛」。

他搬運美國作家辛克萊《拜金藝術》的話：「一切的藝術，都是宣傳。普遍地，而且不可逃避地是宣傳；有時無意識地，然而常時故意地是宣傳。」文學是藝術的一個部門，那麼，文學是宣傳就天經地義。刊物用大號字排出：

> 一切的文學，都是宣傳。普遍地，而且不可逃避地是宣傳；有時無意識地，然而常時故意地是宣傳。

他進而提出：

> 文學，與其說它是自我的表現，毋寧說它是生活意志的要求。
> 文學，與其說它是社會生活的表現，毋寧說它是反映階級的實踐。
> 文學，是生活意志的表現。
> 文學，有它的社會根據——階級的背景。
> 文學，有它的組織機能，——一個階級的武器。

新興的革命文學在歷史運動上的必然性是：

> 革命文學，不是誰的主張，更不是誰的獨斷，由歷史的內在的發展——連絡，它應當而且必然地是無產階級文學。

接著，作者還有一大段否定式：無產階級文學不是「寫窮的文學」，不是「無產者自身寫出的文學」，不是「寫『革命』『炸彈』的文學」，不是「寫出無產階級的理想，表現他的苦悶的文學」，不是「描寫革命情緒的文學」。是什麼呢？答：「無產階級文學是：為完成他主體階級的歷史的使命，不是以觀照的——表現的態度，而以無產階級的階級意識，產生出來的一種的鬥爭的文學。」[4]

---

[4] 以上見李初梨〈怎樣地建設革命文學〉，載 1928 年 2 月 15 日《文化批判》第 2 號。

魯迅對於一切文藝都是宣傳的回應是：

> 美國的辛克來兒說：一切文藝是宣傳，我們的革命文學者曾經當作實貝，用大字印出過；而嚴肅的批評家又說他是「淺薄的社會主義者」。但我——也淺薄——相信辛克來兒的話。一切文藝，是宣傳，只要你一給人看。即使個人主義的作品，一寫出，就有宣傳的可能，除非你不作文，不開口。那麼，用於革命，作為工具的一種，自然也可以的。
>
> 但我以為當先求內容的充實和技巧的上達，不必忙於掛招牌。「稻香村」，「陸稿薦」，已經不能打動人心了，「皇太后鞋店」的顧客，我看見也並不比「皇后鞋店」裏的多。一說「技巧」，革命文學家是又要討厭的。但我以為一切文藝固是宣傳，而一切宣傳卻並非全是文藝，這正如一切花皆有色（我將白也算作色），而凡顏色未必都是花一樣。革命之所以於口號，標語，佈告，電報，教科書……之外，要用文藝者，就因為它是文藝。
>
> 但中國之所謂革命文學，似乎又作別論。招牌是掛了，卻只在吹噓同夥的文章，而對於目前的暴力和黑暗不敢正視。作品雖然也有些發表了，但往往是拙劣到連報章記事都不如，……[5]

創造社刊物上忻啟介的〈無產階級藝術論〉的觀點是：「表明無產階級底階級意識，鼓舞無產階級的人底戰鬥意識，而為意識爭鬥的武器的才是無產階級的藝術。／我們認為有產階級底藝術是欺騙的，麻醉的。而無產階級藝術，是宣傳的，煽動的，革命的。／無產階級藝術，是有為無產階級解放的宣傳煽動的效果。宣傳煽動的效果愈大，那麼這無產階級藝術價值亦愈高。無產階級底藝術決不像有產階級底藝術般的看起來是有趣味的東西，它是給人們底意欲以衝動，叫人們從生活的認識到實踐

---

[5] 　魯迅〈文學與革命〉，載1928年4月16日《語絲》週刊第4卷第16期。

行動革命去。／無產階級藝術,完全是無產階級自身之事,故須由無產階級者自身來創造」。[6]

太陽社的錢杏邨在其論文〈藝術與經濟〉中說:「現代藝術的重大使命,是否定資本主義的社會要開未來的光明世界的先路。」「藝術不僅是苦悶的象徵,也不是自己表現。」「藝術不是個人的。」「藝術始終是經濟的產兒,超經濟是絕對的不可能。」「資產階級的社會裏永遠沒有真正的藝術。」[7]說得真絕對。

《泰東月刊》上一篇文章說:今日階級意識逐漸尖銳化,對壘的戰線日益顯明,一切舊的將被推翻,文藝思潮將走進一個新的階級。革命文學「無疑的成為革命的無產階級的武器」。就革命文學──無產階級文學的內涵說,「革命文學是以無產階級的意識,去觀察現代社會上的種種事物,用文藝的手腕表現出來;他所負的使命是要鞏固自己的階級擴大自己的戰線,向一切反動的勢力進攻,以完成無產階級的使命。」不僅如此,它還要「在作品裏給人們暗示一條出路」,這「便是革命文學的活力,沒有這個活力,便不成其為革命文學。」無產階級革命文學作家「要從現實裏建築未來的世界」,他「實際上代表的是覺悟的無產階級的意識」,只有如此,「才是 20 世紀的革命文學」。[8]

後期創造社的理論家朱鏡我以谷蔭為筆名發表的〈藝術家當面的任務──檢討《檢討馬克斯主義的階級藝術論》〉說:「一切的藝術,脫不了將自己階級底思想,感情及意欲具象地織入作品之中的一途,因此稱它為宣傳的藝術,所以由這個意義講,無論它是資產階級的,或者是無產階級的藝術,都可稱之為宣傳的藝術」。又說,「藝術活動是社會生活中的一個分野,所以在階級鬥爭尖銳化的現代,站在無產階級的立場的文藝作家,應該以無產階級的意識,感情及意志去暴露各種社會事實的真相,促進及鼓動無產大眾及中間分子的革命的鬥爭為目的而從事創

---

[6] 忻啟介〈無產階級藝術論〉,載 1928 年 5 月 1 日《流沙》半月刊第 4 期。

[7] 錢杏邨〈藝術與經濟〉,載 1928 年 6 月 1 日《太陽月刊》六月號。

[8] 芳孤〈革命文學與自然主義〉,載 1928 年 6 月 1 日《泰東月刊》第 1 卷第 10 期。

作；這就是覺悟的文藝作家當面的任務，也是無產階級藝術論的目前的大綱。」[9]

後期創造社成員馮乃超在〈冷靜的頭腦──評駁梁實秋的《文學與革命》〉一文的第六節「革命文學」中，講到革命文學的特質。文章分為：A.生活組織的文學：文學藝術「是生活的組織，感情及思想的『感染』」。事實說明「藝術在社會上負有組織生活的秘密」。B.革命文學的必然性：民眾有反抗的感情，求解放的欲念，如荼如火的革命的思想。「把這些感情，欲念，思想以具體的形象表現出來的就是藝術──文學──的任務，也是主張革命文學家的任務。」[10]

魯迅也說過：「含混地只講『革命文學』，當然不能徹底，所以今年在上海所掛出來的招牌卻確是無產階級文學。至於是否以唯物史觀為根據，則因為我是外行，不得而知。但一講無產階級文學，便不免歸結到鬥爭文學，一講鬥爭，便只能說是最高的政治鬥爭的一翼。」[11]他也對文學的階級性問題說了自己的意見：「在我自己，是以為若據性格感情等，都受『支配於經濟』（也可以說根據於經濟組織或依存於經濟組織）之說，則這些就一定都帶著階級性。但是『都帶』，而非『只有』。所以不相信有一切超乎階級，文章如日月的永久的大文豪，也不相信住洋房，喝咖啡，卻道『唯我把握住了無產階級意識，所以我是真的無產者』的革命文學者。」[12]

創造社的傅克興的觀點是：新興文學的「使命是在宣傳組織它的主體底階級鬥爭的意識，……而它的立足點全然同從來的文學反對，以新世界觀，無產者的世界觀，戰鬥的唯物論為背景，新美學的法則，表現無產階級底現實生活，意識，心理和感情。」[13]

---

[9] 谷蔭〈藝術家當面的任務──檢討《檢討馬克斯主義的階級的藝術論》〉，載 1928 年 6 月 15 日《畸形》半月刊第 2 號。

[10] 馮乃超〈冷靜的頭腦──評駁梁實秋的《文學與革命》〉，載 1928 年 8 月 10 日《創造月刊》第 2 卷第 1 期。

[11] 魯迅〈文壇的掌故〉，載 1928 年 8 月 20 日《語絲》週刊第 4 卷第 34 期。

[12] 魯迅〈文學的階級性〉，載 1928 年 8 月 20 日《語絲》週刊第 4 卷第 34 期。

[13] 克興〈評駁甘人的「拉雜一篇」──革命文學底根本問題底考察〉，載 1928 年 9 月 10 日《創造月刊》第 2 卷第 2 期。

　　後期創造社的另一位理論家彭康再次說革命文學是生活的組織。他說，「所謂生活的組織化，在大體上都是思想的組織化」，「同時也是感情的組織化」。他闡釋：「革命文藝，普羅列塔利亞文藝，在中國的現階段，也不是僅限於描寫無產階級，更不必要無產階級自身來寫，中國的社會複雜，無產階級的敵人眾多，因此，他們要圖解決，對於這些一切都要鬥爭。這個鬥爭的範圍規定革命文藝的內容，描寫什麼都好，只要在一個一定的目標之下，就猶如鬥爭雖然多，都是朝著一個目的一樣。封建勢力，軍閥，帝國主義，工農生活，小資產階級，智識階級等等，都是革命文藝的內容。在階級立場及階級意識之下，思想的組織化使讀者得到舊社會的認識及新社會的預圖，感情的組織化使讀者引起對於敵人的厭惡，對於同志的團結，激發鬥爭的意志，提起努力的精神，這是革命文藝的根本精神，也是它的根本任務。」[14]

　　茅盾早在 1925 年就寫過論無產階級藝術的長文，他對革命文學是歡迎的。但他同魯迅一樣，認為革命文學也好，無產階級文學也好，首先它必須是藝術。他的話語非常尖銳，但所論是中肯的。他在〈從牯嶺到東京〉中說：

　　　　從今年（按：指 1928 年）起，煩悶的青年漸多讀文藝作品了；文壇上也起了「革命文藝」的呼聲。革命文藝當然是一個廣泛的名詞，於是有更進一步直捷說出明日的新的文藝應該是無產階級文藝。但什麼是無產階級文藝呢？……好像下列的幾個觀點是提倡革命文藝的朋友們所共通而且說過了的：（1）反對小資產階級的閒暇態度，個人主義；（2）集體主義；（3）反抗精神；（4）技術上有傾向於新寫實主義的模樣。

　　　　……我敢嚴正的說，許多對於目下的「新作品」搖頭的人們，實在是誠意地贊成革命文藝的，他們並沒有你們所想像的小資產階級的惰性或執拗，他們最初對於那些「新作品」是抱有熱烈的

---

[14] 彭康〈革命文藝與大眾文藝〉，載 1928 年 11 月 10 日《創造月刊》第 2 卷第 4 期。

> 期望的，然而他們終於搖頭，就因為「新作品」終於自己暴露了
> 不能擺脫「標語口號文學」的拘圍。……
> 　　我們的「新作品」即使不是有意的走入了「標語口號文學」的
> 絕路，至少也是無意的撞了上去了。有革命熱情而忽略於文藝的本
> 質，或把文藝也視為宣傳工具──狹義的，──或雖無此忽略與成
> 見而缺乏了文藝素養的人們，是會不知不覺走上了這條路的。[15]

他又說，他簡直不贊成那時的熱心的無產階級文藝──「既不能表現無產
階級的意識，也不能讓無產階級看得懂，只是『賣膏藥式』的十八句江
湖口訣那樣的標語口號式或廣告式的無產文藝」。[16]

茅盾的文章一出，立即遭到錢杏邨等人的輪番反駁。他們認為，標
語口號與無產階級革命文學有必然的聯繫，是一個必經階段。標語口號
有它的特殊的歷史作用，連史達林都肯定過。

關於無產階級革命文學的題材問題，李初梨說過這樣的話：「普羅列
塔利亞特，是現社會唯一的批判者，而他們的階級的觀點，亦是現在唯
一的客觀的觀點。所以普羅列塔利亞文學的作家，應該把一切社會的生
活現象，拉來放在他的批判的俎上，他不僅應該寫工人，農民，同時亦
應該寫資本家，小市民，地主豪紳……凡是對於普羅列塔利亞特底解放
有關係的一切。」[17]中國共產黨負責宣傳工作的潘漢年回應李初梨的意
見，進一步指出：中國工人中識字的人太少，能拿筆寫作的人尤其是稀
有。「所以我們對於中國目前的普羅文學，並不要因為拿工農生活為題材
的作品太少，而就失望，甚至懷疑普羅文學的提倡尚非其時，如抱這樣
的見解，實在是沒有理解什麼是普羅文學的使命及其任務的範圍。／與
其把我們沒有經驗的生活來做普羅文學的題材，何如憑各自所身受與熟

---

[15] 茅盾〈從牯嶺到東京〉，載 1928 年 10 月 10 日《小說月報》第 19 卷第 10 號。

[16] 茅盾〈讀《倪煥之》〉，載 1928 年 5 月《文學週報》第 8 卷第 20 號。

[17] 李初梨〈對於所謂「小資產階級革命文學」底抬頭　普羅列亞文學應該怎
樣防衛自己？──文學運動底新階段〉，載 1929 年 1 月 10 日《創造月刊》第 2
卷第 6 期。

悉一切的事物來做題材呢？至於是不是普羅文學，不應當狹隘的只認定是否以普羅生活為題材而決定，應當就各種材料的作品所表示的觀念形態是否屬於無產階級來決定。」[18]

無產階級革命文學提倡者們眾口一詞，認為普羅文學是政治鬥爭的一翼，是無產階級革命運動的一個分野，因而它必然是武器，是工具，是機關槍和迫擊炮。其名言是：

丁丁：「文學是社會改造運動的一種工具，是挑發社會改造運動的，是引導社會改造運動的，是站在社會改造的火線上的」。[19]

李初梨：我們的文學家，他的「藝術的武器」同時就是無產階級的「武器的藝術」。我們的作品「是機關槍，迫擊炮」。

> 所以我們的作家，是
> 「為革命而文學」，不是
> 「為文學而革命」，
> 我們的作品，是
> 「由藝術的武器
> 到武器的藝術」。[20]

文藝「應該是一種有破壞力的物力」。[21]

成仿吾：「我們應該由不斷的批判的努力，有意識地促進文藝的進展，在文藝本身上，由自然生長的成為目的意識的，在社會變革的戰術上由文藝的武器成為武器的文藝。／文藝決不能與社會的關係分離，也決不應止於是社會生活的反映，它應該積極地成為變革社會的手段。」[22]

---

18 潘漢年〈文藝通信──普羅文學題材問題〉，載 1929 年 10 月 15 日《現代小說》第 3 卷第 1 期。

19 丁丁〈文藝與社會改造〉，載 1927 年 12 月 1 日《泰東月刊》第 1 卷第 4 期。

20 李初梨〈怎樣地建設革命文學〉。

21 李初梨《請看我們中國的 Don Quixote 的亂舞──答魯迅〈「醉眼」中的朦朧〉》，載 1928 年 4 月 15 日《文化批判》第 4 號。

22 成仿吾〈全部的批判之必要──如何才能轉換方向的考察〉，載 1928 年 3 月 1 日《創造月刊》第 1 卷第 10 期。

魯迅則說,「我是不相信文藝的旋乾轉坤的力量的」。[23]

鄭伯奇:「一切藝術的武器都是普羅勒特利亞的鬥爭的武器。一切既成文學的形式都是普羅勒特利亞文學──革命文學應當奪取而且利用的武器。」[24]

馮乃超:「我們的藝術是階級解放的一種武器,又是新人生觀新宇宙觀的具體的立法者及司法官。」[25]

建設普羅文學,對作家的要求,說法就更多。今按時間順序列出一部分:

首先是郭沫若在上述〈革命與文學〉的文章中號召:

> 青年!青年!我們現在所處的環境是這樣,處的時代是這樣,你們不為文學家則已,你們既要矢志為文學家,那你們趕快要把神經的弦索扣緊起來,趕快把時代的精神提著。我希望你們成為一個革命的文學家,不希望你們成為個時代的落伍者,這也並不是在替你們打算,這是在替我們全體的民眾打算。徹底的個人的自由,在現代的制度之下也是求不到的,你們不要以為多飲得兩杯酒便是甚麼浪漫的精神,多謅得幾句歪詩便是甚麼天才的作者,你們要把自己的生活堅實起來,你們要把文藝的主潮認定!你們應該到兵間去,民間去,工廠間去,革命的漩渦中去,你們要曉得我們所要求的文學是表同情於無產階級的社會主義的寫實主義的文學,我們的要求已經和世界的要求是一致。時代昭告著我們,我們努力著向前猛進!

革命文藝工作者要接觸社會,瞭解社會,深入民眾,瞭解民眾,早在 1923 年前後,就有一批革命家提出過,浪漫主義詩人郭沫若此時再次重提,口號更響亮。

---

[23] 魯迅〈文藝與革命〉。

[24] 何大白(鄭伯奇)〈革命文學的戰野〉,載 1928 年 6 月 15 日《畸形》半月刊第 2 號。

[25] 乃超〈怎樣地克服藝術的危機〉,載 1928 年 9 月 10 日《創造月刊》第 2 卷第 2 期。

魯迅的名言是:「我以為根本問題是在作者可是一個『革命人』,倘是的,則無論寫的是什麼事件,用的是什麼材料,即都是『革命文學』。從噴泉裏出來的都是水,從血管裏出來的都是血。」[26]

郭沫若批判「要無產階級自己做的才是無產階級的文藝」的說法,認為那是「反革命的宣傳」。他主張:「只要你有傾向社會主義的熱忱,你有真實的革命情趣,你都可以來參加這個新的文藝戰線。╱你是產業工人固然好,你不是產業工人也未嘗不好。」[27]

《泰東月刊》上署名香谷的文章〈革命的文學家!到民間去!〉以為:「不是真正的無產階級的人,做不出真正無產階級的文學,這話雖不見得完全如此,但也有一部分真理。」因此,他號召:「革命的文學家,到民間去!」因為,「不到民間不能完成我們文學革命的使命,不到民間不足以建設真正革命文學的基礎。」[28]

蔣光慈的觀點是:他把「五四」文學革命的一代作家稱為舊作家。認為這些舊作家「沒有革命情緒的素養,沒有對於革命的信心,沒有對於革命之深切的同情」,而缺乏這些東西(「革命文學家所必有的條件」),就寫不出革命文學作品。僅在理性方面承認革命,這還不算,「一定要對於革命有真切的實感」,才能寫出革命的作品。當然,他們「並不是革命的敵人」,我們「希望他們好好地做革命情緒的修養」。第一步要努力於現代社會生活的認識,瞭解現代革命的真意義;第二步應當努力與革命的勢力接近,漸漸受革命情緒的浸潤,從而養成自己的革命情緒。蔣光慈說,他們太陽社的成員是在革命的浪潮裏湧現出來的一批新作家。「倘若我們對於舊的作家,要求他們認識時代,瞭解現代的社會生活,要求他們與革命的勢力接近,那嗎,我們對於這一批新作家,這種要求就沒有必要了。這是因為這一批新的作家被革命的潮流所湧出,他們自身就是革命,——他們曾參加過革命運動,他們富有革命情緒,他們沒有把自

---

[26] 魯迅〈革命文學〉,載 1927 年 10 月 21 日《民眾旬刊》第 5 期。

[27] 麥克昂(郭沫若)〈英雄樹〉,載 1928 年 1 月 1 日《創造月刊》第 1 卷第 8 期。

[28] 載 1928 年 1 月 1 日《泰東月刊》第 1 卷第 5 期。

已與革命分開」。他們創作時,不愁沒有要寫的材料,只要有時間,他們就能寫出「代表時代精神的作品」。簡而言之,他們是從革命潮流所湧出,「自身就是革命」,他們能寫出代表時代精神的作品。他們是「中國文壇的新力量」,振興中國文壇的任務不得不落在這一批新作家身上。[29] 隨後,他再次堅持:「這一批新作家是革命的兒子,同時也是革命的創造者,他們與時代有密切的關係。」還說,「革命文學隨著革命的潮流而高漲起來了。中國文壇已進入了一個新的時代。新的時代一定有新的時代的表現者,因為舊作家的力量已經來不及了。也許從舊作家的領域內,能跳起來幾個參加新的運動,但是已經衰頹了的樹木,總不會重生出鮮豔的花朵和豐富的果實來」。[30] 錢杏邨在〈批評的建設〉一文中持蔣光慈同樣的觀點:像他們「這一班文藝作家,他們是早已無產化了,早已不是唯心的主觀的個人主義的了。他們都是聽憑革命的浪潮的群眾的集體在指揮著,沒有個人的行動。我們覺得對於這一班作家,所謂階級的意識,他們在過去的長時間的下層實際經驗裏早已獲得了,是用不著再用全力克服的。」[31]

　　成仿吾的觀點是被創造社中人經常引用的。他說:「我們遠落在時代的後面。我們在以一個將被『奧伏赫變』的階級為主體,以它的『意德沃羅基』為內容,創制一種非驢非馬的『中間的』語體,發揮小資產階級的惡劣的根性。我們如果還挑起革命的『印貼利更追亞』的責任起來,我們還得再把自己否定一遍(否定的否定),我們要努力獲得階級意識,我們要使我們的媒質接近農工大眾的用語,我們要以農工大眾為我們的對象。」「誰也不許站在中間。你到這邊來,或者到那邊去!/莫只追隨,更不要落在後面,自覺地參加這社會變革的歷史的過程!/努力獲得辯證法的唯物論,努力把握唯物的辯證法的方法,它將給你以正當的指導,示你以必勝的戰術。/克服自己的小資產階級的根性,把你的背對向那

---

[29] 蔣光慈〈現代中國文學與社會生活〉,載 1928 年 1 月 1 日《太陽月刊》創刊號。
[30] 華希理(蔣光慈)〈論新舊作家與革命文學──讀了《文學週報》的《歡迎太陽》以後〉,載 1928 年 4 月 1 日《太陽月刊》四月號。
[31] 錢杏邨〈批評的建設〉,載 1928 年 5 月 1 日《太陽月刊》五月號。

將被奧伏赫變的階級，開步走，向那離黜的農工大眾！／以明瞭的意識努力你的工作，驅逐資產階級的『意德沃羅基』在大眾中的流毒與影響，獲得大眾，不斷地給他們以勇氣，維持他們的自信！莫忘記了，你是站在全戰線的一個分野！／以真摯的熱誠描寫在戰場所聞見的，農工大眾的激烈的悲憤，英勇的行為與勝利的歡喜！這樣，你可以保障最後的勝利；你將建立殊勳，你將不愧為一個戰士。／革命的『印貼利更追亞』團結起來，莫愁喪失了你們的鐐銬！」[32] 努力獲得辯證法的唯物論，向那離黜的農工大眾，從而獲得大眾，這是成仿吾理論的核心。

李初梨〈怎樣地建設革命文學〉的名文認為，蔣光慈所說的以「革命情緒的素養」、「對於革命的信心」、「對於革命之深切的同情」，為「革命文學家所必有的條件」，未免含混。他強調：「我以為一個作家，不管他是第一第二……第百第千階級的人，他都可以參加無產階級文學運動；不過我們先要審察他的動機。看他是『為文學而革命』，還是『為革命而文學』。」對於魯迅，他們就要審察：「魯迅究竟是第幾階級的人，他寫的又是第幾階級的文學？他所曾誠實地發表過的，又是第幾階級的人民的痛苦？」

郭沫若〈留聲機器的回音──文藝青年應取態度的考察〉也說：中國現在的文藝青年沒有一個是出身於無產階級的，他們的意識都是資產階級的意識。要他們走到革命的路上來，必經的戰鬥過程是：（一）「他先要接近工農群眾去獲得無產階級的精神」；（二）「他要克服自己舊有的資產階級的意識形態」；（三）「他要把新得的意識形態在實際上表示出來，並且再生產地增長鞏固這新得的意識形態」。[33] 他在另一篇文章中又有這樣的意思：「不怕他昨天還是資產階級，只要他今天受了無產者精神的洗禮，那他所做的作品也就是普羅列塔利亞的文藝。」[34]

---

[32] 成仿吾〈從文學革命到革命文學〉，載 1928 年 2 月 1 日《創造月刊》第 1 卷第 9 期。

[33] 麥克昂〈留聲機器的回音〉，載 1928 年 3 月 15 日《文化批判》第三號。

[34] 麥克昂〈桌子的跳舞〉，載 1928 年 5 月 1 日《創造月刊》第 1 卷第 11 期。

總括他們的意思是：無產階級革命文學的作家不必是出身於無產階級的，但都要進行一番戰鬥的洗禮，實即後來所說的改造。要參加革命實際活動，接觸工農大眾，來一個「奧伏赫變」，走向大眾。掌握唯物辯證法，獲得正確的意德沃羅基。而他們自己，特別是太陽社的成員，則是從革命潮流所湧出，「自身就是革命」，已經獲得集體主義意識了，不用進行革命的鍛煉和修養了，只要有時間，他們就能寫出反映時代精神的偉大作品。不管是創造社中人，還是太陽社中人，都眾口一詞，否定「五四」文學革命的一代作家，蔣光慈稱他們為「舊作家」，馮乃超稱之為「既成作家」。認為他們都是時代的落伍者，是他們倡導無產階級革命文學的絆腳石。

對魯迅，他們說得更邪乎，幾乎是在進行圍剿。

錢杏邨一則說：「魯迅對於革命文學作家的觀察，和紹興師爺卑劣偵探一樣的觀察，這其間藏了怎樣的陰險刻毒的心我們不想說」；魯迅的「手腕比貪污豪紳還要卑劣！」[35] 再則說：「他的出發點，不是集體，而是個人，他的反抗，只是為他個人的反抗。」「他始終是一個個人主義者」，「一個個人主義的享樂者」。「他不是革命的」。他在「玩味人生」。「他是忘不了階級背景及其特性的一個徹頭徹尾的小資產階級者」。「他的人生也是『唯我史觀』。」魯迅不但「理論錯誤或缺乏理論」，還「含血噴人」。[36] 最典型的是他的名文〈死去了的阿Q時代〉。文中的名言是：「魯迅的創作，我們老實的說，沒有現代的意味，不是能代表現代的，他的大部分創作的時代是早已過去了，而且遙遠了。……確確實實的只能代表清末以及庚子義和團暴動時代的思想」。「他沒有超越時代；不但不曾超越時代，而且沒有抓住時代；不但沒有抓住時代，而且不曾追隨時代」。「他的思想是走到清末就停滯了」。「不但阿Q時代已經死去了，《阿Q正傳》的技巧也已死去了！」「我們不必再專事骸骨的迷戀，我們把阿Q的形骸與精神一同埋葬了罷」！[37]創造社的李初梨近乎是攻擊：魯迅「為布魯喬亞

---

[35] 錢杏邨〈批評與抄書〉，載1928年4月1日《太陽月刊》四月號。
[36] 錢杏邨「朦朧」以後——三論魯迅〉，載1928年5月20日《我們月刊》創刊號。
[37] 錢杏邨〈死去了的阿Q時代〉，載1928年3月1日《太陽月刊》三月號。

氾當了一條忠實的看家狗」！他「對於布魯喬亞氾是一個最良的代言人，／對於普羅列塔利亞是一個最惡的煽動家！」[38]郭沫若的說法尤其尖銳。他就魯迅的〈我的態度氣量和年紀〉，發表雜文〈文藝戰線上的封建餘孽〉（按：原刊無線字）。說魯迅關於自己的態度、氣量和年紀的「傷心話，可憐只像一位歇斯迭里女人的悲訴」。說魯迅是猩猩。他的結論是：

> 他是資本主義以前的一個封建餘孽。
>
> 資本主義對於社會主義是反革命，封建餘孽對於社會主義是二重的反革命。
>
> 魯迅是二重的反革命的人物。
>
> 以前說魯迅是新舊過渡期的遊移分子，說他是人道主義者，這是完全錯了。
>
> 他是一位不得志的 Fascist（法西斯蒂）！

之所以得出這樣的結論，又是基於這樣的三個判斷：「第一，魯迅的時代在資本主義以前（Präe=kapitalistisch），更簡切的說，他還是一個封建餘孽。／第二，他連資產階級的意識形態（外文 Bürgerliche）都還不曾確實的把握。所以，／第三，不消說他是根本不瞭解辯證法的唯物論。」[39]

在作家問題的看法上，創造社和太陽社的意見是有偏頗的，甚至是錯誤。

普羅文學翻開了中國現代文學歷史新的一頁。

他們輸入了馬克思主義文藝理論。最基本的理論是：經濟基礎決定上層建築，文藝要為千千萬萬的民眾服務。

他們翻譯介紹了世界進步文學、革命文學作品，使中國年輕的普羅作家在創作中有所借鑒。

---

[38] 李初梨〈請看中國的 Don Quixote 的亂舞〉。

[39] 杜荃〈文藝戰線的封建餘孽──批評魯迅的《我的態度氣量和年紀》〉，載 1928 年 8 月 10 日《創造月刊》第 2 卷第 1 期。

　　因而創作就出現了嶄新的面貌，明顯的標誌：寫工人，農民，兵士，革命的小資產階級知識份子。寫帝國主義的侵略，封建地主階級的壓迫，資本家的剝削。寫工農大眾的遭遇和苦難，知識份子的苦悶和彷徨。寫民眾的覺醒，自發反抗，有組織的革命，武裝鬥爭，奪取政權。「五四」以來社會的變革，革命的進行，國內外重大事件，近的如北伐，上海工人三次武裝起義，「八一」南昌起義，廣州暴動，各地的農民運動，井岡山紅色政權，通通都在初期普羅文學創作中有及時的反映。這是一部形象的當前社會變革的歷史畫卷。

　　提出無產階級革命文學口號，開展「革命文學」論爭，有了初期普羅文學創作，這是三民主義文藝和民族主義文藝公佈的背景。

三民主義文藝

三民主義文藝政策

對於無產階級倡導的革命文學，並在全文壇展開論爭，聲勢浩大，有人把它說成是共產黨的文藝暴動，視作洪水猛獸，大有驚慌之狀。認為其對策就是也制定「本黨」的文藝政策。

一篇署名廖平的〈國民黨不應該有文藝政策嗎〉的文章就說：文藝除宣傳效力外，更有較多的永久性。「蘇俄統一以後，召集全國文學團體以及政治要人討論文藝政策，意大利也有青年棒喝團之檢查文件」，可見各國都重視文藝。然而看上海的文壇，卻只見共產派、無政府派和保守派活躍，「我黨」的文藝刊物則「可謂寥若晨星」。

「我們的黨政府和黨人」應注意文藝！

第一，「我們國民黨的文藝界要聯合一起，成一個大規模中國國民黨文藝戰爭團，再推而廣之，和世界上被壓迫民族文學家、文人聯結一致，成一個世界被壓迫民族的文藝團，發出世界被壓迫民族的空前的反抗的大呼聲，大共鳴。」

第二，「政府要給這種團體相當的援助，以及指導。此外對於一切反革命派的刊物，要檢查，禁止，以免影響青年，致有錯誤的思想。」[1]

作者效法的是意大利法西斯主義棒喝團對文藝的鎮壓，期望的是政府當局的政治的、經濟的援助，並輔以對國民黨以外的文藝團體和文藝現象的檢查與禁止，也就是鎮壓。

廖平的呼籲始於 1928 年 8 月，整整過了 10 個月，國民黨當局才有了呼應，產生了動作。

---

[1] 廖平〈國民黨不應該有文藝政策嗎〉，載 1928 年 8 月《革命評論》週刊第 16 期。
按：《革命評論》是國民黨改組派汪精衛、陳公博系統的刊物。

　　1929 年 6 月 5 日，國民黨中央宣傳部召開全國宣傳會議。在宣傳部長葉楚傖的主持下，會議作出多項決議案。其中第五項是「確立本黨之文藝政策案」。具體內容：一是「創造三民主義之文字」（如發揚民族精神、闡發民治思想、促進民生建設之文藝作品）；二是「取締違反三民主義之一切文藝作品」（如斫喪民族生命、反映封建思想、鼓吹階級鬥爭等之文藝作品）。[2]

　　次日，即 6 月 6 日，是全國宣傳會議的最後一日。在蔣中正到會訓話之後，乃由葉楚傖主持，通過若干決議案。其中有：

> ……三、規定藝術宣傳方法案、（決議）一、各省特別市縣黨部宣傳部、應遴選有藝術素養之同志若干人、組織藝術宣傳設計委員會、二、省市特別黨部宣傳部在可能範圍內應根據本黨之文藝政策、舉辦文藝刊物、畫報音樂會繪畫及攝影展覽會戲劇電影幻燈化裝講演及仿製民間流行之俗謠鼓詞灘簧通俗故事等、三、中央對於三民主義之藝術作品、應加以獎勵、四、中央應制定劇本電影審查條例、頒發省及特別黨部宣傳部遵行、五、一切誨淫萎靡神仙怪誕及反動作品、應由當地高級黨部宣傳部予以嚴厲之取締、……[3]

黨要依據三民主義文藝政策創辦文藝刊物，獎勵三民主義文藝作品，不言而喻還要「審查」不合國民黨三民主義文藝政策的一切藝術形式。這是三民主義文藝政策的公佈。真正有動作，那是一年以後的事。

三民主義文藝理論主張

　　1905 年，孫中山領導的同盟會成立。他為同盟會制定了「驅除韃虜，恢復中華，建立民國，平均地權」的革命綱領。在同盟會機關刊物《民

---

[2] 見 1929 年 6 月 6 日南京《京報》第 1 版第 4 張。
[3] 見 1929 年 6 月 7 日南京《京報》第 1 張第 4 版。原新聞稿通用頓號（、）到底，此處保留原貌，以存真。

報》的發刊詞中，孫中山進一步把同盟會綱領闡釋為民族、民權、民生三大主義。至此，三民主義就成了孫中山領導資產階級革命的旗幟。隨著形勢的發展，革命任務的變化，人的認識的深入，孫中山對三民主義的詮釋不斷增加新的內容。晚年，加上聯俄、聯共、扶助農工的內容，也是順應潮流，合乎民意。孫中山的三民主義及其闡釋，既有歷史進步意義，又有明顯的歷史局限性。

三民主義文藝家和民族主義文藝家只不過是借用三民主義的口號，至於如何解釋，嵌進什麼意思，就因人而異，因時因事而異了。千差萬別，名堂很多，花樣翻新。

距離制定出三民主義文藝政策一年之後，報紙上才有幾篇勉強可以稱為「理論」的文章，說明三民主義文藝是怎麼一回事。筆者所見是：郭全和〈三民主義的文學建設〉、張帆〈三民主義的文學之理論的基礎〉、葉楚傖〈三民主義文學觀〉、陳立夫〈中國文藝復興運動〉等。

郭全和〈三民主義的文學建設〉講三個問題：緒論、所謂「革命文學」與無產階級文學、我們所需要的文學。他的「理論」就在緒論當中。

文章說：「文學是社會的產物」，「所以某社會所產生的文學，都帶有某社會環境的特別色彩和性質」。「文學是時代的產物」，「所以某時代所產生的文學，都帶有某時代的特別色彩和性質。」由此看來，「文學與時間和空間是有密切關係的。就時間方面說，文學是受時代的潮流所驅使的；就空間方面說，文學是受人類社會環境所包圍的。」所以我們對於新文學的創造運動，應以「適乎世界之潮流，合乎人群之需要」為原則，否則文學本身的價值就要喪失了。我們現在就要依據這個原則來建設三民主義文學。文學與現實社會發生關係的結果，「文學便成了社會改造的先鋒。一方面文學是與舊社會挑撥的宣戰者，一方面文學又是新社會的慈母者。」遂有「文藝是舊社會的改革者，同時又有新社會的創造者」的定論。

「文學是時代的反映和時代的先驅；同時文學又是現社會的叛逆與未來社會的先導者。她──文學──能在萬人皆沉於黑暗迷茫的深夜裏，見到一線曙光的先覺者。」「文學既是離不了社會和人生，則無論其形式

上或實質上，一定都是表現人生，批評人生，指導人生和描寫社會，指摘社會，創造社會的。再進一步言之，文學所表現的，批評的，指導的，描寫的，指摘和創造的，都是人類社會生活中所產生的複雜的各種現象。」文學的內容是很複雜的。「我們看，因為現實社會經濟制度的不良，釀成社會上貧富不均的現象，發生要求衣食住行的民生問題的解決，所以文學中有描寫社會生活中的經濟活動的實況，竭力打倒資本主義；因為現社會政治制度的黑暗，釀成社會上少數統治者對於大多數平民的壓迫行動，於是發生要求人人在政治上平等的民權問題的解決；所以文學中有描寫社會生活中的政治活動的實現，根本剷除專制主義；因為現社會國與國的互相往來，強抑弱，富制貧，釀成國際上帝國主義壓制弱小民族，於是發生要求各國在國際上平等的民族問題的解決，所以文學中有描寫社會生活的民族自決運動的實況，消滅帝國主義。我們現在要確定這個目標，以現社會的中心問題為對象，用文學的力量暴露其弱點，促進革命的完成，來建設三民主義文學的基礎。」

這就是三民主義文藝的社會原由和理論根據。

由此出發，他們當然要否定革命文學和無產階級革命文學。作者說，隨著中國社會環境的變化，應運而生了革命文學和無產階級革命文學，還有大多數文學、農民文學、平民文學、大眾文學等等新名詞，「真如炫耀耳目，混亂視聽，倡議紛紛，是非莫由定論」。他認為這些文學運動和口號，違背了「創立新文學的最高理論和定則」，是「非驢非馬的文學，應當被社會人群所吐棄」。「這種盲目的人云亦云瞎呼胡喊的無根據文學的運動，都是由於沒有認識清晰現社會和現時代的普遍的和特殊的問題，以致形成了現在的文學的混沌時代」。又說，革命文學和無產階級文學是「無根生枝無火起煙的謬論」。

這篇文章是這樣對革命文學進行辯駁的：他先問：「究竟革命文學的定義是什麼？革命文學的範圍是什麼？革命文學的實質包含有何種思想和元素呢？革命文學的形式是用何種體制表示確當呢？」他認為革命文學四個字「非常含混和空虛」，應當根本否認革命文學這個名詞。原因是，革命文學的革命二字既沒有時代性，也沒有確定的對象。至於無產階級

革命文學一看便知是舶來品。「在中國社會裏，本就沒有資產階級與無產階級的對壘現象，當然沒有無產階級文學的產生的需要」。無產階級革命所根據的理論是馬克思主義的唯物史觀和階級鬥爭學說。「它所根據的社會進化的原則是錯誤的，當然用此原則所觀察的社會現象是不真實的，不可靠的；此派所觀察的社會現象既不真實可靠，其所倡導的無產階級文學，當然是離了社會的環境和基礎，根本已失去了文學本身的意義和價值」。「所以我們的主張，是打倒革命文學和無產階級文學，根據中國現社會的狀況和世界潮流的傾向，建設三民主義的新文學！」[4]

本文也就兩層意思：一是三民主義文藝存在的根據，二是否定革命文學及無產階級革命文學。

張帆〈三民主義的文學之理論的根據〉[5]說「最高最善最偉大的藝術，是三民主義底藝術」，但這種藝術還在娘胎裏，是男是女都不知道，但肯定將來生的是孩子，而不是猴子。

本文先承認無產階級革命文學在中國文壇占著統治地位。

文章說：藝術的價值在它的感人的力量上。在中國的文壇領域內，「那煽惑著共產主義與階級獨裁的新興的無產階級文學」，自認為是時代的產物，正興高采烈地到處運動著、創造著，使我們這不可能實行共產主義與階級獨裁的社會上，部分工人、勞動者「迷亂著」，部分「思想急進的青年」「昏亂地被惑著，盲從著」。現在，無產階級文學「受著莫斯科磁力，被支配地活動著，而且已走上了我們中國文藝領域中的統治地位，正在左右著中國文壇的進退命運。」

關於三民主義文學：「三民主義底文學在一般先覺的同志和進步的報紙中，已在努力著了。但是，如何地脆弱無力與慌亂踟躕呀！他的慌亂惶惑，脆弱無力當然為了沒有黨底有餘的具體地領導，和努力的同志的

---

[4] 郭全和〈三民主義的文學建設〉，載 1930 年 11 月 19 日、26 日上海《民國日報》第 3 張第 4、第 2 版《覺悟》副刊。全文 5000 字。

[5] 張帆〈三民主義的文學之理論的根據〉，載 1930 年 10 月 22 日、29 日、11 月 5 日、19 日上海《民國日報・覺悟》副刊，第 3 張第 4 版、第 2 版、第 4 版。全文 9500 字。從 11 月 29 日續登起，標題改為〈三民主義文學的理論基礎〉。

陣線,又時為猛力撲來而像巨獸似地國內普羅文學的猖狂而益發散亂而不一致。但是,最大的原因卻在沒有他的中心底理論。」「現在的三民主義文學,雖還是只在肚子痛,孩子還沒有鑽出娘胎來。但只要急起直追,在理論的探索上緊張起痛陣來,那麼這必然會來的三民主義文學定然會就來了。」

作者說得很清楚:三民主義文藝之所以顯得「脆弱無力與慌亂踟躕」,或者說只有口號而無實際行動,只有一面幌子而無店鋪更無貨物,是因為:第一,「為了沒有黨底有餘的具體地領導」;第二,沒有「努力的同志的陣線」,即沒有隊伍,沒有具體做三民主義文藝活計的人馬;第三,從外部環境說,是有「像巨獸似地」「猛力撲來」的「普羅文學的倡狂」。

重要的是下面兩段話:

> 我們在三民主義底新國家實現底期待和奮鬥中,我們的生活便相當於這種的期待,相當於這種奮鬥。我們的感情,便建立在去相當於這種期待和這種奮鬥的人生觀上。因為以我們中國的民族情形,政治情形,經濟情形,是只有實行三民主義才可到達我們的要求的政治,經濟國際,──這三者的地位平等的目的。所以,從這種生活,這種人生觀,這種感情中所自然生養的藝術資料,便造成了相對於這種社會,這種時代的三民主義文學。而且這種三民主義底文學,也已為這社會底需要,這時代底憧憬的產物。因其在這社會和時代裏,最高最善最偉大的藝術,是三民主義底藝術,而且只有這三民主義底藝術,才是值得做的有價值的藝術的。

> 在政治底,經濟底背景中所結合成的車輪裏,三民主義底文學,全同樣地和你們一般地由革命而遂行了的智底變革,大眾的自發性的增大,眼界的巨大的擴張等等的相關,而必然的立刻就要驚人地產生而且大大的展開了。/但是,當現在正在期待和要求中,我們應負孵育的責任。我們要根據著我們的理想社會的要求,時代的憧憬來給他們製造一種固定的本質上的模型。不過,我們千萬不要弄錯,我們並不是要在他尚未降生之前,就預先給他造就一隻鐵籠。

以便等他一落地的時候，就把他捉進籠裏去，關禁起來，然後便鳥籠中的鳥，鐵柵中的虎，一般地把他養育起來。我們是決不能這樣做，我們始終不可像普羅作家一樣地忘記了他是神聖的高潔的藝術。我們不過是就我們同一的思想，同一的生活，同一的政治底經濟底背景，來作一種預想，或者可說是預言，但是我們卻可萬分地肯定說：是三民主義底的。決不是反三民主義底，或離三民主義底的！我們這樣的決定像期待著分娩的母親心裏的預想他是男是女，可是有萬分把握地能肯定他生的一定是孩子，決不是猴子。

總而言之，三民主義文藝是「最高最善最偉大」的文藝，但它卻還在娘胎裏，至多有了一點陣痛，還沒有生下來，也就不知道它是男是女。然而連有還是沒有、生還是不生、生出來究竟是什麼，都一概不知道，卻又斷定它絕對是人世間「最高最善最偉大」的藝術，豈不有悖常理？

葉楚傖〈三民主義文藝觀〉[6] 全文僅 1500 字，這是國民黨中央宣傳部長對三民主義文藝的權威解釋。開篇三段話是全文的要旨：

> 文藝是生命的泉源。有文藝則生命始活動。
>
> 中國自有文藝起，到現在還沒有建立文藝的中心。
>
> 確定文藝中心，當以主義之合理為要。我們所以要提倡三民主義文藝的原因，就是：
>
> （一）為三民主義而提倡。
>
> （二）為文藝需要三民主義而提倡。

他的具體解釋也特別簡單：「歷來中國文藝都受了傳統思想的束縛，而變為傳統思想的俘虜。所以現在一般人的作品，也都處俘虜的地位了。我們要使他由俘虜變為主人，要不得不借重三民主義的力量！……吾人既承認文藝是一切生命的泉源，就不得不需求文藝的解放。」解放之途有二：

6　葉楚傖〈三民主義文藝觀〉，載 1930 年 12 月 2 日上海《民國日報》第 3 張第 2 版。全文 1500 字。

一是文藝人格的建設:「有獨立自由的文藝,便有獨立自由的人格;沒有獨立自由的人格,不會產生出獨立自由的文藝。以俘虜的人格,只能產生俘虜的文藝,不能產生獨立自由的文藝。……所以要有獨立自由的文藝,非要有相當的合乎主義的文藝人格的修養而後可。」

二是建設文藝於三民主義基礎之上:「三民主義是不願意中華民族做人家的俘虜,也不願意俘虜別一個民族!三民主義是講民族平等的,三民主義的民族,是一個純粹的民族,不容許某一階級壟斷,不做某一階級的俘虜;並且要消滅階級的俘虜,打破想做俘虜的力量,促成中國做一個自由獨立的民族,不俘人,也不為人所俘。……三民主義是上下古今,無所不包,不為一種學說所拘束,容納吞吐各學說而為一說。非一人所有,實為世界所共有。」

葉楚傖的結語是:「三民主義是從人類內心而來,是心之表現。三民主義是人類所需要的,三民主義的文藝也是人類所需要的。三民主義文藝不附屬於三民主義,不是三民主義所產生的。三民主義就是三民主義文藝。三民主義文藝,就是三民主義。只有三民主義的文藝,能解放歷來俘虜的文藝,造成獨立,自由中華民族所需要的文藝!」

共兩句話:提倡三民主義文藝是「為三民主義而提倡,為文藝需要三民主義而提倡」;三民主義文藝不附屬於三民主義,但「三民主義就是三民主義文藝,三民主義文藝就是三民主義」。頭一句話很明白:三民主義需要文藝為其服務,文藝也需要三民主義做理論中心意識。後一句話把人繞糊塗了。或者這位國民黨元老、中央宣傳部部長說的是:三民主義文藝是獨立的,不做任何階級和主義的俘虜,當然也就不做三民主義的俘虜。

王平陵的〈葉楚傖先生的「藝術論」〉[7]是王平陵到新省會官署訪問葉楚傖的記錄稿。文章的第一句話就說:「我承認葉楚傖先生是懂得藝術,及藝術與革命之關係的。」葉楚傖說:「凡是運動,必有確定的方向,

---

[7] 王平陵〈葉楚傖先生的「藝術論」〉,載 1931 年 1 月 15 日南京《中央日報‧文藝週刊》第 14 號,第 3 張第 1 版。

和不變的步驟。方向不妨定得遠而重，步驟竟可以逐漸的進行，不一定
要心急。」「所謂方向和步驟，就是藝術上根本的思想，不確立起來，形
式不論新到哪樣，普魯也好，不普魯也好，總之，不能發生多少力量。……
現在，我們藝術上的根本思想，無疑的應建設在三民主義的立場上。三
民主義的根本精神，包含著博愛，犧牲，和平，奮鬥，自由，……種種
的美德；……許多人不知道遵循著這個方向，這個文藝上的根本思想，
發展自己的天才，而偏偏固執著小我的成見，把自己的路徑，越走越狹，
結果，旋轉到蝸牛角裏去，而不自覺，這不是一件值得悲哀的事情嗎？」
葉楚傖痛感民眾享受不到藝術。他說：「四千年無論如何推不動的封建思
想，就靠著這一點藝術的力量，一定可以根本動搖起來。我們革命的意
識，一定可以在廣大的民眾裏，取得更深切的信仰。」

國民黨的另一位高官陳立夫應中國文藝社之邀，在一次聚餐會上講
演中國文藝的復興運動。記錄稿為〈中國文藝復興運動〉[8]。他是就閱讀
中國文藝社的《文藝月刊》（也是三民主義文藝的機關刊物）發表感想。
他說《文藝月刊》的內容，悲哀的題材多了一點；翻譯的分量比創作
重了一點；封面畫和插圖也有問題：「凡萎靡頹喪的裸體插畫，纖巧玲
瓏的花卉蟲魚，以及奇形怪狀不規則的製作，這些都是舊時代的骸骨，
不足以代表新時代的精神」。陳立夫的結語是：「總之，中國的文藝運動，
自經共產黨利用它作為鬥爭的工具以來，可算是中國文藝上遭了一個莫
大的厄運。文藝之神，早就在那裏號泣了。幾年來中國文藝界所能看得
見的東西，是殘忍，刻薄，悲哀，頹廢，以及標語式的口號和喧囂。我
們到何處去發見文藝的生命呢？我們需要的是和平是偉大的愛，是上十
字架的精神。我們需要聽悲壯激昂的詩歌，我們需要看沉毅雄偉的戲劇，
我們需要鑒賞莊嚴聖潔的繪畫。在我們中國，不希望產生提倡色情狂的
歌德，不希望產生挑撥殺機的新克來，我們但希望能夠有謳歌人道主
義的托爾斯泰，提倡世界和平的拉馬克。同志們，飄風驟雨，是剎那間

8　陳立夫〈中國文藝復興運動〉，載 1931 年 2 月 19 日南京《中央日報・文藝週
　　刊》第 19 號，第 3 張第 1 版。

的變幻；黎明以前，是最黑暗的時代，中國文藝復興的機運，已經呈現在我們面前了，大家努力罷！」

綜合以上幾篇文章的解釋，讀者便知：三民主義需要三民主義文藝，三民主義文藝需要三民主義；三民主義是三民主義文藝，三民主義文藝是三民主義。三民主義文藝是「最高最善最偉大」的文藝。不過這種文藝還在娘胎裏，還沒有降生，是男是女、是健康或有殘疾，都不得而知；但可以肯定：它生下來一定是孩子，不會是猴子。而革命文學和無產階級革命文學則是「人云亦云的瞎呼胡喊」，是「無根生枝無煙起火的謬論」；但它卻在文藝領域佔據統治地位，左右著文壇的命運。

抗戰時期的變化

時間上的 20 世紀 30 年代，整整 10 年，受到國民黨中央宣傳部支持和領導的三民主義文藝派，在理論上可以說毫無建樹。僅有的兩三篇文章都刊登在報紙上，沒有引起反響；而它的機關刊物《文藝月刊》除創刊號的發刊詞外，就再也沒有這方面的言論。不是不重視，也不是不想宣傳，實在是人才匱乏，找不到人捉刀。直到抗日戰爭進到相持階段，情況才有變化。

抗戰時期，國民黨中央宣傳部副部長張道藩發表〈我們所需要的文藝政策〉[9]，全面闡釋國民黨的文藝政策。時人認為，〈我們所需要的文藝政策〉「這是一篇關於文藝政策的完整的論文，依其內容，實可說是三民主義的文藝政策。」[10]

張道藩的大文開宗名義就提出：要闡釋「我們的文藝政策」，首先必須解決「文藝與政治怎樣發生關係的問題」。如果這個問題不解決，不僅

---

[9] 載 1942 年 9 月 1 日《文藝先鋒》創刊號。
[10] 見王集叢〈三民主義文藝政策的提出和其意義〉，收入《文藝論戰》，正中書局1944 年版。

使文藝作家不能接近三民主義，且使三民主義的信徒無從確立自己的文藝理論。他從以下幾個層次來論述文藝與政治的關係：第一，文藝「無時無刻不反映政治，無時無刻不受政治的束縛」。既然封建社會、資本主義社會、共產社會都有它們獨特的文藝，那麼，較之以上社會更為完美的三民主義社會既是另一樣社會意識的形態，為什麼不能建立自己的文藝呢？封建社會、資本主義社會、共產社會都利用文藝作為組織民眾、統一民眾意識的工具，那麼我們為什麼不能也拿文藝為建國的推動力呢？第二，意象與觀念的關係。「文藝作品是用意象來表現，政治理論是用觀念來顯示，那末，觀念怎能變成意象，而意象又包含觀念呢？」他說，意象和觀念「原為一物，在政治思想上稱為觀念，在藝術創作上稱為意象，分別只在表現的手段」。「誠然，藝術家應當注意的是表現他能感受的印象；但印象是散漫的，如果想把這些散漫的印象積聚而成一大印象，換言之，一段整個的人生，或一部作品，那就不得不有一種觀念來作聯繫。」「觀念是一部作品的骨格（骼），意象是作品的筋肉，無觀念則意象無所附庸，無意象則觀念成為思想。」「能將觀念作意象看的，那政治上的理論即可變為藝術品的骨幹，不能看的，政治上的理論即為空洞的宣傳品。」第三，美感與行動的關係。他說，「文藝是人類生活意識的表現。」「所謂美感，就是生活意識之『再現』於作品中的同情。……一切作品都建築在這同情上。文藝既以現實的人物來表現現實的生活意識，而政治意識為生活意識之一種，且為推動全部生活之一種主要力量，加以美感既為生活意識之再現於作品中的同情，那政治意識之可變為美感且可引起行動，當為自然的邏輯。」生活意識絕對不能與實際生活脫節；如果脫節，那意識即不足為生活之指導。「三民主義之所以偉大，就在它是現實的，真理的，無一句話不是從現實裏得出的結論，無一句話不足以作力行之指南。」

　　作者就此特別舉出三民主義「與文藝有關的四條基本原則，以作文藝政策的根據」：「其一，三民主義是圖全國人民的生存，所以我們的文藝要以全民為對象。」「文藝是促進人類進化的工具，是幫助人類生存的武器……以全民的生存意識為目標，就是三民主義的基本要義，就是三

民主義文藝所要表現的意識形態。」「其二,事實定解決問題的方法。」「其三,仁愛為民生的重心。」「其四,國族至上,私產社會產生個人主義,共產社會產生階級觀念,而三民主義社會則產生國族至上的意識。」

以上可以看作是本文的緒論,理論基礎,接著才是「我們所需要的文藝政策」,即「六不」「五要」。

「六不政策」是:第一,「不專寫社會的黑暗」。寫實主義很合我們的胃口。「我們很感激寫實主義領導我國的文藝走上了軌道,但文藝並不僅是『現實的反映』,『社會的表現』,『生活的實錄』,而更負有『改進』現實,『發展』社會,『美化』生活的責任,文藝不是自然的抄寫,而是自然的再組合。」第二,「不挑撥階級的仇恨」。現時的中國沒有提倡階級意識的必要。「提倡階級意識的結果,便是階級鬥爭,然階級鬥爭用之歐美的資本主義國家或許有效,但用之我們這種無大資本家而只有大貧小貧的中國絕對不必。中國現在需要共濟,不需要仇恨,需要生產,不需要破壞。」第三,「不帶悲觀的色彩」。第四,「不表現浪漫的情調」。「所謂浪漫情調就是幻想,熱情,色狂,悲觀,傷感,主觀,種種特徵組織的心境。」我們已由盲目走到清醒,由熱情走到理智,所以我們的文藝也應該是現實的,理智的。第五,「不寫無意義的作品」。第六,「不表現不正確的意識」。所謂「不正確的意識」是包括「落伍的意識和極左傾或極右傾而不合現時需要的意識」三種。

「五要政策」是:第一,「要創造我們的民族文藝」。「建樹獨立的自由的民族文藝是我們當前的急務。」「什麼是我們的民族意識?就是忠孝仁愛信義和平。」第二,「要為最受苦痛的平民而寫作」。我們的文藝工作者的寫作對象與範圍應該:「一是暴虐的統制者。二是自私自利的大資本家,及大地主,三是勞苦的農工,四是良善的被統治者。寫作的範圍是要將勞工勞農的苦痛,悲慘,生活情形,心理狀況以及所受暴虐的統治者的蹂躪,大資本家的剝削,與大地主的壓迫等等表現出來,一方面使勞工勞農認清自己的實況,自己的地位,自己的前途而自動地來參加國民革命,另一方面使統治者大資本家大地主知道自己的錯誤自己的墮落,自己的罪過而幡然悔改自動地為勞工勞農謀利益。」「理論一成信仰,

就產生行動。」這就涉及到「文藝與宣傳的問題」：由上所示，文藝完全變成宣傳的東西，失去了藝術的價值。「實際上，除了極少數無思想，無意義而只玩弄形式，雕琢文字的作家外，所有偉大和成功的作家，無不在宣傳他自己的思想，自己的主張，不過你不覺得他在宣傳罷了。他的思想愈高超，主張愈堅定，則他的藝術必愈偉大，造詣必愈成熟。因他的思想愈高超，對人生的認識必愈深刻，主張愈堅定，對人生的觀察必愈一貫，如此，經驗必愈豐富，觀察必愈深刻，意象必愈生動，當表現出來時，藝術的造詣當然更為成熟。思想為骨幹，意象為肌肉。而肌肉之豐滿與否，仍視骨幹之合度與否為轉移，如果骨幹畸形或不合度，即令有豐滿的肌肉，亦不能稱之為『美』。由此可知思想在作品中之重要。」「所以宣傳品之能否變為藝術品，藝術品之變為宣傳品，不在其本質，只視藝術家之造詣深淺而定。」第三，「要以民族的立場來寫作」。第四，「要從理智裏產作品」。都說「文藝是情感的產品」，今忽然講要從理智裏產生作品，是不是矛盾。其實，若分析一下創作的心理過程，「就曉得作家是處處理智，時時理智，理智領導他去觀察人生，體驗人生，認識社會，接近社會，理智領導他去搜集材料，組合意象，最後仍是理智領導他去運用形式，表現意象。」創造的動機，意象的組合，意象的再現，這三步程式，都可看出理智在創造活動中的重要性。第五，「要用現實的形式」。「文藝是生活意識的表現，而意識本身就是自己的形態」。

王集叢在〈三民主義文藝政策的提出和其意義〉的討論論文中說，在抗戰建國的現階段，有意識地發動並開展三民主義文化運動，從而為建設三民主義文藝和我們所需要的三民主義文藝政策設置了明燈。他說，三民主義文藝政策所以在現在才提出，那是因為：「第一中國過去新文藝運動的發展未與社會要求或發展趨勢一致；第二外國文藝的影響阻礙著中國文藝走上正軌。」就第一點說，民族不獨立，民權受壓迫，由產業落後所引起的民生不進步，這是中國的國情，是革命的主要阻礙。「由此可見在政治任務特別艱巨的國家中，革命領導者和群眾是顧及不到文藝的，因而適合社會要求的文藝便不能產生出來」。就第二點說，是「五四」以後輸入中國的外國文藝思潮不合中國國情，尤其是普羅文學。「一

時之間,『普羅文學』幾乎支配了整個中國文壇。」普羅文學雖然成為了中國文壇的主潮,然而卻沒有開出「美好的花朵」,即創作跟不上。作者舉魯郭茅為例:「在創作上已有相當成績的茅盾郭沫若和魯迅先生,參加『普羅文學』後,就沒有產生好的成績來。茅盾先生雖然寫出了政治小說《子夜》,但那是在『追求』沒有著落之後產生的,其所寫生活與客觀事實頗不調和,其所宣傳的政治路線不久即為新路線的主持者公開認為錯誤。由此這小說的『政治價值與藝術價值』也就可想而知了。郭沫若先生當時在東京,根本不明國內實際情形,找不到題材,所以只根據其私生活寫了一些〈我的幼年〉之類的自傳似的東西,來湊湊熱鬧。魯迅先生呢?只是寫了些雜感文字,繼續在那裏『南腔北調』的『吶喊』,『三心二意』的『彷徨』,根本就未寫出作品,終於跟了『死魂靈』而走入『墳』墓。由此可見『普羅文學』的收穫。抗戰前夜,人民感到了『普羅』運動及其文學,妨害民族抗戰,便自動收了起來。其不合國家社會需要,就此更充分表明。」階級鬥爭的理論和色情文學,只能阻礙中國文學走上正路。

　　王集叢說,三民主義文藝政策的提出的重大意義是:第一,「說明了大多數的中國人和先進的文藝工作者在數十年的歷史教訓中,認識了中國,知道了中國的需要,知道了三民主義是中國文藝前進的燈。從此中國文藝將向三民主義指示的途程前進,那些走不通的歧途將日益失去惑亂中國作家前進的效用。」第二,「五四以來由外國搬運來的那些文藝思潮,由於三民主義文藝政策的提出已證明其不合中國民族要求,此後它們將日益失去阻礙中國文藝發展的力量了。」第三,「可使中國文藝工作者不為外人文藝政策『嚮導』,不跟著外人走,不去為外人歌功頌德,而一心服務於自己的祖國,為自己的祖國寫作。」第四,「在三民主義的國民革命過程中,直到今天我們的文藝運動尚未與政治運動相配合,現在三民主義政策正式提出來了,……這就可以使文藝運動漸漸與政治運動相配合,以正確的政治任務給與文藝,並幫助其發展;同時以文藝的手段去喚醒民眾,去宣傳那正確的政治任務,以幫助政治任務的完成。於是在三民主義新中國的創造中,我們的政治與文藝工作便可以表現出密

切的聯繫。」第五,「過去中國的文藝是在盲目發展中,三民主義政策提出並從而決定和施行後,此種盲目發展情形即可迅速終止,中國自己需要文藝即會有計劃的目的意識性地建立起來。」

作者最後號召開展三民主義文藝運動!

這兩篇文章有三點特別突出;一是,張道藩是官員,王集叢是學者,奇怪的是,他們都不談1930年前後的三民主義文藝運動。不談,不承認,也是一種態度。令人深思。二是,他們對文藝與政治、與時代、與群眾的關係的認識,對文藝功能的觀點,可說是跟普羅文學操同樣的腔調。三是,他們都對普羅文學說了一些不符合實際的話,毫不顧及抗日民族統一戰線的環境,頑固派的立場極為堅定。

趙友培的專著《三民主義文藝創作論》,起草於「二十六年長夏」,經過「悠長的五年」,才得以在重慶出版。(〈自序〉,1942年4月9日)即起草於抗戰前夕的首都南京,出版於抗戰中期的陪都重慶。

作者給自己定位是:「我是一個文藝愛好者,又是一個三民主義信仰者。」(〈自序〉)

在本書〈再版自序〉中,趙友培講三民主義文藝有四個要點:

> 現在,三民主義已非中國國民黨一黨三民主義,而為全國國民的三民主義,(虛偽地宣稱需要三民主義,而實際上恨不得把三民主義撕成碎片的中國共產黨人除外)。並且明定於憲法之中,所以,三民主義無論在觀點上或實質上均成為中華民國立國的根本精神。足見我們過去的倡導,完全適合國家民族的需要。——此其一。
>
> 中國政治思想的淵深與博大之所以見稱於世界,自有三民主義始。我們敢斷於自信:中國文化思潮之必能彙為主流,亦將自有三民主義文藝始。這是必然的!一個獲得新生的繁榮康樂的三民主義國家,其精神的全貌,絕非反動、歪曲、混濁、昏亂的文藝所能正確地表現;因為這些只是文藝的沉渣,一經淘洗,即成廢物;此時此地必須開浚另一股源頭活水,才能灌溉新中國文藝的園地。——此其二。

就文藝涉及的主題來說，不能外於民族、民權（政治）、民生（經濟）的三大範疇；就文藝對於人類的貢獻來說，皆可包含於三民主義的精神之中。故三民主義與文藝結合，極為自然。同時，無三民主義作正確的指導，文藝創作即失去中心思想，無文藝作品作具體的表現，三民主義亦不易深入人心；兩者相需相成，實有不可須史離的關係。——此其三。

自然我們所關心的，並非三民主義文藝理論已否為大眾所接受這一問題，而為這幾年來究竟有若干作品內容是『三民主義文藝的內容』這一問題；我們所重視的，亦非三民主義文藝運動已經發展到什麼階段這一事實，而為這幾年來究竟有若干作家配合著「三民主義文藝運動」而創作的這一事實。因為我們今天迫切需要大量的三民主義文藝作品：有了作品，理論才能更求充實，運動才能更求開展。——此其四。（〈再版自序〉，1947 年 2 月於南京）

他說，「文藝政策是『人類精神必需品』的計畫生產者和監製者，其重要性尤可想見。同時，我更深信：唯有以三民主義與文藝相結合，中國的文藝才能革命，亦唯有實行三民主義文藝政策，中國的文藝革命，才能成功。」

本書第一章緒論：

在回顧了自洋務運動以來，或者說自辛亥革命以來，文藝隨時政的變化而變化而改革的歷史以後，從 1927 年國民黨一黨執政以後的文藝狀況，作者說：

在這一階段內，中國文藝形成了三個方向：

站在「以文藝為遊戲」或「以文藝為商品」這個方向的人，居最多數：他們怕談「左傾」「右傾」，不管「國家」「民族」，上焉者，風流自賞受，下焉者，唯利是圖；這是一班文化的敗類。

站在「以文藝為階級鬥爭武器」這個方向的人，居次多數：他們開口鬥爭，閉口革命，卻昧於中國國情和世界大勢，妄想達到某種野心的企圖，不惜騙取青年，欺蒙民眾；這是一般社會公敵。

只有站在『以發揚民族精神和意識為文藝最高使命』這個方向的人，雖占少數：但他們卻認識真理，把握時機，不矯情，不盲從，不自暴自棄；這是我們民族的戰士！

抗戰的神聖火炬，照亮了中國文壇：從「七七」「八一三」到今天，全國文藝工作者，誰都願以他的聰明才智甚至生命，奔赴抗戰建國的總目標，誰都以嶄新的姿態，集中在本黨的旗幟下，為求三民主義之實現而奮鬥。五年以來，就一般情形而論，我們足以自慰，有下列幾件事實：

第一、在作家方面，不再造謠生事，以罵人捧己為能事；不再拾取外人的唾餘，自鳴得意；工作雖然忙，但忙得高興；生活雖然苦，但苦得清高；很少放棄自己寫作的崗位。

第二、在地域方面，由於抗戰陣地的移轉，使文藝打破了從前集中都市一隅的現象，更廣泛地深入農村，深入邊地，協助了民眾動員的工作。

第三、在內容方面，國家觀點，代替了個人主義；興奮嚴肅，代替了頹廢浪漫；文藝不再是自我欣賞的花冠，不再是香豔肉感的寫照。

第四、在技術方面，朗誦詩，街頭劇，演講小說，代替了看不懂的書本；文藝跳下了女神的寶座，成為國民精神的護士。

在這段內，假如要檢討缺點，我認為最大的只有一個：那便是缺少正確的，統一的中心的文藝指導理論。

毫無例外地，現在黨治國家，誰也不能不重視她自己的文藝政策，在平時如此，在戰時更是如此；蘇聯且以文藝組織與黨的組織並重。這可充分證明，文藝是闡揚主義、推行國策、實現總動員、以及抵制敵人思想侵略的最高精神武器。目前我們正為抗戰建國而艱苦奮鬥：抗戰固然需要文藝的宣傳，建國尤其需要文藝的鼓勵；因為文藝不應僅具有「破壞性」和「煽動性」。必須更具有「建設性」和「創造性」，然後消極地才能掃蕩抗戰過程中一切障礙，積極地方能增長建國過程中新的力量。我們抗戰的目的，

既然為了建國的百年大計，我們抗戰工具，既然要以精神力量補
助物質之不足，而抗戰建國的最高準繩，又確定為　總理所創作
的最偉大的三民主義及其遺教；因此我們謹以無上熱忱，鄭重提
出『三民主義文藝』。

可是，本黨先進也曾寫過有關三民主義文藝的論文，為什麼
始終沒有展開三民主義文藝的偉大運動呢？主要的原因是：

甲、未能建立三民主義文藝的理論體系；

乙、未能提挈三民主義文藝的創作綱領；

丙、未能籌設三民主義文藝創作的機構；

丁、未能印行三民主義文藝的定期刊物。

因此，「走遍各大書店，我們能買到一本有關三民主義文藝『創
作方法』或『理論體系』的著作嗎？不能；我們能買到一本專門
發表三民主義文藝創作的刊物嗎？也不能。可是，「異於三民主義」
或「無關三民主義」的這類書籍呢，有的是。

於是趙友培大聲疾呼：

凡是本黨的黨員和三民主義青年團的團員，凡是真誠信仰
三民主義的國民，凡是肩負抗戰建國重大責任的文藝工作者，我
們要同心同德：

提倡三民主義文藝！

研究三民主義文藝！

創造三民主義文藝！

本書第二章三民主義文藝的理論體系：

這一章是本書立論的根基。它說：

要研討三民主義文藝，必先體認三民主義。

三民主義，不是「民族」「民權」「民生」三個主義，而是在一
個主義的整體之中所表現的三種不同的形式，我們不能取其「一」

而捨其「二」；因此，三民主義文藝的理論，也不是『民族文藝』『民權文藝』或『民生文藝』三個體系，而是在一個理論的體系之下，所實踐的三種不同的方式，我們不能取其「偏」而捨其「全」。

根據中國整個民族實際情形的需要，三民主義文藝理論的實踐的方式，可以確認為：（1）以民族主義為前提；（2）以民權主義為手段；（3）以民生主義為中心。

簡單說來，三民主義文藝理論的本體，就是「三民主義」。但三民主義的產生，根源於民生哲學；所以三民主義文藝理論的根據，即以民生哲學為基礎。同時，總理是三民主義的創造者，他的遺教，自可作為三民主義文藝理論的準繩；總裁是三民主義的繼承者，他的言論，自可作為三民主義文藝理論的軌範。因此，三民主義文藝，可以構成如下的理論體系」：以民族主義為前提，以民權主義為手段，以民生主義為中心，以民生哲學為基礎，以總理遺教為準繩，以總裁言論為軌範。

以民族主義為前提：

我們為什麼要以「民族主義」作為三民主義文藝理論之實踐的前提？因為發揮三民主義文藝效用的第一個基本因素，是組織的。

我們知道：現代文藝的主要任務，不僅在傳播感情，而尤在組織感情。它像一根堅韌的無限長的鍊條：在縱的方面可以貫通自己民族傳統的精神，負起繼往開來的使命；在橫的方面可以連接其他民族生存的脈搏，奔赴休戚與共的目標。前者的作為，在復活自己民族歷史的偉跡，燃燒每個國民心中愛護祖先遺澤的烈焰，並喚起對於後代子孫的責任感，以建立堅強的自信；後者的作為，在借鑒其他民族創締的艱難，鼓舞每個國民繼續努力的勇氣，並喚起對於世界人類的責任感，以建立堅強的共信。這種文藝的組織力量，可使人類偏狹的感情擴大化，以打破古今中外的界限，凝結起整個民族乃至世界人類，成為一個有機體的單位。

以民權主義為手段：

我們為什麼要以「民權主義」作為三民主義文藝理論之實踐的手段？因為發揮三民主義文藝效用的第二個基本因素，是訓練的。

我們知道：現代文藝的主要功能，不僅在調劑感情，而尤在訓練感情。它和政治訓練的方式不同之點，就在不是用它的理論來指導，而是用它的情感來暗示。換句話說，就是它不用說明來糾正讀者，而用表現來感動讀者。人類之所以喜所以悲的原因，固不盡同，而喜則笑，悲則哭，則無古今中外智愚賢不肖的差別，這便是人類感情的平等性。也就是說：人類在感情之前，是一律平等的。但感情是一個脆弱的東西，易為外物所蔽，亦易為外欲所引：當其被外物所蔽時，感情無從發洩，於是而抑鬱，而憂傷；又當其為外欲所引時，感情做不正當的發洩，於是而發狂蕩，而迷亂。這便是感情的變態，而感情一有變態，人類生命的奔流，便會受到阻塞，便要引起氾濫。文藝對於感情訓練的目的，就是要使人類的感情，於宣洩調節之餘，收默化潛移之效。這種文藝的訓練力量，可使人類脆弱的感情健全化，藉以改善政治強迫的方式，減少群眾盲從的錯誤，縮短社會進化的過程，建立人類平等的幸福。

以民生主義為中心：

我們為什麼要以「民生主義」作為三民主義文藝理論之實踐的中心？因為發揮三民主義文藝效用的第三個基本因素，是建設的。

我們知道：現代文藝的特殊功用，不僅在激動感情，而尤在建設感情。激動感情，只是暫時的，消極的，建設的感情，才是永久的，積極的。所以必須先有深厚的感情的建設，才能有熱烈的感情激動。但感情的本身，只是精神的作為之一，要表現這種建設的成績，自然離不了物質的條件。因此，一個國家「國民經

濟建設運動」的推進，它的速度，常隨自己國內文藝工作者的「建設感情」的成績之優劣而加減。這種文藝的建設力量，可使人類淺薄的感情深厚化，以提高生產運動和工作競賽的興趣：從一匹布的每一絲一縷裏染織感情，從一園菜的一莖一葉裏生長感情……並在工作的收穫中，流露生命的喜悅。

以民生哲學為基礎：

民生哲學，即以「民生」史觀為出發點：認定人類全部歷史，既非純由人類精神活動的創造，也不受社會生產方式的支配，而是人類為求生存而活動的記載，故以「民生」為歷史的中心，不偏於「唯心」史觀，亦不偏於「唯物」史觀，而以「精神」與「物質」並重。這便是產生三民主義的原理，也便是三民主義文藝理論的基礎。

為什麼我們要以「民生哲學」作為三民主義文藝理論的基礎？因為本黨革命的建設首要，在於民生，本黨革命的中心目標和最後歸結，亦在民生；也可以說是『除去民生，便無革命』。同時，三民主義唯一根本作用，即在依據『公』的出發點，運用『誠』的原動力，以排除民生障礙，保障民生安全，充實民生內容，促進民生向上，而解決中華民族乃至世界人類的民生問題。並非如別有用心者云：「三民主義不是徹底的政治路線，只能完成民族革命和民權革命，而不能完成經濟革命」。所以，三民主義文藝理論基礎，便毫無疑義地建築在民生哲學上。

所謂「民生」，依 總理的解釋，包括「人民的生活，社會的生存，國民的生計，群眾的生命」。也就是說：民生一詞，從個人的觀點看，是國民的生計；從全人類的觀點看，是群眾的生命。因此，根據民生哲學產生的三民主義文藝，也可以從這四點上來研究，得到如下結果：

（甲）文藝起源——是生存的要求（無論以「遊戲說」「模仿說」「本能衝動說」或「勞動的節奏說」作為文藝的起源，均屬偏

而不全；三民主義文藝的起源論，則確認文藝乃人類為了「適應社會生存的要求」而產生的東西，實兼「遊戲」、「模仿」、「本能的衝動」及「勞動的節奏」諸性質。）

（乙）文藝表現──是生計的反映（這裏「生計」二字的含義，乃指「國民生計」，亦即指「一個國家內全體國民現實的生活」的反映，三民主義文藝的表現，即是「中國全體國民──或社會──的現實生活」的反映。這種反映，是全面的，不是一角的，我們不能讓黑暗遮沒了光明！）

（丙）文藝效用──是生活的充實（人類不僅有物質的生活，而且有精神的生活，故對於物質生活的滿足，並不一定能夠彌補精神生活的缺陷。三民主義文藝，即是充實並增進人類全體精神生活的最美的食糧：因為它不僅是現實生活的反映，同時是現實生活的指導；不僅是生活方面娛樂的東西，同時是生活方面教育的東西。）

（丁）文藝的目的──是生命的創造（一切文藝的目的，可以說，都是為了生命的創造。不過，作家所創造的生命，常隨自己所根據的哲學基礎，而異其質的良否與存在的久暫。三民主義文藝，在橫的方面，是要匯流『群眾的生命力』，追求真，追求善，追求美，並由作家個人生命創造的實踐中，完成國家民族生命的創造。在縱的方面，是要犧牲作家的小我，完成國家民族的大我，犧牲作家個人的暫生，創造國家民族的永生。這其間作為（品？）的重心，只有一個『仁』字，就是產生民生哲學的根源。有此一字，則文藝乃願以生命寄託於精神，寄託於組織，寄託於事業，以創造宇宙繼起的生命。）

這樣，以民生哲學為其理論基礎的三民主義文藝，自然既非藝術至上主義者的桂冠，亦非唯物史觀者的法螺，而是「具有五千年悠久歷史的民族」之復興的巨輪。它的使命即在運用文藝表現的力量，推動有關「文化革命」的任務，完成與教育密切關聯的倫理建設，並進而建立中國民族文化的新體系。

以總理遺教為準繩：

三民主義的創造者，是我們的 總理。他根據歷史進化的原則，默察世界潮流的趨向，繼承五千年來中國文化的中心思想，針對中華民族當前的環境要求，吸取歐美最進步的文明精華，再經過數十年革命經驗的歷練，才創造了最偉大的三民主義，作為救國救民救世界救人類的基本原則。所以，他的全部遺教，均以三民主義為理論的主體，而以其他的方略或演講為實施的輔導。例如：以 總理所講的忠孝仁愛信義和平八德，知難行易及軍人精神教育等，作為民族主義的「倫理建設」及「心理建設」部門，則建國大綱，民權初步，地方自治開始實行法及歷次黨的組織綱領等，便可作為民權主義的『政治建設』及『社會建設』部門。這裏，我們要特別提出知難行易的遺教，這是一部革命必先命心的寶典，糾正了中國國民數千年來傳統的「知之匪艱行之維難」的錯誤觀念。三民主義文藝，即以此項遺教，作為理論的準繩。

我們為什麼要以 總理知難行易的遺教，作為三民主義文藝的理論準繩？因為中國一般人過去對於文藝的認識，非失之神秘，即失之淺薄：前一種人，以為文藝是天才的產物，永遠被關在一座高牆內，成為極少數人的專制品，可望而不可及，於是，不敢輕易嘗試文藝創作。後一種人，則又以為文藝是不足道的東西，隨便散見在街頭巷尾，無論村夫牧豎，皆能口誦心維；於是，不屑虛心研究文藝創作。其實，文藝乃是人類精神生活的日用品：唯其屬於「精神生活」，所以才顯得高深；亦唯其屬於『日用必需』，所以又顯得平凡，古人所謂「極高明而道中庸」，正可為文藝作注解。但無論怎樣看法，其重要性則是一致的：我們固不必立異鳴高，特標風雅；更不應求甚解，強不知以為知。因為文藝並不難於「創作」，而實難於「真知」。舉例來說，文藝史上無數不巧的佳作，其中頗不乏閭里歌謠，發於至情之流露，任何人皆有製作的可能，故易；但欲成為一代文壇的宗匠，則必須研究創作，

理解創作，絕非任何人皆可企及，故難。不過這種「難」與「易」是比較的，只要我們對於文藝創作能夠大膽地嘗試，虛心地學習，便可由難而易，達到「有志竟成」的目的。所以，三民主義文藝理論的準繩，自然要引用　總理知難行易的遺教，根據此項遺教產生的三民主義文藝，自然不是精神現象論者的形而上學，而是「擁有四百兆人民的國家」之奮鬥的指針。它的使命，即在運用文藝表現的力量，推動有關「心理革命」諸任務，完成精神建設，以實現國民精神總動員。

以總裁言論為軌範：

　　三民主義的繼承者，是我們的　總裁。他的言論之所以偉大，即在繼承　總理全部遺教，作繼續的說明或完成，使之發揚光大，並確定其實施的程式和施政的方針。若以理論與事實對比，則　總理遺教著重於理論或理想的敘述，而　總裁言論便是此理論的方案的實踐。所以他的全部言論雖特別繁多，但歸納起來，仍以　總理遺教的「政治、社會、物質、心理、倫理」五大建設為範疇，而變為「管、教、養、衛」的四大實際方案。這裏，我們要特別提出力行哲學，因為　總裁一貫的心法，均是從革命的實踐中，表現出行動的力量，從行動的力量中，證明他的思想信仰與言論。他不專為哲學而講哲學，而是從革命的行動中創造哲學。所以，他的力行哲學，便是他全部革命事業的基礎。三民主義文藝，即以此項有關力行哲學的言論，作為理論的範疇。

　　為什麼我們要以　總裁所發表的有關力行哲學的言論，作為三民主義文藝理論的軌範？因為中國目前的文藝工作者有兩種缺陷：第一是生活不能與創作一致；第二是理論不能與創作相配合。關於前者：有一種人，生活非常浪漫，他無法手觸生活，寫他周圍的東西，更不能將自己的人格滲透在作品之中；但為了事實需要，現在又不能不寫嚴肅緊張的場面，故其內容不由於臆測，即

由於幻想，自然要變為「浮光掠影」。另一種人，生活非常窮困，無法維持生活，完成他自己理想中的創作，更不願放棄寫作另謀職業；但為了吃飯問題，有時又不能不寫轟轟烈烈的場面，故其內容不流於空虛，即流於堆砌，自然要減低「真實之感」。關於後者，一方面是創作少於理論：這是「量」的問題；我們已聽到各種各樣的理論，但有的雖有創作，尚屬寥寥，有的零星短小的創作雖多，但長篇鉅著仍少。另一方面是創作趕不上理論，這是「質」的問題；有些理論雖然標示得很高，但一般創作的技術，仍不夠水準。再一方面是理論歪曲了創作：這是「立場」和「思想」的問題；見仁見智，各是其是，各非其非，以致作者無所適從，有時不得已而遷就理論。其實文藝創作內容，不僅不應抹殺，而且也無法掩飾『作者在他生活環境中所蘊藏的必然特徵』。假若作者的生活環境不改善，僅僅期望於作品的進步性，無異緣木求魚。所以，作者的生活一定要在刻苦中求充實，他的作品的內容，才能精煉，也才能豐富。同時，文藝理論乃是作者在他自己的創作過程中所實踐的「真知」。假若作者對於創作本身不努力，而斤斤於理論的爭訟，一定毫無成就。因為文藝創作與文藝理論，均同樣適用「不行不能知」的原則。所以，三民主義文藝理論的軌範，自然要遵行　總裁所發表的有關力行哲學的言論。根據此項言論產生的三民主義文藝，自然不是宗教家的抽象教條，而是「完成第二期國民革命」之勝利的鐵券。它的使命，即在運用文藝表現的力量，推動有關『生活革命』諸任務，完成行動建設，以實現國家總動員。」

本書第三章三民主義文藝的創作綱領：
作者說：

　　三民主義文藝創作，一方面可以說是一種「文藝政策的推行」，另一方面也可以說是一種「革命事業的實踐」：因為文藝不

僅能發抒感情，而且能傳染感情，訓練感情。所謂「傳染」與「訓練」，即是說文藝可以在有形無形中，發揮「傳播文化」和「教育群眾」的功能。這和現代文化政策推行的目的，在根本上是相同的。同時，文藝和現實社會生活的相互關係，構成了它和現實生活之間的政治關係，又可以作為「推動政治」和「改善社會」的聯鎖。這和中國革命事業實踐的方式，在原則上是配合的。我們再從三民主義文藝創作本身的實踐性來看，它又可以說是社會的「政治關係」和「政治活動」的一種特殊形態。但這種形態，仍是獨自存在著，獨自發展著的。它在人類精神生活中，自有其獨特的作用，而非三民主義的政治所能代替。正如它不能代替三民主義政治一樣。因為政治之不同於文藝，亦猶文藝之不同於政治。前者是用「概念」來傳達，其直接的效用在『行動』；後者是用『形象』來表現，其直接的效用是在『美感』。所以，它們雖有相聯的關係，並非相同的性質。

我們在原則上固然不妨這樣說：三民主義文藝創作的功效，決定於三民主義政治方面的社會需求。但若讓它成為抽象的標語式的宣傳品，或變做枯燥的注入式的教科書，則亦何貴乎有此三民主義文藝？而且，政治只是人類生活的一部分（雖說它是主要的部分），而文藝卻要表現人類生活的全體。因此，我們要堅決反對『文藝和政治結合』所表現的公式主義。例如，生硬地插上幾句流行的口號，或是照例地拖起一條無謂的尾巴，或者用轉彎抹角的方法，總要和抗戰建國的工作，發生表面的不自然的關聯，這些完全失去獨創性的作品，不啻說明作者的偷懶和畏難，或是沒有創造的能力，連「文藝」的資格都不夠；自不容濫竽充數，站進三民主義文藝的行列。

我們在這裏所要特別提出的，就是文藝創作表現的基本原則是什麼？這只有兩句話：「規律之中寓變化，變化之中求規律」而已。因此，三民主義文藝創作，雖然要避免差不多的公式主義，卻不能不有最基本的創作綱領：因為我們一方面要在相同的材料

之中，求其不同的表現；另一方面又要在不同的創作之中，求其共同的法則。假若沒有不同的表現，便要人云亦云，不能發揮文藝的力量；又假如沒有共同的法則，便要各執一偏，不能集中文藝的力量。所謂不同的表現，屬於創作方法的運用問題，所謂共同法則，屬於創作方法的本身問題；對於這兩項問題的看法，我們只要翻開創作方法之類的書籍，真是眾說紛紜，莫衷一是。但仔細地歸納起來，則不外：（一）創作的屬性問題；（二）創作的要素問題；（三）創作的技術問題。

關於三民主義文藝創作的屬性：

　　創作的屬性，便是作品的「血型」。它決定了作品的屬於某一時代，某一地域，某一民族及某一社會，就如血型決定了某一個人的遺傳性一樣。這種屬性，也可以說是文藝作品的特徵。
一部世界文藝史，即是文藝創作屬性的總展覽：古與今（時代），中與外（領域），黃種與白種（民族），部落與集團（社會），所有各種不同的「時代」「領域」「民族」「社會」所產生的文藝作品，也正好揭示了各種不同的屬性。
　　三民主義文藝創作，正是「中華民族」在這一抗戰建國的「大時代」，從建立「新社會」的基礎、統一「全領域」的主權的革命事業實踐中產生的作品；它的本身，即有一種特徵，無庸囿於一般文藝的理論。

因此，三民主義文藝創作的屬性可分為時代屬性、領域屬性、民族屬性和社會屬性。
　　就「時代的屬性」說：「文藝不能離開時代，就如個人不能離開環境。時代之能影響文藝，也就如環境之能影響個人。同時，個人也能改善環境，創造環境，就如文藝也能把握時代，推進時代一樣。因此，一方面文藝創作的生命，就是時代精神的映畫，另一方面文藝創作的功能，又

是時代精神的輪齒；而文藝本身之所以有變化，有演進，並非千篇一律永世不變的死東西，也是受了時代的賜與。」

為了補救中國文藝思潮的混亂，三民主義文藝不能不擔當起下列任務：（一）廓清背時代的落伍性；（二）糾正超時代的幻想性；（三）摒絕翻時代的游離性；（四）提示劃時代的正確性。

就「領域的屬性」說：「文藝必須有它自己所由產生的領域：海洋，大陸，沙漠，平原，⋯⋯寒、溫、濕、熱⋯⋯這些地理的自然條件，便部分地決定了文藝本身的差異性。／熱帶地方，人類容易獲得食物，對於求生之道，不必講求；常將他們的心力，集於玄妙的境界，所以發生『唯心』思想。其表現於文藝者，往往是空虛的，縹緲的；可以印度為代表。寒帶地方，人類不易獲得食物，必須兢兢於工作，以求一飽；常將他們的心力，集於現實的境界，所以發生『唯物』思想。其表現於文藝者，往往是極端的，深刻的，可以俄國為代表。溫帶地方，既不甚冷，亦不甚熱；人類對於食物，多耕耘即可多收穫，既不甚難，也不甚易。所以他們的思想，既非『唯心』，亦非『唯物』，而為寒熱兩帶人類思想的調和。其表現於文藝者，往往是穩健與沈著，自由與明快；可以英法兩國為代表。／中華民族的領域，因四鄰各宗族的歸化而擴大。雖以溫帶為主，實際上則兼具熱寒兩帶的氣候及其產物。所以我們的思想，也必然地以溫帶人類思想為主，而兼具熱寒兩帶人類思想的特質：既非『唯心』，亦非『唯物』，更非寒熱兩帶人類思想的調和，而是以全體人類生存為中心的『民生』思想。這種思想，在空間方面所表現的為週邊之磅礴；故中國文藝創作，以『詩』占上風。其興觀群怨所及之範圍，亦較為遼闊，不似西方文藝專注於密集稠穡的中心。這一點，就是中國領域屬性的特異之所在。／可是，由於中華民國建立以來，領域未能統一，割據勢力異常雄厚，文藝受了空間的限制，只能在某一個圈子裏兜轉，少數衛道者又固執於中國文明不能與世界文明合流，不惜使中國文藝陷於孤立的地位；而新文藝作家，又大部分傾向於洋化，忘記了自己國家的本位。這樣，中國文藝便形成了各種不合理的形態，毫無全國的普遍性可言。」為了補救這些缺憾，三民主義文藝創作，自然不能不擔當下

列任務：（一）消滅割據的封建性；（二）打破「封鎖」的孤立性；（三）濾清「混沌」的世界性；（四）確立「完整」的統一性。

就「民族的屬性」說：「每個民族，都有它的特性。那些特性便是決定各該民族的文藝所以不同的因素。在那些因素中，可以窺見其國民的剛毅或柔弱，以及國運的興盛或衰亡。／所謂民族的特性，便是各個民族的血統、生活、語言（文字）、宗教、風俗習慣等五種自然力的『結合的表現』。但在統一血統之中，又可分為若干民族本位。例如英德法均為白種人，而英國為盎格魯撒克遜民族，德國為日爾曼，法國則為拉丁民族；因此，她們的文藝，便也表現了不同的色素。同時，各個民族的生活、語言（文字）、宗教、風俗習慣等，也很容易發生相互同化的作用。尤其是兩個接壤的民族，或是彼此利害相同的民族，如英美，如德義（意），她們的文藝，便又會傾向於同一的步調。」中國現有「四萬萬七千九佰零八萬四千六佰五十一人」；據學者研究，「認為蒙、滿、回、藏、苗、瑤……等，並非外來的異族，而是漢族的支系。再確切一點說，就是與漢族同一源的宗族。所以，我們可以這樣說，四萬萬七千九百多萬中國人，均屬同一血統，同一生活，同一語言文字，同一宗教，同一風俗習慣，完全是一個由『多數宗教』融合而成的民族。因此，中國傳統的代表文藝作品，便一慣地表現了中國所特有的民族風格──博而精，簡而文，沖淡而真實，雄勁而崇高。」為著補救現實表現的缺憾，三民主義文藝創作不能不擔當起下列任務：（一）凝結各自為政的散沙性；（二）指正排外心情的錯誤性；（三）剷除依賴習慣的劣根性；（四）發揚自力更生的積極性。

就「社會的屬性」說：「就近百年中國社會現狀說：第一，由於若干積習的深根，為惡勢力所盤踞，不易改革，陷於『舊』；第二，由於鐵路建築，偏於沿海及大城市，以致內地與邊疆，交通阻塞，教育未能普及，迷信未能剷除，陷於『愚』；第三，由於軍閥專橫，借助外力，割據擾攘，而若干特殊勢力範圍，更為罪惡之藪，以致法紀破壞，制度蕩然，陷於『亂』；第四，由於外受帝國主義的經濟侵略，內感生產技術落後，民族工業，無法抬頭，益以水旱天災，未能防止，陷於『貧』；第五，由於娼

賭流行，煙毒猖獗，國民體育不注重，軍事教育不普及，生活環境不改善，衛生設備不講求，陷於『弱』；第六，更由於個人主義的作崇，國民道德的退步，卑劣詐偽，放縱恣肆，陷於『私』。而這一切缺陷的總病根，則以不平等條約的束縛為造因。因此，反映在文藝方面的社會現象，也是『黑暗面』多於『光明面』。」為此，三民主義文藝創作應擔當起：（一）破除宗教色彩的迷惑性；（二）肅清個人主義的自私性；（三）糾正階級意識的歪曲性；（四）把握全面抗戰的奮鬥性。

作者對三民主義文藝創作的屬性的總結語是：以上，時代的屬性，領域的屬性，民族的屬性，社會的屬性，包含了「時」、「地」、「人」、「事」四者，有此四者，才能言之有「物」，使三民主義文藝創作，有血肉，有生命。同時，我們尤須知道：創作屬性，乃是決定文藝屬於某一不可移易的範疇的基本條件；因此，凡屬具備三民主義文藝的屬性的創作，一定不會與「異於三民主義的文藝」或「無關三民主義的文藝」混淆；凡屬「異於三民主義文藝的屬性」或「無關三民主義文藝的屬性」的創作，亦絕不能冒充三民主義文藝。

關於三民主義文藝創作的要素：

作者將此一議題分為形的要素、質的要素、量的要素三個方面。

形的要素包括素材、體裁兩部分。應該培育民族形式，洗煉國際形式，蛻變大眾形式。「民族形式，國際形式，大眾形式，乃是以三民主義文藝創作的形式為一個構成的整體，而含有這三種被『培養』著『洗煉』著『蛻變』著的形式的要素，是三位一體的；並非有三種形式，仍是一個形式。」之所以有這三種形式，是因為：第一，三民主義文藝創作是中國的；第二，三民主義文藝創作是現代的；第三，三民主義文藝創作是全民的。「對於民族形式自信的喪失，是可恥的，但絕不容姑息；對於國際形式固執的譏評，是可笑的，但絕不應投降；對於大眾形式無條件地拒絕，是可怕的，但絕不會迎合。我們要保持民族形式的廬山面目，提示國際形式的時代典型，攝取大眾形式的生活姿態，才能完成三民主義文藝創作的形式。」

　　質的要素包括主題、人物、背景。必須把握正確的主題，必須創造典型的人物，必須融合鮮明的背景。主題、人物、背景「三者之間是密切相關的：沒有主題和背景，人物便成了孤單的石像，不能例證人生；沒有主題和人物，背景便成了空虛的畫面，不能顯示世態；沒有背景和人物，主題便成了抽象的教條，不能傳播情感。至於它們產生的順序，並無一定限制。我們若著重於性格的效果，則可首先選定人物為中心；若著重於環境的效果，則可首先捉住某種背景的氛圍；若著重於行為的效果，則可首先選取某種事件為主題。」

　　量的要素兼具「形」與「質」。首先，它要求「廣」（廣不僅是指篇幅長，數量多，而且兼指表現的內容大，發展的範圍寬，和把握的對象多。換言之，所謂廣，就是文藝普遍性的發揚）；其次，它要求「深」；第三，它要求「久」（久的要素之構成，是以廣與深為其共同的條件：能廣，則作品所表現的生命無遠弗至，自然可以久；能深，則作品所表現的精神永恆存在，自然可以久）。

　　本書第三章三民主義文藝創作的技術：

　　　　……進一步，我們更要在創作實踐中，研求並獲得三民主義文藝創作本身的特殊技術，然後，再使這種特殊的技術，融化而為一般文藝創作技術的規範。——前者由「一般」至「特殊」，是建立三民主義文藝創作技術的階段；後者由「特殊」至「一般」，是發揚三民主義文藝創作技術的階段。

必須有幾個共同的原則，作為指導三民主義文藝創作的最高準繩。這就是：第一，適合宣傳的原則。「說『一切文藝都是為了宣傳』，並非減低文藝的身份；正相反，抹殺文藝中宣傳性的存在，適足以迫害文藝。古今來無數偉大文藝創作，其宣傳的目的固不盡同，但幾乎無一篇不具備著高度的宣傳性。即使『為文藝而文藝』的作品，它還不是宣傳了『藝術至上』的主張？因此，我要使文藝與『宣傳』攜手：宣傳的效果愈普及，宣傳的目的愈正大，文藝的價值也就愈高。尤其是

三民主義文藝,自然要作為宣傳三民主義的最高手段」。第二,適合教育的原則。第三,適合戰鬥的原則。(「一切無關三民主義的文藝」,「一切違反三民主義的文藝」,「冒充三民主義文藝隊伍中的敗類」,「不夠三民主義文藝戰士精神的友軍」,均屬「糾正」、「剿滅」、「肅清」、「克服」之列。)

本書第四章三民主義文藝的實踐之路:

> 三民主義文藝的實踐之路,就是要從「個人的實踐」,趨向於「集體的實踐」;而在集體的實踐中,特別發揮組織的力量。但參加集體組織的分子,仍為個人。

在個人的實踐方面,要能達到幾種要求:一曰「儲蓄精神的財富」:第一,體格的財富,第二,知識的財富,第三,道德的財富。二曰「充實革命的生活」。其條件為:

> 第一是,苦難的磨練:文藝家對於自己的才能和最高的力量,往往不易在平凡的環境中表現。除非大責任大變故或生命中的大苦難,才能把它磨練出來,古人所謂「詩窮而後工」,就是這個道理。
>
> 生長在這個大時代的激變中,個人生命的苦難,隨在都是,實在渺小得不值一提。我們眼看著大好河山和無數資產,在敵人的魔爪攫奪下喪失;而人類正義的光芒,也在魔鬼的吞噬下減色……這種種世界空前「苦難」的磨練,與其說是文藝家的災禍,無寧說是文藝家的幸運。這真是萬載一時的好機會;而完成三民主義文藝事業的大責任,今天恰又落在我們肩頭。所以,我們不要逃避,而要迎接;唯有以苦難來撞擊,我們生命中潛藏的炸藥,才會有驚人的爆發。
>
> 第二是,「自然」陶冶:我們為什麼要創造三民主義文藝?即是為了叫「我」的眼睛睜開,不誤解地去鑒賞這世界;並發現真我,一新「我」與這世界的關係。所以,「面對自然」,向自然吸取營養,便成為每個三民主義文藝工作者的日課之一。

　　當我們深深地挖掘自己的胸府時，大概總是照著一個礦脈挖掘的。但無論如何豐富的礦山，終有成為廢坑之一日，故必須尋覓沒有挖過的新礦脈，由此更踏入第二期的第一步，暫起置身於新的自然環境中，而更新「自我」。也就是要在自己的創業史中，創造幾張生命的白頁，好從生活之新章起筆，以免「江郎才盡」的厄運。

　　因此，我們必須不斷地擴大自己的生活圈：到戰鬥的前線，到遼遠的邊疆，到偏僻的農村……以變換自然環境，接受自然陶冶，才能吸取靈魂的滋養，使創作的泉源，永無乾涸之虞。而我們也才不至將自己關在籠子裏，歌唱改造社會的宏願，或作虛偽的空洞的表現，以零賣貴重的「自我」。

　　第三是，黨團的訓練：三民主義文藝工作者，是一個宣傳主義的戰士。他不僅對主義要有深切的認識，不僅對主義要有犧牲的精神，而且要接受主義的組織和訓練。所謂主義的組織和訓練，就是黨團的訓練。

　　我們知道，三民主義文藝，是革命的文化事業，所謂「革命」，不僅是一種事業的創造，同時也是一種生活的實踐。而在革命的實踐中，集體的黨團生活，就是最好的訓練。它可以使一枚孤掌，得到同甘共苦的手足；它可以使個人英雄主義所不能完成的事業，得到無數同志的擁戴和贊助。因此，每個三民主義文藝工作者，都得參加黨，參加團，從黨團生活的實踐中，接受訓練，充實革命生活，完成革命事業。

　　過去文藝家的錯誤，就在或以自由信仰作為生活指標，覺得不如此不足以增高其身價；或以頹廢浪漫作為生活要素，覺得不如此不足以觸發其靈感；或以結納標榜作為生活中心，覺得不如此不足以鞏固其地位。故立論則妄肆淺薄，創作則東塗西抹，依附則共立門戶。他們沒有中心信仰，沒有健全生活，沒有革命同志，而他們也就永遠失去接受訓練的機會，寄生於荒謬、墮落與自私的反革命的生活中。從這種反革命的生活中，自然無法產生

革命的文藝作品。這不僅是文藝界的損失,同時,也正是黨團的損失,我們不能一誤再誤。

以上是試論一個三民主義文藝工作者,充實他的革命生活所需要的三個條件:第一個條件(苦難的磨練),近於刺激性,它可以超過煙酒的功能,發動我們內在潛伏的能力;第二個條件(自然的陶冶),近於滋補性,它可以代替養料,培植我們心田播下的種子;第三個條件(黨團訓練),近於策勵性,它可以斬除荊棘的阻礙,增加我們努力前進的勇氣。具備了這三個條件以後,我們的生活,才是充實的革命的生活。」

本書第五章結論:

在此,我們先要指出歷來文藝批評家反對「主義與文藝結合」的誤解。這些誤解可以從下面六點來加以糾正:

一、真理永遠存在 反對「主義與文藝結合」者的第一種理由是:文藝一有了主義,就會變成「謬妄」。這種謬妄,每隔若干年到了不得不倒的時候,就要被另一種謬妄所代替。例如浪漫主義壽終時,就由寫實主義來代替……如是循環不已,一部文藝史,遂成為畸形兒陳列室的目錄。這種看法,無疑地忘記了一個要點,就是「真理永遠存在」。浪漫主義與寫實主義之所以隨時代而生滅,就因為它們不能代表真理之整體;而浪漫主義之後所以又有新浪漫主義,寫實主義之後所以又有新寫實主義,就因為它們畢竟代表了真理的一部分。但人類是不僅應該而且必須追求真理之整體的。因此,另一個新的主義,代替了舊的主義,此新的主義一定要接近真理,否則,它就不能存在。歷史的進化,就是向真理之途邁進。它是螺旋地逐漸前進的,不是循環反覆地停留在固定一點的。宇宙間為什麼會不斷地生滅一樣的主義,就因為還沒有一種主義足以代表真理之整體。真理的整體是什麼?一言以蔽之,就是真善美三者的綜合。我們三民主義的民族主義,根源於

情，而與美相生；民權主義根源於法，而與善相成；民生主義根源於理，均可放之四海，傳諸百世，如帛菽水火，永為人類所享用。換句話說，也就是三民主義足以代表真理之整體。我們以足以代表真理之整體的三民主義與文藝相結合而產生的三民主義文藝，自然不是「謬妄」，而是真理整體之表現。我們相信：它一定能夠永生於宇宙，保存著人間永遠的活潑的青春。

　　二、信仰無法投機　　反對「主義與文藝結合」者的第二個理由是：文藝結合了主義，就會變成流行的招牌，大家一窩蜂向一邊飛，以爭一時的功利，而忽略了時代的良趣味與真修養，以致「眾人皆濁，而我亦濁」，不能高標出眾；甚或「如蠅附膻，如犬爭骨」，不能探源求本。這種看法，也忘記了一個要點，就是「信仰無法投機」。因為信仰是絕對的，沒有妥協的餘地。時間就是信仰的試金石，一切投機取巧的作家，今天寫革命的血的生活，明天寫色情的愛之迷戀，只有被時間吞食。我們之所以要提倡三民主義文藝，正為了我們有一種信仰，相信它不僅是時代的，而且是永遠的良趣味和真修養；而這種良趣味和真修養，則是「利他」的，不是「利己」的。「獨樂樂」自然「不若與人樂樂」：一群興高采烈的蜜蜂，是可以釀出甜美的蜜的；只有騎牆主義的蝙蝠，才永遠是可恥的失敗者。所以，我們並不否認三民主義文藝的功利觀念，但在作家創作的心境中，必須首先打破自私自利的企圖，才能從信仰之源中，湧射出利他的功德之水，以造福現在乃至未來的世界。

　　三、理想異於幻想　　反對「主義與文藝結合」者的第三種理由是：文藝套上了主義，就要為現實的環境所束縛，所駕馭，使作家的眼光短縮，胸襟偏狹，不能為遠大之圖。這種看法，也忘記了一個要點，就是「理想異於幻想」。理想與幻想的區別，前者恰似「望梅止渴」的「梅」，而後者恰似「畫餅充飢」的「餅」。因為梅的本身可以止渴。發現「梅」，就是「理想」在望，只要走進梅林，就可以如願以償；餅的本身雖可充飢，但必須將理想放

在麥子上，放在麵粉上，才有希望；一旦放在「畫」上，欣賞則可，『充饑』即為幻想。再簡單一點說，理想是可以實現的，只要你肯努力；幻想則不能實現，任憑你如何努力，都是白費。所以，我們的理想固然不妨遠大，但必須有現實做依據，有主義做軌道，才不是幻想。所謂「理想可以不受現實的束縛」，其意義僅為不做現實的奴隸，而做理想的追求者，並非幻想天開，不顧現實的一切。一個三民主義文藝工作者的理想，應該是力求三民主義之具體實現。只要有了這個理想，他的胸襟，自然就會擴大；他的眼光，自然就會深銳。而我們目前現社會所遭逢的阻礙，也就可以從理想之途，越過此種距離，在三民主義文藝領域中，建造一個在望的梅林，以慰解人類精神的煩渴。

四、自由不許放縱　反對「主義與文藝結合」者的第四種理由是：文藝一與主義發生了關係，就要趨向於公式化，使作品受種種的限制與剝奪，失去獨立的精神和自主的機會。這種看法，也忘記了一個要點，就是「自由不許放縱」。三民主義原是爭自由的主義，三民主義文藝工作者，自然也就是為了爭自由的戰士，他不僅應該自由，而且是必須自由的。但自由要有「軌範」，要有「前提」。自由的「軌範」和「前提」，就是一方面不侵犯他人的自由，另一方面不忘記民族的自由。不侵犯他人的自由，自然就不會硬作蠻來，強迫作家的作品，納入公式的鑄型；不忘記民族的自由，自然就不會喪心病狂，假自由的美名，行放縱的罪惡。再設一個淺鮮的譬喻：三民主義文藝工作者，是應該在他的創作中放進『個性』的，但絕不許放進「小我」；「自由」與「放縱」之別，就是「個性」與「小我」之別。所以，三民主義與文藝結合之後，對於作家的自由，絕無妨礙；相反地，它正可以指示自由的大路，以發展作家的個性。

五、團結不是利用　反對「主義與文藝結合」者的第五種理由是：文藝戴上了主義的頭銜，就要鬧組織鬧系派，作為少數人宣傳的工具，企圖藉此獲得社會的地位，或者想藉參加文藝團體

的機會，覓取戀愛的對象。這種看法，也忘記了一個要點，就是
『團結不是利用』。我們為什麼要組織文藝團體？為的是它可以做
到任何個人所不能做到的文藝貢獻；它可以給予參加者相互觀摩
的刺激，使他們憑藉多數者的影響，以開發個人的能力；它可以
對付出版業的操縱，以保障毫無經濟能力的作家們的利益……尤
其是三民主義文藝會，它是互助、協調、統一、合作以及集中作
家意志與力量的有機體，這裏沒有文壇登龍術：罵與捧，報復與
嫉妒，挑撥與離間，在我眼裏都是下流的。我們共同信仰是「三
民主義」，沒有什麼系派可鬧。我們的共同目的，是建造一個三民
主義的富強康樂之國，國家有地位，我們才有辦法：否則，任你
有地位，高貴的俘虜，是抵不上一個自由的平民的。我們的共同
信條，是以真正的友誼與同情來做「團結」的基礎，而粉碎任何
「利用」的假面具。一方面保持各人個性的自由，一方面求得彼
此完全的理解。假如說，我們是為了覓取戀愛的對象，那麼，這
個對象，就是「三民主義文藝創作」。

　　六、成功沒有僥倖　反對「主義與文藝結合」者的第六種理
由是：文藝有了主義做背景，就會依賴政治推動的力量，使有主
義色彩的一般作品，凌駕沒有主義色彩的熟練作品，於是，真正
優秀的文藝作品，為之貶值。這種看法，也忘記了一個要點，就
是「成功沒有僥倖」。姑無論文藝價值不必是當時的少數人的評
論，而是易代的千萬人的讚譽，即以眼前的標準來說，文藝作品
畢竟不是「權位利祿」的符號。它不能關在深衙裏，以森嚴的禁
衛，保護它的高貴的神秘；它不能裝在汽車裏疾馳而過，讓人家
聞不到它的氣息；它更不能塗起特殊的色彩，掩藏它僵死的內容，
使人們誤認為美麗活潑的仙子……因為人類看文藝的眼睛，永遠
是「智慧」的，不是「肉」的。尤其是三民主義文藝作品，它的
作者必須更有充分的修養和艱苦的努力，才能避免過去一切口號
式和尾巴主義的錯誤，同時，也才能叫人們睜開文藝的眼睛來發
現它的生命之美。而真正優秀的作品，我們認為除了熟練的技術

之外，必須更有正確思想和中心信仰。這種正確思想和中心信仰，就包含在三民主義文藝作家的人生觀和世界觀之中。這種既有熟練技術，又有正確思想和中心信仰的真正優秀作品，不僅不會貶值，而且必然要凌駕僅有熟練技術，而無正確思想和中心信仰的作品。這其間是一種公正的評判，並不需要倚賴政治推動的力量。因此，一個三民主義文藝工作者的成功，沒有偶然，也沒有僥倖，他固然可以探險，但決沒有捷徑。新大陸的發現，是要經過無數艱苦航程的；而發現新大陸之後，更要努力墾殖，才不致荒廢這塊肥美的土地。

糾正了反對「主義與文藝結合」者的種種誤解以後，我們更可以得到一個新的認識：就是三民主義文藝前途的阻礙雖多，只要我們有披荊斬棘的精神，一定可以迎刃而解。但要特別警覺的是：必須創造真正優秀的三民主義文藝創作，作為我們開路的利斧。

因此，三民主義文藝，不能僅恃理論體系與創作綱領而存在，更不能徒靠空頭團體來支持；它必須信賴成千萬三民主義文藝工作者，在他們的創作實踐中來撫育它，培養它，才能成長健壯。質言之，即必須要有三民主義文藝創作──要有不斷進步的三民主義文藝創作，才能使它的理論與綱領，獲得『活的』『有生命』的依據；才能使它的組織機構，輸入新細胞與新血液。這道理，就等於我們有了三民主義，必須更有三民主義工作者的革命行動一樣。

趙友培在本書中有幾個觀點是他們的「本黨先進」沒有說過的：

文藝與主義相需相成，不可須臾離開。

三民主義代表真理之整體。代表真理整體的三民主義與文藝相結合而產生的三民主義文藝，自然是真理整體之表現。

三民主義文藝的理論體系是：以民族主義為前提，以民權主義為手段，以民生主義為中心，以民生哲學為基礎，以孫中山總理的遺教為準繩，以蔣介石總裁的言論為規範。

三民主義文藝創作有其本身特殊的技術。

每個三民主義文藝工作者都得參加國民黨、參加三青團，接受黨團訓練。

儘管把新文學運動以來的歷史全部否定，把文壇現狀全部否定，但仍然慨歎他所堅持和固守的三民主義文藝沒有理論，沒有批評，沒有創作，沒有組織，沒有刊物。

中國文藝社

宣佈制定三民主義文藝政策一年之後，1930年，才在南京出現中國文藝社。

中國文藝社的主幹是王平陵、左恭、鍾天心、繆崇群。而王平陵卻是民族主義文藝的領軍人物。民族主義文藝派和三民主義文藝派是有矛盾的，此是後話。前已說過，三民主義文藝是國民黨中央宣傳部的寵兒，中宣部每月給中國文藝社1200元津貼。因為靠山穩固，經費不愁，而且顯得富裕，它就既辦《文藝月刊》，又辦《文藝週刊》（《中央日報》附刊），更可以在全國全文壇拉作家，組織稿件。稿費優厚，稿源不愁，《文藝月刊》就還算與文藝沾點邊。

關於中國文藝社，民族主義文藝派刊物《矛盾月刊》上，署名辛予的作者在〈一九三一年南京文壇總結算〉中有較多的介紹：

> 中國文藝社，這是一個創辦得最早而且規模也最大的文藝社團，成立時期大概是1930年的7月間。其組織的系統與經濟之來源，完全和國民黨中央宣傳部有直接的關係。為這，過去曾有許多批評者以此來垢病該社，說得非常之難堪。其實，這一般批評者的態度，在我們看來是不大適當的。一個政黨用文藝政策來幫助其主義的完成，這方法在原則上是應該許可的；因為文藝不僅反映了時代，且還負著推進與啟辟時代的使命。只要這些運用文

藝政策者的本身並不曾離開時代的需要，即使被取作工具，對於文藝也是沒有什麼傷害的。所以在這裏，我們先得糾正那些淺見的批評者之謬誤。

由於前面所述的這一點政治上的關係，一般的直覺全都以為這組合必定是竭力在提倡「三民主義文藝」的。實在呢，事實倒並不如此；他們不僅是沒有明顯地給自己劃下一條應走底路線與準確的目標，甚至否認了文藝與時代的連系而以極端模稜極端灰色的態度，主張藝術至上主義者那種為藝術而藝術（Art for Art's Sake）的論調。文章在引用《文藝月刊》的發刊詞中語──「文藝是人性自發的最天真的衝動，為愉快而創造，為創造而愉快。文藝家是時代的預言者，是靈魂的冒險者」後，譏諷地說：「是多麼堅決的肯定啊！他們是這樣輕輕地拋棄了自己這組合的作用與意義，套上這副死灰的紳士臉幕。他們只要做一個叛離現實的虛偽的『時代的預言者』，卻不願意去做時代的工作者。」由他們詩一般地歌頌文藝，「我們可以知道這組合中的人們是十分頑固地將自己脫出了社會的核心，退落到時代的水平線之最下層去了。這樣的態度，從他們所有出版的內質上看來，直到眼前還是保存著，甚至有增無減的。所以，如果單就思想方面講，這組合是顯然落伍的。

中國文藝社的組成份子，其比較最重要而又為一般所注目的是：王平陵，左恭，鍾天心，繆崇群等4人。據我所知道，努力於文藝的歷史是王平陵最早，他曾經出版過好幾個單行本，現在是在編輯《中央日報》的附刊《大道》。從他歷來的理論文字來觀察，他是主張『民族主義文藝』的，他認為文藝根本就是一種工具，是一種武器，用這工具與武器來喚醒大眾的民族意識，迺是眼前必要的工作，且不容有絲毫懷疑之存在。他的見解和其他幾個人自然是絕端不同，因此之故，只編過幾期的月刊，就因為思想衝突而被奪去了，以後也少看見他的作品在月刊上發表，這是很可惜的。

左恭與鍾天心兩人的名字，我們似乎很不熟諳，前者曾以「徐子」這個筆名在月刊上登過一篇中篇小說〈金魚〉，故事很平淡，

行文的技巧也不見得高妙，《文藝月刊》自第 2 卷起是改由他編的。後者鍾天心，實在是一個政治舞臺上的活動者，對於文藝，知道的極有限，從他那些半古半今，非驢非馬的抒情詩看來，簡直是淺薄得不成樣子，這人在文藝上的成績，似乎遠不及他在政治方面底活動能力來得可觀。

繆崇群在思想上，也是主張「為文藝而文藝」的。他的散文寫得非常美麗，頗具日本作風。以前曾經在《小說月報》及趙景深主編的《現代文學》上發表過幾篇作品，是很得到過讀者們讚賞的，但同時也有人罵他過分的頹廢，不過他的身體不很健康，患著很沉重的肺病，而他的環境與遭遇，聽說也是非常苦痛的，對此，我們似乎應該給他一點原諒，不宜過分苛刻的責備。從左恭離開南京後，月刊由他編輯，直到現在。

在南京所有的定期刊物之中，《文藝月刊》的內容是應該站在第一位的。從每期的目錄裏邊，我們可以看見隨處堆滿著那些為一般讀者所熟諳的大作家底作品。考其所以能夠將內容弄得如此充實的理由，第一是有豐富的稿費；成名的大作家對於『錢』這個字所抱的態度是並不和世間的庸俗之流有所區別，到有 3 元至 5 元 1000 字的稿費，縱使你不去找他，他們也會非常謙和地「毛遂自薦」的。而《文藝月刊》那種模棱灰暗的態度，尚可以使一些老成持重的大作家不致有左右為難的苦痛，名著巨作之能夠源源而來，這也許就是理由的第二點。

不過在另一種見解上，我們對於這本內容豐富的刊物，卻又不能不有所非難。誰都知道，中國文藝社乃是一群文藝作者與愛好者之集團，出版定期刊，其目的當然是要表演他們這一群的智慧與才能；是屬於「同人雜誌」這一類的，性質應該完全和書局為了營業而出版的刊物絕對兩樣。如果書局的刊物去拉攏幾位偶像作家來裝幌子，藉以企圖謀利是可以容許的。若是一個文藝社團的「同人雜誌」也這樣辦法，則未免太失去了這社團存在的意義了。試翻遍十多期的《文藝月刊》，幾乎找不出幾篇是他們社員

的作品,這現象,若非編輯者之過分崇拜偶像,則一定是刊物本身之側重於商業化。然而,以一本同人雜誌而如果染上了這兩種傾向之一,也已經是很可怕的病態了。

就《文藝月刊》的外形而論,也有著一點不甚使人滿意之處;編排太覺呆滯,而封面的式樣則始終輾轉於模仿的路上,起初是學《小說月報》,後來是學《新月》,此雖小節,但也足以顯示這刊物的缺少創造能力。

《文藝週刊》是附隨於《中央日報》出版的。前數期的編者也是王平陵,後來則由繆崇群主幹。態度也同月刊一式一樣,是從來不曾提及一點什麼主義的。在這小小的篇幅之中,總算是發表了一些社員的作品,然而這也是很有限的;事實上盡有許多社員底值得一讀的稿子,是格於思想與感情而被擯棄的,這也是不大妥當的事情。

在 1931 年的 6 月初,中國文藝社曾以空前的經濟力量,出演了 Dumas Alexandre 的《茶花女》。這大規模的演劇是著實騷動了陰森的古城,使戲劇界原來死寂的空氣為之一變。而且從這次相當成功的結果之中,更為南京的舞臺上發見了幾個不可多得的人才。但是在這樣的時代裏選擇了這樣的劇本來上演,除掉是充分表現了中國文藝社那種一貫的「為藝術而藝術」的態度而外,別的意義卻找不出來。

總之:以中國文藝社那樣完備的組織,及其充足的財力,至少在南京的文壇上是應該開拓一點光榮的歷史出來的。然而辛因思想之沒落,態度之模稜的原故,給予大眾的一切實在是太少了。這是缺憾;是很足以惋惜的缺憾![11]

---

[11] 辛予〈一九三一年南京文壇總結算(上)〉,載 1932 年 5 月 25 日《矛盾月刊》第 2 期。據 1932 年 12 月 5 日該刊第 3、4 期合刊說:「〈一九三一年南京文壇總結算〉的續稿,因作者辛予君以某種關係而入獄,只得暫時停刊了。」(第 353 頁)

　　有資料說，中國文藝社成立於北伐戰爭之後，是南京中央大學幾位
教授與王平陵、華林等組建的。1929 年三民主義文藝政策制定、三民主
義文藝口號提出，它就成為這政策的執行者、這口號的營銷店。1930 年
正式在文壇亮相，並由於《文藝月刊》的創刊而為人所知。除出版《文
藝月刊》外，還辦有《文藝新地》月刊、《文藝》雙週報，並主編《中央
日報‧大道》副刊，編印《中國文藝叢書》，只收社員著述。1935 年，左
翼文壇為適應抗日救國的新形勢，提出國防文學口號，並於次年春解散
左聯，另組文藝家協會；國民黨中央黨部也改組中國文藝社，以民族主
義文學口號來和國防文學口號抗衡。改組後的中國文藝社，由國民黨中
央宣傳部部長葉楚傖任理事長，張道藩任副理事長，中宣部副部長方治
任常務理事，褚民誼任理事，華林任總幹事，王平陵任出版部主任。中
國文藝社於 1945 年停止活動。30 年代，在文學大本營的大上海，見不到
中國文藝社的活動，即使在首都南京，也沒有它開展活動的報導，唯每
月按時出刊《文藝月刊》，也許倒是它的勞績，是它留給歷史的可尋線索。

《文藝月刊》

　　據《文藝新聞》上的〈首都文壇新指掌〉、《文學導報》上署名思揚
的〈南京通訊〉等文章提供的史料，中國文藝社、《文藝月刊》等都有國
民黨中央背景，得到津貼，實力雄厚，底氣足。
　　思揚的〈南京通訊〉[12] 有個副題〈三民主義的與民族主義的文學團
體及刊物〉。文前的背景交代為讀者找到一個切入點。它說：

　　　　自從南京國民政府所謂「奠都了邦國」以後，它對一般的勞
　　苦大眾的迫害，也更露骨的更尖銳的加緊起來。為了要文飾統治

---

[12] 載 1931 年 9 月 13 日《文學導報》第 1 卷第 4 期。

者自身的罪惡,並更進一步的欺瞞大眾,於是那專門宣傳軍閥政客們之『德政』的宣傳機關,而實質等於舊家庭裏的諂媚老爺刻毒奴婢的姨太太般的國民黨黨部,也就拾著「黨治教育」的餘渣,而文化上,把剝削中國勞苦大眾的血汗之總量的零星,來實施「黨治文化」了。(據說,這是國民黨最近的文化建設的政策之一,而又據說這政策是學共產黨的。)

目前,我們在這裏,是不能有從理論上來論證文化的本質而藉以批判這「黨治文化」的餘裕;唯一的我們要先檢閱一切客觀的事實。現在,我們就要看「黨治文化」這狗把戲的劇情吧!

國民黨的黨治文化,其實就是所謂「三民主義的文藝政策」。這政策最初的發端,蓋起於 1929 年葉楚傖任中央宣傳部長時。那時葉和他的小走狗王平陵(南京《中央日報》副刊編輯),開始在南京《中央日報》發表〈三民主義文藝的建設〉等文,其內容要點:一、共產黨既有文藝政策於先,國民黨則不讓它(共黨)專美於前了;二、現在三民主義既與共產主義成為敵對,國民黨也就不能不有文學這一方面的相當抵禦;三、反對無產階級認普洛文學為鬥爭武器而要提倡合乎(?)中國「國情」,適應三民主義的「非暴力」的文學;於是,他們便利用這「文學的號召」,收買落後的低能的知識青年作為走狗。

這時候,南京蔣介石統治國民政府的基礎,還非常動搖,所以那時候,作蔣介石之代言人的黨部也就只忙於對軍閥混戰的宣言通電之拍發及於各地安置黨羽狗卒,而尚未能對文藝政策有所實力的注意。但在那時,田漢統率了「波希米亞」的南國社到南京公演,卻引起了他們頗深的注意。

到 1930 年春,上海普洛文化一時的澎湃,及全國前進的青年大眾之熱切的堅決的擁護,這現象就真的是平日只知唱「三民主義是救國?是賣國的」之濫調的黨國要人們受到很大的畏懼與打擊。時逢其會!與蔣介石爭統治搶領導的閻、馮、汪、李、白等軍閥和所謂黨的開(國)元老,都因了蔣之取得國外帝國主義的

信任（對奴才劊子手的信任忠實）與幫助（供給屠殺中國民眾的金錢及槍炮），而被蔣部分的先後的克制下去。由之，蔣大人就挾天子令諸侯的似乎江山在握了，於是忠臣就勸進。曰：救亡之道，以文藝而引收青年亦一端也。自然蔣對此是無可無不可的；而黨部在此時也必須是要找出事來討論的。於是，國民黨之所謂三民主義的文藝政策，乃居然像煞有介事的成為「議決案」了。

「文藝政策」，在國民黨看起來，也是應屬於宣傳工作之內的。於是這決議案的執行，就發交宣傳部了。將此實際的表現工作上，就是各地《民國日報》報屁股上滿載著〈總理在天之靈〉，〈蔣總司令勞苦功高〉（注：勞苦，殺人如麻之忙碌也；功高，主人帝國主義之誇獎也。）的國民黨之初期的三民主義的文學作品。

稍後，黨部人員於「擁護，打倒」的工作清閒了，於是具體的開始了三民主義文學的「建設」：按月支給大洋 1200 元，開辦中國文藝社，發行《文藝月刊》，也是宣傳部的事。但宣傳部向來是握在西山會議派手裏的，（如葉楚傖，劉蘆隱前後的部長。）這於國民黨後起的更資產階級化的陳派（陳立夫、陳果夫兄弟，任組織部。）自然是不高興的；然而抱著「他幹我也要幹」的心意，「反正有的是錢」的自信，於是三民主義的文藝政策，就在此分了兩路。」一為三民主義文藝，一是民族主義文學。

《文藝月刊》本是三民主義文藝派的刊物，但在 1937 年 7 月 1 日出版的第 11 卷第 1 期的〈編輯後記〉中卻有這樣的話：「民族文藝之重要，在今日已成人人皆喻之事實。本雜誌素以嚴肅之態度，提倡民族文藝；但極力避免心不由衷的口號文學。」（第 204 頁）

在一篇編後記中，《文藝月刊》編者回答了讀者關於該刊的稿費是誰批的？如何批的？以及標準等問題，在此錄以備考：

在一般採取主編制的雜誌裏，往往容易發生主編動用公款的弊病。即使這位主編「公」「私」分明，半文不苟，──這樣的主

編不是沒有，——而當他批稿費的時候，多少輕重之間，難道沒有些感情作用在內麼？《文藝月刊》自 8 卷 1 期起，早已改為「編輯委員會」制；4 位編輯委員共同審查稿件，共同編輯，共同批稿費。我們是『四位一體』的，誰都無權講：「我要批多少」！每期雜誌一出版，我們就在編輯會——平時每週一次，臨時會議在外，——中，共同批定稿費。我們先把登出來的文章，依照各文的本自價值，分為「甲」，「乙」，「丙」三組；「甲」組每千字 4 元，「乙」組每千字 3 元，「丙」組每千字 2 元。繼而依照組類，計算各文應得多少錢：這個數目還是假定的。我們預算每期 15 萬字（特大號在外），實際上期期超過這個數目，大都每期有 17 萬字。可是，每期的稿費總額是固定的，一點伸縮都沒有。萬不得已，只能把「甲」「乙」兩組的假定數目來減，先從每 10 元減 1 元起，直減到 3 組總數合於固定總額為止。在可能範圍內，我們極力不減「丙」組的錢；因為「丙」組每千字 2 元，實在太少了，再要減，未免說不過去！減過了卻適合固定的總額，才是確定的稿費。我們請我們的幹事，當了我們的面，謄了一張清單；我們把清單復查了一下，然後各人簽過字，又加蓋了編輯部章，方算完結。這樣鄭重其事地批稿費，我們想，不但在中國，在歐美也是少有的罷！我們對於任何稿件的分組，完全以稿件本身價值為標準。我們始終認定：文章的好壞與作者的有名無名是無多大關係的；有時，說也傷心，「名」與「實」卻成一個反比例！至於我們自己的文章，決不因為我們自己當編輯，就一古腦兒列入「甲」組。我們自己的文章也要經過同樣的審查；而且，如果要減，先得從我們自己減起。

我們只恨本社不富裕，不能提高稿費，十分對不住諸位作者！然而，「每千字若干元」這個估計是相當（對）的，而非絕對的；文藝作品根本不能拿尺來量短長，不能把天秤來稱輕重的呀！事實上，一般的投稿，一半為了興趣，一半為了稿費。諸位既然感得興趣才來投稿，而且這類熱烈地希望《文藝月刊》欣欣向榮，

即使稿費少些，──這，本來不是我們要如此的，──當然能夠原
諒我們！

還有一節，講起來有些「小家氣」，卻也不妨談談。我們4個人
承蒙中國文藝社理事會聘請為編輯委員，我們絕對為了興趣才答應
的，不是為了金錢：我們壓根兒就沒有支過半文錢的「月薪」！我
們各人有各人的固定職業，雖不富裕，也足以度日，編委不過是我
們的兼職。即就稿費而論，數目是我們負責批的；錢，卻不由我
們經手。中國文藝社內分「文藝月刊部」與「文藝俱樂部」兩部，
是並行的，各部的經費也是獨立的。可是，我們編輯委員會為了
避去種種麻煩起見，把稿費總數寄存於文藝俱樂部，要發時才去
取；文藝俱樂部不得我們4個人簽過字的稿費清單時，不准支出
半文，《文藝月刊》要領稿費時也須憑那張清單去領。固然，我們
4人所負責的是編輯責任，而非金錢責任；卻因為「稿費」與編務，
與《文藝月刊》的信用，都有密切的關係，所以我們十分謹慎從
事。今天，乘便說個詳細，說個痛快！（第190-191頁）[13]

中國文藝社的機關刊物是《文藝月刊》。

《文藝月刊》姓三民主義文藝，卻並沒有聲嘶力竭地宣傳三民主義
文藝，尤少謾罵之詞，當然發刊詞除外。

《文藝月刊》於1930年8月15日創刊於南京，至1941年11月終
刊，共生存12年，出版月刊11卷51期；從1937年10月起，改出《文
藝月刊·戰時特刊》，頭3期不分卷，自第4期起，標為第1卷第4期，
共出5卷43期，自1941年4月16日起，又改署第11年4月號，至11
月號終刊。另外，1939年5月20日曾出版號外1期，「敬以此刊獻給『五·
三』『五·四』『五·一二』『五·二五』死難的弟兄們」。12年中，總共
出版125期。辦刊地點也因抗戰形勢的變化，由南京而武漢，由武漢而
重慶。

---

[13] 見1936年5月1日《文藝月刊》第8卷第5期〈編輯後記〉，第190-191頁。

在現代文學史上，一種文學藝術刊物能出版這麼長時間，這麼多期，除《小說月報》外，還沒有其他文藝刊物可與之比肩，而且 12 年中基本面貌不變。

發刊詞

《文藝月刊》的發刊詞題名〈達賴滿 Dynamo 的聲音〉，署名本社同人。

這篇長達 6000 餘字的發刊詞，談了他們的文藝觀，和對普羅文學的攻擊與誣衊，卻隻字未提三民主義文藝，壓根兒就沒有說三民主義文藝是怎麼一回事。這倒是值得深思的。發刊詞的內容是：

文藝「並沒有荷著任何種的使命」，只是有情緒要發洩而已：

> 我們的仔肩上，並沒有荷著任何種的使命，實在，自己的靈魂，還未能安放在適當的場所，再也擔不起比解決自己還要更大一些的責任。我們只感覺到無限深沉的情緒，常常蕩漾在幽默（默默？）的心海上，如游絲一般找不到寄託的悲哀、剎那間走眼前飛逝的驚奇的印象，想把它們抓住，留下一些痕印來；我們需要發洩，需要寫出；雖然這發洩的，寫出的，自己也決不會承認是什麼東西。

文藝並不是為著某一時代而創造，為著某一階級而寫作。「文藝是人性自發的最天真的衝動」；文藝家的修養是發揮真實的人性，文藝家的責任是用純粹的藝術方式表示人性：

> 憑我們那種淺薄的視覺，就向來沒有看見歷史上的，現代的，一切古往今來的文藝創作家，是為著某一個時代而創造文藝，為著某一個階級，而寫作文藝。我要問問易卜生，你是不是早就預存著一個社會問題，婦女問題的成見，而後才去寫你的《傀儡的

家庭》？我要問問王爾德，你是不是早就打好了反宗教的腹稿，而後才去寫你的《莎樂美》？我要問問高爾基，你的《下層》，是不是故意為著下層的民眾而寫出的東西？我要問問高爾斯華綏，你的《爭強》，是不是故意為著勞資階級的對立而寫出的東西？我以為在他們開始創作的時候，就決不會顧慮到後來的批評家，要把他們的作品，不憚煩的染上了紅的綠的顏色，歸入那一類，那一派，那一個問題，那一個時代。他們只是感覺到一個最深刻的印象，引起了極真摯的同情，這同情好比是瀑泉一般的要自然的流走，像繁卉逢著夜雨一般的要自然的生長，一切都是聽之於自然罷了，決不會滲入了故意和不自然的成分，默認自己為某一階級而創作文藝，是擁護某一階級的忠僕。要不然，他們的作品，只不過是人類意識的複寫紙，巴黎蠟人館裏像人的面具，就再也不會有一毫蘇蘇的生氣了。就再也不會得著全人類的同情了。文藝是人性自發的最天真的衝動，為愉快而創造，因創造而愉快。

文藝家是時代的預言者，是靈魂的冒險者，他具有純潔無邪的熱忱，超越一切的敏銳的感覺，透視一切的犀利的目光，熱烈的豐富的情緒和想像；他能深刻的瞭解自己的痛苦，同時又最沉摯的憐憫社會的沉淪；他有希求社會向上的一顆熱烈的心，但是，他沒有實行決鬥犧牲的強毅的力；他能很清楚的看透了「現在」，最明顯的預測了「將來」，但是，他對現在只是寫出了一篇供狀，對將來僅僅流露出一個期望。當一個社會的悲觀面，陰褐層，還在朦朧的時候，文藝家已經感覺到異常的不安了；當無量數的眾生，被蠱惑於撒旦的欺騙而不自覺，文藝家早就吹奏著閎大的號音，驚醒人們的迷夢了；當人們憔悴呻吟於暴君污吏的虐政之下，文藝家已代表許許多多被災難的同伴們，放聲號哭了；當人們正在絕望顛沛，悵惘於無邊的恐懼時，文藝家又替人們舉起了智慧的火炬，推開了禁錮的隔膜，預示著人道的曙光了。但是，文藝家儘管是惻隱慘怛的替自己呼喊，替眾生呼喊，而始終沒有能替自己替無量數的眾生，開一個方案，立一個計畫，明明白白指示

一個方向，殺開一條血路；所以，文藝家並不存心代表任何階級
來說話，而任何階級的苦痛確是在文藝家那種明澈無塵的懸鏡裏
映照出來；文藝家並不有意表現著什麼時代精神，而時代卻常常
在文藝家真情的狂瀾裏沖蕩出來；文藝家的努力，是代表一個新
時代的開始──僅僅是一個開始啊！文藝家自有其獨立不移的真
實的人性，文藝所要求的，是忠於人性的描寫，文藝家的修養，就
在如何發揮真實的人性，文藝家的責任，就在如何可以把這真實的
人性用純粹的藝術方式表示出來。

「文藝的本質決無形成階級性的可能」，文藝的製作不是屬於某一個
階級的專利品，「我們決不應該喪心病狂，拿金盧布掩蓋了天真潔白的人
格」，替赤色帝國主義者搖旗吶喊：

　　　　一個新社會和舊社會的交替期中，在經濟上似不免要顯露出
階級的意識，同時，各階級中亦必形成一種對立的形式，而十分
表示出紛亂的狀態。至於在文藝上，就不會有這種不幸的現象，
而且，也不需要造成這種畸形的傾向。……文藝的本質，決無形
成階級性的可能了。因為文藝既非有閒階級的消閒品，也不是無
產階級的洗冤錄，文藝家決不會為著有閒階級要排遣剩餘的時
力，才去創造文藝，也決不會為著無產階級要發洩含蓄不盡的冤
誣，才去創造文藝。在文藝家的意識裏，根本就沒有混入偏激的
階級的成見，文藝家的立場，並沒有踏在任何階級的領域上；所
以文藝家的製作，是永久的普遍的流傳於全人類，為全人類所愛
好，所欣賞，所批評，而決不僅是屬於某一階級的專利品。倘若，
文藝是需要有階級性的，那麼，代表某一階級的文藝，就只有某
一階級的人們表示愛好，其餘大多數的人們，必感著乏味，而文
藝的力量，也就只能及於某一階級，決不能流傳到全人類。況且，
在經濟上這種階級的意識，逐漸至於尖銳化，無疑的必引起階級
與階級的鬥爭，人類與人類的仇恨，某一階級倒坍，某一階級復

興，階級間的起伏不定，社會上的紛亂頻仍，如此循環報復，變亂相循，必使人類一切的文明，完全瀕於絕滅的境界，這是人類多麼一個重大的憂慮呵！……我們的文藝家，應該負起我們的責任，認清我們的時代，我們有許多美麗的未開發的寶藏，我們有豐富的一望無涯的草原，我們有無垢的靈魂，有聰明的智慧，有光耀閃爍的人格。時代在暴風雨裏，太平洋的怒濤洶湧，搖撼了我們的沉夢，覺醒吧！青年！時代正急迫地需要我們。我們不必鬱結著失意的苦悶，常常流露出無力的怨望，頹廢的倦容，和世紀末的悲哀。不要把距離故意拉得這麼遠，好比是星球與星球的隔絕，大家走攏來些，手攜著手，肩並著肩，把最真實最寶貴的東西貢獻出來，為我們自己，為我們的民族，為我們的國家。在此時，我們決不應該喪心病狂，把金盧布掩蓋了天真潔白的人格，不惜發掘自己的墳塋，把自己幾千年來，一大段民族的光榮史，輕輕地撕去，反而崇奉宰殺自己兄弟姊妹們的毒蛇猛獸，讓他們高踞在寶座之上。自己本來快要從白色帝國主義的鐵蹄下解放出來了，又來苦心孤詣造成一個變本加厲的赤色帝國主義者，讓他們擁盡世界上所有的財富，握盡人類間所有的權威，享盡社會上一切的幸福，而自己和自己的弟兄們，一個個都被踐踏在地獄的底層，聽他們如牛馬一般地役使，當豬羊一般地宰殺，沒收了你們的田莊，做他們的外廂，奪取了你們的愛人，替他們灌溉園卉，把你們滋補愛子的母親的乳汁，拿去喂他們豢養的家犬，這種曠古未有的災害，設不幸真有降臨的一天，我們的文藝家，不知道還能幽居在地獄的底層，咽下了慘痛的酸淚，揩乾了無光的殷血，好整以暇地謳歌赤色帝國主義者的功德嗎？還有勇氣面顏高高揭起「左翼文藝運動的旗幟」，跟隨著你們狄克推多的後面，附和著你們狄克推多的威風，搖旗吶喊嗎？由我們想，你們定會深深追悔拼命厭惡的「現在」，乃真是一個黃金的『時代』，而你們所熱烈追求渺渺不可知的將來，乃真是你們所應該詛咒的將來的「現在」呵！

文藝家要趕上前去，握住現在，站穩地盤：

在此刻，我們且把無限沸騰的熱情，暫時壓伏下來，回想到當年的情景，大家在軍閥帝國主義者的鐵蹄下，也曾經做小說，編劇本，寫詩歌，儘量的表白軍閥的罪惡，把帝國主義者蹂躪人類的腳印，用鮮紅的血淚，暴露在民眾的前面，使民眾對革命的意識，有更深一層的凝聚。所以在這大革命的高潮裏，我們即沒有荷槍實彈，衝進敵人的營寨，毀壞敵人的堡壘，然多少終盡過一番推進的力量，直接間接，不能說沒有絲毫的貢獻。時至今日，革命的曙光，雖然蒸蒸上升，但是，軍閥帝國主義者的命運，還未到沒落的前夜，民眾們如水益深如火益熱的慘痛，仍舊在軍閥帝國主義者的迴光返照中，看得清清楚楚，民眾們的苦痛，一刻不解除，壓迫民眾的惡魔，一刻不消滅，我們仔肩上的十字架，就一刻不能放下。我們不必追悔過去，不必夢想將來，我們只有拿出所有的力量，拼命趕上前去，把住了現在，把現在的生命整個的發揚出來。假定，文藝是有階段性的，是可以代表某一階段某一時代的，那麼，我們本來所祈求的現階段，不過剛剛揭開了第一幕，以後不知還有多少幕，要繼續的揭開，我們絕不能認為已經完了，便匆匆的走下了舞臺，或者驟然的躍過了一幕，跳進了另一幕。如此枝枝節節，急不暇擇，不特浪費了過去的成績，而且，足以毀滅了文藝的真實的生命，文藝家為什麼這樣的性急而不能忍耐啊！是的，文藝家的精神，是不滿於現狀的，是不慣棲遲在現階段裏呼吸現成的空氣，他需要刻刻尋覓新鮮的刺激，而後這銳敏的感覺，才不致於麻鈍。這種情形，可以說是文藝家在藝術上的努力，然也可以說文藝家在個性上的弱點。因為當一個時代開始實現的時候，如同一塊遺棄的礦山剛被發現一樣。我們要在這礦山裏發現蘊藏的珍寶，我們就要大家舉起犁鋤，舉起鐵耙，齊唱著勞動之歌，繼續不斷的開墾。我們是礦山的發現者，

同時，也就是這礦山的開墾者，決不應該把一大部分開墾的工程，讓給人家來幹，而自己退出了工人的範圍，悠悠然地將靈魂寄託在飄渺的世界裏，憧憬未來的幻夢，反而對自己所熱烈追求而好容易發現的一座蘊藏著珍寶的礦山，起了無謂的嫌惡，而對著辛辛苦苦正在努力開墾的工人，發生下意識的不滿，在那放出不負責任的喊聲，說是：「又一個時代開始了，大家盡速的旋轉你們的方向呵！」萬一，民眾們盡盲眼，迷心，悍然不加思索，遵奉著你們的諭旨，大家把腳尖真的旋轉過來，准對著你們所提示的幻夢，漫無把握的亂撞了，但是，到這幻夢隱隱約約露出模糊的輪廓時，你們一定又會拿出不滿於現狀的文藝家的態度來，不負責任的叫喊道：「又一個時代開始了，大家迅速的旋轉你們的方向呵！」這樣，你們所追求的，始終是海上的蓬萊，可望而不可即；而無量數民眾們所拜賜的，卻都是現實的苦痛。要是，民眾們真是愚蠢到不可思議，真會被麻醉於你們的蠱惑，跟隨著你們暗示的魔道，盲目的旋轉，這簡直是把自己深深的旋轉到地獄裏去，葬送到墳墓裏去，而我們的文藝家卻仍舊是死心塌地的寄生在赤色帝國主義者的庇蔭之下，享受其做了奴隸，又自命為主人的恥辱的生活，那裏還能絲毫掛慮到生靈的塗炭，民族命運的衰落呵！

「文藝總是少數天才的製作」，「文藝是不朽的」：

其實，每一個新時代的開展，都有它的永久的歷史的背景，有它不可缺少的物觀的條件，有它最關重要的人類心理的建樹，真不知道耗盡了幾許天才者的腦汁，流盡了多少無名英雄的血液，隨處都潛藏著真實的生命，含蓄著真實的力量，都有鐵一般的難以動搖的根基，決不是一群詩人們所歌唱的海市蜃樓，繪畫家所描摹的鏡花水月。這種堅實的立場，要是僅僅經幾個厭倦於現實生活的頹廢者，自己躲避了敵人的攻擊點，專在設法引誘同伴們暴屍荒郊的脆弱者，偶然因為欲望的不滿足，或接觸到不適

合的刺激時，就中途變更自己的氣質，端端的坐在安樂椅裏，凝
神靜氣的冥想，故意到工廠裏，牢獄裏，炭礦裏，平民窟裏，尋
找可以使人下淚的材料，幻想出人類離奇的苦痛，用充分煽動性
的語句描寫出來，滿紙累幅，堆積著眼淚鼻涕，手槍炸彈，呼打
喊殺，而謂即能騙取青年們的同情，挑撥民眾憎恨的階級的意識，
捲起潑辣的狂風，動搖現實的根基，我想，實際上決沒有這種輕
而易舉的事情吧！要知道文藝的精神，是不能離開現實的，離開
了現實，便離開了生活，離開了生活的文藝，這文藝也就失卻了
生命。長於寫悲劇的人，不必是悲哀的題材，也能使人感喟；要
是把夢想壓迫了光明的理智，幻暈消滅了真實的情感，就是把自
己的抑鬱和煩悶，逢人吶喊，到處彷徨，不一定能引起人類的共
鳴。雖然人類都具有愛好文藝的天性，賞鑒文藝的能力，但文藝
總是少數天才的製作。所以我們揭開了歐美的文藝史，要找出一
位比較成功的作家——可以代表一個時代的作家，真戞戞乎其難，
甚至隔了幾十年幾百年而僅有一二人，或則竟無其人。而在幾個
比較成功的作家中雖然著作等身，然值得留傳的作品，也只有很
著名的幾首。無論那一個時代，文藝家和文藝作品的數量最多，
而成功的最少，一時代過後，一時代的文藝潮流，也就跟隨消滅
了。在當時那些應運而生千百成群的文藝家，縱然能獲得一時的
虛榮，受著民眾們盲目的崇拜，但，在這時代很快的消逝以後，
那些人不可一世的誇耀，也就立刻跟隨他們的軀殼，一同埋葬於
滄海黃沙之中，這是不可避免的遭遇。中國自從革命的怒潮，沖
散了一切反動分子的低氣壓，一切的一切，都在革命的潮流裏，
根本上起了顛波。同時，在這一切的顛波裡，就產生了許多新興
的文藝家，通國中打起文藝的旗號，叫囂狂突的文藝團體，兩年
以來，無慮幾十個，幾百個。在歐美積數十年數百年所僅能產生
的文藝家，文藝作品，在我們一二年來，便應有盡有，各色俱全，
齊奔赴於時代的前面。在此時，如有不識時務的人，還悶居在亭
子間裏，發抒個人的情調，在那寫情詩，唱戀歌，吟風弄月，高

談闊論；而不能到工廠裏，炭礦裏，牢獄裏，平民窟裏，去尋找慘苦的材料，更不能把手槍炸彈，眼淚鼻涕，堆滿了全紙幅；把呼打喊殺，摩拳擦掌的聲音，叫得震天價，無疑的，這些人必盡被摩登文藝家放逐於摩登文藝的園地，凡布爾喬亞，小布爾喬亞，不革命，反革命……種種的惡名，所有的不吉利的咒罵，必紛至遝來，齊集在這些不識時務者的身上。其實，在我們觀來，吟風弄月也罷，呼打喊殺也罷，反正還不是幾個冥想的文藝家關在屋子裏一種純主觀的情緒的反映。所謂革命與不革命反革命的文藝的區別，對於這些形式上的模仿和捏造，我們覺得根本就沒有多大的關係。只要是為著表示堅實的自信，為著暴露純潔的感動，為著宣洩大眾的憂鬱，為著鼓舞民族的自覺，並不勉強創造一種特殊的語句，去說明抽象的不可捉摸的夢境，不故意纏綿顛沛於消極的境遇裏，沉重地束縛奔放的熱情，從怨苦，嫉恨，憤怒的意象上，找尋歌唱的資料。無論是描寫的什麼，無論你是用那種文藝的方式，誰能說這些不是文藝呢！文藝是不朽的，有它自己的世界，強暴者能污蔑處女的貞操，不能奪取處女的人格，摩登的文藝家能操縱文藝的外形，不能動搖文藝的內質。唉！人生如同旅行，一天一天過著，肉體靈魂，好像流水，一天一天流去，年月在老的樹幹上，記著痕跡，有形的世界，都死滅了，沒有從新蘇醒；惟有你──文藝，是永遠不會消滅！不死的文藝，你是人的內心的大海，你是根深蒂固的靈魂；在你的清明的眸子裏，人生的醜惡，從無遁隱。你是在有利害的世界之外的，你自身就是一個世界，你有你的太陽，你有你的法則，你有你的滿潮退潮，你好比是在晚上的天空之中，流轉過去的星辰一樣；對於那些為太陽的光所惱的人們，你的光好比月光一樣的柔和；在你的瑩潔的潮水上面蕩漾著清與濁的區別。和平澄明的文藝！（第1－8頁）

《文藝月刊》編者在本期的〈最後一頁〉說：此文表示了中國文藝社「對於中國文藝運動的方針和主張」（第157頁）。

　　以上就是《文藝月刊》編者們對文藝的根本看法。此後，在 12 年中，他們再也沒有社論之類的文章，像編者按、編後記之類也極少，更沒有談及本刊宗旨。讀者不能從中解讀三民主義文藝為何物。

　　十多年中，該刊也基本上不參加文壇的討論、論爭和批判，如文藝大眾化討論，「國防文學」和「民族革命戰爭的大眾文學」兩個口號的論爭，對「新月派」、「自由人」和「第三種人」文學的討論和批判，它就只發表創作和翻譯，以及正面談文藝理論之類。

作者隊伍

　　統觀 12 年中《文藝月刊》的作者隊伍，倒也相當有趣。

　　據本人統計，12 年中，它的作者人數起碼在五六百人以上。

　　曾經標示過的中國文藝社的成員左恭（徐子）、鍾天心、張道藩、繆崇群等，文章不多；僅王平陵（秋濤、史痕）時有創作和文論見諸刊物。此外，像楊昌溪、華林一、楊丙辰、賀玉波、謝壽康、潘子農、方家達、劉一士、吳漱予等，或可算是與三民主義文藝和民族主義文藝沾點邊的作者。這說明，本刊沒有自己的骨幹隊伍。要維持 12 年的生命，只有靠其他力量來支撐。

　　中國現代文學史上的大家、名家，文學研究會－創造社的成員，現代評論派－新月社的成員，摩登社－藝術劇社的成員，中國左翼作家聯盟的成員，唯美派、象徵派、現代派的作家，戲劇家，翻譯家，文學史家、文論家，美術家，初出茅廬的作者，成了該刊的主角。

　　舉其要者有：

　　巴金、老舍、沈從文、臧克家、歐陽予倩、洪深；

　　魯彥、顧仲彝、羅黑芷、劉廷芳、劉大杰、孫俍工、謝六逸、蹇先艾、洪為法、段可情；

　　凌叔華、陳夢家、方瑋德、方令儒、梁實秋、儲安平、林徽因；

　　蕭崇素、萬籟天、姜敬輿、陳鯉庭、袁牧之、陳凝秋、左明；

　　楊邨人、聶紺弩、周而復、劉白羽；

　　滕剛、卞之琳、林文錚、石民、施蟄存、戴望舒、何其芳、侯佩尹、常任俠、于賡虞、穆時英、倪貽德、孫毓棠、曹葆華、侯汝華、李金髮、宋清如、孫佳訊、史衛斯、毛如升、林庚、宋琴心、趙少侯、宋衡心、徐訏、林英強、杜衡；

　　袁昌英、馬彥祥、胡春冰、陳瘦竹、閻折梧（吾）、谷劍塵；

　　鍾憲民、蕭石君、李青崖、高植、侍桁、高明、汪馥泉、傅雷、徐霞村、羅大岡、程鶴西、羅慕華、柳無忌、柳無非、朱雯、白蕉；

　　費鑒照、徐仲年、宗白華、汪辟疆、沈祖牟、李長之、蘇雪林、唐圭璋、程千帆、羅根澤、徐中玉；

　　鮑文蔚、尹庚、盈昂、何家槐、徐轉蓬、韋叢蕪、陳醉雲、謝冰季、靳以、曹聚仁、汪錫鵬、葉鼎洛、黎錦明、孫福熙、梁鎮、黑嬰、葉永蓁、郭有守、王家棫、張露薇、季羨林、羅洪、林微音、梁遇春、盧冀野、崔萬秋、谷斯範、石靈、尹雪曼、畢樹棠、沙雁、張冰淇、徐北辰、黃河清、呂亮耕、紫薇、張鳴春、唐錫如、俞大綱、陳瘦石、謝廷宇、楊世驥、招勉之、潔蓀、方之中、由稚吾、夢鷗、任白濤、常書鴻、翟永坤、羅夢華、君亮、張載人、王西稔；

　　夏萊、錢君匋、徐悲鴻、王道源、張聿光、吳作人、劉開渠、夏戈納、李樺、新波、王朝聞、莊雷同、江烽、傅抱石、歐陽漸書、于右任、經亨頤、張大千、賴少其、陸志庠、趙望雲、劉元、高龍生、達化、張治君、夏光、陸田、李可染、王內合、蘇葆楨、費城武、豐子愷、陳曉南。

　　以上有名有姓的作者，近200人。

　　這是抗戰前的。抗戰後，作者隊伍又有變化。國共合作了，不分左派右派，只要是抗日派，就都是愛國派。尤其是中華全國文藝界抗敵協會的成立，更是標誌著全國文藝界的大團結（是不是真團結，那是另一個層面的話）。這期間的《文藝月刊》發行《戰時特刊》。《戰時特刊》的作者，左派明顯增多，舉其要者，就有：

　　田漢、老舍、方之中、宋之的、胡考、洪深、冼星海、劉念渠、馮玉祥、方振武、凌鶴、穆木天、艾青、潘梓年、適夷、魏孟克、茅盾、胡紹軒、盧冀野、安娥、臧克家、臧雲遠、（蔣）錫金、趙清閣、（陳）北鷗、魯彥、郭沫若、賴少其、魏林、曹禺、沈起予、方殷、羅烽、靖

華、蕭曼若、王余杞、巴人、厂民、萬迪鶴、田濤、盧夢殊、梅林、葛一虹、周文、徐盈、李輝英、端木蕻良、冰瑩、賀綠汀、常任俠、鄭伯奇、孔羅蓀、孔厥、王禮錫、侯楓、陸晶清、雷石榆、夜未央、程鏗、黑丁、王亞平、沙梅、何容、周而復、彭慧、董梅勘、高蘭、李岳南、任鈞、江村、蓬子、孫望、杜谷、李白鳳、馬宗隔、莊瑞源；

也還有些作者是前期沒有出現過的。如：

胡秋原、邵冠華、舒湮、覃子豪、金滿成、余上沅、葉楚傖、張恨水、于右任、荊有麟、王進珊、令狐令德、張若谷、馮至、陳紀瀅、羅學濂、羅念生、李辰冬、江兼霞。

還有兩位特殊作者：蔣中正的歌詞，尼赫魯紀念王禮錫的題詞手跡。

《文藝月刊‧戰時特刊》第 11 年四月號、六月號扉頁背面有本期作者介紹，今錄下，藉以保存原始資料：

蘇雪林女士：法國里昂大學文科卒業；現任國立武漢大學教授；詩人，散文家；本期所發表的一篇是蘇女士的小說處女作。
（按，四月號一期發表的蘇雪林的小說是〈偷頭〉）

汪辟疆先生：現任國立中央大學中國文學系主任，本刊編輯委員；詩人，文學史家。

老　舍先生：前任國立山東大學教授；現今主持中華全國文藝界抗敵協會；小說家，詩人，近作有《殘霧》，《劍北篇》，《面子問題》。

張嘉謀先生：德國漢堡大學哲學博士；前任國立西南聯合大學教授，現任國立中央大學教授。

李寶泉先生：法國巴黎美術專門學校卒業；曾任上海美術專門學校教授，華西大學教授。

姚蓬子先生：《抗戰文藝》主編，《蜀道》主編；小說家。

袁　俊先生：「袁俊」是一筆名，作者曾任國立戲劇專科學校教授。留美戲劇專家。

王思曾先生：曾任國立戲劇學校教授，南開中學教員；戲劇作家，小說家。

荊有麟先生：小說家，通俗文藝作家。

梅　林先生：小說家，散文家。

令狐令德先生：中國詩藝社社員；詩人。

江　村先生：名演員；詩人。

陸長城先生：谷風社社員；詩人。

郭尼迪先生：詩人。

周　為先生：小說家。

周駿章先生：國立中央大學文學士；現任國立編譯館編委；外國文學研究家。

段若青先生：外國文學研究者。

王合內女士：法國巴黎美術專門學校卒業；雕刻家。

王進珊先生：現任本刊秘書。近著有《雙照樓》，《晚香玉》等。

徐仲年先生：法國里昂大學文學博士；現任國立中央大學教授；本刊主編。

華　林先生：法國里昂大學文學院卒業，著有《求索》，《藝術論文集》等。

李長之先生：現任中央大學講師，近著有《道教徒的李白及其痛苦》。

戴鎦齡先生：留英愛丁堡大學，專攻文學；現任武漢大學教授。

田　濤先生：小說作家，現在第五戰區從事戰地工作。

唯　明先生：翻譯家，本刊編輯。

趙清閣女士：劇作家，《彈花》主編；著有《血債》，《女傑》及《過年》等戲劇集，及小說集《鳳》等。

馮　至先生：德國海德堡大學文學博士，現任西南聯合大學教授；前淺草社社員。

孫　望先生：《中國詩藝》主編。

余上沅先生：國立戲劇專科學校校長。

何　容先生：前北京大學講師，通俗文藝創導者；現任後方勤務部編輯。

老　向先生：教育部編審委員會編審。

陳紀瀅先生：《大公報》副刊《戰線》主編。

陶　雄先生：《中國的空軍》主編。

何治安先生：國立戲劇學校教員。

梅健鷹先生：木刻作家，現實版畫社編輯。

絳　燕女士：中國詩藝社社員，《微波詞》《浙江小曲》等作者。

馬宗融先生：里昂大學文科卒業，復旦大學教授。

吳作人先生：比京皇家美術院卒業，中央大學教授。

俞大綱先生：中央大學教授。

羅學濂先生：中央攝影場場長。

張十方先生：散文家。

任　鈞先生：詩人。

唐紹華先生：劇作家，著有《落日》《黨人魂》《財奴》及《戰時演劇
　　　　　　手冊》等單行本。

莊瑞源先生：小說家。

陳曉南先生：畫家，《文藝月刊‧戰時特刊》編輯，中華全國美術會秘書。

　　（以上《文藝月刊‧戰時特刊》第11年八月號）

　　《文藝月刊》自1933年1月1日第3卷第7號起，增加《文藝情報》專欄，署名作者基本上就是楊昌溪一個人。主要提供中外文壇資訊，有的倒也有趣。至1934年8月1日第6卷第2號之後，又沒有這個專欄了。

特輯和專號

　　《文藝月刊》在其生存的12年中，曾辦過幾期特輯和專號。如：

　　1934年12月1日第6卷第5、6號合刊的《柯立奇‧蘭姆百年紀念祭特輯》。除5組照片外，文字稿有：柳無忌〈柯立奇的詩〉、柯立奇〈古舟子歌〉（曹鴻昭譯）、〈克立斯脫倍〉（柳無非譯）、〈忽必烈汗〉（蘇芹蓀譯）、梁遇春〈查斯斯‧蘭姆評傳〉、毛如升〈蘭姆的《伊里亞集》〉、

蘭姆〈《伊里亞小品文續編》序〉（張月超譯）、〈燒豬論〉（問筆譯）、〈古
瓷〉（陳瘦竹譯）、〈初次觀劇記〉（陳瘦竹譯）、鞏思文〈蘭姆與柯立奇的
友誼〉。

　　1935 年 5 月 1 日第 7 卷第 5 號的《雨果紀念特輯》。刊登照片 16 幅。
文字稿有：徐仲年〈雨果論〉、李青崖〈雨果先生年譜稿略〉、方於女士
〈評雨果名著《可憐的人》Andre Bellessort〉、郎魯遜〈雨果的研究〉、李
丹〈關於雨果〉、徐心芹〈雨果的《社會學觀之評價》〉。

　　1935 年 6 月 1 日第 7 卷第 6 號的《紀念詩人方瑋德特輯》。除照片外，
刊登詩文 9 篇：Maurice Maeterlinck〈室內〉（方令儒譯）、林徽因〈吊瑋
德〉、謝壽康〈詩人其萎〉、曹葆華〈無題〉、常任俠〈輓歌〉、王平陵〈過
文德里故居〉、宗白華〈曇花一現〉、微女士〈傷逝〉、黎憲初〈哭瑋德〉。

　　1938 年 9 月 16 日《戰時特刊》第 2 卷第 3 期的《「九‧一八」專號》。
刊載詩文 20 餘篇，主要作者是：老舍、曹禺、沈起予、余上沅、維特、
盧冀野、陳瘦竹、何容、蓬子、胡秋原、鍾憲民、金滿成、猛克、孟谷、
陳曉南、西冷、老向、沙雁、秋濤（王平陵）、丹流，等等。

　　1939 年 2 月 1 日《戰時特刊》第 2 卷第 11、12 期合刊為《軍歌特輯》。
刊載軍歌 80 首，還有關於抗戰的雜文、散文、小說、詩歌等十餘篇。

　　1939 年 4 月 16 日《戰時特刊》第 3 卷第 3、4 期合刊為《精神總動
員特輯》。刊載鄭伯奇〈文藝界的精神動員〉、王平陵〈新兵隊的藝術生
活〉、華林〈文藝家與精神總動員〉、謝冰瑩〈兩點意見〉、侯楓〈推動「精
神力」〉、孔羅蓀〈攻心的戰鬥〉、沙雁〈文藝總動員〉。另有羅蓀的論文
〈加強文藝的反攻力量〉。

　　1940 年 8 月 16 日《戰時特刊》第 4 卷第 5、6 期合刊出「小說專號」。
在創作小說、報告小說、小說、翻譯小說 4 個欄目，共刊載中外小說 15 篇。

　　1940 年 9 月 10 日《戰時特刊》第 5 卷第 1 期為「詩歌特輯」。刊載
中外詩歌 20 餘首。

　　1941 年 7 月 7 日《戰時特刊》第 11 年 7 月號、8 月 16 日 8 月號為
「抗戰四年來的文藝特輯」（上下）。刊載總結性文章是：唯明〈抗戰四
年來的文藝理論〉、常任俠〈抗戰四年來的詩創作〉、余上沅、何治安〈抗

戰四年來的劇本創作〉、何容〈抗戰四年來的通俗文藝〉、老向〈抗戰四年來的民眾讀物〉、陳紀瀅〈抗戰四年來的報紙文藝副刊〉、陶雄〈抗戰四年來的空軍文學〉（以上上輯）、王平陵〈抗戰四年來的小說〉、馬宗融〈抗戰四年來的回教文藝〉、羅學濂〈抗戰四年來的電影〉、陳曉南〈抗戰四年來的美術活動〉、張十方〈敵後四年的敵國文壇〉（以上下輯）。

1941 年 10 月 10 日第 11 年 10 月號為「紀念第四屆戲劇節號」。刊載張道藩〈中華民國第四屆戲劇節獻辭〉、馬彥祥〈舞臺上的真實感〉、王平陵〈提高演劇的水準〉、江兼霞〈我們的劇壇〉、田禽〈我對抗戰戲劇的感想〉、潘子農、李麗水譯〈蘇聯作家論莎士比亞（〈國際文學〉文章摘登）〉、唐紹華《孤島黃昏》（獨幕劇）、白莎《梅花嶺》（三幕劇）。

《軍歌特輯》和《抗戰四年來的文藝特輯》保存史料較多，比較珍貴。

《文藝月刊·戰時特刊》第 2 卷第 11、12 期合刊為《軍歌特輯》。王平陵寫的〈第一次徵求抗戰軍歌的經歷和感想〉（第 548－549 頁）提供了一些史料。徵集抗戰軍歌，是邵力子任宣傳部長時提出來的，那時還在武漢。由邵力子提出，經中宣部政治部協商之後，決定交給中國文藝社辦理，並指定王平陵主持其事。其時是 1938 年 6 月。武漢失陷，國民政府遷重慶。至 10 底，才開始徵集。葉楚傖社長曾邀請在渝的詩人、音樂家、文藝工作者會商，一個月之中，徵得軍歌稿子 2515 首。葉楚傖請老舍、易君左、賀綠汀、劉百閔和他自己初審，選出 260 首，供複審用。在複審前的座談會上，教育部長陳立夫對於音樂發表了一通講話，略謂：「禮樂衰頹，是民族最大的危機。禮是合理的組織；樂所以興，是在調劑組織的偏枯，使每個人活潑，向上，生機蓬勃，富有追求光明的熱忱。興禮，要科學家去努力，作樂，是藝術家的責任，禮樂的昌明，是科學與藝術共同放射的光輝。我們的民族由於禮教之不振，社會上呈現著雜亂無章的現象，這好比是小孩子失去嚴父的管束。到了最近，國人不知道音樂的重要，樂教的寢衰於今為烈，遂致沉沉的死氣，閉塞了國民的生機，誰都是傳染著腐化的惡習，缺乏積極奮鬥的雄心，這彷彿是一個小孩子又失去了慈母的關愛。無禮無樂，國無紀綱，社會失和，我們的民族，乃變成無父無母的孤哀子了！有這樣嚴重的危機擺在面前，我們怎能不圖

謀挽救的方法呢！所以，我覺得文藝社能從事於抗戰軍歌的徵集，真是一件最艱鉅的工作，是值得我們拿出大部分的精力與時間，俾能做到圓滿的地步的。」（第548頁）參加複審的人有：詩人汪東、胡小石、汪辟疆、易君左、宗白華、梁宗岱，文藝工作者張道藩、老舍、王向辰、徐仲年，作曲家楊仲子、唐學詠、李拘忱、金律聲、應尚能、賀綠汀、沙梅。

對於徵集軍歌，王平陵的感想是：「記得全國文藝界抗敵協會在漢口正式成立的一天，曾以文章入伍，文章下鄉，作為今後工作的方針的。實際上我們抗拒暴日的侵略，已將近20個月了，軍隊與民眾所急需的精神食糧，依然是非常貧乏，甚至連一支琅琅上口的軍歌，都無從尋覓，不能不認為莫大的遺憾！／中國士兵在物質上的待遇，因為事實的困難，遠不能和外國比：可是，製作幾支雄壯的軍歌，作為精神上的安慰與調節，決非不可能吧！然而，中國的音樂家與詩人們連這一件應盡的義務，都是根本忽略了的。當我們聽到馬賽曲那樣雄壯的歌聲，想起我們的士兵與民眾到今天為止，還只有一支義勇軍進行曲反來覆去地掛在嘴邊時，真是說不出的慚愧！老實說，我們為要強調軍隊的戰志，豐富軍隊的生活，不能沒有軍歌；我們為要燃燒國民愛國的熱情，統一國民的意志，凝聚國民的力量，更不能沒有軍歌。軍歌是訓練軍隊的武器，教育民眾的工具，是代表軍民一致的要求，是被壓迫者反抗的呼聲。我決不相信士大夫們那些迂闊的文章，真能救國，救民族；但是，軍歌與抗戰的關係，是誰都無法否認的。我敢大膽地說一句：『軍歌是最有益於抗戰的文字！』任何名貴的文章，都有無用的話，浪費的字，只有成功的軍歌，是沒有一句無用的話，沒有一個浪費的字的！所以，軍歌不易作，就是一首最壞的軍歌，也比一篇最好的文章難寫。在抗戰期中，假使能有雄壯激昂的軍歌，普及於軍隊和民眾，宣傳效率的悠久與偉大，至少要超過一千種重複的刊物，一萬冊空疏的小冊子，十萬篇無聊的短文，一百萬條無用的標語！」至於軍歌難寫原因是：「第一，軍歌的內容，必須包羅萬象。第二，軍歌的形式，必須通俗平易。第三，軍歌的情調，必須雄壯激昂。第四，軍歌的全體，必須有詩的節奏，音樂的旋律。」（以上第548－549頁）

這些軍歌中，就有賀綠汀的〈我們都是神槍手〉：

> 我們都是神槍手，
> 每一顆子彈消滅一個仇敵。
> 我們都是飛行軍，
> 哪怕山高水又深，
> 在密密的樹林裏，
> 到處都安排同志們的宿營地，
> 在高高的山崗上，
> 有我們無數的好兄弟。
> 沒有吃，
> 沒有穿，
> 自有那敵人送上前。
> 沒有槍，
> 沒有炮，
> 敵人給我們造。
> 我們生長在這裏，
> 每一寸土地都是我們自己的，
> 無論誰要強佔去，
> 我們就和他拼到底。（第 547 頁）

軍歌還有第二段。由賀綠汀本人譜上曲子後，它的詞和曲成為經久傳唱的抗戰經典歌曲。

1936 年 11 月 1 日第 9 卷第 5 期，刊有蔣中正的《國民革命歌》，由唐學詠譜曲（五線譜）。蔣介石的歌詞是：

> 光復光兮大中華　　開闢神洲亞細亞
> 創造文明兮化彼四夷　　旦復旦兮五千年
> 繼往開來締造共和兮　　崇高偉大仁慈孫總理
> 發明三民主義兮　　倡導大同領導國民革命兮

　　喚起民眾　國民革命　中華自由中華愛國全國民

　　共起革命兮求自由　國民革命　中華平等中華愛國全國民

　　共起革命兮求平等　國民革命　中華獨立中華愛國全國民

　　犧牲個人自由平等兮　完成國家獨立求生存中華自由

　　民族平等中華獨立天下為公　青天白日滿地紅

　　光復光兮大中華　復興民族兮建立三民主義

　　新國家中華民族兮　世綿綿中華民國萬萬年（見刊頭）[14]

1941 年 7 月、8 月兩期出《抗戰四年來的文藝特輯》（上下輯）。編者的想法是總結抗戰 4 年來中國文藝狀況。

　　唯明《抗戰四年來的文藝理論》（第 2－10 頁）共談 11 個問題：（一）緒論；（二）抗戰文藝的解釋；（三）幾個錯誤的認識；（四）通俗化的最初提出；（五）普及與提高；（六）公式主義與作家再教育；（七）偉大作品的問題；（八）關於暴露黑暗；（九）現實主義的再提；（十）民族形式的爭論；（十一）結論。

　　文章說，「九一八」以後，文藝界相繼提出「民族文藝」、「國防文學」的口號。「七七」抗戰初，提出「抗戰文藝」的口號。「『抗戰文藝』的提出，顯然代表文藝界的集中力量共同對外，也是文藝家初步團結的號聲。自從抗戰文藝確立以後，文藝的發展有了中心的指導方針，避免了許多無謂的論爭，號召了全國作家，向著共同的目標進行。抗戰文藝確立以後第一個成果，便是文藝理論在傾向上的相當統一，以及「為藝術而藝術」那種傾向的沒落（這個傾向直到抗戰發動時還不能夠完全消滅它的局部統治作用）。抗戰文藝在作品上的成果，雖然還不能令人滿意，但是比較抗戰以前的文藝成果來，卻顯然有了驚人的進步，正像抗戰以後中國民眾在各方面的進步一樣。沒有正確的理論便沒有正確的行動，這句話是千準萬確的。文藝理論在抗戰開始後的協調，幫助了文藝的健全發展。所以 4 年來的文藝理論，在總的傾向上大體是一致的，而成為 4 年

---

[14]　每一行唱四遍。原詞在五線譜內。

來文藝理論的中心問題的，倒是一些如何完成抗戰文藝的使命，如何造就中國今後新文藝光榮的成果，以及如何發展抗戰文藝的形式，那些偏重技術的問題了。」（第2頁）

關於抗戰文藝的解釋：「抗戰文藝不像浪漫主義文藝寫實主義文藝之類是文藝形式的技術名稱，也不像普羅文藝布爾喬亞文藝之類是階級性內容的劃分名稱。它是中國民族革命在反抗日本帝國主義侵略的現階段反映民族解放爭鬥的現實生活的一種文藝，因此它是以表現全民族求自由平等的企望為特徵。又因為抗戰是三民主義民族革命的一部分，所以抗戰文藝不是狹義的民族主義文藝，也不是單純的愛國文藝。抗戰文藝的特點，表現在中國民族解放戰爭的特殊性和它的革命理論基礎上，所以它也是進步性的革命文藝。它不是以前各種文藝流派的混合，也不單是某一流派的延長和發展，而是現階段民族解放戰爭時期的革命文藝。因為抗戰文藝的社會基礎，不是階級利益，而是民族利益，因為抗戰文藝所反映的不是以某一階級為立場的社會關係而是全民族求解放的共同意識，所以抗戰文藝的創作方法和表現形式，可以是各種方法和形式。」（第2頁）

關於幾種錯誤的認識：抗戰文藝口號剛提出來的時候，理論上還在轉移創作題材和主題上用功夫，觸及文藝和政治動員，文藝應為組織民眾、教育民眾服務，文藝工作者應該在前方和後方配合政治動員而工作。錯誤也就由此產生：「第一，由於作家對抗戰主觀的強烈情感，作家一方面不否認文藝動員民眾幫助抗戰的功能，另一方面看到了敵人兇猛的攻勢和殘暴的行為，便覺得文藝這武器究竟不能與戰場上的武器相比，於是有人喊出了文藝無用論。」「第二，有人把抗戰文藝看成了戰爭文藝，以為抗戰文藝就是描寫戰爭的報告，通訊，速寫之類，縮小了抗戰文藝的範圍，把抗戰文藝當作一時的風氣，而忽略了它的時代意義。」「第三，因為有些作家過分強調了文藝的宣傳性，把文藝作品看成了直接的宣傳品」，不能統一宣傳性與藝術性。

關於通俗化的最初提出：抗戰以後，為適應新形勢新任務，相繼提出「文章下鄉」、「文章入伍」的口號，都是為了通俗化和大眾化。也涉及舊形式的利用問題。

關於普及與提高：針對通俗化實踐中提出的問題，為探究宣傳性與藝術性的統一，提出普及與提高的關係。

關於公式主義與作家的再教育：由於大部分文藝習作者對於抗戰熱情有餘而修養不足，許多作品陷入公式化，甚至於變成抗戰八股。「公式主義的傾向，多半由於作者對現實觀察不夠深刻，和作者生活經驗不足，而更重要地由於作者缺少思想的準確認識。」（第5頁）為克服抗戰八股，又有人「主張與其寫抗戰八股，不如寫一些真實的世態，即使與抗戰無關，也比抗戰八股好些。也有人勸青年作家不要輕易寫作，還是先從事藝術修養好些」。（第6頁）

關於偉大作品的問題：幾年的抗戰，產生了無數的可歌可泣的史實，但是文藝作品還沒有一篇偉大的作品來反映這個偉大的抗戰場面，到如今抗戰文藝中只有報告、速寫、劇本、短篇或中篇小說，而沒有一部長篇巨製，像《戰爭與和平》或《毀滅》那樣的作品，來充實文壇，並輸出國外。原因是作家生活不安定，而且偉大作品一般都誕生在戰爭之後。

關於暴露黑暗：抗戰以來，作家們寫了光明，但少有暴露黑暗的成功作品。一是暴露黑暗會受到限制，二是害怕暴露黑暗對抗戰會有害無益，反不如寫一些表現光明的作品為好。

關於現實主義的再提：作為創作方法的現實主義本無爭議，但還是「有人視為客觀的寫實主義，也有人視為主觀的理想主義」。對現實主義所含有的思想問題，看法就有分歧。有人提出「抗日的現實主義」，更有人提出「民主的現實主義」，都不恰當。作者贊成的是三民主義的現實主義。「雖然抗戰表面上只是民族革命的一部分，但它是三民主義的民族革命，所以不能不和民權主義和民生主義連在一起，因此抗戰與建國（包括政治建設）也不能分開」。「如果我們確認三民主義為變革現實的路線，那麼我們在文藝上就可以確定三民主義的現實主義，正像蘇聯確定社會主義的現實主義一樣。」三民主義的現實主義是「文藝上的正確思想體系和理論方法」。（第8頁）

關於民族形式的爭論：抗戰初期這4年，文藝界關於民族形式的討論是「最廣大最長久」的討論，涉及到文藝理論「方面最廣意義最深」

的問題。第一,問題的提出:「民族形式的提出與過去通俗化和大眾化不同之處,在於謀新文藝的根本改造,並且要在通俗文藝與傳統的新文藝之間取得理論和實踐的統一。再說得深刻一點,民族形式企圖把文化政策(在文藝上是文藝路線)加以確定並由這個確定的政策造成今後民族文藝可遵循而行的文藝形式。」第二,民族形式的定義問題:光未然在〈文藝的民族形式的問題〉中所下的定義是:「一個民族有一個民族自己的生活,有他自己的生活傳統和生活方式,因之形成這個民族所特有的風格和氣派,表現在文藝上,便需要一種能夠適合此民族風格和民族氣派的特定的手法和樣式,以構成一種特有的,足以表現其民族生活特色的,為自己民族的絕大多數所喜愛的文藝形式,即文藝的民族形式。」第三,論爭的中心:在民族形式的「中心源泉」問題上有兩派:向林冰主張以民間形式為中心,葛一虹主張以「五四」新文藝為中心。第四,問題的擴大:討論的範圍擴大到內容與形式問題,形式與風格問題,大眾化與藝術性的問題,文藝傳統問題,舊形式問題,「五四」以來新文藝的評價與再認識,國際文藝成果的吸收問題,文字改革問題,大眾語問題,等等。

　　常任俠〈抗戰四年來的詩歌〉(第11－25頁):作者說本文只可說是一個「沉默的讀者」的讀詩「漫記」。

　　文章說,抗戰以來,「詩歌呈現著非常熱烈的活動,詩作者的數目澎勃增加著,文藝雜誌和報紙副刊,也增加詩歌的篇頁。」除正式的出版物外,還有詩朗誦、詩展覽、詩標語等傳播形式。「詩歌朗誦在國內是一種新的藝術活動,在武漢,在桂林,在重慶,都曾熱烈的展開過,得到很多人的擁護,在近一年內,重慶,還正式成立了詩歌朗誦隊,給這運動以有力的進行。」「為抗戰而服務,更是整個詩作者一致的信念。這之間,與抗戰無關的在抗戰前的某一些吟風弄月的調頭,都已沒落到不知去向,即是『新月』與『現代』的舊人們,也以嶄新的姿態,在詩壇上出現,作為民族抗戰中的一員。」(第11頁)

　　詩刊情況:繼南昌的《詩帆》,長沙曾發行過1期《中國詩藝》,「裏面以令狐令德的一首〈七月的黃河〉為佳。」附在長沙《抗戰日報》

發行的，還出過許多期《抗戰詩歌》。在武漢有三種詩刊：一是《時調》，二是《詩時代》，三是《五月》。《詩時代》上袁勃的〈一支筆的故事〉「是從血與火中親自經歷得來的，是很好的作品」。艾青在香港編輯出版《頂點》；桂林出過《詩》雜誌，艾青的三首短詩〈樹〉、〈橘〉、〈獨木橋〉「藝術都很精到」，牧丁的〈星〉和〈海〉「也帶著新鮮的氣息」。（第 11 頁）

各刊物中關於詩歌形式有所爭論。蕭三在《文藝戰線》第 1 卷第 5 期發表〈論詩歌的民族形式〉，他以為「發展詩歌民族形式應根據兩個源泉，一是中國幾千年來文化裏許多珍貴的遺產，離騷，詩，詞，歌，賦，唐詩，元曲……二是廣大民間流行的民歌，山歌，歌謠，小調，彈詞，大鼓詞，戲曲……這一切都是我們的先生，我們應向他們學習，虛心用苦功去學習。」他主張向舊詩詞和民歌去學習。這持論的最大毛病，即是割斷了五四運動以來的新詩發展歷史。郭沫若在《大公報》發表〈民族形式商兌〉，對蕭三的論點給以指摘。力揚有〈關於詩的民族形式〉（載《文學月報》第 1 卷第 3 期）參加討論。

詩集出版情況：艾青有《北方》、《他死在第二次》、《向太陽》，還有一冊詩論；袁水拍有《人民》；覃子豪有《自由的旗》；中國詩藝社有《收穫期》（常任俠）、《微波辭》（絳燕）、《自畫像》（汪竹銘）、《南行小草》（李白鳳）、《金築峰》（呂亮耕）、《小春集》（孫望）、《黑鳥的歌》（英文本，徐愈）；卞之琳刊行《慰勞信集》，玉辛刊行《路》，力揚刊行《自由的枷鎖》，李白鳳刊行《聖者的血跡》、《採旗謠》。就中，「以艾青的幾冊詩，得到最多的讀者，其精緻的藝術作品，曾被譽為『人民的花朵』。《北方》是抗戰初期的抒情作品，內容多半帶著憂憂的調子，以愛土地的熱情，他為窮困的土地而傷感，然而中華民族從這土地上，突然起來與侵略者鬥爭了，於是這土地上現出了不可逼視的光芒」。（第 12 頁）文章引用了艾青的〈他起來了〉、〈水鳥〉、〈曠野〉，說「艾青正是這時代歌手中的代表」（第 14 頁）。以下還舉例分析了杜谷的〈雨中的曠野〉、〈給一個人〉，魯藜的〈夜會〉、〈野花〉，認為「就詩藝的完整說，魯藜是勝過田間的」（第 16 頁），鄒荻帆的〈在陽光的下面〉、〈工作在原野上〉，

郭尼迪的〈我記起那些揀貝殼的女孩〉，曾卓的〈來自草原的人〉，又說「冀汸的一首〈騷動的夜〉，氣魄也很好」。（第25頁）

所舉詩歌，幾乎全是「七月派」詩人的創作。

余上沅、何治安〈抗戰四年來的劇本創作〉（第27－29頁）：「盧溝橋事變，揭開了我們神聖抗戰的幕，舉國上下一致的動員起來。劇作家們為愛國的熱血所鼓動，拿起了他們的筆桿，肩起了民族革命戰爭的大責；放棄了『為藝術而藝術』的意識；認定了『藝術宣傳』為當前最主要的目標。因之劇本的創作方面，很顯然地發生了一個變動。／／劇作家們不再緊守著他們固有的防地——鏡框式的舞臺，不再限制在都市的範圍以內；不再為少數人的娛樂而服務；不再為『藝術至上』的觀點所束縛。於是他們毅然決然地走出了劇場而到街頭，走出了都市而到內地與農村，把戲劇的享受權交給了民眾，交給了士兵。並且以戲劇作為鋒利的武器，運用戲劇的力量來教育民眾，喚起民眾，領導民眾，組織民眾。使全國同胞都為之呼喚而警醒，踏上了救國家救民族的光明大道；使戲劇儘量的發揮它的偉力，直接間接的幫助了抗戰。戲劇的威力並不亞於炮火，只要戲劇的力量所達之地，哪怕是窮鄉僻壤，哪怕是邊疆海外，都一樣可以喚醒了抗日的呼聲。」（第27頁）

檢閱四年來的戲劇創作

第一年代的創作，「大家都認為實用重於藝術」，陷入藝術與實用（宣傳）的二元論觀點之中。「劇作者對於抗戰與戲劇間的關聯，缺少深刻的認識。主觀發生一種錯誤，以為戲劇既然當作宣傳的工具，一般觀眾的文化水平似乎低落，必須降低作品的內容來遷就大眾。同時為了宣傳的需要，必須增加作品的產量，當時竟有人一天趕寫出兩個劇本。」於是作品的數量汗牛充棟，但質量卻大為遜色。大家以為打漢奸殺鬼子，就是唯一的好主題：「大概都是描寫我國軍民抗戰得如何英勇；暴露敵人如何的殘暴；揭穿漢奸們詭計與醜態；以及刻劃人民在敵人鐵蹄下所受的悲慘與痛苦。」（第27頁）

　　第二年代「因為有台兒莊的大捷，遂奠定了最後勝利必屬於我的信念。同時許多演劇團體都收歸公有（如各演劇團的改編）。作家們於是得到一個比較安定的寫作環境，不再像第一年代那末流動，因之較長的劇作便慢慢地產生出來。」「劇作家們經過了一年多的流動生活，更有許多劇作家參加過前線的實際工作。他們得到了一些實際的戰爭經驗，收集了一些豐富的編劇題材，更認識了戲劇與抗戰間的真實關係。」其創作有：陳白塵的《魔窟》、顧一樵的《古城烽火》「就是刻劃淪陷區域漢奸與敵偽的真實面目」；《反正》、《台兒莊》、《八百壯士》等「刻劃我軍實際抗戰中的英勇史實」；《壯丁》、《飛將軍》、《米》、《幹不了也得幹》「含著某些抗戰中的重要問題，以期得到實際的解決」；《亂世男女》、《黑字二十八》等「描寫戰時所發生的一些正確與不正確的現象」；吳祖光的《鳳凰城》、楊村彬的《秦良玉》等歷史劇「都是激發民眾，鼓勵抗戰的佳構」；夏衍的《一年間》「用白描的手法，現實的態度，為抗戰劇創作出一種特殊的風格」；舊劇改編有田漢的《殺官》、《土橋之戰》，歐陽予倩的《梁紅玉》。（第28頁）

　　第三年代的作品更有進步：首先是曹禺的《蛻變》。「這一篇作品無疑地是抗戰劇中罕有的傑作。它除去暴露抗戰的陣營中一些弱點之外，並且更深入的反映著抗日的發展。它告訴我們新生的中國已在毀壞了的廢墟上建立起來，它已經脫去了舊日的敷衍，應付，苟且，虛偽的軀殼，而大踏步的走上了光明。並且告訴我們，只有奉公守法還不夠，按部就班還不足以應付抗戰建國的非常時期。」老舍的《殘霧》、宋之的的《國家至上》「複雜而深入的內容，嚴肅而銳利的觀察，的確是一個顯著的進步。」歷史劇有顧一樵的《岳飛》、郭沫若的《戚繼光》、魏如晦（阿英）的《碧血花》、吳祖光的《正氣歌》。前方作家寫了一些揭露漢奸的作品，如《絳色網》、《麒麟寨》、《牛頭嶺》等。後方的作家創作了《鞭》和《刑》，反映當前現實。《樂園進行曲》「是這一年代中的特殊產物，作者用大規模的兒童歌劇的形式，寫出新中國未來主人翁的活潑與朝氣。並且影射著新中國的生長，是如何的蓬勃與光明。」（第29頁）

何容〈抗戰四年來的通俗文藝〉（第 31－32 頁）

解剖通俗文藝的涵義：「通俗文藝和文藝的其他部門，如詩歌、小說、戲劇等，不應該相提並論；第一，因為詩歌、小說、戲劇等都可以是『通俗的』；其次，因為通俗文藝這個名稱之習慣的用法，可以包括用民間文藝的形式寫成的一切讀物，而不單是指文藝作品。就是單說文藝作品，這通俗兩個字又沒有確定的解釋；按理說，所謂通俗文藝不應該單指用民間形式所寫的作品，可是在習慣上它又確是指所謂『舊瓶裝新酒』作品而言；不是用民間形式寫成而同樣是以知識程度較低民眾為讀者對象的作品，我們要稱它為通俗文藝，那作者也許會不高興的，因為作者也許更願意他的作品被稱為大眾文藝。大眾文藝和通俗文藝有甚麼分別，卻也很難說明；也許，通俗文藝著重在作品的形式能『通於習慣』──但也並不是不管內容的『文字遊戲』，大眾文藝則著重在作品的內容有『大眾意識』。」

通俗文藝運動的現狀：反對者開始容忍了；提倡者卻「偃旗息鼓」了；由文壇轉到政府了；由文藝工作者手裏轉到宣傳工作者和教育工作者了。

通俗文藝的形式、體裁和內容

老向〈抗戰四年來的民眾讀物〉（第 33－38 頁）。該文指出：舊日書店老闆印行的民眾讀物的問題是：誨淫誨盜，迷信多方，縱慾享樂，消極感傷，不合情理，兇暴殘忍，妨害團結，等。

陳紀瀅〈抗戰四年來的報紙文藝副刊〉（第 40－44 頁）：本文只有籠統的述說、分析，沒有具體報紙具體副刊的評說。

作者將抗戰頭 4 年的歷史分為三個階段：第一時期自 1937 年「八一三」全面抗戰起，至 1938 年 10 月武漢撤退止；第二時期自 1938 年 10 月後「統帥部」遷重慶，至 1939 年 11 月南京失陷；第三時期自南京失陷時起，經過 1940 年 6 月宜昌失守，及歐戰展開劇烈的鬥爭，以至到抗戰第四年代終結時為止。

第一時期「除了少數文藝作者留在上海，廣州，香港以外，大部分都集中在漢口，那時候在報上所反映的文藝副刊，是一副新鮮活潑的姿

態。詳細地說：／第一，因為戰事剛起，民族熱情升到沸點，並且把多少年來一般人心中的憂鬱，被炮聲給清除了。知識分子那時候一致的信念是：只要打起來，國家就有希望。所以儘管上海退守，只賸八百孤軍奮鬥，但大家毫不遲疑相信：中國不會亡。這種熱烈堅定的信念，成功了抗戰初期文藝思潮的主流。／第二，因為全國一致對外，爭取團結，在內部解決了多年來黨派的紛爭，那就是中國共產黨宣言願在三民主義領導之下，改編軍隊，取消蘇維埃政府，擁護國民政府領導抗戰。這一問題的解決使著文藝作者們單純地為抗戰發動了他們犀利的筆。結果並促成了文藝界同人的空前大團結，在文藝作品上也充分表現著團結一致對外的精神。／第三，『八一三』後，過去以上海，北平為文藝活動的中心隨著軍事的轉移，另找據點；從一兩個中心分散為無數個據點，尤其是上海文藝作者們深入內地，配合著軍事，作各種不同形式的文藝宣傳，平津幾個國立大學及文藝作者南遷，都給予文藝作品上不少激動，其結果使著文藝普遍地深入到民間，到軍隊。／第四，因為這次抗戰純然是中華民族反抗日本軍閥的爭取獨立自由的全面戰爭，所以無論大城小邑，邊疆內地，臨近戰線，遠在後方，都燃起了民族反抗強暴的烈焰，這種普遍的覺醒，使文藝第一次接觸了廣泛的寫作主題。／第五，因為要教育要喚醒百分之八十的文盲及准知識份子起來參加抗戰，通俗的文字宣傳，應時被適用了，把多年來大眾化，口語化以至於舊瓶新酒等問題，重新得到了評價，在文藝作品上反映的則是：形式的多樣，內容的通俗。」（第40-41頁）

　　從報紙文藝副刊反映出來的現象是：（一）熱情充沛：「這種熱情，不是越過了理智盲目地迸發的，它是在堅定的抗戰意識，必勝必成的信念下而育孕出來的，憑這種熱情而迸發的正義之聲，不論是謳歌英雄，頌贊光明，鄙棄侵略，暴露罪惡，在人類及文學史上都有不可磨滅的價值。我們試翻閱抗戰初期的文藝作品，無一不是發揮著人類最高度的熱感，為文學寫下有淚有血的史篇。文藝作者寫作最離不開的恩師是靈感，靈感最寶貴的一點是富有正義的熱情。……要說文學又有新現實主義的話，感情的現實主義也是新發現之一，若干年後，有人要論中國的抗戰

文藝，不會說文藝的思潮是空虛，飄渺的。」（第41頁）（二）過去文壇上的派別不亞於政治系統黨派的紛歧。抗戰，促成了民族的大團結，文藝界的大團結。（三）過去中國文藝及文藝工作，只是都市的產物。「抗戰後，我們的文藝工作者，把幾千年來未開闢的工作完成了，把文藝的種子散播在每個角落，試看看，不用說前線，較比接近前線的後方，就是極遼遠的邊疆，塞外，哪兒沒有文藝工作者的活動？文藝作品的充斥有趣味，也許令人覺得驚訝，給一個不識字的老百姓朗誦一首詩，他不會再搖頭；給一個大兵唱一支歌，他不會再發楞。而且，你看吧，都市中的青年男女們手頭上的書，大半仍是文藝作品。」（第42頁）（四）作品空間有了拓展，取材的視野廣泛。從形式說，簡短，樸實，輕快，犀利，熱情。（五）通俗化：大鼓，小調，彈詞，民謠，民歌，種種民間文藝形式得以運用。

關於第二第三期：「統帥部自武漢遷到重慶以後，軍事上政治上有了一個很大的轉變，宣傳重於教育，政治重於軍事，訓練重於作戰，精神重於物質。換言之，從武漢撤守以後，軍事與政治已進入一個新的階段。我們既不否認抗戰文藝是離不開軍事政治的，則我們的作品當然不能與現實脫節，不配合軍政進行的。」（第43頁）第二期報紙副刊上的文藝作品：力求深刻；由簡短犀利漸進為較長的較雄厚的作品；諷刺文學開始活躍起來；有光明面，也有黑暗面；與「抗戰八股」論、「抗戰無關」論，都是有毒素的。

陶雄〈抗戰四年來的空軍文學〉（第46－50頁）

文章一開篇就是釋名：「所謂『空軍文學』是泛指以空軍為寫作對象──也就是『空軍題材』的文學作品。」（第46頁）

然後說「空軍文學」這名稱的由來：1937年冬天，作品〈天王與山鬼〉首次把一個空軍故事搬上《七月》這個純文藝刊物。這是不自覺的「創造」，或說「倡導」。1938年春，《中國的空軍》雜誌在漢口創刊。1938年秋，蔣百里在《大公報》星期論文中提到「空軍文學」，此提法才得以引起重視。

抗戰四年中的空軍文學創作

先說小說：中篇只有龔雄的〈銀空三騎士〉（載《中國的空軍》），短篇集有〈○四○四號機〉（海燕版）、〈航空圈內〉（中國的空軍出版社版）。其他零星發表的：蕭乾〈劉粹剛之死〉（載《文藝陣地》）、雲天〈　鹽〉（載《現代文藝》）、龍夫〈三人行〉（載《筆陣》）、屬歌天〈信〉〈第一個〉（載《中國的空軍》）、蕭蔓若〈友情〉（載《中國的空軍》）、黃震遐〈田原中尉戰斃記〉（載《中國的空軍》）、劉風〈腦袋〉（載《中國的空軍》）、陶雄〈夜曲〉〈囚虜之音〉〈當熱烈氛圍擁抱住中國飛機場的時候〉〈未亡人語〉（載《中國的空軍》）。

再說空軍戲劇：中國的空軍出版社的空軍戲劇叢書第一輯共五種：董每戡《保衛領空》（三幕劇）、劉益之《闇海文》（二幕劇）、孫心潮《空軍魂》（五幕劇）、鮑希文等《被擊落的武士道》（獨幕劇）、陶雄《總站之夜》（獨幕劇）。此外有：洪深的《飛將軍》，夏衍的《一年間》。

空軍詩歌有：卞之琳〈修飛機場子的工人〉，衛宗彝〈中國飛行隊〉，常任俠〈我們向著青天白日飛〉，何家槐〈空軍頌〉，錫金〈空軍前進曲〉，任鈞〈空軍讚歌〉。

翻譯：《空軍文學譯叢》有杜秉正譯的《血鬥》、《飛魔的毀滅》、《空中巨盜》、《霧空烈戰》，葉靈鳳譯蘇聯小說《紅翼東飛》。

關於《中國的空軍》雜誌：該刊由旬刊而半月刊而月刊。先後由三個人主編：第 1 至第 12 期，黃震遐主編；第 13 至第 35 期，由丁布夫主編；第 36 期以後，由陶雄主編。

王平陵〈抗戰四年來的小說〉（1941 年 8 月 16 日《文藝月刊・戰時特刊》第 11 年八月號，第 4－9 頁）：本文只就本刊的兩個小說專號（1939 年新年號、1940 年 8 月 16 日小說專號）上幾篇小說立論，不免視野太窄。所提小說有：謝冰瑩的〈鍾進士殺鬼〉、萬迪鶴〈陣前〉、田濤〈抽〉、陳瘦竹〈抗爭〉、張恨水〈證明文件〉、端木蕻良〈卓雅〉、王餘杞〈歲暮下行軍〉、狄酒〈血肉的行列〉、王思曾〈四十打〉、徐轉蓬〈神槍手〉、曉亞〈亡命〉、季凡〈趙四媳婦〉、隋樹森〈樂土〉、卜寧〈棕色的故事〉等。作者認為，這些作品的主題選擇都「未能超出反漢奸，

反侵略，兵役問題」等問題的範疇，技術性又差，自然難免「差不多」和「公式化」的嫌疑。它們「實在不算是小說，是一種比較有系統的新聞報導，或者可說是一種流行的報告文學」（第7頁）。

實則，人們只要稍一檢點，即不難看出，從1937年「七七」全面抗戰起，到1941年「七七」抗戰4周年止，可圈可點的小說就有：巴金《春》、《秋》、《火》、張天翼《華威先生》、《「新生」》、丘東平《一個連長底戰鬥遭遇》、姚雪垠《「差半車麥秸」》、《紅燈籠的故事》、《牛全德與紅蘿蔔》、端木蕻良《大地的海》、《科爾沁旗草原》、《江南風景》、沙汀《防空——在「堪察加」的一角》、《堪察加小景》、《聯保主任的消遣》、《在其香居茶館裏》、周文《救亡者》、《在白森鎮》、艾蕪《春天的原野》、齊同《新生代》、駱賓基《邊陲線上》、《東戰場別動隊》、田濤《射手》、《子午線》、吳奚如《蕭連長》、《汾河上》、李健吾《死的影子》、張恨水《八十一夢》、徐訏《鏡子的瘋——成人的童話》、《鬼戀》、《精神病患者的悲歌》、《吉布賽的誘惑》、王西彥《死在擔架上的擔架兵》、《眷戀土地的人》、林語堂《瞬息京華》、陳銓《藍蝴蝶》、司馬文森《一個英雄的經歷》、蔣牧良《旱》、沈從文《紳士的太太》、蕭紅《馬伯樂》、《呼蘭河傳》、《小城三月》、嚴文井《小松鼠》、許地山《鐵魚的鰓》、茅盾《腐蝕》、丁玲《我在霞村的時候》、師陀《無望村的館主》、歐陽山《流血紀念章》、梅娘《侏儒》、靳以《眾神》，等等。

馬宗融〈抗戰四年來的回教文藝〉（第12－17頁）開宗名義是釋名：所謂回教文藝「或許不是回教的宗教文藝，而是回教信仰者所創作的文藝。……回教人所寫的文藝作品中，詩歌、戲劇、小說，直到現在，少得還幾乎可以算是沒有。我因而只好把視野放寬，除儘量搜探4年來國內回教人的上述一類的作品外，把各種形式的散文也看到，把翻譯進來的外國回教人的作品也算上」。（第12頁）

遍搜國中，「我們有回教信仰者的文藝，而沒有回教文藝」（第12頁）。回教人寫舊體詩的，有成都的馬峻谷，現任《新新新聞》副刊編輯；老年詩人則有桂林的以鶴笙；還有唐柯三。《回教大眾》刊有新詩。戲劇方面的作者，業餘劇人社有王蘋，中國萬歲劇團有孫堅白，復旦劇社有李維時，《回教大眾》第6期上刊有茜濛的獨幕劇《回教的怒吼》。小說則

連一點萌芽都沒有。散文、隨筆、遊記、報告文學則散見各刊，稱得起豐富。起碼有：王夢揚的〈西北回憶錄〉，稚松的〈北平雜寫〉，柳河村隱的傳記文，趙德貴的〈西安羈旅散記〉，雋人的〈潛經村〉，納鑒恒的〈天方夜談的話〉，馬興用的〈留埃散記〉，王靜齋阿洪的〈中國近代回教文化史料〉（以上均見〈回教論壇〉），張玉先、金德寶的〈報告發見蒲壽庚家譜經過〉，馬浩魯的〈閒話河州〉，蕭愚的〈西行散記〉，賈援的〈滇南叢話〉（以上中國回教救國會〈會刊〉）等，「都是些耐人尋味的佳作」（第14頁）。翻譯有：王靜齋阿洪譯波斯大詩人賽爾低的名著《真境花園》，鄭啟新譯《印度回教詩人伊寶戈》。回教刊物：漢口《回教大眾》、桂林《月華》、《成師校刊》（成達師範學校）、中國回教救國會報告（後有《會刊》、《會報》）、《回教文化》、《伊光》、《突崛》、上海《綠旗》、《伊斯蘭青年》、《清真鐸報》、蘭州《伊斯蘭月刊》、青海《新月》、香港《回教青年會月刊》等。

羅學濂〈抗戰四年來的電影〉（第18-21頁）：文章一開篇就說電影的重要性：「電影在文化的領域裏，不僅僅是文化工作之一種，它是包括了任何文化工作的大集納體。在宣傳與教育的作用上，它的普及性與深入性，實優於文字，詩歌、戲劇、繪畫和音樂等等。它是一種綜合藝術，社會科學與自然科學結合的時代寵兒；同時，它還是一種偉大的企業。它不會受時間和空間的限制，不受任何限制的束縛，它正在不斷地發展，發揚光大，而向無限量的偉大前途飛躍。」（第18頁）文章概述了中央電影攝影場、中國電影製片廠等在極其艱難的情況下，在上海、重慶，還有香港人，千方百計地拍攝了影片，記錄了歷史，宣傳了大眾。

在淪為孤島的上海：「上海，自國軍西撤後，即使托庇於外人勢力下的租界，也感到空前恐慌，電影業正和其他事業一樣，遭受到這樣侵襲，電影從業員除了部分優秀的投奔內地和部分投機的赴港掘金或躲避外，留在上海的畢竟還是多數；他們在紊亂的局面裏感到彷徨，在無形的停業狀態下，必然的趨勢，就是使他們另謀生路了——片商們利用過去的優越條件去從事歌台舞榭的投資，少數人還在竭力保持著生活的平衡或企待著一個將來，而比較平常的演員們，則竟有淪為舞女侍女，或改操其

他職業。／未數月，形成孤島的社會惡性膨脹的畸形發展，上海電影界也隨著這「發展」而在二十七年（1938年）的春天繼續復活。被桎梏於地方客觀條件的限制，在製片題材選擇上，必然是與抗戰無關，在當時所攝的《化身姑娘》的續而復續以及什麼「血案」「耙史」之類的影片，可說是代表作。這在好的一方面說來，是維繫了停留孤島上的電影人生活之一種方式；而實際上，他們是在掙扎，在求著不可思議的『適者生存』。可是，窒息在孤島裏的市民們，他們需要精神上的調劑，故對於這些具有低級趣味的影片，仍然大受歡迎。復活後的上海電影，既然在嘗試中得到了意外收穫，更鼓勵了他們作冒險的進一步發展；製片的作風，於是從低級趣味題材而競攝胡鬧的以及俚俗的民間故事片。／敵偽對於電影──這一利器，絕不肯輕易放過，他們終於伸出了魔掌，用直接或間接，金錢或武力，來攫奪這一部門的工作。這是很好的一塊試金石，「是」和「非」都因是而得到一個論斷。極少數喪心病狂的叛徒落水了，還有極少數的蠹豸蹣伏在黑暗的角落裏，在做著投機的買賣；更聰明的則一面仍表示著對於國家民族之忠貞，一面卻暗地裏周旋於敵偽之間，攝製些意義雙關，兩種拷貝，甚而巧立名目的影片，在變相地出賣靈魂，例如所謂光明影片公司出品《茶花女》的東渡事件。畢竟這個妖孽是經不起正義的打擊，叛徒劉某羅某穆某之伏誅，是民眾起來對叛徒的一種制裁，中央規定取締巧立名目製片之連帶負責辦法，也予他們以致命之打擊。至於大部分電影從業員還能依舊不屈不撓地在繼續工作，他們對於攫取電影檢查權，曾予以反抗，對於只知牟利的片商，曾表示過鮮明的態度；雖則他們沒有支配製片的力量，但就他們一顆忠貞不變的心，已夠我們滋長起無限關懷而神往的；……他們為避免正面的干涉，技巧地引用中華民族歷史上光榮和忠貞的故事，採取潛移默化的方法來反映現實，先後曾製有《萬嫩娘》、《岳飛》、《木蘭從軍》、《忠義千秋》、《太平天國》、《香妃》、《孔夫子》」等等。（第19−20頁）

在香港，「原是製造含有毒素的粵語片的大本營」。抗戰後，那些充滿著「色情」、「鬼怪」、「魔俠」等等的影片，在他們認為營利至上的大前提之下，並以南洋市場為尾閭，不斷地在加速度生產。什麼《十八

層地獄》、《棺材精》、《古怪精靈》、《萬里行屍》、《莊子試妻》諸如此類的影片，觀其內容，包含著不外是：「嚇死鍾馗，趕走僵屍，寒風虎虎，行屍出現」，「眾妖大會操，演出陰間風雲萬變，怪屍叫冤枉，道盡人世枉事萬篇」，「瀟灑風流，引得女人口水流，黑心狠毒，斧劈大棺取腦汁」，「酒池肉林，裸女數百，穢褻淫邪，色情展覽，暴露性饑渴者之淫蕩姿態」……「在抗戰發生相當時期之後，較優秀的從業員和較覺悟的製片者，也曾在合作之下，產生過《廣東佬救國》、《血濺寶山城》等謳歌抗戰的作品。及至二十七年秋間，中國電影製片廠與中央電影攝影場先後在港採取就地製片的辦法，一方面以補充內地製片生產量之不足，另方面使得不到直接參加抗戰工作的人們也得到參加工作的機會。『中製』曾有《孤島天堂》、《白雲故鄉》等片，『中電』則有《前程萬里》與在進行中的《新生》、《祖國之戀》等片。」（第20頁）

內地「中電」：中央電影攝影場直屬於中央宣傳部，現有編導5人，演員20餘人，技術工作者60餘人，以及事務工作者，共有百餘人。4年來的主要出品為抗戰新聞紀錄片，其次為戲劇片。戲劇片有《孤城喋血》、《中華兒女》、《北戰場精忠錄》、《長空萬里》等。中國電影製片廠（「中製」）歸軍事委員會政治部管。現有編導數十，演員數十，綜合技術與事務工作人員，全數達500人。4年來的出品，戲劇片有：《保衛我們的土地》、《熱血忠魂》、《八百壯士》、《孤島天堂》、《好丈夫》、《白雲故鄉》、《東亞之光》、《保家鄉》、《勝利進行曲》、《火的洗禮》等。西北製片廠（前身是西北影片公司，原設在太原，後移至成都）生產有《華北是我們的》、《風雲太行山》、《綏蒙前線》、《老百姓萬歲》等。

陳曉南《抗戰四年來的美術活動》（第26－36頁）以前言、抗戰前夜美術運動的傾向、抗戰後美術界的新陣容、圖畫在蛻變中、西畫提高了質、雕塑發生了新力量、掙扎中的工藝美術、尾聲及其他為題，講述全面。

張十方〈戰後四年的敵國文壇〉（第45－49頁）說：從昭和十四年（1939年）下半年到昭和十六年（1941年），日本戰時文壇是循著下列線路波動

的：「戰爭文學的沒落──純文學的短暫的復活──混亂，疲弊，彷徨的
過渡時期──大政翼贊會成立後的再統制，再利用時期」。（第45頁）

　　戰爭文學的沒落時期：1937年下半年至1938年七八月間這一年，「日
本的文壇落入到荒涼與沉寂的境界」。其時，唯一可提的是昭和十三年三
月號中央公論發表的石川達三的〈活著的兵隊〉，這是一篇暴露日軍在華
罪行的作品。發表即遭禁。同時引起日本軍部的高度警惕。他們採用兩
手：一是向華派遣文士，二是令日本軍人寫作。「直接派遣文士從軍，觀
看武漢大會戰，以便歸去大量地製造歌功頌德的『偉構』。」「同時，將一
些兵士們胡亂寫出來的日記或報告之類，譽為『戰爭文學的最高峰』，大
加吹捧，大量印發，也是軍隊製造『戰爭文學』之一法。」（第45頁）
用前一法所產出的戰爭文學，主要有：丹羽文雄的長兩百多頁的《不歸
還的中隊》及《戰場覺書》，岸田國士的《從軍五十日》，深田久彌的《遮
斷粵漢路》，尾崎士郎的《廢墟與炮煙》，杉山平助的《漢口溯江入城記》
及《從軍覺書》，片岡鐵兵的《眼前的戰場》，詩人佐藤卯之助的詩集《戰
火行》及《南京展望》等。屬於日本侵華軍人寫作的主要有：火野葦平
的《麥與兵隊》、《土與兵隊》、《花與兵隊》，上田廣的《黃塵》、《歸順》、
《建設戰記》及《續建設戰記》，日比野士郎的《吳淞小溪》、《野戰病
院》及《出帆》，松村益二的《一等兵的戰死》等等。「當火野葦平的所
謂兵隊三部曲出現的那一段時期──約在昭和十三年下半年到十四年
上半年的一年間──可說是日本戰爭文學的全盛時代。」「戰爭文學的興
起之速，沒落之快，與乎當其興起時的氣焰萬丈，沒落時寂無聲息，真
是駭人聽聞的。回首其全盛時，火野的《麥與兵隊》，一月間再版數十次，
兩三月間銷數幾百萬冊，造成日本文學史中，一大奇跡。」（第46頁）

　　在戰爭文學日漸沒落的過程中，軍部一看勢頭不對，乃盡力想出種
種對策。於是在日本文壇，便出現一大批新名詞。其中較顯著者有所謂
「農民文學」、「都市文學」、「海洋文學」、「土的文學」、「大陸文學」、「滿
洲文學」、「朝鮮文學」等等。伴隨每一種口號的提出，照例還有什麼「聚
餐」、什麼會之類應運而生。「例如農民文學之有農文學懇談會，由當時
的農林大臣有馬賴寧親自出馬推動。都市文學也有都市文學會，主持者

為當時的東京市長小橋一太。大陸開拓文藝懇談會是由隸屬於拓務省的作家團所組成的，一時曾有派遣文士到滿洲及南洋方面去，以便創制大批足可推動拓務的大作。此外，更有所謂海洋文學會，日滿文學座談會等等的設立。」（第46頁）

在這一文壇無中心的時期，遂有「純文學」景象出現。這種純文學讀物的讀者，多是留守日本本土的婦女們。之後，更有「情癡文學」（不乏色情文學）的再抬頭。有低調的風俗小說的氾濫。

以上13篇文章多少總結了一些抗戰4年來中國文壇的情狀，雖然材料不算多，評述不算全面，歷史價值也不算大，但聊勝於無，有比沒有好，總算是讓我們從國民黨的刊物上看到一些非主流的看法，對於全面瞭解抗戰時期的文學，還是有啟發。

張若谷〈漫談孤島文壇〉（載1941年11月《文藝月刊・戰時特刊》第11年11月號，第56－62頁），雖然沒有列入特輯，但也是對抗戰4年來的文藝的總結性文章，很有史料價值。

文章開篇先談孤島時期文人生活之艱苦，次談「文藝創作與副刊」。

文章說：上海淪陷為孤島以後，文藝界經歷了3個時期：第一，從1937年11月起，到1938年4月止，是文藝界的荒蕪期；第二，1938年春季到1939年秋季是蘇甦期；第三，從1939年秋季到1941年秋，是凋殘期。

「八一三」的炮火，把上海的出版商嚇壞了，幾種有歷史年頭的文學雜誌先後停刊。直到1938年5月文網漸疏，文藝界才漸呈蘇甦的氣象，幾種定期刊物復刊發行，洋商報紙像雨後春筍般勃然而興。不幸到1939年秋季，上海又受了金融風潮的激蕩，和歐洲戰事的影響，紙價空前飛漲，出版事業又幾乎完全陷於絕境。總的說來，抗戰4年來上海文藝出版界的情況是：

期刊：「八一三」抗戰開始，幾種較有價值的文藝雜誌，如《黎明》、《文學》、《中流》、《譯文》等都宣佈停刊。不久，《黎明》復刊，《文學》、《中流》和《譯文》聯合改出《烽火》，在1937年冬，這些刊物都相率停刊。1939年起，文藝雜誌繼續出版或創刊的有：《文藝新潮》、《野火》、

《東南風》、《魯迅風》、《文藝長城》等；1940年度又有《文藝新聲》、《文藝世界》、《新文藝》、《西洋文學》等；1941年起，《文藝世界》已改為《正言文藝月刊》，其他的雜誌都難以維持。紙張昂貴，辦雜誌的再改出文藝叢刊。有《新中國文藝叢刊》、《文學集林》、《文藝界叢刊》、《譯林叢刊》等。

報紙副刊：上海報紙副刊中歷史最長久的要算《申報》的《自由談》，自從在1938年10月10日復刊後，每週出版3次，和《春秋》輪流發刊，現由黃嘉音編輯，有禮拜六方面的人執筆的長篇小說連載。《文匯報》未停版前，有《世紀風》、《海上行》兩種副刊。《世紀風》由柯靈編輯，發表過不少文藝作家的精作，曾發行有《邊鼓集》一種，都是曾在《世紀風》裏刊載過的雜文。《中美日報》副刊以《集納》為主，每星期日另出《集納文藝》週刊，每月5日、20日發刊《集納筆談》。過去提倡通俗文藝、新聞小說，又不時舉行徵文獎金，並出版《集納選集》及叢書多種，計有徐蔚南《中國美術工藝》、胡道靜《報壇逸話》，張若谷《十五年寫作經驗》、《馬相伯先生年譜》等。《中美日報》除了《集納》以外，還有《堡壘》和《藝林》兩種姊妹副刊每月4日發刊。《大美報》未停刊前有副刊《淺草》（柯靈編）和《早茶》（亭長編），前者和《世紀風》相彷彿，後者是和《新聞報》的《茶話》、《申報》的《春秋》採取同樣的作風。已經停刊的《譯報》副刊《大家談》，《正言報》的《草原》本來是每天發刊的，現在改為每週二次。《大美晚報》的《夜光》在朱惺公編輯時期，還常刊載鋒芒閃耀的文字。《大晚報》的《剪影》本來每逢星期日另發刊《每週文藝》，現已取消。《神州日報》的《神州雜俎》是名符其實的一種「雜俎」副刊，每週併發刊《時代兒女》及《業餘生活》、《戲劇電影批評》等。《新聞報》的《茶話》和《新聞夜報》的《夜聲》，性質大致相同。

單行本：大致有：蘆焚《看人集》、《無名氏》，王統照《遊痕》，巴金《家》、《春》、《火》、《旅途通訊》，李健吾《希伯先生》，唐弢《文章修養》、《短長分》，柯靈《市樓獨唱》，列車《浪淘沙》，周木齋《消長集》，周楞伽《小泥人歷險記》，林英強《麥地謠》，金燮《海蓬船》，芳信《而

西班牙歌唱了》，鍾望陽《小圈子中的人物》，吳天《懷祖國》，何為《青
弋江》，羅洪《活路》，林玨《在鞭笞下》、《遺珠》，戴平萬《苦菜》，李
仲融《蘇格拉底之死》，林淡秋《黑暗與光明》，關露《新舊時代》，徐訏
《鬼戀》、《一家》、《吉布賽的誘惑》、《荒謬的英法海峽》、《海外的鱗爪》、
《西流集》等。

蓬勃的話劇界：「在『八一三』前，全國的話劇運動中心本在上海，
這裏曾經成立一個上海戲劇界救亡協會。國軍西撤後的第一年，在孤島上的
職業劇團也有 10 個以上。在文藝運動中，話劇一部門戰後比戰前顯得更活
躍。從前素不經市民注意的話劇，居然也抬起頭來。」（第 59 頁）

劇團：1938 年在上海上演話劇的劇團有青島劇社、曉風劇團（1938
年 5 月 10 日上海劇藝社成立，8 月中旬解散）、上海藝術劇院（即上海劇
藝社的前身）；1939 年有新演劇社、中法劇社、影聯劇團、未名劇團、中
國旅行劇團；1940 年起，職業劇團除了上海劇藝社、中國旅行劇團，及綠
寶劇場以外，還成立了許多業餘性質的大小劇團，受人注目的有：新藝、大
鍾、征雁、復旦、致遠、治中、工藝、流火、銀錢業聯合劇社、銀河、漢湖
──清心、星海等等，其中大半是由學校及其他社會團體所設立的。

演劇：（以先後為序）1938 年：《洪水》、《武則天》、《女子公寓》、《梅
羅香》；1939 年：《人之初》、《早點前》、《愛與死的搏鬥》、《花濺淚》、《羅
莎麗》、《啞妻》、《這不過是春天》、《結婚》、《最先與最後》、《夜上海》、
《沉淵》、《生財有道》、《賽金花》、《情海疑雲》、《明末遺恨》、《祖國》、
《陳圓圓》、《阿 Q 正傳》、《原野》、《雷雨》、《日出》、《楊貴妃》、《茶花
女》、《守財奴》、《武松與潘金蓮》、《偽君子》、《桃花夢》、《軍火商》、《復
活》；1940 年：《李秀成殉國》、《梁紅玉》、《大明英烈傳》、《葛嫩娘》、《女
兒國》、《海戀》、《上海屋簷下》、《職業婦女》、《圓謊記》、《小城的故事》、
《戀愛與陰謀》、《寄生草》、《少奶奶的扇子》、《林沖夜奔》、《李香君》、
《女人》、《新連環記》、《北地王》、《大雷雨》、《慈禧太后》、《海國英雄》、
《一年間》、《閨怨》、《生死戀》、《文天祥》、《群鶯亂飛》、《女店主》、《新
梅蘿香》、《生意經》、《正在想》、《委曲求全》、《慾魔》、《復活》、《天羅

地網》、《風雲兒女》、《兩個世界》、《桃花夢》、《七個單調的人》、《母親》、《秋夜》。1941年最轟動孤島文壇的要以《家》為第一。

劇本：根據現代戲劇叢書目錄，已出版的計有：田漢的《阿Q正傳》，於伶的《女子公寓》，夏衍的《上海屋簷下》，阿英的《群鶯亂飛》，於伶的《滿城風雨》，歐陽予倩的《慾魔》，包可華的《上海一律師》，于伶的《花濺淚》，凌鶴的《黑地獄》，江文新、謀薩度的《祖國》，吳天的《孤島三重奏》等；再者，散刊的歷史劇有：《陳圓圓》、《文天祥》、《李香君》；新藝術劇叢書中有：《碧花血》、《林沖夜奔》、《海國英雄》等。其他翻譯的單行本有：穆俊譯《生路》和《自由萬歲》，芳信譯《大雷雨》、《海鷗》、《紅色的新婚曲》、《英嘉姑娘》、《速度》，柳木森譯《費嘉羅姑娘》，徐訏作《生與死》、《月光曲》、《何洛甫之死》、《潮來的晴候》等。這些是沒有上演過的劇本。

「戲劇期刊方面，過去《戲劇雜誌》《戲劇與文學》不幸都已停刊，《劇場藝術》也久不見刊行了，1940年度有《小劇場》《劇場新聞》。報紙副刊目前尚在發刊的有《中美日報》的《藝林》，《正言報》的《劇藝》，《神州日報》的《神州雜俎》，《大晚報‧每週戲劇電影》，都例轉（按：例轉原文如此）偏重話劇方面的報導及批評。《中美週刊》發表過《職業婦女》《大明英烈傳》，《中美日報‧集納》發表過福祿特爾的《成吉思汗》等。」（第60頁）

「一群筆的戰士」：「4年來滯留在上海的文藝作家們雖則都蟄處於極度的窒息的低氣壓下，他們的生活，比戰前來得更要困苦，不但受到物價飛漲的煎熬，而且還有日方和汪派爪牙的威脅。在去年7月1日偽組織發表的一張『通緝』單中，新聞從業員被列名者達49人之多，其中已有9人遇害或被綁：（殉業者朱惺公，張似旭，金華亭，程振章，被刺受傷者瞿紹伊，顧執中，被綁失蹤者倪瀾深，張一蘋。）在這一群筆的戰士中，包括有作家8人，即胡仲持（已離上海），汪倜然，高季琳（即柯靈），朱曼華，徐懷沙，王人路，蔣劍侯（即廚司），張若谷，他們都在正義的報紙上捍衛自己的崗位，不因受到惡勢力的壓迫而有絲毫改變。

同時還有其他成名作家和文藝青年，他們是不斷地克盡執筆報國的艱苦責任。」（第 61 頁）文章接著舉例說明幾位作家的近況：

　　傅東華：曾自資編行《文學》月刊，縮為小型，不久即停刊。年來從事翻譯，最近譯成密西爾女士著的《飄》（一名《亂世佳人》），是一部很巨大的力譯。

　　鄭振鐸：仍在暨南大學擔任文學院長，課餘致力於文化材料的整理，編有《中國版畫史》，已在開始發售預約。

　　阿英：即錢杏邨，一名錢謙吾，又名張若英，曾編行《文獻》，被迫停刊，近改用魏如晦筆名，編制歷史劇本多種，風行的有《明末遺恨》。

　　邵洵美：戰事幾使他成為一個無產者，曾與項美麗女士合辦中文及英文本《自由譚》月刊，大部分的著述都用英文寫的。他寫過〈一年在上海〉，並在《中美日報・集納》每週發表〈金曜詩話〉，最近專心致力印刷事業，久已不執筆了。

　　徐蔚南：對於中國美術發生極濃厚的興趣，平日搜集甚忙，曾把《中美日報・集納》上發表過的文章，彙集成《中國美術工藝》一書。

　　柯靈：即高季琳，一名陳浮，初編《文匯報・世紀風》，複編《大美報・淺草》、《正言報・草原》，曾編電影劇本《武則天》，出版有雜文集《市樓獨唱》[15]。

　　于伶：即尤兢，是上海劇藝社的內部負責人，編有話劇劇本多種，在劇藝社上演的有《女子公寓》、《花濺淚》、《女兒國》等。

　　王任叔：筆名巴人，曾編《申報・自由談》，《譯報・大家談》，近以剡川野客的別署，創辦《大陸日報》，選有《文學讀本》等。

　　惲逸群：曾以亭長筆名，編過《大美報》副刊《早茶》，除了寫雜文之外，還給《譯報》、《導報》、《華美晨報》寫過不少的社論及國際問題文章。

---

[15] 前說《市樓獨唱》為柯靈著作。

徐訏：1938 年春由歐洲回國，曾編《人世間》和《作風》雜誌，並為《中美日報・集納》每週寫戲劇理論。最近創設夜窗書屋，發行三思樓月書，已出版戲劇三種，創作四種，散文二種，小品三種。

黃嘉音：和他的哥哥黃嘉德編輯《西風》月刊，曾編《申報・自由談》，過去曾擔任《大美晚報》翻譯工作，他的漫畫已不大多見了。

張若谷：國軍西撤後，曾在震旦大學任教職，自被偽方「通緝」後，閉戶專心著述，二年來著有《十五年寫作經驗》、《馬相伯先生年譜》，並以歐陽忠正筆名譯福祿特爾的《成吉思汗》（即《中國孤兒》），經常為《中美日報》、《中美週刊》執筆選稿。

在作了這些例舉之後，文章緊接著說：「在前線和大後方的人士，往往喜歡把滯留在上海的文藝作家比作北平的周作人，或那些出賣了靈魂的劉吶鷗，穆時英，林微音之類，這是一種莫大的錯誤判斷。」（第61頁）

同樣，沙雁的〈重慶文壇散步〉[16]一文也保留了許多鮮活的史料。

文章說：「今日的重慶，不僅成了國府所在地，成了抗戰政治的中心，並且，這矗立兩江之中的山城，已經名實的代替了『八一三』後的上海，南京退出後的漢口了。」（第300頁）

關於重慶文壇的昨日：盧溝橋事變的前夜，重慶文壇是相當熱鬧的。純文學的定期刊物就有《沙龍》、《黑畫》、《山城》、《春雲》數種。

《沙龍》是沙龍旬刊社出版的，擁有不少青年文藝工作者和川籍作家。執筆者有：巴金、毛一波，暨青年作者：龔巴宜、蕭伯常、竇秦白、羅文石、謙弟、鄧均吾、趙其文、蒲仰巒、葉菲洛、張嘉明、張河冰、彭小力、黃自勻、陳翔鶴、陳煒漠、陳明中、夏文煥、高一亭、根石、袁家駿、祝拾名、朋其、何啟予、汪道闓、李得裴、向鶯谷、田音、安潛辛、王野晴、尹濂、王民鋒、王雪麗、王鍾藝、刁莎梵等20餘人。刊物為32開本，毛邊，可見他們是「站在浪漫文學與寫實文學之間的一群」。除刊物外，還出版一種《沙龍叢書》：毛一波的《浪漫的與古典的》。《黑畫》：黑畫社出版，半月刊，純文藝讀物。該社的負責者是李得裴、劉鳴

---

[16] 載1938年8月16日《文藝月刊・戰時特刊》第2卷第1期，第300−301頁。

寂、諄毅英、陳沫。為 23 開本的新月型的縮小定期刊。《春雲》：春雲社
出版，16 開本，大型純文藝刊物。負責者是：涂紹宇、李華飛、廖翔農、
朱芝菲、李斯琪。此外，還有由業餘文藝作者辦的《時代文學》。

今日的重慶文壇：除《春雲》和《時代文學》外，還有附在刊物尾
部的文藝欄，附在報末的文藝版之類。可以一提的有：「中大的新民族，
這裏的作者為羅志希，范存忠，徐仲年等，附在新民報的血潮，這本書
是謝冰瑩女士主編的，後來便歸沈起予主持了。這個只能容幾千字的地
位，是曾風靡於一時的副刊。現在已由日刊改這週刊了，樣子，是相當
的仿效了陳紀瀅主編的大公報戰線，或姚蓬子在南京的扶輪日報主編的
風雨談」。另有附在時速新報的學燈，宗白華編，偏重學術；星期青光，
徐仲年編，內容為戰時詩歌、戲劇。

克川〈十年來中國的文壇〉（載 1930 年 10 月 15 日《文藝月刊》第 1
卷第 3 號，第 153－163 頁）以隨筆的形式，提供「五四」新文學運動以
來的文壇史料。這是當時人的記憶和觀察，認識與評論，有某種新鮮感
和真實感。

〈開場白〉認為，目前的文藝園地「使你感到荒涼」，「貧乏」是不
用諱言的事實。（第 153 頁）

「五四」全盛期：北大幾個教授和學生組織新潮社，刊行《新青年》
和《新潮》，從事新文化運動，有名的人物有胡適、陳獨秀、錢玄同、魯
迅、周作人、劉復（半農）、羅家倫、俞平伯、顧頡剛、康白情等。上海
應運而生的文藝團體是文學研究會。「這是一個雜色的文藝團體，新潮社
弄弄文藝的都在內，甚至於蔣方震也是一個會員。」不久，又有創造社
出現，郭沫若、郁達夫、成仿吾、張資平等是它的負責者。「這是一群頹
廢的垃圾桶。」（第 154 頁）

那時期比較重要的作品，第一要算是胡適的《嘗試集》。「這冊書的
銷售極好，差不多可說全國的學生都人手一卷，至少也都讀過。到現在
這冊書並不能令人滿意，但為詩歌辟一個新的境界，是不得不歸功於它
的。」以後繼續出版了俞平伯的《冬夜》、康白情的《草兒》，徐玉諾等
的《將來之花園》；郭沫若出版了《女神》，「比《嘗試集》進步多了。然

而還沒有到成熟的地步。」魯迅將在《晨報副刊》和《小說月報》上發表的作品集成《吶喊》出版。「其代表作是《阿Q正傳》，作者用了冷靜的態度描寫了一個時代；正如有些人說，什麼時代都同時存在著。現在阿Q時代並未過去，阿Q是象徵了我們這整個時間和空間的人性的。從阿Q的出世到現在已有數年，這數年中似乎已有了進步，好像已突過阿Q時代，但你仔細看看，阿Q還是阿Q，不過穿上一件新的外套而已，靈魂依然是舊的。這部書，在技巧上講，或許是一部成熟的作品。」冰心發表《超人》等。「這部書也差不多只要注意文藝的人都看過，女學生幾乎是全體。作者對於修辭極注意，她愛浸些舊文學的汁水進去，但不會使你起反感，像裹過足的放了足，穿高跟鞋，也有好看的。作品中顯示了作者的女性，使你咀嚼到溫柔，細膩，暖和，平淡，愛；作者也努力要使作品寫成上述那些味道，但這樣，題材就似乎貧乏了。她的題材不外乎詩人，母性愛，人間愛，天真，及人道主義。」之後，有《寄小讀者》、《春水》和《繁星》。說冰心，一定會聯想到盧隱。「她的作品是以女性為中心的輻射，寫肉的趣味更濃烈」；「文筆修飾得太厲害，顯得不活潑。」郁達夫的《沉淪》「給予青年的影響太深了。作者用他的大膽，描寫靈肉的衝突的書中，充滿『哈孟雷特』式的悲哀，主人公是個世紀末的人物，這正是在彷徨中的青年的典型。」（以上，第154、155頁）

「五四」以後：上海文壇「很寂寞」。文學研究會「還在拼命創作，介紹」；《小說月報》的編輯由沈雁冰轉到鄭振鐸手中。常見的作者是：葉紹鈞、俞平伯、王統照、徐玉諾、徐稚、顧仲起、羅黑芷、盧隱，還有較遲的趙景深、黎錦明、許杰、章克標等。創造社方面，成仿吾在從事「防禦戰」，郭沫若寫詩又寫文，郁達夫也努力創作，「張資平在寫三角戀愛，四角戀愛，十二邊型戀愛。」在創造社的刊物上發表作品而較知名者還有：陶晶孫、倪貽德、周全平、洪為法、何畏、滕固、葉靈鳳、梁實秋、聞一多（此時，他們兩位還是大學生）。「還有一位『淦女士』，在《創造》上發表了驚人的作品。」田漢退出了創造社，與其妻易漱渝刊行《南國》。後來，《創造週刊》停刊，創造社便與北京的太平洋合辦《現代評論》週刊。葉靈鳳、潘漢年辦《幻洲》；倪貽德、

夏萊蒂辦《火山》；王新命一個人出了《孤芳叢書》（有《蔓羅姑娘》、《狗史》等）。

在北京，簡單說，是《語絲》和《晨報副刊》對陣。孫伏園走出了晨報社，辦《語絲》，辦《京報副刊》，由「周氏兄弟」領導；徐志摩辦《晨報副刊》，得到陳西瀅支持。另有《莽原》和《沉鐘》刊行。「這時，許多小文人都向《晨報副刊》投稿。這是有原因的：《現代評論》和《語絲》都沒有酬筆，上海的《小說月報》雖然把酬例定得較高，但你如寄稿去，編輯老爺先要看看名字，不大熟的名字，不管寫得怎樣，便送進字紙簍。《晨報副刊》是略有酬資的，而寫稿子的大半是饑不擇食的窮學生，要撈幾個貼補貼補的，故《晨報副刊》的稿件非常擁擠了。」在《晨報副刊》常發表作品的有：沈從文（甲辰、休芸芸、璇若）、胡也頻、王叔翰、周頌棣、潘野逸、翟永坤、蹇先艾、張天翼、劉開渠、聞國新、湯逸鶴、朱枕薪等。「沈從文的文章是多極了，那時陸續發表出了單本子的有：《鴨子》，《蜜桔》，《入伍後》，《篁君日記》，《不死日記》，《呆官日記》，還有許多許多。他的文章是老練的，文筆也叫你看了舒服。」這些「大學生文人」在北京「被人看熟了名字」，其作品就能擠進上海的《小說月報》，如魯彥、廢名、沈從文、胡也頻、翟永坤、蹇先艾、許欽文等。江紹原在《語絲》和《晨報副刊》都發表文章，據他自己說：後來因為談到人名，「徑寫了『梁啟超』三字而未加尊稱，於是『志公（徐志摩）勃然大怒』，江教授便不再在《晨報副刊》玩『小品』了。徐志摩走後，《晨報副刊》由瞿菊農（即瞿世英）編輯。《世界日報》出了一種副刊，由劉半農編輯，稿件由《語絲》派的人提供；劉後，由張友鸞負責。《世界日報》另有一種副刊，曰《線》，劉開渠一個人負責。「但北京的文藝界衰落下來了。原因有二：一是軍閥政府的高壓，禁止刊物；二是國立九大（學校）不發錢，大學教授得不到『子兒』，紛紛南下了。」（以上，第155－157頁）於是《現代評論》、《語絲》都移到上海，魯迅、林語堂、徐志摩等也先後到上海。

作者補充說：北京出《淺草》的時候，有一種《青年文藝》面世，張友亮等辦。張友亮是北大學生。差不多同時，上海有《瓔珞》，負責者是戴望舒、杜衡、施蟄存等。後來上海開了現代書局，他們便聯合周頌

棣、蓬子、雪峰、潘訓、張天翼、劉吶鷗等人向現代書局要求辦一種刊
物，未果；現代卻請葉靈鳳主持創辦《現代小說》。南京有文藝團體，曰
寒煙社，是洪為法、李白仍、嵇介、陳叔揚等組合的，出過幾本書。文
章提供一件關於王實味的趣事：「《現代評論》是沒有稿費的。有一位王
詩薇（即叔翰，即實味）寄一篇〈毀滅〉給《現代》，忽然要起稿費來，
並且說，不登就寄還，可以早點打別的主意，如登，『起碼要 30 支洋』。
你知道，這位王先生既不和陳西瀅認識，而且不是個『名人』，沒有名而
嘴裏叫得乾脆是不相干的。然而《現代評論》竟為這事躊躇起來，他們
為這開了一個會，於是決議：雖然向無送稿費之例，但這篇實在捨不得
『割愛』，應當例外對付。結果送了 30 元。」（第 158 頁）

　　上海的狂飆時代：孫伏園等辦《貢獻》；徐志摩等開新月書店，辦《新
月》；「東亞病夫」等開真善美書店，辦《真善美》；魯迅辦《奔流》；葉
靈鳳編《現代小說》；沈從文等辦《紅黑》；張友松等開春潮書店，辦《春
潮》；章克標編《金屋》；張資平等開樂群書店，辦《樂群》；戴望舒等開
水沫書店，辦《新文藝》，等等。

　　「如今文藝界大喊一種所謂新寫實派，同時又有反對的。」（第
159 頁）

　　這些刊物的「沿革和統系」是：郁達夫編《大眾文藝》，和魯迅有來
往；魯迅編《奔流》，擔任稿件的有柔石、楊騷、白薇，還有莽原社的人；
《新月》稿件由徐志摩、梁實秋、胡適、沈從文提供，「反對新寫實派」；
《小說月報》「依然是鄭振鐸編，內容無所不包，對於新什麼派是『無所
謂』」；《紅黑》由沈從文、丁玲、胡也頻創辦，「對新寫實派無表示」；《綠》
的稿件是芳信、林微音、朱維琪 3 人負責，不收外稿，「是傾向唯美的，
對新寫實派都不屑談起」；《新文藝》稿件由戴望舒、杜衡、施蟄存、劉
吶鷗、楊邨人等負責，「高喊新寫實，但作品都不見得像。」《無軌列車》
是它的後身；《萌芽》、《奔流》、《現代小說》、《拓荒者》「高喊新寫實派」。

　　作者說：所謂新寫實派的運動是大規模的，並且讀書界也似乎有這
種傾向，不屬於這派的「就算過了時的」。同是高唱新寫實派，魯迅和錢
杏邨又各執一詞，理解不一樣。

　　關於這些年的創作，本文所舉是：許欽文的作品「依然是那似冷靜非冷靜的態度，似諷刺非諷刺的文筆」；王魯彥有集子《黃金》，這是「成熟的作品」；老舍在《小說月報》發表《老張的哲學》、《趙子曰》、《二馬》「用詼諧的筆寫了許多可笑可憐的人物，寫是寫得很活，很生動，但未能深入」；丁玲的《莎菲女士的日記》表明她是「中國第一個女作家」，「她在作品裏顯出很濃厚的玩世的意味，手法也極高明」；茅盾的《幻滅》、《動搖》、《追求》三部曲，巴金的《滅亡》，葉永蓁的《小小十年》，孫席珍的《戰場上》等，「都是用革命做題材」。蔣光慈從前的《短褲黨》，現在的《麗莎的哀怨》，郭沫若的《反正前後》、《我的幼年》，洪靈菲的《歸家》，戴平萬的《都市之夜》等，「不是個人主義的思想，便是英雄崇拜，或者是放進了些感傷和悲觀的氣分」。

　　最後作者慨歎：「南京自建都以來，人口日益增加，什麼都比前有生氣，但文藝界為什麼這樣寂寞呢？」（以上，第159－163頁）

　　該刊編者在〈最後一頁〉對此文表示了態度：「克川君的那篇〈十年來中國的文壇〉是由王平陵君轉交來的，而且已經在某報副刊上發表了一小部分了。文章，套作者的話來說，是還『叫你看了舒服』的。內容呢，也如作者所說並不是『大文章』，只是像悠閒者一樣來閒談所謂中國文壇的掌故的。大約作者在北方住了不少的時候，所以文中對於北平方面的掌故寫得較為詳盡，雖然有一二處與事實稍有出入。南方的愛好文藝的朋友看了這篇文章，也許會感到不少的興味罷。克川君又在文中談到新寫實派文學，並且說及中國出版的幾本自命新寫實派的創作，貨色都不可靠。新寫實派在世界上已成了一個巨大的潮浪，是事實；但是中國的新寫實派的沒落，我們不妨斷定也是『必然』！這原因並不在於他們的貨色不可靠，都是因為他們忽視了中國客觀的環境，將『擁護蘇聯』認做了他們最重要的任務之一：他們並不努力於什麼文藝，都是借文藝做階梯，來完成自己的『蘇聯的倖臣』的好夢──只要這好夢能完成，不管國家的前途，民族的生命，他們都可以犧牲，毀滅。他們不是拼命的在叫，『寧可不要文學，卻不可不要民眾』嗎？這可見他們只是以文學為

工具，以民眾為口號，來宣傳那種不合中國客觀情形的政策罷了。」（第
165－166頁）

　　1941年4月《戰時特刊》第11年四月號（總第111期）的汪辟疆的
論文〈文藝建設與文藝理論的檢討〉闡釋固有道德：

　　……文學要有我，是就個人寫作說。個人的文學，以有我為最高
的目的，一國的文學，也要以有我為至上的主義。這就是國性文學。
　　國性文學，也可以叫做民族文學。一個獨立的國家，自然有
他自己的民族，或聯合幾個民族而成為一個整個民族。民族是有
他的歷史，意識，和文化；這些皆足以表現一個國家所寄託的靈
魂。我們可以叫它做國性或國魂。人沒有靈魂，就會死亡；猶之
國沒有靈魂，就叫滅亡，是沒有兩樣。總裁曾說過：「日本拿一個
偏陂不全的『武士道』做立國的精神，樹立了富強的基礎。我們
如果能恢復天生整個的完美的固有道德，喚醒了至大至剛至中至
正的國魂，當然可以戰勝他們毫無問題。」固有道德是什麼？我
可以簡單的說明：儒家提倡的「忠孝節義」和「言忠信行篤敬」；
管子所說的「禮義廉恥」；《尚書》所說的「一心一德」；《春秋》
所說的「內中國而外四夷」。這些都要歸納於「篤信力行」四個字
去做，做了定當發生有力的功效。功效的表現，就是孟子所說的：
「富貴不能淫，貧賤不能移，威武不能屈。此之謂大丈夫。」後
人叫它做「氣節」。這才是我們固有國性的真正價值。或有人疑惑
這些話是昭示我們做人的標準，與文學絕不相涉。這確是一種錯
誤。我們不必拿理論去解釋。我們只要問戰國時屈原所作的《離
騷》和唐朝杜甫所留下的詩歌，為什麼使人讀了，流連諷誦，是
不是忠義的表現？看了邯鄲淳的〈曹娥碑〉和李密的〈陳情表〉，
為什麼使人感激涕零？是不是孝的表現？讀了宋朝岳武穆的〈滿
江紅〉和文天祥的〈正氣歌〉及其他烈士臨死時的絕命詞，為什
麼使人慷慨激昂？是不是節義的表現？我們再打開宋明兩朝的亡
國史，就頓時叫你有一種奇異的感覺，為什麼在這兩個朝代，產

生了不少的視死如歸的忠臣烈士？而且他們許多可歌可泣的事
實，是永久地留在中華民族意識中一直到現在。是不是內夏外夷
的教訓的效力？再說到山林隱逸放情山水的詩歌，好像是與上面
所說的無關，但是你要知道這些人皆是有不可屈的氣節；比較其
他的義烈，或者更為難能。他們在國性文學上的表現，亦有他的
立場。固有道德，是整個國家民族所托命，同時也是一切文學思
想的出發點。韓昌黎說『文以載道』，確是指此。後人以為文藝是
專屬於情感一方面，遂把它分開為兩件事。這是沒有看出國性文
學的重要性。（第 7 頁）

　　國性最容易表現於文藝，而且感動力極大，又以夷夏之防為
更顯明。……在這一個千鈞一髮最嚴重的時期，我們更要擴大國性
文學的範圍，要發展國性文學的偉大效力。一方面鼓吹內夏外夷的
『春秋』大義，作我們驅逐暴寇的先鋒。一方面發揮固有的民族美
德，建築我們堅固永久不可拔的堡壘。我們固然不堅持狹義的報復
主義。我們確要維護我們國家民族的獨立和自由。國性文學既確
定，我願當代的文藝作家，應當拋棄其向來所主張的某某主義，
同向著這唯一主義唯一目的去加倍努力。（第 7、8 頁）

編者及其創作

《文藝月刊》前期的幾位編者是左恭、鍾天心、繆崇群、王平陵等。
　　左恭（1905－1976），字胥之，湖南湘陰人。北京大學肄業。曾任中
國國民黨中央宣傳部總幹事，第四戰區政治部秘書長。1942 年 3 月 28 日
任立法院立法委員。1948 年 2 月任立法院院部編譯處處長。是年 5 月 6
日任「戡亂建國動員委員會」副秘書長，旋於 6 月 17 日辭職。1948 年還
當選「行憲」第一屆立法院立法委員。中華人民共和國成立後，歷任政
務院文教委員會統計處處長、國家科委圖書組副組長等職。主持《全國
中文期刊聯合目錄》、《全國西文期刊聯合目錄》。1976 年逝世。

鍾天心（約 1902－1987），廣東五華人。留學法國巴黎大學政治系。回國後任廣州中山大學教授。1928 年任立法院秘書。1931 年 1 月 12 日任立法院第三屆立法委員。1932 年任立法院起草委員會委員。1935 年 1 月 12 日任第四屆立法委員。1939 年 9 月選任三民主義青年團中央團部組織處副處長。1941 年 11 月選派三民主義青年團籌備時期中央幹事會幹事。1943 年 2 月 29 日選任三民主義青年團第一屆中央幹事會幹事。1945 年選任中國國民黨第六屆候補中央監察委員。1946 年當選「制憲國民大會」國民黨代表。1948 年 5 月 4 日當選「行憲」第一屆立法院立法委員。1948 年 12 月 22 日特任水利部副部長、行政院政務委員。後去臺灣。1966 年 8 月 15 日至 1974 年 1 月 16 日任「考試院」秘書長。1969 年被聘為中國國民黨第十屆中央黨務顧問。後任「總統府」國策顧問。1987 年 11 月 9 日逝世。

繆崇群（1907－1945），筆名有崇群、終一等。祖籍江蘇泰縣，在北京長大，曾旅居日本，並在上海、南京等地謀生。抗戰爆發後，經湖北、廣西、雲南、貴州，流落到四川；流亡中教小學數年。他母親早逝，後來妻子、父親也死了，就剩他孤寂一人。編過《文藝月刊》和《中央日報》副刊《文學週刊》。曾與靳以是同學。家庭貧困，長期生肺病。僅活 38 歲。20 年代末開始寫散文。作品有散文集《晞露集》、《寄健康人》、《廢墟集》、《夏蟲草》、《石屏隨筆》、《眷眷草》、《碑下隨筆》、《晞露新收》，短篇小說集《歸客與鳥》，翻譯《日本小品文選》。

《文藝月刊》幾位編者在該刊發表的文章簡析：

左恭（徐子）：〈魯迅先生〉、〈金魚〉；

鍾天心：〈偶感〉、〈偶然〉、〈劍橋的消息〉、〈春日的感懷〉、〈沙列芙山賞雪〉、〈孤獨〉、〈無題〉、〈自白〉、〈歸途吟〉（皆詩歌）、〈一個新夢〉；

繆崇群：〈自傳〉、〈亭子間的話〉、〈隨筆〉（署名終一）、〈秋樹〉、〈小品〉、〈勝利的人〉、〈過年〉、〈田園詩情〉（日本吉田弦二郎作，侯樸、終一譯）、〈棋〉、〈秦媽〉、〈砂丘日記〉（日本吉田弦二郎作，終一譯）、〈橋畔之家〉（終一）、〈菜花〉、〈我的病〉、〈寄×〉、〈江戶帖〉、〈池畔〉、〈茶館〉、〈散文四篇〉；

王平陵（秋濤、史痕）：〈會見謝壽康先生的一點鐘〉、〈總有那一天罷〉、〈搗鬼〉、〈添煤〉、〈缺憾〉、〈副產品〉、〈跑龍套的〉、〈「自由人」的討論〉、〈落寞〉（譯）、〈救國會議〉、〈苦像〉（譯）、〈靜靜的玄武湖〉、〈地上的界限〉、〈父與子〉、〈期待〉、〈煙〉、〈文昌星〉、〈重婚〉（電影本事）、〈示威〉、〈杭遊散記〉、〈俘虜〉、〈房客太太〉、〈過文德里故居〉、〈中國新文學的誕生〉、〈缺憾及其他〉、〈楊柳岸〉（詩四首）、〈中國現階段的文藝運動〉、〈誇張及其他〉、〈清算中國的文壇〉、〈慈母的墳塋〉（譯）、〈中國藝人的使命〉、《生意經》（電影劇本）、〈友情〉、〈戲劇批評者的責任〉、〈介紹梁譯莎翁名劇〉、〈焦土抗戰與堅壁清野〉、〈怎樣發動抗戰戲劇？〉、〈深入田間宣傳的藝術〉、〈漢奸來源的分析〉、〈詠閩北八百壯士〉、〈難民何處去？〉、〈戰時中國文藝運動〉、〈戰時的高等教育〉、〈配合遊擊戰的宣傳技術〉、〈奪回我們的「耶路撒冷」〉、〈歌中國飛將軍〉、〈中國文藝工作者的責任〉、〈編制士兵讀物的我見〉、〈我們寫些什麼〉、〈文學的提高與普及〉、〈中國文藝界的幸運〉、〈後防的文藝運動〉、〈迷途的靈魂〉、〈全國音樂家動員起來〉、〈怎樣寫抗戰劇本〉、〈中國到自由之路〉、〈展開淪陷區域的文藝宣傳〉、〈再論展開淪陷區域的文藝宣傳〉、〈荒村之火〉、〈第一次徵求抗戰軍歌的經歷和感想〉、〈戰時作品的現實性〉、〈新兵隊的藝術生活〉、〈敵機濫炸重慶的教訓〉、《女優之死》（長篇小說）、〈作家的訪問〉、〈大時代的兒女們〉、〈偉大的？渺小的？〉、〈登場〉、〈文藝與生產建國運動〉、〈抗戰四年來的小說〉、〈提高演劇的水準〉、〈維他命〉（劇本）等。

繆崇群的〈自傳——偷寫於破鑼聲中——〉[17]（寫於1930年6月）其實是一篇諷刺魯迅和左翼文壇的雜文，並非什麼自傳；其手法是用「革命文學」論爭中的一些詞語，使讀者產生聯想，引起注意，達到嘲諷的目的。例如，「析聲與破鑼」，什麼「意識」驅使著我，蹲在哪個「階級」上，「落伍，沒落」，「嘴邊不斷掛著第四第五第六階級」，「快進墳墓的老頭子大概早已吹鬍子了」，「在翼上」的「新興的小夥子」，「惡夫黑變」（諧奧伏赫變），十萬八千里「翻斤斗」，「用兩個否定來做成一個肯定」，「唯」

---

[17] 載1930年8月15日《文藝月刊》創刊號，第33－41頁。

什麼，「必然性」，「永久性」，〈巴爾底山〉，等等。《文藝月刊》第 1 卷第 2 期上的〈亭子間的話〉（第 77－83 頁），也是繆崇群以陰陽怪氣之語諷刺魯迅的雜文，無精彩可言，幾乎連可讀性都沒有。

《隨筆》[18]含短文 4 篇：〈韓學監〉、〈童年之友〉、〈哥哥的死〉、〈芸姊〉。文末注 1930 年 8 月改作。寫的是童年的生活，少年的情懷。和同院女孩的友誼，青梅竹馬，兩小無猜的快活；情竇初開之時，看相愛的人出嫁的苦澀。〈秋樹〉[19]，面對秋天的落葉，頓生愁緒，一片淒苦。秋之後，更有冬，春尤其沒有盼頭。「我沒有親故朋友，我孑然漂泊在這裏；這裏也是一無所有，只有一棵臨窗的秋樹，在秋風裏瑟縮，雖然他還穿著一件我所沒有的衣服。」（第 152 頁）第 1 卷第 4 期上的《小品》（第 49－53 頁），含短制 5 篇：〈不眠〉、〈獻酒〉、〈哀樂〉、〈家〉、〈秋夕〉。〈家〉哀歎：「啊！這靜穆和平的家，他是愛的巢穴，心的歸宿；他是倦者的故林，渴者的源泉……」然則，「在這個世界上，我是一個永遠漂泊的旅人，我沒有愛的巢穴，我也無所歸宿；故林早已荒蕪，源泉也都成了一片沙漠……」（第 52 頁）。滿腹惆悵，一臉淒苦，聲聲哀歎，句句秋愁。全是由身邊瑣事引起的情感波動，流瀉淒婉的情調，孤寂的情懷。

《隨筆四篇》[20]含〈光〉、〈撩絮〉、〈揮汗〉、〈拾葉〉（寫於 1940 年秋日，重慶金剛碑）。抗戰的情緒充滿於筆端，向日本侵略者討還血債的聲音雖說比較微弱，但總比前期的淒婉要強。

鍾天心的〈偶感〉等詩於 1929 年至 1930 年在日內瓦所寫，全是吐露男女相悅相愛的抒情短詩。〈偶感〉：「再沒有什麼可說的了，／就是這樣地分手」。是因為兩人的興趣、愛好和追求有了分歧，才不得不分手的：「你自去採擷你春天的繁花，／我毫不嫌棄我秋日的蕭索；／你自去依戀那盛夏的濃陰，／我寧陪伴著這深冬的寥落。」（1930 年 12 月 15 日《文藝月刊》第 1 卷第 5 期，第 22 頁）〈偶然〉：偶然拾到一朵被微風吹落的

---

[18] 載 1930 年 10 月 15 日《文藝月刊》第 1 卷第 3 號，第 67－82 頁。目錄頁署名終一，正文則署名繆崇群。

[19] 載 1930 年 10 月 15 日《文藝月刊》第 1 卷第 3 號，第 151－152 頁。

[20] 載 1941 年 9 月 16 日《文藝月刊・戰時特刊》第 11 年 9 月號，第 65－67 頁。

小花，把它插在衣襟上；花兒的幽香也使主人心兒搖曳，撩撥得情思蕩漾；小花不知何時落了，「我的心情才漸漸的重歸於安定」（第22頁）。〈劍橋的消息〉：自言在日內瓦大學結識一位劍橋女郎，彼此談文學，說拜倫，「甚歡」。對她產生愛，卻「膽怯溫柔」，羞於表達；又聞她將歸去，只盼永遠有「劍橋的消息」（第99頁）。〈春日感懷〉：1930年與朋友相約於法、瑞交界的沙列芙山，欣賞陽光照耀下的雪景，有感於國內的內戰：「我每對著這撩人的春色，／我更思念著江南的三月；／我耽心著那遍野的桃花，／可能平平靜靜地依時結實？／／我不知那田間嫩黃的菜花，／能否讓小鄉姑安閒地採擷回家？／我記掛著那亂飛的群鶯，／我怕它被人類爭鬥的喊聲驚啞！／／若再想及我們那辛勤的農工，／我更無法排解我憂煩的心胸；／我豈不愛慕此地湖山的和平？／只是我怎能學眼前的稚童老翁！」（第108頁）雖是從古典詩詞採擷詞語，卻難得有一抹同情百姓的情思。〈孤獨〉抒寫詩人獨居異國他鄉難遣的寂寞。（第133頁）〈自白──追贈枝柯──〉呼喊：姑娘，「我愛你，我情願把生命給你做憑據！」看看詩人的心：「它如太陽般永恆，／它如海洋般深淵，／它有山巔積雪的皎潔，／它有秋日紅葉的赤熱；／／但是它不似陽光那樣普遍，／它不似海水那樣氾濫，／它不願如山巔積雪高貴難攀，／它不願如秋日紅葉隨風翩躚；／／我的愛恰似那嫩苞初放的紅蓮，／在新月的影前吐露伊幽微的清香──／在繁星密佈，神秘而莊嚴的夜裏，／專候著你嫩白的手呵，我親愛的姑娘！」（第158頁）這些詩句，有點纏綿，有點幽怨，淡淡的哀思，薄薄的閒愁，說不上新，僅人心一片，人性一瞥而已。

魯迅‧電影劇本

　　關於魯迅，《文藝月刊》總共只發表了兩篇文章：

　　在它的創刊號發表徐子（左恭）的文章〈魯迅先生〉（第153−156頁）。文章一開篇就說：「『時間』真是一個鐵面無私的老人，不怕你是聰智的聖哲或者是愚昧的庸人，它把你行動的輪廓，不論是謊騙的，誠實的，

矛盾的,也不論你自己願意不願意,都毫不客氣的給你留下一個一絲不移的深明的印跡。」(第153頁)作者要說的是:魯迅在他的雜文〈我和《語絲》的始終〉(寫於1929年12月22日,刊行於1930年2月1日《萌芽月刊》第1卷第2期)中,「還在太息於他老之被『創造社』式的『革命文學』家拼命的『圍攻』,把自己看成『眼中釘』!」但到1930年5月,創造社的巨頭郭沫若氏卻在《拓荒者》上發表〈「眼中釘」〉,「不但解釋了『創造社』式的『革命文學』家從來就沒有把魯迅先生及其派流(按:原文如此)看成『眼中釘』,而且說,他和魯迅先生現在已是『同達到一個階段(按:應為階級)』,和『同立在一個立場了』。(第153頁)徐子筆鋒一轉,回憶道:「一提到魯迅先生,最先浮上我心頭來的,是自己幾年前在北平每星期一次遠迢迢地從西城跑到沙灘北大一院聽他老先生講廚川白村的《苦悶的象徵》的一幕。一副冷靜的面容,在講詞中我們卻可以聽出熱烈的心胸騰躍;而那種逗人發笑自己卻很冷漠的神情,令人幾疑是由於天授。」那是繼續發表《彷徨》的時代,那時的魯迅怕還是逍遙於「象牙之塔」吧。不久,女師大事件及「三一八」慘案發生,「正義與憤怒之火燃燒著魯迅先生,於是走向十字街頭,挺身與當時所謂名流紳士們搏戰」。而看近期魯迅署名於左翼作家聯盟的宣言,「又知道他老先生現在努力於所謂文藝與政治合一的運動;這,可以知道魯迅先生不但已由象牙之塔走向十字街頭,而且,似乎已置身在上海大馬路四馬路似的林林總總的人海中了。據說,上海大馬路四馬路似的街中,有不少野雞別三之類的事物在,已經很有年紀的魯迅先生,我想,怕也有點『行路難』之感吧?」(第153-154頁)作者歎息並有所疑問的是:魯迅會不會是被人提著玩耍的皮影?

魯迅1936年10月19日逝世,從當天起,全國及海外媒體立即出號外、特輯、特刊,以相當快的速度、相當大的篇幅,刊載悼念文章,唯獨《文藝月刊》沒有任何反應,好像世界上就沒有發生這樣一件事一樣。到了1939年12月1日《戰時特刊》第3卷第12期,才有潘公展的在魯迅先生逝世三周年大會上的講演辭〈紀念魯迅先生的意義〉。此時的潘公展是國民黨中央執行委員,在國民黨黨內的職務是中央宣傳部副部長,

在國民政府的職務是軍事新聞局副局長、中央圖書審查委員會主任委員。「兄弟代表中央宣傳部」參加紀念會。在「方才主席邵（力子）先生及各位先生已經將革命文學家魯迅先生的生平，為國家民族的獨立生存而艱苦奮鬥的努力，和他偉大的成就，說得非常詳盡」之後，「兄弟想從紀念魯迅先生這件事的意義上，貢獻幾點於全國愛好文學或從事文藝工作的各位先生，作為今後我們大家注意而且共同努力的目標」。（第268頁）

潘公展說：抗戰建國與文藝有極為密切的關係。「在第二期抗戰的今日，早有兩句大家所公認的話：（一）是『宣傳重於作戰』，（二）是『精神重於物質』。」關於「精神重於物質」：「諸位想一想：我們若僅以飛機，大炮，坦克車，兵艦等等武器力量去和日本帝國主義者作一種打算盤的比較，那真成為『唯武器論』的說法，自然萬萬得不到勝利了，還那裏能打兩年多，而使敵人的泥足愈深。所以我們能抗戰到現在，予敵人以重大的打擊，可以說大部分是依仗了我們有超越於敵人民族精神的緣故。……我們看魯迅先生幾十年來的努力，完全是朝這一條路走，完全在振奮我們的民族精神。」（第268頁）「然則我們今後將如何發揮這種偉大的精神，以盡宣傳的使命，方無愧於魯迅先生呢？」是不是抗戰建國的文藝作品（不管是創作還是翻譯），要從時間與空間兩個方面來劃分。就時間方面說，一篇文藝作品，不論形式如何，也不論宗派怎樣，要先看它內容是否合乎下列5個標準：（一）不落伍；（二）不幻想；（三）不遊移；（四）不悲觀；（五）不自私。就空間方面說，究竟需要怎樣的性質，也可分為5點：（一）反侵略；（二）反割據；（三）反依賴；（四）反孤立；（五）反宗派。（以上第268－270頁）

《文藝月刊》所刊載的電影劇本有：王平陵的《重婚》、《孤城落日》（與王夢鷗合作）、《生意經》，洪深的《愛情的逃亡者》，張道藩的《密電碼》，佘仲英、趙颯的《火》等。

嚴格說，這些都不是電影文學劇本，它們有的是電影本事（即電影故事），如王平陵的《重婚》，有的是有鏡頭提示的劇本，如洪深的《愛情的逃亡者》，有的只是人物對話的剪輯，如張道藩的《密電碼》。電影本事和人物對話版，沒有電影文學的特性，僅洪深的有聲電影劇本有近

景、遠景等電影鏡頭的提示。張道藩的《密電碼》最不具備文學性。在他設計的對話中，國民黨人點石成兵，舉臂一呼，應者雲集。人一到，話一講，工人、學生、農民、兵卒都被發動起來了。外地雷軍長率軍前來進攻，輕而易舉地就打倒了軍閥周省長（也是軍長），並將周的姨太太踏死（像馬嵬坡下的楊玉環的命運一樣）。全片有數次群眾集會；有集會，必有講演，更有口號：國民革命成功萬歲！蔣總司令萬歲！三民主義萬歲！中國國民黨萬歲！中華民國萬歲！說整個作品就是為了這幾句口號，也不過分。王平陵的《重婚》意旨比較陳舊，了無新意。江南太湖樊川村。不識字的農民黃春山完全靠自己的勤勞節儉，成了富戶。老兩口一心一意要把獨養子黃文華培養成為有文化的人，以便一家人不受他人的欺負。兒子「考上」上海灘上的野雞大學申江政法大學。鄰村大紳董馬家彥看準將來的發展，把自己的女兒馬繡鳳嫁給黃文華；繡鳳憑藉娘家有錢有勢，在公婆面前耍臉色。文華到了城裏後並不認真讀書，而是成天鬼混，不斷地以好聽的名目向家裏要錢。一兩年下來，黃春山由殷實人家敗為舉債戶。文華更與混吃混喝的李香芹「結婚」同居。為向父親騙錢，他詭稱將上任當縣老爺，並「榮歸故里」招搖撞騙，在樊川村演了一出鬧劇。不料，李香芹跟蹤而來，揭發黃文華「重婚」。結果，文華失去兩個女人，並賠償青春損失費，付給贍養費，自己鋃鐺入獄，父親病歿，母親神經錯亂。

電影需要的是場景和情節，而場景和情節又是由人物的活動及對話構成的。上述幾個劇本都不算成功，但它確實又是新的文學體裁之一。一個新的文學體裁的引進，總得有一個試驗的過程。試驗的人多了，認真總結經驗，就會熟練，就會有經得起歷史檢驗的作品問世，並留存後世。

《青白》副刊

靠著每月 1200 元的津貼，中國文藝社除《文藝月刊》外，還在《中央日報》辦《文藝週刊》，占《大道》的地位。

《中央日報》的《青白》副刊也是三民主義文藝的刊物。

據《今後的〈青白〉》告知：南京《中央日報》副刊《青白》的辦刊態度略有變化：「過去的本刊，登載著的都是創作，差不多成為一種純文藝的日刊，不用說，當然是有相當的成績的，但不幸往往容易被人誤會為某一類人物的讀物，事實告訴我們，似乎實在非有大、中學生程度的人們是不會輕易看它的，所以同人經了幾次的商酌，都以為這是過去《青白》的美中不足，非改變不可的理由。

「我們為了這，決計把《青白》的量分為兩部，一半是選載以三民主義為立場，雄偉，有力量，能使讀者引起向上心的創作，大約每日連載長篇一段，精選千字左右的短篇小說一篇，其餘一部分，是刊載小品文字，如社會批評，文藝雜談，寫實紀事，等等，而這類文字，也更有刺激性，光明正大，不要談及個人，尤其不能過於低級，如談性愛及叫窮那些肉麻的文字。

「前者是預備養成三民主義文學的作家，而為愛好文學的青年公共的園地，後者為是閱報者看了枯燥的新聞後的一種調劑；我們希望，不論他是學者，商人，勞動界，都有看這《青白》的可能，對《青白》都有相當的認識。

「至於文學理論，在此，可以不必多說。總之，文學是為人生的，這話正為一般人所公認，因為三民主義是包羅萬象廣博真深，而能計決人生的一切的東西，所以這種文學並不是為某一政治作宣傳的工具，也就不是『宣傳文學』，這是現時代必然產生的一種偉大的文藝思潮，是任何理論不能損其毫末的。

「復次，在目下的中國，共匪作惡，慘無人道，國家正竭其全力痛剿赤匪，我們負有宣傳之責的報紙，尤其是副刊，當然不能若無其事似的，專事粉飾升平，我們希望在前線愛好文藝的武裝同志們，把剿匪生活或用片斷的評述，或有系統的紀載，儘量寄來，編者必能優先登載。」[21]

---

[21] 載 1931 年 7 月 2 日南京《中央日報》第 3 張第 2 版《青白》副刊第 501 號。

　　從 1927 年下半年起，以蔣介石為首的國民黨統一了全國，建立了一黨專政的國民政府。

　　1928 年，中國文壇掀起了無產階級革命文學運動，並同時開展了聲勢浩大的關於「革命文學」的論爭。國民黨有關方面的人士驚呼這是共產黨的文藝暴動，認為國民黨也應該有自己的文藝政策和相關活動，並把剛剛興起的無產階級革命文學招死在搖籃裏。

　　於是，1929 年夏，國民黨中央宣傳工作會議，制定了三民主義文藝政策，提出了三民主義文藝的口號。

　　一年以後，在南京才成立了屬於三民主義文藝派的中國文藝社，並創辦《文藝月刊》。其負責人是王平陵、左恭、鍾天心、繆崇群等，他們或者國民黨的黨性色彩不濃，或者不能專攻文藝。因此，《文藝月刊》雖說辦了 12 年之久，出版不脫期，但對中國新文學史卻沒有什麼貢獻，找不出哪一篇作品是國民黨黨性文學的代表。三民主義文藝就沒有走出「首都」南京，這也能說明問題。在《文藝月刊》上發表作品的作者有幾百人，其中不乏大家、名家，但他們的名作、代表作卻都不是它首先刊載的。

　　抗戰時期，政治上，國共兩黨、多黨建立統一戰線，全國各黨派、各族人民共同抗日。文藝上成立了中華全國文藝界抗敵協會，不管左派右派、新派舊派、京派海派，地無分南北，人無分老幼，都團結一致，共同抗日。但張道藩還是提出了三民主義文藝政策，強調的是一黨專政，一個主義，一個領袖個人說了算。王集叢、趙友培對三民主義文藝在理論上也有所論述。但他們都不提 1930 年左右的三民主義文藝，不與自己的歷史接軌，也是黨內有派的表現。

　　三民主義文藝在中國現代文學史上存在過。

民族主義文藝

　　民族主義文藝運動的骨幹是潘公展、朱應鵬、范爭波、傅彥長、王平陵、黃震遐、張道藩等。

　　潘公展（1894－1975），原名有猷，字幹卿，號公展，浙江吳興（今屬湖州）人。曾就讀杭州第一中學、上海聖約翰大學，並參加南社。「五四」時期參加上海群眾運動，編輯上海學生聯合會報。曾在上海市北中學、私立君毅中學教書，擔任過上海大學講師，中國公學副校長，國立政治大學新聞系主任及教授。1921 年任上海《商報》總編輯，1926 年任《申報》總編輯。發表支持國民黨右派的言論。1927 年經蔣介石、陳果夫介紹，加入國民黨。4 月中央政治委員上海臨時政治分會設立後，被委任為委員；7 月上海市政府成立後，任農工商局局長。後又兼任上海市政府秘書長，並當選為中國國民黨上海特別市黨部常務委員。1932 年在上海創辦《晨報》，又任上海市教育局局長。1935 年創辦《新夜報》、《兒童畫報》。1935 年當選為國民黨第五屆中央執行委員。1936 年任上海市社會局局長，並主持青運工作。抗日戰爭初期，曾發表《中國不亡論》，認為中國最終不可戰勝。抗戰時期，歷任國民黨宣傳部副部長，中央圖書雜誌審查委員會主任，軍事新聞局副局長，中央執行委員會常務委員，國民政府新聞檢查處處長，中國公學副校長。負責主持獨立出版社、正中書局事務。抗戰初還為商務印書館編輯抗戰叢書。抗戰勝利後復原回上海，任《申報》社長、《新夜報》董事長，《商報》副董事長。1946 年任上海市參議會主任議長，上海市黨部常務委員。1949 年後去美國紐約，出任紐約出版的國民黨機關報《華美日報》社長、總編輯。1975 年在美去逝。編著有《中國學生救國運動史》、《日本必亡論》、《統一與抗戰》、《哲學問題》、《陳英士先生傳》、《屬性教育》、《羅素的哲學問題》、《五十年來的中國》、《陳其美》，另有《潘公展言論選集》等。（參見

《中國文學大辭典》第八卷第 6276 頁、《中國國民黨百年人物全書》下卷第 2409 頁）

范爭波（1901－1983），字東海，河南修武人。上海震旦大學機械工程系、中法工業專門學校畢業。曾任上海文治大學講師，勞動大學訓導長，中國國民黨上海市黨部常務委員，中國國民黨江西省黨部常務委員，江西省反省院院長，南昌行營秘書兼文藝主任，新生活運動總會幹事，軍事委員會軍風紀第四巡察團委員，京滬杭總司令部政務委員。曾主辦上海大光書店、《上海晚報》、《前鋒週報》、《前鋒月刊》、江西電訊社、江西《民國日報》、九江《民國日報》、《大光報》、奮鬥文藝社、努力劇團、中國新聞公司。1939 年任監察院監察委員。1943 年任重慶《益世報》常務董事兼總主筆。1946 年辦上海《益世報》。1950 年創辦香港《益世報》。後去臺灣。（參見《中國國民黨百年人物全書》下卷第 1473 頁）

傅彥長：精於音樂。「四季穿老布衫，短髭繞頰，不事修飾。生平不喜女人，而好吃館子，成為北四川路『新雅』的老主顧。近有好事者為之統計，謂傅曾於一天之中共登新雅茶樓 28 次云。」（《黃鐘》第 4 期《國內文壇雜訊》，第 13 頁）

王平陵（1898－1964），原名王仰嵩，筆名西冷、史痕、秋濤、草萊、疾風等。江蘇溧陽人。小學畢業後，考入省立第一師範學校。1920 年發表處女作短篇小說《雷峰塔下》和獨幕劇《回國以後》。畢業後曾在瀋陽美術學校、南京美術專科學校、上海暨南大學等校任教。先後主編《時事新報》副刊《學燈》、《中央日報》副刊《大道》與《青白》。1930 年倡導民族主義文藝運動，與左翼文學對抗。又編中國文藝社的《文藝月刊》（屬於三民主義文藝系統）。1938 年 3 月，參與發起成立中華全國文藝界抗敵協會，被選為常務理事兼組織部主任。後到重慶，任《掃蕩報》編輯。1949 年到台港。主要作品有：小說集《期待》、《殘酷的愛》、《游奔自由》，長篇小說《歸舟返舊京》、《茫茫夜》，散文集《歸來》、《幸福的泉源》、《湖濱秋色》、《夜奔》、《走目蘇花路》、《我在馬尼拉的生活》、《副產品》、《雕蟲集》，詩集《獅子吼》，戲劇《愛的感召》、《自由魂》、《錦上添花》、《臺北夜話》、《夜》、《慈母心》等。

　　王平陵於 1964 年 1 月 12 日因腦溢血，在臺北病逝。逝世後，臺灣
文藝界人士紛紛發表文章悼念，並出版《王平陵先生紀念集》[1]。總括紀
念文章的意思，一曰他貧困一生，清廉一生；二曰他高舉民族主義文藝
運動旗幟，反共一生。摘其要義有：他「與左派文人搏鬥，為反共前驅」，
「愛國反共而從事文藝戰鬥之精神，數十年如一日」（第 2 頁）。「曾向赤
匪的『左聯』文醜，展開了英勇的抨擊和抗爭」。（第 5 頁）當普羅文藝
大盛之時，持民族文藝的大纛以為對抗，這種中流砥柱的精神，難能可
貴。（第 7 頁）「在自由中國文藝界裏，老作家王平陵實在是一位反共的
先驅者。早在 35 年前，當他主編南京中央日報副刊和『民族文藝』月刊
時，便已倡導民族主義的文學，揭櫫反共文藝的大旗。在當時，雖然共
匪的政治勢力潛伏在地下，而左翼的文藝活動卻支配了整個文壇，一般
赤色文棍把持著文藝批評的武裝，儼然成為文壇的霸主，對於文藝作家
的影響力之強大，殆有『順我者生，逆我者亡』的氣概。王平陵先生能
在那種巨大的逆流裏成為不屈不撓的砥柱，維護民族精神，堅持反共立
場，設非具有大智與大勇，實在難以辦到。因此，我們可以說，王平陵
先生不僅是一位文藝的鬥士，而且還是一位反共的先知。」（第 8 頁）「民
國十五年，宣傳匪黨階級鬥爭的『普羅文學』，氣焰囂張，不可一世，大
批青年為之盲從附合，如癡如狂，荼毒中國優秀的文化傳統，為禍至烈。
當時在新聞界工作的葉楚傖，乃起而倡導『民族文藝』運動，以圖挽救
頹風，打擊匪共陰謀，而王平陵教授則與其並肩合作；所負責的使命包
括：（一）創辦大型文藝刊物，（二）組織出版委員會，（三）鼓勵讀書風
氣，（四）擬訂文藝指導綱領，（五）修正劇本檢查制度，（六）成立全國
文藝界抗敵協會，（七）主持各界文藝運動合作委員會事宜。……對於提
倡民族文藝運動頗有功效和貢獻。」（第 14 頁）當「共匪」支配文壇時，
王平陵作為「反共的作家，能夠扭轉文壇的風氣，保持文藝的純正」（第
19 頁）。當左翼作家「用口號來轟動文藝界，眾口一聲，自相抬舉，而傾
軋異己」之時，王平陵卻「巋然自立，不畏強禦，一支筆與之周旋，為

[1]　王平陵先生遺著編輯委員會編輯，臺北正中書局 1965 年 8 月初版。共 178 頁。

中華民族存正氣於寰宇。」（第 26 頁）他敢於向他的老師魯迅挑戰，「是
個勇敢的戰士」（第 171 頁）。

　　黃震遐（1907－1974），筆名東方赫。廣東南海人。30 年代曾在上海
《大晚報》任職。後供職於在杭州筧橋的空軍軍校；並加入中央軍官政
治學校。蔣馮戰爭時，當騎兵上前線，戰於隴海線一帶。民族主義文藝
運動的主要成員。抗戰爆發後，曾任《新疆日報》社長。1949 年到香港，
任《香港時報》主筆、《中國評論》副社長。1973 年任美國蘭德公司顧問。
1974 年病逝。主要著作有小說《隴海線上》、詩劇《黃人之血》，此外，
還有《中共軍人志》、《中共高級將領》（與美國魏德森合作）。（參見《中
國文學大辭典》第七卷第 5292 頁）

　　黃震遐入伍後，一度與與前鋒社、與朋友們失去聯繫；圈子裏就傳
言他為「革命」捐軀了。於是報刊上就有了悼念他的詩文。

　　（葉）秋原的〈紀念詩人黃霞遐〉[2]言簡意賅，很有感情。文章說，
詩人「清秀的顏面，瘦小的身材，清脆的北京話，溫文的舉動，一望而
知是個世家之子」。「他是個歷史底學生，藝術底學生」，自然他更是個詩
人。「他的有力的文字，健動的思想，美麗的詞句」，讀者是會永遠記得
的。他在《雅典》月刊內發表了許多詩。他的詩，「具有雄偉的，英壯的，
及豪放的氣度」，在詩壇內「獨樹一幟，無與倫比」。「他的詩雄壯不亞於
拜輪。」「他是個民族主義的文藝底前驅，不但發表了關於民族文藝底論
文，同時，他又是個民族文藝底創造者，實行者。」文章還說，「民族的
熱情，英雄的懷抱，與現實的悲哀，使我們的詩人加入了中央軍官政治
學校。」葉秋原的文章還告訴人們：黃霞遐的母親兩年前患盲腸炎謝世，
留下一個妹妹，在他參軍上前線後，由張若谷代為「留養」。他「生前」
與朱應鵬、傅彥長、盧夢殊「最為友善」。（以上第 84 頁）

　　《前鋒週報》第 11 期在轉載葉秋原的悼念文章時，還發表署名乙裴
的詩〈紀念黃震遐〉：

2　原載 1930 年 8 月 24 日《申報‧藝術界》，1930 年 8 月 31 日《前鋒週報》第
　　11 期轉載，第 83－84 頁。

騎著你的昂藏駿馬西行了！
熱血的青年英雄。
素懷已如志酬償了吧！
按照著你的詩篇。

詩人之魂喲！
許你作汗漫的壯遊。
人生的道路是永無止境的呀！
前進吧！請莫留戀而回頭。

風吹林木或是你的馬兒怒吼。
水流江漢將是你的響亮歌聲。
削平了那些荊棘當道，
不到天之涯地之角請莫休停。

隨同了你的兄兄弟弟，
在廣遠無邊的路上猛進而提攜。
把一切妖氛之氣都弭平了吧！
那怕敵人的利劍鑽入胸圍。

你所追求的是充滿了美和力的新生命，
是用「男子的力」「女子的美」所造成。
美麗的人生精魂，
噯！我們的熱血英雄，拜倫！

黃震遐復員後，便以「活人」的身份給朱應鵬寫了封信，對朋友們做出解釋。信上說：

　　自從十九年五月，決定了從軍以後，就匆匆忙忙地加入了中央軍校教導團的行伍裏，先後在南京，徐州，柳河，蘭封，開封等地，實現著我軍人及戰爭的生活。其間戴月披星緊張而恐怖的

經過,現已於杭州軍次,胡亂寫成了 3 萬多字的《隴海線上》特在《前鋒月刊》上發表。

人生本來是充滿了酸甜苦辣的滋味,不過有些人對於各種生活轉變得比較慢,有些比較快而已。都市生活本來也是緊張而熱烈的一種。然而比軍隊那種汗血精神,生與死間不容髮時的狂亂情緒,卻比較遲緩呆滯多了。並且再加上戰壕中那種真誠的友誼,捨己為人的犧牲精神,就簡直可以稱為團體生活中最高無上可歌可泣的一員。

然而白雲蒼狗,事過境遷。今日想來,也只是覺得可笑而已。總之,我的從軍,也只是人生悲劇中一幕特別比較滑稽有趣的穿插而已。

戰罷歸來,仍然故我。二十年一月一日大雪紛飛之中,我將也請了 5 天的假,回滬尋找妹妹,所以就在滿車高呼廢除舊曆的空氣中,重到北站的月臺之上,然而對鏡一照,自己卻不得不駭歎到人生轉變之快,這鏡中戎裝馬靴的軍官難道就是昔日飄泊上海的黃震遐麼?

馬路上來來往往,車馬仍是一樣擁擠,跳舞場仍是照舊輕快的音樂;朋友們的生活狀況也絲毫未曾改變,然而自己心中卻寂寞而老誠得多。幾乎感到一種生疏了。

在『久別重逢』的朋友們中,他們對於我這意外的拜年時的舉動,自然也是按照著各人的個性和見聞,流露了異樣的心情。有些是狂熱而幾乎流淚,有些只是微微一笑;還有些呢,竟當我是死了而復活。

在當我是「死了」的各種消息中,又探聽到自從我投軍以後,朋友們竟因消息誤傳說我已經陣亡。並且還說是死在歸德一役的戰鬥中。得了這種消息後,就連忙跑到《申報》館找你,因為你是我六七年的文字交,對於這事一定能夠明白。卻料不到懷了一腔滑稽而悲哀的情緒,竟致撲了一個空。人家都說你是到杭州去了。失望之後,又趕到周君大融家裏,終於在周宅三層樓上的新

巢中，由周夫人親手遞給我一張舊報，上面登著葉公秋原所作的
『紀念文』及某君的詩，當時看了之後，情感是怎樣，自然也不
必說。

人生的死活問題本來只是平淡的常事。然而像我這樣明明一
個活人，居然能在活躍的眾人之前，讀著人家憑弔自己的文章，
不亦太滑稽了麼？然而事實雖是如此，心裏對於富有熱情的葉公
與足下，又安然不致深厚的感謝之忱呢！

一切的朋友們，我雖然在 2 千里的隴海路上鬼混了幾個月。
然而，結果不但沒打死，卻反而強壯得多，居然可以連續的奔跑
一小時了。

其次的，便是關於拜倫的事了。在事實上，朋友們，已經公
然地將我稱為拜倫的信徒。或竟是『東方拜倫』了。關於這一層，
現在我沒有時間來講，然而大略的意見，卻不妨先說一二：這就
是，我對於這位英國詩人豪放熱烈的個性，也許有許多地方相像，
也許我所寫過的各種小東西是受了他一點影響。然而足下卻要記
得，拜倫的性情雖然是豪放而熱烈，風格雖然是強烈而英壯，然
而他的國家哩，英國是他的國家麼？我自己，雖然不敢說是一個
純粹的民族主義者，然而中國，民族主義馬上就要產生的中國，
難道不是我親親愛愛的國家嗎？

現在的我雖然仍是在替國家服務，然而我的精神，卻仍是時
時刻刻和足下以及其他許多敬愛的朋友，永遠永遠地聚在一塊。
須知大中華民國前途的希望是必須要靠我們的槍，你們的筆，分
頭去努力來辦才能徹底而美滿地達到的。

末了，還要重新聲明一句的就是：

「親愛的友人們，我不但沒有死，並且還強壯得多，居然可
以連續地奔跑一小時了。」[3]

---

[3] 載 1931 年 4 月 9 日南京《中央日報》第 3 張第三版《青白》副刊第 457 號。

民族主義文藝運動宣言

這篇宣言共五節，最先刊載於 1930 年 6 月 29 日、7 月 6 日《前鋒週報》第 2－3 期，接著刊載於 1930 年 8 月 8 日《開展》月刊創刊號，最後再揭載於 1930 年 10 月 10 日創刊的《前鋒月刊》創刊號。可見其重要性！

宣言並不長，今照錄全文：

中國民族主義文藝運動者，於民國十九年六月一日，集會於上海，發表宣言如下：

一

中國的文藝界近來深深地陷入於畸形的病態的發展進程中。這種現象在稍稍留意於我國今日的藝壇及文壇的人必不會否認。在今日，當前的現象，正是中國文藝的危機。

我們試一看我們今日的文壇藝壇，我們便可以發現這種混雜的局面。我們會看見在這新文藝時代下，還竟有人在保持殘餘的封建思想。中國新文藝運動底歷史還不甚悠久，其被一般所接受，雖已不能否認，但新文藝運動發生以後，至於今日，因為從事於新文藝運動的人，對於文藝的中心意識底缺乏，努力於形式的改革而忽略於內容的充實，至一切殘餘的封建思想，仍在那裏無形地支配一切，這是無可諱言的。

同時我們看見那自命左翼的所謂無產階級的文藝運動，他們將藝術「呈獻給『勝利不然就死』的血腥的鬥爭。」而以「……藝術不能不以無產階級在這黑暗的階級社會之『中世紀』裏面所感覺的感覺為內容……」同時，我們又看見那所謂左翼畫家結合底運動，在他們的宣言裏是：「諸君！請看那些拜金主義的畫家們，他們除了為自己的名譽和黃金，除了為自己的地盤與奢華的

生活以外，從沒有為了我們謀利益吧！……青年美術家諸君！諸君應該認清他們的欺瞞和榨取是他們壓迫階級一貫的政策。……」因此，在我們中國的舊文藝已傾圮，而新文藝建設底過程中卻產生這類意識的階級的藝術運動。

在這樣的兩個極端的思想中，我們還可以看見許多形形式式的局面。每一個小組織，各擁有一個主觀的見解。因之，今日中國的新文壇上滿呈著零碎的殘局。在這樣的畫面下，對文藝的中心意識遂致不能形成，所以自有新文藝運動以至今日，我們在新文藝上甚少成就。

假如這種多型的文藝意識，各就其所意識到的去路而進展，則這種文藝上紛擾的殘局永不會消失，其結果將致我們的新文藝運動永無發揮之日，而陷於必然的傾圮。當前的現象正是我們新文藝的危機。

但我們又如何而突破這個危機，使我們的新文藝運動演進至於燦爛輝煌之域？在前，我們認為現下中國文藝底危機是由於多型的對於文藝底見解，而在整個新文藝發展底進程中缺乏中心的意識。因此突破這個當前的危機底唯一方法，是在努力於新文藝演進中底中心意識底形成。

二

藝術，從它的最初的歷史的紀錄上，已經明示了我們它所負的使命。我們很明瞭，藝術作品在原始狀態裏，不是從個人的意識裏產生而從民族的立場所形成的生活意識裏產生的，在藝術作品內所顯示的不僅是那藝術家的才能，技術，風格，和形式，同時，在藝術作品內顯示的也正是那藝術家所屬的民族底產物。這在藝術史上是很明顯地告訴我們了。

從那邊遠的古代藝術上，我們便可以看出藝術之民族的基礎。金字塔及人面獸之所以發現在埃及，因為這種藝術是埃及的

民族精神底展露，他們所顯示的正是埃及的民族意識。金字塔是墳墓建築，它之所以勃興，足以映示埃及人對於死人觀念的宗教信仰；人面獸及其他的藝術形態，均是埃及民族宗教底表示。希臘留下來的偉大的建築和雕刻，正也是希臘民族性底表現。因為希臘民族有勇猛活潑的精神，有美麗強健的身體，有興奮熱烈的感情，有物質享樂的要求，有現世思想而非出世思想的宗教觀與人生觀，有愛好運動的興趣；故在希臘藝術上所表現的正是希臘的民族精神，一般人所最易見到的維娜絲像，正足以反映希臘民族象徵人生底宗教觀念；較普遍的鐵餅投手，也很明顯希臘人愛好運動底精神。在希臘藝術上，我們看見希臘民族性底充分展布。即使就是在中古世，在那政治不安定，充滿了封建主義而缺乏民族意識的中古世，在當時所流行的建築，雕刻和繪畫，也多少各有其民族的色彩。

藝術之民族色彩，益趨明顯。當中古的封建制度底漸漸傾圮之時，民族的意識愈見勃長。文藝復興的熱烈運動，其所以為近代藝術開了端倪，便是它之從中古的峨特藝術底羈絆中，為民族藝術底創造。由於它，我們看見文藝復興及其後的白羅克並羅哥哥藝術，都是新興的民族意識底顯露。

在文學上，文學之民族的要素，也和藝術一樣地存在著。文學的原始形態，我們現在雖則很難斷定其為如何，但可以深信的，它必基於民族底一般的意識。這我們在希臘的伊里亞特和奧德賽，日爾曼的尼貝龍根，英吉利的皮華而夫，法蘭西的羅蘭歌，及我國的詩經國風上，很可以明瞭的。在西洋，民族文學底發展必須有賴於支配拉丁語文底毀覆，及民族語文底行用。文藝復興時代之所以為近代文學開了端倪，是因但丁及卻塞各努力於把他們所屬民族底民族語文為他們文學表現底手段，在英國，由於卻塞底努力，我們看見有以利沙伯朝及其後底燦爛的文學時代。

以此我們很可以從這些文藝的紀錄上明瞭文藝底起源──也就是文藝底最高的使命，是發揮它所屬的民族精神和意識。換一句說：文藝的最高意義，就是民族主義。

三

民族主義文藝底充分發展，一方面須賴於政治上的民族意識底確立，一方面也直接影響於政治上民族主義的確立。

就前者言：民族主義底充分發展必須有待於政治上的民族國家的建立。民族文藝底發展必伴隨以民族國家底產生；所以我們在近代，看見民族文藝有充分的發皇。

自從 1815 年的維也納會議以後，歐洲各處都充滿著民族主義的思想，那個時候，在歐洲的地圖上還沒有獨立的有德意志，意大利，匈牙利，波蘭，捷克斯拉夫，巨哥斯拉夫，及芬蘭等民族國家。所以在當時，民族主義的運動是非常澎湃。民族主義的目的，是在形成獨立的民族國家。匈牙利是在海斯堡鐵蹄之下；德意志充滿了封建制度底遺風；在同一民族之下，有許多小小的封建的郡主；意大利僅僅是一個「地理上的名詞」。施綿尼 Szechinye 之流的匈牙利民族運動，終於被海斯堡所征服。海斯堡帝國是當時歐洲政局底霸主。在他的主宰之下，有匈牙利人，神聖羅馬帝國所遺留下來的許多封建的郡主，所謂意大利的許多政治組織底單位。這種情形之下，努力於民族主義最烈的要推普魯士及薩丁尼亞；我們在這裏無須重複說明他們如何的奮鬥。至少自維也納會議以後，歐洲的民族，已經認明他們唯一的出路是民族主義。他們開始向這個方向跑，這條路不是康莊大道，當然是崎嶇異常。

1871 年是很可紀念的一年。在那一年不但是法國被德國打敗得狼狽不堪，他之所以可紀念，是歐洲民族主義運動底成功。德意志自 1815 年以後，就認明這條民族主義的道路，因為小的郡主太多，不能不推出普魯士來做他們民族運動的首領。結果便是德意志民族國家底建立。

1871 年之所以值得紀念，還有意大利民族底產生。雖則意大利在這年前已經有民族國家底產生，但那時羅馬還在法國的佔領

之下。普法戰爭底結果，便是在羅馬佔領中的法國軍隊底召回，使民族的意大利國，得以奠都於羅馬——意大利的必然的首都。

自 1871 年以後，日爾曼人及意大利人雖則實現了他們的民族運動，但歐洲的民族運動便不因此而停止。巴爾幹問題自柏林會議以後，一直到現在不曾有滿意各方的解決，而為戰爭醞釀的原因，便是在該處的民族運動。同時，屈服於海斯堡下的斯拉夫民族，自 1871 年後，便開始有政治的民族運動；一直到 1914－1918 年以後的歐戰，才實現了他們的企圖。歐戰底結果，我們看見有更多民族國家底產生，和兩大帝國底崩坼。在海斯堡鐵蹄下的斯拉夫民族實現了他們的企望；我們看見有巨哥斯拉夫，捷克斯洛夫基亞等民族國家底建立。

1917 年 11 月俄羅斯革命的結果，我們不但看見羅門諾夫帝國主義底傾覆，並且同時看見民族主義更多的成功。不但是芬蘭，波蘭，拉維亞，立陶宛及愛松尼亞等民族的都已掙開了俄羅斯的羈絆而建立獨立的民族國家，並且，我們看見烏克蘭，白俄羅斯，南高加索，突厥和烏茲貝克各民族，都建立自主的民族國家，即俄羅斯社會主義蘇維埃聯邦共和國，也是由 11 個自主國和 12 個自主州所組成，於此足見民族主義的力量是恒久的偉大。

最近像中國的國民革命，土耳其共和國建立，愛爾蘭的自治運動，菲律賓的獨立運動，朝鮮，印度，越南的獨立運動，更充滿了民族運動的紀錄。故近代文藝，因此也滿呈著民族主義底運動，誠如政治上的出路是民族主義，故文藝發展底出路也集中於民族主義。

現代法蘭西的藝術，最初的一名運動員是塞尚奈。他將當時流行於法國的各派藝術底主張，如印象派光的現象的注重，殷格萊 Ingres 底畫的萬有說，和柯爾貝 Courbert 底實際論，總合起來，而加添了他自己獨創的主張——所謂自我的表現和線的形式的注重，演成所謂後來的立體主義；及野獸運動 Fauves，及最後演進於所謂「純粹主義」；在這多種多樣的藝術界中，中心意識，卻還只是一個，就是法蘭西的民族意識。

在德國，德國人另有他的民族藝術，他們的運動集中於表演主義底旗幟之下的所謂表現主義。是日爾曼民族底民族精神，及民族意識底表露，故表現主義尤其富於濃厚的民族特徵。誠如白令頓教授 Prof Brinton 所言：「日爾曼人的現代藝術是所謂表現主義：滿呈了日爾曼的民族特徵。」

此外，意大利人對於民族藝術的努力是集中於未來主義，俄羅斯人對於民族藝術底努力是集中於原始主義。這種主義都是他們民族精神及民族意識底表露。如前所述，我們很可以明瞭，文藝底進展隨著政治底進展。故民族文藝底確立，必有待於民族國家底建立。

就後者言：文藝上的民族運動的直接影響及於政治上民族主義底成立。這我們在巨哥斯拉夫底發展上是很明瞭的。巨哥斯拉夫底民族藝術運動較巨哥斯拉夫民族國家底誕生為先。巨哥斯拉夫底民族藝術運動集中麥司屈洛維克 Mestrovic，1905 年成立底南斯拉夫藝術家聯盟，是巨哥斯拉夫民族藝術具體的組織的活動底開端，他們集中他們表現於南斯拉夫民族底歷史的烈風和其民族的意志。由於巨哥斯拉夫民族藝術的確立，我們在歐戰後就看見有巨哥斯拉民族國家底出現。

藝術和文學，因之必須以民族為基礎，這事實是不容否認的了。但是民族主義的文藝所包含的內容又是什麼呢？

四

民族是一種人種的集團。這種人種的集團底形成，決定於文化的，歷史的，體質的及心理的共同點，過去的共同奮鬥，是民族形成唯一的先決條件；繼續的共同奮鬥，是民族生存進化唯一的先決條件。因之，民族主義的目的，不僅消極地在乎維繫那一群人種底生存，並積極地發揮那一群人底力量和增長那一群人底光輝。

　　藝術和文學是屬於某一民族的，為了某一民族的，並由某一民族產出的，其目的不僅在表現那所屬的民族底民間思想，民間宗教，及民族的情趣；同時在排除一切阻礙民族進展的思想，在促進民族的向上發展底意志，在表現民族在增長自己的光輝底進程中一切奮鬥的歷史。因之，民族主義的文藝，不僅是表現那已經形成的民族意識；同時，並創造那民族底新生命。

　　屬於第一義的民族藝術，表現民族的情趣，我們看見有現代德意志的表現主義，俄羅斯的原始主義，及法蘭西的純粹主義。

　　屬於第二義的民族藝術，我們看見有意大利的未來主義及巨哥斯拉夫的現代藝術。未來主義的中心意識，在物質或機械文明的讚揚。我們看到意大利在西洋是物質文明落後的國家，唯其如此，所以未來主義出現於意大利；以創造意大利民族對於物質文明底意識。巨哥斯拉夫的民族藝術，在麥司屈洛維克 Ivan Mestrovic 領導之下，不僅表現了他們民族的過去的奮鬥；並努力於南斯拉夫人民族國家底意識底建立。

五

　　現今我們中國文壇藝壇底當前的危機是在對於文藝缺乏中心意識。那末，我們在突破這個危機，並促進我們的文藝底開展，勢必在形成一個對於文藝底中心意識。從歷史的教訓，我們須集中我們此後的努力於民族主義的文學與藝術底創造。我們此後的文藝活動，應以我們的喚起民族意識為中心；同時，為促進我們民族的繁榮，我們須促進民族的向上發展的意志，創造民族的新生命。我們現在所負的，正是建立我們的民族主義文學與藝術重要偉大的使命。

　　若將宣言的文字濃縮，提出關鍵字，可見：

　　中國文藝界近來深深地陷入畸形的病態的發展進程中。正是中國文藝的危機。文壇藝壇都呈現「混雜的局面」、「呈著零碎的

殘局」：一是還有人保持殘餘的封建思想，缺乏對於文藝的中心意識；二是左翼無產階級文藝運動將藝術視為階級鬥爭的藝術運動。若允許這種「多型的文藝意識」存在，則紛擾的殘局永不會消失，新文藝運動將「陷於必然的傾圮」。突破當前危機的唯一方法，是在努力於新文藝演進進程中的中心意識的形成。

人類文學藝術歷史的紀錄說明：藝術作品從原始狀態起，就不是從個人的意識裏產生的，而是從民族的立場所形成的生活意識裏產生的。藝術作品裏所顯示的，不是藝術家個人的才能、風格之類，而是那藝術家所屬的民族的產物。由此得知：「文藝底最高的使命，是發揮它所屬的民族精神和意識。」換一句話說：「文藝的最高意義，就是民族主義。」

從 1815 年維也納會議算起，世界各國的民族復興運動無不說明：「民族主義文藝底充分發展，一方面須賴於政治上的民族意識底確立，一方面也直接影響於政治上民族主義的確立。」

民族是一種人種的集團。民族主義的目的，不僅消極地在乎維繫那一群人種的生存，並且積極地在發揮那一群人的力量和增長那一群人的光輝。藝術和文學是屬於某一民族的，為了某一民族的，並由某一民族產生的，其目的不僅在表現那所屬的民族的民間思想、民間宗教，及民族情趣，同時在排除一切阻礙民族進展的思想，在促進民族的向上發展的意志，在表現民族在增長自己的光輝的進程中一切奮鬥的歷史。因此，民族主義的文藝不僅在表現那已經形成的民族意識，同時並創造那民族的新生命。

中國文壇藝壇當前的危機是對於文藝缺乏中心意識。突破這個危機，促進文藝的開展，「勢必在形成一個對於文藝底中心意識」。我們此後的文藝運動，應以喚起民族意識為中心；為促進民族的繁榮，必須促進民族的向上發展的意志，創造民族的新生命。我們所負的偉大使命就是建立民族主義文學與民族主義藝術。

一句話，文藝應以民族主義為中心意識，民族主義是文藝的最高意義、偉大使命。

民族主義文藝家眼中的文壇

　　民族主義文藝運動問世 8 個月以後，左聯 5 烈士遭暗殺、左翼文學陷入低潮的時候，朱應鵬曾有答《文藝新聞》社記者問，儼然以官員身份，以國民黨正統的資格，既談政策，也談「歷史」，一臉官相，一副官腔。但比較有史料價值。

> 《文藝新聞》社記者問（以下簡稱問）：近日書店被封，先生能有所告否？
>
> 朱應鵬答（以下簡稱答）：書店被封，係違背國家法令所受之行政處分，由於政府法院所執行的。
>
> 問：黨部前召集書商談話，當決定審查原稿，以免出版後再禁的損失；但此審查原則，是否有所規定？
>
> 答：審查原則，當然不是說非三民主義的書就一律禁出。
>
> 問：書店被封，我們以一般文化而言，總似覺不免是一種損失。先生以文藝家的立場，以為如何？
>
> 答：當然，在另一方面說，是可以杜絕反動的。
>
> 問：你是民族主義文學唱導的人，請見示一些意見如何？
>
> 答：世界人類有三大鬥爭，即兩性鬥爭，階級鬥爭，與民族鬥爭。以中國現在一般的情況來說，是民族鬥爭的時代。所以民族主義文學就是要喚起一般民族意識。
>
> 問：聞民族主義文學運動，有六一社組織，確否？
>
> 答：六一社是去年六月一日全體同志聚議開始這運動的日子。因以為名。
>
> 問：民族主義文學對普羅文學等，取何種態度？
>
> 答：願拿出作品與理論來較量，取決於大眾。如過去共產黨所發行的《文藝戰線》等刊物，對民族主義文學曾有攻擊。
>
> 問：大家拿出理論與作品來較量，這態度是偉大的。但政治環境不允許有這種可能又如何？

答：這問題就當作另論的了。民族主義文學的抬頭，普羅文學是
必需要其敗退的。

問：南京中國文藝社和民族文學，路線相同不？

答：中國文藝社，是三民主義的文藝，他們的作品我看得極少，
但是我知道他是由於黨的文藝政策所決定的，而所謂黨的文
藝政策，又是由於共產黨有文藝政策而來的；假如共黨沒有
文藝政策，國民黨也許沒有文藝政策。[4]

　　民族主義文藝家們寫了不少文章對當前中國文壇表示看法。略有：
澤明〈中國文藝的沒落〉、李錦軒〈最近中國文藝界的檢討〉、洪為法
〈普羅列塔利亞文學之崩潰〉、范爭波〈民國十九年中國文壇之回顧〉、
張季平〈中國普羅文學的總結〉、〈普羅的戲劇〉、〈普羅的詩歌〉、向培
良〈二十年度文藝思潮的趨勢〉等等。在其他一些文章中，也總是不會
忘記捎帶著誣衊和攻擊普羅文學。

　　澤明〈中國文藝的沒落〉[5]開篇就說：「中國的文藝，不論是舊的或者
是新的，都已走到了末路上了！」「舊文藝是以『君君臣臣』主義為主義
的；其表現的腔調，則以文言文為正統。這種君君臣臣中心，文言正統
的文藝，靠了科舉的制度，歷史的權力，麻痺著威逼著一般讀書人去學
習去模仿而維持其生命。」（第7頁）鴉片戰爭以後，西學東漸，舊文藝
有所動搖，但仍得維持其生命而不墮。辛亥革命對於一切舊東西都投下
一個「彼可取而代之」的火種。早在動搖中的舊文藝，給胡適的一篇〈文
學改良芻議〉一個炸彈「所毀壞了」（第9頁）。「五四」新文藝曾經呈現
出「眼花繚亂之奇觀」（第11頁）。自1925年國民革命起，新文藝也開
始沒落。「新文藝的光焰與國民氣勢，恰成一個反比例。國民革命愈進展，
新文藝卻愈消沉。新詩，不僅為舊文藝者所排斥，且為從事新文藝者所

---

[4] 見〈朱應鵬氏的民族主義文學談〉，載1931年3月23日上海《文藝新聞》第2
號第二版。

[5] 載1930年6月22日《前鋒週報》創刊號。收入民族主義文藝論文集《民族主
義文藝論》。

諷刺;更進一步,新詩竟為新文藝雜誌一腳踢出而至於銷聲匿跡。新小
說也充滿了書店的倉庫而無人顧問了。新文藝的雜誌接連地倒閉;新文
藝的團體也接連地解散。雖則現在還有若干文藝青年,或者高唱著貴族
階級的古典主義文藝,或者盡力叫喊無產階級的文藝。但是兩者都是意
氣用事,一則忘卻現在是怎樣一個時代,一則忘卻了中國,並且忘卻了
自己是中國人;一個是排斥民眾,一個是逼迫民眾,所以兩者都不是民
眾所能容忍的文藝。」由此只落得一個「覆亡的命運」。(第 11 頁)究其
新文藝沒落的原因,根本「沒有什麼文學革命,只有文腔革命」,也根本
「沒有什麼新文藝,只有新腔調的舊文藝」。許多新詩「實際都是舊詩詞
的改變」,許多新的小說「只是從來筆記的改頭換面」,所謂新的文藝理
論也「沒有一個妥善確切的主義去代替」,結果反而使文藝發生紛亂。「又
有人提倡過平民文學,但是結果卻只引出幾許慈善主義的詩文,像胡適
代人力車夫訴苦的詩便是一個好例。又有倡藝術以感情為中心而主張藝
術為藝術者;從這個主張裏所產生的作品,便是感傷主義的發牢騷,放
浪形骸的頹廢墮落,刺找色情的荒唐淫亂。」(第 12、13 頁)

　　李錦軒〈最近中國文藝界的檢討〉[6]的主要論點是:中國文藝在過去
的十餘年中「無日不是在混亂的局面下掙扎」,未能走上正軌。「缺乏中
心意識,更為令人失望」。文壇「呈現零亂破碎的病態」,一般作品「未
能擺脫抄襲與模仿的病毒」,無從產生偉大作品,遂造成「難於收拾的紛
岐錯雜的局面」,面臨「巨大的危機」。

　　本文說,1928 年以後,「最熱鬧的要算是定期刊物」。據趙景深教授
的調查,大致可以分為六類:

　　一,《小說月報》、《文學週報》、《鎔爐》、《紅與黑》、《無軌列車》、《大
江》、《青海》,裏面的作家是茅盾、鄭振鐸、葉紹鈞、謝六逸、徐調孚、
趙景深、徐霞村、劉吶鷗、戴望舒、杜衡、施蟄存、沈從文、丁玲、胡
也頻、陳望道、汪馥泉、劉大白等。

6　載 1930 年 7 月 6 日《前鋒週報》第 3 期。收入《民族主義文藝論》。

二,《申報‧藝術界》、《文藝週刊》、《讀書界》、《獅吼》、《真美善》,作家是曾孟樸、曾虛白、邵洵美、徐蔚南、張若谷、傅彥長、朱應鵬、汪倜然等。

三,《奔流》、《未名》、《朝花》、《北新》、《語絲》、《未明》、《大眾文藝》、《春潮》,作家是周作人、魯迅、林語堂、郁達夫、侍桁、梅川、琴川、張友松、石民、金溟若、韋漱園、韋叢蕪、李霽野、葉鼎洛、夏萊蒂、夏康農等。

四,《創造月刊》、《文化批判》、《流沙》、《文藝生活》、《文報》、《戈壁》、《戰線》、《現代小說》、《太陽月刊》、《我們》、《新宇宙》、《澎湃》、《泰東》、《流螢》,作家是麥克昂、成仿吾、張資平、李初梨、葉靈鳳、潘漢年、潘梓年、錢杏邨等。

五,《現代文化》、《土撥鼠》、《文化戰線》、《批評》、《長虹週刊》、《世界》,作家是毛一波、盧劍波、謙弟、長虹、向培良等。

六,《當代》、《貢獻》、《戲劇週刊》、《山雨》、《長夜》、《一般》、《新月》、《苦茶》、《開明》、《秋野》、《北京文學》、《明天》、《晨星》,作家是樊仲雲、曾仲鳴、田漢、王任叔、劉大杰、夏丏尊、方光燾、章克標、徐志摩、聞一多、梁實秋、余上沅、西瀅、李健吾、朱自清、朱湘、羅皚南、羅懋德、楊丙辰、徐玉諾等。

以上刊物共 53 種,作家七八十人。由於政治立場不同,思潮流派各異,「結果,終於爆發了一場烏天黑地,飛沙走石的大混戰。」(以上第43-44頁)

「混戰」的主因「乃是由於普羅列塔利亞文藝問題」。「從這裏,我們可以看出從五四運動起一直到民國十七年,中國文藝界是同樣地未能趨入正軌,無日不是在混亂的局面下掙扎。而最令人失望的,便是這多年來,中國受盡了帝國主義的壓迫,而作家卻不見有民族意識的覺醒,竟尋不出一本有益民族的作品來,這是多麼痛心的一件事呵!」普羅又花樣翻新地打起左翼作家聯盟的旗號,但還是換湯不換藥,「標識口號仍是標語口號,不過更堆砌了些鐵錘鐮刀,煤油石炭之類的字眼罷了。」這種文藝運動背景是受蘇聯支配。普羅作家對文藝都說了些什麼呢?他

們喊著要建立新的理論。「所謂新的理論卻不過只是從日本販來的硬譯的
幾本任誰也看不懂的天書而已。」他們還把文藝大眾化叫得震天價響，
可是「農工群眾即使有閑，再來讀十年書，卻也不敢領教這些不可言妙
的東西。」最有趣的是魯迅。「一位拼命反普羅文藝的主將，居然不上一
年功夫，大概看了幾本社會科學書，便忽地突變起來，竟為普羅作家的
領袖了。這真是各國文藝界未有的事，而且，在文學史（上）亦尋不到
這樣的奇談。」（以上第45－47頁）

作者在最後呼籲：「我們不要自暴自棄」。「我們從事文藝的人，便要
熱烈的，光明的，以不避艱險的犧牲精神來負起這份責任，來提高我們
民族的精神，表現我們民族的活力，美化我們民族的生活，喚醒民族的
意識，鼓勵民族去奮鬥，使人人都為民族爭光榮，為國去效死，而抬高
國際間的民族地位。／我們的文藝界，便應該團結起來，一致地為民族而
奮鬥。我們站在民族的立場，將那些過去的萎靡不振，淫亂頹廢，沒有目
的和意識只知做奴隸的文藝，都一齊給他摧毀，給他消除。」（第48頁）

洪為法〈普羅列塔利亞文學之崩潰〉[7]是直接對著普羅文學、全盤否
定普羅文學的。他曾經是中期創造社的作者，在創造社刊物上署名洪為
法的作品至少在 36 篇以上。他在此文中的「崩潰」說略謂：（一）文藝
的演進是自然的，不是暴力所可助長的。而在中國則知其不可為而為之，
「也想在中國的文藝上塗滿階級鬥爭的理論和色調，不審察環境，專應
用暴力，這真是異怪！」（二）沒有認清時代。自胡適喊出「文學革命」
口號之後，中國的文壇上無論是創作方面還是批評方面，「就像一座拍賣
商場一樣，五光十色，紛哎叫囂，一直到現在，只聽得一片嘈雜之聲」，
卻沒有十分認清中國的時代。近來「上海灘頭所叫賣的革命文學，叫得
最響，最自鳴得意的，以為中國的文學必須如此如此，才配合上『革命』
兩個字的，便是無產階級文學，說得時髦點，便是普羅文學」。「文藝的
起源在於民生的不遂」。民生不遂，就是由於國際帝國主義的侵略，同時

7　載 1931 年 2 月 19 日、26 日、3 月 5 日、19 日南京《中央日報》第 3 張第 1 版
　　《文藝週刊》第 19－22 號。

在國內則是封建制度雖然崩潰，而封建勢力仍然存在著。「在這樣一個社會裏受壓迫的，除少數『賣國罔民以效忠於帝國主義及軍閥者』，以及少數軍閥本身，其所受痛苦是一樣的，民生不遂的程度，也是一樣的，所謂『中國人大家都是貧，並沒有大富的特殊階級，只有一般普通的貧；中國人所謂貧富不均，不過在貧的階級之中，分出大貧與小貧；其實中國的大資本家在世界上仍然是不過一個貧人，可見中國人通通是貧，並沒有大富，只有大貧小貧的分別。』」「而普羅文學家他卻不管這些。在他們是受了蘇俄的唆使，以為國際帝國主義者之排（？）倒在其次，頂重要的還在認定世界上只有無產階級是革命的，尤其產業工人是特別有階級覺悟的，並且更以為世界革命的成功，端在於階級鬥爭，於是在階級鬥爭鮮明的猛烈的地方，固是竭力去煽惑他，而在階級鬥爭不鮮明不猛烈的地方，也是竭力去分化階級，製造階級，必要引起階級鬥爭鮮明起來，猛烈起來，以為這才可達到他們所夢想的世界革命之成功」。（三）關於普羅文學作品：按普羅的說法，普羅作品「是宣傳的，煽動的」，對於非無產階級「一定要仇恨，要鬥爭」。「而什麼『普羅列塔利亞特』，什麼『布爾喬亞汜』，什麼『印貼利更追亞』，什麼『奧伏赫變』，這許多詰屈贅牙的譯音的名詞，又必須在作品裏放幾個，以為非如此便不足稱為無產階級文學」。文章引《民國日報・覺悟》上的文章說：「那些自命為無產階級文學的作家們呢？在他們提筆之前，是上海大戲院，或是卡爾載看了戲，後來到新雅或秀色酒家吃了飯，然後跑到靜安寺路 CAT 去跳了一回舞，又到遠東或東方去親親女人的嘴，然後在三元一天的新世界飯店的房間中提筆來大寫其『機機器』『窮苦工人』……還沒有寫完的時候大東的電話來了，連忙又擱下筆來開步走，又到大東去。」（四）中國目前文藝的任務：「我們都是國際帝國主義和封建勢力之下的被壓迫民眾，我們唯一的希冀就是對外打倒帝國主義，對內推翻封建勢力，而樹立我們民族平等，政治平等，以及經濟平等的革命勢力。這反映在文藝上的，必然是發揚民族精神，闡發民治思想，促進民生建設，外而反抗國際帝國主義，內而反抗封建勢力。其中所描寫的痛苦，不僅是工人

的，不僅是農人的，還有其他被壓迫的民眾的，而所描寫的對象也不僅是工人，不僅是農人，還有其他壓迫的民眾……」。

范爭波〈民國十九年中國文壇之回顧〉[8]說：中國的新文藝「愈趨病態和墮落」，是「最後階段的普羅文學的沒落」，普羅文學「在一度的迴光返照以後，便自己搖起了最後的喪鐘，進入自己掘好的墳墓了。」而民族主義文藝運動則「領有整個的中國文壇」，「在整個的中國文藝史上，也是可以大書特書的」；《民族主義文藝運動宣言》是「中國文藝史上的一個重要的文獻」，它如一顆「巨大的炮彈」，在充滿「危機」的文壇「打開了一條出路」；《前鋒週報》的創刊是「轟動中國」文壇的大事。於「中國文壇千鈞一髮的危機」中挽救了文藝，民族主義文藝運動「成為中國文壇的主潮」。（第19頁）

張季平〈中國普羅文學的總結〉[9]說，普羅已經「走到了盡頭，由著矛盾衝突的結果，不可挽救地陷入沒落的命運，而轟動一時的普羅文學運動也就煙消雲散了」。留下的，只是「一堆堆的殘骸，這一堆堆的殘骸，給我們的印象便只有醜惡。」（第5頁）就理論說，普羅文學是「沒有獨特的建設的，雜亂的一堆，只是生硬地從外國販來的東西而已」（第7頁），顯得「盲目與滑稽」（第11頁）。張季平認為，「文學是一種意識形態」，「一個作品，決不能以是否完成階級的武器的使命為論斷的尺度」。至於普羅文學作品不過是「一些反抗性的十足的小有產者的作品」（第13頁），哪來的普羅？作者在本文最後談到普羅文學運動者們的根本性錯誤是沒有認清中國的國情。

李錦軒在《前鋒週報》第10期[10]的〈編輯室談話〉中也說：「現在世界的趨勢，尤其更進一層的告訴了我們：愈是弱小的民族，文藝以民族主義為中心愈是明顯。在我們中國，以外受帝國主義者的侵凌，內有軍閥共黨的滋撓，致使民族在國際間的地位低落；民眾沉淪於水火刀兵的

---

[8] 載1931年4月10日《現代文學評論》創刊特大號，第1─15頁（每篇文章單獨編頁碼。下同）。

[9] 載1931年4月10日《現代文學評論》創刊特大號，第1─20頁。

[10] 1930年8月24日出版。

苦難的時期，在這種環境下，固然須賴乎政治上的民族主義之實現，可是，在我們文藝上，亦決不能不為民族而呼喊，為民族而盡力，所以，民族主義的文藝運動一方面是合乎世界文藝的趨勢；而更重要的一面，卻是正確地為我們民族的迫切的需要。」「回顧我們中國的文壇，紛岐錯雜的現象，是使我們最痛心的。封建思想，頹廢思想；出世思想，仍是烏煙瘴氣的彌漫著；而所謂左翼作家大聯盟，更是甘心出賣民族，秉承著蘇俄的文化委員會的指揮，懷著陰謀想攫取文藝為蘇俄犧牲中國的工具。致使偉大作品之無從產生，正確理論之被抹殺；作家之被包圍，被排斥；青年之受迷蒙，受欺騙；一切都失了正確的出路：在蘇俄陰謀的圈套下亂轉。這些，無一不斷送我們的文藝，犧牲我們的民族。在這現象下，我們實在不忍再坐視了，……」（第79頁）

　　張季平的另兩篇文章〈普羅的戲劇〉、〈普羅的詩歌〉[11]，略舉數篇作品，進一步說明上述觀點。〈普羅的戲劇〉所舉作品是：藝術劇社的《西線無戰事》、南國社的《卡門》，《拓荒者》上楊邨人的《兩個典型的女性》、龔冰廬的《我們重新來開始》。前兩部是舞臺上表演的，後兩篇是刊物上發表的。說它們只不過是一些標語口號「配著刻板的動作的混合物」。墮落到「一瞑不視」，「自有其膏肓的病根」。張季平說，普羅詩歌「除了暴力的叫喊，刀鐵的描寫之外」，別無其他。「過去一般的詩，只是白話文的一句句橫寫，在今日，所謂普羅的詩歌，只有標語口號的彙集。這無怪會使人起著憎惡」。所舉作品有：殷夫的〈我們的詩〉、〈May Day 的柏林〉、〈意志的旋律〉，陳正道的〈勞動日〉，段可情的〈日本兵，請掉轉你們的槍頭〉。他認為這些詩，不是標語口號，就是情調感傷。

　　向培良〈二十年度文藝思潮之趨勢〉[12]說：「不幸這幾年來，出版界更為行將死滅的靈魂所把持。人們從各方面學到了縱橫捭闔的卑劣的政爭手段，選用於藝術界和出版界建築起不良的勢力而竭力混亂讀者的耳目。書商乘機漁利，盡操縱之能事。」他說，「老作家都已衰沉，不再能

[11] 分別載 1930 年 9 月 7 日、14 日《前鋒週報》第 12、13 期。
[12] 載 1931 年 12 月 16 日南京《中央日報》第 3 張第 1 版《大道》副刊第 260 號。

支持了。」魯迅「5年來未有所作,而翻然橫梗在時代前面,決心和新興的藝術為敵」;郭沫若「已經是頗為像樣的遺老了」;郁達夫沈默著;胡適「久已離開文壇」;冰心、王統照、汪靜之等「都已不再能夠看見」。新起的作家「在藝術上犯了幼稚病,正像他們在革命上犯了幼稚病一樣。他們以卑劣的手段在藝術界裏活動,以極其粗製濫造的方法製作藝術品,以他們的盲昧無知去看時代。」他們既「不忠實於藝術」,所以就不能在藝術上有所成就。

　　總結民族主義文學家對普羅文學的看法,無非是:(一)認不清時代,在中國沒有產生普羅文學的社會根據。若硬搞,就是人為地製造階級鬥爭。(二)可憐的理論,都是從日本轉譯的蘇聯的貨色,跟中國並不對路。而且那譯文都是「死譯」、「硬譯」,詰屈贅牙,誰也不懂。(三)創作全是標語口號,幼稚拙劣。「五四」老作家,如魯迅、郭沫若、郁達夫、冰心、葉聖陶、王統照等都過時了,他們也停止了創作;所謂新興的年輕作家,如蔣光慈、殷夫、龔冰廬、華漢、錢杏邨、楊邨人、戴平萬等更是無藝術性可言。總而言之,文壇「傾圮」了,普羅文學「崩潰」了,「沒落」了,中國的文壇必須以民族主義文學取而代之。

　　南京的《開展》月刊創刊號刊載一篇署名一士的文章〈民族與文學〉[13],其中一段說到普羅文學。他說,普羅文學只承認「文學是間接解決物質生活的工具,而不承認文學是人類用以營謀精神生活的手段,所以我們很難承認它是一種文學。它完全不顧及文學的主觀的內包的價值,偏頗地趨向類似宣傳品的格調裏去,於是千篇一律的暴動呀炸彈呀的寫標語」。這是文學嗎?「而且,它所鼓吹的階級鬥爭,在理論及事實上,都是使生活破產而不能使生活改善。他們的理想,以為只要階級鬥爭一成功,全人類的物質生活便都得解決而躋於平等,但他們昧於階級鬥爭是一種社會的病態,而且,他們也忽略了『漸進』的原理,不經過解決民族生活的階段,欲以『一』蹴而解決『全』人類的生活問題,實在是一種荒謬的夢想。而所謂『普羅列塔利亞特』文學作家也者,當然

[13] 1930年8月8日創刊。本文在第4－18頁。

也是一批醜惡的夢遊病者了。」(第 10－11 頁)「太工具化」,實非今日所需要的文學。(第 12 頁)

有人還是說了些實話。一讀者投稿給《前鋒週報》說:近幾年的中國文藝界,因為沒有中心意識作指導,弄得烏煙瘴氣,亂七八糟,一點系統也沒有。「自所謂普羅文藝出現以來,中國的文藝界更形紊亂了。又因為沒有真正的文藝中心思想,所以讓普羅文藝風行了一時。在主觀上我們雖然反對普羅文學的錯誤,但在客觀上可不能不承認普羅文藝的確在中國文藝界上曾風行了一時,曾占了一個時期的文藝要流,雖然說不上占到領導的地位。幸而近來民族主義文藝的勃興,才打退了普羅文藝的兇焰。但是我們可不要因此而狂喜,而樂觀,因為普羅文藝目前只不過是表面上消沉了一點,而其潛在的力尚是不小呢!」(見澄宇〈我們所需要的文藝作品〉,載 1930 年 9 月 21 日《前鋒週報》第 14 期〈讀者意見箱〉)

民族主義文藝家們還以低俗的話詆毀普羅文藝及其作家。如李錦軒在他自己主編的《前鋒週報》上,就設「談鋒」專欄,發表雜文,指名道姓,專門攻擊、誣衊普羅文學。郭沫若在日本東京研究甲骨文,將出版專著,李錦軒就說:「郭沫若之努力考古,並不值得希奇。像他由藝術宮守一變而唱革命文學,再變而唱普羅文學,到現在三變而為考古學家;變得快,是郭沫若的特長,將來也許有無窮變化,是意中事。」(第九期,第 68 頁)《拓荒者》發表了馮憲章評蔣光慈的《麗莎的哀怨》和《衝出雲圍的月亮》,創作過小說《馬桶間》的華漢又提出反批評,李錦軒就說:馮憲章雖然想下死勁地拍蔣光慈,卻沒有拍到馬屁,倒弄得人仰馬翻,遭到「馬桶間裏會跳出含有醋勁的華漢來,抹下面孔,握著『自我批評』的盾牌,左說一聲不正確,右說一聲不對,最後還要來個糾正!」「然而,我勸各位好漢消消氣,華漢尤其可以不必,如其醋意難消,盡可吩咐嘍囉們再寫上一篇〈讀馬桶間〉,只須說香撲撲的馬桶間,華漢先生唯一的芬芳的馬桶間,布哈林××主義的馬桶間,又是詩的馬桶間,馬桶的詩,……」(第九期,第 69 頁)陶晶孫提倡並創作木人戲,李錦軒就說,這是「受了黑幕人的牽動,而不由自主的」。(第九期,第 70 頁)田漢表

示要轉換方向，李錦軒就說，田漢的文章〈我們的自己批判〉是一紙「賣身契」，將標語口號塞進《卡門》，是萬料不到的「喪心病狂的做蘇俄的走狗」。（第十一期，第85－86頁）

李錦軒還挖空心思，挑選「革命文學」論爭中魯迅、李初梨、無名氏、少仙、侍桁、成仿吾、梁實秋、甘人、郁達夫、茅盾等人的言論，編成所謂「獨幕劇」《混戰》[14]，藉以諷刺、挖苦、抨擊普羅文學。

南京《開展》月刊發表一篇署名予展的雜文〈到農工隊伍裏去？〉[15]，有必要全錄在此，藉以看看這些民族主義文學運動的追隨者的罵人術：

> 穿了漆皮鞋在「拓荒」，投在妖怪似的舞女懷中「萌芽」的「普羅」諸君子，自從我們「民族」的前鋒開展，第三國際的金盧布斷絕來源以後，既不聽見他們狗叫似的喊著「文學」要「大眾」，也不聽見他們鬼也似的鬧著「小說」要「現代」，甚至連臭蟲跳虱一般的襲擊隊——巴爾底山（Partisan）都立時銷聲匿跡，不知所終。雖說留下來的取消派餘逆，也曾伸頸縮項地想來「展開」一下而即刻又歸天亡。
>
> 其實，真的是「終」或竟「天」，倒也未嘗不是一椿謝天謝地謝神靈的好事，無奈這批又臭又韌的「普羅」諸君子，雖然明曉得「荒」是「拓」不成功而「現代」來臨，一個個都大徹大悟而向後轉去，然而他們依舊抱著老羞成怒的討飯脾氣，好像非要把這批被金盧布迷醉的腦袋，悉數撞碎在自己硬造出來的「階級」上不可。
>
> 方「階級鬥爭」的屁論動搖而「普羅」的毒流日漸崩潰之際，「普羅」頭子魯先生，憂急得「彷徨」無計，然而死人面皮，卻又不得不撐，於是領率群醜，「吶喊」出「到農工隊伍裏去」的口號，以自敲其下臺「破鑼」，實則此「破」碎淒涼的「鑼」一聲，

---

[14] 載 1930 年 6 月 29 日《前鋒週報》第 2 期。
[15] 載 1930 年 10 月 15 日南京《開展》月刊第 3 號。

不啻為「普羅」諸君子奏一回葬曲,撞一回喪鐘而已。

今,「普羅」諸君子已銷聲匿跡,無影無蹤,說者謂彼等真的放棄了「造謠言」「吹牛皮」「謾罵」的文字宣傳,腳踏實地的跑「到農工隊伍裏去」幹犁頭斧鋤的工作,然而據我看來:漆皮鞋依然擦得亮亮地一塵不染,厚得無可比喻的鬼臉仍舊投倚在妖怪似的舞女懷中。

「普羅」的諸君子!「普羅」頭子的魯先生!你們拿得出浸透你們的腳汗,而塗滿污泥的草鞋來不?你們更拿得出是你們一把用純熟的斧鋤來不?啊!你們不必「吹牛皮」!你們莫再「造謠言」!當我們執了一個誠實的農人或工人而詢問你們的真相,他們所回答的是:「誰見這些普羅的鬼影!」

哼哼!真的「到農工隊伍裏去」嗎!?「普羅」諸君子!「普羅」頭子魯先生!別再見你們的鬼!而且你們是等待著吧!等待著我們「民族」的前鋒,在你們臭爛的屍體旁開展!

除了低級的誣衊和謾罵,什麼也不剩。

《文藝新聞》社〈一九三一年之回顧〉提出了一個看法:1931 年是民族主義文藝和普羅文學對峙的一年。

1931 年,國際上的經濟危機並沒有過去,國內則有三件大事:「第一是劇強的國內政治的分崩與媾和之變幻,及三次的大舉的圍剿共匪;第二是環亘全國 16 省的殺人的洪水;第三便是日本帝國主義,最顯明地暴露了帝國主義間和平主義的假面,積極地向東三省侵略的軍事行動。」

這一年,「在政治經濟社會狀勢激發的湍流之中,文化運動也必然地反映了這大動亂的陰影。最值得我們提到的便是兩大潮流的對立,民族主義的文化運動,和左翼的文化運動。……此外,所謂中間派者,在 1931 年中始終不曾透露怎樣的聲色,只有承繼研究系系統的新月派……,及標榜平民主義的《絜茜》的一派,各相當地呈露了頭角;但是從其社會關係的意義觀察,不能不令人認他們是有意或無意地和民族主義派奉仕著共同的主人的。」

「因為駭人聽聞的統治者的殘暴，在 1930 年中曾經甚極一時的世界新興學術的介紹工作，在 1931 年，幾乎完全在社會的外表上斷了氣，公開出版物受絕對的壓迫，書店被封、作家被捕——甚至被殺！言論自由的壓迫，白色恐怖的橫暴，打破了世界的記錄。」「左翼的文化運動是完全沉潛到地底下了，被封閉的出版書店甚至負責人遭了槍殺的出版書店，依然保守著一大部分的讀者，進行他們的秘密出版工作。許多左翼的文化團體，並沒有因摧殘而停止他們的活動，而且以大暴價作了更生的契機，淘汰了不健全或投機的份子，更加強了他們的組織的堅固和向群眾的深入。」

事物的另一面是：「跟踵著 1930 年左翼文藝的勃興，今年在社會的陽面，是興盛了民族主義派的文學，在政治上既有威嚇出版界，強迫著作家的權力，經濟又有豐厚的後援，於是也頗一時眩耀了視聽，在啦啦隊的廣告聲中，出現了《國門之戰》，《隴海線上》，《黃人之血》那樣的貨品，但是這種盛極一時的狀況，並未掩滅一般文壇不景氣的愁歎。」「寫三角四角戀愛的大眾小說家張資平先生，雖然在《絜茜》這不知何解的旗幟之下，含糊地喊出了平民文學的口號，但是依然寫了些照例的摩登女子們躺在沙發上讀的作品。」（以上見《文藝新聞》社〈一九三一年之回顧〉）

在民族主義文藝家的心目中，《民族主義文藝運動宣言》的發表，《前鋒週報》、《前鋒月刊》等刊物的相繼創刊，就標誌著左翼文學的「潰滅」，左翼文壇的「傾圮」，相應的就是全文壇有了「中心意識」，民族主義文藝運動成了「中國文壇的主潮」，為充滿「危機」的文壇開闢出了一條光明之路。民族主義文藝運動的出現，中國文藝的「復興」，不僅在當時，就是在中國的文學史上，也是可以大書特書的。

平心而論，自 1930 年 6 月民族主義文藝問世以來，考其歷史，無論如何得不出上述結論。林林總總的民族主義文藝家的活動，連有聲有色都說不上，遑論「主潮」與「創新」！

雜色文藝理論

解說《宣言》

民族主義文藝家們圍繞他們的《宣言》，還不厭其煩地有所解釋，主要是解釋，發揮的成分不多。主要文章有：雷盛〈民族主義的文藝〉、潘公展〈從三民主義的立場觀察民族主義的文藝運動〉、楊志靜〈認識我們的文藝運動〉、方光明〈苦難時代所要求的文學〉、朱大心〈民族主義文藝運動的使命〉、葉秋原〈民族主義文藝之理論的基礎〉、正平〈民族主義文藝應該避免的幾種態度〉、正覺〈評駁《覺悟》的《民族主義文藝應該避免的幾種態度》〉、傅彥長〈以民族意識為中心的文藝運動〉等；再就是關於題材問題、詩歌論、戲劇論之類。

民族主義文藝的理論基礎

葉秋原〈民族主義文藝之理論的基礎〉[16]對民族、民族主義、民族主義文藝做了自己的闡釋。他認為，「我們的民族主義的要素有三：第一，中華民族自求解放，第二，國內各民族一律平等，第三，一切被壓迫民族的解放。這三個要素的根本精神，便是民族自決。……換句話說，我們的民族主義在求民族間的平等。」（第 9 期，第 65 頁）在比較缺乏民族感覺的中國，又如何努力於民族主義文藝底產生呢？葉秋原的結論是：

（一）文藝上民族意識底形成
（二）促進民族向上發展的意志
（三）排除一切阻礙民族進展的思想
（四）表現民族一切奮鬥的歷史
（五）表現民族的民間實際的生活
（六）表現民族的地方色彩」（第9期，第67頁）

---

[16] 載 1930 年 8 月 10 日、17 日、24 日《前鋒週報》第 8－10 期。

對這六條，作者有他自己的解釋。

關於「文藝上民族意識底形成」：第一，將我們民族固有的意識，因時代並環境的變遷，加以重新估價，而表現於民族文藝底作品上。複次，更有許多流存於民間的，一般的尚未意識到的民族意識，該予以重新估價，使它們不但不至於消滅，並須促其復興擴大，使其成為一種有意識的民眾行為。第二，因時代並環境的變遷，形成我們新興的民族意識，而表現於文藝製作上。中國民族歷來受佛老思想影響很深，養成出世思想，使民族消沉；我們該努力於鼓吹注重實際生活的現世思想，並應努力於物質文明的提倡。

關於「促進民族向上發展的意志」：第一，應該消除現有的民族精神的消沉；第二，積極方面，應該振作民族向上發展的意志。「我們的民族精神，該有熱烈的感情，有勇猛活潑的精神，有美的信仰，有健全的體格，有創造的能力，有組織的能力，有守秩序的習慣，有不屈不撓的意志，如此，才能使民族日趨於興盛。」

關於「排除阻礙民族進展的思想」：封建思想的殘餘，放任主義，主張階級鬥爭的意識，這些都是。

地方色彩是就文藝的空間性說的，時代精神是就時間性說的。前者是橫的觀察，後者是縱的觀察。二者合一，就是民族主義文藝。（以上見第 10 期，第 73、74 頁）

「以民族意識為中心」是民族主義文藝運動全部理論的核心。

民族主義文藝的特質

雷盛〈民族主義的文藝〉[17] 說，文藝都是民族的，但中國幾千年來的文藝卻缺乏這種意識，「從來沒有一篇以民族為中心的」。不以民族做中心的文藝，在這要求民族自決的時代則應該「完全毀滅」。（第 21 頁）

---

[17] 收入論文集《民族主義文藝論》，上海光明出版部 1930 年 10 月初版。文中所注頁碼為本文在書中的頁碼。

雷盛的文章專門設一節講民族主義文藝的特質。

特質之一,「是一個太陽,血紅的,熱烈的,突然間從東山升起,沖散了污濁的雲霧,萬丈的火焰,照耀著四方;燦爛的彩雲,佈滿了天空;黑的暗影,逃避無蹤,死的陰晦,銷聲匿跡;一切生物昂然而起,飛的飛,叫的叫,跳的跳,含苞的放花,睡眠的蘇醒,一切生物起來,躍然地起來,充滿著生命,盈溢著活氣,像長江的奔流,一直地向著前進,驚懼,沒有的,艱難,克服它,奔流過去,要到海,要到偉大的海。這便是民族主義文藝特質之一。/民族主義文藝是有力的,是有希望的,是有光明的,是有意志的,是有精神的,要喚起民族的意識,要激勵民族的生氣,團結起來,一致地為民族而爭鬥。在這太陽似的民族主義文藝之前,從來萎靡不振,淫亂頹廢,忸忸怩怩,沒有目的,沒有意志,只知做奴隸的文藝都要被摧毀,都要被消滅!」

特質之二,「是一把鋒利的解剖刀,決不是像毒蜂的刺那樣的一根針。針只會刺人,刺的(得)人不痛不癢,刺得人惱怒,卻不能使人有所驚醒。解剖刀便不然,它把一切解剖開來給你看,好的還你個好的,壞的還你個壞的,不容你躊躇,只叫你認個清楚。民族主義文藝的第二個特質,就是一把解剖刀,不是一根針。」

特質之三,「不僅是鋒利的解剖刀,還是一支天秤。解剖刀剖開來的一切,還要放在天秤上去秤一秤。這支天秤的標準,是用民族主義做的。」秤了之後,就能決定好歹,知道取捨。(以上第 21-23 頁)

雷盛還說,民族主義文藝決不排斥外國文藝,更不拋棄時代精神。「總之,民族主義文藝是從民族的立場,以發揚民族精神為目的的文藝;是有希望的,有力的,解剖而至於批評的文藝;是把握時代精神的文藝。」(第 24 頁)

潘公展〈從三民主義的立場觀察民族主義的文藝運動〉[18]說民族主義文藝是「從民族主義出發而以喚起中國民族的自覺為目的的新文藝」(第26 頁)。「只有民族主義的文藝,真可以認為中國所需要的革命文藝。也

---

[18] 收入論文集《民族主義文藝論》。

只有民族主義的文藝運動,可以希望為中國民族始終培養革命的根苗,開拓革命的生路。」(第27頁)

潘公展設問:「中國國民革命是三民主義的革命,三民主義是整個的,在中國提倡革命文藝,自然應該提倡三民主義的文藝,為什麼默認民族主義的文藝運動可以負起推進國民革命的責任呢?」潘答:「我是一個三民主義的信徒」。他「仔細地從三民主義的立場觀察他們所努力的民族主義的文藝運動,仍覺不勝其同情,以為中國的革命文藝將一定要從民族主義的懷裏誕生出來」。然而有一點,「我要鄭重為民族主義的文藝運動者告的,就是新文藝運動所從而出發的民族主義必須是三民主義中的民族主義,而非先前大斯拉夫主義大日爾曼主義……等等的民族主義」。(第27頁)這樣才不至於蹈入狹隘民族主義的覆轍。

接著,潘公展講了文藝的性質和要素。他說:「文藝原來是民族的,故只有民族主義的文藝運動才是順理成章,事半功倍。」(第28頁)他認為,喚起人心覺醒的最有效的方法「莫過於文藝」(第30頁)。「從整個的三民主義的立場看來,也覺得民族主義的文藝運動,實在是推進國民革命的一種重要而又切實的基本工作」。三民主義是一個連環,其起點是民族主義。(第30-31頁)

潘公展的結論是:「總之,我們現在確實需要那些以發揚民族優良特性和喚起民族感情和意識的文藝作品。有了這種文藝作品,然後那分裂中國人為幾個階級鼓吹著階級鬥爭的普羅文藝,引導中國人到頹唐衰廢的路上去的浪漫派文藝,和回戀過去染有封建色彩的古典派文藝,自然為之掃蕩一空。我們對於那方才萌芽的民族主義文藝運動,實抱有無窮的希望。」(第34-35頁)

方光明〈苦難時代的文藝〉[19]共有七題:(一)苦難的漩渦;(二)苦難的實況;(三)民眾的心理;(四)苦難中文藝的退嬰與自暴自欺;(五)當前的問題;(六)突破苦難的武器;(七)民族主義文藝是中國文藝唯一的出路。

---

[19] 載1930年7月13日《前鋒週報》第4期,收入論文集《民族主義文藝論》。

　　第二題包含許多珍貴的史料。文章說:「我們中國現在已經達到苦難時代的漩渦裏了。每天我們在新聞紙上,所看見的國內新聞,十分之九是苦難的消息:金價飛漲,銀價暴落,共產黨的騷擾,內戰,土匪的搶劫,貪官污吏的跳樑,災荒:無一不是苦難的消息。」如,關於災荒的:據《時事新報》:「陝西安康縣電告全縣 20 萬人,餓死 2 萬 5 千,逃亡 5 萬 3 千,待賑 12 萬 2 千人。」「包頭六月降大雪,田禾盡被凍壞。」(第 49 頁) 關於貪官污吏的:仍據《時事新報》:反日會主任張范滋受賄「庇運私貨」;嘉善屬楓涇公安分局局長吳錦明「自蒞任以來任用私人,收受規費,枉法營私,無所不為。」(第 50 頁) 關於劫匪強盜的:據《時事新報‧蘇州通訊》:劫匪、強盜於光天化日之下,公然到村子裏搶劫、綁人,浦東匪幫竟有「50 餘,乘船 5 艘,盒子炮步槍俱全」;盜匪則「手執手槍木棍鐵尺電筒等兇器」,破門而入,任意搜劫,「詎衰家財物不多,盜等怒不可遏,即舉火焚燒房屋」(第 50–51 頁)。還有內戰,並湘南農民運動、共產黨攻城的消息:作者的結論是「共產黨慘無人道」。不妨錄一則《時事新報》1930 年 6 月 24 日的長沙特約通訊:標題是:「瀏陽慘劫　房屋十焚七八　人民死達數萬」。電文曰:「共匪攻破瀏陽縣城,設立蘇維埃政府各節,已志前次通訊。頃據該縣逃出之難民,述共匪屠殺民眾之慘狀,誠足令人聞之,不寒而慄。茲紀其言如次:此次共匪攻入瀏陽,城鄉人民被殺者,總共不下數萬。其殺人方法,異常殘忍。凡婦女被奸後,即以梭標刺入陰戶;兒童則用梭標由肛門刺入,對於常人則剖腹剜澡,刮皮削骨,慘酷異狀。房屋被焚者十之七八。人民生計斷絕,逃亡四散,扶老攜幼之逃來省垣者,已在千人以上。尚有多人,即日可到,在各逃難者,因幼兒行走太緩,多棄之於途中。子哭母,母哭子之聲,慘不忍聞。至父母兄弟妻子之離散者,尤不知凡幾。淒慘情形,為從來所未有。」(第 53 頁) 說共產黨殺人放火,姦淫婦女,已不是這一種報紙所為。再者,關於物價飛漲:上海物價「自上年起,因金市銀價之影響已高漲數成了,及至近日,外洋進口各貨,又複漲起數成,如汽油一項,已漲起一倍有餘,附帶汽車租費亦漲三分之一。其他需用汽油之各種制造物及交通事業等,無不漲價。又如紙煙每箱亦漲數十元。洋

紙平均約漲百分之三十五。印刷用品漲起三分之二至之一不等。其他食品等無一不漲價。」（第 54 頁）

第三題說：「在這樣苦難的時代裏，在這樣苦難的環境中，我們全中國的民眾，心理上將發生怎樣的反應呀？最強烈的，也可以說唯一的反應，就是悲哀。人民的慘死，村落的崩潰，田地的荒蕪，房屋的毀壞，是大眾目睹的事實；炮聲，槍聲，炸彈爆烈聲，被難者的呻吟，是大眾天天耳聞的聲響；土匪的劫掠，內戰的猛烈，外人的侵略，是日日所得的消息。這一切，耳聞目睹的一切，都是使人悲哀，悲哀。長大的人固然悲哀，幼小的聽著長輩的歎息與講述；看見長輩的愁容與哭泣，也未嘗不悲哀。苦難支配了全中華民族，悲哀便支配了全中華民眾的心理。」（第 55 頁）「一部分的青年，因悲哀而失卻了常態，而陷於病態，反以變態為常態了。不辨黑白，不知是非，只有個人主義，沒有民族意識，只有今朝，沒有將來。」（第 57 頁）

第五題說：文藝的墮落，狂妄，變態，是由於一般民眾的墮落，狂妄，變態而來；而民眾的墮落，狂妄，變態，又因苦難而來。苦難是當前的問題：「金貴銀賤，是帝國主義者共同向中國的壓迫；／共產黨的騷擾，是蘇俄向中國示威；／內戰，土匪的搶劫，貪官污吏的跳樑，是封建餘孽，暴民奸徒對中國自己的戕賊；／災荒是自然界對中國的征服。／一言以蔽之，帝國主義，蘇俄，共匪，土劣，貪污，災荒」（第 63－64 頁），都以「犧牲中國」為目的。要打倒「犧牲中國」的一切敵人，唯一的武器就是民族主義。以民族主義做中心的文藝，正是文藝家對於民族盡了最大的責任。

民族主義文藝的使命

朱大心〈民族主義文藝運動的使命〉[20]一開篇就鮮明、響亮地提出：文藝上民族主義運動的使命是：

---

[20] 載 1930 年 7 月 20 日、27 日《前鋒週報》第 5－6 期，收入論文集《民族主義

（一）在形成文藝上民族意識的確立。

（二）在促進民族向上發展的意志。

（三）在排除一切阻礙民族進展的思想。

（四）在表現民族一切奮鬥的歷史。（第67頁）

全文就在闡釋他的這四條使命。

關於喚醒民族的意識：「第一，應注意流傳在民間的一切文藝，而估定它們在民族的立場上底價值。」「第二，對於民間的集會與娛樂，應該加以一種剖析和利導」。「第三，對於過去智識分子的著作，應該用民族主義的批評重新估定它們的價值。」（第73－74頁）

關於促進民族向上發展的意志：世界上各民族的民族特性有優也有劣。「試看世界優秀的民族特點：德意志民族性的優點，是偉大，沉毅，善創造，有組織力，守秩序，自尊，英雄崇拜，忍耐，富有反抗精神，徹底，務實，有責任心；劣點是殘忍，遲鈍。英吉利民族性的優點是自尊，鎮靜，特立，機變，剽悍；劣點是虛偽，陰險，勢利。法蘭西民族性的優點是感情熱烈，活潑，善創造，博愛，平等，統一；劣點是浮動。俄羅斯民族性的優點是不妥協，忍耐，偉大；劣點是迷信，狡詐。意大利民族性的優點是冒險，沉著；劣點是矛盾。日本民族性的優點是感情熱烈，重秩序，努力，務實，善模仿；劣點是狹隘，簡單。至於墮落的民族特點：埃及的民族性是：保守，不潔，殘忍，簡單。猶太的民族性是：貪財，不潔，卑鄙，自私，油滑。印度的民族性是：崇拜自然界，懶惰，吝嗇。」就共通點說，「優秀民族的民族性，必具有感情熱烈，有組織力，重秩序，能奮鬥，善創造等共同點。墮落民族的民族性，也必具有感情淡薄，怠惰，不潔，畏難，苟且，無抵抗等共同點。」（以上第75－76頁）作者接著說：要鼓勵民族向上，文藝的訓育最為有力。文藝的意義，並不像普通所說的是「陶冶性情」和「增進興趣」，而是「創造衝動」和「向上意志」的表現，這就是「生命之力」。（第77頁）

文藝論》。

關於排除一切阻礙民族進展的思想：「我們檢閱中國現在文藝的各種思想，如普羅文藝運動，如封建思想，如頹廢思想，如出世思想，充滿了紛亂的狀態。」（第 79 頁）

關於表現民族奮鬥的歷史：政治、經濟、文化，各有任務。

民族主義文藝的戰爭觀、戀愛觀，以及批評論、詩歌論、戲劇論

《前鋒週報》的貢獻之一，是就文學創作的兩大永恆主題──戰爭與戀愛有所闡釋，對文學批評、關於詩歌與戲劇這兩種題材有所論述。

民族主義文藝的戰爭觀

狄更生〈戰爭〉[21] 首先批判非戰論。他說，非戰論的立場有兩種，一是人道主義者，如中國的儒家和道家，佛教、基督教等；一種是共產主義者。「人道主義者與共產主義者，都自以為是以世界大同為目標的。其實，空洞的人道主義，決不能致世界於大同。所謂大同，決不是『天下一家』的解釋。我們看見佛教基督教對於現實的矛盾，已經可以明瞭。因為人類決不能脫離社會而生活，社會是一種組織，民族是人類最大的組織，離開了民族，而倡世界大同，正如畫餅充饑。現在世界上有多少民族還呻吟在壓迫之下，他們要求恢復自己的獨立與自由，決不是僅僅作廣泛的戰爭的詛咒，所能達到目的的。以弱小民族的地位而詛咒戰爭，其結果，一方面是減滅自己民族的勇猛奮鬥，大無畏的精神，一方面是表示向帝國主義者呼籲乞憐。這種民族便是以奴隸自居。」非戰，恰好表現出「但求一日之安，毫無是非之辯，在這種狀態之下，就表示出中國人民安於苟且的弱點」。第二，要分清戰爭的性質，不能不分青紅皂白

---

[21] 載 1930 年 8 月 3 日《前鋒週報》第 7 期。

地反戰。「有帝國主義侵略其他民族或國家的戰爭，有民族為求獨立自由的戰爭，有國家為求獨立自由的戰爭，有國內軍閥割據的戰爭，有共產黨流寇式的戰爭。在這各種不同情形之下，我們不能用一個觀點去判斷。對於封建割據，帝國主義，及共產黨的戰爭，無疑的，應該盡力的攻擊，同時，我們承認力的平等，才是真正的平等。」由此生發出「力與血」的觀點：「現在中國文壇中，我們應該深切的瞭解，中華民族尚在未成熟的時期間，因為民族意識沒有養成，根本上缺乏民族形成的主觀條件，我們站在民族主義文藝的立場，應該提出這一種正確的肯定，我們肯定，中華民族要達到獨立自由的目的，必先排除一切帝國主義，軍閥，共產黨的侵略與壓迫，要排除這一切侵掠（略）與壓迫，要得到獨立與自由，非用我們的力與血去做代價不可。我們深信，民族的獨立與自由，唯有力與血才能換得，民族的恥辱，唯有力與血才能洗得乾淨。我們為喚醒民族意識的覺醒起見，對於求民族獨立自由底一切對內對外的戰爭，應該將這種可泣可歌可興可感的事蹟，用文藝的力量描寫出來，表現出來，使它們永永地刻畫在一般民眾的心裏，永永地灌注在一般民眾的血裏，使他們知道這一種的戰爭是應該紀念，應該歌頌。並且，為這種戰爭而犧牲的人物及成功的人物，應該認為民族精神所寄託的代表者，他們的力與血底凝結，便成為民族的偉大底光榮。在民族主義的文藝上，就絕對應該表揚。」

民族民族文藝的戀愛觀

張季平〈民族主義文藝的戀愛觀〉[22] 認為，中國古代知識份子關於男女美的觀點都是林妹妹型和寶哥哥型；相映成趣的戀愛觀則是「私訂終生後花園，落難公子中狀元」、「洞房花燭夜，金榜掛名時」、「奉旨團圓」等；「五四」之後，即第一次大戰後，婦女解放，戀愛自由，在創作上就像張資平的「揭破戀愛的醜惡，專對人性的黑暗面與性慾的黑暗面的寫實小說」，「郁達夫的醇酒婦人，世紀末的頹廢的呻吟」，「金滿成、章衣萍的充滿著肉的氣息」的作品，全都是「病的色彩最濃厚的作品」。

---

[22] 載 1930 年 9 月 21 日、28 日《前鋒週報》第 14、15 期。

　　而民族主義文藝者對戀愛的觀點卻是：「我們從著戀愛的本身講：前面說過，戀愛的物的基礎，是性慾這事實的存在，而所謂性慾，它實是種族繁殖的過程，因此，我們的性慾，雖是人類的一種強有力的本能，但主要是建築在種族的繁殖這意義上的，而附麗於性慾的所謂戀愛，自然是也應該以種族的繁殖為其中心的要義，固然在實踐上是還有重要的情由的部分，但由此我們可以判斷，種族的存亡，和著戀愛觀是深切地結合在一起的，而戀愛觀的基調，應是種族，廣言之，它應是民族的。

　　「我們再從目前的中國民族看：中國民族，現在是在列強的壓迫之下，一種萎靡不振的狀態，昭示著前途一片的暗礁，這暗礁實是民族的致命傷，因此我們在這時期內，對於堅強的民族意識的確立，民族向上精神的發揚，實為努力的目標。戀愛，在民族的生活上，它是一個主要現象，而過去這戀愛的實踐，卻給予民族生活以墮落的機會。因是，在我們這努力中，我們深覺得把戀愛的實踐，建築在民族上，這是必然的，而且是必要的。」

　　關於怎樣才是民族主義的戀愛觀，作者給出兩條答案：

　　第一，對於美的觀察：

　　民族主義的戀愛觀，對於對象的美的觀察，是排斥癆病鬼美，一切矯揉造作美，以及表示有閒的白嫩的手面，瘦小的腰足。他主張美麗的女性，是兩頰完全紅暈，充滿著血和乳的質素；她盡可粗手大腳，她要有氣力能夠做工，康健而且敏捷；她的精神如火如荼，剛健活躍；她的情愛，又是熱烈蓬勃；她的生命像長江的東流，她的意志，又如泰山的屹立；她是猛進的，她有大無畏的勇氣，總之她具著充分的力的美的，她是代表這一個新時代的。在男性也是這樣。只有這樣的人，才能享戀愛的權利。

　　第二，生活態度：

　　民族主義戀愛觀的生活態度，他排斥過去一切只是消費的享樂，他也不論於浪漫主義的讚美歌頌；他反對荒淫無度，萎靡頹廢，所有墮落的生活。他堅確地認定，他們的結合決不是單指個人的狹窄的存在，他還具民族的生存和繁衍的意義；因此，在他們的生活態度上，他們的戀愛的生活，是給予了他持久的熱力，也常把這個做了中心。不落於平庸，

而在於富有豐滿的和諧的氣象;他們都用勞力生活著,不依賴他人;他們常充滿著快樂,而且,他們的生活常是集團的。」總而言之,民族主義的戀愛觀是「充滿著力的美的」。

民族主義文藝的題材論

張季平〈民族主義文藝的題材問題〉[23] 認為,題材就是作品的內容,而內容又是一種思想和感情,或者是一種意識。文藝是民族的,因此文藝的內容就是民族生活中的思想和感情,民族主義文藝的題材「包含著民族生活的全部」。「總之民族主義文藝的題材,它不和一般文藝的題材底只是蕪雜的事實的堆砌,它是具有著力的,為表現和組織一種思想和感情的手段。我們對於這種手段的選擇和運用,都有要求熟練的必要,這樣,才能使民族主義文藝的內容充實,才能使民族主義文藝能克服一切有害於我們民族的文藝。」

民族主義文藝的批評論

襄華〈民族主義的文藝批評論〉[24]認為,「中國一向便沒有文藝批評家,有的也不過是戕害文藝的劊子手」(第 11 期,第 81 頁)。

他說,文藝批評的意義是:「匡助創作家和增進讀者欣賞力」。「我們的民族主義的文藝批評,是根據民族主義文藝的原則的,他要擺脫一切舊的因襲的錯見與誤解,而走上民族的集團的光明的路上去,同時,他不僅是要指引創作家以民族主義為中心意識,和增進讀者對於民族主義文藝的瞭解與欣賞,他負的更嚴重的使命,是要出而標揚我們中華民族的文藝能在世界文壇上占一席重要的地位。」(第 82 頁)

文藝批評的方法:因觀點不同,而生出許多派別。主要有主觀的批評,客觀的批評,歸納的批評,演繹的批評,判斷的批評,印象的批評,

---

[23] 載 1930 年 10 月 5 日《前鋒週報》第 16 期。
[24] 從 1930 年 8 月 31 日《前鋒週報》第 11 期起連載。

以及科學的批評，歷史的批評，考證的批評，比較的批評，道德的批評，賞鑒的批評，社會的批評，表現的批評，等等。「我們所需要的，首先是要能以民族主義文藝的原則來觀察創作，進一步，我們要把作品分析出來，是否是有利於民族或是有害於民族的；同時，更要顧到作品的時代與環境，並注意它的形式的完美和內容的充實，而下正確的判斷。決不能忘卻集團的立場而憑個人的趣味的評價為轉移，而陷於以往的個人主義的文藝批評的覆轍。」（第12期，第89頁）

文藝批評的目的：

據斯各脫（Scott）和迦萊（Gayley）合著的《文藝批評論》（Method and Material in Literary Criticism），文藝批評的目的至少有以下幾條：

（甲）在獲得智識或傳授智識。

（乙）在負文藝的欣賞的任務，即將所批評底作家以及作品明確地解說。

（丙）在分別文藝作品的優劣，以節省我們的時間和精力。

（丁）在替作家教養一般民眾。

（戊）在指示作家怎樣才能適合於公眾。

（己）在調整並教養公眾的文藝趣味。

（庚）在排斥對於文藝的一般偏見。

（辛）在替未能體味新思想親讀刊物的人，介紹新思想或新刊物的梗概。

（壬）在糾正作家及公眾的謬誤。（第12期，第89-90頁）

民族主義文藝的詩歌論

湯冰若〈民族主義的詩歌論〉[25] 引經據典，其實所談卻一般。全文含 4 個小題：民族主義的詩歌的形成、民族主義的詩歌意義、民族主義的詩歌內容、民族主義的詩歌形式。

---

[25] 載 1930 年 10 月 12 日、19 日、26 日、11 月 2 日《前鋒週報》第 17-20 期。

其主要論點有：（一）詩是最高表現的典型藝術。「民族主義文藝，在理論上已確立了鞏固的基礎，在作品上最先呈獻的便是詩歌。／詩歌是最單純最真摯的感情底表現，它底原素，是包涵感情，想像與美等等，這就是說詩歌須具有情熱的感情，豐富的想像力，及特別富有審美性的文字。因之，它能逗引起讀者的共鳴，是必然的事。同時在簡短的詩句中，還能反映出當時的時代背影，和所屬的民族特性，所以詩歌在文藝範疇上已成為最高表現的典型藝術。」（二）民族主義詩歌的原質。民族主義詩歌必須有「力」底原素。我們現代所要求的詩歌決不是那些過去的殘骸，什麼悲哀的、頹廢的、浪漫的訴述，只有雄渾激昂的詩歌，才是富有民族主義的意識。詩有內容和外形兩種要素。「第一詩的內容，總須含有不斷的情緒（Emotion）和高妙的思想（Thought）；／第二詩的外形，總須協於韻律的原則（To Be written in metrical Form）。／在民族主義文藝的立場上來解答詩歌，是除上列所說之外，還須添上幾種要素：／甲，民族底一般的意識，／乙，促成民族向上發展的一般的思想，／丙，民族的民間實際的生活，／丁，自由韻律的原則。／民族主義的詩歌，是須具有豐富的正確的民族意識，消滅我們現有的民族精神的頹廢，努力於民族一般底覺醒，不僅只抒發個人的情感；其次，是應該振作我們民族向上發展的意志，表現民間的實際生活，求呆板韻律解放。」（三）詩歌應具有熱烈而豐富的感情。民族主義詩歌應排除普羅意識，排除出世思想、宗教思想、感傷思想、頹廢思想、浪漫思想、封建思想。詩歌中須臾不可離去的是詩人的想像。由此可知，民族主義詩歌的內容應由三種東西組成：民族主義的中心思想；民族意識的感情（社會的情緒，民族的情操）；民族主義的創作的想像。（四）力求大眾化。民族主義文藝最重要的是力求「大眾化」、「一般化」；「決不能把艱深古奧的字句，玄學上的種種哲理，異國化的情調等等運用在我們的文藝上，尤其是最易感動讀者的心靈的詩歌上。在述內容的時候，我也鄭重地提及民族主義的詩歌是在乎表現整個的民族意識，整個的社會的情緒，絕不是前人無聊的吟風弄月只圖所謂表現自己便算了事。」因此，「這詩的表現必須

簡潔，樸質，明白，清楚，使一般民眾都能深深地瞭解」。作者反覆強調：
「詩歌的形式總須協於韻律的原則」。

民族主義文藝的戲劇論

襄華〈民族主義的戲劇論〉[26]所設小標題是：一、怎樣廓清劇壇的封
建勢力；二、怎樣糾正話劇的錯誤；三、民族主義與戲劇的關係；四、
民族主義戲劇的使命；五、結論。

其主要論點是：（一）民族主義戲劇之未能建立，是由於舊戲的殘餘
根深蒂固。作者對於中國舊戲的表演程式全盤否定。文章說：「舊戲之不
合理性，早失去了其戲劇的意義，這是無可諱言的。如男扮女裝的旦角，
怪聲怪氣的歌唱，童伶被強迫練激烈的武功，以及一切惡習慣的保留，
都是舊劇根本上的致命傷。其次，如臉譜，嗓子，臺步，武把子，唱功，
鑼鼓，馬鞭子，跑龍套等，無一不是封建制度下遺留的『遺形物』，為中
國人極可恥的保守性的表徵。還有那些更其不合情理的令人發笑的，便
是打筋斗，爬杠子，耍刀舞棒的賣弄武把子的怪現狀，以及在佈置完好
的家庭景中去快馬加鞭，跳過桌子便是跳牆，站在桌上便是登山，一道
黑布圍幔便是城牆，一條馬鞭便是駿馬，4個跑龍套便是人馬數千，轉兩
個彎便走了百十里路，翻筋斗，做手勢，便是一場大戰，這些都是極其
不合情理的，正是舊劇極端荒謬絕倫的地方。至於劇中人往往自己表白，
如做賊的對台下說明自己是個賊，打算到某家去偷東西；陰謀的人，將
自己的陰謀不打自招的當眾暴露，這都是極其不自然，不合理的舉動，
為人世所沒有的事。」然而這些卻都認為是極可寶貴的「精華」。以上是
說舊戲在表演技術上的「惡劣」之處，其在思想上的問題則更多更嚴重。
這就是普遍存在的忠君思想（所舉劇目如《罵楊廣》、《失街亭》、《南陽
關》、《狸貓換太子》、《斬黃袍》、《太真外傳》、《貴妃醉酒》等）、利祿思

---

[26] 載 1930 年 11 月 9 日、16 日、23 日、30 日、12 月 7 日《前鋒週報》第 21─25 期。

想（所舉劇目如《珍珠塔》、《朱買臣休妻》、《雪梅弔孝》、《玉堂春》等）、
迷信鬼怪思想（所舉劇目如《目蓮救母》、《遊十殿》、《西遊記》、《封神
榜》等）、頹廢和出世思想、誨淫誨盜的思想（北方的戲大半是誨盜，南
方的戲大半是誨淫）、滑稽思想（以小丑的扮演者為是）、男尊女卑的思
想（就是在表演上，「旦角之男扮女裝，壓緊著嗓子，扭扭捏捏學起女人
的聲音，賣弄風騷的博觀眾的彩聲，這尤其是奇恥大辱，簡直是侮辱了
整個的中國婦女，是在那裏卑賤地挑動人類的變態性慾，旦角本身便是
反常的產物。」）。舊劇的代表思想，「歸納起來，是忠君，利祿，迷信鬼
怪，頹廢和出世，誨淫誨盜，下流的滑稽，男尊女卑這七種。這七種思
想，無疑地，是封建的，傳統的，卑賤的，下流的產物，我們站在民族
主義的立場，對於目前隱伏在劇壇的這樣巨大的毒菌，是應該用我們的
全力將它摧毀的」。作者說，舊劇之所以能夠存在，是社會的一般人殘存
著封建思想。經過了幾次革命，「民眾正應該認清自身的權利，自覺地從
封建勢力突衝出來。但現在的民眾卻適得其反，這不能不說是我們革命
的失敗。所以，在這裏，我們要突破舊劇，先決的問題，是必須積極地
喚醒民眾，踏上革命的前線，擁護民族的民主精神，認識民眾自身應有
的利益，然後，促進他們覺悟到有打破封建勢力的必要，而群起自動的
將舊劇排斥。」

（二）糾正話劇的錯誤。作者說，國內比較像樣的劇社也就是戲
劇協社和田漢的南國社。戲劇協社「表演的戲劇，完全是貴族資產階
級的娛樂品，他們處處學歐化，扮演得非驢非馬」；南國社「自從田漢
轉變普羅，被盧布收買以後，乃全部出賣，大替蘇俄出力，將民族主
義的《卡門》，修改為普羅的口號宣傳品，乃不意為青年群眾所擯棄，
一律退座，致使前功盡棄，南國社信譽喪盡，而一瞑不視了」。總之，
「舊的戲劇和文明戲的病態，是封建思想的殘毒，而話劇亦為一般花
花公子姐兒們和出賣身契的普羅所糟蹋，因此，我們敢於斷定，封建
思想，貴族思想，資產階級的思想，以及普羅的思想，都不適宜於現
階段的客觀的需要，所以同歸失敗，今後，順應民族運動的澎湃，喚

醒民族向上的意志，提高民眾的娛樂，排斥劇壇的一切不正確的思想，使戲劇從此躍入正確的軌道，那我們無疑地是需要民族主義戲劇的建立。」

（三）戲劇是民族的。從戲劇的起源看戲劇與民族的關係：

古代的民族，那文化燦爛的當然要推埃及人，腓尼基人及猶太人，這些人種，雖然具備有雕刻，圖畫，跳舞，詩歌，音樂，幾種構成戲劇的原素，但對於戲劇的完成，卻相差很遠，而且，在劇的文學上，遺留至今足供我們研究的，差不多是沒有。其次，是我們中華民族，戲劇本來發達得很早，但與世界文化不發生巨大的關係，所以不能算是戲劇的先祖。至於印度，雖然在紀元前一世紀前後，有過戲劇的興起，但我們不如說他是受希臘戲劇的影響，雖然，那泛神的，富有濃厚的抒情詩的戲劇，固然頗值得研究，但在世界的立腳點上也是同樣的不為人重視，所以也不能算是戲劇發達最早的地方。

因之，與世界文化有巨大的關係，而戲劇發達得最早的民族，便應當首推希臘。希臘民族的發見和發明，哲學，金屬，雕刻，建築，繪畫的成就上，本是有巨大的貢獻，於西洋文化上有不可磨滅的功績。他的戲劇也正是如此，開始了空前絕後的創造。形式的完整，文辭的華麗，都可以說是世界上最初的同時是最完全的。

不過，藝術的產生，與環境、民族性是有絕大的關係，希臘戲劇之這樣發達，也正是因為希臘人是可驚異的偉大的民族，與其山光明媚的天然環境，而造成他們對於戲劇有極濃厚的趣味。

希臘人因為有這樣天然的環境，所以他們都是現世主義者，對於人間的喜怒哀樂，都抱有直接的興味，像天真爛漫的少年一樣，毫不會感到人生的黑暗面，只是盡情地享樂，因於這樣能夠肯定現實，不致傾向悲觀厭世的一方面去，那戲劇的完成和發達，便毫無阻礙地進展了。

在藝術上，他們喜歡輪廓鮮明的造型藝術，那些朦朧曖昧、吞吐含蓄，而不易捉摸的東西，都為他們所擯棄。所以他們對於戲劇特別重視，

比繪圖雕刻建築及抒情詩看得更為重要，差不多成了希臘民族每個人的嗜好。

總之，「戲劇在希臘人並不是一種餘興，是集注了國家底最善最美之力的文化結晶品。」

作者由此昇華其理論：「在這裏，我們可以看出戲劇的起源是由於民族的繁衍，民族的生存，戲劇的發達是由於民族的榮光和民族的進展。在這裏，不僅希臘是如此，一部血淚的歷史，任何民族的戲劇，都是隨其民族而生存，隨其民族運動而發展的。」「總之，在民族苦難的時候，民族運動也就勃發，不僅法國是如此，即全世界的弱小民族又何嘗不如此，現在的朝鮮，安南，印度許多民族的戲劇，除了帝國主義者設施的麻醉劑以外，弱小民族自己的演唱都是悲哀憤激的呼喊。我們說，民族主義戲劇在這民族鬥爭尖銳化的現狀下極度的發展，這是成了一個不可動搖的事實。」

（四）戲劇必須以全民族為對象。戲劇是綜合的藝術。在藝術中，戲劇是最繁複最後完成的一種藝術。它包括了繪畫、雕刻、建築、跳舞、音樂、戲曲、詩歌諸元素，同時還要賴於優伶的上演。戲劇能直接表現人生，使觀眾能得到直接的感覺與刺激。在劇作方面，劇本是必須以民族的全民眾為對象。「人類的意志，本來是時時刻刻在奮鬥，時時刻刻在掙扎中的。結果意志戰勝了環境，把生命的要求全部或一部分發揮出來，表現出來，才有創造。我們從這裏推論到民族問題上去，民族的生成，最需要的就是充足的生命力，民族主義的戲劇，是必須要有熱烈的感情，勇猛活潑的精神，美的信仰，健全的人格，創造的能力，有組織的能力，守秩序的習慣，不屈不撓，而戰勝一切陰暗的環境，發展民族向上的意志，創造民族的新的生命。」「民族主義的戲劇是必須認清民眾的利益，廓清一切阻礙民族進展的思想，那些彌漫於中國劇壇的忠君思想，利祿思想，迷信鬼怪思想，頹廢思想，出世思想，誨淫誨盜思想，男尊女卑的思想，以及普羅的出賣民族與下流的滑稽，都應積極地來排斥而肅清。」民族主義戲劇必須要表現民族的奮鬥歷史。戲劇有宣傳與煽動的功能。

因此，「要積極地組織小劇團，不僅在大的都市裏要開始我們的民族主義的戲劇運動，同時，即使在窮鄉僻壤，停車場，兵營，工廠，或火車站，輪船碼頭，以及在馬路旁邊，也要有我們的流動劇團去表演」。

拾荒

　　以上是民族主義文藝家們在「大塊」文章中的觀點之一斑。為了不「遺珠」，哪怕是一些短文中的雞零狗碎的「見解」，也羅列在下面，算是立此存照。

甲、「水到渠成」的來勢・「幫同」身份的自眩・比歐洲文藝復興的意義還要重大的「新生」

　　由曹劍萍編輯的刊物《開展》月刊 1930 年 8 月 8 日在南京創刊。創刊號的刊頭語《開端》的頭一句話就說：「民族主義文學，以水到渠成之勢，無疑的成為支配中國文壇的一種新的勢力了。／我們應該幫同來開展著，給中國的文學，開展一條新的路徑，建設起一種文學的革命的文學來。」（第 1 頁）這「水到渠成」一語是他們的得意創造，以後還多次引用。「幫同」二字將他們的地位和身份刻畫得入木三分。因為要「幫同」，他們在其後的文章中，說得更起勁：「民族主義文藝運動的意義，在中國的文藝史上，要比 15 世紀歐羅巴文藝復興的意義，還要重大，歐羅巴的文藝復興，是希臘文明的『更生』，而民族主義文藝運動，卻正是中國文藝的『新生』。同時，在世界的文藝史上，民族主義文藝也如那自然主義寫實主義等主義那樣的成為現代文壇的中心意識了。」「所以，我們的民族主義文藝運動，不特在中國文藝史上負著開前繼後的責任，也負著指導我們政治上的民族運動的使命。」（一士〈現代中國文學雜論〉，載 1930 年 10 月 15 日《開展》月刊第 3 號）

乙、外延的意義和內包的價值

《開展》創刊上號上署名一士的文章〈民族與文學〉給文學下的定義是「營謀精神生活的手段」，是精神的生活與物質的生活的相互暗示，它受著現實生活的暗示，反之也暗示現實生活。「人類用以營謀精神生活的代表──文學，應該隨著精神生活底指導和解決物質生活的法則，以指導和解決民族的物質生活為其外緣的意義的最高原則。同時，文學的本身，也因其外緣的意義之演進和變革，聯帶的增加了它內包的價值。」（第8頁）「以振發民族性和覺醒民族意識為指導和解決民族生活問題為最高原則」的民族文學，它的內容應具備「內包的價值與外緣的意義」。（第13頁）為此，第一，是民族意識的覺醒（而目前的狀況是「個人利益主義的猖獗」和「民族意識的昏迷」）；第二，是民族主義的表現；第三，是民族性的變革。「民族意識是民族生存的力量，民族主義是解決民族生存問題的手段，民族性是民族生存的主宰。」（第16頁）

丙、「民族主義的意識」就是「中心意識」

《前鋒週報》一讀者說：「我們的文藝的內容的中心意識，是民族主義的意識；對這意識，我們要堅決的把握住。同時，不要離開了時代，又要表現出民族的積極的精神；極力掃除消滅一切階級意識，個人主義，家族主義，苦悶，無聊和消極的色彩。在通俗的群眾化的條界形式之下描寫出來。」（澄宇《我們所需要的文藝作品》，1930年9月1日寫於上海，刊1930年9月21日《前鋒週報》第14期〈讀者意見箱〉。文中的「條界」，明顯係校對之誤。）

丁、視中國民眾如「垃圾」

傅彥長在〈以民族意識為中心的文藝運動〉一文中說：沒有以民族主義為中心意識的中國民眾，都是「一盤散沙」，是「一堆堆不可利用的垃圾」。他們

討論了七八年，才決定「以民族意識為中心思想的文藝運動，在現代中國是最為需要的。思想不問其淺薄深奧，只要是可以利用的，就是好的。」[27]

戊，以民族主義文藝為唯一的武器打出一條生路

《民族主義文藝論‧弁言》[28]：一是說民族主義文藝運動的歷史早，「我們同志間在六七年之前（即 1923－1924 年）早就發動的了。當時我們同志以上海《申報‧藝術界》為機關，在紙上所發表的論文，可以說十分之八九是提倡民族主義的文藝。」二是說過往的文藝，沒有以民族主義為中心意識，都是「胡鬧」。而「胡鬧」不就是「熱鬧」。「熱鬧」的前途是生長，發皇；「胡鬧」的將來則是沒落，死亡。三是說提倡民族主義文藝是迫不得已：「我們看著中國文藝界的一片狂妄偏激墮落退嬰，我們迫不得已我們高呼出民族主義文藝這個口號來！／就文藝本身講：文藝的產生，是從民族的生活意識裏來的；文藝的發展，是以民族主義做動力的。這是文藝的歷史可以證明，不容疑義的。／退一步講，就現在這個時代所需要的文藝說，我們中國也只有民族主義文藝的要求。當前的世界，不是帝國主義的強大民族壓迫弱小民族嗎？不是強大的民族以空洞的世界主義國際主義來欺騙鎮壓弱小民族的自決主義嗎？我們要使文藝為人生盡一點力，對於世界民族盡一點公道，我們也不得不來致力於民族主義文藝的發揚。尤其是我們中華民族，處於帝國主義壓迫以及天災人禍的困苦艱難的境遇裏，更當以民族主義文藝為唯一武器，而打出一條生路來。」

己、「民族主義文藝是最文藝的文藝」

《開展》月刊第 8 號（1931 年 4 月 15 日出版）刊有一篇論文〈時代文藝論〉（作者：孔魯芹），憂心如焚地貢獻出一番高論。文章有 7 個小

---

[27] 見 1930 年 11 月 10 日《前鋒月刊》第 1 卷第 2 期。
[28] 《民族主義文藝論》，上海光明出版部 1930 年 10 月初版。

標題：（一）文藝的時代性；（二）現在所處的時代；（三）這時代所要求的文藝；（四）純文藝觀者的錯誤和民族主義文藝名稱的肯定；（五）闢邪；（六）民族主義文藝使命的認識；（七）引言也並在結論裏。（第 61－71 頁）

文藝的時代性：

「文藝，在現在，不僅是用以超騰少數人的人生外表的工具，它也應當負著他方面的相當的使命！

「文藝，從它的本質上講，本不止限於描寫迫近的事物，和狹窄的小我，它的背景，不應當限於作者的生活狀況。

「文藝家的思想是深邃的，智慧是神明的，觀察是精透的，情感是超人的，所以在理論上講，他不是寫幾篇理論的作品，或描寫個人身世的蹉跎就夠；在情緒上講，也不是發洩了個人的憤慨，即能認為滿足。

「文藝家也是時代的人中一個，不過他對於一切有較靈敏的感覺罷了，所以他寫的東西，決不是他個人無根據的理論，而應是時代精神的靈魂，社會民眾的喉舌，適合時代需要的作品；因此，文藝應當以人生的全部為背景，受著廣大的同情的驅促，根據於一切天賦的至理，表現出多方面的大我，換句話說，文藝要有時代與社會的背景──政治的表現，社會的趨向，文藝要與時代，政治，社會發生密切的關係，才有真正的內容，和真正的情緒，文藝是時代的大眾所有物，其地位是居於時代最前面，最低，也是時代的產兒，同時，文藝家應是時代的先驅者。

「文藝是貢獻的，切實的，使命的，潮流更令它由主觀而趨於客觀。

「文藝是時代的呼聲！」（第 61－62 頁）

現時代所要求的文藝：

「自從 1928 年革命文學戰後，創造社確曾麻醉了勞工的大眾和一般青年心理的傾向，自俄國對於文藝問題，經黨之最高機關，確定了一貫的文藝政策，並決定以盧布政策赤化中國的文壇後，普羅文藝，就格外地飛舞於黃浦灘上，革命文學，更喊得叮噹響了，看《語絲》的建者，魯迅都投降了，這是多麼的威榮，或證實了無產階級文藝的時代的不可滅性？

「但是普羅作家自身便是第一階級的人，他們在咖啡館裏替勞工表同情，他們在日本有名的溫泉修善寺，寫血和汗的文藝，那全是騙錢的手段，流氓的伎倆，決不是現在所需要的文藝。

「象牙塔裡的頹廢，墮落的作家，矇著眼睛，躲在焦土內的樂園裏，呻吟，歌唱，浪漫，那是貴族生活的過剩，更不是現在所需要的文藝。

「文藝既是時代的呼聲，時代的民眾既是被壓迫的，所以，現在是渴望著鼓勵從壓迫下掙扎的文藝，在革命尚未成功以前，時代的慘痛呼聲是不會絕的，自然，我們現在真正所需要的文藝，當是代表這種呼聲的文藝。

「民族解放運動，在日漸開展，文藝須指示他們的途徑，和領導他們去反抗，民族特性的優點，在日漸發揚，須藉文藝的力量來開展；民族仍有沉迷的，民性仍有拗執的，全賴文藝來覺醒和感動；民族的力量，仍甚薄弱，極希望期勵和激刺的作品。

「這時代急切的需要振發民族性，醒覺民族意識，鼓勵民族革命的民族主義文藝毫無疑義！」（第64-65頁）

「自我國文藝的先覺者高揭起民族主義文藝的旗幟以後，反對的狂風並不完全發源於破窰的莫斯科，或浪漫，跳舞場，而是在一般號稱為文藝而文藝的純文藝觀者的口頭中，這真是民族主義文藝運動的一個致命的創傷。

「他們說文藝是不含有任何使命的效用，它不是環境的奴隸而是宇宙的王子，當然不含有革命的意味，它是自由的產生於時代，不應該造時代，或領導時代去創造，否則就不是文藝了，那是宣傳的工具了。」

「民族的生命與個人的生命是作交響（Corres Pondence）的，為什麼北方人都是表現他北國的平原和英武的壯氣，南方卻憧憬著南國的光的情緒或戀歌的逸趣呢？因為那是自我的反映，靈魂的交響不同的原故，我們寫不出異國的薰香，我們能描容故園的荒丘，與我們接觸的地，物，情景，我們能表現它，因為這些地，物，情景，都曾在我們的神經系上振動過，但靈魂未曾與它交響過的人，感覺不到，文藝家的感覺力最敏捷的，超人的，所以他能達到生命的最深的領域內，歷史啟示著我

們民族的光榮；現狀開展了我們民族革命的意緒；這些感動，溝通了我們的個人生命與民族生命發生交響，所以民族主義文藝是最文藝的文藝也未可知，不主張民族主義文藝的人或懷疑這種名詞的人，雖不能說他們不是中華民族的人民，至少也不是具有文藝腦筋的作家。」（第65－67頁）

現時代所需要的不是三民主義文藝，而是民族主義文藝：

對民族主義文藝有許多雜論，必須加以排除。

「因為現在是三民主義統治中國，又因為　總理也不僅以民族主義號召世人，所以民族主義文藝，常得一民主義文藝，或二民主義，沒有連環性之譏，殊不知中國現在的危機，完全是在民族的弱小；經濟，政治的壓迫，也是以民族為對象，民族而強，壓迫固不敢加之於我，即民權民生諸問題，均迎刃而解，但要特別加以解釋的便是：在政治的範圍裏，因為要預先防止資本主義及專治政體的鶩興，及避免步步帝國主義的後塵，所以民族民權民生主義同時並進，即是政治上的設施，並不能同化到文藝上來，民權民生主義，是內部的，只有民族主義，才與外人發生關係，掙扎的文藝，絕不會帝國主義化的，所以在文藝的範圍裏，僅要薰育民族問題就夠了，多了，反會分化文藝的力量，何況即就政治上言，現在最努力的還是民族革命上的不平等條約的取消嗽！所以，也可以這樣說，因為文藝是有時代性的，現在所需要的，並不是三民主義的文藝，而是民族的文藝！

「有為（謂）民族主義文藝運動者，就是國家主義文藝運動的變像；有謂民族主義文藝的理論，是導源於世界的第二國際；還有謂民族主義文藝運動者，是被摒棄於象牙之塔，藝術之宮，而又得不到盧布，於是乃以民族主義文藝號召，含有某種背景而求青睞者」；等等。「總之，那全是發於人們的嫉妒的源泉，或是度著安逸生活者的無聊的咀嚼，這些，在我們，是不值一辯的，而且，或者，還加以增加民族主義文藝運動的力量，在反證的方式下。」（第67－68頁）

關於民族主義文藝的使命：

「民族主義文藝要以覺醒民族意識，喚起民族精神，提倡民族情趣，促成民族革命，建設大同世界為使命。」（第69頁）

在本文的最後，作者說，他寫這篇文章，是因為「民族主義文藝的根基，實在有點動搖了」，「已揭起的旗幟，有欲摺藏者」。（第70頁）

庚、左翼文學與民族主義文藝對峙的 1931 年文壇

有幾篇文章都說，1931 年的中國文壇，呈左翼文學與民族主義文藝對峙的態勢。其實這是不確的，詳情後述。持這種看法的作者中，以《矛盾月刊》上署名辛予的〈一九三一年南京文壇總結算（上）〉比較有分量。

文章在總結算之前，有對整個文壇的鳥瞰。曰：

「追隨著世界形勢的動亂，1931 年中國社會的一般現象是毫無兩樣地陷落於動亂之中。而整個中國的文壇，也由於這洪流的沖激，開始在它本身廣大的領域內建築了一座『思想與意識』的分水嶺起來，這，便是左翼的普羅利塔利亞特文藝，與右翼的民族主義文藝的對峙局面之釀成。

「如果我們把自己位置在第三者的立場，以純粹的客觀眼光來觀察這兩大派別在這一年中勢力之消長，及其讀者大眾之把握的數量，立刻就可以使我們明白時代是在需要一點什麼？而且在另一面，也同樣很準確地指示我們今後所應該走的途徑。

「承襲著創造社這一系提倡『革命文學』的主張，經過第三國際卵翼下的中國共產黨的豢養而吶喊著『普羅利塔利亞特』口號的左翼聯盟這一群，在其初始發動之際，似乎也有過一番很澎湃的景況；當時上海的出版界是整個地被他們盤踞著，所有各書局的定期出版物，也由於環境的威脅與牽制，多半被利用為機關的宣傳品。因之一般本來彷徨在歧途中的青年讀者，惑於眼前的新奇的熱鬧的變幻而跟著盲目地附和起來了。依照真理來批判：若果普羅利塔利亞特文藝運動確實是誠意的為了勞苦大眾底解放，而並不希望藉此來完成幾個野心者個人的利欲，則其存在性是絕難否認的。無奈這一群所謂中國左翼作家，過去多半是沉淪於重份的『羅曼蒂克』底氣氛裏邊；他們的口頭雖然很堂皇的叫出了這嶄新的口號，但是本身的實際生活卻依然迷戀著舊的頹廢底骸骨。他們

不僅沒有挺身到勞苦大眾的隊伍中去體驗；甚至連一個浮面的概念都不曾觀照清楚，於是這一種欺騙了勞苦大眾的買賣——純粹出於個人主義底理想的，虛設的口號文藝，終於在一瞬的時間中為青年讀者們所識破而整個崩潰下來了。

「在同一時期的另一場合，民族主義文藝運動也是猛烈地進展著，他們所把握著的群眾，並不稍減於左翼方面的數量，其原因當然是很明顯的：——第一，文藝這東西是本來屬於民族的，一個作家體驗了人生而表現出來的作品，其內質也就包含著這作家所處身的某民族某時代某環境的特性。再如近期各國的作家，都很注意於地方色彩（local Colour）的描寫，將這種地方色彩廣義的解釋或運用起來，即是民族性的表現。所以民族主義文藝是比較地容易被一般讀者所接受的。第二，近年來中國的大眾是被壓迫於白色和赤色帝國主義的兩重壁壘之下，每個都同樣地感受著重份的痛苦，他們眼看到國家的垂危，民族的貧弱，他們要吶喊，要鬥爭，要從鐵蹄下掙扎出來，為這，民族主義文藝是那樣適合於時代的需要而被熱烈地擁護著了。

「雖然，民族主義文藝運動是如此造基於廣大的群眾而生存著，但試一檢討其陣容，總覺得還缺乏一種一貫的中心意識（Central thought）之建樹，這一點，只要看他們所有刊物底各種不同的理論，就可證明。由於這原因，民族主義文藝運動到了現在，作算沒有像普羅利塔利亞特文藝那樣的崩潰，至少也是在逐漸消沉下去了。

「在這裏，我們要縮小範圍，回頭過來展望一下 1931 年的南京文壇。這個陰森的古城，在過去的歷史上是簡直連一點兒文藝的影蹤都找不出來的。到了 1927 年革命高潮奔到長江流域而中國國民黨建都於此之後，由於社會組織的逐漸形成，文藝也適應環境的需要，開始萌發出幼稚的嫩芽，如此醞釀到第五個年頭，終於爆發了空前的蓬勃的景象，開拓了南京文壇底第一頁紀錄。這樣不偶然的突進，自然是很值得我們予以注意和考究的。」（以上第 1－4 頁。）[29]

[29] 辛予〈一九三一年南京文壇總結算（上）〉，載 1932 年 12 月 5 日南京《矛盾月

辛、中國文藝思潮呈衰落的態勢。

　　秋濤（王平陵）在 12000 餘字的論文〈文學的時代性與武器文學〉[30]中，站在民族主義文藝家的立場，比較全面地闡述了目前中國文藝思潮呈衰落態勢的原因，及其振興文壇的出路。鑒於報紙上的文章難於查找檢閱，而民族主義文藝的主幹王平陵也較少發表這麼長的文章，且此文還是冷靜地在說事，不是扯著嗓子罵人，因此，此處作詳盡的撮錄：

　　王平陵認為，目前中國文藝思潮呈衰落的態勢的表現是：

一、缺乏中心思想

　　中國的文藝創作者向來就沒有一個中心思想，大家只是根據一時的情感衝動，或接受到某一種不愉快的刺激，自然地流露出一種反映而已，所描寫的，只限於作者自己所經歷的範圍，而這範圍又非常窄狹，不足以表達出多數人共同的傾向和欲求；所以，這種文藝很不容易在廣大的群眾裏發生相當的力量。雖然有幾位比較成功的作者，亦僅是在技巧上比較的成熟，在真真文學的意義上，隨時可以呈現出他們的缺乏修養，不能把比較高尚純潔的情操，像不斷的泉水似地流瀉出來。因此，這 10 年來的努力，只能在中國文壇上，應有盡有地具備了各種文藝的形式，並沒有能豐富文藝的生命。而中國的文藝家也就以文藝的各種形式無缺，認為無上的滿足，不再去努力建樹文藝的生命了。到今天，中國文藝界的創作裏，縱如野草似的生生不已，而要發見一篇能代表一時代一個主潮的作品，簡直是絕無僅有，說起來，真是異常抱撼的事！這原因不是別的，就是缺乏一個中心思想，無形中指示著作家走向坦坦的大道，於是便不自覺地把文藝的路線越縮越窄，最後竟縮到牛角尖裏，找不到出路了。

刊》第 2 期。

[30] 載 1931 年月 12 月 11 日、15 日南京《中央日報》第 3 張第 1 版《大道》副刊第 258、259 號。

二、沒有創造精神

藝術的生命完全在自我的創造，不是表面上的抄襲與模仿。雖然藝術家在作品裏離不掉模仿的痕印，但這是僅限於形式方面；至於要暴露藝術的真髓，非用自己的心血去灌溉，用自己的力量去栽培，則藝術的花園決不會光華燦爛的。我們中國的文藝界，未能把握住這種定則，只知道跟隨著人家的後面，拖一條尾巴，人家已經是落伍了的主義和思想，而我們尚當作是稀奇的尊貴的東西，不憚煩地介紹和模仿，這是多麼可憐的事情。所以，過去中國的青年，誠然有許多人在文藝的花園裏費盡了不少的心血，而從未見能夠收穫到什麼東西，這原因，就是因為一般青年們只知道在人家已開拓的花園裏，無關心地徘徊觀望，而未能在自己的本土裏努力耕種，使文藝的幼芽能夠逐漸生長，開花，結實。近幾年來，中國的文藝作品，在量的方面不謂不多；可是在質的方面，稍微加以研究，就會使人發現很多的缺陷。這些東西，大抵是拘泥於舊時代的魂魄，墨守著舊時代思想的糟粕，僅僅在表面上塗上一層新的顏色，渲染著一層新的光澤而已！文藝的技巧雖不斷地在進步，而文藝的生命依然是空虛的。意大利的文藝批評家沙荓 Ardengo Soffici 說：「平庸的藝術家不知道什麼是藝術，僅在臨摹人家的作品，不能把原始的自然力暴露出來，所謂好的藝術品是真理的鏡子，而劣的藝術品是影子的影子，他們並非藝術的主人，而是藝術的奴隸。」照此說來，可見藝術要不是從創造方面努力，斷沒有充分發揚的希望。而中國的新興藝術，近幾年所以還未能有多大的進展，不是不努力，也不是沒有時間，實在是把所有的努力和時間，完全浪費掉了。

三、個人主義的失敗

在過去 20 年代，中國青年之從事於文藝工作者，一致地傾向於各種主義的介紹。記得在民國七八年間，是浪漫主義最盛行的時代，那時所有的作品，多少均帶著一點熱情，幻想，抽象的色彩，這些都是浪漫主義的特點。像宗白華的《流雲》，俞平伯的《冬夜》，郭沫若的《女神》，是屬於這種傾向的代表作，他若郁達夫的《沉淪》，張資平的《沖積期化

石》，雖然也帶著些浪漫主義的特點，然不免對於個人主義的色彩太濃了一點，結果所寫出的東西，只是表達出一些 Egoism 的抑鬱和煩悶，充滿著小資產階級沒落的意識，純粹是由於不能滿足個人的欲望的一點上所發出來的淒苦，不是大眾所要說的話，更不能代表一個時代的主要的作品。惟郁張二君的作風，卻能深深地在青年們的心田裏種下一些「個人主義」的根株，他們底作品，在某一時期頗為一般青年所愛好。這原因很簡單，正因為那時期的青年們剛剛從幽閉的舊社會的地層裏，睜開眼來看見了這個世界的真面目；日光射進了久關閉著的眼睛，不免因刺激過強，發生了頭暈目眩的病態的表示，而至於不能支持。在從前，這些青年並沒有感覺到自己的環境，周身都受著鐵練的束縛，是在變相的牢獄裏，正因為束縛得慣了，也就不覺得苦痛了；但驟然地解除了這束縛，倒覺得遺漏了什麼而很不愉快似的，猶之，一個久居在地窖裏的貓頭鷹讓它停止在正午的熾烈的陽光下，當然是睜不開眼來的。那時代的青年們正是如此。他們開始觀察到社會的悲觀面，陰褐面，而自己又沒有力量去抵抗這悲哀的襲擊，同時自己的想望更一發而不能滿足，處處感覺到現社會的不良，生命的無歸宿；因此，這一時代的作品，就不期然地堆滿了極濃烈的個人主義的色彩。許多青年已在覺悟到自己所停留的階段的基礎在根本動搖，觀察社會對他們的態度，又是非常冷酷和暴虐，因為這，感到異常的憤懣，同時，他們也在憧憬著他們未來的希望，不相信他們的希望也會變成失望，可是這希望是否一定成功，也沒有這樣的勇氣來肯定，於是，對自己的前途，只覺得是彷徨，空虛，摸不准出路了。於是，凡是能把握住這一類的意識而表現之文藝的技巧的，無疑地，沒有不被這時代的青年所熱烈地崇讚和愛護，郁張二君，正為著他們能認識了這時代的青年，而能委婉曲折地把自己做典型投合了這時代青年的需要，郁張二君竟因此而名聞於世了。後來，這種「個人主義」的潮流，竟是一直地傳延下來，到現在還沒有中止，文藝上依然是找不著中心。雖然，大家在高喊著寫實主義，新寫實主義，象徵主義，新浪漫主義，甚至是新表現主義等等，僅是一種口號而已，我們從來就沒有看到能夠代表這些傾向的作品，就是有，也許要期之於將來的將來吧！

總括一句話，中國文藝界到今天還沒有多大的貢獻，完全是受著狹義的個人主義的影響。

四、文藝家缺乏修養

有人說：「在中國這樣淒涼的環境裏，到處充滿著的，無一不是文學的材料，不應該沒有真實的文藝的作品」。這些話，誠然是有相當的理由。真的，在現代的中國，都是些文藝的題材，這是誰也不能否認的。譬如，照例要發生的一年一度的國恥、饑饉、兵災，以及土匪、賣淫婦、下層階級的慘痛等等，無一不是中國特殊的產物——最豐富的產物，把這些東西採取其最精彩的部分，利用文藝的方式表現出來，我想，雖不能驚風雨而泣鬼神，至少，都是值得我們下淚的資料。可是，像這些題材一到了中國文藝家的筆底，就變成了枯燥無味，毫無生趣的堅硬的化石了。而比較能值得一看的東西，倒還是關於哥哥妹妹式的肉麻的情書，以及變相的性藝性史一類肉慾奔縱的小說和詩歌，除此而外，便都無足觀了。《儒林外史》、《鏡花緣》、《水滸傳》等等，是大家認為時代錯誤了的，然而在今天要找出一部像那些對於社會觀察之深、描寫得比較刻實的長篇有力的作品，竟是沒有。我們決不至於存著「今不如古」的陋見，來固執地批評現代的中國文藝家，要之，現代中國之從事於文藝工作者，對於文藝修養之感到極度的缺乏，是無可諱言的。

誠然，中國的民族是富於情感的民族，我們於中國人的酷愛和平，善於妥協的精神上，就可以無須再找另外有力的證據。文藝是情感的產物，中國民族是最富於情感的，所以中國人對於文藝的嗜好，可以說在任何民族以上。謝壽康先生曾經說過：「在外國關於舞臺藝術的提倡，比中國要努力得多，他們所能表現給觀眾的，不論是什麼東西，至少終帶有藝術性的，決不像中國的淺薄無聊；然而在外國的觀眾，並不像中國的那般勇躍，中國人簡單沒有一個不喜歡觀戲，就是最無意義，亂七八糟的東西，只要是搬得上舞臺的，無有不受觀眾熱烈的歡迎。所以，中國人可以說是最喜歡觀戲的民族。」謝先生的話，誠然是根據事實說的，決不是毫無根據的空話。惟其如此，故中國人的戲劇很難有成功的希望，因為大家都能懂得戲，

演戲的人，假定沒有特出天才和技巧，就不容易取得觀眾的稱譽。我們觀
到中國的京劇，已有其很悠久的歷史，而能成名的演員，僅僅只有幾個便
是頂顯明的例證。這並不是唱京戲的困難，實在是大家都喜歡觀京戲，懂
得京戲，所以不很容易成功了。說到文藝上的創作，也是這樣。在歐美各
國，政治比較上軌道，社會上是很安寧的，一般民眾的生活，都是非常穩
定。又因為生產量跟隨著機器的發明增加其速率，民眾都能挾持其優裕的
財富，消受適意的多量消費的生活。就是歐美的勞苦群眾，他們工作有定
時，休息有定時，在家庭的設備，一樣的有無線電播音機，可以聽名伶的
演唱，可以聆高尚的音樂，興致勃發的時候，也可以伴著愛侶赴跳舞廳，
或者去打高爾夫球，上咖啡館，逃公花園，生活都是非常的閒逸，至於淒
苦歎息，煩悶聊倒的生活，在歐美人的生活境遇裏，簡直很少有這些不幸
的經驗。決不像中國人似的生於憂患，死於憂患，天天，刻刻，時時，都
在眼淚中過生活。怨苦悲哀的生活，在地獄裏的中國人是習以為慣的了。
老實說，一個上等的中國人的生活，還不如一個歐美勞苦階級的平民；所
以，中國人無不急於求安慰，求如何能調節自己的苦痛，因此，文藝之在
中國，便成了一般人唯一的嗜好品了，中國的文藝也就不容易有相當的成
功了。正因為文藝的內容不外乎是「苦悶的象徵」，中國人所能瞭解的，只
是苦悶，假定文藝家描寫苦悶的手段不很高明，技巧更是非常的平庸，固
然是不能取得讀者的同情；就是在結構上，內容上，描寫上，稍稍高明一
點，也不見得能有多大的希望。這就是說，中國的文藝家非有充分的修養，
獨特的文藝的本質，斷難有滿足於讀者的希望；亦就是說，在酷好文藝的
中國民族，一個浮淺無聊的作家，斷不能成功不朽的作品。這與歐洲的情
形顯然不同，他們的優裕的生活，雖然能有許多閒暇從事於藝術發展，但
於文藝的欣賞，僅僅作為消遣而已，其酷愛的程度至少要比中國人差得多。
所以，他們作品的內容只須略帶一些悲苦的色彩，不易為一般人所領略，
情形用文藝的方式表現出來，就足以為一般人所欣賞所愛慕了。歐美文藝
家之容易成功和得著社會的稱譽正是如此。比如，域外的名著經介紹到中
國來的，不謂不多，哥德的《少年維特之煩惱》，誰也認為熱情奔放，曾經
鼓勵歐洲青年變成瘋狂，甚至能增加情死事件的偉大作品，可是，竟不能

挑動中國一般熬盡了風霜的青年們的內心；小仲馬的《茶花女》，雨果的《歐那尼》，都是 19 世紀上半期浪漫主義的代表作，在歐洲因為他們的力量曾經推動了根深蒂固的古典主義陣營，情感之熱烈，終算是登峰造極了；可是，在我們久經患難的中國青年們的眼中，也算不了什麼，無論在題材上、情感上，都覺得是平庸。同理，要是有人能把中國人的不十分著名的東西介紹到外國去，只要在技巧方面不失敗，就已經夠他們驚奇了。如胡適之的論文一類的作品，每千字的報酬竟能到 15 個金洋，田漢的很不細心變成的劇作，譯成了日文，也為愛好文藝的日本作家所鑒賞，張資平的淺薄無聊的戀愛小說，被日本的報紙竟相翻譯，郭沫若的標語式的詩歌，也為日本文壇所傳頌，魯迅的落伍了的《阿 Q 正傳》甚至轉譯了七八國文字，盛成用法文寫的《我的母親》也被譯成了五六國文字，這些並不是因為中國的文藝作品真比外國好，實在是中國的文藝題材比外國豐富得多。中國文藝家在域外能博得相當的名譽，而在自己的國土，不容易有比較的成功，也正是因為文藝環境太豐富，一般讀者，青年們，所接受於社會的苦痛太深刻，在文藝家所能寫出的經驗，早為大多數人所體察過嘗試過了，或者所嘗試到的程度，比較文藝家所能描寫的，尤有過之；所以，文藝家要是沒有獨特的天才，缺乏充分的修養，在中國文壇上決難有成功的希望。

五、缺乏批評的精神

　　文藝能在社會上發生力量，成為民眾的必不可少的東西，這不僅是因為作家的努力，而有求於批評家的指導，實在非常迫切。文藝的創作，一方在能表現個人的情緒，求得自我的安慰，而一方又需把自己的表現的東西，能夠獲著大多數的共鳴。前者是文藝的心理的作用，後者是文藝的社會的作用。前者是文藝的自我的表現，後者是文藝的客觀的觀賞。鑒賞者在讀著文藝家的創作時，能體察到作者所經歷的思路，思想，而組成了一個深刻的印象，願意把這印象傳達給別人，就是批評。所以鑒賞者雖不盡是批評家，但批評也是鑒賞的一種，是無疑的；作品的優劣，雖然常由於鑒賞者的觀點不同，而往往得不到真實的標準；但鑒賞者在修養上，卻不能自居於作者之列，至少也須躋近於作者的地位。蒲克女

士說：「所謂鑒賞，便是將讀者的心理和作者的心理完全同化。無論什麼
文學作品，惟有能在讀者的心中完全同化的，才能使讀者確實能領會它
的真實性，否則，對於它的各種要素，總不免有些遺漏。」這些話，是
有其充足的理由的。無論哪一種文藝作品，創作者都希望獲得文藝的社
會的效果——就是說得批評家的合理的批判。文藝是需要批評的，文藝
家是願意批評家能多多地予以指導的。但，有須說明的，批評並不是謾
罵，也不是捧場，更不是吹毛求疵。現代的中國文壇，沒有比較成熟的
文藝家，是誰都不能否認的事實；然這不算文藝家的不努力，實在是缺
乏忠實的學有根蒂的批評家，指示領導的緣故。在過去所能見到的文藝
批評家，如成仿吾、梁實秋等，似乎曾有相當的貢獻，然有時候猶不免是
流於謾罵的惡習，或者帶著友誼式的敷衍的性質，而跡近互相標榜的嫌疑。
除成、梁二君以外，在中國 10 年以來的文壇上，便很少有像樣的關於文藝
批評的文字了，無疑的，這是中國文藝運動所以不能成功的主因。

　　批評家與創作家是有密切的關係的，沒有創作家的作品，批評家便
無以確立其批評的標準；沒有批評家，創作家便無以糾正自己的錯誤。
批評家的責任，並不是整日價坐下來高談理論，先來勞神苦思決定了某
種文藝創作的方式，命令一般文藝家按部就班地遵命去創作，要是真的
這樣，那麼，不但喪失了批評的精神，而且只能在那些作品裏發現批評
家一段一段生硬的方式，決不能讓創作家們真實的情感自然地流露出
來。批評家的責任，是在於示作家應該使自己怎樣適合於一般公眾之間，
調整及教養一般公眾的文學趣味，能以科學的分析眼光指出作品的優點
和弱點，使創作家能有改善反省的機會；同時，增加創作家的自信心，
使能大膽去寫作，完成他們獨特的作風。中國就沒有這樣的批評家，要
是有，中國新進的作家或許不至於零落到這般田地！

六、沒有忠實的讀者

　　所謂忠實的讀者，僅是指一般能讀書的人而言。中國的文藝界批評
家的缺乏，固然是無待說明的事實；而普通的文藝讀者亦感覺著非常的
稀少。我們試一檢舉為中國人所愛好的關於文藝的讀物，除了張競生、

小江平的《性史》、《性藝》為無論老少新舊男女所必讀的刊物以外，其
餘，舊派的遺志，就只知道《水滸》、《紅樓》、《金陵社》、《漢宮秋》那
一類的東西是文藝，半新不舊的人，當《玉梨魂》、《紅粉劫》的時代過
去了以後，有一時期，曾如瘋似狂地擁護《禮拜六》、《紅玫瑰》，甚至在
此刻大家公認為懂得文藝《茶花女》的譯者劉半儂先生，也是這一派的
代表，可見其勢力之雄厚了；現在他們又認為禮拜六派的時代也過去了，
於是《啼笑姻緣》、《紅花瓶》、《人之初》便做了這時代的寵兒，為這一
派的最大多數在 19 世紀下半期出生的中國人，所共同嗜好的讀物。至於
在比較上自命為維新的人物呢，大約也可分為三個時期來講：第一時期，
是林譯的小說時代，那時候如《塊肉餘生記》、《文報精華錄》、《魯賓遜
飄流記》、《威尼斯商人》等等，都是在這一派的新進人物中極端流行的
作品；第二時期，是新文化萌芽的時代，那時候，在創作方面如胡適之
的《嘗試集》，魯迅的《阿 Q 正傳》，葉聖陶的《隔膜》，謝冰心的《繁星》，
郭沫若的《女神》之類，譯述方面，則有《少年維特之煩惱》，托爾斯泰
的《復活》，雪萊的《強盜》，王爾德的《莎樂美》，蕭伯納的《華倫夫人
的職業》，易卜生的《戲曲集》等等，是大家公認為要懂得新文藝，這些
都是不可不讀的書；第三時期是革命將要爆發的時代，那時候沈雁冰的
《幻滅》、《動搖》、《追求》三部曲，便適應著這個時代的生命出現了。
因為熱烈的革命潮流的激蕩，把沉迷著的青年們都從睡榻上拖了起來，
於是譯述界才開始介紹辛克萊、拉馬克、高爾基這一類時代的弄潮兒，
給中國的青年們見面。向之沉湎於熱情奔放的舊浪漫主義的作家們，既
已變換了方向，而一般比較新進的讀者，也多厭棄舊時代的作品，都為
時代錯誤了。這一類的讀者，雖然比舊時代的人物，以及半新不舊的人
物，高明得多，但在數量上是占極少數，不足以使中國文藝界根本地起
了劇烈的變動。斯時候，雖然在書賈們的玻璃櫥窗裏陳列著許多現代的
作品，可是其購買力曾不逮《啼笑因緣》、《紅花瓶》一類的新禮拜六派
於萬一；而所謂《西廂》、《紅樓》、《桃花扇》、《燕子箋》這一類的東西，
仍舊是膾炙人口，被一般落伍的讀者愛不忍釋。書賈們本來就只知道如
何取得利潤，並沒有知道提倡「文化」是怎麼一回事；所以，都只是拿

出至少數的力量，敷衍一般新興的作家，使他們僅能不至於餓死，以極微的代價，徵實他們的汗血，偶爾替他們印幾本書，適應一下那些新興的讀者；而大部分的精力還是貫注於翻印《金瓶梅》、《性藝》、《性史》一類的東西。同時，比較具有新意識的書賈們，也就是新興文藝的作家和譯者，他們更能把握著一般新進讀者的胃口，專門製作一批投其所好的東西，推廣他們的營業，從中博取優先的利益。譬如，在革命以前，國內雜亂的思潮，震動青年們的心靈，大家都感覺婚姻上的痛苦，性慾上的不滿足，時常因此而發生厭世、頹廢、墮落……等等的病態，而無法解救，於是，書賈們便適合著這個機運，多量地收買關於講性愛的小說、詩歌、劇本等等，供給青年們的需要；在革命以後，有些苦於現實環境的壓迫而從軍遠征的青年們，都從戰場上歸來，別了好久的舊時的社會，似乎已根本的變換了容貌，顯然地，給予青年們的教訓，是感覺到生活的艱難，而自己的慾望，又超過於自己能力；自命為在大革命的過程中，盡過了些力，終以為國家給予他們的報酬是差一點，因此，對現代的一切，是不免預存著快快不平的缺望（按：原字如此），而斯時候，一般無聊的赤帝國主義者的臣妾，便欣以為能把握著現代青年們的弱點，佟意的宣傳其階級的文學，硬把文學當作是武器，引青年們走入他們的魔宮。他們深深地相信革命前的青年，需要的是戀愛，於是盡量地描寫青年失戀的悲哀，歸咎到社會組織的不良；革命後的青年，需要的是麵包，於是充分地記述失業的慘痛，終結到社會階級的不平。在斯時候，他們利用著文藝做宣傳的武器，書賈們利用著這種文藝為生財之大道，交相為用，互為構結。於是，真正的文藝作品，因為缺乏讀者，沒有人過問，竟是一蹶不振，日就淹沒了。這實在也是近年中國文藝所以衰落下去的重要原因。

總結以上所談，第一，在缺乏文藝的中心思想；第二，是沒有創造的精神；第三，個人主義的色彩太濃；第四，文藝家沒有充分的修養；第五，批評的標準未曾確立；第六，真能鑑賞文藝的讀者太少。有此六因，所以中國的文藝運動便日就衰頹，毫無起色了。

秋濤文章的後一部分是綜論。他說：

　　文藝是人生的反映，時代精神的前驅，是環境的透明的鏡子；由文藝的表現上，可以檢驗民族血液的冷熱與純污，可以觀察整個的民族命運的盛衰。文藝對於社會的改造，國運的復興，好像沒有什麼具體的實際的幫助；然而，在無形中她卻是這個時代機輪的原動力，我們決不能把文藝在各方面所貢獻的效力加以否認。愛好文藝，簡直是人類的天性，她已成為人類普遍的需要，如饑餓時候之需要麵包一樣了。拿歷史的事實說：古代馬其頓的亞歷山大，誰都知道他是以武功顯耀歐洲的英雄，他也是醉心荷馬詩集的一位忠實的讀者，他在出征的時候，在行篋裏常常帶著一冊荷馬的詩集。哥德的《少年維特的煩惱》曾為拿破崙所熱烈的愛好；馬志尼對青年們所講的話，無有不是充滿著文藝的意味；現在活著的英雄，如模梳里尼不但能寫，能歌，而且還能拉得一手極純熟高雅的籠啞林；蘇俄的托洛斯基，本來就是一位著名的文藝家，他的《逃亡者》竟是一本值得一觀的書籍。返觀吾國，像這樣的例證也是舉不勝舉。古來名將不少都懂得音樂，擅長詩歌：如項羽的〈拔山吟〉，漢高的〈大風歌〉，漢武的〈秋風辭〉，都是感慨沉痛，不可多得的傑作。文藝不但為一般人所愛好，那些醉心名利的武夫帝王，猶多酷好，如第二生命，可見其意義之深，入人之切了。所以無論是哪一個時代，文藝終是每一時代的革命燈塔，她的光芒照射到四周，在風濤險惡中的人們，常因為她的指示而渡登彼岸；文藝終是同情於弱者的慈母，被困於暴力者鐵蹄下的苦難的大眾，常因為她的救援而逃出火坑。但丁的政治理想的王國論 Demonarchiq 不是做了意大利文藝復興運動的前驅嗎？哥德、席勒的唯情文藝，不是放了一把浪漫主義的烽火，燒毀了古代一切陳腐的典型，引起了德意志的根本轉變嗎？雨果的《歐那尼》、小仲馬的《茶花女》，不是法蘭西大革命前夜所顯現的彗星嗎？托爾斯泰人道主義的謳歌，普希金、柴孟霍夫的國民文藝，不是曾播撒了俄羅斯大革命的種子嗎？所以，世界上凡是存著的各個民族沒有不努力於文藝的設施，從各方面擴大文藝的運動，造成文藝的力量，俾能根本地樹立國民向上的精神，奮鬥的毅力。蘇俄自十月革命後，一般共產主義的歌童，如馬耶闊夫斯基、葉賢林之流，對於蘇俄革命的推進，都表現了充分的幫助，為他們握權

威的領袖們所深深地認識；所以，為著要規定一個「文藝政策」的方案，甚至召開最高幹部的大會，鄭重地討論，讓各委員盡量發表各個不同的意見，把材料積成厚厚的一本書，才能定出一個比較具體的方案來；關於文藝批評的方針，亦由掌管文藝事業的魯倫卻爾斯基特別地做了一本書，仔細研究過了。他們單是為著要把電影普魯化，第一次是失敗的，曾經丟了 500 萬的金盧布；現在，又在第二次的試驗期中了，聽說規定的經費比第一次的數目更要大。我說出這些話，並非對人家的一種無意義的盲目的崇揚，實在，根據這一點的事實，可以愈益見到文藝的重要性。他們覺得東方民族──尤其是中國，是最富於情感的民族，用理智的方法，不容易打進中國民族的心坎，假定，改用文藝的形式，來表達一種思想，是比較得易於起反映；所以，他們把很多的金盧布豢養中國的普魯作家，命令他們發行普魯的文藝刊物，雖然不一定能收得很大的效果，他們決不當作是無作用的浪費，還是繼續地幹下去呢！於此時期，我們不當疑心他們不一定有效果的緣故，而把最切要的文藝政策，便可置之不論；我們就算不預備把文藝當作是一種政策，但在發展本國文化這一點上，也有積極地注意到文藝的必要吧！為了這，我曾經對很多人說過，結果，都使我非常欣幸，因為我說話的時候，並沒有故意引經據典嚴重其詞氣，他們也能極端地附和我的意見，而且願意從速去幹。不過，很不幸的事實，也就立刻顯現出來。就是，他們一離開了說話的地點和時間，就把這一件含有重要意義而急需要做的事，放在腦後了。所以，現在中國關於文藝的設施，還是一點沒有。現在，單就實際一點的問題來討論一下吧：就是我們還有沒有方法發揚我們的文藝運動呢？我想，對於這個問題，大家一定都有成見在，所說出來的話，准是不一樣。不過，在許多不同的意見中，終有比較相同的一點，我們就根據這相同的一點，來建築我們的文藝理論，當然是是誰也不能否認的。什麼是一般文藝家共認為相同的一點呢？直捷了當地說：文藝是離不開時代的，是時代的反映，是由大眾的現實生活上所發洩的不平的喚喊。假定文藝的生長與這個時代毫沒有關係，那麼就可斷定它不是大眾的。與大眾的實生活離開很遠的東西，與大眾便沒有利害的關係，也就不能發生濃烈

的興趣，這種文藝除了供給貴族階級買辦階級的消遣娛樂以外，其必為大眾所厭棄，是毫無疑義的。我們看到中國舊劇的日漸衰頹，昆曲彈詞之已遭覆亡，便不難明白了。現在有許多安坐在象牙塔裡提倡純文藝的人，主張為文藝而文藝的人，都不願意把文藝變成大眾的，好像文藝就只是抒寫人類純感情的一種美麗的文字，除了這，就不該把文藝為著某一種事業的進展而隨便來使用了。他們口口聲聲要在野心家利用式的低氣壓裏，救出藝術的生命。殊不知這僅是一種不可能的高調，而且是忽略了文藝的本質的。

我敢說，文藝的本質決不是玄妙東西，她僅是為著要發洩心底的苦悶的一種最適宜的工具而已！她底生命就是因為能表達人類底情感，反映時代精神的緣故而存在著的。如果文藝的本身只是記述些風花雪月，夾雜地把自然界偶然的變化，來象徵各個人的幻夢，我們的大眾是沒有閒暇來享受這樣的清福的。像這種缺乏氣力的東西，大概就是他們所說的純文藝吧。可是我覺得這些所謂純文藝也者，是毫沒有用處的，世界上有許多東西都因為毫沒有用處而完全消滅了，純文藝何能不是這樣呢！文藝的生命，所以能跟隨著時代的車輪，加速力地前進，決不是在文藝本身的價值上所顯現的效果，是完全被客觀的條件所利用所役使以後才能表現出文藝的力量的。文藝假定離開了生活，——客觀的一切條件，那麼，文藝的內容還有什麼呢？我們又何須乎這些不重要的點綴品和裝飾品呢！

文藝並不是超時代的東西，她是從現實的社會生活裏所壓榨出來的民族的最清潔最熱烈的血液；文藝家並不願意憧憬於未來的幻夢，詛咒過去的生活，悲苦現實的時代。實在，都是由於現實時代的種種相逼迫著一般青年們所無可逃避的必然的結果。而是現實的力量，始終是把握著一切的唯一的主宰，歷史上不乏種種的證據，有了馬丁路德宗教的革命才把歐洲的思想從教皇的壓迫下釋放出來，這便加強了文藝復興的魄力。有了古典主義的時代，便產生了浪漫主義反抗的運動。盧梭是浪漫主義的第一人，他首先高唱「返於自然」的呼聲，這聲音便大大地震驚了歐洲人的迷夢。自歐洲的浪漫思潮如狂風暴雨似地毀壞了古舊的殼

子，一切宗教，道德，信仰，都根本地起了推動，歐洲的思想界便驟然感覺無所寄託的悲哀。那時候由浪漫主義所掀起的在政治上的革命，無限制地繼續著，人們對於這種不停息的血腥 的戰亂，感覺著沒有意義，一明白到政治上的理想始終不能實現，都像折斷了腰似地疲倦下來了，終於使歐洲人都染上了「世紀末的痼疾」。我們看到上述的種種事實，便可知道文藝與時代的關係，是如何地密切了。所以，在某一時代，就有某一種文藝，在某一種文藝正在流行著的時候，便不難推斷出是某一種時代正在支配著人類的生活。離開了時代性的文藝，與居留在這時代的生活著的人們，就不會發生利害的關係；不能適切現實生活——不能與現代人發生利害關係的文藝，就是陳死人的骸骨，偶然在空氣中一現的美麗的肥皂泡，僅能供給有閑階級消遣的古董和玩具；這些，要希望捲起辛辣的狂風吹散了籠罩著這時代的黑灰的魔障，推進這時代新生的機運，把這新生的機運，在現代人的生活裏立下了不可移拔的基礎，是不可能的事。所以要使中國的文藝變為民眾的生命的力，變為民眾必不可少的中心思想的寄託，就不能忽卻了我們居留著的環境，我們生存著的時代。我們要把這環境的種種相，如實地描繪出來，這時代的一切變幻，都赤裸裸地還它一個本來的面目，那麼，我們就只能不客氣地把文藝從象牙塔裏綁出來，暫且受一點純文藝者所謂的侮辱，給我們當作武器一用了。我知道中國很多的純文藝的作家們，為文藝而文藝的讀者們，一定是不滿意於我的主張的；但，文藝，——她自己，為著要在廣大的群眾中，取得永久不滅的力量，她決不願意躲在詩人的憧憬的夢境裏，小姐們香噴噴的手提箱裏，當做驕子似的供養；我相信她寧可跑到十字街頭來，與我們廣大的群眾親切熱烈地握手，她必然很高興地說：「親愛的大眾們！你們就拿去當武器吧！我願意你們當武器，你們可以拿去宣傳革命，可以拿去打倒帝國主義，打倒日本，並且，甚至，寫作戀歌娛樂你的愛人，寫作勸進表似的東西拿去討封，寫作廣告似的東西，推廣生意，我都不管，我也無法管得了這些，我但求只要寫出的像文藝，像武器，系是武器的文藝，文藝的武器。」

以上，王平陵苦口婆心，引經據典，從國外說到國內，從古代說到當前，就是要提醒執政當局要重視文藝，提醒老百姓要愛好文藝，用文藝的力量來振奮國民精神，充分發揮文藝的武器作用。

壬、民族文學所反對的

南昌創刊《民族文學》。第 1 卷第 6 期上有高塔的論文〈民族文學者的途徑〉[31] 認為：民族文學應是反意志自由、反個人主義的文學，是反浪漫主義、反象徵主義、反頹廢派、反藝術至上主義、反為人生的藝術派的文學。文章說：

「民族文學者一方為人所輕視，一方自己走在自殺的路上並不自覺；以為搬出幾個古典式的英雄放在文藝裏，這就代表了民族精神。於是讀古書，找荊軻刺秦，找高漸離的故事做為民族文學的材料，這等於教訓中國人去用自己的刀子來殺自家人，荊軻刺的秦王，就是一個地道的中國人。民族文學決不是挖掘古屍，決不是煽動中國人在舞臺上打仗，民族文學是有它現代的意義，大家不要走錯了路。

「說句老話，我們是『次殖民地』的國家，可是我們沒有『次殖民地』的文學。十數年來的中國文學，給了我們一些什麼呢？浪漫主義文學介紹到中國，造就了一群『頹廢式』的文學家，而『流氓文學』的成長直到現在一發不可收拾，性病文學作者大出其頭，關在洋樓上大呼『普羅，普羅』的文學者，還不是在閉著眼睛喝著大眾的血！普羅文學介紹到中國來，得到了些什麼效果呢，中國的大眾不但沒聽到『普羅』的聲音，而且還是走它自己的路。我們回頭一望，直至腳跟，一片黑水；如果我們自己不轉換去路，再走下去，也還是一片黑水。我們這『尊大』的民族，數十年來被踏在別人的鐵蹄下，喘不過氣來，我們的作家，只知咒罵自己和自己的人，卻沒有聞到自己的血腥，沒有覺到自己的血流在巨人的帝國主義的資產者腳下。」

---

[31] 1934 年 9 月 15 日出版。

「要解決自己的一切先要求自己健全起來。開倒車走回古代去固然不可以，模仿人家盲動向前更不可以。我們這國家現在是瘡鱗遍體，既不能斷然自殺換個好的身體代替，實行割手割腳的醫治，成一個殘疾的不動的身體豈不更要有害？只有求一個安全的法子，那就是探求病源，從根蒂處醫治。無論工人也好，農人也好，失業群眾也好，大家來伸訴他的痛苦，毫無避諱地，無掩飾地。只要是中國人，每個人都有伸訴他痛苦的機會，使這些痛苦變成大聲的吶喊，在吶喊中去求醫治。

「民族文學者決不是在白紙上寫兩個『偉大』的字就完成一切，就代表了民族精神，『歌功頌德』，鼓勵好鬥，挽救『國粹』，這並不是民族文學，叫做裝飾門面文學；僅僅是裝飾門面的文學，其內容的淺妄，空洞，那是無須說得了。我們是處於『次殖民地』的國家，我們不發掘出自己的劣根性，自己的醜惡，一味的對人道好，鼓吹自己，既不能挽救自己，那結果仍然向著滅亡那路頭走去。要救自己那只有根本的改造，從內面一直到外形。

「『殖民地』文學應是對付帝國主義的，而不是對帝國主義表揚『民族精神』，那不過是施媚於帝國主義，討得歡心卻無益於自己。民族文學決不是投降資產階級文學，所以反帝國主義也即是反資本主義；資本主義下被榨取的工人，農人，應是民族文學的同情者。如果民族文學者撇棄了這一方面，那無疑的，民族文學是為資本主義國家的『張目』文學，為資本主義國家所御用的走狗文學而已。

「民族文學對內應是全體國民的，而不是屬於某一部分人或對待某一部分的，反之，民族文學成了專利文學，壓迫文學，它的去路是不堪設想的。

「民族文學對外是正直，反抗帝國主義，同情被壓迫者，對內是反抗傳統，和熱情的希望，團結上進；除此之外，還要剷除舊腐的，頹廢的，消閒的，一切消極文學。

「民族文學的國際路線，是殖民地文學總團結起來，對付帝國主義國家的資產階級文學；共同的目標是反抗強權，反抗非人性的戰爭，反

抗『次殖民地』國家所受的一切壓迫，要求正義，要求自主的自由，——這是民族文學者應認為最重要的任務。

「民族文學的精神不但是對付帝國主義的，內在的形式也應是反帝國主義國家的資產階級文學的：反浪漫主義，反象徵主義，反頹廢派，反藝術至上主義的說法，反為人生的藝術派。民族文學應徹底的走上新寫實主義的途徑，正視現實，應以集團觀念為文學一切形式的中心思想，反意志自由，反個人自由。所謂個人主義，應是現代國家所目為怪物的，資本主義國家的全盛即是個人主義走到盡頭的時候，殖民地國家如果倡行個人主義，那無疑地踏入資本主義國家的覆轍，結果，會遭帝國主義者的撲滅。民族文學如以個人主義為出發點，會造成無組織，無秩序，各種墮落的國民性，民族文學不從這一微之間，分出界限來，不是有益，就是有毒！」

癸、民族主義文學是明日的文學

1932 年 4 月 20 日創刊的《矛盾月刊》創刊號發表裘柱常的文章〈明日底文學——論民族主義文學〉。

其中「文學的本質」、「文學與時空」、「文學與階級」三部分皆無甚新論，唯「民族主義文學」一題尚有可讀之處。

文曰：「我們已經知道文學是可以為時間空間的不同而生變化，這變化，就是不同的空間和時間在文學之中增加了某種不同的附性，而其實仍無改於文學以人類普遍的感情為基調的本質，因為文學的本質始終不變，所以文學決定是屬於全般人類，決不能隸屬於任何特殊的階級，所謂階級意識決不能侵蝕人類普遍的感情。

「我們是如此肯定，文學的歷史是如此肯定。這個肯定一方面很堅決地推倒了文學與階級的關係，在另一方面就決定我們應該創造現代中國的文學，應該以現代中國的附性加入於文學，就是以現代中國的附性加入於人類普遍的感情。正像古典主義的加入理性，浪漫主義的加入熱情，自然主義的加入人類的醜惡一樣，我們應該加入 20 世紀中國的附性，我們應該加入 20 世紀中國的民族情緒。

　　「日爾曼文學處處表現著日爾曼民族的堅忍誠摯的精神，拉丁文學處處顯示著拉丁民族的輕快聰明的特質，愛爾蘭的詩人高唱著祖國爭自由的雄歌，印度的泰戈爾還在歌唱東方文明的美德；正像日爾曼民族的加入堅忍誠摯，拉丁民族的加入輕快聰明，愛爾蘭的加入慷慨悲憤，印度的加入心靈生活一樣，我們應該加入20世紀的中華民族的特性。

　　「20世紀的中華民族受著帝國主義和封建勢力的兩重壓迫，20世紀的中華民族在帝國主義與封建勢力兩重壓迫之下掙扎求生。我們應該把我們在兩重壓迫下掙扎求生的情緒，加入人類普遍的感情裏，當作我們的文學的真精神。

　　「中華民族有悠久的歷史和光榮的文化做背景，我們的民族的美德是和平。這所謂和平就是建基於為人類的博大的愛之上的，所以中華民族以和平的根性作根底，在政治上就講究王道。但是我們的民族在19世紀末年，一方面受著異族的專制，以及封建勢力的壓迫，一方面受到帝國主義的侵略，於是我們全個民族就沉淪於二重壓迫之下。雖然經過一次革命，但是封建勢力依然存在，帝國主義還是屹立不動，所以我們要再從事革命，以民族民權民生的三民主義作武器。

　　「我們在二重壓迫之下，自然可以陶冶成一種全民族一致的情緒，我們可以把這種全民族一致的情緒建立我們的新文學，我們只要把我們的民族情緒加入在文學之中，我們就自然可以構成20世紀的中華民族的文學。但是我們的民族情緒不僅限於一個民族，我們的民族情緒是含有世界的意義的，至少我們的民族情緒和一切弱小民族，一切和我們一樣受到帝國主義的壓迫的情緒是相似的，所以民族主義文學不僅是我們一個民族的文學，民族主義文學是含有世界的意義的。

　　「總之，民族主義文學是站在全人類的利益的立場上，為全人類服務的思想，當作中華民族的情緒在文學上的表現。這是一種明日的文學，他將展開歷史上最偉大的一頁！」（以上第11－14頁）

　　相關民族主義文藝刊物比較集中地表現了各自的觀點。

　　國民黨黨內有派，如改組派、第三黨、西山會議派，還有無政府主義派和國家主義派，等等。這些派別也都有自己的刊物。有的刊物也談

文藝，還刊載文藝作品，甚至就以文藝形態面世。它們的文藝觀點總體上是與國民黨正統派同調的，但也提出過另外的主張或口號，正像它們在黨爭上不成氣候一樣，在文藝上欲另立門戶，另賣新貨，也只能是一種企圖。所以它們也只能是有口號無實踐，有開頭無結尾。

《南華文藝》與民主文藝、革命文學

1932 年 1 月 1 日創刊的《南華文藝》月刊是汪精衛系統辦的刊物，以反蔣為己任，他們提倡民主文藝與革命文藝（有別於普羅的革命文藝）。編者是曾仲鳴。

創刊號的頭一篇文章是曾仲鳴的〈文藝與時代〉。文章不長，全錄如下：

> 文藝與其時代，有密切的關係，是世人所公認的了。許多學者都以為文藝是準據於當時代的生活和思想的，法國文學批評家譚奈（Taine）以為文學的構成有三個要素，就是人種，環境及時代，三者缺一，便使文學無精彩而不傳，三者並存，便使文學生優秀卓越的風格。文學如此，藝術也何曾不如此，所以要知道時代的生活和思想，便不可不研究那時代的文藝，要深切瞭解文藝，也不可不明了產生那文藝的時代。
>
> 為什麼呢？
>
> 因為文藝是時代的反映，時代靠文藝作先驅。
>
> 時代有了新思想或新生活，文藝不能不跟著這新思想或新生活而改善發展。19 世紀上半期，自法國大革命以後，舊思想舊生活消除殆盡，文藝為要永遠成為活的文藝，進步的文藝，自然有新文藝的實現。所以大革命後的新文藝是回應那時代的思想革命，與政治革命的需求。19 世紀下半期，科學發達，科學萬能的思想，也就磅礴於全世界，漸漸的從自然科學而影響於精神科學，文藝自然亦不能逃此公例了。化學家裴德洛（Berthe）以為近代的

思想與文藝受科學的陶冶,極為深遠。生物學家白那兒(Benard)以為科學的進步可以左右近代的思想,實驗的方法,可以默啟文藝的精神。科學每以客觀的態度,為真實的考察,時代既是科學的時代,文藝界也只好緊緊的追隨著,拋棄舊主義,而醞釀出新主義。所以每一種文藝若是跟不上時代的,必在自然淘汰之例(列)。

文藝固然要跟得上時代,但文藝也會為時代所束縛。騎士時代濡染著世間性和冒險精神的詩人荷馬,只能作讚頌戰士勇猛的詩歌,受著宗教革命政治革命鼓蕩後的畫家德拉克瓦(Delacroix)也只能繪黨人暴動的情狀,文藝是時代的反映,於此更為明顯了。

時代有時會沉浸在陳舊的意識中,或墮落到衰微的局勢裏,文藝家就要預先感覺,決然出來,努力的提倡,以剛毅的志趣,激烈的熱誠,向前的直衝,不稍遲疑,成以造新時代,一掃銷沉鬱悶的空氣。每一個新時代的開展,都賴無數量的文藝家的領導與建樹,不知道耗了幾多人的精神,流了幾多人的紅血,處處都潛藏著真實的生命,含蓄著真實的力量。那些精神似陽光,那些紅血似肥料,耗了流了之後,使文藝造成新時代,也像陽光肥料,栽培園中冬後的樹木一般,樹木既得栽培,枝葉勃發,濃陰扶疏,冬園中的景象全已變換,蛙蟲雜處,可以暢鳴了,鳥雀棲宿,可以唱和了。歐洲16世紀以後,由古典主義到浪漫主義,再到寫實主義和自然主義,都是當時的文藝家排斥舊文藝,不斷開闢新途徑,造成文藝復興的新時代。

我們於是更可以曉得文藝是時代的反映,時代靠文藝作先驅,文藝與時代有這樣相互連貫溝通的關係,我們便應該從這關係上,努力工作。我們都不過是中國的青年,何敢自居為文藝家,但是我們既然站在文藝的隊伍中,無疑的就要負些文藝的責任。

現今的時代,民主勢力彌漫於全世界,我們要追隨著現代的趨向,我們再不可隱隱約約,迷心盲目的,不假思索,我們要忠實勇敢的跟著時代的新潮流而向前奔去,聚我們的能力,竭我們

的心思，提倡民主的文藝，使我們的文藝恰是時代的反映。

現今的中國，封建殘餘的制度尚未完全推翻，反動的惡勢力卻已日益增高。革命所要求的是民主，所以我們如要消滅各種惡勢力，一定要提倡民主的文藝。我們決心已定，我們不必鬱積苦悶，不必悲哀埋怨，不可喪心病狂的走入歧途，不可頹廢疲倦的轉向消極，中原的狂風暴雨正在搖撼我們的長夢，黃海的怒濤急潮正在激動我們的消沉。我們有高尚純潔的人格，我們有親愛精誠的懷抱，我們有未染塵垢的靈魂，我們有稍具聰明的智慧，我們有奮鬥的習慣，我們有堅決的勇氣，我們現今的中國需要新時代，我們團結起來，沈著前進，以民主的文藝，造成民主的新時代！（以上第1-3頁）

《南華文藝》月刊創刊號的另一篇文章是署名舜民的〈文學與革命青年〉，提倡「革命文學」。

他說：「我們似一睜大眼睛瞧瞧，蔣介石方窮兵黷武，共產黨則姦淫擄掠焚殺於湖南江西湖北之間，土豪劣紳則遍佈內地，官僚政客則往來寧滬。我們試一合著眼睛想想，人民的呻吟聲不是在軍閥官僚政客土豪劣紳壓迫之下發出嗎？呼號聲不是在共黨姦淫擄掠焚殺之下發出嗎？難道我們能偽作癡聾，熟視之而無睹嗎？」

常說文學與人生的關係是：文學是人生的反映，也是人生的預言。「但這不過是站在文學方面所說的話，而不是站在人生方面說的。我以為站在文學方面看人生，當然人生是繁複的，雜亂不可究詰。如果把人生用文學表現出來，便成為一種文學作品。這種文學作品之成功程度如何，全視他的表現力的強弱，人生不過是給他表現的一個模型。……站在人生方面看文學，並不如此簡單。因為除從他那裏看見自己的形態以外，還需要一種超物質的慰安。我們人類畢竟是感情的動物，天賦我們有一種幻想的能力，現實不能滿足的東西，我們可以從理想中滿足，文學便是這樣的一道橋樑。歸結說一句：人生沒有文學，人生便不免空虛；文學沒有人生，文學便無從表現。這便是文學和人生的關係。」

關於文學的表現：文學所表現的，大約是下列幾種最為重要：「第一，民族性；第二，環境；第三，時代；第四，作者人格。」（這與民族主義文藝家的「理論」相同。）

關於「中國的狀況」，即中國的現狀，文章說：「本來中國自總理提倡革命以來，40 多年，滿清推倒了，曹錕、段祺瑞、吳佩孚、張作霖也先後倒了，中國理應太平無事重現堯天舜日的盛世，但事實並不然！中國革命不特未見成功，反而幾乎中斷。事實告訴我們：打倒軍閥的自己變為軍閥，打倒貪官污吏土豪劣紳的變為保護土豪劣紳貪官污吏，喚起民眾的變為壓迫民眾，扶助農工的變為摧殘農工，國民會議變為善後會議，以黨治國變為以軍治國，節制資本變為擁護資本，平均地權變為壟斷地權，民主集權制變為個人獨裁制。凡此種種，皆過去革命的成績。我們自問一下，帝國主義在華的勢力曾否因革命而稍微減縮？國內封建勢力曾否因革命而稍稍破壞？」這是整個的社會病態，非有徹底的民主革命不可。而「想在別方面收比行動更大的效果，便不能不說到文學。」

「文學有許多派別，理想主義，寫實主義，自然主義，浪漫主義，等等。但我現在並不需要研究什麼主義適合中國，我認為什麼主義都好，不過是表現所採取的一種方式或手段，這只是形式而已。我覺得要討論的是質量問題，換句話說，便是取材方面的要素在哪裡」。

取材方面的要素，一是民族性：我們中國人從祖宗傳下來一種「美德」那就是「謙讓」，不反抗，「畏難，苟安，怯懦」。「但我在這裏說明，如果要擁護這樣的國民性，不如索性把中國『讓』給日本或某國來管理，因為這樣做總算光明磊落一點，橫豎這個『讓』字是中國的傳家寶，恰好能夠應用得著。但如果還未被中國固有的法寶完全埋沒著，如果還有半點愛國心，如果還想用革命把中國救起，那只有借文學的利矛把這假葫蘆戳破，把這種種國民性根本剷除，重新用我們的力量養成新的國民性。這是革命的責任，尤其有志革命文學的責任，我相信革命者有這力量，尤其有志革命文學者更有這力量。」

二是環境：「我們不要夢別個星球的秘密，也不要希冀世界黃金時代之實現，不要忘記自己所處的是骯髒的社會，所接觸的是兇狠的野獸。

我們所見的是群眾枕席的屍骸，鮮紅的血跡，遍佈我們四周；我們所聽聞的是勞苦民眾的呻吟聲。帝國主義在向我們進攻，封建勢力在向我們壓迫，我們的環境是這樣一個狀況，我們如果安於此境則已，否則便要設法把它改變。革命文學便應負這個改變的責任。一方面要把四周黑暗的環境，毫無顧惜地暴露出來，令觀者觸目驚心，一方面要把自己理想的社會環境，美化了表現出來，令別人憧憬著去追求，但須記得不要過於幻想，必須腳踏實地做去，同時這個理想必須建築於三民主義的基礎之上。」

三是時代精神：中國現在的時代精神是革命。「大概中國現在是封建制度逐漸破壞，民主社會還未建立的時期。同時，中國不只需要民主社會的建設，還需要民生社會的建設。因為中國封建勢力崩壞，同時封建勢力支配之下的經濟組織亦崩壞了，民生社會不能不順社會的需要而興起。我們要把捉中國現在的時代精神，當然知道中國現在是一個革命的時代，決不是甚麼無產階級的革命，似無恥的共產黨徒所提倡的，這在稍微研究過革命理論而留心中國革命的人都早已知道的。中國只是三民主義革命時代，對外反抗一切帝國主義，對內剷除一切封建勢力的時代。文學可以作革命原動力的一部分，因為文學是內心流露出來的真實感情。感情能夠真實，便能動人。法國革命史昭示我們，沒有盧騷等的作品出世，法國 80 年的大革命不能產生。」

舜民說：「環觀國內的青年，有些在醉生夢死，不知革命為何物！有些是早已走上反革命的戰線，而向革命進攻。我以為文學是令他們投降革命的犀利用器。在革命進程中，青年是戰線上最勇敢的主力軍。我們應該用文學的大力，令醉生夢死的青年加入我們的陣線，令反革命的青年向我們投降。」「革命青年，革命文學家，現在是應該共同負起這個責任：用犀利的筆鋒，把中國鄙陋的民族性暴露，惡劣的環境刻畫，時代的精神表現，造成一部不糟的文學作品，漸漸建設一個不糟的中國，我相信這只有文學是它的原動力，青年是它的主力軍。」（以上第 4－10 頁）

1932 年 1 月 25 日《橄欖月刊》第 20 期，發表李四榮的〈曾仲鳴的民主文藝〉（排本期頭條，共 7 頁，但未標頁碼），對曾氏的民主文藝持異議。主要觀點是：

　　（一）現在產生了新政府，「新的政府又主張民主政治」，「曾先生出而提倡民主文藝，曾先生在文藝界，過去曾介紹過許多法國的名家的著作，他曾和孫伏園弟兄共同刊行一部三湖遊記，在文藝界，曾先生總算是一個聞人，在黨國方面曾先生於滬港巴黎之間，努力革命，而且人人渴望的新政府產生以後，曾先生又是中央委員，又是中央政治會議的秘書長，以曾先生來提倡民主文藝，想來是對的，絕對的，曾先生給文藝界開了一條新生的導線，握住了文藝的真理，曾先生是思想上的權威者！」「而且要以民主文藝的力量，造成民主的新時代！」（二）「我曾自負不凡的讀過好多打著普羅文學和民族主義文學的書，代表普羅文學作品的內容，有農人和工人，打倒與流血，代表民族主義文學作品的內容，有中華魂快快醒來的壯語，自然我現在讀民主文藝的文學」，也想先看作品。幸好曾先生有〈憶里昂〉。李四榮不無諷刺地說：「曾先生的文章很好，讀了使人會生羨慕，會使人油然而響往法國，可以消愁解悶，能夠使人忘去湘贛的災禍，使人忘去淪亡了的東北。」（三）「文藝在社會產生，自然有它的必然性的流露，不必一定要你在那裏提倡和製造。／我敢提起腦袋說這狠話，我是素來反對文藝上硬加著一個新的名詞，文藝是偉大的，是能掀動革命巨浪的，是能吹甦一切醉生夢死的沉酣者的，我承認，但是若一定要利用文藝來作工具的，都是失敗，比如過去的卷起滿天飛塵的普羅和什麼蒙人耳目叫得整天价響的民族主義文學，它們的作品不都是一些流於口號等於擬（零？）的宣傳品麼？熱鬧一時，不都是一現的波花麼？／所以我覺得一定提倡什麼主義的文學，終是不妥，我覺得曾先生的造福人群，若忠實負起文學的使命的話；不必翻格局，販花樣，我以極誠懇極沉痛的請求曾先生多多的保護文學運動，不摧殘，多幫助，使文藝在中國社會能滋生茂發，……」（四）「我以為還是本著良心用一種忠誠和坦率來致力創作，以我們銳敏的感覺，用我們赤誠的熱血來滲合其間，中國的社會黑暗，從事於文學的是應負起責任，帝國主義永遠是我們的對頭，舊的新的軍閥還在繼續的產生，我們試睜大我們的雙眼望一望，那些流離的災民，和滿街滿市攤著手要錢的乞丐，我們千萬不要忽略了。」作者最後說：「我們是青年，我們身受目擊，我

們為求良心上的慰安，為求靈魂上的自由，我們應提起大無畏的精神，勇敢地向著帝國主義和剝奪民眾利益的勢力進攻，我們不盲目的讚揚，我們不受任何勢力的壓迫而噤口，我們應該不客氣地沉痛的將一切黑暗的醜惡的不合理的事情暴露，以我們真誠的熱情，高乘的興趣，精密的技巧，純熟的文字，踏實的去創作！」

《絜茜月刊》與平民文藝

　　《絜茜月刊》於 1932 年 1 月 15 日在上海創刊。扉頁署張資平、丁丁主編，版權頁署丁丁主編。上海群眾圖書公司發行。32 開。1 月 28 日日軍侵略上海，刊物及其稿件毀於戰火，第 2 期延至 9 月 15 日才出版。主要作者有：張資平、丁丁、李則綱、楊昌溪、楊大荒、曾平瀾女士、何心女士、曹雪松、沛霖、李贊華、趙景深、白濤、羅曉魂、盧岫雲女士、仲侃、鍾流、伯達、毛一波、曾今可、羅靜平、趙鉦權、茜茜女士、丁嘉生、石庵、高加索、健醒、侯汝華、華華等。創刊號的〈編者的話〉說，在月刊之前，他們曾辦過 4 期半月刊。

　　絜茜社簡章第二條宗旨說：「本社以研究文藝提倡平民文化為宗旨」（第 204 頁）。編者丁丁在寫於 1931 年 12 月 29 日的〈編者的話〉中說：「本刊在客觀的環境和事實上普羅文藝沒落消聲，民族主義文藝無可進展的中國消沉的文壇上，開出一朵燦爛的花來，貢獻給大眾欣賞。」

　　創刊號刊載署名仲侃的文章〈平民文藝的原則提綱〉（第 160－164頁），全文如下：

　　（一）什麼是平民文藝？
　　　　文藝是生活的最高表現。文藝的作用不僅是在傳達，而且必須代表創造的時代要求，作新時代的「篝火」和「動力」，特別是在情感方面去喚起民眾，使群眾的覺悟力實行力更加強大，並使他們相信將來的理想，以戰勝當前的困難和痛苦。

平民文藝是代表廣大的被壓迫群眾之要求，代表著被壓迫的平民群眾要求解放的理想，一方面對過去及現在的制度加以批評，──對於現實生活的批評，一方面為將來創造，──由平民大眾的革命達到無階級差別的社會而加以描繪及推動。故平民文藝是有「浪漫性」的，因為它要以高超蓬勃的熱情去反抗一切的壓迫，反抗舊制度之虛偽黑暗，而達到人的解放。同時它又是帶有「理智性」的，因為它要求生活的合理，以合理的生活代替虛偽的生活，代替「豐而無功」的生活，使生活的效能提高，使生活豐富化。

平民文藝是「人」的文藝，不是機械的文藝，它反抗一切特權階級，反抗「奴視人」「役使人」的特權階級。故平民文藝在主觀上雖是廣大的被壓迫群眾的文藝，而其最高鵠的是「人」的文藝。因之平民文藝的理想是：創造的勞動，自由，平等，博愛！

（二）平民文藝在題材上之著眼點

（A）對於現社會的描寫。

黑暗的殘酷的東方社會應該絕對地加以攻擊。關於現實的描寫，實為著手批評的前提，對於各階級之現實生活應充分地把它們暴露出來。

（B）對於廣大的平民群眾在過渡時代的悲哀與希望之深刻的描寫。

現時代的象徵只是一個過渡。過渡時代的特徵是失望與希望。失望之點應該是悲壯的，希望之點應該是熱烈而活躍的。如果我們以為（A）項的工作是消極的，靜的寫實，那末本項的工作就應當是積極的運動。

（C）關於倫理的批評與積極的主張。

整個的中國舊時代的倫理，我們認為是宗法的封建的。至通商口岸的買辦階級所實行的基督教倫理，則是拜金主義的奴隸倫理。故我們在消極方面是要「反孔教，反基督教」。要積極方面則應有如下的主張：

（1）對於婚姻認為應絕對的自由，但以絕對平等為條件。

（2）對於家庭認為應守人人有職業的原則，不許寄生與供

　　奉。但在過渡期中應該相對的互相扶助。家庭的組織
　　須達到以夫妻為主體而打破大家庭的舊習。唯不能因
　　此妨礙了積極的工作。

（3）對於子女應負絕對的責任。重質不重量。故應提倡有條
　　件的生育。對於子女之愛，應特別加重。我們須移對
　　父母之愛於子女，因為將來勝於過去。

（4）對於朋友應積極的提高友愛的質量，並增加其份量。封
　　建時代的豪俠與忠貞，在友誼上是應該保存並推廣的。

（D）關於文字上的注意：

　　　　我們的平民文藝，自然是主要的以廣大平民群眾為對
　　象，故文字務求淺顯，凡非日常用語及語法，務須避去，
　　只求其平易而能表現微妙深切的情感。對於外國語法應在
　　淺顯的範圍內，逐漸引用，因為由此可以增加中國文字的
　　質量及份量。

（E）對於中國古典文藝的態度：

　　　　我們認為中國文藝有其固有的相當的價值，特別是
　　詩，歌，辭賦，及曲部小說，一切有崇高的生活理想與現
　　實寫真的文藝，都應該相當地推賞。但須注意的是在吸收
　　其精華而棄其糟粕。

（F）平民文藝與普羅文藝及民族文藝：

　　　　平民文藝，如上所述，它的本質及趨向大概確定了，
　　由是我們可以明白它和普羅文藝及民族文藝的區別。我們
　　認為普羅文藝本身是否能夠成立一個整然的系統，尚是問
　　題。即使勉強能成為一個系統，也不過是一個過渡的象
　　徵，——反抗資產階級文化的「口號」而已。何以言之？
　　因為社會主義社會是無階級的，故普羅文藝在社會主義社
　　會是無對象的。同時我們認為中國社會不是西歐的資本主
　　義社會，故普羅文藝在內容上說是自相衝突的，在外延上
　　說是不合於中國社會的要求的，它的結果不是失之狹隘，

就是成為自覺的工具主義,而喪失了文藝的意義。

最近有所謂民族文藝的產生。我們承認民族的共同要求,在歷史的條件上固然有相當的意義與必然性。但是只限於政治的及經濟的之一時的對策,絕不是社會生活之最高形態。我們認為拋棄了社會大眾的解放而專著眼於民族,結果不是自大,帝國主義的,──就是落後,──中古時代的鎖國政策。──並且有陷於 Chauvinism 的危險。故單純的民族文藝亦是不合於中國社會之要求的。因為它將不自覺地淪為資產階級的工具,(在德法兩國,此種例最多,)及帶有復古的落伍性。

《絜茜月刊》創刊號還有兩篇文章談到平民文藝,即鍾流的〈由平民文藝說到 Nationalism〉和伯達的〈由民族主義至三民主義〉(第170-174頁)。

鍾流說,他的文章只是對仲侃的提綱「加以批評及介紹」。

「吾人由純文藝的立場反對有目的意識的文學。」這是他的總觀點。由此出發,他反對普羅文學,也認為民族文學、民族主義文學不能成立,順便還說新月派也當排斥。細言之:

普羅文學是「意識的或無意識的為共產主義作宣傳,不能贊同」。

新月派「對於有意識或無意識為金融資本的帝國主義,──最典型的是Americanism──亦即時代錯誤的號稱三權分立的德謨克拉西作宣傳的文學,我們也當然加以排斥。」

「因為這些文藝先有了目的意識,任從你怎樣地去自吹自擂,決不能把捉住文藝之真髓及重心的。至我們提倡平民文學,不加上『主義』兩個字,正是這個緣故。」

關於平民文學與民族主義文學的關係:「對仲侃君的提綱,若勉強地加以一種主義的解決時,則它似乎是最純粹的最正確的三民主義文藝吧?」國為他「明白地申明不贊成普羅文藝,同時亦說明民族文藝之不備。因為民族主義只是三民主義之一部分。」

「就科學上說來，若單提倡民族主義文藝而不輔以民權，民生兩主
義，則不如直截了當地提倡國家主義文藝還好些。我們之所以不贊成國
家主義，正是因為它的不備。平心而論，國家主義若能加以補充或修正，
自可形成三民主義之一部，不必怎樣地加以掊擊的。即就西文說來，民
族主義，國民主義（即國家主義）同是與 Nationalism 這個字相當。」

若單提倡「民族主義文學」，至少必致受中古時代的鎖國主義之嫌。若
改用「國民主義文學」，則又無以自別於「國家主義文學」（如長風社所主
張的）。即令「有提倡目的意識文學之必要，亦應當提倡三民主義文學。因
為單提倡民族主義文學，無論如何是易於資產階級化、軍國主義化的。」
「但平民文藝不即是三民主義文學。因為我們不贊成有目的意識的文學。」

伯達在〈由民族主義至三民主義〉的文章中說，他是同意鍾流的意
見的。

他說：「我是主張確立真正的三民主義文藝的一個人，故我以為民族
主義在文藝上只是一個要因，而不是倡單純地能獨立的。」中國目前的
問題「不是以單純的民族主義的提倡所能解決的」，重要的是行動，是解
決農民的土地問題，即民生問題。「民族主義，進一步，可以發展為軍國
主義或國家主義。前者如革命前的德國及明治大正時代的日本，後者如
從前的法國及今日之意大利，這是無庸諱言的。」又說，他們提倡的平
民文藝雖說主張「無目的意識的」，是「提倡文藝獨立的文藝」；但他仍
希望這種平民文藝要能夠和三民主義相吻合。由此，平民文藝的重大任
務應該是：

（一）對於平民生計之解決，——尤其是農民問題（平均地權）之
　　　解決，要有所推動。（民生）
（二）對於平民群眾之民眾運動及組織之恢復，也要有所推動。（民權）
（三）對於帝國主義者之橫暴及矛盾，要儘量的暴露及攻擊。」

從而確定平民文藝的任務是：

（1）反對普羅文藝！
（2）補正民族主義之不備！
（3）提倡平民文學真正的而使之發達！

農民文學

　　《裂帛月刊》第 2 期又提出「新農民文學」的口號。在一篇未署作者名字的短文〈今後中國文學的方向──新農民文學的提倡──〉中是這樣說的（引者按：本文似失之校對，錯誤不少；為特別存真，徵引時一字不改）：

> 首先，我把本文的結論說出來。
>
> 我以為今後的中國文學應該走上新農民文學的路子。
>
> 中國的資產階級文學不是已經走到窮途了麼？那一種末期的資產階級文藝的特質，不是那新形式主義（或新感覺主義）麼？而和新文壇恰恰對抗著的，又不是那通俗小說（或大眾小說）麼？1931 年來的《啼笑姻緣》的風行，不過是那通俗小說向新文壇進攻的表示麼？
>
> 中國的新文藝，雖說只有十多年來的歷史，然而像歐洲資產階級文藝的那樣的病毒也或長著了。自然主義，新浪漫主義，不也是粗具規模的流行過麼？到現在，能在創作上惹人注意的已不是舊的技巧和舊的思想的東西了。這就恰好證明了巴金茅盾等的作品之所以受人歡迎的事實。為施蟄存，別吶鷗移時英（按：應為劉吶鷗、穆時英）等新形式和新感覺的作品之成為文壇上的傾向也還是這個事實的注腳。

　　「總而言之，所謂新形式主義，乃是末期資產階級文藝的特質。另一方面，大眾通俗小說的流行，更是資產階級的御用作家，有意識的或無意識的所創造業的麻醉劑。這麻醉劑是注入了各階級的，特別是我們底勞苦大眾及一般小有產者。更受不了這流毒。

　　「末期資產階級文藝，十有九成的是都會文藝。均是都會主義的產品。我們試一檢查施蟄存等的創作便可明白了。

　　「末期資產階級文藝是表現著都會所有的諸要素。比如電車，汽車，飛機，咖啡店，電影，競技，跳舞，煙，酒，女人，都是那般文藝作品的題材。甚至於讚頌機械美，讚頌機械的明快速度，流入所謂亞美利加

主義了。上海一般文藝生活的亞美利加化不是流行著的事象麼？而文藝作品方面，所以不能不去表現著那些都會之最高成長的文化生活了吧？

「但立足於農民文藝觀點的我，覺得這權的都會生活是應該被否定的，而建築在這樣的無千活基礎上的文藝，不過是從末期資產階級髮露出來的麻醉劑罷了。

「我所謂的農民文藝，是有著革命的新的意義。對於舊的因固文藝或的農民文藝，在我是極端反對的。

「新農民文藝，是民眾藝術，是無產階級的藝術。然而不是馬克思主義底無產藝術。這原因，是馬克思主義藝術乃政治的概念，而非藝術本身必然的要求。新農民文藝，是藝術的概念，是民眾的要求，而不是某種主義者的工具。

「從新農民文藝的觀點，當然是否定了都會文藝的。這其中最大的原因，還是為了都會文藝自身的崩壞。都會文藝是行將同資產階級一齊滅亡的，現在是它的末期了。在末期中，它能夠現出的花樣，便只是在形式上講求。而永遠陷入於資產階級底覺念形態裏。但新農民文藝則是飽含著革命無產階級的意識，它將成為民眾的要求。

「今後的中國文學，要步入新農民文學的陣營才能找到它底生路。」
（第605-607頁）

《橄欖月刊》上也有一篇提倡農民文學的文章，那就是毛一波的〈農民文學論〉[32]。文章的主要論點是：

一、都會文學底否定

「現在的所謂農民文學，當然是對抗著都會文學的，而且否定了都會文學。

---

[32] 見1931年9月10日《橄欖月刊》第17期，第139-152頁。毛一波在文末自注，說「上面各文字，均係抄譯本村毅之農民底文學一書中之第一章而成」。

「都會文學的階級基礎是資產階級小有產者，及遊惰階級，而農民文學是勞動無產大眾的。正因為是這樣，所以農民文學必然地成為勞動階級的文學了。

「而所謂勞動階級的文學，乃是自然地當做勞動階級的鬥爭武器的。在這一點，勞動階級文學論與農民文學論，是有其相同的地方。

「藝術在其需要和理解的二點上，是無有地方性。比如有一個藝術，只在一個地方需要，或只被那一個地方人理解的時候，那個藝術，是不是藝術呢？這要在於這一點藝術沒有鄉土，沒有國境，越過國境，越過山海，給感應於萬人之胸懷裏，萬人之心靈上的，就是藝術。

「確然，藝術是世界的，沒有什麼國家和地方的局限，所以，藝術的對象是站在人類的立場上的人間意識。那麼因為什麼緣故有人否定人類的立場而承認階級的立場，並且主張階級意識呢？然而精細觀察這個主張，也不過是要把持階級意識而站在人類的立場的意思的。所以在發動方面考察，藝術是沒有地方性的。

「但是，在另一個方面，就是在那生長方面考察的時候，藝術是明白的帶有鄉土的地方性。同一個植物生於地上，長於地上一樣，這藝術也是在一個地方生產，也在一個地方長成，所以藝術總有一個故鄉。然而，在其發動方面說，它沒有地方性，似乎一個樹木由地面生出來，而其枝葉在空中茂盛，藝術也是由它的鄉土發動，而去到了異鄉他國。如果在異鄉他國，它不失其鄉土味與地方性，則其鄉土味與地方性，是尤為濃厚了。

「如果那藝術在異鄉絕域失了它自己的鄉土性的時候，那藝術是失了個性的，變成了一個模仿者，一個假冒。所以藝術失了個性，失了自己的鄉土味與地方性的時候，好像一個人工的假花，雖然奇妙絕巧，卻沒有野生美。沒有像一個野生花的野性的健康美，隨而那藝術是失了藝術的傳統的。這樣的實例，是在歷代的文藝史上可以找得出的。比如日本萬葉集時代，是可以說鄉土的，野生的，而古今集時代，是都會的，人工的技巧的，前者是下根於大地，茂盛於大空中的，而後者是如院中盆裏的奇花。這不過是萬綠叢中一例。室町時代的小調與德川時代的小

調的比較等，都是如此的。前者是調裏藏著強有力的生命力，但是，後者只不過是觀念的遊戲的無生命的小調。

「那麼，為什麼都市和都市生活是抹殺藝術的野生美，使他墮落於無生命的？其最大的理由，就是都市人是自然的地方性太少，而且都市是使其居住者漸漸離開自然，叛逆了自然性。

「那都市人是沒有時間可以看太空，沒有時間可以接觸大地，陰險，邪惡，鬥爭等就是他們的全部的生活了。這不但在商業上的，甚至於戀愛也是的。所以他們的意識，感情，神經漸漸變成過敏的，技巧的，狡猾的，邪惡的了。所以由這樣的生活，他們失了野性，離了大地太空的自然，就是他們失了太空裏生長的農村人們的活潑強有力的氣質。所以他們雖然是住在一個地方的都市，卻沒有地方性，他們住的地方，不是一個地方，乃是世界的都市，而且他們不是地方人，而是世界的都市人。

「那麼，現代的藝術是怎麼樣？那藝術的胎母的現代生活，尤其是都市生活是怎麼樣？不必多說，自然是不健全的，沒有甚麼生命力的。貨幣交換，非人道至極的勞動和榨取，欺騙，離間，饑餓，淫蕩，賭錢，酒等等，就是現代都市生活的全部了。在這樣的生活裏，他們必然焦慮且過敏，為著這焦慮，煩悶，過敏，而藝術於是發生。但是這樣的藝術，是不過一姑息之計，並不是為著向高尚之靈而前進的藝術，換句話說，這個藝術是由從來沒有思考過太空大地的神秘與愛的人而產出來的。

「所以，為著藝術的神聖，人道，太空大地的文藝，要創造田園文學，這就是提倡農民文學的緣故。」（以上第 139－142 頁）

二、農民文學的資格

「只描寫農民的生活和表現出鄉土的生活的作品，你就把它當做我們所要求的農民的藝術是不對的。『如果說在都市生活裏採集了材料的小說和戲曲就能做成一般的都市文藝，為何以描寫農民的生活和表現出鄉土的生活，就不能做成農民文藝呢？』……以我們的觀察，為鄉土藝術，那作者的態度和作者的觀察如何，是比那藝術題材較為重要；換

句話說，作者是否能把執而且瞭解那鄉土生活的真正的意義？乃是很重要的。

「從來沒有思考過鄉土的意義的人，要去描寫田園生活的話，那作品的價值差不多會等於零的，因為這個作品，是同我們沒有直接關係的，只不過是一種文字的羅列。思索生活的意義，並且把持那個真意義，就是對那個生活加個批判的，如加了批判，這就是證明作者是所有確實見解和自信的。為我們所要求的鄉土的藝術最需要的，就是這個批判，沒有這樣批判，而且還沒有把執那生活的真意義的人的作品，勿論是有產階級文藝，無產階級文藝，農民文藝，都沒有什麼意思的，那不過是一種的生活的記敘，或無聊的長篇故事。現在在我們的文壇不是以這樣的作品充滿著的嗎？

「鄉土的藝術，是由鄉土生出來，就是由鄉土的真的意識而生產。站在徹底覺悟的立場上，換句話說，站在已加嚴正批評的信念上，觀察生活的時候，這個鄉土的藝術才會產生出來。但是，有些人以自己是作農民生活的，或自己是很接近鄉土生活的人說：『我是完全可以創造相當的鄉土藝術的資格的。』這是很不對的。因為以中間生活的人，──雖離了田園而也不能做都市生活的──算是沒有資格的。

「現在，在農村作農民生活的人，一定很明白農村生活如何，要明白的曉得這樣的目前的事實是為鄉土的藝術之第一條件。但是只以曉得那事實而不知全部的根本的條件，就是從那事實他們是看出來什麼東西呢？再進一步，他們作者是對那自己看出的東西，下如何的價值的判斷？這個是必須根本的條件。所以，勿論怎麼樣貴重的事實，對這個事實不加批判，而只列記其事實的時候這只不過是實記，不能成為藝術的。藝術是經過作者看得到的事實批判的表現，不僅在乎羅列事實。

「所以身居農村而目睹今日生活底狀況，是固然沒有錯的，但是，亦很容易只固執於眼前的事實，而看不著潛在的奧妙。究竟，事實上甚麼潛在那裏呢？也不把那個顯示出來而詡自己所寫的都是事實，真叫人氣鬱不爽了。應該把現在事實都明白，且能洞察一切，由那裏頭找得以前的人未曾發見的新意味，加以適切的批評，能夠使之擴大長進地表現

出的人，——才算生於鄉土藝術最適宜的人呀。近來做莊稼的人，容易缺乏批判性，而中間生活的人，又離事實太遠，所以這難關非讓生在適於鄉土藝術的人，突破出來不成的。如此言之，應該由甚麼覺點上批判那事實為對呢？這當然是在這裏應當發生的問題了。

「鄉土藝術，儼然是社會文藝，把鄉村裏所現出的生活，在全社會方面要使之擴大的熱情之下生出來的藝術了。或者世人誤會，以為我們底鄉土藝術，竟是文學上的，和社會文藝對立，且誤認我們要把田園文藝，單純地做農村的人底新藝術。這樣說來，乃是我們以為遺憾萬分的。

「鄉土藝術，是想在鄉村意識裏生活而對於全社會的絕叫的了。是應有先以見地上理解充分之後著手的必要，然則前面所說的批判底必要，鄉村意識底把握，並且應該非由如何觀點去觀察現實不成的，也自然地明白出來。換句話說，如今日底社會裏是以都會生活為很惡劣，而田園的生活為正道的。但是，那正道的田野生活，究竟在今日農民生活現狀是怎樣的呢？果然在怎樣地正當的位置呢？並且，今後我們底正道生活，應該根據甚麼而求得呢？如對照上邊所說的事，沒有正確的考究，我們對於世上，就沒發一言之資格。我們往往把事實想得太容易。研究鄉土藝術的時候，是有把腦海裏的那些因襲偏見拋棄後才來著手的必要。

「我們要批評全社會面上所存的一部生活的時候，如不知道該社會底全局的生活，是不成的。要理解農民底生活，非把它底對象都會生活，首先知道清楚不成，同時，不把農民生活底特殊的傳統——譬如農民生活究竟自古代至於今後我們底目前有什麼變遷下來否？——亦得知道清楚，不然，現在的事，也無從知道詳細了。為正當地理解起見，亦不能不努力也是應該的，我們如果不把一切都判明清楚之後。不能把我們提倡農民文學的立場確定的須理解人生，須理解這社會之後，我們底立場，才能站得住的。

「所以說，汗漫的記述，是不值一個藝術的話，如照上邊所說的，乃由於缺乏準備的緣故。」（以上第142-148頁）

三、農民文學底精神

文章說,「自來的農民,從有史以來,從真理,從藝術,從宗教,從娛樂,甚至於從一切人間的精神也都隔開著阻止著,只做勞動下來的,只無聲無語地,把人間底生命的糧食產出來,而只成了拘束於因襲的無意味的人類。」(第 148 頁)他們也生產藝術,那藝術「樸素裏所藏著的野趣和人間味」,是都市藝術所不及的。(第 149 頁)「農民就是隨自然而活的大地底子息了,並且農民是沒有像商人所持之投機的意思,也沒有仕宦家所持之功名心,農民底步驟真是堅實的了。」「他們心裏所懷的宇宙觀是非常廣大。」(第 151 頁)

《南華文藝》、《橄欖月刊》、《絜茜月刊》等所打出的「民主文藝」、「革命文學」、「平民文藝」、「農民文學」之類的旗號,與民族主義文藝的關係有近有遠,有親有疏。口號不同,叫法有異,其實都是對三民主義文藝和民族主義文藝的一種解說和補充。它們都主張文學要反映時代,忠於現實。它們也都把普羅文學視為對立物,其核心就是否定階級文藝。

民族主義文藝運動的組織和刊物

民族主義文藝運動的宣言發表於 1930 年 6 月 1 日,因此,他們叫「六一社」;又因代表這個社團的刊物是《前鋒週報》、《前鋒月刊》,復有前鋒社的叫法。

從政治背景說,三民主義文藝是國民黨中央宣傳部的寵兒,民族主義文藝則是國民黨中央組織部的附屬物。兩者都得到中央的經濟資助。

依附、追求民族主義文藝運動的一些青年們,又依其不同的身份,不同的背景,不同的工作,在上海和南京等地,相繼成立種種小規模的社團,並創辦花樣繁多的刊物。

前鋒社及《前鋒週報》、《前鋒月刊》和《現代文學評論》

　　《前鋒週報》，1930 年 6 月 22 日在上海創刊，12 月 14 日出第 26 期後停刊。為期半年。編輯者署前鋒社，實係李錦軒編；光明出版部出版。16 開本，每期 8 頁，約 12000 字。關於民族主義文藝的一些基本理論都發表在這 26 期週刊中。如，〈民族主義文藝運動宣言〉及其解釋，民族主義文藝題材論、批評論、詩歌論、戲劇論，以及關於戰爭和戀愛這兩個文學創作的永恆主題的觀點，對文壇的總檢閱及辯論，還有創作批評和對外國的介紹，等等，應有盡有。主要作者是澤明、雷盛、李錦軒、范爭波、朱大心、楊志靜、方光明、張季平、葉秋原、襄華、李翼之、易康、湯冰若等。以發表論文為主，如〈民族主義文藝運動宣言〉、澤明〈中國文藝的沒落〉、雷盛〈民族主義的文藝〉、李錦軒〈最近中國文藝家的檢討〉、楊志靜〈請認識我們的文藝運動〉、方光明〈苦難時代所要求的文學〉、朱大心〈民族主義文藝的使命〉、葉秋原〈民族主義文藝之理論的基礎〉、襄華〈民族主義的文藝批評論〉、〈民族主義的戲劇論〉、張季平〈民族主義文藝的戀愛觀〉、〈民族主義文藝的題材問題〉、〈檢討「民族主義文藝運動的檢討」〉、〈現代中國出版界〉、湯冰若〈民族主義的詩歌論〉、正覺〈評駁《覺悟》的《民族主義文藝應該避免的幾種態度》〉、楊民威〈中華民族的造型美術〉等等。也刊載短詩、散文，設「談鋒」專欄，刊載編者錦軒的諷刺、攻擊、誣衊普羅文學的雜文。

　　《前鋒月刊》，1930 年 10 月 10 日在上海創刊，1931 年 4 月 10 日出第 1 卷第 7 期以後停刊。共出 7 期。編者署前鋒月刊社（實為朱應鵬編），上海現代書局出版發行。在《現代文學評論》第 1 卷第 2 期上刊載廣告說，「本刊特約撰述」為：施蟄存、汪倜然、谷劍塵、徐蘇靈、李青崖、邵洵美、李贊華、鄭蕭葭、葉秋原、應成一、戴望舒、黃震遐、李金髮、鄭行巽、杜衡、陳乃文、傅彥長、李猛、吳頌皋、湯增敡、陳抱一、倪貽德、王道源、鄭妨（按：應為枋）、胡仲持、葉靈鳳、謝海燕、萬國安，共 28 人。還有朱應鵬、易康、穆羅茶、楊昌溪等，也是主要作者。刊物在創刊前，曾一再在各報發表廣告，說：「前進的、民族主義的、唯一的

文藝刊物《前鋒月刊》創刊號准雙十節出版。／《前鋒月刊》是以民族
主義為中心意識的刊物，以突破中國文壇當前的危機為任務的，而一方
面順應世界民族運動之趨勢，同時為我們中國現階段的客觀的需要，所
以每個愛好文藝的青年是不可不讀的刊物，同時愛好文藝的青年只有向
這方面去努力，才是正確的出路。」[33]在《現代文學評論》上的廣告詞
是：「民族主義文藝運動已成為中國文壇主潮，本局為適應時代積極灌輸
文壇新潮起見，發行前鋒月刊，執筆者如朱應鵬、傅彥長、李青崖、施
蟄存、邵洵美、應成一、谷劍塵、杜衡、戴望舒、王道源、吳頌皋、陳
之佛、陳抱一、李金髮、葉秋原、鄭行巽、胡仲持、汪倜然、倪貽德、
李猛、李贊華、徐蘇靈諸氏，俱屬文藝界名流。文字精警透闢，理論充
實，為關心民族愛好文藝者不可不讀之刊物。青年尤宜注意。每期定價
三角，預定全年十二冊，連郵資三元五角，半年六冊，一元八角半。」
創刊號〈編者的話〉對一些問題有所交代：（一）對《前鋒週報》的肯定：
《週報》「發行以來，承讀者的同情與贊助，在兩三個月的期間，得到相
當的發展。」（二）與《週報》的關係：《月刊》和《週報》「主張當然是
一貫的。但文字的性質，我們不能不有相當規定，以免內容的衝突。我
們規定今後的《前鋒週報》，專刊短篇的文字，以文藝方面為範圍；《前
鋒月刊》，刊登長篇的文字，除了文藝之外，還要刊登關於民族運動及社
會科學等各種文字」。（三）希望：「本刊抱公開態度，如蒙社外同志賜稿，
只要站在民族主義文藝運動的立場上，我們無不竭誠歡迎。」「希望同情
於我們的同志，參加我們的前鋒社。」該刊論文和創作並重。主要論文
有：〈民族主義文藝運動宣言〉、華興〈認識我們的十月十日〉、李猛〈五
卅慘案在文藝上的影響及其批判〉、葉秋原〈世界民族藝術的發展〉、〈對
「訓政時期約法的批評」的批評〉、楊民威〈中國的建築與民族主義〉、〈中
國的陶瓷與民族主義〉、易康〈黑人詩歌中民族意識之表現〉、〈新興民族
的民族運動與文學〉、〈黑人民族運動之鳥瞰〉、鄭行巽〈最近印度民族革
命運動〉、〈剩餘價值論評的發端〉、柯蓬洲〈安南民族獨立運動的過去與

---

[33] 載 1930 年 10 月 5 日上海《民國日報》第 1 張第 1 版。

現在〉、傅彥長〈以民族意識為中心的文藝運動〉、陳抱一〈日本洋畫發
展的概況〉、〈現代文化思潮與藝術〉（譯，日本川路柳虹作）、朱應鵬〈中
國的繪畫與民族主義〉、凌岱〈藝術社會學之是非〉、采〈一年來日本文
藝界的動向〉、谷劍塵〈怎樣去幹民族主義的民眾劇運動〉、趙景深譯〈匈
牙利大詩人亞拉奈〉（匈牙利海維希作）、楊昌溪〈現代西班牙文學與革
命〉、任農〈保羅羅伯遜——尼格羅的藝術家〉等。主要創作有：心因〈野
玫瑰〉、易康〈勝利的死〉、〈陰謀〉、爭波〈秀兒〉、黃震遐〈隴海線上〉、
〈黃震遐遺詩〉、〈黃人之血〉、李金髮譯〈北京的末日〉（法國羅蒂著）、
李贊華〈矛盾〉、徐蘇靈〈朝鮮男女〉、〈老金〉、〈馬蘭小姐〉、〈三里廟的
黃昏〉、洛生譯〈流落的猶太女人〉（果爾德著）、李青崖譯〈米龍老丈〉
（法國莫泊桑作）、萬國安〈剎那的革命〉、〈國門之戰〉、〈準備〉、胡仲
持譯〈南極探險記〉（裴特少將著）、葉靈鳳譯〈故鄉〉（岳夫可夫著）。
以小說為主，兼載詩歌。另有汪倜然的〈最近的世界文壇〉簡訊 60 餘則。

《現代文學評論》：1931 年 4 月 10 日創刊，10 月 20 日出第 3 卷第 1
期後停刊。共出 3 卷 7 期（其中第 2 卷第 1、2 期為合刊，第 2 卷第 3 期
和第 3 卷第 1 期又出合刊，實出 5 期）。創刊號為「創刊特大號」，最後
一期為「中國文學特輯」。在最後一期的〈編輯後記〉中，編者說：「現
代書局準備於 1932 年集中全部力量，出版一種純文藝的定期刊物，定名
《現代》，以作現代書局永久的基礎刊物。故將以前出版的《現代文學評
論》，《現代文藝》，《前鋒月刊》三種刊物，一律停刊。」[34]李贊華編輯，
上海現代書局發行。主要作者是：范爭波、張季平、邵冠華、汪倜然、
楊昌溪、李贊華、賀玉波、王平陵、易康、周毓英、向培良、孫俍工、
謝六逸、趙景深、林疑今、葉靈鳳、孫席珍、虞岫雲、段可情、周樂山、
陳穆如、張資平、由稚吾、韋叢蕪、高明、鄭震、周起應、朱湘、丁丁、
顧詩靈、王墳、蘇靈、何家槐、許欽文、劉大杰、張稚廬、李則綱、馬
彥祥、錢歌川、張一凡、崔萬秋、湯增敭、奚行、梅痕、陳子展、羅西
（歐陽山）、謝晨光、彭芳草等。名單赫然可觀，但真正的民族主義文學

---

[34] 以上文字原刊無書名號。

家沒有幾個。介紹世界文學的主要文章有：孫俍工譯〈詩與小說〉、〈音樂與美術〉、〈敘事詩與抒情詩〉、〈象徵〉（以上皆日本荻原朔太郎著）、謝六逸〈新感覺派〉、〈日本文學之特質〉（譯，日本高須芳次郎原作）、趙景深〈現代荷蘭文學〉、〈英美小說之過去與現在〉、〈英美小說之現在及其未來〉（譯，John Corruthers 著）、〈匈牙利大詩人裴都菲〉（海維西 Alexacder Hevesi 作）、林疑今〈現代美國文學評論〉、葉靈鳳〈現代丹麥文學新潮〉、〈現代挪威小說〉（譯，未署原作者）、楊昌溪〈匈牙利文學之今昔〉、〈雷馬克與戰爭文學〉、〈土耳其新文學概論〉（譯，未署原作者）、〈龔古爾獎金得者佛柯尼〉、〈阿根廷的近代文學〉、段可情〈德國短命女作家碧蘿芙的小說〉、〈赫爾曼‧黑賽評傳〉（德國威爾赫謨‧孔轍著）、錢歌川譯〈英國文壇四畫像〉（Haroid Iaski 作。包括蕭伯納、高爾斯華綏、吉卜林、威爾斯）、張一凡〈未來派文學之鳥瞰〉、易康〈西線歸來之創造〉、劉大杰譯〈霍甫特曼的熱情之書〉（成瀨無極作）、汪倜然譯〈論路威士及其作品〉（瑞典 Erik Axel Karlfeldt 作）、賀玉波譯〈回憶戈斯的童年〉（George C.Williamson）、李則綱〈新世紀歐洲文壇之轉動〉、李贊華譯〈班奈德〉（Edward Shank 作）、由稚吾譯〈雷馬克晤談記〉（法國 Frederic Leferre 作）、韋叢蕪譯〈文學史作法論〉（英國戈斯著）、高明譯〈現代英國文藝思潮〉（日本橫川有策作）、鄭震譯〈中國歷代佛教文學概觀〉（日本小野玄川作）、周起應〈巴西文學概觀〉等。關於中國文壇與文學的主要文章有：范爭波〈民國十九年中國文壇之回顧〉、張季平〈中國普羅文學的總結〉、丁丁〈中國新詩之過去及今後〉、鄭震〈關於中國近世戲曲史〉、〈曲學書目舉要〉、〈宗教思想在中國文學的影響〉、邵冠華〈論聞一多的死水〉、張平〈評幾篇歷史小說〉（含〈石碣〉、〈大澤鄉〉、〈豹子頭林沖〉、〈將軍的頭〉、〈石秀〉）、奚行〈文學入門〉、〈潘彼得與巴厘〉、〈幾本文學史的介紹〉、范爭波《未厭集》、邵冠華〈論馮乃超的《紅紗燈》〉、馬彥祥〈現代中國戲劇〉、趙景深〈現代中國詩歌〉、賀玉波〈現代中國女作家〉（含〈歌頌母愛的冰心女士〉、〈廬隱女士及其作品〉、〈丁玲女士論評〉）、知諸〈巴金的著譯考察〉、楊昌溪〈西洋人眼中的茅盾〉、陳子展〈最近所見之敦煌俗文學材料〉、〈《招魂》《九歌》《大招》皆為楚國王

室所用巫歌考〉、〈古蘭經回教的經典文學〉等。主要創作有小說：張資平《脫了軌道的星球》（長篇連載）、李贊華〈飄搖〉、〈魔〉、〈殺害〉、〈女人〉、〈醉亂之夜〉、孫席珍〈在傷兵收容所裏〉、周毓英〈亭子間裏的女兒〉、蘇靈〈雅琵姊〉、〈曼獨林〉、何家槐〈夏豔〉、張稚廬〈長青〉、許欽文〈一把緊捏〉、〈亞民〉、周樂山〈褪了紅的襯衣〉、〈旅居幽事〉、〈他人婦〉、林枝女士〈出路〉、陳穆如〈急轉〉、謝晨光〈鄉間所做的夢〉、羅西〈兇暴〉、席滌塵譯〈幸福〉（保加利亞 Tedor Panov 作）、林疑今譯〈靈肉的衝突〉（德國夫蘭克 L.Frank 作）；戲劇：梅娘女士、孫俍工的四幕詩劇《理想之光》、蘇靈獨幕抒情劇《夢與潮兒》、馬彥祥《各有所長》、錢歌川譯《卡利浦之月》（奧尼爾作）；詩歌作者是（或創作或翻譯）：麥耶夫、席滌塵、段可情、穆木天、邵冠華、丁丁、虞岫雲、湯增敭、孫晶暘、梅娘、朱湘（譯莎士比亞十四行詩）、顧小廉、何心、顧詩靈、王墳（譯美國辛克萊《獸苑》）、魏希文等。該刊刊載有頭像或生活照的中國作家周作人、謝六逸、趙景深、孫俍工、冰心、丁玲、盧隱、白薇、郁達夫、葉靈鳳、朱應鵬、郭沫若、李贊華、落華生、范爭波等；另有數十位作家的簽名手跡，他們是：朱湘、汪靜之、徐霞村、夏萊蒂、張資平、（穆）木天、（沈）從文、謝六逸、（徐）蔚南、黎錦明、顧頡剛、葉鼎洛、丁丁、（顧）鳳城、高明、洪為法、葉靈鳳、孫俍工、錢歌川、劉大杰、周作人、趙景深、黃天鵬、任白濤、周樂山、馬彥祥、魯迅、傅東華、劉曼、柳亞子、許欽文、金滿成、陳望道、汪馥泉、（章）衣萍、（林）疑今、段可情、錢公俠、馮乃超、田漢、洪靈菲、彭家煌、潘漢年、華漢、左明、李青崖、（葉）紹鈞、冰心、（傅）彥長、（樊）仲雲、沈起予、敬隱漁、馮憲章、沈端先、鄭伯奇、許幸之、周全平、陶晶孫、（徐）蘇靈、龔冰廬、羅西、王平陵、趙銘彝、雲岫、邱韻鐸、李一氓、（胡）秋原、范爭波、白薇、柔石、錢杏邨、洪深、彭康、孟超、汪倜然、熊佛西、何家槐、（黃）震遐、（李）金髮、（陳）學昭、馬仲殊、楊蔭深、毛一波、（胡）也頻、芳草、章錢民、楊昌溪、（郁）達夫、孫席珍、陳子展、（鄭）振鐸、鄭震、鍾敬文、（沈）雁冰、（向）培良、賀玉

波、韋叢蕪、陳伯吹、(徐)詩靈、鄒枋、(徐)調孚、席滌塵、蒯斯薰等。這些都彌足珍貴。

以上3種刊物都在上海創刊。在南京,民族主義文藝運動的擁護者、追隨者也辦了些社、出版了幾種刊物,不過都不成氣候,關鍵是沒有創作。[35]

開展社與《開展月刊》

開展社。成員皆青年,主要是潘子農、曹劍萍、卜少夫等。辦有《開展》月刊、週刊,《矛盾》月刊、週刊,《青年文藝》、《活躍週報》(卜少夫編)等。編者曹劍萍在《開展月刊》第3號的〈編輯後記〉中說:「開展社將在杭州和寧波兩處,成立分社,杭州方面,由婁子匡劉湘女等民族主義文藝愛好者集合而成,寧波方面的情形,也是如此,由左洵周文夫諸君在那裏倡導。」

《開展》月刊於1930年8月8日創刊。編輯者開展文藝社(實為曹劍萍編),發行者開展書店。以陳立夫、陳果夫為首的國民黨中央組織部每月支給200元(《首都文壇指掌》說是120元),作為辦刊經費。

《開展》月刊的主要撰稿者(其中的筆名,其真實姓名難考)是:一士、王沉予、宗參、潘子農、趙光濤、洪正倫、開明、小蘆、王道、長鋏、劉祖澄、曹劍萍、婁子匡、炎君、張金石、予展、孔少乙、林辰、段夢暉、城父、王墳、蔣山青、吉龍、鈴鳳、程景頤、彭家煌、陸魯一、鄴君、慨憫、卜少夫、孔魯芹、馬彥祥、莊晴光、魯之瀚、馬宗元、大炎、玉成、余明、馮忌、汪曉光、趙玫女士、化南、葉得貞、黃石、白樺、鍾敬文、汪馥泉、樂嗣炳、錢南揚、曹松葉、趙景深、劉大白、柳固、楊成志、蔡一木、張睿明、孫燮堂、汪一虹、憶君、盧愛茲等等。

[35] 以下介紹,部分材料參見思揚〈南京通訊──三民主義的與民族主義的文學團體及刊物〉,載1931年9月13日《文學導報》第1卷第4期。文末署寫「於南京中大」。

　　創刊號的發刊詞《開端》頗得集團內部人士的賞識。文不長，且看全文：

　　　　民族主義文學，以水到渠成之勢，無疑的成為支配中國文壇的一種新的勢力了。

　　　　我們應該幫同來開展著，給中國的文學，開展一條新的路徑，建設起一種文學的革命的文學來。

　　　　何謂文學的？在技術上，充分接受了西歐的啟示，但不失去中國的向來的靈魂，而在藝術的水平線上，得到地位。
　　何謂革命的？在文學的意義上，我們確認文學為革命的前驅，但不要離開革命的時間，空間，理論，方式和實證太遠，如鼓動階級鬥爭的普羅文學一樣，成為荒誕的夢囈的文學。我們要努力於革命的民族主義文學。

　　　　在《開展》開始的今天，奠立了這永固的基石罷！
　　同時，所謂中國文學界的諸先進作家，非陷於頹廢，即淪於醜惡，我們對他們已無希望，也無裁判。我們不問自己如何的幼稚，如何的淺薄，但以青春的勇決和毅力，鞭策著自己前進。

　　　　在《開展》開始的今天我們也宣告了這鄭重的誓言！（以上第 1－2 頁）
這篇發刊詞的關鍵字是：民族主義文藝之出現是「水到渠成之勢」的產物；他們這一群在民族主義文藝運動中自覺地僅起「幫同」的作用；民族主義文學才是革命文學，而且是「文學的革命文學」。

　　創刊號刊載的論文〈民族與文學〉（署名一士）以稍長的篇幅講了他們對於民族主義文學的看法。還是創刊號，在它的「開展線下」專欄，有一篇署名長鋏的雜文〈檢討〉（第 149－153 頁），把「南京文藝界」橫掃一通：

　　　　聽說南京是已有所謂文藝界了。其實所謂南京的文藝界，原是幾個在社會上以及其他什麼什麼界裏有地位的人，硬生生自己造起一個廟宇，自己堆了一個座位，自己封了一個爵職，以求得

一種可憐得很的自解自慰與自詡而已。於是南京便有所謂文藝界了，拆穿了說，全是自己的事，再以俗語演示之，便是「自稱自賣」，分明與別人無關。

南京的世界，本來只有兩種壁壘，一個是六朝人的風流韻事，一個是革命者的政治經濟，什麼文化，什麼學術，都不應該茁生，長成，竟至苟活。然而，居然南京有所謂學術團體，徘徊於兩個壁壘之下，蓬蒿荊棘之中，已可謂不自量者矣。更居然有本來沒有這回事的文藝界，也掛起一塊空招牌來，能不令人咄咄。

所謂南京的文藝界者，如果能夠使自己架起來的歪斜的廟堂，連自己看也不會失去字面的尊嚴的時候，未嘗不是一種好事。然而，決不會。歪斜的廟堂與架這歪斜的廟堂的僧徒，都在一步一步的向自以為是的幼稚與醜惡裏走去，同時，還極力要將這種醜惡與幼稚像糞坑的臭氣一樣地表現於外，等到這種劣意識的元氣泄盡之後，不也「天」終「坑」寢者乎！

說來也會齒冷，聽說南京有所謂提倡文藝的報紙者矣，每日往往肯犧牲兩三千字的地位──每日往往肯者，不免有些語痛，而且也頗有些言之色喜狀，蓋《中央日報》之《青白》，確係視廣告之多少而為有無之轉移者也──登一些下流及淺薄的東西。不但此也，有時候，他們也肯奉送這兩三千字的地位，給你們出什麼《文藝週刊》，以節省幾文稿費。於是有一禮拜之久而字只兩三千的週刊，便風起雲湧排山倒海以來，我能夠做幾句中國特創體的新詩的，便可以出一個週刊，你能夠寫幾個哥哥妹妹的字的，也可以出週刊。降而至於只能容量五六百個字的地位而素來是《快活林》《自由談》化者，也有人在那裏出週刊。

附在報屁股上的週刊者，南京文藝界最初之基本隊伍也。然而內容呢，固然要削足適履的去牽就這二三千字的地位的不會好，即使能夠恰恰勉強湊足二三千字的週刊，其實質的淺薄幼稚可憐可笑之處，頗有使人去做廢書三歎或怒髮衝冠的正人義士之力。質之《文化日報》的《野茨》，《夜鶯》，《繆絲》，《青白報》的《青春》，《紅豆》，《民生報》的《星火》，《國民日報》的《駱

駝》,《新中華報》的《泛流》,⋯⋯等等的高明週刊,以為何如?

其次,應該談談近來勃興的獨立發行的文藝週刊問題,如名副其實的《幼稚週刊》,如像垂死的病者一樣透著無生氣的呼吸的《寒松?刊》(按:?刊,原文如此),還有篇幅甚多而實是烏合之眾的《流露》,以及《橄欖》,《呢喃》等等期刊,其中定有可以傳之後世和擲地作金石聲之處,可惜不曾一一拜讀,否則,當心記手抄,代為揄揚,藉廣流傳也。

使南京的文藝界,有這樣如火如荼的生氣而不久可以『天』終『坑』寢者,其諸君子之成績,實不可沒。例如有上追唐宋下扼明清的舊詩人——做得出三山雲氣三山霧,狗日放屁狗自香的田夫簡公堂之流。還有中國的拜倫,雪萊,海涅似的某詩人學校出產的黃口新詩人,雖然他們偶或要化成女人,有些近乎下流和無賴,但要騙取稿費,亦屬情有可原。還有忽然住進象牙之塔裡去,忽然跑到十字街頭來的身住上海而未忘情於南京的丁丁先生。還有,還有呀呀學語的韓起先生。不都是足以垂諸金石的功臣嗎!」

文中指名道姓者還有楊晉豪、羅西、向培良等等。

署名「長鋏」,那也是「食客」之一。嘲笑南京文壇,殊不知自己也側立其間。他說南京雖是六朝古都,卻沒有文藝界。假定硬要說有,那也僅是人造起來的「歪斜的廟堂」;住在這「歪斜的廟堂」裏的僧徒,無不「幼稚與醜惡」。靠「幼稚與醜惡」做出來的文藝,正像從「糞坑」裏散出的「臭氣」,令人捂鼻。南京的報紙副刊讓出兩三千字的篇幅,登些「下流及淺薄的東西」,不過是為了「騙取稿費」而已。這位「長鋏」先生似與三民主義文藝誓不兩立。

《開展》週刊附於《新京日報》,占《雨花》地位,卜少夫主編。

為了對歷史存真,此處不避重複,願原汁原味地錄下《矛盾月刊》上一篇署名辛予的文章〈一九三一年南京文壇總結算(上)〉[36]對開展的

[36] 載 1932 年 5 月 25 日《矛盾月刊》第 2 期。據 1932 年 12 月 5 日該刊第 3、4 期合刊說:「〈一九三一年南京文壇總結算〉的續稿,因作者辛予君以某種關係

介紹，原小標題是；「開展文藝社的傾向——份子及其出版物之剖視——
內部的分化——最後的瓦解」（第10－16頁）。

> 適巧與中國文藝社相反，在同一時期中樹立起「民族主義文
> 藝」的旗幟來的是開展文藝社。這組合與民族主義文藝運動的領
> 袖團體——上海的前鋒社是有著極密切的聯繫」。他們的成立宣言
> （按：實為刊物發刊詞）說：「民族主義文學，以水到渠成之勢，
> 無疑的成為支配中國文壇的一種新的勢力了。／我們應該幫同來
> 開展著，給中國的文學開展一條新的路徑，建設起一種文學的革
> 命的底文學來。」既如此堅定地站定了自己的立場，他們對於「敵
> 對的普羅利塔利亞文藝」不能不開始猛烈的攻擊。從這率直的，
> 坦白的，而且露骨的態度中來剖視，這集團思想上的傾向，誠如
> 他們自己所說：已經「奠定了這永固的基石」了。實在的，自發
> 動以至最後瓦解的時候，開展社是始終很勇敢地站立在民族主義
> 文藝底陣營中的，這一點是很夠欽佩的了。

辛予全面介紹說：

開展社的構成份子，全是一些年青人，他們對於集團的努力是十分
真誠的。最初發起的重心人物是：潘子農、曹劍萍。此外還有卜少夫，
乃是後來加入而同樣為一般所注目的。三人之中，潘子農是最活躍的一
員。他起初曾經參加過創造社的下級工作，其後與《幻洲》、《現代小說》
等刊物，也有相當的關係。在十六年（1927年）國民黨清黨分共的時候，
他為了在泰東書局出版的短篇創作集《還鄉道上》某一段文字之故，竟
受了兩個多月的監禁。出獄後很少寫作，直到1930年春間來京（南京）
後，始繼續他以前的生涯。他努力的方向是側重於短篇小說，寫一點隨
筆之類的小品，比較是他最擅長的。說到他的思想，過去彷彿是很左的，
但在最近四五年間，他卻是民族主義文藝運動中非常努力的一員。

而入獄，只得暫時停刊了。」（第353頁）

　　曹劍萍是一個頗具有創作天才的青年，他不過是兩三年之內才開始寫作的，然因他刻苦努力，進步得異常迅速。在他的作品裏是充滿著很柔媚的情詞，修辭的手法則以過分描摹日本小說的風格而覺得晦澀一些，所取創作的題材也太單純，這或許是他本身的實生活缺少多方面去體驗的緣故。且限於學識的程度，思想也很模糊的。

　　在南京方面，卜少夫是很早就努力於文藝的。以前曾經組織過一個「雪花社」，三年前一度去日本研究戲劇。他的散文和詩，都很美麗，尤其是字句的構造，是有著一種很新穎的風格。可惜他對於寫作太疏懶，否則其成績一定是很可觀的。他的思想範圍似乎很雜亂，常常可以發見他「昨日之我」與「今日之我」在循環不絕地交戰，這恐怕也是使他減少寫作能力的一大原因？

　　定期刊先後共出三種：《開展月刊》、《開展週刊》、《青年文藝》。月刊尚有一種《民俗》週刊，乃是由杭州鍾敬文等組織的「民俗學會」撰稿，而開展社負責編輯和出版的。

　　《開展月刊》總共出了 12 期。編輯起首是曹劍萍。那時的月刊是 32 開本的篇幅，內容完全側重於創作；翻譯的東西是不大多見的。而創作的題材則又多半側重於民族意識之喚醒，在這一點上，他們的確有過相當的收穫。如〈回國〉、〈決鬥〉、〈血〉、〈印捕之死〉等篇，都是能夠充分表現出被壓迫民族的苦痛而啟示讀者們一種鬥爭情緒的完善作品；不過，他們在理論方面的建設卻非常失敗，所有的幾篇，觀念既不準確，見解也很膚淺，這是很大的損失。而且到了第 4 期之後，編輯者彷彿漸漸失掉了原有的統制力量，使刊物的精神異常散漫，於是在第六七期的合刊裏邊，竟充滿了兩性的「濫調」，顯然把他們先前的主張遺棄一旁，而墮入頹廢的深淵中去了。

　　為了挽救這腐化的傾向，自第 8 期起，月刊改由潘子農負責。在這一階段裏，這刊物開始進展了一層：外形方面是篇幅的放大，以及編排的改革，而內容也較之以前要充實得多，同時在態度上，編者也放棄了過去的吶喊口號而趨於沈著。並且，在開展的一群中，此時卻突出了一個值得注意的作者──劉祖澄，在他所作〈掙扎在泥沼裏的靈魂〉、〈剎那

的互惠〉兩篇小說裏，是如何深刻地描寫著在麵包線下掙扎的人們之苦痛，寫作的技巧也很圓熟，真是不可多得的作品。此外，第 10、11 期合刊的「民俗學專號」，也是開中國出版界之新紀元，而得到讀者大眾熱烈歡迎的，這可以算作《開展月刊》的中興時期了。

然而不幸得很，開展社的內部忽然起了分化，月刊又重複由曹劍萍主編，最後一冊的第 12 期，以積欠印刷費之故，雖然印好了，卻始終為印刷公司扣留而未曾發賣。

《開展月刊》第 10、11 期合刊為「民俗學專號」，刊載的主要文章是：黃石〈苗人的跳月〉、日本松村武雄作、白樺譯〈地域決定的習俗與民談〉、英國班女史作、陳錫襄譯〈民俗學是什麼〉、鍾敬文〈中國的地方傳說〉、汪馥泉〈民俗學底對象任務及方法〉、顧頡剛、吳立模〈蘇州唱本敘錄〉、樂嗣炳〈民俗學是甚麼以及今後研究底方向〉、錢南揚〈從祭祀說起〉、黃石〈迎紫姑之史的考察〉、婁子匡〈蒐集巧拙女故事的小報告〉、曹松葉〈關於草木蟲魚〉、鍾敬文〈金華鬥牛的風俗〉、隨筆兩則：趙景深〈孟加拉民間故事〉、婁子匡〈紫姑的姓名〉、劉大白〈故事零拾〉、柳固〈貴州的小孩〉、永尾龍造〈老虎外婆〉、楊成志〈川滇蠻子新年歌〉、蔡一木〈南陽婚俗〉、格列姆述、鮑維湘譯〈小紅騎巾〉、附錄四篇：〈中國民間故事型式〉（鍾敬文）、〈中山大學民俗學會出版叢書提要〉（子匡）、〈中山大學民俗週刊要目〉（編者之一）、〈杭州民俗學會民俗週刊總目〉（編者之一）。

什麼是民俗學？英國班女史的詮釋是：「民俗學（Folkiore）這一名詞，本義是『民間的知識』，1846 年時故托瑪斯（W.J.Thomas）先生始以代替『民間的舊俗』這一更早的用語的。它自成為一種普通的名詞，概括著流行於退化的民族，或殘留於較進化的民族之未開的階級中的傳統的信仰，風俗，故事，歌謠，和俚諺。它包含了關於有生的無生的自然界；關於人類的性質及人造的事物；關於靈界及其與人間的關係，關於妖巫術，咒語，Charms，符籙，運命，預兆，疾病，和死亡之古代的及野蠻諸信仰。此外還包含了婚姻和嗣續的幼年期和成人期的生活的，與節期，戰爭，狩獵，漁撈，牧畜等諸風俗和儀式，以至於神話，傳說，民譚，

謠曲，歌謠，諺語，謎語，搖籃歌。簡言之，它包含了別於工藝的技巧之一切造成民間的智力修養方面諸事物。喚起民俗學者注意的並非犁的形式，而是犁者下犁土中時所執行的儀式；並非網與鉈的製作，而在於漁人在海中所謹守的禁忌；並非橋樑或住屋的建築術，而是建築時從給與使用的社會生活。所謂民俗其實只是古代民間的心理表現，無論其在哲學，宗教，科學，和醫學的，在社會組織和禮節的，或在歷史，詩，和其他文學之更嚴密的知的部分的諸領域裏頭。」

編者的〈編後贅言〉將以上各篇文章的要點有所提挈：

這個專刊裏的文字，大略可區分為四類：（1）論考，（2）隨筆，（3）記述，（4）雜件（即「附錄」）。

論考類裏的第一篇〈苗人的跳月〉和第九篇〈迎紫姑之史的考察〉，都是黃石先生的手筆。黃先生年來所發表關於民俗學的論文，在留心此道的讀者腦中，是早贏有其應得的評價的。這一回，特為我們寫了這麼兩篇，無論在質或量上看，都足於表示他的用氣力，不敷衍吧。

第二篇〈地域決定的習俗與民談〉與第三篇〈民俗學是什麼〉，都是域外民俗學者論著的移譯。後者之作家班女史，在我國，似已頗有人提起過。這裏所譯的，便是她的名著《民俗學概論》（Haud-book of Folk-lore）〈緒論〉的一部分。雖然中間似有一點帶著帝國主義意味的說話，但我們要是先明白作者是一位英國人便得了。在她的名著沒有全部譯成中文以前（日本，在 4 年前，已有岡正雄氏的譯本了），這個短篇的介紹是有意義的。前者之原筆人，為松村武雄博士。他所著《民俗學論考》與《神話論考》，讀之，都使人欽佩其精博。這裏所譯出的，是博士著作中較短篇的一個論文，但他的學殖，思想（當然指關於民俗學方面的），也早據以略窺見一斑了。

第四篇〈中國的地方傳說〉及第十二篇〈金華鬥牛的風俗〉，都是鍾敬文先生的作品。前者，把在民間文學上（同時也是在民

俗學上）頗佔有相當位置的「地方傳說」，給以較具體的論探。後者，則是以一件頗不為國人所注意的風俗（鬥牛），作社會學的探究的嘗試。

第五篇〈民俗學底對象任務及方法〉，雖然作者來信自謙說是『瞎嚼蛆』，但我們覺得他確是在這裏，鄭重地提出了民俗學上今日所面對著的問題的。至文中對於斯界同人不客氣的批評，這不但不足以懷疑汪先生的『別有恩怨』，我們以為這反可看出他對人與對學術的坦白與誠懇的態度。我們試舉一點旁證。數月前，汪先生讀完了顧先生編著的《古史辨》第二冊，曾有信給編者，大意謂他對於顧先生所用以治古史的方法，以為頗有可商榷之處。很想把自己的意見誠懇地寫出，以貢獻給顧先生。因為他很相信顧先生對國學深有根柢，於學問的成就上，是很有希望的。從這看來，汪先生對於顧先生等關於民俗學等意見的批判，與其說是消極的不留餘情的責備，實不如說是帶有熱烈的誠懇的希望較妥當吧。

第六篇〈巫娼考〉是從日學者田中香涯氏所著《變態風俗之研究》中譯出的。編者寡陋，於田中氏究有別種著作之事，甚為茫然。但就變態風俗之研究一書看來，作者對於民俗學問題的感到興味，與具有著相當的才識，是很顯然的。將來頗想把他書中關於〈日本女子共有民俗之考證〉，〈人身犧牲〉，〈考文身考〉等較有意味的論文介紹過來。

第七篇〈蘇州唱本敘錄〉，這雖然僅是一篇唱本的提要，但他卻頗帶著刺激，提倡的意味的。顧先生這回在附帶給編者的信上，重複著文中的語句似地寫道：「唱本，現在真應收集，弟所到處，均給上海唱本打倒了！」讀了這句話，顧先生發表這個「提要」主要的用意，該十分地明白了。

第八篇〈民俗學是甚麼以及今後研究底方向〉，樂先生除介紹了班女史的理論，並給我們草了關於我們今後民俗學界進行的方案。這是一個可注意的提議，讀者可以把他合汪先生的文章比看。

第九篇〈從祭祀說起〉，第十一篇〈蒐集巧拙女故事的小報

告〉，第十二篇〈關於草木蟲魚〉，或論斷頗精當，或取材很豐富，都是值得我們一覽的。

應當說，民俗學與民族主義是有關係的。

辛予的〈一九三一年南京文壇總結算〉繼續說：

《開展週刊》是借用《新京日報》副刊的地位出版的，由卜少夫主編。因限於篇幅，裏面全刊登一些短小精悍的創作，以及辛辣的隨筆。在此，這位編者是曾經儘量貢獻了他的一切的。直出到 30 多期，亦因內部的糾紛而停頓。

《青年文藝》也是週刊，是在月刊改革之後由曹劍萍創辦的。附隨著《中央日報》出版。這是一個純粹刊載短篇創作的刊物，態度則有些近似中國文藝社那種「為藝術而藝術」的高調了。

總觀開展社所有的刊物，其始終不拉攏偶像來裝幌子這一點是值得稱讚的。他們富有極強的自信力，他們也很清楚地認識出版這些刊物的目的是表現自己底一群的力量。

至於《開展月刊》也有兩種很好的特色，應該特別提出來的，第一是封面畫的逐期更換，作者洪正倫在每一幀裏邊都是盡力發揮了他偉大的天才，這是公認的。其次是〈開展線下〉這一欄的明槍快刀，這裏是把握著廣大的讀者，但也遍受了多方面的非難，不過在客觀的我們看來，實在是乾脆而且痛快的。

開展社內部分化的原因，據我所知道的有兩種：（一）由於月刊編輯權的突然轉移及轉移後的勃興，很使曹劍萍這一方面難堪。（二）社內的經濟保管者王某盜用公款，潘子農主張徹查，曹則因某種緣故而袒護之，兩方相持不下。從這兩重誤會出發，雙方顯然有了派別之分，直到潘子農因事去滬之時，曹劍萍與王某召集一次不足人數的社員大會，竟開除了潘的社籍。大部分社員對此事均不甚滿意，於是重要份子如卜少夫、洪正倫、翟開明、劉祖澄等均相繼退出。這樣一來，開展文藝社便瓦解了。（以上第 10－16 頁）

《矛盾》月刊

　　《矛盾》月刊的作者陣營較強，近似於中國文藝社的《文藝月刊》；它的開本和裝幀設計則頗似《現代》。起初由潘子農編輯，後擴展為汪錫鵬、潘子農、徐蘇靈三人編輯，發行人是劉祖澄。基本作者隊伍是：裘柱常、毛騰、張問天、鄭振鐸、李孟平、羅洪、熊佛西、趙銘彝、左明、蕭石君、歐陽予倩、向培良、張資平、湯增敫、汪錫鵬、崔萬秋、查士驤、劉吶鷗、劉祖澄、王魯彥、龐薰琴、徐蘇靈、鍾憲民、潘子農、黃霞遐、陳凝秋、蔣山青、宋衡心、袁牧之、楊邨人、莊心在、雨辰、李寶泉、林予展、鄭洛文、老舍、夏萊、朱雯、馬彥祥、倪貽德、劉獅、盛此君、侯汝華、何德明、陸印全、蘇菲、羅姍、汪雪湄、陳君憲、黃嘉謨、趙家璧、施蟄存、彭家煌、楊蔭深、顧仲彝、姚逸韻、黎錦明、冷波、鷗外鷗、嚴大椿、侍桁、胡春冰、唐槐秋、葉永蓁、徐轉蓬、萬國安、黑嬰、史輪、楊世驤、朋其、朱一葦、羅天問、伏路、章克標、葉鼎洛、王家楸、彭成慧、楊彥劬、陳延憲、劉勳卓、張露微、曹泰來、馬宗融、李金歐、李青崖、李金髮、徐遲、林英強、易椿年、邵冠華、陳清華、林辰、汪馥泉、夏炎德、方之中、谷劍塵、金滿成、白樺、留予、徐君梅、周鏡之、陳白塵、林微音、馬文珍、許度珍、許嘉蜜、甘永柏、伍蠡甫、杜承恩、明華、惟生、林西、亞輪、楊喬霜、章鐵民、可華、李劍青、孫用、戴望舒、張廷錚、郭建英、孫伏園、汪倜然、魏摩茜、黎君亮、洪深、包時、賽先艾、李同愈、高明、陳福熙、蘇芹蓀、魏心蘇、閻折吾、汪漫鐸、戴涯等等。

　　在「本刊創始周年紀念」號，即第 2 卷第 6 期上，潘子農的一篇〈從發動到今朝〉[37]，談了矛盾社和中國文藝社、前鋒社和開展社的關係，具有一定的史料價值，詳細摘錄如下：

　　　　當本刊出滿了兩卷的今朝，我們雖然深陷於荊棘之中，卻非
　　　常欣慰地預備將這個渺小組合的過去，展開於讀者諸君之前；矛

盾出版社之創始，遠在 1932 年 4 月 25 日，也就是我們這本《矛盾月刊》在南京發動的那一天。若以時間而論，眼前已經有了 1 年又 9 個月的紀錄，則所謂「創始周年」的紀念，似乎不很應該留到現在。無奈本刊第 1 卷諸期，都是在明槍與暗箭的壁壘下，斷斷續續地印行，直到去年 9 月遷移上海後，始克按期出版，所以這「周年」兩字的意義，迺是紀念本刊已往難產的 1 年，將一切苦難的經過重複來溫讀一遍而已。

　　過去是毋庸留戀的；未來在期待著更尖銳的鬥爭。僅借本刊開始向另一階段踏進的時候，讓我們把這筆舊賬毀滅了吧！

　　組織矛盾出版社最初的動機，多少和我個人生活之突變是有些關係的。我自 1927 年在上海身遭文字獄以後，曾匿居鄉間多時，漸以生活窘迫，於無可奈何的情況下，去南京某市政機關服務。其時主張以「非常手段處置非常事務」的流毒，還是有炙手之畏，我自知雖非「明哲」，無論如何總犯不著再去嚐鐵窗皮鞭的風味，所以決計拋棄寫作生活，努力於「等因奉此」之類的吃飯工作。於是就這樣在掛證章稱同志的環下，輕輕度過了兩年光景。

　　成為首都後的南京，當時好像「暴發戶」一般隨處陳列著許多難以形容的醜態，雖然也有一樁事情倒相當地反映出一個大時代過去後的新氣象，那便是各種報紙副刊的熱烈於新文學運動。由於這種力的引誘，我頗有見獵心喜之感，加予我所服務的那個機關中，新官僚的氣味，日盛一日。這些自然很容易使一個對於革命有過重份熱望的青年，感到憤懣與憎惡，因此我便寫了一篇題名〈第三辦公室〉的小說，投載《首都日報》副刊。稿子是十九年 1 月 23 日載出的，而我的免職令也就在 24 日早晨接到了，理由據說是「不守紀律」4 個字。對於這只情同難肋的飯碗之打碎，在我個人，除掉覺得此後生活將缺少一些保障之外，別無他感。然而消息傳出去之後，有幾位副刊編輯先生卻替我大抱不平，竟於 3 日之間，發動了全南京各報副刊，群起攻擊。這種火一般的熱情，使我消極的心理驟然緊張起來，於是立刻寫了一封痛快淋

漓的信，寄給當時的南京市長劉紀文先生，要求他給我一個答覆。結果是市長鑒於事態之嚴重，便在我被免職後的第 19 天，也把那個機關的負責人撤差了。

　　公務員既做不成，自然只好恢復寫作生活，幸而幾個副刊編輯先生，都很熱心援助我，因此，這一時期中，我曾經用了各種化名，寫過不少短文。友人中如段夢暉，趙光濤，瞿開明，曹劍萍，劉祖澄諸兄，多半是從那時認識的。──這許多人到後來，也就是《開展》月刊的發動者。

　　《開展》月刊雖非《矛盾》的前身，但從歷史上來剖視，彼此間不免有相互形成的因果，即在人的方面，也頗有一些小小淵源之存在。《開展》最初的發起者，是曹劍萍，瞿開明，劉祖澄三兄，其時適當朱應鵬氏在上海竭力提倡民族主義文藝運動，這種新興的思潮便促成了這本小刊物的誕生。而王平陵兄等主辦的《文藝月刊》，也同時與《開展》出現於南京文壇了。記得為了同行嫉妒之故，我曾經以開展社一份子的關係，與王平陵，金滿成兩兄，鬧過幾次筆爭。如今回想來，真覺得這種「孩子氣」是太可笑了。《開展》月刊共出 12 期，前 7 期是完全由曹劍萍兄主編的，8 期以後，始歸我負責。那時大家都很努力，我和劍萍兩人，差不多每期都有一篇創作小說載出。封面畫作者洪正倫兄，也按期為《開展》畫一幀很有力的封面，這一點，直到現在還有幾位讀者在稱頌著呢。最滑稽的是有一位姓孔的青年，起先因看不過我們這一群的活躍，便天天在幾張副刊上謾罵《開展》，後來他忽然悔悟了，甚至央求社友卜少夫兄，要他介紹加入開展社，同時還自動的寫了一篇類似悔過書的文章，刊某期《開展》週刊。

　　老實說：開展社當時如果不硬喊口號，不吸收一班淺薄無聊的份子，至少直到現在，還是一個很健全的文藝組合。所惜終因各人思想不同，以及種種事務之情感用事，遂致造成糾紛而無形停頓。我和開明，祖澄，正倫，少夫等 5 人，就在此時宣告退出。未滿 1 月，開展社也就解散了。

　　從這次開展社不幸事件所得到的教訓，使我們知道一個文藝
團體如果企圖徵求大批社員來號召是萬萬不可的，因為人多夥
眾，份子定會非常複雜，往往意見紛歧，辦事異常棘手。所以後
來著手組織本社的時候，我和祖澄堅決主張採取出版合作性質，
而反對文藝團體的一般形式。

　　發動這組合，還是1931年秋季的事。全部計畫是我一手擬訂
的。而列為發起人的，計有劉祖澄，瞿開明，蔣山青，王平陵，
卜少夫，閻折吾，洪正倫，莊心在，趙光濤等十餘人。不過計畫
雖然容易擬，要籌措一筆錢來實行這個計畫可不是那樣簡單的事
情了，何況在我們這一群中，無論誰都是「自顧不暇」的窮困者。
於是我們這個計畫同政府機關的各種計畫一樣，只好在無聲無臭
中暫時流產了。

　　時間一直遷延到翌年春末，時方「一二八」事變甫定，滬寧
兩地刊物，多半受時局影響而中輟，文藝界之荒涼寂寞，實為『五
四』以來所罕見，我們目擊此種景象，更覺得先前這個計畫非促
其實現不可了。某日，我偶然在一處宴會上碰到同鄉徐恩曾先生，
他是留美學習工程的，過去從事革命工作，頗著勞績，所以回國
後就任職於中央黨部。他對於印刷事業，似乎特別感到興趣，曾
經創制一種小型的印刷機，頗合機關團體印些通告啟事之用，而
且南京的國民印務公司，也是他發起創辦的。因此，我和他從印
刷方面談起，接著便講到我們這個流產的計畫。在我起初的用意，
只希望徐先生答允我們在他的印刷公司裏欠一點賬，以便先來印
行那本計畫中第一步驟的文藝期刊。不料徐先生對於文學方面的
興味，也是非常濃厚的，見解之卓絕深奧，尤使我欽佩不已。一
場談話的結果，他不僅允許給我們欠賬，並且還自願為我們這個
組合募集一點股款。

　　事情既然得到了這樣巨大的助力，一切自可迎刃而解。可是
眼前卻又橫倒了一個看來並不費事而實際上又很難於定奪的問
題，那便是這組合的名稱。在此「黨派」與「幫口」盛行之年，

文壇上樹滿了各式各樣旗幟；有的向左，有的向右，有的披紅，有的掛綠，如果沒有這一套玩意兒，彷彿立即有被逐出文壇之勢。萬一你真正「無所謂」，則更有一批聰明得可怕的人物，會從你的名稱上曲解附會，硬把你列入某派某幫。所以決定名稱，非慎重其事不可。

「矛盾」是我所提出的名辭而為大家同意的。這兩字的意義，我們在積極方面，曾經把它解釋為：「以我們鋒利的矛，去刺破醜惡者拿來遮隱自己底罪孽的盾，更以我們堅實的盾，來抵抗強暴者用著欺凌大眾底兇器的矛。」在消極方面，我們以為現社會的一切都在矛盾之中，我們既是現社會的人類，一切也只有矛盾而已。不過後來我們把這兩個字用作月刊的名稱，隱隱然似乎又作了另一種解釋：即是我們這本刊物並無狹仄的偏見，無論民族意識或階級意識的作品，只要不硬喊口號，亂抄標語，且為時代所需要者，一概兼收並納。因為刊物究竟是讀者所共有的，不是編者的私產。

然而名稱儘管慎重，聰明人還是不會缺少歪曲的技術。矛盾出版社終因成立於南京，終因重要股東徐恩曾先生之任職中央黨部，直到如今還被人目為「中央的刊物」，這點豈是我們當初意料所及的呢？

名稱決定之後，股款也漸漸收足了原定的數額，於是《矛盾》月刊也隨著矛盾出版社之形成而發動了。月刊的編輯與發行事宜，由我和祖澄兩人分別負責。編輯部設於太平路忠義坊 6 號 3 樓，發行部為求交通及種種事務之利便，就設在卜少夫兄所主辦的活躍週刊社內。這時候本社的實際負責者，似乎也只有我和祖澄，所以月刊發稿之後，我們為了校對編排這些事情，常常弄到深夜兩三點鐘才回去睡覺。

4 月 25 日，本刊發動號問世，矛盾出版社這個組合也就正式在新聞紙上公佈成立。是日晚間，祖澄，正倫，少夫和我，在太平路的一家小酒館裏痛飲了一次，暢快之至！

刊物出版後一星期，據我們的總代售處中央書局報告，單是本京已售出 400 多冊。原因自然是由於京滬兩地的文藝期刊，自上海事變以來，都沒有恢復出版，讀者們正在感覺著異樣的饑荒，所以對於我們這點小小的供應，多少是很樂意接受的。事情一開頭便得到這樣良好的現象，大家都十分興奮，決定在第 2 期增加三分之一的篇幅。同時還約定了鍾憲民兄，按期譯載蘇俄同路人作家洛曼諾夫氏之長篇小說《三隻絲襪》。

然而不幸的事件，立刻緊隨我們的歡欣而蒞至了。當本刊第 2 期發稿後 5 天，突接外交當局通知，說是「據日本領事提出抗議，認為本刊發動號所載插圖〈這一群鬼臉〉及題名〈鹽澤〉之小說一篇，有侮辱該國國體之處……」云云，並且要我們「敘述理由，以便答覆」。本來對於此種無理的抗議，在我們刊物的立場，盡可置之不理，不過當時外交上的種種苦衷，也是大家所深知的。我們一方面既不願以一本小小的刊物而影響到巨大的外交問題，一方面又竭力要保全刊物的生命，所以只得認錯賠禮，希望就此風平浪靜。豈料事情仍不能因我們之屈服而就此完結，所以在 2 期出版之後，本刊竟受到了停刊兩月的處分。

年青人做事是受不起重大打擊的。《矛盾》經此一度波折之後，大家似乎都有意興闌珊之勢，適巧祖澄又因事返滬，刊物方面驟然失去了這樣一位忠誠不苟的主腦人物，局面之衰落是可想而知了。所幸此時卜少夫兄已將他的週刊《活躍》停辦，因之種種事務方面，倒很能得到他一些援助。然而我自己終以心神交疲而重病了，於是本刊也就有了足足 6 個月的長期休刊。

在這一時期中，出版社本身全然陷入於無政府狀態之下。一切內外糾紛，只好由我個人硬著頭皮出來頂撞；舉凡同行的嘲笑，讀者的謾罵等等，不論其有理無理，除掉「逆來順受」而外，還有什麼可說呢？記得有過一位定戶胡應功君，曾經寫了一封洋洋數千言的長信，把我們痛罵一頓，並且指責數點，要我立即答覆。我躊躇一夜，仍舊沒有勇氣回答這位可敬可畏的年青朋友。至於

股東方面，此時也頗有不滿之辭，好在徐恩曾先生很知道我的難處，承他代為解釋，得以敷衍過去。

不過月刊在那時雖然沒有出，矛盾文藝叢書卻連續刊行了兩種；一本是我的小說集《乾柴與烈火》，另一本是辛予君所譯法國羅曼羅蘭氏的名劇《愛與死的角逐》。

《矛盾》3、4 期合刊是 12 月 5 日出版的。這期自編排校對，以至包紮郵寄，幾無一事不是由我自己動手。稿件方面，幸承王平陵兄竭力幫忙，似乎較以前整齊得多，這點總算略略減少了我們對讀者的歉疚。可是因為〈矛盾陣營〉一欄的擴大陣線，在無意識中惱怒了一本以水果為名的南京小刊物，該刊編者竟然無中生有，造出很多的謠言來中傷本刊，當時我們預備訴之法律，後經朋友調解而寢事。

合刊出版後，銷路甚踴躍，我們的勇氣也就恢復了一些。由於手頭留存著四五篇關於戲劇方面的稿件，我忽然想到出一次『戲劇專號』的計畫，當時反對者很多，獨平陵兄特別同情，我自己因為覺得此舉頗足使冷落的劇運空氣稍稍熱鬧一些，所以十分堅持，於是事情隨即很勉強的通過了。徵稿信發出以後，各方應援之聲，竟出乎意外的熱烈；首先給我以巨力援助的是長沙的向培良兄，他在很困難的環境中，立即寫了兩篇論文寄來，並在信上大大的鼓勵我。接著，北平馬彥祥，廣州胡春冰兄，濟南閻折吾兄，上海的袁牧之顧仲彝兩兄，均先後來函贊同此事，並答應撰稿。最可感激的是不久前曾一度榮任福建人民政府文化委員的歐陽予倩先生，他於啟程出國之前夕，特地整理出兩個劇本和一篇短文用快信寄給我。這樣一來，兩個原來並無十分把握的專號計畫，也就可以毫無問題的實現了。

在此，我順便還得提及本刊因這專號而與《現代》發生的一點小小的交涉。在予倩先生所交給我的兩篇劇作，其中一篇題名〈同住的三家人〉的，是廣州戲劇研究所排演用的油印本子，不過有很多處是他自己用墨筆修改過的。我因為喜歡全劇 Theme 的

富於社會性，便擇定這一篇付印。不料幾天之後，無意中在《現代》2卷1期的預告上，也發見了這篇劇作，經我去信向施蟄存兄查問後，始知予倩先生一方面把油印本給了我，一方面又把已經印成的小冊給了《現代》，所幸我這裏還有他的另一篇劇作，便接受了蟄存兄的意見，把那篇抽掉了。

五六期合刊的戲劇專號，應該是在1933年2月出版的。但因遷移社址，以及篇幅過鉅，印刷所來不及趕印之故，又脫期了1個月。在此期間，我曾赴杭州小住十餘日，這次雖說只是我私人的短期旅行，然而汪錫鵬兄之加入《矛盾》，出版社之重行改組，卻全然是因此而發生的。

我和錫鵬還是六七年前在創造社的某次聚會中認識的，那時他正是發表了長篇《結局》之後而為一般青年讀者所推崇的人物，創造社方面如成仿吾，李初梨等人，為了某種政治使命，頗想拉攏他。聽說這次聚會，也是為了他而召集的。那天我因為和他坐在一起，便談了許多關於《結局》的話。不久，我被捕入獄，彼此的音訊也就斷絕了。直到本刊三四期出版後，我從一家書店中得悉他在南京某專門學校教書，可是當我去看他的時候，他卻已經離開南京到之江大學去了。其後經過幾次通訊，我漸漸知道他對於文藝的興趣，已不若早先那樣強烈了。

記得那次在杭州他到清泰旅館來找我的時候，兩人晤見，幾不復相識。彼此雖然都覺得有很多話要講，卻又無從說起。直到晚上在一家菜館裏喝了幾杯酒之後，才很痛快的暢談一番。然而舊友重逢，歡欣中總不免帶著一些傷感氣味，回溯過往，我們不禁大興滄桑之感了。

第二天我們冒雨遊西湖，我同他談及改組矛盾出版社的辦法，並堅邀他來編月刊。他對擴大月刊篇幅，印行創作叢輯等事，都很同意，獨於遷移上海出版一點，表示反對。他以為上海雖屬文化中心，但文壇上複雜情形，亦較他處更甚，我們既以『無態度』為態度，勢必左右兩不討好，受人夾擊，反不若獨處一隅，埋頭苦幹

來得痛快。至於要他負編輯責任一層，他立刻很熱情的答允了。
於是，我帶著十二萬分的喜悅與希望回南京。

戲劇專號先後共印 6000 冊，初版 4000 冊，竟於出版後半月
中，立刻銷售一空。讀者和友人們來信稱頌的，日有數起，甚至北
方有幾家學校，來信訂購一二百本，採作戲劇教材。國外如日本，
美國等處，也頗多來函購閱者。因之股東方面，認為《矛盾》在讀
者群中已建樹了相當信譽，倘欲繼續出版，非重加整頓不可。時
適徐蘇靈兄自北國歸來，我又竭力邀他參加合作，在短短數日之
間，我同他擬好了全盤改組計畫，送給徐恩曾先生。

6 月 19 日的股東會議席上，終於很順利的通過加聘汪錫鵬，
徐蘇靈兩兄為月刊編輯，並決議將出版社全部遷滬，以利進行。
這時錫鵬因之大放暑假，也來南京，我們 3 人把出版社前期的事
情結束一下之後，我和蘇靈就先來滬籌備一切，認錫鵬在南京留
守。

到上海第一椿重要事件，即是租社所。在上海租住宅房子，
本來是很容易的，可是要找一所適宜於做出版社的房子就難了。
那時正是夏季，我和蘇靈每天在法租界到處亂跑，仍無相當房屋。
後來終於被蘇靈找到了辣斐德路松筠別墅 C496 號的房子，地方頗
清靜，空氣光線也很好，這樣就把社所決定了。

7 月 28 日，我們改組後的矛盾出版社在上海成立了。接著本
刊 2 卷 1 期的革新號，於 9 月 1 日以新的姿態與久別的讀者們相
見。截至這一期止，第 2 卷宣告終滿。

從遷滬後到今朝的 6 個月中，社和刊物兩方，也很有幾件值
得注意的事情，順便在後面概略敘述一下：——

10 月，本社聘請劉吶鷗兄為矛盾叢輯主編。錫鵬因受河北平
民教育促進會文學部之聘，去定縣任事。

11 月，本刊為作家彭家煌氏發刊追悼特輯，並以追悼文字稿
費全部捐贈彭氏遺族。同月 15 日前後，本刊編輯部接到署名江蘇
蘇維埃政府文化委員會之警告，要我們立即轉變，因不知究應如

何「轉變」法，未覆。

12 月，本社因業務日盛，原有社所已不敷應用，迺遷入愛麥虞限路 45 號新址辦公。

1933 年 9 月 1 日出版的第 2 卷第 1 期名曰「革新號」。從「革新號」起，每期的目錄頁、版權頁，或內文的補白處，都有一句廣告語：「以最新的姿態出現於動亂的文壇 以最低的價格貢獻給廣大的讀者」。

遍覽《矛盾月刊》各期，除了一般的創作和理論文章外，還有幾個特輯比較可觀：

（一）第 2 卷第 3 期的「追悼彭家煌氏特輯」（1933 年 11 月 1 日出版）：

彭家煌於 1933 年 9 月 4 日，因窮困，長期胃病得不到治療，致使胃穿孔，手術無效，在上海紅十字會醫院逝世，終年 36 歲。這個特輯共刊：追悼會啟事（發起人有陳伯昂、潘子農、施蟄存、杜衡、李石岑、王人路、周谷城、蕭序詞、黎烈文、陳紹澍）、潘子農〈祭壇之前〉、彭家煌夫人孫珊馨〈家煌之死〉、何揆〈「活不下去」〉、陳紹澍〈記家煌病歿前後〉、汪雪湄〈痛苦的回憶〉、周祚生、卓劍舟、馬良〈悼詩三章〉、彭氏照片、手跡、著作年表（壹、《茶杯裏的風波》，現代版，1928 年 7 月 5 日出版 貳、《皮克的情書》，現代版，1928 年 7 月 15 日出版 三、《平淡的事》，大東版，1928 年 10 月 22 日出版 肆、《慫恿》，開明版 伍、《喜訊》，現代版，印刷中 陸、《援助》，大東版，印刷）、彭氏小說《不平凡的故事》。特輯追悼文字的全部暨其他稿件四分之一的稿費，饋贈彭氏遺族。

潘子農在他的文章中稍帶著說左聯「狗眼看人」：「家煌是生於苦難，死於苦難的文字勞動者；他生前既不能作奇論怪說以欺世，又不能造動功偉業以盜名，所以他的死亡也不能引起所謂文壇權威者之流的重視。然而剖視家煌過去的生活底歷程，他的靈魂之偉大崇高處，正因為不被權威者之流的『重視』而益形不朽了。」關鍵是下一段話：「自從中國文壇被一群江湖好漢們屬入以後，一個作家的生存死亡，似乎也有了僥倖與不幸的命運了。譬如胡也頻與李偉森等的槍殺事件，曾被人借此向某

種國際去領津貼,而北平年青作家梁遇春之夭卒,就很少有人予以注意。因戀愛衝突而失蹤的丁玲是發動了全國名流作家們之多方營救,無辜遭累的潘梓年卻彷彿應該殞滅似的沒有一個人提及過一下。至於無黨派,無邦口若家煌,生前因政治嫌疑被捕而無人援救,死後又沒有人來追悼紀念,……」(第1頁)

但彭家煌是左聯成員。

何揆在他的文章中記錄了彭家煌入獄後,軍法官在審問時的幾句話:

當法官知道彭家煌是湖南人時,說:「啊啊!湖南!什麼地方的人不好做,偏偏要做湖南人,該死,該死。」

當法官聽說家煌姓彭時,更叫喊:「什麼?姓彭?!該死!姓彭的都不是好東西,彭德懷,彭述之!啊啊!該死!會姓彭!姓彭的都不是好東西!」(第7頁)

(二)第2卷第5期的「中國劇壇史料特輯」(1934年1月1日出版)。刊載的文章有:顧仲彞〈戲劇協社過去的歷史〉、袁牧之〈辛酉學社愛美的劇團〉、唐槐秋〈我與南國〉、楊邨人〈藝術劇社小史〉。這都是當事人對剛剛過去的歷史的回憶,各文都保存了不少彌足珍貴的史料。

(三)第3卷第3、4期合刊為「弱小民族文學專號」(1934年5月25日出版)。引進的主要弱小民族作家作品和譯者是:

小說部分:秘魯 Ventura Garcia Caideronwt 作〈貝加曼利的故事〉(伍蠡甫譯)、波蘭 Stefam zeromski 作〈強性〉(施蟄存譯)、匈牙利 Gyula Kurdy 作〈郵局長的信〉(鍾憲民譯)、匈牙利 Tamas Faluwt 作〈五年〉(鍾憲民譯)、匈牙利 Julio Baghy 作〈父親的影子〉(杜承恩譯)、匈牙利 Gyula Szini 作〈只有愛情〉(明華譯)、匈牙利 Geza Gardony 作〈村裏的畫家〉(林西譯)、匈牙利 Jeno Heltai 作〈三姊妹〉(惟生譯)、巨哥斯拉夫 Francis xavier mesko 作〈一個靈魂破碎的人〉(黎錦明譯)、 立陶宛 J.Biliunas 作〈幸福的燈火〉(亞輪譯)、丹麥 L.V.Jensen 作〈處女〉(林微音譯)、黑人 L.Hughes 作〈不識羞的寇拉〉(楊喬霜譯)、羅馬尼亞皇后 Marry 作〈戰士與十字架〉(章鐵民譯)、馬來亞騷芬・古魯士作〈逃犯〉(彭成慧譯)、新猶太 Sholom Asch 作〈異地的氣候〉(朱雯譯)、奧大利 Arthur Schnitzler Ler 作

〈麗娣珙達的日記〉(可華譯)、保加利亞 Dimitr Ivanov 作〈一個官員的
耶誕節〉(蘇靈譯)、朝鮮趙碧巖作〈貓〉(李劍菁譯)、芬蘭 Johannes
Linnankoski 作〈海基勒家之事〉(魯彥譯);

　　理論部分:土耳其〈新土耳其詩人奈齊西克曼〉(徐遲譯)、西班牙
〈西班牙散文作家俞拿米羅〉(金滿成譯);

　　散文部分:西班牙 unamuno 作〈南部利亞侯爵〉(金滿成譯)、葡萄
牙 Jader Carvalho 作〈人猴對話〉(亞輪譯);

　　戲劇部分:捷克 Karel、Capek 作〈亞當——創造者〉(顧仲彝譯);

　　詩歌部分:黑人 O.de Bouveignes 作〈老婦〉(嚴大椿譯)、愛沙尼亞
〈愛沙尼亞詩選〉(孫用譯)、保加利亞〈保加利亞詩選〉(孫用譯)。

　　(四)《矛盾月刊》所刊載的象徵派詩一覽(也算特色刊物之一):

　　《矛盾月刊》所發表的詩歌大體都可歸入現代派一類,嚴格意義上
的象徵派詩即有:李金髮的〈閒居自語〉、〈哭聲〉、〈癱瘓的詩人〉、〈眼
簾即景〉,侯汝華的〈愛的挽歌〉、〈活躍〉、〈妻〉、〈怨婦詞〉、〈亡國恨〉,
林英強的〈紅樓〉、〈夏夜幽情曲〉、〈破院〉、〈重荷〉、〈誰家砧杵〉、〈邊
塞行〉、〈野祭〉、〈紅雀之羽〉,徐遲的〈寄〉、〈悲愛〉、〈到咖啡館之路〉、
〈火柴〉、〈吊桶〉、〈夏之茶舞〉、〈沉重的 Bus〉、〈春爛了時〉、〈樓〉,邵
冠華的〈病後〉、〈溪邊看落日〉、〈苦淚〉,宋衡心的〈跳井〉、〈浮濁的夜
店〉、〈阿玉〉、〈院子裏〉、〈雪之街〉、〈疲倦的影子〉、〈三月的草原〉、〈遼
遠的話〉、〈風天〉,陳凝秋的〈散文詩二則〉:〈獄〉、〈燒冥錢〉,等等。

　　《矛盾月刊》還全文刊載了蘇聯作家特裏查可夫寫的中國題材的劇
本《怒吼吧,中國!》(潘子農、馮忌譯。劇末譯者謹注云:本篇係根據
曼華脫劇場的英譯本,築地小劇場的日譯本相互參考而成。其增加刪改
之處,則得益於歐陽予倩在廣州用粵語上演的腳本),雨辰《特里查可夫
自述》,並劇照,和潘子農的《〈怒吼吧,中國!〉之演出》[38]。該劇由上
海戲劇協社於 1933 年 9 月 16 日、17 日、18 日連演三天。該劇係蘇聯作
家特里特查可夫根據 1926 年的萬縣慘案而創作的。作者站在第三者的立

---

[38] 劇本載 1933 年 9 月 1 日出版的第 2 卷第 1 期;劇照和演出說明,載第 2 卷第 2 期。

場,企圖為被壓迫的弱小民族樹抗爭之旗。曾先後在英、美、德、日等國演出不下百場,引起觀眾熱烈同情。上海演出的導演是應雲衛。

劉吶鷗所編的《矛盾叢輯》在刊物上期期都登廣告,計有汪錫鵬、劉吶鷗、潘子農、徐蘇靈、劉祖澄、莊心在等 6 人的小說集,袁牧之、馬彥祥、唐槐秋、閻折吾等 4 人的戲劇集,黃震遐、陳凝秋 2 人的詩集,蔣山青、卜少夫、林予展、翟開明等 4 人的散文集,洪正倫、徐蘇靈 2 人的畫集。每人一卷,每卷 15 萬字以上,「內容充實,裝幀美麗」。未出全。

線路社與《橄欖》

線路社。骨幹是一位由國民黨南京市黨部委員、《中央日報》主編賴連收買的南京市政府小職員何洒黃。國民黨南京市黨部每月津貼 60 元。辦有《橄欖》月刊和半月刊,還有《線路》半月刊和週刊。

《橄欖》半月刊僅出 4 期。

《橄欖月刊》,編輯者線路社,實為何洒黃編輯。其中第 9 期(1931年 1 月 1 日出版),因何回廣東看望病中的父親,由宋錦章編。也就是從這一期起,改豎排為橫排。在 1931 年 4 月 25 日出版的第 12、13 期合刊的〈編後餘談〉中,編者何洒黃自我介紹說:「編者本來是一個軍人,丟開武器不過兩年,假如我在這兩年當中繼續的柄著我的槍刀去衝鋒陷陣,無疑地是給我殺死了幾許敵人;不料我在兩年前會丟了武器,而來拿筆的運動;又不料在一年前竟會給我們組織起一個線路社來集中負責文藝運動的隊伍;更不料現在竟會引起許多青年的同情,……」(第213-214 頁)。

潘子農〈我與《橄欖》〉(載 1931 年 1 月 1 日《橄欖》第 9 期「新年特號」,第 119-124 頁)提供的史料是:(一)至 1930 年,他 24 歲。(二)他與《橄欖》的關係:「《橄欖》籌備之初,正在我寫了〈第三辦公室〉之後,而被所謂局長者撤差的當兒,那時我真窮得要命,常常吃了早餐沒有夜飯;所以發起人雖有我,10 塊錢的基金卻沒有拿出。/這刊物的

起意者，是迺黃和元長，後來加入我和錦章，命名《橄欖》，也是根據我從前創辦的橄欖劇社而來。」（第120頁）「此後，尚有許少頓，劉祖澄，范漢英諸友加入」。（第121頁）又說，他「在《白露》和《雨花》寫文章，是在撤差後認識了劍萍，夢暉，開明諸兄，才開始的。不過，一到《橄欖》問世，也就停止。」（第122頁）（三）關於橄欖社與開展社的關係：「8月間，魯迅先生正在上海穿了紅衣服做『普羅』戲，那時《橄欖》已出到4期。我從杭州到上海，朱應鵬君就約我幹『民族主義文藝運動』，回京後，以此事商諸劍萍開明，他們都同意，於是就有『開展社』之組織。／組織『開展社』，迺黃兄誤會我有離開『橄欖』的意思，其實我之所以另立『開展』，理由有二：一是『橄欖』主人頗多，趨向未必會一致，二則劍萍開明本有出刊物的計畫，我同他們談，即以促成之也。……／不久，《開展月刊》出版，為了《開展線下》的一篇文字，《橄欖》與《開展》，竟至兵戎相見，大鬧筆戰」。（第122頁）說到《開展線下》，「大約《開展》方面的人，年紀都很青，所謂做人的那一套本領還沒學會，看不過則說，聽不過則寫，於是《開展線下》，全流露著我們純真爽直的血性，加於文字不會虛掩假飾，得罪那些先生仁兄之類的地方自然頗多。所以最近有了某某等兩位先生在兩張副刊上邊向《開展》進攻，甚至宣言要『群起而攻』咧。」（第123頁）

主要撰稿人有：何迺黃、郭敏學、宋錦章、劉祖澄、李實、楊昌溪、潘子農、許少頓、芳草、李振華、何雙璧、徐曼父、毛一波、林疑今、蘇秀子、林汾、陳大悲、鍾玉文、周樂山、左霜葩、柏芳、王西彥、屈若林、段可情、崔萬秋、鄭鏞、郭林鳳女士、賀玉波、鄭克、李劼人、蕭穈曇、章伯彝、黃宏鑄、劉季尊、裴慶於、李四榮、曾今可、金民天、王險任、盧劍波、許珍儒、熊子雷、劉海濤、羅洪女士、許欽文、王振華、曹劍萍、蕭天石、敖本凱、獨生、龐祖龍、禾金、魯夫、何德明、盛煥明、鄭影子、梅子、楊晉豪、侯汝華、王平陵、金素分、趙景深、蔣東岑、力昂、陳金冠、冰岩、裘鵬、盧葆華、劉心（李金髮）、朱司晨、屈義林、鄭德本、一葦、金滿成、陳霖光、丁伯騮、黎學賢、詩葩、徐冰島、郭冰岩、陳清華、余慕陶等。

在一篇〈編後雜記〉中，編者何洒黃說：「上海方面有楊昌溪君負責徵稿彙編，據說滬濱願為本刊作文的有林疑今，毛一波，葉靈鳳，段可情，蘇靈，厲厰樵，周樂山，趙景深，楊騷，席滌塵等 20 餘位；南京方面，有陳大悲，徐公美，何雙璧等也極願幫忙我們，來共同墾殖這片橄欖園地；因此，這棵橄欖在不久的將來，或許會在昏沉的中國文叢中昂起頭來。」（1931 年 6 月 5 日第 14 期，第 133 頁）

在第 22 期的《橄欖月刊》（1932 年 7 月 5 日出版）上，一篇李四榮的文章〈我所貢獻給曾今可底〉，橫掃當時文壇，顯得年輕氣盛。作者說：

> 文藝界，尤其是在近來，真是太混亂了，作家不講究人格，作家不顧慮到讀者，只要有一二個臭錢，於是就翻變著花樣，巧立名目，麻醉一般愛好文學的青年，尤其是卑污的，是以此作為個人升官發財的工具，以此作一件對某種政治上的企圖，因為某某某以民主為上臺的口號，而某某某的忠實走*（*這個字不雅）×××，也就高聲的叫著趕快起來建設民主文藝，而所謂參加過蔣馮閻戰的詩人黃震遐和萬國安輩，於是又狂叫著民族的文藝，想，不，是中了毒的錢杏邨，周毓英等，也發瘋似的叫喊，說文藝這東西是專為無產階級所有，而結果，他們創作出來的文藝是那樣的貧弱，是那樣的不豐富和不忠實，不信，請參觀他們的代表作，錢杏邨的義塚和白煙，蔣光赤的最後之微笑等等。
>
> 叫著建設民主文藝的，是太顯明，太醜，太不聰明了，而叫著民族文藝的，終因為時代的轉變，剛發苞而尚未開花，便給狂風暴雨吹散了，那有力的，握住了轉變的重心，決定文藝的將來命運底新興文學，只可惜一味的暴進，一味的叫口號，終於把客觀的條件丟開去，文學裏的重心，組織，技巧，是一概的抹殺，說起這一些是使人非常之痛心的，雖然丁玲的水，和穆時英的南北極，田漢所寫的暴風雨中的七個女姓，比較有了顯著的進步，但其餘的，以張天翼為代表吧？他們作品是怎麼樣？雖然是美其名字叫新寫實主義，但是他的文字的扭於做作，組織的散漫，文

句的毫不熟練，這些是非常之使人失望的。（第 127 - 128 頁。按：
其中個別文字的錯誤已校正。）

李四榮對汪精衛系統的曾仲鳴提出的民主文藝，對民族主義文學家黃震
遐、萬國安，對初期普羅文學，如錢杏邨的〈義塚〉和〈白煙〉、蔣光赤
的〈最後的微笑〉等等，是持否定態度；對左翼文學階段丁玲的〈水〉、
田漢的〈暴風雨中的七個女姓〉，有趣的是他把穆時英也視為左翼作家，
對他的《南北極》，又持肯定的態度，而對張天翼卻又不買帳。他稱民族
主義文學為「狂叫」，與該刊的調子稍顯不協調。

　　民族主義文藝派的刊物，只要有條件，都發表一些介紹世界弱小民
族的文學的文章，藉以建立他們所謂的民族意識，提倡民族精神。
《橄欖月刊》第 16 期（1931 年 8 月 10 日出版）上楊昌溪的〈黑人文學
中的民族意識之表現〉即是一例。楊昌溪介紹了美國黑人作家，或以黑
人生活、黑人命運為題材的作品。被美國人輕視的黑人也能在白人的藐
視下，努力創造他們的文學，把他們的民族意識，借著主人公的行動，
活躍地表現出來，表現尼格羅人的反抗精神。自從格飛（Morkus Garuey）
和波依士（M.Bmghardtdu Bois）等所主持的有色人種國民改進協會
（National Association Forth advonce of Colorpeople）成立後，弱小民族要
求團結起來，求生存，爭自由，要求獨立的呼聲越來越高，勢頭越來越
大，在文學作品中的反映也多了起來。如，愛德華茲（Harry Stiwell Eworda）
的短篇小說〈陰影〉（Shadow），突平（Edna Timpin）的〈亞伯南姆底自
由〉（Abram's Freedon），鄧肯（Naman Duncar）的〈一件假設的事〉（A
Hypothetical Case），夏芝（L.B.Yeats）的〈白墨戲〉（The Chaik-Game）。
以上還是比較平和的；1912 年以後，黑人文學或者反映民族意識覺醒的
文學增強了控訴的力度，發展到了一個新的階段，打開了新的局面。如，
麥克開（Ceaude Mackay）的短篇小說〈哈倫的回歸〉（Home to Horlem）、
詩歌〈哈倫的陰影〉（Horlem Shadows），准特（Waltu White）的小說〈燧
石中的火光〉（The Fire in the Flint）和〈繩子與柴薪〉（Rope snd Faggot），
女作家浮色德（Gossie Faset）的小說〈羞恥〉（Theue is Confusion），那生

（Nella Darsen）的〈流沙〉（Juichcand），還有斐塞（Rudelph Fisher）的
〈吉黑訶底牆垣〉（Walls of Grsichs）等「革命小說」,「在作品中蘊蓄著
對於白種人挑戰的意識」,哥爾德（M.Gold）的雜誌《解放雜誌》、《群眾
雜誌》、《新群眾》,佛士（Langton）的詩集《疲倦的水手》（The weary Blues）
與《猶太人底美麗衣服》（Fine Clothes of the Jew）、長篇小說《不用笑》
（Not withont Langhter）,法國殖民統治下非洲的黑人作家赫勒・馬朗
（Rene Maran）描寫非洲部落生活的小說《霸都亞納》（Batouala）,等等。
《霸都亞納》雖然「只是在講初民的愛和恨上用功,但它卻具有描寫醜
惡,污穢,墮落,殘忍,以及人生黑暗方面的絕大本領。」（第 14 頁）
美國無產派批評家卡爾佛吞（V.E.Caluerton）在他的《美國黑人文學選集・
引言》（Anthology of American Negro Leterature）中認為:「黑人文學的出
發點的觀點是民族的,而是為民族的自覺而創作,為民族的痛苦而歌吟,
並不是為藝術而藝術。而且黑人文學之興起,將來會因著文學之成長而
達到全民族的興起。」（第 18 頁）

以李金髮為代表的象徵詩派也為《橄欖月刊》提供過稿件,或許竟
是該刊的一大亮色。據不完全統計,所發詩歌和評論有:

侯汝華詩創作:〈相思味〉、〈寂寞的懷〉、〈倚桅人〉、〈寂寞〉、〈晚霞〉、
〈憶之力〉,短篇小說〈血痕── 一個 Sketch〉;李金髮序跋:〈論侯汝華
的詩〉、〈序文兩篇〉:〈序侯汝華的《單峰駝》〉、〈序林英強的《淒涼之街》〉,
小說〈白雲〉、〈雙子星座〉（長篇,未完。兩篇皆署名劉心）;詩范論文:
〈馬拉爾美的詩──讀書札記〉;等等。

這些創作和論文,說不出它和民族主義文藝有什麼直接關係,但它
在研究中國象徵主義史方面,卻有價值。如這樣的敘述和論證:

在新詩的歷史中,稍稍留意過詩的發展與詩的流派的人,都
能覓尋出各種各色的型。

我們知道:以誇張的態度寫豪放的詩的是郭沫若。帶點懷疑
和傷感而以峭險的筆步入於齊整的韻律裏的是徐志摩、聞一多二
人。看對色與慾為鏡子來描摩人生的是邵洵美。把哲理溶注於短
的句子中是迷途之鳥的崇拜者謝冰心和宗白華二人。像夢似的朦

朧和煙水似的淒迷而塗飾自己的生命的是穆木天和馮乃超二人。以
漂泊的侃（況？）味，作為詩的源泉的是前期的王獨清。象徵的歌詠
黑與醜劣與愛情的是李金髮，從淡巴菰的氤氳中去發見生命的韻律，
而塗滿南歐色澤的詩是戴望舒。（第 71－72 頁）

這是對中國頭 10 年的新詩風格流派的概括和描述。

繼續看：

> 從民六至民十一前後，新詩在嘗試中磅礡著，掀起了潮，胡
> 適，沈玄廬，劉大白，康白情，俞平伯等人，是一期的代表。過
> 後到民十五前後，詩又進入於創造的時期，潮又磅礡的掀起了。
> 由嘗試中的理論裏，得了精確的把握，而脫離了一切舊的格律和
> 詞藻。郭沫若徐志摩聞一多王獨清為代表。經過民十六以後，直
> 到民十九前後，詩又被不同的作者帶進於磅礡的潮中。一方面是
> 因了革命文學的突起，而帶來革命的勃興，後期王獨清，蔣光慈，
> 殷夫，為這一面的代表；另一面是象徵派詩的蓬勃了，如李金髮
> 仿魏倫（Verlaine），穆木天的學拉佛格（Lafargue），戴望舒的宗耶
> 麥（Jammes），梁宗岱的師哇萊荔（Paul Valry），石民的愛波特萊
> 耳（Baudelaire）等均為這一面的代表。
>
> 到現在為止，是象徵派獨霸了整個詩壇，已成為象徵詩人，在日
> 益精進地寫作，如李金髮戴望舒。未成名的卻也在逐步逐步的追上來。
> 這裏就要提到一個略為生疏的名字：侯汝華。（第 72－73 頁）

以上論述可貴的是不帶政治偏見，比較準確地敘述了從 1917 年到 1930
年前後中國新詩歷史的發展軌跡。有些話是被當作經典供後人引用的。

在本文中，作者引用了英國理論家西蒙斯在《文學上的象徵派運動
（The Symbolist Movement in Literature）》中的一段話，對象徵主義詩歌
的特徵做了幾乎可以稱為定義的界說：西蒙斯說，象徵派是「引導美的
事象到永遠的美去」的藝術上的王道。即是要闡明內在的世界和從事精神
視察的一種精神主義。「象徵主義是要靈化文學而使之脫離修辭學的和外形

的束縛的一種計畫。為著要喚起魔術般的美的事象,所以排斥了描寫;為著要使語言以更微妙的翼翅高揚,所以毀棄了詩的節拍。神秘已經用不著畏懼了。畏懼圍繞在我們周圍的偉大的神秘的,只有未知的海,看作一個偉大的虛空的人們而已。我們當看不起製作森林裏的樹木的表冊一般的事件,而以畏懼的感情,對自然逡巡的時候,我們反易和自然接近。當我們排除了我們想像,作只有這種地方才能和真實相接觸的日常生活的事故時,我們才能更密切地和人生(宇宙之前已是如此即在將來也大概是如此的人性)的一切相接近。」(第73頁)

具體說到侯汝華,李金髮以為:「以一支簡樸的而又不失為華麗的筆,在一種稍涉刺潑的情狀下,去描摩他心眼裏所窺看的顯形宇宙與潛形世界裏冷與熱,苦痛與幸運,憤嫉與怨悒,行雲和流水,青花和黑的森林,運命與巨魔的橫暴。」(第74頁)

流露社與《流露》

流露社是一個寄生在拔提書店的文藝社團。辦有《流露》月刊,每期印1000冊。

由羅斐爾編輯的第1卷第5期《流露》月刊,32開,204頁。羅斐爾本人的〈編輯前言〉申述「劃時代的民族主義文學」的理由:

> 時代的列車,載著落伍的中國,已經轉到新的方向了。
>
> 文藝是時代的反映,在過去的中國從極度的激變中,反映在文藝方面的,我們看著那因激變而悲觀,萎靡,頹廢,墮落的多方面的呻吟,在這呻吟中所表現的,只是世紀末日的一種沒落的悲哀。
>
> 固然在飛躍激變的時代中,大眾因為受了強烈刺激,必然地在刺激之後,有一種刺激的反映,這反應在文學中,是最適宜表現的了。但是這激烈的刺激的反應的方式是各方面的,有的是積

極的奮進，有的僅是一種微弱而悲切的聲音。

然而偉大的時代，畢竟是會來臨，世界並不是永恆的長夜漫漫，黑暗是光明的母體，光明終能照到那黑暗的大地。

我們呼喊，我們奮飛，我們努力，為著我們的時代。

人類的生活是構成文藝的基礎條件，而衣，食，住，又是組成生活的重要原素（元素），我們為著人類生活的向上，我們必得暴露現實，我們為著描寫生活的切真，我們必得向組織生活的重要原素去探求。

人類沒有勞動，便沒有生活，但是在資本主義制度下的勞動，是最痛苦，最淒慘，而在資本主義制度下最大多數的群眾，是受著資本主義的支配而勞動的，這最大多數的勞動者生活的窮困，痛苦，淒慘的情形，形成了整個的資本主義的龐大的罪惡，我們呼喊，我們應為著這而呼喊。

資產階級的社會制度，一切都是惡化，文藝在資產階級的有閒者是認為消遣，是認為尋求快樂的一種工具，所以文藝往往成為商品化，使文藝的本身價值墮落，腐俗，有時，文藝甚而成為頌揚這社會制度的一種武器，以鞏固特殊者的權威，所以我們在這時應該奮飛，我們應該奮飛到時代的前線，奪回他們的武器，為人類建設自由的王國。

我們對於文藝，應該期待著偉大的全人類的事業。

這偉大的人類的事業，這內容是無限際的多角形的發展，反映在中國的，因著國際帝國主義的宰割，自然這被宰割的弱小民族的慘痛的呼聲，形成了劃時代的民族主義文學的陣營，自然充實這陣營的，是被壓迫的大眾。同時在這被壓迫的大眾的呼聲中，所表現的意識形態的展開，應該是緊抱著全世界的。一方面在注視自己的本身，生活的各瞬間和環繞著這周圍的各對象外，在另一方面更得注視宇宙，大地和人類的歷史，因著這樣，才能夠鑄成偉大的富有生命的活力和跳躍的靈魂的文藝。

在這時代的激變的過程中，我們的生活的悲慘，我們決不否

認，但是我們不應有悲觀，萎靡，墮落，頹廢的種種富於傷感性
的表現，我們應該使我們的生命的活力飛躍這世界，假如我們的
熱血還在流動的時候。我們必得經驗那要衝進偉大時代中的準備
和歡欣，在這進展中，危險的襲來。或者比較過去還要多著呢！
但是我們自己還是熱血在流的人類，宇宙並沒完全死滅，我們應
該因著這而煥發勇氣，鼓舞著勇氣，在我們沒有躺到墳墓以前，
我們總應該為著這而努力！」（總第 805－808 頁）

本期編者羅斐爾在〈編輯後記〉中，對他所刊發的作品有所說明。其中，
對白良的小說〈我的姑母〉是這樣表述的：「〈我的姑母〉是描寫與姑母
戀愛，這描寫是純情的，純美的，內容是寫怎樣地同姑母戀著，怎樣地
受社會的摧殘，最後因為愛戀不能成功，突然消極，以至為這而死。
作者的文字淒絕，算是有相當的成熟，不過在意識方面，作者是一個
頹唐怯弱而萎靡的青年，當他愛美他的姑母的時候，竟被舊社會的禮
教的倫理觀念所卻壓甚至反為這而死，他不知道繼續地努力！即使戀
愛失敗了，他應該顯示美新時代的精神，展開新時代的認識，一個時
代青年，難道他的使命，就是在完成戀愛嗎？這種濃厚的個人主義的色
彩，不應該遺留在今日時代青年的腦中。」（總第 1006－1007 頁）小說
〈我的姑母〉雖說用了心理分析方法，但情感、情緒卻相當陳舊，沒有
現代意味。

　　本期《流露》月刊還刊載聶紺弩的詩〈瑪麗亞娜的逃亡〉（總第 872
－882 頁），共 25 節，每節 6 行，每行十二三字。寫一對蘇聯青年男女，
「他倆為了戀愛，為了革命事業，／一個拋棄了位置，一個拋棄了家。」
他們／她們感到；「自由啊，阿勒克西司，真自由啊，／我倆逃出了家庭
的監牢；／新鮮啊，阿勒克西司，真新鮮啊，／我倆同上了這康莊的坦
道；／幸福啊，阿勒克西司，真幸福啊，／新生的陽光在咱倆的前途閃
耀！」詩篇寫這一對青年在逃亡途中的對話和心理活動，他們沉浸在自
由、新鮮、幸福的憧憬中。

1933 年 5 月 1 日出版的《流露》月刊第 3 卷第 2、3 期合刊為流露劇社第一次公演特輯。左漱心編，16 開。

由卜少夫主操，流露社在南京組織了一次公演，演出的劇目有《S.O.S》、《母歸》、《南歸》、《一個女人和一條狗》。這是繼 1930 年中國文藝社在南京組織演出《茶花女》之後，南京的又一次話劇演出。

這期合刊的特輯除刊載 12 幀演出劇照外，另有文字稿 12 篇，撰稿人皆此次公演的演職人員。萬殊〈前言〉，吳歌〈夥伴們集合——我們的陣營的檢閱〉，卜少夫〈關於劇本〉，楊曼〈我和我的角〉，胡天〈我和演劇〉，周白鴻〈流浪者的話〉，徐蘇靈〈我的種種〉，凡夫〈流露劇社公演觀後〉，汪漫鐸〈流露劇社公演印象記〉，孫怒潮〈抗日聲中流露劇社的公演〉，白芷〈母歸〉，卜少夫〈咱們公演後——答覆一切批評我們的友人們〉，左漱心〈公演前後〉。

卜少夫說：他和「流露」的朋友「感情極濃郁」（第 7 頁）。借他的短文得知：流露此次公演的目的是：「一，為東北義勇軍募一點錢，盡後方國民的責任；二，『流露』話劇部的夥伴們得有一次上舞臺的機會。」（第 8 頁）

這期合刊發表的創作有向培良的三幕悲劇《潮》，寫北伐軍內部的相互算計，以及某師師長與封建頑固派（北伐軍要打倒的對象）的關係。

《草野》、《長風》、《青白》等

《草野》於 1929 年 5 月 4 日在上海，由寬生、鴻銘、沛生、郭蘭馨集資創刊。先是報紙型，後來改為 8 開刊物式。週刊。主要作者是王鐵華、郭蘭馨、黃震遐、張若谷、傅彥長、邵洵美、蘇靈、巴金、湯增敭、曾今可、芳草、阿枋、黃彬、王西彥、盛煥明、蔣山青等。

在第 6 卷有黃震遐的抒情詩〈從上海的夢裏醒轉來〉、〈Fot Get Me Not〉（勿忘我）、〈心〉、〈紫金山下〉、〈北四川路〉[39]等。〈從上海的夢裏醒轉來〉頭尾兩節是相同的 8 行詩：

> 從上海的夢裏醒轉來，
> 在太陽光裏換了副靈魂；
> 一離開蕩婦醉香的桃腮，
> 馬上就恢復我男兒的鐵身！
> 腐臭的紀念朝烈火裏埋；
> 回頭便衝進光明的血門！
> 看呀，崇敬的山茫茫的海，
> 勇士的赤足踏著沙礫奔！

一邊是紙醉金迷，肉欲橫流：「小夥子騎著淫婦的汗骸；／步步跳進了毀滅的荒墳。／小丫頭高聳『摩登』的胸懷；／在獻媚的眼圈裏飛奔。」一邊又是金戈鐵馬的召喚：

> 莊嚴的聲浪在空中告訴了我，
> 雄偉的臂膀在遠方招請著我，
> 枕畔震盪著祖國的哀歌，
> 我望見了神州的大陸，金色的黃河！
> 江南的綠野，揚子江的宏波，
> 血腥的疆場，中原的沙漠，
> 海盜的黑舟，遊牧民族的駱駝，
> 已化的英骨，未炸的爆藥，
> 刀下的恥辱，一團團的烈火，

---

[39] 分別載第 6 卷第 3 期（1931 年 9 月 5 日）、第 4 期（1931 年 9 月 12 日）、第 5 期（1931 年 9 月 19 日）、第 6 期（1931 年 10 月 3 日）、第 7 期（1931 年 10 月 10 日）。

漸漸強壯的手臂，拉得斷的鐵索！

鐵蹄下的民族，灰燼裏的干戈，

起來呀，靈魂率領著半腐的軀殼。

珍重了，沒落文化所建議的亭臺樓閣；

上海的夢喲，乾脆地告一段落！

從西伯利亞的雪野到喜馬拉雅的山嶽，

那裏沒有奮發的機緣，男兒的死所！

《北四川路》也是同樣的主題。

另有幾篇關於人物的素描，或人物回憶，倒有些許史料價值，如鄧鐵〈關於郁達夫〉、曾今可〈華林先生〉、活躍生〈暴風雨之夜──呈穆羅茶先生〉、黃彬〈沈默的海倫〉、〈憶王西薇〉、王西彥〈一位民俗學者鍾敬文先生的素描〉等。

向培良編的《青春》、卜少夫編的《活躍週報》，都是民族主義文藝派的刊物。

此外，在南京還有長風社，辦《長風》半月刊，「據說是拋棄了京官不幹，而致力於文化事業的徐慶譽先生編輯」（李錦軒語）。

《長風》半月刊的發刊詞〈本刊的使命〉說：「我們眼見中國思想界紊亂頹廢的不堪，又明知道只有從學術的立場才可以整理紊亂頹廢的思想，所以我們不得不致力於思想的整理運動。本刊發行的動機，即是胚胎於此。本刊負有兩個重大的使命：一是介紹世界學術，二是發揚民族精神。」關於介紹和整理世界學術，發刊詞是這樣講的：「中國不但產業落後，學術也是如此；學術饑荒的危險，比物質饑荒的危險更大。別人的學術一日千里，我們若不迎頭趕上，不僅永遠落後於人，且將無法生存。因為現在生存競爭，愈演愈烈，競爭的武器，即是學術。有學術者生，無學術者死；學術進步者勝，學術幼稚者敗。帝國主義在華 80 年來的侵略，何以我們不能抵抗，而任其宰割？不是因為他們的學術強於我們嗎？不然，同屬人類，何以他們有組織，有計劃，遇事能運用科學方法而我們不能？中國人不發奮圖強罷了，若想取消次殖民地的徽號，一

洗 80 年來的奇恥大辱，除力謀學術發達以外，旁的沒有辦法。」關於發揚民族精神，發刊詞說：中國貧窮落後，半打以上的原因是民族精神的喪失。「民族精神是民族文化的骨髓，如果民族精神不能發揚，民族文化必隨之枯槁。中國人的固有道德，如忠孝仁義信義和平，是中國立國的基石，也是中國民族五千年綿延不絕的命脈。」民族主義還是國際主義的根基；發揚民族精神，不但是一民族解放自身的手段，同時又是促進人類大同的先鋒。

《前鋒週報》編者李錦軒在他所開闢的「談鋒」專欄，發表題為〈給《長風》〉的短文，說徐慶譽「連投降普羅的田漢，王三公子徐志摩」都能應約當他的特約撰述，想來刊物文章就了不得。不料，只見徐志摩譯曼殊斐兒，李青崖譯莫泊三（相信這一定是幾年前的舊稿，刷刷灰塵，應付徐慶譽而已），難道說這也是民族主義文學？其他創作，「既有哥哥妹妹的戀愛，又有哎哎喲喲的感傷，更有幽幽雅雅的閒暇，還有 A 縣 B 村的歐化」，未必然也算民族主義文學？[40]不無椰榆之態。

南京《中央日報》副刊《青白》與民族文藝：

1931 年九一八事變後，《青白》副刊曾改出《抗日救國》特刊，「以喚醒一般睡在夢裏的民眾，這好像一個人得了急症病，不打興奮針是不會蘇醒過來的」。如今《青白》復刊，是要想尋求「一種根本的治療法」。《青白》的編者認為，中國之所以弱，是因為民眾「如一盤散沙，不能合力對外」。而國人「利己心太重」，「如此不覺悟」，照孫中山總理的說法，是「沒有民族觀念」。「而治療這缺乏民族觀念的病，最好莫過於文藝。這文藝就叫做民族主義的文藝！」好的文藝可以「等於抗日的一支敢死隊」。因此，「我們以這樣重大使命自負的民族文藝作者，至少要有下列的信條：一，不談無聊的戀愛，二，不萎靡不頹廢，三，剷除滑稽式的冷酷的作品！四，打倒無病呻吟的作品！五，鼓吹民族思想，六，喚起民族精神！」[41]

---

[40] 參見 1930 年 9 月 28 日《前鋒週報》第 15 期。
[41] 何雙璧〈《青白》復刊〉，載 1931 年 11 月 3 日南京《中央日報》第 3 張第 2 版，

復刊後的《青白》刊載姜縵郎的兩篇有聯繫的文章，談文藝在民族復興上的重要性和民族在藝術中的重要性。

〈文藝在民族復興上的重要性〉[42] 誇大中華民族的民族性中的劣根性，從而將文藝的作用無限抬高。

文章一開篇就說：「我們的民族衰老，頹唐，軟弱，鬆馳，死不死生不生的……。感到痛苦，沒有叫喊；遇到敵人，沒有抵抗；向著前進，沒有希望；回顧後面，沒有成績。朝朝暮暮的度著這種沉迷的灰色的生活。／在這種民族中沒有藝術。如有，即是醉夢中的囈語，或是哄騙病人的符咒。」我們民族就其衰頹墮落的原因，那就是：「一，民族意識的麻醉。二，生命力的薄弱。三，民族無集團的表現。」「欲救這種頹廢無能的民族，只有藝術與藝術教育的力量，方能使其有根本復興之望。／如春日的陽光一樣，能使冰雪溶退，萬物蘇生。藝術對於衰老的民族也有這種能力。／首先以藝術的力量，使人的感覺恢復起來，使他的眼睛能看，耳朵能聽，手足能摸觸。他能夠感覺得萬物生生不息的現象，自己的潛在生命力。於是即知道有物有我，有為人的生趣。／再，鼓動其感情，向著光明熱烈的方向湧進。則生命的源泉與力量皆能復活了。／由感情的向著善的活動即能使思想活潑意力伸張。由意志，情感，智慧三者的調和的自由的合奏，即產生強有力的『人』。／由強有力的人的集合，即成為整個集團的民族。」他認為藝術的功能是：

一，能夠使民族原有的感覺，感情，思想，意力，復活起來，強健起來。

二，能增加民族的血液，能鼓動其感情，澄清其思想，堅固其意志。使其生命力作向上向前的活躍。

三，能使民族裏面的各分子互相親近，互相瞭解，互相融合，而成為一個整個的集團，進行合理化的生活，排除內部的腐敗勢力及外部的強暴的侵害。

《青白》副刊第 547 期。

[42] 載 1931 年 11 月 7 日南京《中央日報》第 3 張第 2 版，《青白》副刊第 549 期。

由此可知,「藝術是使衰老的民族青春(活躍)起來的唯一的良藥。」

「科學,政治,經濟,能使民族按部就班的前進。但藝術能使民族曉得前進,合理的前進,熱烈的前進。/對於民眾能打進氣力或把持舵向的,只有藝術。所以我們以全生命貢獻藝術,也即是以全生命貢獻給民族,給人類。」

第二篇〈民族在藝術中的重要性〉[43] 說:人類是借藝術以表示其思想感情,以求他人認識瞭解,借此而融入大眾的。所以,個性在藝術中是必要的。民族性在藝術中更是必要的。因為民族性是更大的個性,是完全的個性。在藝術中表現民族即是表現人類。「藝術的手段是表現。所以一定要繪其聲音笑貌,個人的特殊氣味,地方的特殊色彩,時間上的特殊關係,方能打動人的感情。/藝術的目的是求認識。必有其可認識之標記,方能取得他人的認識的印象。這種藉以認識之標記即是個性與民族性。」「民族是藝術的靈魂」。

據范爭波說,上海《申報》的兩種附刊《藝術界》和《青年園地》,也都是宣傳民族主義文藝的刊物。

李焰生的《新壘》

記不得是誰說過李焰生辦的《新壘》也是民族主義文藝的刊物。

可是《新壘》上的文章說,他們既不是在野的左翼普羅文學,也不是在朝的右翼民族主義文學。他們是無黨無派、不黨不派的自由文學派。這位作者認為,1933 年的中國文壇,右翼文學方面,有上海的《矛盾月刊》,杭州出版的《黃鐘》、《獅吼》週刊,它們「或為民族主義文學的餘燼,或為法西斯蒂文學的宣傳員」。而《現代》和《文學》則為忠於文藝的第三種人,即自由主義文學刊物。本文除了否定左翼而外,還對上海灘上的一些文學現象予以抨擊:「第三,是現代的車輪猛進的結果,許多

---

[43] 載 1931 年 11 月 9 日南京《中央日報》第 3 張第 2 版,《青白》副刊第 550 期。

無聊無恥的文人，因為被時代的車輪所輾棄，便不得不以文藝來做他們
殘餘生命的消遣物；同時，更卑鄙地想出出風頭，希圖投機取巧，名利
雙收。他們談風月，描女人，打打麻將，填解放詞，開座談會，巴結電
影明星⋯⋯。於似乎，出刊物，冒充文學家，自封什麼運動的首創者，
如曾今可之《新時代》，林庚白之《長風》，章衣萍之《文藝春秋》，崔萬
秋所主編的某報副刊《火炬》等等。」

　　「此外，要說我們的《新壘》了。《新壘》不但在文壇上獨樹一幟，
而且向文壇投了爆炸力很強的炸彈，向黨派文藝及無聊文藝猛烈的攻
擊。《新壘》從出版以來，即猛烈地反對文藝黨派化，反對文藝的無聊化，
同時對於所謂第三種人也予以嚴厲的糾正。有些人說《新壘》也是第三
種人的刊物，這在廣義的解釋上，未嘗沒有幾分相像。但《新壘》並不
自居什麼種人，它對於左翼文藝理論，不採取所謂第三種人的立憲的改
良主義，而採取反抗的革命主義。（對於民族文藝也是如此。）它不像第
三種人那樣，在左翼文壇的統治下，怪可憐的要求些創作的自由。它一
出版，即猛烈地顯明地向黨派文藝左翼及右翼文壇宣戰。同時，第三種
人是無所謂思想的，而《新壘》則自具有它的前進的人生思想，因為這
樣，所以它比第三種人更堅決地徹底地反對黨派文藝，更純粹地自由地
忠實於文藝，它袪除了文壇上集團幫口的風氣，建築公共的文藝園地。
所以，在這個程度和性質上，《新壘》顯然與《現代》和《文學》不同。
總而言之，第三種人是承認黨派文藝的存在。而《新壘》則於無黨無派
之外，並反對文藝黨派化，這是《新壘》與普通所謂第三種人的不同的
地方。焰生君在 12 月號〈我們自己的檢閱〉一文中，曾說過：『我們主
張意識是要前進的，是要積極的。所謂前進，不是前進到共產黨裏面去，
而是向人生的旅途前進。所謂積極，不是積極為什麼集團而努力，而是
為自己的事業和國家社會的前途而積極。不怕給人唾餘的說，是要走光
明之路。』《新壘》是樹立這樣一個鮮明堅峭壁壘在 1933 年的中國文壇。

　　「所以，在這樣的復興景象中，文壇上當然也同時呈現著非常混亂
的形態。然而，在混亂中，文壇上卻漸漸地展開這樣的一個明確的前途：
那就是黨派文學與無聊文藝之衰枯和沒落，而像《新壘》所代表的那種

文學以及第三種人的文學則日益發展。因為這種文學雖然反對黨派文學武器文學，然而並不是不前進的。在這種文學範疇的作家，他們不必奉行黨派的命令，不必服從什麼公式大綱，他們只站在廣闊的人生和社會的立場，本著前進的世界觀和人生觀忠實地從事創作，所以在內容上他們是嶄新的，豐富的，真實的，饒有普遍和永久的價值的，在形式上他們更可很自由地找著各種適當的手法，去表現他們所欲表現的情思。所以，這種文學，在文壇上經過一度混亂之後或在不斷的混亂之中，也必然地以其堅韌健旺的精神和姿勢，邁步走上其日益發展的前途。這種現象，並不是偶然的；我們試看看最近蘇俄文學的新轉變，漸漸地放棄其黨派性，而趨向自由性，注意到藝術價值，就可知道這種文學之發展，是勢所必然的事。」[44]

《新壘》，1933 年 1 月創刊，初為半月刊，25 開本，後改月刊，16 開本，豎排。編輯者曾署李焰生，長期署新壘文藝月刊社。社址上海北四川路永豐坊第 1 號，後移到第 2 號辦公。每期大約分論文、小說、散文與詩、戲劇、書評、文藝情報、前哨（雜文專欄）、通信等欄目。

作者隊伍是（其中筆名無法考證，因此所列肯定有重複）：李焰生（焰生）、天狼、彭榮楨（榮楨）、彭子蘊（子蘊）、白鷗女士、白木、一空、笑鷲、陶定國、須予、楊柳風（柳風）、劉石克、裘鵬、陽冬、丁雲山、史素秋、徐行、默逸（墨逸）、朱司晨、盧葆華女士、紅僧、宋衡心、宋琴心、林豪、彭成慧、菲丁、劉如水、翰秋、陸丹林、蔣玉英女士、羅夜琴、西飛、孤西、高倚畸、夢白、鄭康白、李麟、玲玲、斯若節、申曼華、徐仲年、郎魯遜、李微、露絲、馬兒、煥然、卡斯、魂影、警吾、高倚筠、豪少、陳清華、鄭翼、吳其敏、徐慨吳、沈起煒、夏一粟、李一航、前轍、履冰、周白鴻（白鴻）、靜嫻、養吾、綠萍、嘉何、戾波、述之、張協、姚慎機、子涵、張鳴仇、郭星輅、張翊治、吳鼎第、虹飛、大馬、瀟瀟、北漠、旭之、趙如珩、呂覺狼、劉祖同、田翠竹、潘東屏、

---

[44] 見玲玲〈一年來的中國文壇〉，載 1934 年 1 月 15 日《新壘》文學月刊一月號（第 3 卷第 1 期），第 47－51 頁。

葉企範、若冰女士、楊直夫（直夫）、鍾維相、潘詠流、易曲、莫幹、陳雪坡、阿華、蘇華、小鵑、虹霓、胡雪、琴軒、春蠶、陳守梅、持大、天風、蠢然、威廉、梁父、天涯、蘊瑛、秉雯、幻如、昌楣女士、未明、少蓮、文兵、高以泳、尤其、旭穀、力士、裴父、鍾雲、溫梓川、丁毅夫、稚茵、鄭楚堯、歐陽冠玉、易椿年、巴丁、謝挺鷗、宇鈞、趙鉦權、裴來女士等等，為其作封面的有孫福熙、倪貽德、胡藻斌等。

在〈新的壁壘〉（焰生）、〈新壘漫話〉（焰生）、〈我們們的檢閱〉（焰生）、〈關於分社〉（焰生）、〈新壘聚餐會紀略〉（彭子蘊）等文中，他們一再聲稱：「新壘是不談政治的純文藝刊物」，絕對不做「無恥無聊的工具」。「我是擺脫黨派關係的人，也不是叨政治之光的人。」[45]「我們的新壘，始終不受任何集團及幫口支配。我們雖然沒有什麼偉大的理論，但我們有基本的主張。我們是反對文藝政治黨派化，反對文藝風月哥妹化；同時並反對文壇上一切無恥無聊的臭蟲。」「文藝的政治黨派化，在年來，是很普遍的情形。我們看到『斧頭，鐮刀，課題，任務』的普羅文藝在飛揚跋扈，我們看到『奉天承運，皇帝詔曰』的民族文藝在耀武揚威。同時，更有捧著馬克斯木主蒲列汗諾夫招牌的灰色社會民主主義者，大罵阿狗阿貓文學而殺出路。弄到中國文壇，變為殺氣沖天的武壇，訴之情感而至理想之文藝，變為每個黨派的政治宣傳。有些人，怯於集團之威，敢怒而不敢言，有些人，不知有集團在做背景，不知怒亦不知言，更有些人，以投機而取利，依附以苟存，模仿以自娛，盲從以吶喊。嚴重的宗派性，淺薄的呼喊聲，文藝之存在，幾乎被政治黨派所消滅。我們在此氛圍之中，以純粹文藝及廣闊人生而文藝的立場，孤軍奮鬥。」[46]因而他們在文中，就一再諷刺挖苦三民主義文藝和民族主義文藝，也就一再標榜他們是不黨不派、搞純文藝的人和刊物。

---

[45] 見焰生〈新壘漫話〉，載 1933 年 5 月 15 日《新壘》文藝月刊第 1 卷第 5 期，第 97、98 頁。

[46] 焰生〈我們自己的檢閱〉，載 1933 年 12 月 15 日《新壘》文藝月刊第 2 卷第 2 期，第 96—97 頁。

　　新壘文藝月刊社至少在南京等地辦有分社，出版半月刊。在《新壘》文藝月刊上，常常能見到南京半月刊的要目廣告，作者隊伍與月刊無異。

　　《新壘》幾乎期期都有否定普羅文學的言論。如，榮楨〈文學派別之產生及其對壘〉、天狼〈一九三二年中國文壇之回顧〉、焰生〈左聯命運的估算〉、持大〈文藝與黨派〉、焰生〈新壘漫話〉、紅僧〈魯迅與章衣萍〉、凡《〈毀滅〉大眾本被查禁》、柳風〈與魯迅論第三種人〉、紅僧〈武斷鄉曲的魯迅〉、持大〈文藝自由論辯的觀察並質蘇汶〉、菲丁〈左翼文學的尾巴主義〉、翰秋〈左翼該不該打〉、卡斯〈蘇聯文學口號的花樣〉、持大〈從取締普羅文學說到文學的任務〉、柳風〈自由論辯收場以後〉、陽冬〈關於魯迅的清算〉、馬兒〈文壇與武壇〉、楊柳風〈關於「魯迅之罪及其他」答《濤聲》〉、卡斯〈魯迅生財有道〉、天狼〈幾個文藝問題中的問題之檢討〉、玲玲〈一年來之中國文壇〉、焰生〈黨派文藝的清算〉、紅僧〈一年來之文壇糾紛〉、焰生〈馬克司主義文學與無產階級文學〉、紅僧〈文藝與經濟〉、卡斯〈新武器文學〉、楊柳〈國民文學的防禦戰〉、紅僧〈盧森堡的轉變〉、楊柳〈論魯迅式的歐化語法〉、楊柳〈再論國民文學〉，等等。

　　如此眾多的文章，觀點倒比較統一。不外乎是：

　　無產階級文藝是共產黨人以文藝來做政爭工具的文藝政策。

　　以某黨某派的政治意識和政治策略，來支配著文藝的批評和創作，換句話說，就是實行以文藝為黨派政爭的工具：這是這五六年來的中國文藝界中的一件顯著的現象，也是一個最惹人爭論的問題。

　　這件現象之作俑者，是共產黨人。所謂無產階級文藝，所以在中國出現，雖然不能說在客觀環境裏，完全沒有它的根據，而共產黨人以文藝來做政爭工具的所謂文藝政策，當然就是把它催促出來的一個動力。正唯其如此，所以在中國，那些被稱為無產階級文藝的作品，就和蘇俄等國的有很大的不同。大體地說，那些作品，與其稱為無產階級的文藝，倒不如稱之為共產黨的文藝，較為適切。有了共產黨文藝出現，於是，其他各黨派，當然又不免要提倡合於他們政治意見的別種黨派文藝，以資對抗。共產黨中的反對派，為要對抗同黨中的幹部派，於是，奉行著

托洛斯基對於文藝的意見,而提倡所謂革命文藝。國民黨人為要對抗共產黨的文藝運動,於是,又提倡其民族主義的文藝,或三民主義的文藝,介於國共兩黨中間的第三黨人,也曾提倡過其黨派文藝,即所謂平民文藝是。

　　黨派的政治意見之影響於文藝,是近代社會科學發展的一個自然的結果,也就是集團的政治鬥爭的一個必然的產物。」「然而,這些受著社會科學思想之影響,和受著客觀現實的政治現象的影響的文藝家,還不是黨派文藝的創立者。黨派文藝的創立者,是政治戰鬥員。他們的本身,原來是文藝家,或非文藝家,但現在的他們,與其謂為文藝家,不如叫做一位政治工作者,他們不是為文藝,只是為政治;他們要利用文藝做工具,以達到政治的目的,所以他們乃有黨派文藝的創立。

　　黨派文藝「只是一種變態文藝」。「有價值的文藝,必然要具有普遍性和永久性。黨派文藝,其價值不過等於一張政治傳單,只能收一時的政治煽動的效果,此外對於人生斷難有其他的有價值的貢獻。」[47]

　　普羅文藝僅僅是共產黨文藝,是黨派文藝;黨派文藝的價值等於一張政治傳單。

　　魯迅賣身投靠普羅文學。

　　就魯迅的〈又論第三種人〉,《新壘》的作者們以為這是左翼「文閥」,而且要摧毀這「左翼文閥」的法西斯蒂政策。說魯迅「做了共產黨文藝政策的政治宣傳隊的俘虜而後,一變而為勇敢的降將軍,居然口有道道革命了。由阿 Q 而 Don Quixote,而洪承疇,以統一中華文壇自任了。但魯迅懂些什麼是革命呢?除了在共產黨革命八股中拾了幾個口語,什麼前進與共鳴,中傷軟化與曲解外,有些什麼什麼呢?好像是臨老入花叢,自己沉迷而不知。但若考其轉變的經過,則為賣身投靠以維持自己在文壇的威權。如此投機而苟存罷了。試問年來不能創作之魯迅,除了倚靠在把持文壇的左聯而外,還有什麼法子。╱以敗軍之將而言勇,以降賊之將而稱雄,毒箭固足以死人,無毒之箭也可以死人啊!」[48]

---

[47] 持大〈文藝與黨派〉,載 1933 年 5 月 15 日《新壘》文藝月刊第 1 卷第 5 期,第 1－4 頁。

[48] 柳風〈與魯迅論第三種人〉、紅僧〈武斷鄉曲的魯迅〉,載 1933 年 8 月 15 日《新

　　有人說要對魯迅進行清算。《新壘》的作者們說，否。理由是：「他老人家現在雖然高高地坐著左翼文壇的第一把交椅，然而你要清算他的文學理論嗎？他只是譯而不述，除開寫些小報式罵人或發牢騷的隨感文字以外，壓根兒是無所謂文學理論的。要清算他老人家的文學理論，那恐怕要等待他來生再投胎人世的時候，今生是沒有希望了。／說到清算他的文學作品吧？那更糟透了。魯迅先生是『左而不作』的。他老人家自『左』了以後，你能找得他半篇文學作品出來嗎？如果原諒他一點，而清算他過去的什麼《阿Q正傳》，『醉眼朦朧』，《吶喊》之類吧，那他的本身便是一張清算的正確照片，他現在正如阿Q一樣地畫了一個大團圓，爬上左翼文壇去坐著第一把交椅，而在交椅上仍舊在『醉眼朦朧』，仍舊『吶喊』。」因此，與其說清算，不如來一個「魯迅的送葬運動」。[49]

　　在文藝自由論辯中的左聯：

　　蘇汶向左聯提出如下要求：（一）除了武器文學以外，應允許非武器文藝之存在；（二）除了無產階級文學以外，應允許縱非無產階級文學，但也不是擁護資產階級，甚至於反資產階級的那種文學的存在；（三）應承認文藝家有脫離政治勢力的干涉，本其良心來創作文藝的自由。

　　本文作者說：「左聯中人作的文章特別多，連執左聯牛耳的魯迅老先生也出馬了。然而一個來一個失敗，話雖說得洋洋灑灑，而對於蘇汶君的理論基礎，終於不能搖動其毫末。第一，蘇汶君指斥左聯所用的各種手段的錯誤，及其左傾幼稚病，左聯中人不敢置答，而且默認其宗派主義之不對了。第二，對於蘇汶君反對干涉主義的理論，左聯不敢加以論辯，似乎覺到雄辯不能勝於事實了。第三，對於文藝與階級關係的意見，蘇汶君所舉出的種種例證，左聯中人能夠加以駁斥的，可謂絕無僅有；他們只知道固執形式論理那種非A即B的機械方式，來反駁蘇汶君的意見。這種反駁，千篇一律，不但不足以推倒蘇汶君的理論，而且對於論辯的進行，也毫無推動的能力。『圖窮而匕首見』，沒有辦法，不能不屈

壘》文藝月刊第2卷第2期，第41-43頁。
[49] 陽冬〈關於魯迅的清算〉，載1933年11月15日《新壘》文藝月刊第2卷第5期，第73-74頁。

服了，於是乃由署名何丹仁的及魯迅老先生出面來表示讓步。正如蘇汶君在其所作〈一九三二年的文藝論辯之清算〉一文中所清算的：第一，文藝創作自由的原則是一般的被承認了；左翼方面承認並非要以指導大綱之類，來剝奪作家的創作自由了。第二，左翼方面的狹窄的排斥異己的觀念是被糾正了，他們聲明並不拒絕所謂同足（路）人了。第三，武器文學的理論是被修正了，左翼方面承認了『以為武器的文學即等於狹義的宣傳鼓動文學』是錯誤的理論了。」[50]除了總的傾向和話語的感情色彩而外，本文說的基本上是論辯中的事實。

對左聯或說對左翼文學，《新壘》的作者們挖空心思加以詆毀。一曰：左翼文學作品的尾巴主義：「在某種政治上的主義和黨團支配下的所謂『新興』文學，其在『普羅文學』的時代，是連篇累牘地叫口號寫標語，大『創』其『炸彈炸彈』，『暴動暴動』的『武器作品』的；但現在轉變為左翼文學，好像已經聰明得多，他們已不復在文章的中間或開頭喊口號寫標語，而在文章的末後煽動一下，生硬地接上一條『積極性』的尾巴。／這種轉移，已足證明『武器文學』的漸次沒落，政治傳單在文學領域上之無立足的可能；然而，為了黨派的命令，為了政治的偏見，為了利用文學的陰謀，這種尾巴主義仍出現於所謂左翼文學中，真是一個大缺憾。」[51]二曰：左翼文學該打。「看來左翼文壇顯然地有了兩個錯誤：第一，在理論方面，一定揭著什麼『武器文學』『革命文學』的招牌，來干涉作家創作的自由；第二，在作品方面一定制定了一種文學大綱，生吞活剝地造作出許多所謂『前進』的文學。以致『左翼文壇』本來是好意地想創造出一種活的文學的，其結果卻適得其反，一變而為惡意地鼓勵一種死的文學之長成了。」[52]

---

[50] 持大〈文藝自由論辯的觀察並質蘇汶〉，載 1933 年 10 月 15 日《新壘》文藝月刊第 2 卷第 4 期，第 6 頁。

[51] 菲丁〈左翼文學的尾巴主義〉，載 1933 年 10 月 15 日《新壘》文藝月刊第 2 卷第 4 期，第 23 頁。

[52] 翰秋〈左翼該不該打〉，載 1933 年 10 月 15 日《新壘》文藝月刊第 2 卷第 4 期，第 31 頁。

說的基本上都是事實，但這不是朋友的提醒，也不是諍友的忠告，而是站在對立面的攻擊。

馬克思主義文學只是人獸交合所生的怪物：

「所謂馬克司主義文藝與文學，不過人獸交合所生的怪物而已。馬克司主義，在哲學政治經濟上，是存在的，馬克司的信徒們，他們盡可以說偉大，盡可以高呼萬歲。但站在藝術或文學的立場，馬克司主義與藝術或文學是沒有關係，馬克司主義藝術或文學，是不能成立的。既不能成立，試問存在性在什麼地方呢。」同樣，所謂無產階級文學（即普羅文學）是「做了共產黨宣傳員以文藝為政治宣傳的口號」，或說就是共產黨文學。因此，「這不是無產階級文學，這是叫工人加入共產黨的傳單了。無產階級文學的存在，不過等於農民與及操其他職業的人民的文學相等，沒有什麼偉大性之可言的。」總而言之，「站在文學的立場而論馬克司主義文學，是不存在的，當然說不到偉大；如階級可以應用到文學裏，則無產階級文學也可以存在，但並不偉大。」[53]

杭州的《黃鐘》

1932 年 10 月，在杭州創辦了《黃鐘》週刊，次年 3 月改為半月刊，一直出到抗戰前夜。在 4 年左右的時間中，共出版 100 期左右。這是民族主義文藝刊物中，又一種出版時間比較長的刊物。16 開，豎排，出版比較準時，內容比較正規。編輯者和發行者署杭州黃鐘文學社。刊物有這樣的口號：

> 黃鐘是中華民族的忠實的懇摯的代言人！
> 黃鐘是這個偉大的悲劇的時代的聲訴者！
> 黃鐘是現代中國最有意義的純文藝刊物！

---

[53] 焰生〈馬克司主義文學與無產階級文學〉，載 1934 年 3 月 15 日《新壘》文藝月刊第 3 卷第 2、3 期合刊，第 34─35 頁。

此口號曾連刊幾期。刊物曾連載〈本刊徵文〉，錄如下：

本刊徵文

　　文藝家是時代的先驅，民族的鬥士；尤其是青年的作家，有澄瑩的胸襟，沸騰的熱血，和對國家前途殷摯的希望，當此內憂外患，交相煎迫之秋，更應努力擔負「時代」的使命，發揮「民族是至高無上」的精華。本刊無似，願以民族文學之研究與創作，與寒假內諸青年文藝家相互勗勉。茲略訂徵求範圍如左：

一、各弱小民族之以爭民族生存為目的，文藝研究或作家及作者介紹；

二、以人文地理方法，研究中國文學史，不拘一時代一流派或一作家均可；

三、國語文學之使命及技術的探討；

四、闡述民族主義文藝的意義及方法；

五、評述中國過去的愛國文藝；

六、發揚民族精神的創作，不論小說戲劇詩歌樂曲散文圖畫雕刻電影本均可；

七、對於一切違反民族利益文藝的檢討。

　　各項論著，範圍大小不拘，翻譯須附原著，作品命題自定。徵文時間自即日起，至 2 月 10 日截止。錄取稿件，從優奉酬。

《黃鐘》過去幾乎沒有人提過它，其實不可忽略。

　　《黃鐘》有兩個並重：一是創作與理論並重，二是創作與翻譯並重，就文字數量說，也許翻譯的分量還要重一些。檢閱它的作者隊伍，有助於說明一些問題。

《黃鐘》的作者群

　　在 4 年多的時間中，它的「常務」作者[54] 是：白樺、開元、唐人、蘅子、劉延陵、陳大慈、常惺、白鷗、尹庚、陳心純、靜聞、李樸園、

---

[54] 要說明的是：它的多數作者在文學史上不傳，沒有傳，因此無法弄清楚眾多作

張春波、程一戎、盛明若（明若、艸艸）、靜君、憶初、林文錚、徐寶山、黃萍蓀、周子亞、孫用、柴紹武、牧馬、汪錫鵬、許尚由（尚由、上游）、鍾敬文、沈愷、孟斯根、貝嶽、茜茜、柳絲、楊鎮華、張彭年、閔玉如、胡水波、孫福熙、梁得所、劉宇、石堅如、葉時修、李一冰、錢子衿、壽蕭郎、方緝熙、羅姍、胡倫清、許欽文、王西彥、楊時英、陸丹林、褚問鵑、三郎、張瞳曛、陳雲叢、何德明等；

文章不多，有的僅一篇，但在文學史上有聲響的作者是：王平陵、郁達夫、劉大白、羅家倫、呂亮耕、陳楚淮、黃震遐、王家棫、王以仁、張道藩、余慕陶、李焰生、黎錦明、郭沫若、董秋芳、劉海粟、蔡元培、周樂山、蔣延黼；

眾多的是未知的作者（肯定有些是重名）：錢萬鎰、石尼尼、吳隼、海波、龍月斧、高季琳、宏達、范郁、萬紫、飛飛、黃篁、新人、呂夢周、白亭、墨洛霞、沙亞、楚才、佇冶、慧晶、曼亞、莞子、程朱、隱君、李零、玄郎、張泛泥、童蒙聖、陳小可（小可）、章廷驥、彭榮楨、陳鍾、鈞斯、趙三凱、楊一、秋子、褚經深、王夫凡、白亭、黃石、馮元子、山盡、寶滂、陳適、方正、金瑩輝、許允中、馮和侃、陳珏、康浩、張曉紫、黃華節、王守偉、徐石丹、朱瑜、雙右、華子、劉宇、張芳逸、吳原、但申、易新成、江菊林、桃蕊、田耳、顧汝成、易由、易鷹、唐懷雅、白辭光、寒石若、左林、洪毅然、吉人、梁汝翠、亭亭、祝雨人、徐素鷗、國魂、洗愷、葉翳華、金翼、瘦鵬、盧聖時、肖朋、熊紀白、胡沙、白象、唐雪如、靜如、蘇平、梁文、胡行之、楊幸之、唐英偉、杜蘅之、杜紹文、吳稚中、戚墨緣、吳隅、張行、王沉、馬文農、葉雲、方賢齊、施善餘、喧樵、池未寧、李鏡池、羅斐、施忠義、馮伊湄、蒙拾、盧鴻基、博泉、候蛩、嗣芬、張人權、呂耕野、沉鍾、陳君若、殷作楨、殷言泠、孫土達、湘華、王一心等等；

週刊時期寫舊體詩詞的作者：寒潮、玄嬰、布雷、王廷揚、胡翔冬、小石、劉仲英、陳屺懷；

者的真名與筆名的關係，只好見名即存，聊以備查。

　　《黃鐘》每期翻譯量大，外國作者有的標了國籍，有的未標；未標者中，有的筆者也未知其國籍。日本作者最多：鶴見祐輔、芥川龍之介、澤田謙、中正夫、久野豐彥、岡田中一、邊渡信義、里木悅郎、島崎藤村、下位春吉、近藤經一、阪部護郎、中村吉藏、中島久萬吉、太宰施門、宇野浩二、橫光利一、中重川、國木田獨步、吉田絃二郎、今井忠直、水谷健一郎、森鷗外、五城郎、有島武郎、田山花袋、角田洪浩、永井荷風等；俄蘇作者：果戈里、柴霍甫、萊芒托夫、諾維考夫‧潑里鮑伊、阿爾志跋綏夫、杜斯妥也夫斯基、安東‧帕父羅佛契‧脫開呵夫等；美國作者：凱倍爾、彭‧黑區德、愛倫坡、劉易士、卡佛爾女士等；英國作者：密爾敦、華茲華斯、王爾德、卡萊爾、雪萊、聖‧約翰‧漢金、奧弗拉黑底、高爾斯華綏等；德國作者：革力特、海涅、萊島普爾‧維斯、海曼、蘇德曼、湯姆斯等；法國作者：莫泊桑、雨果、曼達、托里也、蒲特、巴爾札克等；意大利作者：琪奧文尼‧佛茹、白魯諾‧黛萊達、安東尼‧福加柴洛、格拉遮、代萊達、卡羅、陶西、朱賽伯‧嘉超沙、路琪易‧卡普亞、比郎代洛、皮藍得婁、柏迦羅、琪奧文尼‧巴比尼、亞特利安諾‧助可里等；西班牙作者：潘剛、米羅等；保加利亞作者：波泰夫、愛林沛林、哈密洛夫斯基、采爾可夫斯基、那喬夫、卡利瑪等；比利時作者：梅德林、卡米伊‧萊蒙妮、愛米爾‧伏漢倫等；匈牙利作者：莫爾奈、裴多菲、捷克斯洛伐克作者：懶主特拉；芬蘭作者：考洛斯；荷蘭作者：海什曼；未標明國籍作者：須琳娜、諾維洛夫、多羅荷夫、威烈沙愛夫、彭裏區德、朗佛羅、坎克爾、奧立維‧哥爾特施密士、盧本‧達雷奧、果克斯‧巴爾德、羅伯林德、亨利‧拉勃卻爾；未譯成漢字的作者：Canby A.Grabo wskl（波蘭）、W.H.Hubson Mor Jokai（匈牙利）、 Crola Prosperi（意大利）、Federico Tozzi（意大利）、Ogen W.Heath、Washington Irving、Giorgieri Contri（意大利）、Sholom Asch（猶太）、Malachi Whitaker（英國）、Oliphant Down、Ann Hawkahawe、Helena Clayton、Marton Armestrouy、Alma and Paul E Ilerbe、Vladimiv Pozner、A.Bierce、B.Hecht、Lytton Strachey（英國）、Robert Perrein、Rerrauet、Katherne Manstield、W.Somerset Maugham、Motherly Love等。

《黃鐘》的發刊詞

《黃鐘》的發刊詞題名〈獻納之辭〉，署名蘅子。全文如下：

　　文學是時代的產物，一個時代有一個時代的文學。一個時代的輪廓及其內容，歷史固可一樣樣忠實地告訴我們，而這個時代所產生的文學，無疑的，也同樣能夠具備歷史所賦有的功能，這是一般文學者所公認的一件事實；然而文學的功能果真僅在於和歷史一樣地報告給我們以一個時代的輪廓和它的內容嗎？我們敢這樣勇敢的回答道：不！絕不！

　　文學的功能，一方面固可以代表一個時代，而另一方面，更可創造一個時代！一種時代精神雖往往便是同一時代的文學精神，然一種文學精神亦每每即是同一時代的時代精神，甚至這一種文學精神有時還跑在時代前面，創造和啟示一個新時代的降臨！

　　所以文學家的使命是異常神聖，文學家的地位是異常崇高，文學家的力量是異常偉大！文學家應該認清時代，抓住時代，產生時代！文學家如果認錯了時代，離開了時代，或竟遺棄了時代，那他便是時代的落伍者，無論他怎樣標榜「站在左翼」，「站在左聯」，乃至站在任何左的極端，他終是和時代距離很遠，其結果必為時代無情的丟棄！

　　那麼，我們當前的時代是怎樣一個時代呢？

　　我們當前的時代，我們以為是一個民族求生存的時代，是一個民族爭自由平等的時代，尤其是一個全世界弱小民族求生存和爭自由平等的時代！試看世界雖大，哪裏有弱小民族立足之地？哪裏聽不到弱小民族哀痛的絕叫？哪裏看不見弱小民族狼藉的血肉？哪裏不是帝國主義者勝利猙獰的狂笑？

　　在這樣一個時代之下，被壓迫的民族，雖常不免因社會經濟組織的不良，而發生民族內部階級的分化和衝突，然這種不幸的現象，只是時代的一隅，而絕不是時代的本身！在整個時代的前

面，生息於其下的任何個人任何階級，都應該認清時代的全體，而不應固執時代的片段！徹底說來，在當前的時代下，只有全民族的利益值得奪取，只有全民族的搏戰值得參與，此外個人和階級間的一切得失，都是細微渺小的爭持，宏偉磅礡的民族意識和民族精神應該能夠掃蕩一切，消除一切，融合一切！──這是這個時代下一切從事文學者所應明白體認的一個原則！

在這裏，你可知道亡國 123 年而新復舊業的波蘭？你可知道曾和波蘭同病相憐，在 1795 年被俄羅斯吞併過的立陶宛？波蘭現在已經獨立自由了；立陶宛亦已列名於新興的民族之群了！我們想起這兩個弱小復興的民族，便不能不聯想到他們的偉大的文藝作家和他們在文學上對民族復興的建樹。我們追思波蘭的美基韋茲 Adam Michiewicz，斯洛委基 Inlius Slo Wacki，顯克微支 Henry Sienkrcvicz；我們敬仰立陶宛的珂隄爾達 V.Kudirda；我們更敬佩這幾位作家足以代表他們全民族精靈的偉大的著作，他們忠勇熱烈的「為民族」的努力，他們在民族爭自由平等的史冊上不朽的光芒！

中國文壇上的一切文學者！這波羅的海的海上兩個弱小民族的幾位文學家，對他們國家民族的貢獻，試給我們以何等的慚愧和感奮？九一八，一二八和今日的教訓非不深刻，然我們的文學家們有的仍深居在綺窗朱戶，有的還夢繞於酒陣歌場，有的既迷戀著陳死的骸骨，有的又賓士於偏狹的歧途！浪漫！沉溺，瘋狂，零亂！時代站在我們前面，我們非特沒有抓住它帶著它向前走，即連看也似乎不曾看得清楚！這是如何重大的恥辱呵！

從今以後，我們應當立即把舊有荒蕪荊棘的文學園地毀棄，把廣大膏腴的新壤重新開闢！我們拿悲壯慷慨的情調來喚起沉睡的民族之魂，我們以尖銳鋒利的毛錐，給癱瘓麻木的民族病軀打上起死的一針！我們歌頌我們民族過去的光榮，我們詛咒我們民族現在的銷沉，我們指示我們民族未來的前程！我們有筆如刀，我們有紙如盾，我們不信我們長期血淚的奮戰，便沒有凱旋的一日！

我們謹在此以其誠摯的微意，貢獻給中國文壇的一切文學者，渴
望他們和她們採納，教正！[55]

「我們歌頌我們民族過去的光榮，我們詛咒我們民族現在的銷沉，我們
們指示我們民族未來的前程！」這是《黃鐘》的目標和任務。

除了這篇發刊詞、征訂廣告的三句口號、徵文啟事外，4 年中，它再
也沒有像其他刊物例行的〈編者的話〉、〈編後記〉之類的文字，因此，
要想知道這個刊物、它的作者、所刊文章，就不容易。

海論民族主義文學

《黃鐘》發表的關於民族主義文藝的理論文章主要有：沙亞〈第二
次世界大戰爆發前的中國文學〉（1 卷 19 期）、憶初〈民族主義的文藝方
法論〉（22 期）、周子亞〈論民族主義文藝〉（25 期）、許尚由〈民族主義
的文學〉（28 期）、柳絲〈信口歌唱的文學〉（31 期）、柳絲〈關於民族主
義的文學〉（38 期）、白樺〈蓖麻油與棍棒──現代中國文壇的掃毒運動〉
（41 期）、壽蕭郎〈民族主義文藝論〉（4 卷 6 期）、方緝熙〈談民族文學〉
（4 卷 6 期）、上游〈民俗文學與民族主義的文學〉（5 卷 5 期）、上游〈三
民文學〉（5 卷 7 期）、汪錫鵬〈民眾文學與民族性〉（5 卷 7 期）、柳絲〈大
眾文學與民族主義文學〉（5 卷 8 期）、柳絲〈小說在民族主義文學的地位〉
（5 卷 9 期）、尚由〈莫泊三與民族主義文學〉（5 卷 10 期）、唐人〈民族
主義文學革新號〉（6 卷 1 期）、上游〈從古典文學到民族主義文學〉（6
卷 1 期）、許欽文〈民族主義文學與教育〉（6 卷 1 期）、唐人〈歷史小說
和歷史劇在民族主義文學的地位〉（6 卷 2 期）、唐人〈民族主義文學的外
延和內包〉（6 卷 3 期）、唐人〈民族主義文學的要素和應有的條件〉（6
卷 5 期）、唐人〈民族主義文學題材的剪取〉（7 卷 1 期）、唐人〈小品文

---

[55] 載 1932 年 10 月 3 日杭州《黃鐘》週刊創刊號，第 1-2 頁。

在民族主義文學中的地位〉（7 卷 3 期）、黎錦明〈民族文學的商榷〉（8 卷 4 期）等等。

文章的數量不算少，可是除了重複〈民族主義文藝運動宣言〉和潘公展、張道藩、傅彥長、朱大心等人的文章的觀點外，新的建樹不多。有的文章，如〈小說在民族主義文學的地位〉、〈小品文在民族主義文學中的地位〉、〈莫泊三與民族主義文學〉等，好像很有特點，仔細一讀，其實它主要是講小說、小品文這種文體的特徵，講莫泊桑的幾篇作品，和民族主義文學關係不大。抽取略有新鮮感之處，分類如下：

文學是時代精神的沸點，是民族魂的結晶：

「文學是一個時代的時代精神的沸點，文學是一個民族的民族魂的結晶！

「一個時代，無疑的一定有反映這一個時代表現這一個時代領導這一個時代的時代精神的文學──偉大的劃時代的文學作品。一個民族，同樣的也一定有鞭策這一個民族奮勵這一個民族發揚這一個民族的民族魂的文學，偉大的足以稱為全民族之聲的文學──如果這一個民族的國民文化生活尚未消沉毀滅淨盡的話。

「時代是經，民族或國家是緯，由時代和民族國家的經緯線交織而成的偉大的文學作品，那才是有意義有價值的千秋不朽的宏篇，那才是能夠在世界文學史上占光榮之一席的巨著。

「趕不上時代或超越了時代，這是失去了『時』的意義，離開了民族國家或忘卻了民族國家，這是失去了『地』的意義。我們試翻一翻幾千年來全世界各個時代各個民族的文學史，那一個偉大的作家那一篇偉大的傑作不是充滿著鮮明的時代精神和濃厚的民族色彩？那一種失去了時代的中心離開了民族的範圍的作品能夠在文學史上占著相當的地位？

「一個民族，當它的運命正像九月裏的玫瑰花一樣，在太陽光底下十分美滿的十分蓬勃的怒苞出來盛開出來的時候，同時它所產生出來的文學，一定是謳歌著輕清和愉快的聲音，洋溢著華麗和高貴的色彩的。反之，一個民族，它的運命已經不幸的走上了慘苦的途程，在內憂外患風雨飄搖的無助的黑暗的泥濘裏停頓著掙扎著的時候，同時它所產生出

來的文學，該是怎樣的一種文學呢？是悲觀的灰色的遁世的無可奈何的嘆息呢？還是偷安的消極的享樂的醇酒婦人的囈語呢？抑或是絕望的慘苦的在宰割之下踐踏之下的輾轉呻吟的悲鳴呢？不，不是的，不是的，這些都不過是這個不幸的民族的文學的渣滓，這些都不過是這個不幸的民族的文學的旁枝！最忠實的最健全的能夠代表這個不幸的民族的全民族的意志的文學，該是一種悲歌慷慨的發奮有為的壯烈的聲音！該是一種衝鋒肉搏的躍馬橫刀的反抗的聲調！」

「偉大的被壓迫民族的文學作品，無疑的是一種洋溢著反抗精神的健者之聲！」[56]

目前的中國文壇，不要說反映時代，就「連認清時代的精神也沒有」：

「第一次世界大戰的結果，竟把人類的歷史截然分做了兩途，文學在這時候也起了極大的變化。那就是風花雪月和身邊瑣事的沒落，以描寫群眾為題材，替被壓迫者打不平的那種作品應運而生。風花雪月固然是被遺落到不知什麼地方去了；但那種所謂以大眾為題材的普羅列塔利亞，依然不能夠去找補這個缺陷。」

「五卅」以後，中國的文壇總算熱鬧了一陣。「但所看到的也只是些輕輕的淡描，那裏有轟轟烈烈，讀了使人憤慨的東西見過。這自然是因為幾個有閒階級的文學家在那裏把持的緣故，他們的文學理論本多築在象牙之塔中，由於窄狹的形而上學，和美的哲學之畸形的發展，竟把他們的社會意識都蒙蔽了。即是左翼色彩很濃厚的創造社，那辰光也還是不斷的在製造浪漫主義和頹廢主義，正是歌德的《少年維特之煩惱》鼎盛的時候。」文學「可以改變人的思想和行為。所以，近十年來中國青年的精神方面的敗壞，在文壇上享有盛名的，那幾個被稱為作家的人應該負相當責任。但是這些作家們自身並不覺悟，他們仍舊憑藉自己的隆高的地位，繼續的寫他們的靜穆的美，宇宙的象徵，感官的刺激，醇酒與婦人。」

---

[56] 白樺〈美基委茲與顯克微支——波蘭二大民族文豪〉，1932 年 10 月 10 日《黃鐘》週刊第 1 卷第 2 期，第 2－3 頁。

「我們中國，能夠反映時代的作品真不易見得。有的是 18 世紀的功利主義；19 世紀的浪漫主義；三角，六角，十二角的羅曼主義；抽煙，喝酒，自然的頹廢主義。」

「東三省淪亡了，在上海又犧牲了那麼多的生命，那麼多的財產。事情似乎並不是小事，可是咱們文壇上的那幾位健將依然不聞不問。魯迅還是寫不痛不癢的雜感和隨筆。郁達夫仍舊發色情狂，且充滿著肉麻的名士氣派。張資平仍然離不開六角三角。郭沫若則忙於考古……再說那些定期刊物吧！坊間雖然充滿了月刊與週刊，但照例是一些咖啡座談和茶話。講愛美你去找《彌羅》，看成名作家的有《現代》，喜歡幽默輕鬆不妨買《論語》……／成名作家大概都在生兒育女上打算了，所以竟放棄了這個非常的時代，也許是時代遺棄了他們。為了要養家活口：自然又不得不寫一點混飯吃，於是就滿紙的懷才不遇，與怨天尤人。其實他們本身早已厭倦了創作，那裏還有那種勇氣去握著時代的齒輪呢！」所以說，「目前中國文壇，是連認清時代的精神也沒有」。「第二次世界大戰爆發前的中國文學，完全是從反抗強暴這一方面著手的。滾你的！貓哭老鼠假慈悲的人道主義者；滾你的！噴出輕煙似的微哀的感傷主義者；滾你的！叫青年人喝酒，抽煙，自然的頹廢主義者；滾你的！高舉著藝術至上大旗的唯美主義者……還有普羅列塔利亞者，也請暫時養息一下你的嗓子吧，把叫黃包車夫打坐客的功夫抽出一點去放到那挽救國家危亡的上頭。」[57]

來一個文壇掃毒運動：反對無產階級文學，反對自由主義文學，反對藝術至上主義文學，反對感傷主義文學，反對幽默文學：

「正像法西斯蒂黨未獲得政權之前的意大利國家的混亂狀況一樣，我們中國的現代文壇的狀況，也是呈出混亂複雜反動蕪穢的大觀。現代的中國文壇，除了一部分的正統的力量之外，是千紅萬紫，光怪陸離，妖葩與蔓草齊開，楚些（歌？）共鄭聲並奏。有的是標榜著馬克斯主義

---

[57] 沙亞〈第二次世界大戰爆發前的中國文學〉，1933 年 2 月 13 日《黃鐘》第 19 期，第 6－9 頁。

文學，無產階級文學的旗幟，有的是揭出了自由主義文學，藝術至上主義文學的招牌，有的以傷感主義惹動頹廢青年的同情，有的以幽默作品迎合有閑階級的心理，有自由人，有惡魔派，有享樂主義的詩人，有性慾描寫的小說家。現代的中國文壇已經成為犬牙交錯的戰場，已經成為世界文化的百貨商店，已經成為五光什色的國際的萬花鏡。我們的中國作家已經忘記了中國國民的生活，已經忘記了中華民族所需要著的文化的重心，已經忘記了生存在這神州大陸上的四萬萬黃面孔的中國人的當前的要求。我們的作家只知追求新的主義，好看的漂亮的招牌，抽象的理論，架空的流派，和迷人的姿態。民族的熱情已經從我們的作家的心中消失了灰冷了，正義與偉大的民族意識也沒有了，在現代的中國文壇上，我們只看見巧言，令色，妖豔的技巧，死的形式，灰色的感傷，空泛的不適切於國民生活的理論。」

「我們認為馬克斯主義文學，無產階級文學，以文學的立場而論，是當然有它的偉大性與存在性的。然而同時我們認為馬克斯主義文學無產階級文學是能夠分解我們民族的整個的結合的（因其目的在鼓吹階級鬥爭）。我們相信我們民族惟有結合才能堅實，堅實才能參加於國際作為文化之一員，迷惑於早熟的空泛的國際主義只能夠自促我們民族的文化的衰落。基於這理論，我們在現階段是堅決反對馬克斯主義文學，堅決反對無產階級文學，我們要從現代中國文壇上把這文學的毒氣徹底掃除。其次，我們認為自由主義文學，在保持著浪漫主義的反抗精神這一點上，是有它的偉大性的，但是現代的自由主義只是放縱主義，不負責任主義。我們相信我們民族當前唯一的精神條件是『責任』，不是『自由』。自由是反組織反集團的，自由主義的文學就是反組織反集團的文學，我們非把它從現代中國文壇上面連根鏟去不可。再次，我們認為藝術至上主義文學只是一種高等文士的聊以自娛的藝術品，只是一種象牙塔裡的雕蟲小技，不可能訴諸廣大的民眾的同情的文學，我們基於整個民族的立場必須反對這種文學，我們要把這種文學從現代中國文壇拋開。再次，我們認為傷感主義文學，是人生落伍者的哀鳴，是僅以愁苦之音動人的，這對於一個民族之復興有重大的惡影響，我們要樹正確的積極的勇往直

前的民族意識，我們非把這種灰色的感傷主義的外衣撕去不可。又次，我們認為幽默文學就是反嚴肅文學，人生是嚴肅的，有嚴肅的人生觀才能夠創造出嚴肅的世界，嚴肅的民族國家，幽默文學把一切都看成滑稽，結果是這個人的生命和民族的生命都給滑稽化了，我們期望我們的民族有嚴肅燦爛的前程，所以我們認為幽默文學也是要不得的。此外對於惡魔派，對於享樂主義，對於性慾描寫的作品，我們也都認為不是一個在復興途中的民族所應該具有的文學現象，都一一要加以掃除，加以肅清的。」[58]

民族主義文藝是一種最健康的文藝理論：

「民族主義文藝運動雖然只經過短短的時期，但現在已有顯然的地位了。任何一個運動的活躍與發揚，皆有其一定不易的道理——一般人接受了它，一定是它適合一般人的需要與要求。民族主義文藝之被許多人重視和接受，之能夠有今日的發展，和被視為最健康的一種文藝理論，可以推知不是偶然的了。」因此，「今後的問題不在討論這種文藝本身的意義與價值及其能否成為一最有力的最有效的文藝形式的問題，而在討論和試驗用什麼方法可製作出這類的偉大的作品，來充實這種文藝運動的陣線的問題。」[59]

文學是宣傳主義的利器：

「文學，到了現在，已由玩玩的消遣品，進而為探討問題，宣傳主義的利器了；沒有主義，確不定立場，問題就無從探討起，也就無所謂文學了。要有所探討才成文學；要探討必須根據主義，就是文學必須有主義。以黨治國，以三民主義立黨，目前的文學要以三民主義為立場，這原是當然的事；三民主義以民族主義為首要，現在要先有民族主義的文學也是當然的了。

「民族主義底目的，是要使得民族能夠獨立，並且在各民族間處於平等的地位；凡能使得達到這目的的文學，就是民族主義的文學，無論

---

[58] 白樺〈蓖麻油與棍棒——現代中國文壇的掃毒運動〉，1934 年 1 月 15 日《黃鐘》第 41 期，第 1-3 頁。

[59] 憶初〈民族主義的文藝方法論〉，1933 年 3 月 16 日《黃鐘》第 22 期，第 1 頁。

是戲劇，小說，詩歌或者散文。同時，凡是攻毀民族主義前途底障礙的文學，和暴露民族主義敵對底醜態的文學，也都是民族主義的文學。由此，民族主義文學，可以分為積極的和消極的兩大類：積極的是鼓動的；消極的是攻擊，暴露或者譏諷的。」

「民族主義，在可能的範圍內，以儘量保存固有的民族性為主；只是要把年久發生的暮氣，專制皇帝愚民政策底遺毒，和宗法社會底殘餘思想整理出去罷了。」

其所以要利用文學，是「因為文學能夠於無意中感動人：強力所壓抑不住的，它能去軟化成熟；軍警所管不到的，它能去預先防止；能夠使得疲倦了的興奮起來；能夠使得困苦著的忘卻憂慮；能夠引導群眾有所作為；也能糾正一般人底思想，防患於未然。總而言之，因為感動力強，所以要利用它。」文學所以有這樣強的感動力，「因為文學是盡心竭力的表露，是以暗示打動情感的。這必須有幾個條件：最要緊的就是要『具象化』；其次是要容易使人『共鳴』。」具象化就是要尚描寫，使人共鳴就是要有普遍性。「文學重情調」。[60]

關鍵是這句話：「強力所壓抑不住的，它能去軟化成熟；軍警所管不到的，它能去預先防止」。《新壘》曾揪住它提出許多問題。這說的是民族主義文學的威力，其實也說的是它的任務。

文藝是民族的生命：

「梁實秋先生說得正好，文藝作品是客觀事物之主觀的反射，是作者的主觀的心靈與時代的客觀的精神底混血兒」。「廚川白村說：『文藝是苦悶的象徵，前進的南針。』我們可以說，所謂民族主義文藝就是民族之苦悶的象徵，民族之前進的船舵。」「文藝是一個民族的精神生命」，即「靈魂的化身」。「文藝是民族的指南針，向心盤，文藝家該稱為民族的引港手，民族的生命確是寄寓在文藝的靈魂中！」「吾人生活之模型，文學是有感化之力，能使惡劣之品性轉善，萎靡之民族復興。」「總之文藝是民族的生命，文藝運動是民族復興的前驅，在目下因此我們需要創

---

[60] 許尚由〈民族主義的文學〉，1933 年 6 月 16 日《黃鐘》第 28 期，第 8—11 頁。

造一種培植民族精神，鼓舞民族生命之新文學，來負擔這偉大的工程，民族主義文藝之真正意義既是如此，今後文藝運動所應有的定向亦複若是。」「努力民族文壇的朋友」，「你們是過去的『綿延人』和將來的『開拓者』」。「作家是文藝運動的主幹人，民族文藝作家是民族主義文壇的建設者」。「作品是文藝家的化身，是他的思潮的象徵，他是作者對於社會觀察後所發表的現實情況的符號。」今後的文藝「負有二種使命，一是民族生活的誠實底反映，二是民族生命的向前底推進」。「作品之優劣完全是一個技巧的問題」，「技巧是文藝工程的建築柱石」。「要糾正一個錯誤的觀念」，「就是說把文藝當作一種『宣傳的利具』，『階級的武器』，故意把文藝運動當作一種國家的文化政策，來宣傳國家主義的思想，造成鐵血集團的民族，爭雄於世界，稱霸於東亞」，這就「把文藝看得太偏狹了」。文藝「不塗顏色」。「文藝似一面明鏡，一條清流，無階級的性質，無仇恨的質素，一種文藝的運動，只可以作為一種『無形』的『無意識』的『精神』的力量，斷不能視為『有形』的『有意識』的『實質』的壓力。」[61]

民族主義的文藝基礎：

簡言之，民族主義的文藝基礎有民族學的、民俗學的、心理學的三種。（一）民族學的：民族學是晚近最新的一種學問，它研究民族間人口的分佈，種際通婚，民族思想，民族心理，民族間的糾紛及解決民族史，民族問題……提倡這種問題的文章。「民族主義文藝之民族學的根據，是民族學的內容，決定了民族主義文藝的方向。有了民族學所貢獻的種種民族間的現象及問題，民族主義文藝乃得有充分描寫的對象，乃得有合事實的能掀動民族感情的題材，而民族主義的文藝方法乃得有試驗的機會。譬如要寫關於日本進據東北題材，則日本『大和魂』的民族思想，政府的鼓勵人口生殖及殖民政策，及人種改良提倡日人與外族通婚冀得『矮』人改成『長』人……凡此諸點，均須把握堅牢，然後製作文藝方有根底，而能偉大。不表現民族性及民族間實際現象的文藝，不能成為偉大的民族主義文藝。懂得了這，民族主義文藝的取材及寫作技術就思

---

[61] 周子亞〈論民族主義文藝〉，1933 年 5 月 1 日《黃鐘》第 25 期，第 9–15 頁。

過半了。(二) 民俗學的:「民俗學幫助民族主義文藝的建立是顯而易見的,無論在題材方面,技巧方面,民俗學之民間文藝的研究均有偉大的貢獻。民俗學的對象是民間文藝,它是從民間文藝來研究一個民族的社會風俗習尚儀節制度社會思想的。這樣的瞭解之有助於民族主義文藝的創作,是不用說的,並且我還以為,假設不能瞭解這個民族的種種(風俗習尚……)則民族主義文藝無由產生,因為民族主義文藝離不開某一民族之民俗方面的特色的。民間文藝可稱為民族主義文藝之一形式,而其方法和一般文學方法略異。」(三) 心理學的:心理學,特別是社會心理學的研究,與民族主義文藝的題材與方法有莫大的關係。「治心理學的人莫不知摹仿在人類文化中貢獻之偉大,這種人類具有的摹仿力,又是民族主義文藝的根本,民族主義文藝的一個使命,在將歷史上偉大人物之忠烈義節的行事表現出來,使後世之人知所摹仿」。又,「人類本有一種英雄崇拜的心理,一個偉人的事蹟,每易為一種心理的誇張狀態所左右而至流為變態,形成一種『英雄傳說』(Hero Myth)。一般人每每易給一個英雄以『神』或『準神』的品格。不說這個英雄是某某星宿下凡,便說他的事蹟中有種種的靈異。」「再從社會心理學中研究民族心理,則發現這種研究幫助民族主義文藝者實大,民族間的關係不外統治、被統治、平等三種。統治的民族為強大的民族,被統治的民族為弱小民族。強大民族與弱小民族間的關係是變態的,因此兩種民族各形成一種變態心理。強大民族對弱小民族的變態心理(Domination Psycholes)據學者的研究,有下列幾種特色:(1) 疑忌心;(2) 殘忍心;(3) 蔑視弱小民族一切文化;(4) 蔑視弱小民族的人格;(5) 隔離漠視的態度;(6) 蔑視公義──上列各點只要看日本民族最近在東北虐待中華民族,便可得知。弱小民族對強大民族的變態心理(Oppressed Psycholes)之特色為:(1) 感覺過敏;(2) 自尊心;(3) 求顯熱忱;(4) 怨恨;(5) 自卑心;(6) 希望心;(7) 團體忠心。」[62]

---

[62] 憶初〈民族主義的文藝方法論〉,1933 年 3 月 16 日《黃鐘》第 22 期,第 2 ─4 頁。

民間文藝與民族主義文藝的關係及其題材與方法的相需相成：

民間文藝包含民歌、民謠、神話、傳說、童話、劇曲、謎語等。民間文藝對於民族主義文藝的重要性至少有三：「（一）在瞭解本民族的民族性及本民族的一切社會風俗習慣制度而為創作的基礎。倘若你不知道自己民族的特性是什麼，你將寫不出它們。倘若你不諳你自己民族中的一切社會遺留，你將無從得到要表現的材料。（二）民間文藝中有偉大的東西，可為我們所取用。我們可將與民眾最接近的故事拿來用新的技巧寫成新的文藝，再送到民間，他們一定感到親切有味，而肯接受。這就是我們的目標。現在我們民族中充滿了此種材料，無論是關於英雄偉人之事蹟或傳說的，關於普通一般的平凡故事的，甚至一點精巧的小品也都是我們所應當利用作為民族主義文學創作之資料。（三）民間文藝與民眾生活的接近，對於我們創作方法上有一種提示。民間文藝為什麼能夠流傳，而為一般民眾所喜愛？為什麼在有些場合（如北方的秧歌，鄂皖的黃梅調，及各地的民間曲劇）雖遭當局的查禁，而仍能蓬勃的滋長？這不用說是因為與民眾生活共鳴，合民眾心理，適應他們需要的緣故。這就提示了新的文藝——民族主義文藝——在題材與方法上應當走的路子。」「在技巧上，僅有新的技巧還不夠，又必須襲用民間文藝的簡單，淺顯，俚俗，粗糙的特色，為新的技巧作有力的補充與後備。這樣，民族主義文藝始有到達民間的可能，而不致鎖閉在城市一部分智識者的書室中，沒有出路。」[63]

民族主義文藝的方法：

文章說，文學上有各種不同的主義，如古典主義，浪漫主義，寫實主義，新浪漫主義，新寫實主義，表現主義，等等。民族主義文學似乎也該有自己的主義。但，「我以為只要作者有真情感，真生活的基礎，寫出來的作品確能動人的感情，能使人奮發起舞，就是好的作品。民族主義文藝作品要有這種特質。」

---

[63] 憶初〈民族主義的文藝方法論〉，1933 年 3 月 16 日《黃鐘》第 22 期，第 4—5 頁。

　　所謂文藝方法,「顯然地包含題材和用什麼方法來表現題材的兩方面。前者是內容的問題,後者是技巧的問題。內容離不開技巧,技巧也離不開內容。談文藝方法,自然不可忽略任何方面。可見所謂文藝方法,不完全是技巧方面的問題。」

　　在題材上,民族主義文藝作品應該注意下列兩點:一是所要表現的主題,二是所要表現的材料。(一)就主題說:「主題即是作者貫入作品中的中心思想或意義。」「民族主義的文藝是因為民族的解放與繁榮而興起的,它的主題顯然應與一般純文學不同。它有它的特殊的民族的使命。它的文藝作品應以下列各點為主題」:(1)民族的;(2)時代的;(3)前進的;(4)暗面的:「民族主義文藝應描寫民族受壓迫的慘苦的暗面而及一般社會的暗面,引起多數人的注意,為求民族地位及民族本身各分子地位的改善,像舊俄羅斯作家寫他們民族中那些『被損害的與被侮辱的』的靈魂的黑暗面,影響當時社會生活不小,農奴的解放與有直接的原因。我民族現受強鄰欺侮,尤以東北民眾處日人鐵蹄下的慘痛的黑暗面,有取為主題,移之紙上,宣諸大眾之必要。」(5)趣味的:「民族主義文藝雖著重民族向上之點,但它也是要求大眾瞭解的東西,故亦不可忽略作品中之趣味性。古今之最大傑作,雖有不少教訓與指示蘊於其中,然鮮有缺少引人入勝之興味者。」(二)就材料說:民族主義文藝的材料應有下列各點:(1)鄉土的;(2)歷史的;(3)民族糾紛的;(4)群眾的。

　　關於技巧問題:民族主義文藝家「必須具有藝術的手腕」。它否認「記賬式和口號式的創作」。要求做到:(1)側面和間接的方法,「貴乎有含蓄性」;(2)對照的方法:貧與富,生與死,白與黑……,對照是有力的;(3)暗示的技巧;(4)反抗情緒。[64]

　　民族主義文學早已有了久長的歷史:

　　「民族主義的文學要積極表揚民族主義,該是由自然主義進化了的『新理想』的文學。」

---

[64] 憶初〈民族主義的文藝方法論〉,1933 年 3 月 16 日《黃鐘》第 22 期,第 5−8 頁。

「文學底成立，至少要有三個條件，就是，一，具象性；二，情感；三，暗示。」此外，「自然必需民族主義的思想」。

「除非所謂『工人無祖國』的『普羅』，一般的人，大概各愛其家鄉，各愛其祖國，各愛其民族。『普羅』既已（以？）階級為重，要打破民族觀念；『普羅文學』和民族主義的文學，自然是要對立起來的。不過民族主義的文學，並非因為『普羅文學』而產生；我國曾經有過這樣的一個時候，因為有人提倡『普羅文學』而且有應和的人，弄得像煞有介事；為著抵禦，也就起來民族主義文學的運動；好像民族主義的文學，原是專為『打倒』『普羅文學』而發生的樣子了。其實這只是偶然的現象；民族主義的文學，早已有了久長的歷史。我國以前雖沒有明確的民族主義底倡導，可是民族思想的懷抱者，可謂『代不乏人』；因而在民族英雄或者隱逸者底詩文中，很可以找出民族主義的文學來。

「『普羅』要拋棄民族觀念，『普羅文學』固然是民族主義文學底對敵。可是民族主義文學底仇敵，並不限於『普羅文學』；凡是有害於民族的，無論使人墮落，頹廢，或者荒唐無稽的，都是仇敵。無益於人生，只是空費時間的『麻醉劑』，也為民族主義文學所不容。『普羅文學』是急性的大仇敵，這些是緩性的小仇敵罷了。」[65]

民族文藝已經會走路：

「文藝能夠推動時代與振興民族」。「從前易卜生因《傀儡家庭》而引起全世界的婦女解放大運動；屠介涅夫因《獵人日記》而引起農奴解放，這都證明文藝的力量是超越過任何顯明的力量之上的。舉例說，波蘭的民族的復興，是全賴文人美基韋茲，顯克微支等的思想上的努力；愛爾蘭民族的能夠脫離英倫而自立，決不是數次反抗強敵的義勇軍的功績，卻是作為文藝運動的前驅者葉茲，沃・格雷特等人的精神的吶喊的殊勳。由此可見一般的文藝，決不是放在象牙塔里高舉著唯美旗幟的消遣品。時代的潮流已經把象牙塔沖坍了，民族的大搏戰的喊聲再不容有個人的『像遊絲的情懷，像落葉的歎息』的聲音存在。」

---

[65] 柳絲〈關於民族主義的文學〉，1933 年 11 月 16 日《黃鐘》第 38 期，第 12－14 頁。

「在中國，民族文藝的興起大家都知道是最近的事實，因為先天的充足，以及後天的強固，已像一個剛出世的小孩子一樣，漸漸地全笑會哭，會發正確的音，會走短短的路程，前途的希望正是無限的。在文藝的論戰上說，民族文藝在文壇上已經造下了一個強有力的壁壘，和這個壁壘對立的，只有那個宣傳灰色至今猶在掙扎的普羅列太利亞的文學的集團……普羅文學在中國，只是一棵不沾土的樹，枯死是必然的」。「普羅文學永遠只能寫出幾個鬼鬼祟祟陰慘可怕的人物」。

本文提供一個資訊：「最近政府當局以二千元的代價徵求關於『為民族的』劇本」[66]。

嚴肅是民族文藝創作的根本態度：

「趣味和嚴肅並不是對立的，嚴肅裏仍有著趣味，趣味裏不失卻嚴肅，才是好作品。前者可以用托爾斯泰的作品做例，後者可以用柴霍甫的前期作品做例，民族文藝就絕對的需要這樣的作品。——『趣味的』與『嚴肅的』調和的結合。

「文藝的創作態度特別地需要嚴肅。油腔滑調的不是嚴肅，虛偽浮浪的不是嚴肅，玩戲誇張的不是嚴肅，世界上一切的美與善其根據就在嚴肅，瀟灑磊落或妖豔色相的不是美，輕描淡寫僥倖湊成的不是善，真美與真善都是嚴肅的結合。對於文藝，尤其是對於民族主義文藝，非嚴肅無以為人生，非嚴肅無以為民族。一個小說家要嚴肅地搜集他的材料，一個詩人要嚴肅地唱他的歌，一個戲劇家要嚴肅地顧到民眾，一個論文家要嚴肅地批評與介紹。不管本身的力量還不足，第一就在以這種嚴肅去補救本身力量之不足。譬如說技巧吧，態度不嚴肅的作品，無論作者施以怎樣成熟的技巧，也不過是施脂粉於醜臉孔，不但不能像樣，並且不能持久，這就是偉大的作品和無聊的作品的差別。」

我認為嚴肅是民族文藝創作的根本態度。[67]

---

[66] 壽蕭郎〈民族主義文藝論〉，1934 年 5 月 15 日《黃鐘》第 4 卷第 6 期，第 33、34、41 頁。

[67] 壽蕭郎〈民族主義文藝論〉，1934 年 5 月 15 日《黃鐘》第 4 卷第 6 期，第

民族文藝的產生包含兩個實質：

「民族文藝之產生包含兩個實質，即民族意識與環境。

「民族構成的要素，普通認為是血統，語言文字，宗教信仰等等，實際上這幾種只能說是構成民族一部分的因數，也可說是副成分。現在世界的民族，很少有純粹的血統，有種種原因往往使彼此不同的民族通婚而產生混血兒來。據說歐戰時東普魯士有一法種的軍長，同時法國軍隊裏也有不少日爾曼人，血統是絕不可靠了；瑞士民族的言語有德、法、意多種，卻不失其為瑞士民族；華僑也就有很多不懂華文，終於是中國人，言語自然不是民族的標識；若說宗教，更無是處，日本、中國都沒有統一的宗教，大和、中華各儼然自成一族。我們與其說上述諸點是構成民族的要素，無寧說是一種民族意志為更妥當，更周延，更貼切。民族文藝的實質，也就以這構成民族的要素的民族意志為基調，加上革命的熱情而創造出來的文藝。故有力的民族文藝，必具特強的民族意識，充滿著狂奔的革命熱情。

「文藝是一個時代的反映，極稀有能脫離地方的色彩，時代的背境。尤其是民族文藝，壓根兒就是環境迫出來的時代產兒。在常度生活狀態中，人們沉醉在金色的迷夢裏，決不會有雄奮的民族文藝出現罷。只在一個民族意識到別的民族的威迫，失去常度生活時，才醞釀出大聲疾呼的民族文藝來。」「所以民族文藝的時代背境，是鐵騎奔突，血肉橫飛的一幕。」

「照此說來：民族文藝不啻是一種主戰文藝，在戰雲密佈的今日，人類的心靈方悸怖著大戰之將發，弭之唯恐不暇，似乎不應該提倡罷？這種主張，在某種意味上固然很對；可是在列強鐵蹄下的中國民族卻說不通，正如在中國講大同主義一樣。況且民族文藝的對象是敵人，是侵略者；是推起一種反抗的行動，而不是無謂的挑撥戰爭。」

38 頁。

　　我們要復興中國民族，首先得使民族意識復活。[68]

　　民族主義文學與民俗文學的關係：
　　「民俗文學是民間的通俗文學。」這文學的要件有三：一是民間的；
二是通俗的；三是文學的。
　　整個說來，民俗文學「是同『貴族文學』和『心境文學』相對待的。
民俗文學既然不是貴族的，所以是平民的，是普遍的；又既然不是『心
境文學』，所以是重在社會現象和風俗習慣的描寫。」為著要使得民眾歡
迎，「要做成功民俗文學，固然不得不注意民眾的心理；可是民眾的心理，
並非完全可以迎合，有些地方，不但不應該迎合，還得設法改造。」「現
在的人，仔細調查起來，竟還有著希望『真命天子』出來登龍位的；這
種心理，固然不可以迎合。崇拜英雄的心理雖不一定不對，可是迷信英
雄，以為英雄萬能，有了英雄，就可以什麼都不管，連自己的身體也想
賴著英雄混過去的，這種心理，也不可以迎合，還得設法糾正。」「民眾
的心理，不可以隨便迎合。而且，民眾的心理，往往因為山川風土的不
同而各處有異，又因為政治的設施而時時更改，那末，也是不容易迎合
的，民俗文學的成就，好像是很難的了。可是，在民眾之間，有著一種
『普遍性』，就是大家所共通的心理。」譬如，小則說母子之愛，夫妻之
情，大則說抗禦外侮，保衛自己的種族，即殺敵護友，這也是普遍性。「由
此可見，民俗文學，原是民族主義文學的一種。」
　　製作民俗文學，一是責任，二講民族性，更有三個要件：「民俗文學
總不免衰老；既經衰老，就無益於民族，或者反而遺害不淺，就得隨時
增補，才能不絕的營養民眾的精神。創造民俗文學，這是民族主義者的
責任。民族主義者的事業雖多，要衝鋒陷陣的去殺敵，要慷慨激昂的寫
鼓勵民眾的民族主義文學；但也不能忽略只是營養民眾精神的民俗文
學。雖然寫了這類文學以後，不一定會得流行在民間，未必成功正式的

---

[68] 方緯熙〈談民族文藝〉，1934 年 5 月 15 日《黃鐘》第 4 卷第 6 期，第 48－49、
　　51 頁。

民俗文學，在民族主義者，總得有此一舉。」民族性「本是作者自己的
個性，『地方色彩』和『時代性』的總和」。創造民俗文學，須有三個要
件：「第一要有文學的手段，第二要真能懷抱民族主義，第三要存心不做
『貴族文學』和『心境文學』。」[69]

民族主義文學是民族主義者的文學：

「民族主義文學，同三民主義最有密切的關係，因為民族主義，就
是三民主義本身的一部分，而且是重要的一部分。這同民眾文學和民俗
文學比較起來也是範圍最大的一種。

「如果民族被滅亡，沒有了國家，就是亡國奴；受別人的支配，民生問
題再也無從說起，民權是更用不著談的了。因此三民主義中，民族主義放在
第一位。為著特別重要，所以要有宣傳的文學，就是民族主義文學。

「民族主義文學是民族主義者的文學；目的在於實現民族主義，就
是要喚起民眾愛護種族的精神，抗禦外侮，同時也扶助別的弱小民族，
使得能夠共同生存。」[70]

民族主義文學與大眾文學的關係：

「凡不用通過作者個性去尋找那風土的，社會的，種族的表現，這
便是民眾文學。」「文學作品必含民族性，尤其是民眾意識的民眾文學，
必以民族性為作品的根柢的要素。」

「民眾文學是民眾團體的作品，是民族歷史中歷代的民眾團體的文
學作品，團體和歷代皆是屬於本民族的，所以民眾文學也是一個民族過
去中的團體的記錄，團體的願望和情感，團體的靈魂，團體的精神，團體
的意識，在各階段上發展的表現，只是民眾文學是保存一個民族性的最強有
力而最顯著的東西。一個民族若為其民族的生存而奮鬥，則必檢點民族性中
的優劣點而決去舍，以民族的優性為民族意識的中心，以民族的生存和開
展為條件的民族意識為民眾文學的表現。」[71]

---

[69] 上游〈民俗文學與民族主義的文學〉，1934 年 10 月 15 日《黃鐘》第 5 卷第 5
期，第 1-4 頁。

[70] 尚由〈三民文學〉，1934 年 11 月 15 日《黃鐘》第 5 卷第 7 期，第 1 頁。

[71] 汪錫鵬〈民眾文學與民族性〉，1934 年 11 月 15 日《黃鐘》第 5 卷第 7 期，第

「民族主義文學是什麼呢？簡括的說，是民族主義者的文學；就是民族主義者，藉以聯絡民眾，使得共同努力，發揚民族精神的文學。」民眾「原是農工商和學都在內的；退了伍的軍人，和卸了任的官吏，也都仍然是民眾的一分子。」文學要使大眾需要和瞭解，必須具備三個條件：「一，文字淺顯；／二，題材普遍；／三，技巧單純。」「我們盡可以這樣說：／大眾文學原是民族主義文學中應有的一種」，「民族主義的文學是需要大眾文學補助的。」「大眾文學可以作為民族主義的代用品。」「大眾文學與民族主義文學原是相互為用的。」[72]

民族主義文學的五個要素、四個條件：

「組織成功民族主義文學的要素，可以分作形式的和實質的兩方面來說明。形式方面要有『文字』，『故事』和『技巧』；實質方面是『主義』和『情感』。」形式方面的文字、故事、技巧，和實質方面的主義、情感，這就是成功民族主義文學的五個要素。在闡述時，文章還說了這樣的話：「因為要利用文學，所以要有民族主義的文學。」「民族主義文學是應用了技巧的關於民族主義的文字。」「民族主義文學以實質的思想為前題，技巧只是補助的。」

民族主義文學的四個條件是：具象性、真實性、普遍性和暗示。[73]

從不同層面說明民族主義文學之不能成立：

1936 年春，黎錦明發表〈民族文學的商榷〉，從不同層面說明民族主義文學之不能成立。文章共四個部分。

第一部分：

民國二十和二十一年間，民族文學的理論初次出現於上海的文藝之界，方圖擴大聯合和發展時，曾有少數人代表了這個宗旨，徵求過幾個著作家的意見。據將這些綜合的意見統計後，大約是贊和者為十之四，

5、6、7 頁。

[72] 柳絲〈大眾文學與民族主義文學〉，1934 年 11 月 30 日《黃鐘》第 5 卷第 8 期，第 1、2、4 頁。

[73] 唐人〈民族主義文學的要素和應有的條件〉，1935 年 4 月 15 日《黃鐘》第 6 卷第 5 期，第 1-6 期。

致懷疑和不滿者各占十之三。贊和者的理由，大都感覺當時的新文學的現社會矛盾性太大，而表示異趣的傾向。他們大都受文學思潮的影響較少，對於國際社會的觀察較多。可是對於民族主義的文學，卻都抱著以下數項的觀望態度：

民族主義是一部政治的學說。它的本意並未曾藉文學和藝術以作宣傳工具的，同時，亦未曾涉及文藝的政綱。是不是其間理論有溝通的可能呢？

又，文學藝術的效用是在「表現並批評生活」的，當表現之際，必當經過思想，感情，想像與形式諸相互作用。民族思想的精華，乃在揀取道德上的各基本教條，作為政治文化教育的標準。因此，民族思想作為政綱則可，作為藝術的內容則條件不足。

又，文學藝術的目的，依照通常的說法，是為全人類，為世界的；民族思想卻是限於畛域和國境的。如若使其受拘束，是不是有發展可能呢？

有了以上三個小小疑難點，這問題終於未曾在一般知識界中賦下一個清晰的輪廓。同時，歐美目前（1930－1935）的文藝界情狀下，也未曾見到有人能將政治、宗教、社會道德的教條，移動文藝界的轉向，使之就範的，僅僅除了蘇俄。在此時際，因為政體上的截然不同，歐美諸國也就產生了兩種界限不甚明顯的文藝領域：一是屬於普羅文學，一是非普羅文學的。普羅文學，在近四五年內，國際性的活動已減少或漸近消滅了，因為受了政治上的限制，一則因為文明人對於普羅文學所激成的革命過程，具有本能上的不信任和恐怖。至於非普羅文學的領域，他們既未曾號召一種力量，足以與之對抗，同時他們所要求的真正偉大傾向，業已被托爾斯泰，易孛生，左拉這些人闡發罄盡了，再進一步，就走陷入普羅文學的陣地；退一步，只有重整古典與浪漫主義的旗幟；那麼只有不進不退，或求形式上單純的發展與改變，或求內容原則與科學的切合（如心理派，新心理派，精神分析派等），或者根本放棄小說戲劇的發展，而專求傳記文學（如法之穆羅）與小品記事文（如英之哲斯特頓）的成就，同時，在理論上斷絕思潮上的講求，而側重於新原則的研

究。諸此現象，差不多是有意使文學隔絕某種傾向，而約束於國際現狀的要求之下。因此中國各方面的作家，也都跟隨著這個轉變。

第二部分：

其次，一般人對於民族文學理論之較專門的各點，未能認為滿足，大約有以下各點。這是在幾種刊物如《前鋒》《新時代》的原則上的討論的。

一，歐洲各國近代的文學理論家，曾提示民族一辭與文學的解釋，是否合於中國民族主義文學所本的要求，是值得一辯疑的。如泰納，在他的藝術哲學裏面，曾有意味相彷彿的論點，謂「每個民族裏，必產出一種精神的狀態，反映這種精神狀態的，即當時的文藝運動」。這一段話，只能說是一種民族文藝的現象，而不是一種要求。所以這個「現象」的原則，他們視為不可以成基本論點的。又如，以社會學為立場的理論者諸友而言，他的主旨僅在將社會的倫理道德與物質文明為原則，以說明其文學藝術上的相互效用的。諸友不曾意識「民族」一辭，僅由此二例，可見欲在近代理論諸家找出真正的民族意義幾乎很不易。一般學者都以為欲將一國的民族精神作為標榜，似乎只是一種野心。因為近代國際文化的溝通，拉丁民族的優秀，日爾曼民族未嘗無之，日爾曼的果敢堅毅，拉丁民族亦未嘗完全缺少；實則這些國民性認為凡文明的國民均所必備的條件。那麼民族性一辭，作為文學史料的研究則可，作為全部發揚的工具則不充足。

二，論到民族文學，在取材上所含的種類之糾紛，是一般理論者認為束手的。有人曾問，如使民族文學的目的在發揚邦國的光榮事象，是否其效用與歷史或歷史文學相等呢？如果說民族文學即是歷史文學，那麼凡文學上的古典部門（如古希臘羅馬文學），以及近代斯各德，雨果，顯克微支等的歷史作品，均可得稱為民族文學。民族文學的要求既如此簡單，那麼將它視作整個的歷史寫作，就包括一切原意了。在這裏，曾有人加以辯明。謂現今作者的要求，在時代的意義上看，卻決不止此；古希臘文學之不能代表當今希臘民眾的理想，在其所包含的神話，以足以動搖現代人的信念。斯各德的崇王，在英國帝制未改變以前，因不失其為民族所默認的文學，但沒有時代性。以此例之中國，──中國過去由

王道思想所成的公案小說，是否能符合當今政體之下的民眾意識呢？自然不能。

三，同上的疑難點，即由畛域性所產生的地方文學，是否可代表民族文學？這個混同，亦就此處加以辯明。按之文學上的「地方的」（Regional）一辭，與「世界的」（Cosmopolitan）是理論上相對的稱呼；地方文學所含者並無思想信條，僅在描畫「局部色彩」（Local Color）。歐美當代作家中，如挪威之韓姆孫，愛爾蘭之約翰心基，匈牙利之密克札斯，美國新作家威斯各德（Glenway Wescott），塞斯柯（Rath Suskow）等，其意義除開生活的局部表現外，並無一種偉大的民族思想要求。（其反面，所謂「世界的」，如近代有思想信仰的諸大家，能在藝術中提示人類社會所共同期望之原則，屬之。）民族文學與地方文學之不能並同，理由顯明之點，並非民族文學所描畫者限於地方情形，也必當有民族一般的意識與教條在其內的。因此，視地方文學為民族文學之一部或一原素則可，代表全體則失之狹義了。

四，還有一個疑難與混同點，那一個民族國家，在某種時代環境之下所產生的文學形式與理論，不是新奇，便是玄奧，至為他國所無；是否即可稱之為民族文學的本位呢？在形式上，中國歷來有詩賦詞章，駢驪八股，均屬民族的文化產物，在目前的情況下，是否它們就可代表民族文學，可作為原則範本呢？同時，為這些流傳方式所擬定的理論，如劉勰的文心雕龍，鍾嶸的詩品，梁昭明太子的文選，是否即可視為民族文學理論的基礎呢？這個疑難，差不多是中國民族文學的建設一個極大的關礙，這個關礙若使之保留，那麼民族文學僅在復古而已，並無所謂建設與發展的。他們又將這問題解釋說，「因為時代的作用變更，民族文學不僅不能全部借重過去，還得要改造過去的；那麼一個民族國家在過去所產生的形式與理論，並不能因產生者為民族中人，而斷定其為民族文學的。」這理由可以舉些例子。比方倡始未來主義者為意大利人，發揚表現主義者為德意志人，這只是一個理論的產生者的國籍不同，卻不能因是斷定其該二國的民族文學。蓋民族文學的內容，首在能容納全民族的特質與要求，願望；過去的文學能含有這個質素者，固可視為民族

文學之借鑒，卻不能因其內容而兼及形式與理論。在法國一國中，所產生之形式原則有古典主義，羅曼主義，寫實與自然主義；這些主義之新陳交替，意義僅在求形式上之絕對效果而已，我們要這些形式是否民族的，自還視其內容之重心為歸依。我們不能因代表羅曼作風的哀史，內容是基於民族的革命而承認其羅曼的形式，也是民族革命的；同時，亦不能因左拉，莫泊桑與國民以諷嘲譏刺之內容，而承認其寫實的形式亦是頹廢悲觀與非民族的。目前民族文學之要求，無論內容形式，一方面必當把握現在，追求未來。那麼過去的文學在民族文學條件之下，必當從事采擇與拋棄，僅取其能期於新的事實理論之一方面而已。

綜合以上四點，他們決定民族文學之完成，必有其廣大複雜的意義，不能因其片面之形似，而將它皈依於某一主張或部門的。在理論上，既非國粹的因襲，亦非歐化的張本；既非純文藝的條件，亦非純主義學說的隸屬。它必當綜合社會科學，歷史科學，批評原理，美學物觀辯證法的優越原素，使之切合新的事實現象，再賦以積極的民族意義，方能成為完璧。

第三部分：

不僅以上數點，麻煩的問題又來了。現在在這一章，再將他們近來討論各點作一「比較說明」。如個人主義，大眾文學與階級性文學──它們與民族文學性質怎樣。

一，民族文學應迴避個人主義思想，原則上必當承認的。「個人主義」（individualism）這名詞的意義，凡稍涉及近代文藝思潮的，自能道其概況。文學上個人之特質，其嚴重之處，非在形式技巧，而在其思想與信仰。歐洲自世紀末的寫實作風轉變以來，大都厭棄科學上的客觀精神，而專求個人的情感與理想的倡導為滿足。綜計其屬，如唯美主義（英王爾德），頹廢主義（法鮑特賴爾），與沙寧主義（舊俄亞志巴綏夫），神秘（法凡爾哈侖）與極端印象主義（舊俄安特列夫），享樂主義（意丹儂雪鳥與法古爾蒙），悲觀失望主義（舊俄梭羅古卜），以至斯退夫斯基的耽於希伯萊主義的空想，路卜洵加爾洵之沉溺於虛無與恐怖的幻夢，均屬絕對超社會或反社會的主張，其價值所遺留，在一個限度的時間內可蔚

為大觀，但一經社會文化的改變，這些價值便跟隨一時現象而消失了。縱即依照藝術表現的原則而言，凡個人的環境事實反映於作家意念中者如是，其所形成於藝術的也如是；果種於因，欲改善藝術不為反面之宣傳，必當先求其反面事實的改善。此種解釋，在美學的改進上估價有餘，但其失，乃在過於重視藝術感受作用，而疏於社會本體。社會非不欲待於改善，乃改善的效率，常不能饜足藝術家的夢幻與理想，因此藝術表現與社會理想乃各異其途，終於成為不能融合的定性。結果是社會的缺憾不除，藝術家的理想幻夢不滅，所以個人主義的存在，一時已為時間所默認了。民族的文學既是集團的，期於積極意義的，其與個人不能雷同之點，不但在其所生的效果上，其觀感，信念，目標都是不同的。

　　二，民族文學又當別於大眾文學。大眾文學的理論發生於民二十二、二十三於上海之文學界，其所根基之點在大眾語問題。當時之大眾語論者，以為大眾的語言必有一種標準，標準語之代表即國語（即北平語），凡能以國語方式產生文學者，方謂之大眾文學。此種以文學遷就語言一致的論調，自不能獲得多數的贊同。然即以「大眾」一辭意味之，亦僅名稱不同，實則它的原意在「民眾」，「群眾」，「集團」，「國民」，「民族」，「種族」諸辭之間，並無很大限度，欲求其字義本身之確定，自是混沌而曖昧的。此種名詞之倡導，只是賣弄，並非有一種清晰的認識。那麼民族一辭既已確定其本身之意義，其所要求的自與大眾一辭的無定性與無質量為不同。大眾既無理想上之差異，即「黑幕文學」與劍術武俠小說亦可稱為大眾所要求的文學了。所以民族文學，在主義上所陳示者，已有其積極的函數的，並非專欲使此一民族強自區別於其他民族，更非無條件的混和意味的。

　　三，民族文學亦當區別自階級爭鬥文學。這一原則，固早已經人發揮，總之，他們以為民族文學的因素別於普羅文學，並非強欲認明普羅文學為階級專制而民族文學為德謨克拉西的，因為「民族的」特徵不過一精神現象而已。故這一理論的完成，只在利用其理論之切似與適合者，並非有所混同。那麼凡階級所要求的並為民族所要求的，原則上已毋需再證例了。

第四部分：

關於這種運動之發端──即所謂「建設的理論」，去年九月間熊紀白君曾在中央日報文學週刊上有一種說法。現在且先簡明陳出，以資討論。熊先生以為：

一，理論之完成必當建基於一確定之思想與意識上。民族思想上分有「建設的」（Creative）的與「辯證的」（Diatetic，又可釋作綜合之反對）兩方面；如以民族主義論，它的思想建設，不外將民族所本之各教條，如仁、愛、信、義、和平等，視為集團思想之基本。熊先生又以為這幾個原則，本身就是文學思想的原則（除了忠孝）。至於欲以以上諸點藉藝術形式以表彰，全在作家的意旨之融化程度，或運用藝術手腕與想像作用之效果大小而已。這是「意識的建設」。其次，所謂「辯證」，即對於一切消極或反面思想加以分析與否定之謂。此種矛盾的思想，如上一章所舉的唯美，頹廢，神秘，極端印象，享樂，悲觀與失望，虛無與恐怖諸主義，與以原則上的辯證。辯證與拋棄之法，不外將代表以上各主義的作品內容，與以分析，與評斷。如對於「非戰文學」既不能因近似無抵抗主義的「和平」意識而贊和之，但亦不能因發展民族領土而反對它。所以這必須加些辯證工夫。所以凡誇大的思想不合於民族思想，民族思想論者自當本其信念與以辯證與否定，在文學藝術的歷來原則上固是創論，卻不能因彼一原則而失此一原則的。

二，思想意識既經確定，其次論列的，主要者為形式。此一端，熊先生期望一種新的寫實主義成立。居於古典名義下的典麗辭藻，因其不能傳達事象與真實情感，自不能取法；即專在抒情與耽於空想的羅曼作風，亦因其偏於散漫，不宜於洗煉體裁之完整，亦當摒棄。故新的形式，非寫實主義莫屬了。然欲完成此種寫實主義之新原則，亦當去其舊有醜惡的，自貶的，尖辣與挑撥惡感的部分，而賦以積極，善感的，喜劇的，牧歌的意義。所以熊先生主張產生一種「觀念的寫實主義」（idel realism）。按「idea」可釋為「理想」；理想與觀念並無大差異於事實的。「觀念的寫實主義」的描寫也應含有「諷刺」。但此種「諷刺」與寫實主義的「諷刺」不同之處，在前者有基本的意義，後者僅憑其直覺與個人的憎愛而已。

　　三，取材。觀念的寫實方針既經確定，故取材的對象，自不能限定
過去和目前社會的陳舊事象。欲求觀念的寫實主義的發展，必轉向於民
族社會的「新的現實」（New Phenomenon），新的現實，其範圍不外「國
防」，「自衛」，「新村建設」，「修路」，「導河」，「航空」，「採礦」，「農林」，
「水利」種種積極的意義上；此種現實生活，不但為民族目前所切需之
條目，亦當視為最充實的題材。其二，歷史的寫作。歷史題材的抉擇，
並非必須賦以民族思想的觀感，首在借重此觀感是否含有社會意義與時
代的條件。文人中如孟軻，武人中如岳飛，其所取者，即在此二人之思
想生活，賦有充分的民族社會的意義而已。

　　綜上數端，民族文學全部差不多都將變為「民族主義」的隸屬了。
這種運動不消說是值得我們認真地加以討論。因為在我個人，也覺得這
種運動，將來有擴大的可能，但是理論必須經多人洗煉罷了。[74]

　　這是從學理上，冷靜地說個人的想法，不摻雜功利性。

　　以上是從杭州發出的民族主義文藝大合唱的一部分。它不算和諧，
但並不雜亂；也算不得優美動聽，但有些章節，有些音符，是耐人尋味
的。民族主義文藝的形與實，內包與外延，生存狀況，與相關部門（如
大眾文學、民俗學、民間文學等）的關係，作家與作品，都有詳略不等
的論述。總體說來，這些論述還是說理的（理，有大理和小理），儘管部
分地方有些勉強，甚至強詞奪理，或者有些膚淺，但態度是認真的。

對希特勒、莫索里尼等法西斯、獨裁者感興趣

　　《黃鐘》所刊文章最值得思考的一個特點是對亞歷山大、拿破崙、
希特勒、莫索里尼等人物，以及英雄主義、法西斯主義等感興趣，且這
些文章又基本上都是從日本翻譯過來的。粗略統計有：開元編述〈希臘
古英雄亞歷山大〉（8卷3期起連載）、陳心純譯〈希臘古英雄漢尼堡〉（日
本澤田謙作，9卷4期）、陳心純譯〈沙漠中之巨人摩罕默特——執著劍

[74] 黎錦明〈民族文學的商榷〉，1936年3月31日《黃鐘》第8卷第4期，第1—5頁。

的說教者〉（日本中川重作，4卷9期）、白樺譯〈羅馬的古英雄西撒〉（日本鶴見祐輔作，4卷5期）、白樺譯〈傳記文學論──拿破崙傳的序文〉（日本鶴見祐輔作，26期）、白樺譯〈拿破崙藝術的一面──作為文學家的英雄〉（日本中島久萬吉作，40期）、開元譯小說〈拿破與甲蟲〉（日本橫光利一作，4卷8期）、陳心純譯三幕劇《拿破崙》（日本吉田絃二郎作，5卷3期起連載）、開元譯〈拿破崙遠征埃及記〉（日本鶴見祐輔作，6卷7期）、開元譯〈拿破崙莫斯科遠征記〉（原作者同上，6卷8期）、開元譯〈拿破崙意大利遠征記〉（作者同上，7卷4期）、開元譯〈拿破崙在聖‧海萊那及其偉大的最後〉（作者同上，7卷9期起連載）、三郎〈拿破崙最後之實錄〉（7卷10期）、陳心純譯〈威廉二世〉（日本文野豐彥作，1卷19期）、白樺譯〈統一德意志的大英雄俾斯麥〉（日本鶴見祐輔作，4卷8期起連載）、開元譯〈鐵血宰相俾斯麥──德意志的統一者〉（5卷7期起連載）、開元譯〈英國巨人宰相第斯累利──天才政治家的一生奮鬥史〉（日本鶴見祐輔作，5卷6期）、開元〈英國海軍之父納爾遜〉（6卷10期）、白樺譯〈希特拉傳〉（日本澤田謙作，1卷11期起連載）、開元譯〈希特拉的獅子吼──1932年7月31日總選舉競選演說〉（日本鶴見祐輔作，37期）、白樺譯〈火之男希特拉〉（38期）、開元譯〈希特勒的股肱熱血宰相戈林〉（日本阪部護郎作，39期）、陳心純〈現代法西斯蒂的展望〉（1卷16期）、開元譯〈德意志的民性及其超人政治〉（日本鶴見祐輔作，4卷4期）、白樺〈法西斯建立前後的意大利文學〉（27期）、白樺譯〈法西斯蒂空軍的建設者　青年空相巴爾福的大熱辯〉（日本里木悅郎作，29期）、開元譯〈意大利的英雄主義〉（日本鶴見祐輔作，30期）、開元〈意大利建國偉人加里波的〉（6卷4期）、小可〈黑血的指環──巨哥斯拉夫國王的被刺〉（7卷3期）、陳心純〈馬丁路德〉（8卷1期）、白樺〈俄國革命女英雄蘇菲亞〉（7卷9期）、開元〈變法圖強的大彼得〉（8卷9期）、陳心純〈自由之鬥士林肯〉（8卷5期），等等。

這些文章是很能說明問題的。譯者也說過一些帶傾向性的話。今摘譯幾段：

　　白樺譯〈希特拉傳〉（日本澤田謙作）1932 年 12 月 5 日〈白樺附志〉：
「希特拉，這一個英雄的力強的名字！這恐怕不需要我的介紹，讀者諸
君是大約都知道他是我們這個又偉大又悲劇的時代的一位力的化身的巨
人罷。他的愛祖國的熱烈之情，他的為民族的忠勇的努力，和他的鋼鐵
一般的堅強的意志，是將給我們以何種程度的感動呢？……他（按：指
澤田謙）現在伸筆來傳希特拉，將使這一位鋼鐵的民族英雄因了他的生
動豪壯的文章而更加活躍於紙上，這也許可以說是東亞文壇上一件可喜
的消息的。」[75]

　　陳心純《現代法西斯蒂的展望・譯者前言》：「在這個罡風吹滿，洪
潮澎湃的大時代中，在這個星火燎原，一觸即發的國際形勢下，這個時
代的妖怪──法西斯蒂的橫行全球，無寧說是一種當然的現象吧！雖然它
（法西斯蒂）的政治形態，是隨著各國各不同的背景而殊異其趣；但是，
作為它的發生形態的根本意識，則一言以蔽之，民族的覺醒而已。／像
意大利的墨索里尼，像德意志的希特勒，都是在祖國的命運到了千鈞一
髮之際，擔起了存亡繼絕的大任，發揮著縱橫一世的才氣和雄奇偉大的
手腕，突破一切的艱難故障，向著死中求生的民族復興的大道上邁進的
不世出的大人物。在異族侵凌山河易色的千鈞一髮的情勢下的目前的中
國，所急切需要的還是民族主義的革命。民族英雄，民族英雄！中華民
族的民族英雄！我希望有一個比較墨索里尼，比較希特勒，更加偉大，
更加英雄的民族英雄，擔起了中華民族復興運動，乃至全世界民族革命
完成的大業。」前言把墨索里尼、希特勒視為民族英雄，譯後記則稱讚
日本國內的政黨：「在日本，自從東省事變以來，文治派的沒落，武人派
的抬頭，政黨內閣的傾覆，左傾團體的蛻化，愛國陣營的統一和強調，
暗殺事件的頻發，是有力地說明了法西斯蒂的狂潮是氾濫到了這個西太
平洋的小小三島來了的事實。最近，以民政黨脫黨的安達謙藏為首領，
擁有黨員一千萬的國民同盟，是堂堂皇皇地以法西斯蒂黑衫黨自名，

[75] 見 1932 年 12 月 12 日《黃鐘》第 1 卷第 11 期，第 1 頁。

揭櫫著『東亞門羅主義』『日滿經濟統制』的政綱而與日本老大政黨政
友會民政黨鼎足而三了。」[76]

　　白樺〈法西斯蒂文豪唐南遮及其代表作《死的勝利》〉一文的結尾：
「加普利愛烈・唐南遮氏，是 19 世紀世界文壇的最偉大的殿軍，同時是
20 世紀新世界文壇的驍勇的生力軍。他的血管裏流著南國的英雄的熱情
的血液，但同時北國的理智的觀照和人間性格的視（按：原文如此），也
同樣的被保存在他的偉大的許多作品裏面。他是一個浪漫主義者，同時
也是一個新寫實主義者，他的纖細的心臟的脈搏，和他的毫無假借的現
在透視，是把那無論怎樣深奧的人間的微妙的慾望都給觀察出來。在他
的作品裏面，並且有一種在其他的許多偉大作家的作品中所沒有的東
西，那就是一種力，一種超人間的偉大的力量。這力量，像火山所噴出
來的火，像狂風暴雨，像雷，像電，像飛瀑，像天上的太陽，像奔馬，
像開足馬力的機關車。這力量，能夠把和它接觸著的許多青年男女的勇
氣與熱情提起來，提起來，並且能夠把這被提起來的勇氣與熱情引導向
一個目標集注了去。唐南遮之所以為唐南遮，唐南遮之所以為全世界最
大的文豪之一，唐南遮之所以為全意大利的黑衫的少年男女鬥士所愛
戴，所崇拜，所奉為法西斯主義文化的代表的領袖，就是因為他的許多
作品裏面潛伏著這一種力量，就是因為他是一個力的說教者。」[77]

　　白樺譯《羅馬述懷》（日本鶴見祐輔作）的〈譯後附記〉：「素日主張
英雄政治天才政治，高唱熱情主義文藝英雄主義，憎惡資本主義議會政
治，痛恨庸俗文化亞美利加文化的鶴見祐輔先生，在這篇文章中，他的
偉大的人格和崇高的識見和不可遏制的祖國愛的熱情更加躍躍於紙上。
在清秋的南歐的太陽光下，獨自一個人站立在羅馬的廢墟之上，對於古
代羅馬的光芒萬丈的文化的遺跡和石破天驚的古英雄的豐功偉業寄與以
無限的仰慕之情的先生，他的對於眼前在英雄政治家慕沙里尼的領導之
下的法西斯蒂意大利的傾倒的熱念，是不知不覺的往往在字裏行間流露

[76] 見 1933 年 1 月 23 日《黃鐘》第 1 卷第 16 期，第 4 頁、第 6 頁。
[77] 見 1933 年 2 月 13 日《黃鐘》第 1 卷第 19 期，第 5 頁。

了出來的。／日本最近的文藝潮流思想潮流，是已經和政治上的『回到亞細亞』一樣，思想界文藝界的主潮已經看出了『復歸東方』的趨向了。曾經風靡一時的機械文明崇拜熱，亞美利加文化崇拜熱，是已經被東方的精神主義英雄主義所打倒而冷退下來了。亞美利加式的電影文化跳舞文化，亞美利加式的個人享樂主義眼前功利主義，和一切文藝思想上的亞美利加氣分，是因為被幾個英雄政治家英雄文藝家的偉大的聲音所驚醒而急轉直下一落千丈了。所以先生的這一篇文章，正可以視為對於亞美利加文化的當頭一棒。」[78]

白樺譯〈法西斯蒂空軍的建設者　青年空相巴爾福的大熱辯〉（日本里木悅郎作）的〈附志〉:「今年是法西斯蒂空軍成立的 10 周年。上月在羅馬舉行的法西斯蒂空軍 10 周年紀念日的盛典，是極一時之壯觀，黑衫空中騎士的壯烈英勇的精神，青年空相巴爾福的長鯨排浪的氣勢，和檢閱空軍時的慕沙里尼首相的渴驥奔泉的勇姿，是雖然僅從新聞雜誌上面的時事寫真瞻仰丰采也能令我血沸神揚而撫圖驚歎的。然而空軍的建設是物質創造，但推動這物質創造的努力的，卻正是一種熱烈的英雄的精神，今日意大利之所以擁有這樣強大的空軍，豈不正是由於他們那一種法西斯主義的英雄的精神有以促成之的嗎？我們中國現在建設空軍的呼聲也頗高，然而缺乏的正是一種英雄的熱烈的精神，……」[79]

開元〈日本之戰慄──五・一五事件之全貌〉有言:

「法西斯蒂政治是時代的產物，是歐洲大戰的寧馨兒。作為歐洲大戰以後勃興的政治思想的主流──國家主義的副產品法西斯蒂政治，受時代的孕育，以環境為條件，到了最近，是可算已達到了它的全盛期了。

「原來法西斯蒂政治的特色是敏捷，是統一，是獨裁，是能在緊急時當機立斷，是能在紛亂處出諸快刀斬亂麻的手腕。像在戰時，主帥對於所統率的三軍，具有絕對的權力一樣，在現在這個腥風血雨，國際間相砍相伐的大戰亂時代，大搏鬥時代，政治的運用傾向於獨裁這件事，

---

[78] 見 1933 年 6 月 16 日《黃鐘》第 28 期，第 7 頁。
[79] 見 1933 年 7 月 1 日《黃鐘》第 29 期，第 36 頁。

正是一種非常合理的事。應付現在這種捭闔縱橫，勾心鬥角，風雲倏忽，瞬息千變的離奇複雜，經緯萬端的國際情勢，比較了軟弱無能，庸下卑劣的議會政治，小人政治，力強的，遠識的，即決的，敢行的，獨裁的法西斯蒂政治，是一種更適宜於時代的政治機構這件事，大概是稍有常識的人所不會否認的罷！

「然而，法西斯蒂政治，真正法西斯蒂政治的實現，是有待乎熱情愛國，雄才大略的英雄政治家！

「從大時代中感激的躍出，從事於乾坤一擲，民族千年的大事業，以代天的大聲音叫喊著，攝住了全世界人類的視聽的，是熱情愛國的民族英雄！

「時勢造英雄！現在這個時代，是天才兒飛躍的時代，是英雄用武的時代，是英雄政治家被殷殷的待望著的時代！

「在德意志，不是有一個從身上放射出來的愛國的情熱，使6千萬的德意志民族，為之賓士，從嘴裏喊叫出來的猛吼（撕毀凡爾塞和約！大日爾曼再建！），使列國為之聳耳而聽，側目以視的天才兒希特勒嗎？在意大利，不是有一個以絕代的奇才，將垂危的祖國從大戰中拯救出來，復興起來，直到現在，還繼續以大宰相的資格，受著全民眾的愛戴的英雄兒慕沙里尼嗎？在英吉利，不是有一個從漁夫之子而升到宰相之位，一生愛好自由和正義，被稱為白種人的天使的硬骨漢麥唐納嗎？在北美合眾國，不是有一個以世界繁榮的再建自任，而為全世界的人所引領屬望著的風雲兒羅斯福嗎？在日本，不是有一個雄心霸圖，睥睨一世，標榜大亞細亞主義，高唱東方王道政治的名將荒木貞夫嗎？

　　　呵呵！英雄政治家！
　　　茫茫神州，英雄政治家是將在何處出現呢？[80]

《黃鐘》的作者們眾口一詞，禮贊法西斯主義，為希特勒、莫索里尼等獨裁者唱讚歌。他們呼喚、並期盼中國也出現幾個像希特勒、墨索里尼那樣的「民族英雄」，強健民族，振興國家。如果排除政治上有什麼企圖，

---

[80] 見1933年8月1日《黃鐘》第31期，第2─3頁。

那麼，至少在認識上、在思想意識上，他們找錯了崇拜的對象，投靠錯了師門。他們錯把法西斯主義當成了民族主義，錯把獨裁者、戰爭狂人當成了民族英雄。

《黃鐘》再一個值得重視的特點是：對古今中外帶有「民族性」的歷史名人、文學家、甚至是文學現象多有專文論述。耐心閱讀，還是有回味。如，陳大慈〈令尹子文──中國歷史上第一個毀家紓國難的大政治領袖〉（41 期）、閔玉如〈東漢時的大英雄馬援〉（4 卷 4 期）、陳珏〈天寶以前的唐人邊塞詩〉（4 卷 6 期）、白樺〈南宋愛國詞人〉（23 期）、開元〈明末的大英雄鄭成功──排滿驅荷開拓臺灣的黃種大英雄〉（41 期），李一冰譯〈法蘭西文學之起原──中世紀〉（英國 Lytton Strachcy 作，8 卷 2 期）、施善餘〈但丁的一生〉（8 卷 5 期）、陳心純譯〈法蘭西啟蒙運動前驅者伏爾泰〉（日本鶴見祐輔作，8 卷 7 期）、飛飛譯〈沙士比亞的微笑〉（美國凱倍爾作，1 卷 16 期）、白樺〈希臘義勇軍中的詩人拜倫及其偉大的最後〉（22 期）、開元譯〈法蘭西文學的殿堂巴黎特的時代及其作品〉（日本太宰施門作，4 卷 3 期）、開元譯〈純情詩人雪萊〉（日本鶴見祐輔作，7 卷 5 期）、白樺〈熱情詩人海涅的生涯及其思想〉（35 期）、白樺〈亨利‧易卜生──北歐的反抗兒的孤憤的一生〉（日本中村吉藏作，39 期）、開元譯〈瑪莎黎傳〉（日本岡田中一作，25 期起連載）、白樺〈象牙塔裡的英雄──紀念民族文豪史格得的百年祭〉（1 卷 6 期）、貝岳譯〈高爾斯華綏論〉（Canby 作，29 期）、白樺〈美基委茲與顯克微支──波蘭二大民族文豪〉（1 卷 1 期）、白樺〈大戰前後的波蘭民族文學〉（21 期）、孫用譯〈密子吉微支及其傑作塔克況須先生〉（波蘭 A.Grabo wskl 作，39 期）、白樺〈克利斯篤夫與悲多汶──羅曼羅蘭的新英雄主義〉（1 卷 7 期）、白樺〈新希臘的愛國詩人巴拉瑪滋〉（1 卷 8 期）、陳鍾〈捷克斯拉夫三大詩人〉並譯詩 10 首（42 期）、白樺〈新興捷克斯洛伐克的雙翼──第克與吉拉塞克〉（1 卷 10 期）、白樺譯〈意大利熱血詩人唐南遮阜姆獨立宣言的大獅子吼〉（日本中正夫作，1 卷 18 期）、白樺〈法西斯蒂文豪唐南遮及其代表作〈死的勝利〉〉（1 卷 19 期）、陳小可譯〈意大利的參加大戰和老文豪唐南遮的偉績〉（日本下位春吉作，35 期起連載）、陳心純〈十

九世紀的愛爾蘭愛國詩人——愛爾蘭文藝復興的前驅〉（25 期）、開元譯〈南愛自由邦現大總統北歐熱血兒伐勒拉——祖國獨立運動者的半生奮鬥史〉（日本澤田謙作，40 期）、許允中〈第一次世界大戰時歐洲之文學家及其作品概述〉（4 卷 6 期）、劉海粟〈歐洲近代畫之父塞尚的一生〉（8 卷 2 期）等。部分文章沒有標明是翻譯，其實大多是譯述，不是原創。

雋語和歷史題材作品

《黃鐘》刊載的雋語、警句、格言、箴言之類，如靜聞譯〈蕭伯訥的警句〉（6 期）、慧晶譯〈印度雋語〉（21 期）、靜君〈芒刺〉（21 期）、芳菲譯〈意大利箴言選〉（24 期）、鍾敬文譯〈磁石常指南〉（30 期）、〈培根雋語〉（41 期）、陳鍾譯〈憤世嫉俗之言〉（34、35 期）等，不算多，但因形式特別，仍然搶眼。

《黃鐘》比較注重刊載歷史題材的作品。如，（不分題材和內容，僅以發表順序排：）白鷗〈鳳儀亭畔〉（4 期，寫呂布與貂蟬的故事）、〈碧玉笙與赤玉簫〉（7 期，寫秦國弄玉公主）、〈雪恥〉（14、15 期，越王勾踐的故事）、劉宇〈古烈士詠〉（詩，13 期，寫戰國時期燕丹、田光、荊軻、高漸離刺秦的故事）、（陳）大慈〈新野〉（18 期，寫劉備）、〈新亭〉（20 期，新亭對泣的典故）、〈卜式〉（22 期，漢代抗匈奴）、〈黃花岡〉（詩，23 期）、李樸園〈陽山之歌〉（三幕劇，18、19 期，寫勾踐）、林文錚〈易水別〉（三幕悲劇，22、23 期，荊軻刺秦）、尚由〈偉大的印象〉（23 期，徐錫麟刺殺安徽巡撫）、劉宇〈巴蔓子——英雄傳略之一〉（28 期）、柴紹武〈木蘭〉（30 期）、〈鐵獄〉（41 期，審岳飛）、黃石〈屠蘇酒〉（41 期）、閔玉如〈吳絳雪〉（42 期，民女抗「草寇」）、馮和侃〈北海之濱〉（戲劇，4 卷 6 期，寫蘇武、李陵）、林文錚〈香妃〉（三幕悲劇，5 卷 4、5、6 期）、吳原〈發難〉（熊秉坤的一槍，為辛亥革命發難）、顧汝成〈誰是仇敵〉（獨幕劇，5 卷 9 期，明嘉請年間，無錫知縣築城殺子禦倭寇的真人真事）、李樸園〈畫網中〉（劇本，7 卷 3 期，清福建守兵）、陳大慈〈寧遠之守〉（8 卷 1 期，袁崇煥守遼東）、黎錦明〈乾時之戰〉

（8卷1期，寫管仲）、戚墨緣〈馬邈〉（8卷3期）、上游〈惠子的觀察力〉（8卷7期，寫惠施）、王一心〈伯牙台〉（9卷7期）。至於以辛亥革命、國民革命軍北伐、「九一八」、「一二八」為題材的作品就更多。舉其要者有：石尼尼〈新公園的黃昏〉（8期）、〈抗日殘記〉（日記，10、11期）、程一戎〈黑暗中那一群〉（12期）、白樺〈一九三三年的前奏曲〉（14期）、大慈〈大孤山〉（16期）、開元〈山海關的血祭〉（17期）、黃篁〈愛的二重奏〉（17期）、白鷗〈桃花源的破碎〉（20期）、憶初〈先遣卒〉（21期）、程朱〈快車中傷兵的故事〉（22期）、隱君〈閘北夜戰的壯曲〉（22期）、開元〈護國堂內的任俠們〉（23期）、劉延陵〈沿溪〉（24期）、黃萍蓀〈一百二十七個〉（24期）、李零〈生死線上〉（24期）、玄郎〈詩人秋島〉（24期）、張泛尼〈喜峰口外〉（25期）、李樸園〈絕響〉（獨幕劇，26期）、〈夜曲〉（獨幕劇，27期）、柴紹武〈義勇軍的故事〉（27期）、程一戎〈鐵血與柔情〉（30期）、褚經深〈我的故鄉在黑龍江〉（30期）、胡水波〈平頂山〉（40期）、汪錫鵬以〈斑痕〉為題的系列、黃萍蓀〈血流〉（小說，42期）、陳適〈尹奉吉〉（現代兩幕史劇，4卷6期）、陳楚淮〈有刺的玫瑰花〉（獨幕劇，4卷8期）、白辭光〈故鄉的秋風〉（5卷10期）、閔玉如〈愛與血的交流〉（5卷10期）、寒若〈連陞店〉（5卷10期）、梁汝翠〈米〉（6卷5期）、國魂〈希望的微笑〉（6卷7期）、陳雲從〈廣州之火〉（8卷4期）、柴紹武〈童年的遼寧〉（8卷7期）等。

南昌的《民族文藝》

1934年，在江西南昌創刊了《民族文藝》月刊，出共6期，由專門出版「剿共」書籍的汗血書店發行，黃震遐、萬國安、曾今可、向培良都是它的作者。

署名劉百川的〈創刊宣言〉[81] 說：

　　中華民族在目前所迫臨的顛危環境，如果再不自振作，也只
有兩個年頭給那些混混沌沌的同胞們去過夢囈生活罷了。

　　過去的夢囈，已經使我們全民族暈眩，東亞大陸黑暗，四萬
萬五千萬人心麻木。而擔任覺醒民族的所謂文藝作家，又複推波
助瀾，拼命地挑撥民族意識，分裂國民團結，製造政治糾紛，麻
醉知識份子思想，拍賣作者人格在做異族的走狗。除卻一些惟恐
入山不深的落伍浪漫的文人外，在最近的一個階段裏，那些所謂
左翼文藝的大作家們哪一個不受盧布的收買，商人的誘惑，而寫
成出賣民族，消沉民族意識的作品，去換他的舒適的享樂？數年
以來，一般從事文化運動者漠不注意，遂成今日的文壇的怪現象。

　　為民族而奮鬥的戰士們！在這種惡波濤的顛播中，誰不想把
握住一個準確南針，同舟共濟，以求自救。世界潮流震撼著所剩
餘的短短的兩年時機，我們不能放過，我們只有在一髮千鈞，稍
縱即逝的當兒趕緊邁進，迎頭奮鬥。這是我們民族每一個人的責
任，這更是文藝戰士們的責任。

　　培養整個的民族堅強的意識，使它興奮，熱烈，勇敢，前進，
犧牲，全在文藝作家去下灌溉的工作，要挽救中華民族，也只有
真心愛國的民族文藝作家來擔承這種重任。我們這小小的刊物，
既不能用盧布收買作家出賣民族，也不願以風花雪月的頹廢文章
來消沉民族意識，我們這塊小園地，只有真誠自動為民族犧牲的
同志，才是永久的伴侶。

　　民族過去的腐敗情形，現在的姜靡狀況，都要給它一致掃蕩。
將來的途徑，全部民族意識，要給它很大很深的刺激，使它興奮，
熱烈，勇敢，前進，犧牲，這才是本刊的唯一的使命。

---

[81] 1934 年 3 月 15 日寫於南昌。創刊號 1934 年 4 月 1 日在南昌出版。

創辦於南昌「行營」,「剿匪」前線,《民族文藝》卻不曾有任何作為。在
刊物的第 1 卷第 6 期(1934 年 9 月 15 日出版),有兩篇論文,專門論民
族主義文學,即高塔的〈民族文學者的途徑〉和董文淵的〈民族主義文
藝論〉。題目堂而皇之,內容卻是除了重複《民族主義文藝運動宣言》中
的一些話而外,找不出什麼新意。

有意思的是,《民族文藝》剛一出世,就遭到李焰生主編、在上海出
版的《新壘》的批判。

頭一篇批判文章是陽冬的〈刮目以看的所謂民族文藝〉[82]。文章說:
「自從普羅文藝主觀上流於工具化,形式化,和空泛化,以及客觀上受
了相當的挫擊以後;自命普羅之敵的所謂民族主義文藝的餘燼,便在得
其時得其勢的優越條件下,居然應運復生,而吹播跋扈於似乎並不『動
亂』的文壇。最近且大辦其中心的刊物,顏曰:《民族文藝》。/文藝當
然是時代的產物。中國在現時代,是應該提倡民族精神,發揚民族主義
的,尤其是在這四省淪亡,國難日亟的時候,民族的反帝意識,尤應該
加緊的宣揚。基於此種內容而產生的所謂民族主義文藝,一般人當然沒
有不贊成的理由,而且揆諸文藝和時代的自然趨勢,更沒有不贊成的必
要。不過,所謂民族精神和民族意識,應該是前進的,而不是陳腐的。
應該是把握到時代的核心的,而不是把時代拉回後面的。民族主義文藝
所表現的內容,也應該如此,而且它能否真正存在,也以此為其前途的
診斷。如果像過去某刊物那樣,把什麼盤古,黃帝,秦始皇,漢高祖,
晉元帝等等的事蹟寫出來,連篇充滿著陳腐的帝王豪霸的思想的作品,
便叫做民族文藝,那真不敢恭維。又如有些人威風凜凜地聲言以文藝來
幫助強力和軍警,去壓抑和管理一切,這便是民族主義文藝的,則更幼
稚得可笑。再如有一些矛盾的飯桶們,穿著民族文藝的外衣,以最新的
姿態出現於動亂的文壇,到外面去招搖撞騙,為了個人的名利計,不惜
學上海灘上的流氓無賴的行徑,中傷他人,和掩耳盜鈴的漢奸一樣的替
他們的敵人做反宣傳的工作。這種文藝的蛆蟲,可謂卑鄙無恥之至,自

---

[82] 載 1934 年 5 月 15 日《新壘》月刊第 3 卷第 5 期,第 79–80 頁。

鄶以下,更不足道了。／如果最近出現的民族文藝,能夠揚棄他們同流中的這些劣跡,輸入老老實實的前進新鮮的血輪,則我們倒願意刮目以看。／不過,在這裏還有兩點應該注意的:第一,所謂民族文藝,我認為充其量不過是文藝作品中的『物以類聚』的一部分,猶之乎古時寫田園的便叫做田園文學,寫宮廷的便叫做宮廷文學一樣,這只是文藝中的一種類別,而不是文學中的全休。所以便不能以此文藝中的一類的文藝,立成什麼主義,硬想支配文學上的一切,因為這樣是一種過分的行動,它會窒死了文學,折倒了文學。第二,文藝作者各人的興趣不同,各人當然有各人的創作的自由。故他要寫民族文藝這類的作品,也是他個人的興趣。但,作者從事於這類寫作時,要真是自由的,而不是奉命草檄的;同時也要真是有豐富的興趣和純摯的熱情的,而不是政治的留聲機,因為凡是政治化黨派化的文藝都不會有存在性的。」(第 79-80 頁)這位作者真爽快,一口氣橫掃了《前鋒週報》、《開展》、《黃鐘》和《矛盾》。

還有更甚的。《新壘》以《民族文藝》的〈創刊宣言〉和創刊號的創作為對象,全盤否定其觀點和作品。這便是楊柳的〈又論民族文藝──作為《民族文藝》創刊號的批評〉[83]。

文章的第一部分說:

> 　　對於所謂民族主義文藝,有許多人的態度,有的不敢批評,
> 有的不屑批評;前者是勇氣的缺乏,後者是成見的作祟。
> 　　我們的態度並不如此。對於中國現代文壇上的一切現象,我
> 們要站在文藝批評的立場,站在超黨派而且反黨派的立場,盡我
> 們的努力,予以嚴正的掃蕩和指示。以這個態度做出發點,所以
> 我們左手糾正了左翼的普羅文藝,右手糾正了右翼的民族文藝,
> 中間糾正了灰色的第三種人,同時以極猛烈的炸彈,向一般無恥
> 無行的文人,所謂文壇的臭蟲蛆蟲之類,如曾今可林庚白等以及
> 一切海派文人,作不留情的摧毀的工作。──這是我們兩年來的一

---

[83] 載 1934 年 6 月 15 日《新壘》月刊第 3 卷第 6 期,第 8-11 頁。

貫態度，也就是我們在這文壇的新的壁壘之下，以孤軍奮鬥的英壯姿勢，展開的一條悠長而困難的戰線。

過去，我們對於民族文藝，也曾下過不少的批評，但我們批評的對象，困難的是找不到一種旗鼓堂堂的足以代表民族文藝的中心刊物。過去如《矛盾月刊》，與其說是民族文藝不如說是投機文藝；如《黃鐘》，雖然具了民族文藝的雛形，但政治的性質超於文藝以上了，而《矛盾》則因為稟性不同的原故，卻向我們作無賴無聊的中傷報復，不但不能損傷我們的絲毫，反愈證明它的沒落期之已近。

好了，可以說是旗鼓堂堂的足以代表民族文藝的中心刊物——《民族文藝》月刊創刊號已於4月1號在大吹大擂之下出版了。有了這個正面的對象，我們便不惜費詞地對於民族主義文藝再作一次嚴正的總檢討。（第8頁）

按：楊柳這一段話有三點值得重視：第一，《新壘》的勇士們左手糾正了左翼的普羅文藝，右手糾正了右翼的民族主義文藝，中間糾正了灰色的第三種人，並向如曾今可、林庚白，以及海派文人，投出極猛烈的炸彈；第二，《矛盾月刊》是投機文藝，《黃鐘》政治超於文藝；第三，這南昌新創刊的《民族文藝》才「足以代表民族主義文藝的中心刊物」。

本文的第二部分說：

民族文藝之提倡，無疑地其目的是在發揚民族主義，培養中國的民族意識。（這在該刊劉百川的創刊宣言上也說過。）可是，所謂中國的民族主義和民族意識，不是幾個空洞的口號所能發揚和培養的，是要切實地客觀地把握了它的時代的核心與性質。

居今日而言中國的民族主義，便應該明白：——

第一，中國的民族主義，不是狹義的國家主義，更不是侵略的黷武的帝國主義，而是被征服被侵略的次殖民地的反帝主義。

是一種為求中國四萬萬五千萬人的整個解放和全世界被壓迫的民族和階級的自由而鬥爭的民族主義。並不是過去什麼國與國戰民族與民族戰那樣單純的落伍的空洞的戰爭至上主義的意味。

第二，這種反帝的民族鬥爭，是一種全民族的鬥爭，是一種大眾合力的一致的行動，並不是一個或幾個所謂英雄的行動。所以，它應該發動大眾的民族意識，不應該崇拜個人的英雄主義，它應該注意大眾的時代的力量，不應該迷戀骸骨的個人力量。

這是兩個最重要的先決條件，根據這兩個先決條件，才配談民族主義。然而，《民族文藝》者卻有意或無意地沒有根據這兩個先決條件，根本就沒有把握到時代的民族主義的核心與性質。他們好像閉著眼睛一般，好像倒轉了歷史的車輪一般，仍舊很單純的落伍的空洞的謳歌戰爭，崇拜英雄，以為只要是戰爭，便是值得謳歌的民族主義，只要是發動和領導戰爭的人，便是值得崇拜的民族英雄，這是多麼謬誤的思想啊！

這種謬誤的思想，卻不幸而以代表作的姿態出現於《民族文藝》創刊號裏，那就是黃震遐的〈戰場上的英雄時代〉和開元的小說〈元寇〉。

在〈戰場上的英雄時代〉裏，作者以很刺眼的字句，謳歌帝國主義互相殘殺的歐洲大戰，謳歌黷武者拿破崙，謳歌侵略之鷹的普魯士……那種很單純，落伍和空洞的謳歌戰爭崇拜英雄的謬誤思想，可謂和盤托出。這就是所謂發揚中國民族主義培養中國民族意識的作品嗎？我相信凡是稍微有一點現代常識的人，都會給它一個萬二千分的堅決的否定。作者閉起眼睛，蔑視時代，蔑視空間，發出那樣的「民族文藝」，無怪其結果是「憂鬱」的「沒有結論」了。

翻閱開元的小說〈元寇〉，便很顯然地出現了兩種矛盾的意識：作者一方面極力的謳歌黷武好戰的成吉思汗和忽必烈，同時，也一方面極力的謳歌抵抗侵略者的日本英雄。為什麼？因為作者只單純地謳歌戰爭崇拜英雄，沒有是非的觀念，沒有批判的現代思想，根

本就無所謂一定的民族主義。只要是戰爭，只要是能夠廝殺的英雄，便不管是侵略也好、抵抗也好了，一律加以謳歌和崇拜。

像這樣的民族文藝所表現的意識，真是和現代的中國民族主義相差得十萬八千里那麼遠，如果這種作品移到日本發表去，倒是很好的鼓勵日本侵略中國的文藝作品，因為他們只是單純的謳歌戰爭崇拜英雄，並沒有一點中國民族主義的臭味。無怪乎，鼓勵日本侵略他國的日本帝國主義的走狗文學家鶴見祐輔，便被我們中國的民族文藝者奉為民族文藝的典型，學鄭孝胥般的五體投地了。（第9—10頁）

本文第三部分說：

基於反對文藝黨派化政治化的原則，我們已老早屢次地指出：凡是黨派化政治化的文藝，必然地陷於內容貧乏化，技術機械化的無可挽救的厄境，因為這種由政治綱領而制定的文藝綱領，再由文藝綱領的公式下產生的文藝，並不是什麼文藝，而是黨派政治的標語，口號，宣言，以及政論。這種黨派化政治化的文藝，在文藝的領域內是沒有立足的餘地的，它必然走上沒落的路。……

不幸，民族主義文藝者以全力提倡出來的所謂民族文藝，也毫不覺悟地踏上和普羅文藝同樣運命的覆轍了。

在《民族文藝》創刊號裏，克柔的小說〈華哥的苦悶〉和裴可權的隨筆〈朝陽〉，便十足地顯現出政治宣傳的姿態和口吻。

〈華哥的苦悶〉除開穿插些陳腐的笨拙的所謂戀愛的成分外，便是純粹的政治宣傳了。國英自羅馬寫給華哥的那封信，完全是一篇鼓吹法西斯政治的傳單，結尾，國英所說的那一段話：「就是講到我們中國，自推倒滿清二次革命以來……」是一篇政治宣傳員們的革命八股的演說。全篇技術的笨拙和寫作的陳腐，除開令人看後，有一種非常「幽默」的感覺外，實不知所謂文藝工作者在何處？

在〈朝陽〉，我們更沒有得到什麼，我們只看見幾個口號，以鉛字印出來而已。「團體的意識！」「新生活運動！」「擁護我們的領袖！」「復興中華民族！」……就是這樣的幾個口號，這便是民族文藝、這便是所謂文藝的作品！

內容的公式化啊！政治化的文藝綱領把民族文藝作者們活活的縊死了。

由於內容的形式化，一方面也自然而然地處處現出內容貧乏化的病態。因為這種所謂民族文藝，並不是作者通過那豐富的生活實感和客觀的社會現象而創作出來，它只是作者依照政治綱領憑腦筋裏幻想出來，製造出來。在該刊萬國安的小說〈義合屯之戰〉，憶南的隨筆〈古城遺事〉，以及張鏡心的小說〈胡天碧血〉，馬丁的〈三人行〉，我們所看到的人物，一個個都像紙剪和泥塑一般，沒有一點足令人有活的人的印象，而他們中所包含的故事，也千篇一律，「為國家為民族」這6個字便可以把它們說完。尤其是令人莫名其妙的，是那篇〈胡天碧血〉，它全篇所表現的，倒不是什麼民族主義，而是美人主義，所以，結果，當那美人吉色娜被胡人殺死的時候，那位作為「民族英雄」的馬澤華，便在她的屍身上自殺了，不再為民族奮鬥了。張鏡心自命是一位『勸降的說教者』，但拿出這樣膚淺的東西來說教，未免太樂觀了吧。劉百川在該刊的創刊宣傳裏說：「也不願以風花雪月的頹廢文章來消沉民族意識」。又說：「民族的現在萎靡狀況，都要給它一致掃蕩」。我覺得像〈胡天碧血〉這種「萎靡狀況」，正是他們「掃蕩」的對象哩。（第10─11頁）

本文第四部分說：

然而，在《民族文藝》的創刊號裏，卻獨有一篇為他們排在末後的小說，是差強人意的，這就是錢壽倫的〈公路〉。在這篇小說裏，它表現貧民之受無理的不公平的壓迫，以及統治階級者的

腐敗政治情形，是一篇很有力的作品。提倡民族主義文藝，應該
對於足以毀滅民族的敵人，帝國主義和封建政治，都一樣地加以
強烈的暴露。如果一方面容許壓迫民眾剝削民眾的腐敗政治存
在，使國民求生不得，而一方面又要叫這些求生不得的民眾要有
民族意識，這是多麼滑稽的事！然而，一切不抵抗主義者的罪惡，
腐敗政治的罪惡，卻被民族文藝者很寬恕地放過了。當然，這是
政治綱領的規定，沒有法子的。（第11頁）

《新壘》上第三篇批判《民族文藝》的文章是署名履冰的〈所謂「民族
文藝」的真面目〉[84]。本文還是就《民族文藝》創刊號上的「不少『誇大
狂』的作品或譯文」，提出尖銳批評。說〈戰場上的英雄時代〉、〈空泛英
雄巴爾波〉、〈義合屯之戰〉、〈胡天碧血〉、〈元寇〉等，「充滿了英雄主義
的『觀念』論」，「內容空虛而又生硬」。比如開元的〈元寇〉：「所謂〈元
寇〉是由元太祖成吉思汗率領蒙古兵震撼歐羅巴的英勇『氣慨』說起而
歸述到元世祖忽必烈對於日本侵略而遭慘敗的故事。這裏的標題所謂『元
寇』也者，無疑的是日本人心目中的『元朝的寇患』；作者也曾這樣說：
『……絲毫也沒有戒備著的日本，現在，突如其來地接到了這一封挑戰
的哀的美敦書時，舉國上下，是像晴天霹靂那樣地紛擾鼎沸動色相告—
—『元寇襲來！』這『元寇』的意義和『黃禍』兩字差不多，是一種痛
惡而帶有咒罵性的字眼，譬如日本不斷的對我國侵略，而我們稱之為『日
寇』，這意思是很明顯的。但是，日本人如果一旦把侵略我國的事實而加
以『民族性』的描寫起來，他們自己決不會稱呼自己為『日寇』吧？聰
明的自命為文藝戰士的我國作家居然把祖先的野心暴露了出來，而且把
祖先的豐功偉業不曰『征伐』而曰『寇亂』，使人疑心所謂『元寇』這篇
小說許是由日文裏翻譯出來的，這真夠幽默了！〈元寇〉的作者開元君，
我真無法證明他的國籍，至少他有點冒充日本人的嫌疑！這篇小說的意
義無可足取，技巧更壞。〈元寇〉中找不出主題，更沒有小說應有的

Climax，只是一篇反覆的流水帳，把它當作『史料』看也許要比『小說』的價值來得高些。這篇東西居小說欄之首，顯然的是《民族文藝》的代表作了；代表作而如此，所謂『民族文藝』的真面目不難窺見一班了！」（第66－67頁）

黃震遐、萬國安是民族主義文藝最具代表性的作家，開元是《黃鐘》的主筆，日本人鶴見祐輔是為《黃鐘》撐門面的作家，幾乎每期都有他的文章或由他的作品改寫的文章。但他們及其作品在《新壘》人的眼中卻一錢不值。

民族主義文藝創作一覽

三民主義文藝派有刊物，而沒有自己的創作。

民族主義文藝派除主幹刊物《前鋒週報》、《前鋒月刊》和《現代文學評論》外，追隨它的社團所辦的刊物更多，真正可以說是五花八門，花樣繁多。它們都各有各的供稿隊伍，而且是一支龐大的隊伍。如果見人就算，總人數當在 500～1000 人上下。當然，那些刊物上的創作能不能算文學，有沒有價值，值不值得說起它，那是另外一回事。平心而論，它們都上不了文學史，只是在研究思潮流派和社團時，應該說到它們，以它們為例，說明三民主義文藝也好，民族主義文藝也好，儘管曾經喧囂一時，最終，於文學建設卻了無貢獻。

總體掃描

坦白說，前面提到的社團和刊物，有的我反覆研讀過，仔仔細細地品嚐過。我敢說，學術界像我這樣對之用過心的人，把它們當回事的人，恐怕不會多，甚至就幾乎沒有。但有的也只是翻閱，因為它們實在無法卒讀。

《開展》創作自評

「幫同」民族主義文藝運動的開展社所辦的刊物《開展》，他們對自己的創作是有說法的，每期的編後記都有評說。也就是該刊編者潘子農、曹劍萍對他們刊物上的創作的自評。舉例說：

第1期（1930年8月8日出版）：

王沉予小說〈清涼的月夜〉：「不啻是一篇悲壯的戰歌，他將印度此次非武力反英的革命，作為背境，而借兩個亡命中國的印度志士的口中，叫出民族醒覺的呼聲來，實在對於中國民族的消沉的現狀，下一服興奮的藥劑。至於沉予的文學上的藝術，過去已多表揚，無庸再為揄揚。」（第165－166頁）

小說全是兩個亡命中國「新都」（南京）的印度人的豪言壯語，如：「我更其相信，不論那一國政府，如果侵犯人們的權利，那人們便有制止或是矯正他的義務。」「朋友，你莫燥急喇，對於我們的運動，在人類的靈感還沒有喪盡，地球還沒有冷滅的時候，我們總有希望的，我們總有我們的工作的，努力，犧牲，向前進，向著那光明！」「你須明白，入獄是犧牲，不入獄可再奮鬥，你要留得此身，為你的先父復仇，為你的老母復仇，為你的愛人復仇，為祖國的三萬萬民眾復仇。」

宗參的小說〈徵徭〉：「白居易是一位能替平民叫喊的唐代大詩人，本刊第三篇宗參的〈徵徭〉，便是從這位大詩人的名著中演繹出來的。雖然不是一篇革命的文字，但表現非戰主義以及醇厚的民族性之處，也是很有力的。」（第166頁）

趙光濤的三幕劇《天韻樓上》：「描寫一位清高的歌女，因為生活的壓迫與環境的墮落，很有不容她眾濁獨清的危險，但那個歌女的意志是堅定的，終於不肯同流合污。但當她和她的愛人，在溯述著可憐的身世與自己的志趣的時候，不分皂白的法律，卻硬認她是與一般的歌女一樣的墮落而抓他們進警廳去了。這篇自然也不能算做革命的文學，然而一種社會的黑暗與弱者的哀鳴，可以使我們表著同情而引起不滿的怒火，不也就是革命的根源嗎？」（第167頁）

潘子農的小說〈圈外餘波〉（第59-78頁），寫倫敦街頭一個流浪者B，跑到中國的 W 城，搖身一變，成了基督教徒，並以傳教為名，霸佔 T 紳士的姨太太。為了便於金屋藏嬌，又欲霸佔一老嫗的房屋，用以修建禮拜堂。此事引起民變，尤其是學生運動如火如荼地展開。省當局不得不出面處置，B 牧師潛逃，T 紳士被押解省裏去究辦。

第 2 期（1930 年 9 月 9 日出版）：

一士〈回國〉：「華僑在外國所受的虐待，完全是我民族弱小的緣故，然而，這弱小的民族，我們身受其苦者，正應從事於國民革命，以挽危亡。孤絕無懸的海外華僑啊！你們快回國來從事於革命吧！」（第212頁）

第 3 期（1930 年 10 月 15 日出版）：

劍萍中篇小說〈幾個時代底人〉（連載）：這「是我的一篇極幼稚的作品。在本刊三四兩期上，登了 4 節，因為是匆促寫出來的緣故，文字是寫得像亂草一樣了。現在，我不想再賡續的寫下去，原因有幾個：對於前文的不滿，故事蔓延得太長，時間的倉促，才力的不足，寫下去將更糟，以及我情緒的惡劣，都足以使我決心不再寫下去。／這篇小說的主人公，我先前在腹內預備著的是楊英、徐西陸、孫寧開、安東、孟明、王仲文、李朔諸人，半途上再插進去一個舊式大家庭底新式女子陸韻詩小姐。在我的初意，想將每個人底在飛躍的時代下的個性描寫出來，而使孫寧開、安東、孟明是抓住這個時代的人，徐西陸、楊英是誤解這個時代的人，王仲文、李朔以及陸韻詩等是被時代的波浪所激起來而不能自主的人。然而，從已經發表的 4 節看來，我的才力使我的願望全盤失敗。／至於這個故事的始終，先前的腹稿，大概是這樣的：將楊英被徐西陸所誘惑而加入共產黨，終於使楊英看出他的黑暗的一面而悲慘地分離的事蹟，作為全篇的主幹，其中錯綜著的是使孟明和安東結合，共同努力於民族革命。是使王仲文和陸韻詩結合，中途跌落到不革命的道路上去。是使李朔始終是一個愛的慘敗者，他最初向楊英，繼向安東，再向陸韻詩，演了許多悲哀的笑劇。故事的結局是孫寧開做了江東大學校

長，楊英的前丈夫曾彥長做了藝術系主任。有一天，孫寧開和曾彥長正在住宅裏休息的時候，楊英毫無生氣地來找孫寧開。適值李朔也來。楊英突然的見了曾彥長，曾彥長依舊如前一樣的高超，一樣的溫和，她慚愧，她厭世，她再度拒絕了可憐的李朔的殷勤，她自殺了。全篇於此終結。」（第5期第166–168頁）

第4期（1930年11月15日出版）：

王墳〈年青人的故事〉：這「是新社員王墳君的作品，描寫一個被迫回國有了妻子的年青人，為了援助勞動同胞的緣故，再去愛了一個日本廠主的女兒，叫那個女兒殺了她父親，然後自己再殺了她。他表現那個青年是表現得可愛，而那個『故事』是可歌可泣的。」（第168頁）

潘子農〈決鬥〉：「描寫一個在華的日本工廠的罷工，有幾十個日本人是參加了罷工的戰線，後來日本廠主動以民族之情，這幾十個日人便一反而破壞罷工，於是中國工人也覺悟了，從階級底爭執而移至民族底爭執，終於打死了一個日本工人完事。其中所暗示著的，便是民族意識能夠克服階級意識。」（第168頁）

劉祖澄〈血〉：「描寫中俄之戰中一個貪生怕死的兵士，因家庭被俄兵蹂躪，乃向一個被虜的俄女復仇，復仇以後，忽然悔悟我們的敵人不是一弱女子，而是整個的赤色帝國主義，乃奮勇殺敵，終於中槍含笑而逝。雖然祖澄在描寫一個兵士悔悟過來的心理時，過於合理，然而自始至終，卻能夠給與讀者以不斷的興奮。」（第169頁）

第5期（1930年12月25日出版）：

潘子農的小說〈印捕之死〉：「描寫印度獨立運動時，有兩個旅滬印人在這震驚世界的高潮下，服毒自殺，情節甚為複雜，而全篇的靈魂，當然是充滿著民族意識。」（第164頁）

印度人甘克辛、卻圖辛在國內生活有困難，逃到中國上海當了巡捕，即「紅頭阿三」；而「紅頭阿三」在上海人心目中，就是「被人家玩弄的亡國奴」。在上海的印度青年，為抗議甘地被捕，他們組織活動，不幸被

租界英國人抓捕。甘克辛不顧個人安危,放了被捕的同胞,自己反陷囹圄。受刑之後,他坦承人是他放的。他說:「不錯,那兩個青年誠然是我放走的。然而,總巡!世界人類決沒有不愛護他自己的國家和民族的;我是印度人,當然要愛護祖國,自從你們英國滅亡了我們的民族以來,我們印度人沒有一日不是在水深火熱中過活,所以我們祖國的先覺人豪甘地氏,百折不回的從事獨立革命來恢復故國的光榮。放走的兩個青年,也就是為祖國而奮鬥的志士,我把他們釋放,是為了愛護祖國……」(第45頁)最後,甘克辛、卻圖辛在獄中服毒自殺。

鄰君短劇〈情話〉:「是杭州社員婓同志介紹過來的,時碩所含的情緒,非常悠美。」(第164頁)

劉祖澄的創作

劉祖澄在《開展月刊》、《橄欖月刊》、《矛盾月刊》等民族主義文藝刊物上發表了多篇作品,以短篇小說為主,兼有散文,更有翻譯。現代文學史上沒有他的地位,也就找不到他的傳記。據一些零零碎碎的記載,只知:他是開展社成員,管《開展月刊》的發行。其時不過20來歲。以後難得見到他。在30年代初這幾年,他在上述刊物上發表的著譯有:〈昨日之蘇州〉(通訊。以下除特別注明外,其餘都是小說)、〈在戰爭的冬夜裏〉(譯,原作者 Rumani a,Marie)、〈街頭人〉(譯,獨幕劇。原作者英國 Altred Sutro)、〈血〉、〈誰的罪愆?〉、〈秋霞〉(中篇小說)、〈泯滅〉(隨筆)、〈掙扎在泥沼裏的靈魂〉、〈剎那的互惠〉、〈夜的素描〉、〈犧牲〉、〈死線上〉、〈生之一角〉、〈失業〉(譯,原作者美國阿都爾 H.Adore),等等。

〈在戰爭的冬夜裏〉寫歐洲戰場上幾個士兵的遭遇和心理。這是一篇反戰小說。幾個兵押著俘虜艱難地行走在冰天雪地裏。實在是太冷了,一個個都快凍死了。司咯圖(就算他是班長吧)命令凡西利去找些木柴來烤火,以便熬過冰冷的寒夜。凡西利只得服從命令,漫無目的地在雪

地爬行。沒有村莊，見不到活人，只有他在尋找。他時而能動，時而進入幻影，像死人。哪里有木柴？不知過了多少時候，不知爬到什麼地方了，在還有一點知覺的凡西利面前，出現了 3 個十字架：木柴！寒冷，凍餓，靈魂，上帝，他鬥爭著。還是生命戰勝了神，他搬回了可以生火的十字架。這一群凍僵的生命高興了一瞬，便立即沉浸在責備、自忖、思考之中，誰也不願將十字架放進餘燼之中，司喀圖並命令凡西利將神物搬回去，哪兒弄來的送回到哪兒去。天亮了，借著太陽的溫暖，這一群冷體又復活了。只凡西利的身子倒臥在雪地裏，兩隻呆滯的瞳子注視著那初升的紅日！伴著完好的十字架，他的血脈停流了。這篇小說說不上有什麼情節，就是烘托寒冷的氣氛。生命的存在不能靠毀滅神物來維持。但戰爭有必要嗎？軀體凍僵了，思維還能活動：「為什麼要戰爭？為什麼要受苦受凍和犧牲？生命是這樣簡單的嗎？為什麼呢？……為什麼上帝安居在離開那麼遠的天國裏？」不但否定了戰爭，連對上帝的信仰也動搖了。

　　獨幕劇〈街頭人〉也是翻譯作品。在破舊、潮濕、發黴的地窖裏，失業人員喬司佛‧馬脫射司和妻子瑪蘭為解決就業——吃飯問題而愁思難解。喬具有「超優的品性」，通曉三國語言，並且有 12 年複式簿記帳的豐富經驗，但就是找不到工作，哪怕是當一名打掃夫也不行。妻子願意做一先令一天的糊火柴盒的事也沒有。兩人上街行乞，遭人白眼，受人唾罵，擔驚受怕，卻什麼也要不著。大人尚可忍受饑餓，可不懂事的孩子美妮是要啼叫的。妻子拾到一個穿貂皮衣服的太太的錢包，不敢打開。夫妻倆拿著這個錢包，既興奮異常，又驚恐萬分，嚴厲自責：「真想不到，我們會頹墮得如此地步」！錢包裏究竟有什麼？有沒有錢？有多少錢？因為現實處境和道德操守鬥爭得厲害，始終沒有敢打開，也就不知道。他們幻想著要以這些錢（假定說裏面有錢）去買吃的、穿的，並像個人樣，理直氣壯地去找工作。聽到室外警察的腳步聲，丈夫在驚恐之中，下意識占了上風，將錢包交給了警察。交了錢包，似乎靈魂受了洗禮，有著一分輕鬆；但當他們從恐懼、譴責之中清醒過來時，才明白：交給警察，「警察會自己拿下用的」；這種誠實，不過是愚蠢的表現罷了，「對

於你我有什麼裨益呢？」為此，妻子想到死，丈夫想到去搶，也想到入救濟院，……全劇在丈夫高聲呼喊「上帝啊，上帝！賜給我們點麵包吧！」中結束。美國作品《失業》的主題也與此類似。

〈誰的罪愆〉、〈剎那的互惠〉均寫可憐的婦女。前一篇寫一個男人因為嫖娼，染上了梅毒。社會普遍認為，梅毒是「最恥羞最卑惡的病症」，是「這樣不潔的不名譽的惡病」，因此，他懷著「罪惡，恐懼，羞恥，種種疚仄」的心理。「只有促斷自己殘喘的生命，是的，自殺！社會是不容許患梅毒者最下流的人們生存！況且染了梅毒的人，還有什麼希冀啊！」於是，他決定去殺死那個妓女，代天下所有染上梅毒的男人「削除這個患害，同時亦為自己復仇」。他懷揣短刀，露出染病的醜惡的下體，對那個可憐的妓女喊道：「你這忍心，麻木，可惡的畜性！你毀害了我的青春，我的生命。我的一切……」當鋒利的匕首已經刺進她的喉嚨以後，她叫喊，呼救，說：「……況且這毒亦都是由你們男人那裏傳來的」，「我不是存心害你呀！……是為吃飯啊……」全篇寫男青年的心理活動：緊張，恐懼，感到一切都完了；以為找到了生梅毒的原因，「理由」充分，決意報仇，為天下人除害；女子無力的辯白。後一篇寫一群流落異鄉的婦女。她們的男人被軍官當作「匪徒」殺害了。其中一個帶著嗷嗷待哺的孩子。為救孩子，為裹枵腹，她跟一個男子做交易：給了男人所需要的，從男人那裏得到兩個饃饃。她請求這個男人收留她，不要錢，只求有口飯吃，不餓死孩子；男人卻說：他供不起她，更恐「受累」（他自己的生存都困難，多兩口人，就更是拖累）。她絕望了，得到的兩個饃饃也掉在泥水裏了。全篇就寫這個女人為了活命的種種心理活動。

〈秋霞〉大膽地寫了人性。聽說 S 所要進一名青年女姓秋霞，全所的「同事們一個個都由萎靡，沮沉而變成活躍，興奮了」。誰之，到來的秋霞卻「原來是隻醜鴨」。她也就受到冷落，被發配搞剪報。她兢兢業業，勤勤懇懇，任勞任怨。她老家在農村，有過不幸的婚姻，如今抱獨身主義。但她有一個女人的生理要求。一天，趁所裏的「聖人」、調查科主任張范遠酒醉，她撲到他身上，「含著無限慾望，哀求，希冀」，喊叫：「我要！」希望解決性饑渴。沒有得到女人從男人那裏所能得到的，她羞愧地留下一封信，堅決地悄然離去。

　　〈掙扎在泥沼裏的靈魂〉也屬於這一類。外號高翹子的小公務員，抽鴉片，賣了女人，不像人形。被黨部拋棄，再被公安局拘捕。戒了煙，還上了前線，決心要自新。

　　〈夜的素描〉和〈死之一角〉寫一老一少的悲苦。〈夜的素描〉：寒冷的夜，下著雨的夜。店鋪關門了，街上已經沒有了行人，居民窗上也不見燈光。白晝死了，夜深了，人們進入了睡鄉。一個老頭挑著擔子，敲著竹筒，沿街叫賣糖稀飯和糯米赤豆粽子。從大街，穿小巷，走僻徑，就是沒有生意。重擔壓在肩，寒風刺骨。他脫下破襖，捂住砂鍋，生怕鍋裏的稀飯和粽子涼了賣不脫。他自己從皮膚到心肝都涼得打顫。生意不好做。原料漲價，小吃質量下降，更沒有人想照顧他的生意，惡性循環。黑暗中，一個青年，比乞丐還乞丐，連要了 4 碗稀飯喝下肚，總共應付 240 文；但兩天沒有進食的青年卻腰無半文，希望「老老」賒帳。最後他將身上唯一的一件能禦寒的破衣服脫給老人，還被警察打了耳光，並帶到局子裏去。老頭不忍啊！〈生之一角〉：一個名叫阿魯的少年，12 歲，街頭流浪者。睡覺好辦，牆角，臺階，地道，哪兒都能睡，唯有肚子餓，找吃食難。作品寫了兩件事：一是從狗嘴裏奪得一根肉骨頭，他取得了勝利；二是到飯館裏吃牆根爛盆裏的剩飯卻被阻止，因為老闆娘說，那是留著餵貓的。後來，老闆娘說，要吃那種殘湯剩水也可以，但必須爬上屋頂打掃煙筒內的煙塵。為了生存，他接受這個苛刻條件；但因為餓飯太久，腿腳無力，他從房頂上滾下來，幸好沒有喪命。都是苦命人。作者善於用環境的氣氛（一般都是寒冷，淒涼，悲傷，孤寂的）來烘托人物的心境。

　　〈犧牲〉寫礦井工人領袖魏興民，為工人爭安全，爭生存權，與外國工頭據理力爭，受迫害，逃亡，終於殺死了洋工頭。

　　〈死線上〉和〈血〉都是戰爭題材。〈死線上〉寫中國戰場兩個逃兵的活動。（究竟是北伐戰爭還是蔣馮閻中原之戰，作品沒有明確交代。）老吉、老強「冒險從隊伍裏潛逃出來」，恐慌萬狀，不知所往。南方人老強願意把身上的一切，包括戒指，都給老吉，讓他逃回家，因為他家離這裏近一些。他們這種逃兵，只能說能活一時算一時。待老吉真的走後，

老強也有自己的想法:「人,還是需要生活著去發現人生黑暗反面的光明部分,苦難背向的快樂。……而且自己還有許多憧憬需要自己在生命的延續中去追求啦!」強覺得自己更該活下去。他用小刀殺死老吉,奪回前一刻他給吉的東西,並吉的一切所有。人心險惡,生存不易。〈血〉則寫中東路事件時的中俄之戰。士兵郭得標由膽怯、畏懼、迷戀小家,在戰場上不敢衝鋒,到像一頭怒獅一樣奮勇殺敵,倒在戰場上,為國捐軀。「潛伏在剛刻由赤色帝國主義者手裏以無數弟兄們的頭顱和血花的代價奪回的敵方第二導防線的戰壕裏的弟兄們」接到命令,去襲擊敵方的機關槍隊。戰士郭得標腦肚子抖動得厲害,懼怕萬分。他腰上揣有 12 塊大洋,他想著家裏的老母和嬌妻,他不願打仗犧牲,他想過和平生活。別人勇猛衝鋒,他則盡可能殿后;別人被炮火擊中,他卻躍進坑內,揀得一條命。不過勝利也有他一份。在勝利進城時,他設法離開凱旋進城的隊伍,回家看望母親和妻子,並把大洋留下。見到母親,受傷的母親則死在他懷裏;妻子被敵母拉去輪姦,不知是死是活。回憶起戰場上的經歷,戰友們犧牲的慘烈,想及自己的表現,眼見慈母遇難,聽說妻子遭姦污,……他心中怒火燃燒,勇氣驟然升起。此時,見到牆角一名受傷俄女,他陡然覺得找到了復仇的對象,決定以牙還牙,欲以姦她的辦法來行報仇。不料,他遭到俄女的強烈反抗,也有無助的哀求;最終他刺死了俄女。但這不是勝利。手刃受傷、束手就縛的俄女,這血淋淋的現實,促他「懺責」:「他在無理地凌辱一個異國無辜的女子,這算是報復嗎?這是禽獸的行為啊!」因為他的仇敵應該是「整個赤色帝國主義者的集團」,他心裏應該裝的是「整個國家,民族的恥辱」。於是,在第二次抵禦敵軍的反攻時,「弟兄們又和敵軍接觸了,這次誰都沒有像郭得標那麼興奮,那麼激昂,他簡直像一匹醒來的怒獅,奮不顧身,只知前衝,殺賊,最後,他終於為無情的子彈所降伏,倒了下去,在他靈魂脫去他軀殼的一剎那,他睜開他的眼珠,注視著後方飄揚在國土裏的青天白日滿地紅旗,然後他微笑地合上了他的眼皮──他在欣慰,光榮中慢慢地死去。」

劉祖澄創作中的環境氣氛烘托,隨手可舉〈夜的素描〉的開篇來看看:

　　初冬的夜，大街，小弄，隨處是彌布著一種會使人感官上起抖顫的冷的空氣。都市背面許多衢弄裏，顯得如是的靜悄，沉謐。雖則，這斷斷續續地起旋著風飛，像企圖撩破這靜止局面似的。然而，它，僅僅不過是更添增些蕭涼的意味而已。

　　天，渾沌迷布著。灰色氣壓裏提動著一堆緩緩蠕動著的影子。這影子，在稀淡街燈光的散射下是顯得很模糊。但亦已刻劃出這似乎是個龍鍾的老頭子。緊壓在高聳的肩骨幹上的一付擔子，兩隻破舊了的筐籃，拖成了兩條長長的影，在扁擔兩端蕩動著。老人的步調隨著他低促的氣息慢慢地走著，走著，影子，擔子，隨著由街的頭移至了街的尾。街的情景是這樣幽抑。寂寞的空間裏，人，影子，蠕動著，是顯得孤涼。

　　哭哭，……篤，哭哭篤……篤！竹條按在破竹筒上發出十分單調而笨刺的聲音來，附近冷的靜的空間有些振動了。不久，街的那頭也起了反響，過時，聲音隨著風飄去了。一切仍歸於靜悄。這死一般的靜悄裏，除掉相當遠的街的那端的一個崗位外，找不出有第三個活的影子。風繼續的吹來，吹著老人枯乾失望的臉。走著，老人下意識地在起著一種近來慣會有的焦急情調了。為什麼人是這樣的稀少呢？簡直是沒有，只是慘澹的燈光，寒意的風，和一堆老是跟著自己的影子，有時連這影子都沒有啊。今夜，已走過不少闊的街，狹的巷子，但是這情景似乎是到處一樣。光顧自己擔子的顧主是這樣的缺乏。出門時壓在肩頭重重的一擔，四五個鐘頭過去了，敲著，喊著，但是兩頭筐籃裏貨物份量似乎老是不覺得減少，這確是種末路的悲哀啊！

　　風勢像是越來越起勁，虎虎地，虎虎地吹嘷著。看看天，烏越越地，連一顆星兒都不見。雨，保不得還要繼續的下，地上亮晶晶閃耀著的水波卻未曾乾呢。寒意一陣陣襲來，老人綯膚上微微感覺到在起著雞粒。但老人倒先顧著籃裏的貨色該會被風把暖氣吹走了。他連忙停住步腳，從肩頭磨下擔負來，撩起幾層薄的棉絮，手

插進去貼了貼砂鍋的外層,同時,老人體會得他胸腔的溫度也似砂鍋邊的溫度一般下降著。……(第97-98頁)

這是小說的開頭,簡直可以當做散文來讀。人闃人靜,風勁氣寒,沒有人影,沒有生氣,死一般的靜寂。一個挑著擔子走街串巷叫賣的老人,四五個鐘頭這樣走著,卻沒有生意。他寧願讓自己凍得起雞皮疙瘩,也要保護好砂鍋裏的稀飯不要降溫。作者的其他小說也都大體有這樣的描寫,是能讀下去的作品。

李焰生在他主編的《新壘》月刊上,發表的短篇小說有:〈保護者〉、〈女神〉、〈銷磨〉、〈黑鬼〉、〈革命的婚禮〉、〈舊路〉、〈偉大的犧牲〉、〈聰明的姑娘〉、〈時代的墳墓〉、〈重陽〉、〈老韋的故事〉、〈淋漓〉等。

這些作品都以廣州為中心,寫1925年至1927年的大革命,包括國共合作時期的國民革命軍北伐,湖南、廣東海陸豐的農民革命運動,1927年4月蔣介石清黨,11月廣州大暴動,等等。全是現實性強的重大題材,都是作者所經歷過的生活。

〈舊路〉[85]全篇有名有姓的出場人物多達20餘人,大都是只有名字,或者身份、職業的介紹,參與幾句對話,如此而已;還有對話中提到的人物,不在這20多人以內。主人公叫何若虹,開篇第一句話就出場。他由上海到廣州來,為國民黨市黨部做事。他經歷了廣州暴動,見過紅色恐怖和白色恐怖,再離開廣州,重走舊路。他自己說,他是「天不怕地不怕」的「無家可歸的流浪者」。中間穿插韓少娟對他的愛情。

小說也說不上有什麼中心情節。寫葉挺、蘇兆徵領導的廣州暴動,喊口號,燒房子,殺無辜,說明作者刻意渲染共產黨領導和指揮的紅色恐怖:

「……一個20多歲的西裝青年,髮兒梳得滑滑的,東張西望的欣賞一切。

---

[85] 載1933年7月15日《新壘》月刊第2卷第1期,第45-65頁。

「媽的！他是買辦階級，打死他。」拍的一聲，剛發覺欲走的西裝青年，應聲的倒地了。

一個著長袍，八字鬍，而紳士模樣的中年，有點發抖了。

「媽的！這是土豪劣紳。」又照例的一槍，倒了下來，但他沒有馬上死，在掙扎著。

「再幫他一槍罷。」拍的又槍響，動也不動了。步哨，和幾個學生模樣的青年高呼：

「打倒劣紳土豪。」（第54-55頁）

眨眼之間又是國民黨新軍閥的更可怕的白色恐怖：

> 若虹，他打開了窗，透透氣，探首在看。另一種裝束的士兵，約一排之度，搜查行人。搬火油稻草去放火燒屋的工人，由他的鄰人指證，自然在馬路上槍斃了。還有幾個工人模樣的，頸上染了紅帶所脫下的色，也槍斃了。行人模樣的，給他查驗了有沒有紅色，沒有的，袋的鈔票，便做了生命的代價。（第58頁）

作品中少不了有口號，如：「打倒共產黨！」「打倒焚掠劫殺的共產黨！」「打倒第三國際！」「中華民國萬歲！」

〈偉大的犧牲〉[86]寫的是：璇和陳綺雲在巴黎就相愛。璇回國後才聽說，陳家三姊妹為使陳氏兄弟都升官當局長，竟然同做郭委員（「淫亂的官僚兼黨棍，製造了不少孤兒寡婦，毒害了國家社會」）的「老姘頭」、「外婦」、情人。沒想到，陳綺雲竟然會振振有詞地坦陳：「……我自有我的見地，我願意為我的家庭的命運而犧牲。」甚至還說：「……你就拿娼妓看我好了。只要（你我）有愛情，娼妓有什麼問題呢？」（第60頁）陳綺雲的邏輯是：革命有份，分贓也要有份。她這也是要在「革命的」血盆裏分得一杯羹，而不論其腥臭與否。

---

[86] 載1933年8月15日《新壘》月刊第2卷第2期，第53-61頁。

〈重陽〉[87]：重陽節，毅買上蟹，到朋友恕家，喝酒吃蟹，說情場失戀，由此引起官場失意的人生處境，遂產生下述議論：「與舞女說真情，等於和政客黨棍說道義一樣」（第 26 頁）。「政治舞臺，等於舞場罷了，一切，都是娼妓化的。」（第27頁）革命後的現實是：「好的朋友不是倒楣就是死，壞的朋友不是升官就是發財。」「上帝沒有空」，不能來管人間這些不平事。「勇敢成為蠢笨，乖巧即是聰明」，這是當今的「人道」。「所謂同志是比敵人還殘酷，這不是天道，也不是人道，那是獸道或鬼道罷了。」（第28頁）

〈老韋的故事〉[88]：老韋也是革命者。他善吹牛，會說大話，拿手戲是攀龍附鳳，和某省長某軍閥是朋友，與蔣介石、陳銘樞是平輩，一路騙錢、騙職位、關鍵是騙色。小說一口氣舉了六七個倒，只要是他看上了的姑娘、少婦，他都能騙到手。黃統領的二小姐，紳商俱樂部的麗嬌姑娘（廣西某軍官的逃妾），錢伯熙家的婢女銀花，學生胡雪娥，瓊島海口駐防軍馬團長的相好湘靈，商人盧家的大小姐畹華、二小姐棣華等等，都成了他的杯中酒，懷中物。「老韋到你家，母雞也要藏起來」。

〈淋漓〉[89]連載 5 期。寫覃志德在蔣介石清黨後的一段經歷。他原本是國民黨員，卻遭到國民黨新軍閥的迫害，直到槍殺。由此，他領悟到：「反革命是新軍閥，新政客，不是國民黨。」因而，在學生新民喊出冤曲：「我嚷革命，幹革命，和右派拼，和共產黨拼，和土豪劣紳拼」，如今卻被關進大牢，等待處決。他啟發說：「麻木腐臭的黨還談他幹麼？捉我們坐牢的，殺我們同志的，不是敵黨，正是我們的同志呢！」小說最後，他莫名其妙地被拉出去槍斃時，本想高呼：「國民黨萬歲！」但想起、看到捉他坐牢的、槍斃他的，都掛著國民黨的招牌，於是改為高呼：「國民革命成功萬歲！三民……（主義萬歲）！」

---

[87] 載1933 年 11 月 15 日《新壘》月刊第 2 卷第 5 期，第 24－28 頁。
[88] 載1933 年 12 月 15 日《新壘》月刊第 2 卷第 6 期，第 68－73 頁。
[89] 載1934 年 1 月 15 日、3 月 15 日、5 月 15 日、6 月 15 日《新壘》月刊第 3 卷第 1 期、2－3 期、5 期、6 期。

李焰生極其鮮明地表明他的政治態度：他愛國共合作時期打軍閥反列強的國民黨、共產黨；他反對農民運動中共產黨領導的暴動，殺人放火；他更看清了蔣介石清黨（即是顛覆國共合作的統一戰線，殺共產黨，殺無辜群眾，而且是寧可錯殺一千，不可暫留一個），意味著國民黨的變質，由進步的革命的國民黨，變為舉著屠刀殺人的新軍閥，新政客，這樣的黨，他也是反對的。他通過作品中的人物，反覆說明這樣的道理，反覆申明這樣的立場。小說中的人物就是充當了他的代言人。因而，那些小說是沒有什麼藝術感染力可言的。

《現代文學評論》如刊名所示，主要是介紹國外文壇資訊、文藝思潮、作家作品，至於創作實在說不上有什麼可以一讀的。僅以編者李贊華的〈飄搖〉、〈魔〉、〈殺害〉、〈女人〉和〈醉亂之夜〉5篇小說為例即可見一班。〈飄搖〉：在軍閥混戰，風雨飄搖，人心惶惶，朝不保夕的氛圍中，一條破船從廣信府駛到河口鎮靠岸。船上兩位「斯文人」（中學老師）為度過惶恐之夜，上岸進龍鳳樓，掀紅門簾，找妓女作樂放鬆。芳谷老師憐惜少女，給了她5元錢，什麼也沒有做，就跑回船上了；而另一位張老師則幹得挺歡。〈魔〉：楊大在夜晚穿過樹林，翻過矮牆，潛入同善堂，敲開五大爺的棺材，欲偷陪葬品。誰知棺中卻啥也沒有。全篇就寫楊大的緊張心理。他恐怖，驚恍，肌肉痙攣，眼前輪番出現幻影，完全不像平日那樣「永遠是好漢」。〈殺害〉：木匠小廣東上班劈柴時發呆，被工頭小蘇州扣了工錢，一日勞動只給半日的錢。這幾個錢養不活全家妻兒老小。他發瘋似的用斧頭劈死妻子孩子，再去劈死工頭；正欲自劈時，被人捉住。寫得血淋淋的，很恐怖。小廣東心理變態，由人變成殺人狂，連妻室兒女都殺，不可理喻。也不是非走到這一步不可。難道這就是作者給窮人指出的出路？〈女人〉：妓女懶在床上。「每天晚上總是被男人糾纏住，人是軟到比橡皮糖更不如了。」〈醉亂之夜〉：公司職員裏芷為了懲罰妻子將情感移到孩子身上，他得不到過往的濃情蜜意，就去旅館開房間招妓女取樂。事後懺悔，和妻子「兩個含著淚深深地接了一個自

結婚以來從來不曾有過那麼甜蜜的長吻」。不是招妓,就是偷竊、殺人,實在看不出跟民族主義有何關聯。

《前鋒月刊》創刊號上的兩篇小說〈野玫瑰〉、〈勝利的死〉,受到《前鋒週報》編者李錦軒的好評。評論說:

〈野玫瑰〉是一個革命與戀愛的故事,然而,他並不是落難公子掛皮帶的革命,也不是癆病鬼哥哥妹妹肉麻的戀愛,他正是國民革命軍進展到浙江的時候,民眾擁護革命軍和軍閥肉搏的一頁。女主人公野玫瑰是在一般人眼中所認為的潑辣婆娘,所以她不喜歡荏弱的男子,她的戀愛觀是這樣:「你要曉得,阿玫所愛的男子,只有是強健的,大膽的,勇敢的。這是她的性格,誰也不能勉強她。」這正是表明了她的戀愛觀是民族主義的。作者以革命與戀愛錯綜地敘述,所以很動人。但是並不落於現在流行的那些革命與戀愛的故事一樣,這正顯示民族主義文藝所採取的題材與一般不同的地方。[90]

〈野玫瑰〉這篇小說開頭交代北伐軍討伐孫傳芳的背景;中間夾一個英雄加美人(或說革命加戀愛)的故事;結尾是口號:「打倒軍閥!／國民革命萬歲!／中華民國萬歲!」創作這篇小說的動機,與其說是歌頌北伐的勝利者,毋寧說是為了這三句口號。

〈勝利的死〉是寫西藏西康一帶「漢族和蠻族」的情況,暴露了英帝國主義者的陰謀,同時,更指出了國人對於邊疆是怎樣的不知重視,任人煽惑和蠶食,這是我們值得注意的一個問題。篇中主人公,是漢軍中的一個營長,他有三個第一:第一個第一是鎮守使統轄的部隊中頭腦最清楚的第一人;第二個第一是在鎮守使所直轄的營長中第一個對於軍事學有研究的人;第三個第一是在全軍的長官中唯一的潔身自好者。所以,他便因了這三個第一而為民族犧牲了。為民族犧牲的死,正是勝利的死。[91]

---

[90] 錦軒《〈前鋒月刊〉創刊號》,載 1930 年 10 月 19 日《前鋒週報》第 18 期。

[91] 錦軒《〈前鋒月刊〉創刊號》,載 1930 年 10 月 19 日《前鋒週報》第 18 期。

南昌《民族文藝》月刊上的作品〈戰場上的英雄時代〉（黃震遐）、〈元寇〉（開元）、〈華哥的苦悶〉（克柔）、〈朝陽〉（裴可權）、〈合義屯之戰〉（萬國安）、〈古城遺事〉（憶南）、〈胡天碧血〉（張鏡心）、〈三人行〉（馬丁）等，如前所述，已被《新壘》否定。

萬國安的創作

萬國安的〈剎那的革命〉、〈準備〉、〈國門之戰〉是能為民族主義文藝撐門面、民族主義文藝家們引為自豪的創作。

〈準備〉以皇姑屯事件為背景，〈剎那的革命〉側寫郭松齡倒戈反奉，雖說也包含「民族意識」，但不如〈國門之戰〉表現得充分。〈國門之戰〉寫的是：中東路事件時，國民黨軍隊和蘇軍之間的戰爭。中東路事件的真相，以及今天對它的評價，這牽涉到歷史、政治、經濟、軍事、外交、民族、國際關係等問題，不在本書的論題之內，單從文學方面說，小說的主題是反蘇。萬國安是現役軍人，親自參加了這場戰爭，因此小說對戰爭的一般敘述是清楚的，真實的；當然它僅僅是一般敘述，遠遠沒有上升到審美的層面。小說對國民黨軍隊用大斧劈殺蘇聯「間諜」的場面，渲染得繪聲繪色。不過詳細描寫殺人的過程，歌頌殺人，讚揚屠夫的手段，這無論如何不是文學所應具備的功能。

萬國安的小說〈國門之戰〉是民族主義文學的代表作之一。有一篇評論對它評價甚高。這就是沈宗琳的〈對日備戰聲中介紹「國門之戰」〉。提要中的一句話很醒目：「中國人，信仰你祖國的武力罷！」

正式評論之前的一段話是：

> 堂堂華胄的中國民族，自甲午之役被蕞爾小島的倭奴打敗以後，便一向頂受了「遠東病夫」的榮銜；雖則五四五卅等時節，也確曾示過了些我們之並非病夫，但在外人心目中，也不過是：「你們中國人像夏天蒼蠅似的，只顧嗡嗡地鬧著，沒有多大用處」而已。而我們中國人自己呢？耳聽著對外事件一椿椿一件件的敗失，眼看著中國兵士的只知亂內而不知對外的惡習，加以自己所抱「獨善其身」的劣根性，便也以為自己民族是確已老大了！但

在百無聊賴中，便從壁角裏搜出一個「中華民族是富有和平美德」的口號，來以之自諱而自慰。

因此，在這種對外被輕視對內失了自信力的場合之下，各帝國主義者，——尤其是候在門外的倭奴——自然便節節進攻，無空不入了。在前年，固然可以藉口護倭而向山東出兵阻礙革命勢力；而如今，也何嘗不可自己炸毀一段鐵路以之推說中國人幹的而大批出動佔據東三省。總是俎上肉，早晚終得拉到嘴裏的。而中國人自己，唯一的辦法自然只有抗議，緊急抗議；唯二的辦法自然只有宣告各國，主持公理，保障和平；結果是談判，調查，無聲，無息，石沉大海。雖然中國人常有句口頭禪說是：「水來土掩，兵來將擋」，但只不過口頭禪而已，真能「將擋」嗎？中國人自己相信自己是早已立案註冊的東亞病夫，無抵抗主義的和平者，打是終究打不來的！

但是，我們自己，堂堂的「華冑」，真是「東亞病夫」嗎？真是「夏天的蒼蠅」嗎？真是「無抵抗主義的和平者」嗎？否！否！第三個否！不相信？請一讀〈國門之戰〉吧！」

以下是對〈國門之戰〉的介紹：

〈國門之戰〉是描寫前年（民國十八年）因中東路事件而引起的中俄戰爭的一篇文字，是一篇約 6 萬字的中篇小說。作者萬國安君，就是那役孤守滿洲里苦戰被誘降終於歸國暴卒的忠勇的十五旅旅長梁忠甲部下的一個連長。這裏所謂「國門」據該文黃君的序上說：「在滿洲里之北 18 裏處，也就是中東路從華境穿進西伯利亞的地方，有一個木制的國門，危然峙立在黃沙白草之中，孤獨地表示我們邊陲的神聖。」而「萬君以此為題，用忠實之筆，將他親身所歷耳聞目睹種種悲壯之事，一一筆之於書。」遂建下了這大漢民族揚眉吐氣一頁！

那是個多麼悲壯光榮的一頁啊！『環伺了數月』的俄國人，「他們本來打算滿（洲里）札（札爾諾爾）是他們的掌中物」，那知道

運用了「5萬兵，2百門炮，30架飛機，30輛坦克車」，和只有「1萬5千兵，4門炮，兩架飛機（這是馮庸義勇隊的，不久即回去了），零輛坦克車」的華軍，卻經過了幾個月時間，用過了18次襲擊進攻，未能越得雷池一步。後來華軍雖終於因彈乏援絕而退出了滿扎兩站，但俄人已「犧牲了無數的彈藥和生命，才得重兵包圍的形勢。我們背城借一的反抗，使他們善於指揮的布魯海爾將軍（即國人熟知的加倫將軍）也感到棘手了。」記著！他們是早已馳名的鐵蹄哥薩克騎兵呢，而我們是舉世承認的「東亞病夫」啊！

中國兵是『亂內不對外』嗎？中國人是「沒有用處的蒼蠅」嗎？請看以下幾段吧！失了自信力的可憐的同胞們！

一個戍守18里國門被俄軍迫得退回滿洲保全實力不照按是干犯了軍法的班長講：

「我只希望我假說要不叫軍法訓裁了我，我唯一的就是：一腔熱血一顆頭顱，一定要灑遍了滿站的荒郊，我的刺刀一定要沾上敵人的鮮血；一旦我受了軍法的制裁死也不怨，可是我不能親手殺著敵人來洗我的羞恥，似乎有一點遺憾了！」

在一層重圍中，忠勇的梁旅長嚷道：

「親愛的弟兄！隨我來！後退是示弱的舉動，我們要打倒強敵，保護我們的國土！……我們要本著初衷打倒他們侵略的野心。我們為民族而奮鬥，為祖國而犧牲，我們是祖國的孩子。起來吧，前進！……前進！……殺！殺！」

這是個作者所目擊的傷兵的故事：

……一個兵的手傷了，醫生在戰場上給他臨時包裹，叫他到野戰醫院去，他反倒將醫生罵了，他說：「千鈞一髮的時候，我能去休息嗎？！我只要有一口氣，能動就得去打！」他說完，嘴裏嚷著舞著又去了。

我們又看到我們的兵士：

但是兇殘的馬蹄終於衝上來，長長的鋼矛，三棱的刺刀，和我弟兄們的肉體搏擊了！呼號的聲音滲著刺刀鑽進肉體的聲音，

我們也都成了魔鬼了，一個一個手溜彈照準了他身上擲去，──兇殘的敵人跑退了。

恶魔的坦克車爬近了，已經到了外壕，剩下的 3 百名烈士，終於接受了李營長的命令，嗥叫著跳出壕來，和這 30 個坦克車 1 千多的步兵衝鋒，在血肉模糊槍彈亂飛中，弟兄竟有登上了坦克車炮塔上的棚縫裏，射死機關槍的射手！……

啊！這才是民族之光，大漢之魂！我們有這樣的官長，我們有這樣的士兵，中國人，信仰你祖國的武力吧！為何還不向倭奴宣戰呢？！

全文是以作者萬連長滿站援絕突出重圍幸獲生存作結。中間又插了萬君與其愛妻的幾幕悲喜劇，萬君的愛妻是據說很美麗的，戰前他倆情愛頗洽，但戰事爆發以後，因他妻是敵人的間諜，終於萬君親手拿勃郎林把她毆死了，事後，萬君宣佈說：

「沒有什麼希奇，總而言之就是：她為她的祖國，我為我的祖國，我們應盡的責任。」

同胞們！這才是我們真正的大漢民族的典型啊！

自然，〈國門之戰〉要說是小說，於技巧方面是稍有不洽的，但惟其如此，我們讀了更顯出他的忠實天真和生動！於此全國主張對日宣戰聲中，確是一個民族的壯膽丸！

這篇書評的作者最後的建議很有趣：「我想，假使作者和書店老闆願意，又不妨將此文單印廉價出售，這於抗日救國運動，是一帖精神上的補劑啊！」[92]

黃震遐的創作

《現代文學評論》第 1 卷第 2 期上有《前鋒月刊》第 5 期的廣告。以「第五期之特色」為題頭語說到本文的作者及本篇創作：

---

92 沈宗琳〈對日備戰聲中介紹「國門之戰」〉，載 1931 年 11 月 3 日南京《中央日報》第三張第二版《青白》副刊第 547 號。

「詩人黃震遐未死……發表前線歸來……半年中戰場生活的描寫」—
—「熱烈的……前進的……偉大的戰事小說〈隴海線上〉，壓倒雷馬克的
《西線無戰事》。」詩人致本刊編者函謂：「自從在十九年五月，決定了
從軍以後，就匆匆忙忙地加入了中央軍校教導團的行伍裏，先後在南京，
徐州，柳河，蘭封，開封等地，實現著我軍人及戰爭的生活，其間戴月
披星緊張而恐怖的經過現已於杭州軍次，胡亂寫了 3 萬多字的〈隴海線
上〉。特在《前鋒月刊》上發表。」

〈隴海線上〉直接以中央軍討伐馮（玉祥）、閻（錫山）軍閥的混戰
（1929－1930）為題材，寫隴海線這一戰的過程，以及在這過程中一支
小分隊的生活。蔣、馮、閻俱是軍閥，無所謂誰正義誰不正義。當然，
如果從維護國家統一，反對分裂、反對地方軍閥割據，使平民百姓少受
戰爭之苦，那麼，中央軍的「討伐」是站得住腳的。作者作為中央軍的
一員，無疑是該站在蔣介石一邊。小說寫得很瑣碎，過程的交代掩蓋了、
確切地說應該是代替了對人物性格的刻劃。儘管小說一再強調：「我們是
真正的革命軍人……我們要打倒馮閻，完成革命」，「為主義而戰，不怕
死！」但它卻毫不隱諱如下事實：（一）中央軍中僱傭了白俄流亡到中國
的軍人。用白種人來參加黃種人的混戰，也不知道符合民族主義文藝的
哪一條？「民族意識」的「中心」又在何處？（二）沒有正義可言，只
有屠殺：「這不是戰爭，簡直是屠殺，我們在張莊的夜戰裏殺人殺得很
開心」。渲染殺人，難道就是民族主義文藝的宗旨？（三）老百姓厭惡
連年不斷的戰爭，即便看見的是中央軍，也生厭惡之心，照樣極端仇視。
而中央軍為排遣苦悶，竟然組成「七人的遠征隊」，全副武裝，去襲擊一
個村子，殺戮無辜，蹂躪百姓。這大概不屬於「促進民族向上發展的意
志」，更不像是在「排除一切阻礙民族進展的思想」，因為河南的老百姓
和中央軍也是同文同宗同種族。這只能是獸性的發洩，中央軍本質的大
暴露。

這篇小說還有一個非常奇怪的現象引人注意。它不時出現這樣的
話：火車的濃煙「活像《尼貝龍根》中那條毒蛇所吐出來的火焰」，「將
許多小白臉都變成尼格羅人」，不得不戴上「像美國南北戰爭時所用的布

帽子」。突破「一道道興登堡式的戰線」，所有一切讚美的呼聲，像「哥倫布找到大陸的呼聲，巴布亞看見太平洋的呼聲，十字軍望到耶路撒冷的呼聲」。「使我想到法國『客軍』在非洲沙漠裏與阿拉伯人爭鬥流血的生活。」中央軍死亡的將士，「定將和美國放奴戰爭的犧牲者，共其永遠永遠的光榮。」對這些不倫不類的比喻和聯想，我們應該怎麼解釋呢？首先應該肯定：它不是創作〈隴海線上〉所必需的。它和這篇小說的描寫、想像、聯想、意象，都沒有必然的聯繫。那麼，是炫耀知識嗎？其實也沒有什麼；所涉及到的一點點歷史知識和文學知識，在他們民族主義文藝的刊物上大體都不難找到。是藉以闡釋民族主義文藝的要義嗎？所用的材料又太雜碎，不在一個系統上，甚至還互相矛盾。是無知亂說嗎？也不像。也許只能說，這都是為了他們的「中心意識」、「最高意義」。他們代表的是至高無上的統治者，他們需要征服一切，也能夠征服一切，並正在征服一切。一方面，全篇寫了戰爭的緊張，生活之慘苦，死亡之傷痛，另一方面，又流露出殺人的興奮，佔有的狂喜，征服的驕勇，「為民前鋒」的榮光。作者洋洋得意，不能自已，胡思亂想，不受羈絆。一個自稱要以民族主義為「中心意識」的人，卻時以變成白臉、長了高鼻子而自豪、自樂，不但自相矛盾，而且是自我諷刺。

詩劇〈黃人之血〉原載 1931 年 4 月 10 日《前鋒月刊》第 1 卷第 7 期（第 1-168 頁）。

作者在〈寫在「黃人之血」前面〉交代了寫作這首長詩的起源、故事所本、構思過程，以及對其思想傾向，如大亞細亞主義的特別說明。

他說：「在幾年以前，就想拿元朝蒙古人西征的事蹟來做一篇小說，但因材料的缺乏，時間的不允許，尤其是關於出版的困難，遂一直拖延下去沒有動筆。一方面又因為自己對於小說很不擅長，屢次想來一試，卒以勇氣缺乏而罷。論到詩，更是不敢。今年春間，於無意中找到了我久尋未獲的浩華德所著《蒙古史》，一口氣將三大本讀完，無形中不覺得了許多感想，同時又看到商務代售的《俄國浪漫故事》，材料更多，遂動筆作偶然的詩體的試嘗；不料一節既竟，二節又來，經營三月，竟寫成三萬多字，自己也嚇了一跳。脫稿以後，從頭校閱一遍，覺得精彩毫無，

又不覺深為懊惱，但已應《前鋒月刊》之約，只可汗顏之於眾；將來有暇，當仔細改過一遍，以求恰當。

「照文學上的名稱來講，這是一篇詩劇，但自己看起來，卻彷彿是一堆垃圾，關於史料方面已有許多顛倒，技巧更不用說。像這種拉長了的詩體故事，雖然也許是一件困難的工作，但自己膽大妄為的罪，卻總該承認。

又說，「一方面，我也是有了相當的意見後才來動筆。中世紀的東歐是三種思想的衝突點；這三種思想，就是希伯來，希臘，和遊牧民族的思想；它們是常常地混在一起，卻又是不斷地在那裏衝突。在這篇東西裏面，慕尼瑪和海中人就是代表了希臘的思想。華蘭地娜雖然是一副希伯來典型的容貌與舉止，但她的靈魂卻也是希臘化；真正的希伯來思想的代表者，可以說是沒人，不過華蘭地娜與海中人都滲和著一點點這種氣味而已。一方面，哈馬貝就完全是遊牧思想的代表者，不過真正的遊牧思想者卻是羅英而不是哈馬貝；但羅英除了遊牧思想以外，依舊還脫離不掉中國禮教思想的根性，不然，他和慕尼瑪便可以將遊牧與希臘思想，融和一起了。這故事的時代是一個民族遷移思想動搖的時代，所以書中的人也多半是頭腦不清性情浮動之徒，都是些情感的犧牲者，沒有一個英雄，也沒有一個先知先覺。這故事是披了一件五角戀愛的外衣，但它的主要點卻還是『友誼』與『團結的力量』。

「這裏面似乎還有一種『大亞細亞主義』的傾向，也是一個須待解釋的問題：第一當代的事實是如此，諒來讀史的人總能加以承認；二則，『黃禍』兩字是由西方向亞細亞傳來；馬哥保羅的《遊記》裏亦曾有讚美亞細亞人的精神魄力之句，當時西方人所感到亞細亞人的力量，正如希臘羅馬時代他們輕視亞細亞人的心理一樣。只有事實才可判明，所以，這書裏的『大亞細亞主義』，想來總不致太過誇張吧。

「然而，『大亞細亞主義』就是『帝國主義』，我們如果拿它當偶像來拜，又豈非病狂？所以，這書裏的後幾章遂有各民族紛起反抗之事；他們反抗的結果雖然失敗，卻已暗示了『軍國主義』的大不可靠。這裏雖然是盡力地表現出蒙古人的偉績，卻只是就其民族整個的努力而言，

至於他們努力成功以後一變而為『帝國主義』，那卻是政治上的問題，歷史上也有大家見得到的明顯的報應。」

還說，「所要申明的大略如此。我不是任何宗教的信徒，也不是某一主義的極端傾向者，一切都跟著歷史走，書裏才敢說出大膽的話。末了，還要申明而致其感謝之忱的，就是友人傅彥長君平時許多的議論。傅君是認清楚歷史面目的一個學者，我這篇東西雖然不能說是直接受了他的指教，但暗中卻有許多地方不可諱地是受了他的薰陶，因此，這本書倘若說是貢獻給他的話，亦無不可。」

最後說，「這篇東西自己雖不滿意，但參考的書籍卻還有幾本。其中最得力的便是──浩華德的《蒙古史》；《俄羅斯的浪漫故事》，《成吉斯汗傳》，《馬可保羅遊記》，《韃靼人及其享樂》，《中世紀的俄羅斯》（以上英文），《元史》，《元史學》，《外蒙古一瞥》，《新元史》等等（以上中文）。

「最後，本篇的譯名，像帖尼博耳，計掖甫，斡羅斯等等，大半是根據了《元史》；只有其中幾個過於難懂的名詞是用新譯法，像日爾曼，波蘭等等。並非是搬出了古典以自鳴得意，不過是為切合其時代精神，不得不如此罷了。」（以上第 1－4 頁）

成吉斯汗西征的歷史本事

1237 年，成吉思汗之孫拔都統率蒙古兵進攻俄羅斯裏亞贊，盡殺其男人。到次年，依次征服弗拉基米爾、蘇茨達爾、雅羅斯拉夫、特維爾與莫斯科。進至諾夫哥羅德約一百俄裏處，忽轉旗南下。1239 年，蒙古軍陷車爾尼戈夫，征服南俄平原。蒙古人到達黑海北岸諸地，在克里米亞半島遇威尼斯人，以所掠得的財物與俘虜賣給威尼斯人，由此建立貿易關係。威尼斯人亦將歐洲各國情況告知蒙古人。1240 年，蒙古軍在拔都與蒙哥統率下，進攻俄羅斯烏克蘭首府基輔，大公邁克爾奔匈牙利。蒙古人遣人召降，基輔人殺來使，蒙古人遂圍城。城陷後，屠戮城中居民殆盡。蒙古人繼續西進，是年冬履冰渡維斯杜拉河，入波蘭，大掠桑多密爾，進抵克拉科後，止於巴爾阡山迤南之加里西亞平原。1241 年，

蒙古大軍在歐洲分四路進攻，以拔都、海都、哈丹（後二者俱窩闊臺子，蒙哥已東返。窩闊台於本年 11 月死）與速不台分統之。三月初發起進攻，大敗波蘭與日爾曼聯軍於利格尼茲，大敗匈牙利王培羅於薩約河畔之摩海平原。秋天，進軍維也納，遠至那斯塔德。另一路沿提羅爾邊境進至亞德里亞海北端，與威尼斯相近處。此外，波希米亞、塞爾維亞與達爾馬提亞等地之一部分俱遭蹂躪。1242 年，蒙古人在東歐一帶的勝利與殺戮，使全歐洲為之震驚。本年 2 月，窩闊台死的消息傳至軍中，蒙古人開始撤退，沿途掃蕩保加利亞、瓦拉幾亞、摩爾達維亞，經黑海北岸退至伏爾加河下游，拔都建薩來為都城。自此，蒙古人統治俄羅斯諸國達兩個半世紀之久。（翦伯贊主編《中外歷史年表》第 482–484 頁）

　　黃震遐的詩劇〈黃人之血〉2300 餘行，行行押韻。全劇共七章：帖尼博爾河畔，沙漠之魂，四騎士，傾倒了眾城之母，白奴，大戈壁的途中，黃人之血。詩人創作時，大前提方面，如時間、地點、統率人物、基本事件大體上忠於歷史，中下層指揮官，如劇中的四個人物：生在揚子江邊「江南綠色的平原」的宋大西、「馬上的韃靼」哈馬貝、松花江畔的女貞人白魯大、「契丹小弟」羅英，是虛構的，至於被侵略國家和地區的海中人、慕尼瑪、華蘭地娜更是傳說中人物或者某種象徵性的符號。

詩劇毫不諱言蒙古人征戰、殺戮的情境

　　「烏拉山的東面來了一個黃色的霹靂」（第 5 頁）；「鐵蹄踐著斷骨駱駝的鳴聲變成怪吼；／上帝已逃，魔鬼揚起了火鞭復仇；／黃禍來了！黃禍來了！／亞細亞勇士們張大吃人的血口。」（第 6–7 頁）「半個世界在鐵鞭之下顫震」（第 9 頁）；「駱駝上的韃靼」是「魔鬼的化身」（第 27、26 頁）；「刀鋒摧破了十字軍的銅鐵，／永久地留存喲，千古不滅！／怒潮般地傾瀉喲，火焰般的團結！／歐羅巴每一朵的花都染了——／黃人之血！」（第 43 頁）「上自伏爾加河畔大汗的彩帳；／下至烏克蘭山顛失了魂的狼；／歐羅巴的美色，亞細亞的花香；／莎來浮城裏發光的寶藏；／馬加爾女人胸頭上的芬芳；／都已隨著風雨，歲月，／一掃而光！」（第

53頁)「誰不知蒙古西征的大軍！／刀鋒蔽日氣成雲！！」（第63頁。此句詩及其變奏，曾反覆出現）「萬歲呀，蒙古西征的大軍，／矛鋒蔽日氣成雲！」（第77頁）「世界已到了末日，再沒有什麼對與不對！」（第69頁）「疆場上是只有力量，沒有是非！」（第80頁）「羅英的劍下是不分美醜，沒有是非！」（第90頁）「韃靼人的精力永是不衰不老，／刀鋒在連串的人頭裏旋繞，／從伏爾加的花園到委尼薩的水窖，／……半個歐羅巴啊，在毒焰裏哀嚎！」（第94頁）「黃色的人潮是無盡無窮，／萬里刮著毀滅的腥風，／沙礫，水草，亞細亞的龍，／這是一個鐵錘比天還要重！」（第95頁）元軍「都是魔鬼，沒有靈魂」，都是「吃人的鬼」（第114頁）。「飛沙走石呀，萬馬奔騰！／黑暗中發出了震撼天地的呼聲──／我就是世界的主人！！我就是世界的主人！！！」（第49頁）

再聽一聽拔都之歌：

> 踏平了斡羅斯八千里的山河，
> 揮著我大元征服的鐵索，
> 率領五十萬亞細亞的猛虎，
> 唱著我宇宙的雄歌。
> 干河的英魂變成了烈火，
> 空中飛著千年的死馬，萬載的駱駝，
> 成吉斯汗在長城上猛擂戰鼓，
> 我要把歐羅巴變成一片沙漠！（第127頁）

速不台下命令：

> 命令！大家一齊恭聽──
> 哈馬貝，立刻帶領一萬匹馬，三千個兵，
> 白魯大，宋大西，羅英，每個一千人，
> 越過這片平原，跨過那座雪嶺，
> 在風，沙，雨，雪裏前進呀，前進！
> 永遠張開耳朵，瞪大你的眼睛，

餓了才吃，渴了刺馬血來飲，
速率務須超過狂風，是一道流星！
殲滅零星的支隊，避開大隊的敵軍；
遇見村落就燒，踏平了所有的鄉井；
順著大路直走，不要繞些僻靜的小徑；
越凶越好，盡你的威力蹂躪！
非到整隊人馬真個筋疲力盡；
沒有命令，絕對不准留停！
只有遇到了高不可攀的崇山之頂，
或是馬蹄渡不過的大海之濱；
想斷了你四人的腦筋也無法可行──
才准你們全隊奏凱，回營。（第 127－129 頁）

蒙軍所到之處只有勝利：

阿拉伯人並沒有哭你喲，巴比倫！
埃及人並沒有吊你喲，金字塔的三角之墳！
大西洋的洪波卷出了聖海倫那的黃昏；
愛琴海的夕陽照著無家可歸的女神；
歸來呀，七丘之都的羅馬魂！
歸來呀，斷井殘垣的紫冠城！
我們已聽過拉丁民族悲壯的呼聲；
我們也見過條頓人犧牲的精神；
還有那史拉夫人眉間的皺紋，
每一條紋路都代表了一道血痕！
從日爾曼的森林到火化後的凡爾登；
從君士坦丁的沒落到波蘭的瓜分；
戴上革命的火冠，點著自由的天燈！
揚起光明的刀劍，打開屠場的赤城！

> 每逢一次復仇，一次吐出了胸中的狂恨；
> 天上飛著英烈的鬼，沙裏挺著粉碎的身！
> 死去的精靈便一起出來狂奔。
> 天堂搖搖欲倒，地獄也開了大門；
> 人心都變成了山，烈火便在山巔上噴！（第44-46頁）

也許這是總結：

> 一千二百四十二年──
> 全世界刮著黃色之風！
> 一千二百四十二年──
> 蒙古的兵威已將歐亞打通！
> 一千二百四十二年──
> 黃族是世界的主人翁！
> 一千二百四十二年──
> 沒有鷹，沒有獅子，只有亞細亞的龍！
> 最後，一千二百四十二年──
> 窩闊台死了，被壓迫的民族才起了一點變動。（第134頁）

> 韃靼人每一步的進路呀，都成了他們（歐羅巴）的墳！（第132頁）

蒙古軍隊攻下了烏克蘭首府基輔（詩中譯為計掖甫），將全城百姓屠戮殆盡。蒙軍統治俄羅斯 200 餘年。詩人的詩劇也沒有吝嗇筆墨來寫這方面的事實：

「快點死吧，何須多縐眉頭？／逃呀，斡羅斯頹靡的王侯；／躲呀，歐羅巴失魂的猛狗；／傾倒呀，莫斯科萬重的高樓；／滾呀，高加索人長著黃毛的頭」（第6頁）。「計掖甫城中跪著祈禱的紅顏」（第7頁）。「踏平了布林加三千的村落；／毀滅了裏雅桑堅固的城廓；／渡過了烏拉江的血波；／一把烈火燒乾淨了莫斯科。」（第8頁）「神聖的和林」這「沙

海的浮城，世界的中心」，成了「成吉斯汗晚年休息的樹蔭，／窩闊台流戀著的花徑」（第 47 頁）。速不台「指揮三軍將計掖輔圍困得似一個鐵桶」（第 56 頁），計掖輔「垂頭喪氣地緊閉了它那絕望的鐵門」（第 64 頁），「計掖輔武士的血骸將小山堆滿」，「這一夜計掖輔的女郎都哭腫了明眸」（第 82 頁）。計掖輔被蒙軍攻破的情景是：

> 最後的抵抗消滅了，最後的一把刀斷了！
> 垂死的勇士望著敵人慘笑。
> 韃靼的蠻兵蜂擁地進來了！
> 急得黃毛女人抱著狂叫！
> 肉已踏成了醬，土亦燒焦，
> 沙漠的駱駝在宮裏跳！
> 屠夫的血手摟著尼姑的纖腰，
> 聖母閉上眼睛不敢瞧。
>
> 八千人擠在聖安德列的方頂之上，
> 下面噴著毒辣的烈火，一團死滅的羅網。
> 韃靼人的利箭好像數不盡的飛蝗，
> 鑽進了互相擠貼的肉身，一片絕望的哭嚷。
> 黑煙中掙扎著嬌弱的女郎，
> 玫瑰般的血液濺出滑膩的乳房。
> 突然，震天動地雷般地一響——
> 燒焦了的肢體夾著碎石飛揚；
> 好像舟沉大海，又像是火山噴出沸浪——
> 這教堂就做了八千人模糊的墳場！
>
> 一共七日七夜，連地下的鬼都一齊哀泣，
> 計掖輔就是這樣燒呀，燒呀，不知犯了什麼罪孽。（第 99－101 頁）

「斡羅斯含淚的眼睛」（第 96 頁）看著計掖輔被西征的拔都「夷為平地」（第 102 頁）。

　　從自序得知，詩人寫得很順利，文不加點，一氣呵成。他越寫越得意，文字流淌，詩行堆積，古代「英雄」殺人殺得痛快，他這個詩人寫詩也筆走龍蛇，無不暢快。元軍殺俄羅斯人所向披靡，詩人驅遣手中的筆，意氣風發。東方所有的黃色人種團結起來，征服俄羅斯：在當時當地說來，這是明目張膽地號召反蘇；而且是和侵略中國、懷有稱霸世界的野心的日本軍閥聯合起來反蘇。這種意向，在詩中天然流泄，不可阻擋，也不要阻擋。

　　分明是一部歪詩。

　　黃震遐這兩年創作精力旺盛，年產量豐厚。隨筆，小詩，短篇，中篇，詩劇，長篇，源源不斷地公之於眾。長篇小說《大上海的毀滅》[93] 寫 1932 年「一二八」松滬戰爭，屬於當前現實性的重大題材。

　　小說同時展開兩組畫面：閘北戰場的浴血苦鬥和市區高樓大廈內的寧靜與荒淫。咫尺之遙，兩個截然相反的世界。前方是流血和死亡，驚心動魄，「後方」卻是月白風清，肉慾橫流。寫前線的文字，十分枯燥、蒼白、乾癟。只有一般戰鬥過程的簡單敘述，而無環境氣氛的烘托，緊張情節的展開，人物心理活動的描寫，形象的塑造，更無性格的刻劃。寫市內的「和平」生活，本可以通過對比，加強藝術效果，但這個目的更沒有達到。

　　以上，本書前前後後，或詳或略，或專門評說或順手捎帶提到過、評述過的民族主義文藝家們的作品有：萬國安的〈剎那的革命〉、〈國門之戰〉、〈準備〉、〈義合屯之戰〉，黃震遐的〈隴海線上〉、〈黃人之血〉、〈大上海的毀滅〉、〈從上海的夢裏醒轉來〉、〈戰場上的英雄時代〉、〈空泛英雄巴爾波〉，心因的〈野玫瑰〉，易康的〈勝利的死〉，李贊華的〈飄搖〉、〈魔〉、〈殺害〉、〈女人〉、〈醉亂之夜〉，王沉予的〈清涼的月夜〉，宗參的〈徵徭〉，趙光濤的〈天韻樓上〉，潘子農的〈圈外餘波〉、〈決鬥〉、〈印捕之死〉，一士的〈回國〉，曹劍萍的〈幾個時代底人〉，王墳的〈年青人的故事〉，劉祖澄的〈血〉、〈昨日之蘇州〉、〈誰的罪愆？〉、〈秋霞〉、〈泯

---

[93] 連載於 1932 年 5 月 28 日至 9 月 11 日上海《大公報》。

滅〉、〈掙扎在泥沼裏的靈魂〉、〈剎那的互惠〉、〈夜的素描〉、〈犧牲〉、〈死線上〉、〈生之一角〉，白良的〈我的姑母〉，聶紺弩的〈瑪麗亞娜的逃亡〉、李焰生的〈黑鬼〉、〈舊路〉、〈偉大的犧牲〉、〈時代的墳墓〉、〈重陽〉、〈老韋的故事〉、〈淋漓〉，克柔的〈華哥的苦悶〉，裴可權的〈朝陽〉，憶南的〈古城遺事〉，張鏡心的〈胡天碧血〉，馬丁的〈三人行〉，張壽倫的〈公路〉，開元的〈元寇〉，等等。（說明一句：一個作家的政治態度問題，思潮所屬問題，是複雜的，微妙的，變化的，不能凝固化，刻板化。不然，像聶紺弩，他還是左聯成員呢。）

這些作品多數是寫當前生活，甚至是重大事件，很少有沉溺於個人身邊瑣事，卿卿我我，無病呻吟。但基本上全是急就章，沒有經過深入挖掘，認真的沉思，精細的過濾，嚴格的提煉，尤其沒有經過仔細打磨，反覆修改，達到精益求精，做到藝術上的完美。相比之下，倒是劉祖澄的小說有可讀性。雖說他的格局小，眼界窄，但較精良，有某種韻味。總之，若把這些作品放在同一時期的歷史天秤上來做統一的衡量，不偏不倚，天理良心，不得不說：它們僅如匆匆的過客，實在沒有份量，對歷史毫無貢獻。

比較最能說明問題，它是醫治偏頭痛的良方。

同一時期、同一歷史舞臺上的其他中國現代作家的作品，是民族主義文藝家們不能望其項背的。隨便一抓就是一大把，而且都是現代文學史上的名作名篇。比如：

「五四」老作家：周作人有《藝術與生活》、《看雲集》；葉聖陶有《古代英雄的石像》、《牽牛花》、《多收了三五斗》；冰心有《分》、《去國》、《冬兒姑娘》；盧隱有《象牙戒指》；許地山有《春桃》；王統照有《山雨》；鄭振鐸有《桂公塘》、《取火者的逮捕》；朱自清有《給亡婦》；郁達夫有《她是一個弱女子》、《馬纓花開的時候》、《釣台的春晝》、《遲暮》、《屐痕處處》；豐子愷有《緣緣堂隨筆》；張資平有《脫了軌道的星球》、《上帝的兒女們》；馮至有《賽納河畔的無名少女》；梅晦有《楚靈王》；

新登上文壇的作家：巴金有《復仇》、《海底夢》、《馬賽的夜》、《春天裏的秋天》、《電椅》、《死去的太陽》、《家》、《霧》、《罪與罰》、《砂丁》、

《新生》、《月夜》、《鳥的天堂》、《萌芽》、《將軍》、《羅伯斯比爾的秘密》、《龍眼花開的時候》、《丹東》；老舍有《小坡的生日》、《二馬》、《貓城記》、《離婚》、《黑白李》、《牛天賜傳》；曹禺有《雷雨》；何其芳有《古意》、《秋海棠》；卞之琳有《酸梅湯》、《三秋草》（詩集）、《古鎮的夢》；李廣田有《悲哀的玩具》、《種菜將軍》、《畫廊》；臧克家有《烙印》、《歇午工》、《罪惡的黑手》；梁遇春有《春醪集》；

新月派詩人：聞一多有《奇跡》；徐志摩有《猛虎集》、《秋》；孫大雨有《自己的寫照》；陳夢家有《夢家詩集》、《鐵馬集》；朱湘有《十四行》、《石門集》；陸志韋有《渡河》；胡適有《四十自述》；

通俗作家：張恨水有《啼笑因緣》、《春明新史》；

京派作家：沈從文有《丈夫》、《龍朱》、《虎雛》、《記胡也頻》、《月下小景》、《邊城》、《湘行散記》、《記丁玲》、《如蕤集》；廢名有《莫須有先生傳》、《橋》、《棗》；李健吾有《罎子》、《老王和他的同志們》、《村長之家》、《心病》、《梁允達》、《這不過是春天》；蕭乾有《蠶》、《鄧山東》、《籬下》；

象徵派・現代派作家：戴望舒有《望舒草》；施蟄存有《將軍底頭》、《梅雨之夕》、《善女人行品》；穆時英有《黑旋風》、《南北極》、《被當作消遣品的男子》、《公墓》、《上海的狐步舞》、《夜總會裏的五個人》、《白金的女體塑像》；劉吶鷗有《都市風景線》；葉靈鳳有《靈鳳小說集》；于賡虞有《世紀的臉》；曹葆華有《靈焰》、《落日頌》；林庚有《北平初雪》、《夜》；金克木有《晚眺》；侯汝華有《單蜂駝》；

論語派作家：林語堂有《翦拂集》、《大荒集》、《我的話》上集《行素集》；

左翼作家：魯迅有《三閒集》、《二心集》、《偽自由書》、《准風月談》、《為了忘卻的紀念》、《二丑藝術》、《小品文的危機》、《拿來主義》、《門外文談》、《憶韋素園君》、《憶劉半農君》；魏金枝有《奶媽》、《報復》、《七封書信的自傳》、《白騎手》；丁玲有《韋護》、《一個人的誕生》、《田家沖》、《水》、《奔》、《母親》；戴平萬有《村中的早晨》；柔石有《為奴隸的母親》、《二月》；蔣光慈有《咆哮了的土地》（《田野的風》）；茅盾有《虹》、

《豹子頭林沖》、《大澤鄉》、《三人行》、《林家鋪子》、《春蠶》、《子夜》、《殘冬》；殷夫有《血字》；胡也頻有《到莫斯科去》、《光明在我們前面》；張天翼有《二十一個》、《皮帶》、《鬼土日記》、《大林和小林》、《脊背與奶子》、《禿禿大王》、《一年》、《洋涇浜奇俠》、《包氏父子》、《笑》、《移行》；魯彥有《小小的心》、《童年的悲哀》、《父親的玳瑁》；田漢有《梅雨》、《洪水》、《暴風雨中的七個女性》；沙汀有《法律外的航線》、《土餅》；艾蕪有《人生哲學的一課》、《咆哮的許家屯》、《南國之夜》、《山峽中》；丘東平有《通訊員》；洪深有《五奎橋》、《香稻米》；彭家煌有《喜訊》；艾青有《蘆笛》；葉紫有《豐收》、《王伯伯》、《嚮導》、《電網外》；夏征農有《禾場上》；周文有《雪地》、《茶包》；麗尼有《黃昏之獻》、《南國之夜》；蒲風有《茫茫夜》；蔣牧良有《夜工》；歐陽山《七年忌》；

此外，臺靜農有《建塔者》；吳組緗有《菉竹山房》、《黃昏》、《一千八百擔》、《天下太平》、《樊家鋪》；靳以有《聖型》；王獨清有《零亂草》；蕭軍、蕭紅有《跋涉者》；萬迪鶴有《達生篇》；許欽文有《神經病》；賈祖璋有《熒火蟲》；等等，等等。

這些「隨手一抓」的作家作品，不管從哪個角度說，都比上述民族主義文藝家們的創作高明得多，有價值得多，全是在歷史上站得住腳的，叫得響的。他們對歷史的貢獻是全方位的，多層次的，色彩豐富的，而且是長期的，經受得住風吹日曬、雨淋霜凍的考驗，不怕時間檢驗的。

民族主義文藝家們一而再、再而三地說，文學要以民族主義為「中心意識」。有了這個「中心意識」，文學就成立，就發達，就昌盛；沒有這個「中心意識」，整個文壇都要「傾圮」，哪裡還有其他節目。其實，這也叫主題先行，是從政治先驗出發，以教條主帥。他們總欲有個什麼「民族意識」在作品裏蠕動，爬來爬去，爬出個美麗的圖畫來。創作的辭典裏是沒有這樣一條的。我想，這也是民族主義文藝創作失敗的原因之一。

說到底，民族主義文藝派是沒有專業作家，僅王平陵是吃文學飯的，但他並不專務於民族主義文學。其他的人都是小青年，或者是業餘作者。他們有創作的熱情和衝動，但缺乏修養，更少鍛煉，多數還處在描紅階段。也

有名人供過稿，就說沈從文吧，但那不是「本」社團的作家，他的作品不姓「民族主義」，不能歸入民族主義文藝派的賬上；何況，沈從文最有代表性的作品，也不是在這一派的有關刊物上發表的。

生存環境：八方批評，四面楚歌

三民主義文藝派和民族主義文藝家儘管都是靠國民黨中央給錢辦的文藝社團、出版的刊物，卻因後臺不同，一個屬於中央宣傳部、一個由中央組織部出錢，一個活動的地方主要在首都南京，一個在十里洋場上海，而齟齬頻頻，互相攻訐。

三民主義文藝與民族主義文藝相互較勁

《民國日報》副刊《覺悟》發表署名正平的文章〈民族主義文藝應該避免的幾種態度〉[94]，教訓民族主義文藝家們不要墜入國家主義、改良主義和人道主義的泥潭，而要緊緊把握住三民主義的要津。

文章的開篇很有趣。他說：「現在還沒有真正的民族主義文藝產生，我們由什麼地方就會曉得這還沒有走到人世的嬰兒，她帶的什麼病態呢？但是，等到嬰兒出世後，發現她帶了病疾時，才施用藥石，那似乎太遲了。為保證她出世後的健康，在妊娠的期間，就服一些清涼掃毒的藥劑，不更安全一些嗎？不過，我不能說，我現在是在開藥方，我只不過由她母親的神色上，推測她將來或者帶這種病症，而希望她母親能為她注意和避免罷了。」

作者認為民族主義文藝家應該避免的傾向是：

第一應該避免的是國家主義的傾向。

作者說：「我們曉得，民族主義之所以不同於國家主義，就在民族主義是『民生主義的民族主義』一點上。倘使民族主義離開民生主義，那

麼，公開地說，民族主義就要成為與國家主義相去不遠的東西。所以以
民族主義為旨趣的文藝倘使忘記了民生主義，不是就很容易犯了國家主
義的傾向嗎？」單純的民族主義文藝（離開了民生主義的民族主義）在
創作上是一定要失敗的。單純的民族主義的文藝，它的主要的材料和內
容當然只是：（一）打倒帝國主義，打倒軍閥。（二）建設統一的自由國
家；（三）提高國際地位等。「倘使國民革命的目的只是這樣，那麼，實
在說國民革命只成了『外抗強權，內謀統一』的國家主義的行動罷了。
這樣，提倡愛國主義的文藝好了，為什麼要提出民族主義的文藝呢？」
直截了當地說，只因為國民革命除了能為民眾解除間接的痛苦（打倒帝
國主義，統一國家）外，尚能為他們解除直接的壓迫（打倒土豪劣紳、
貪官污吏）。「所以，若是忘記了人民的痛苦，而只喊一些高遠的口號，
那麼，不要說不會得到什麼發展，而且一定要步爱國主義文藝的後塵，
而走到沒落的地步去的。要知道的『民族主義只是民生主義的手段，而
民生主義才是民族主義的目的』。」

　　第二應該避免的是改良主義的傾向。

　　作者說：民族主義的文藝者若是忘記了民生主義，那麼縱使不走向
頂右傾的國家主義，也會走到改良主義的旨趣上去的。民生主義當然不
是改良主義，改良主義只不過是帝國主義的聰明的護身符了。民族主義
的文藝者，因為站在反普羅文藝的立場，而又不願走到國家主義的地步，
那麼，很容易接近改良主義罷了。這樣，在文藝上的表現就是，一方面
不願儘量地描寫現在成為國家很大問題的工農痛苦的生活，而一方面又
掩不了這不能掩飾的事實，只得提出一些改良主義的口號。「又在文藝的
本身上說，倘使它具了改良主義的旨趣，那麼，內容的空虛，一定是不
可避免的事實。——既不敢描寫工農的痛苦，便不願宣洩一部分社會罪惡
者的陰謀和劣跡，……這種不能洞燭社會的病態，民生的疾苦的文藝，
裏面有些什麼呢。」

　　第三應該避免的是人道主義的傾向。

　　文章說：「社會的病態，民生的疾苦是燭到了，但是，既忘記了這些
痛苦的人們所應該走的道路，更沒有方法指示他們應走的道路，而使他

們能參加革命，怎樣呢？對這些呻吟著的痛苦的民眾，可憐地灑幾滴同情之淚吧？／不願接近國家主義和改良主義，而又忘了民生主義，那麼只有溫情的道路了。」然而，「這是怎樣淺薄無聊的舉動啊」！

文章結尾說：「應該記住，民族主義只是民生主義的手段，民生主義才是民族主義的目的。要避免以上不良的傾向，只有不使民族主義離開民生主義，那麼，就稱這種文藝為『民生主義之民族主義的文藝』罷？但是，又何若直接稱為『三民主義的文藝』呢！」

幾天之後，《前鋒週報》就發表署名正覺的反駁文章〈評駁《覺悟》的「民族主義文藝應該避免的幾種傾向」〉[95]。正覺稱正平是「狂吠」，可見憎恨之極。

正覺說：「我覺得所謂《覺悟》，實際是沒有覺悟，而且，似乎不願覺悟。」「正平君對於民族主義文藝還是一個盲目無知。」「他企圖著把理論曲解，事實掩滅，蒙蔽讀者，力事詆毀」，一派誣衊。

文章批駁道：「我們知道，民族主義是求民族的生存進化和自由，廣義的民族主義，在著自身達到這些目的後，對於其他民族，是有同情，而狹義的民族主義，則在自身強盛之後，常壓迫支配其他民族，因此是流於國家主義。由此，可以明白這兩主義之不同，是在對外這一點，並不是在什麼民生。而民族主義既在求民族的生存進化和自由，這中間橫梗著的，自然有民生主義，這個，無論是民族，國家，都是一樣。因為只有在民族的自由平等之下，才有民生之可言，空談民生，不先求民族解放，這始終是一種空論。不過，國家主義常是不能顧到民生，這是因為國家是一種強權的組織，它常成支配著的特有的工具之故；民族主義文藝者主張廣義的民族主義。」本文作者說，由正平的妙論，可以得到4個公式：

1. 解除間接痛苦 ＋ 解除直接壓迫＝國民革命
2. 國民革命 － 解除直接壓迫＝國家主義
3. 國民革命 － 國家主義＝解除直接壓迫
4. 解除直接壓迫＝打倒土豪劣紳貪官污吏

[95] 載 1930 年 10 月 12 日《前鋒週報》第 17 期。

這才是「淺薄無聊的理論」。

在批駁所謂改良主義傾向的時候，文章說，「從事實上講，在民族主義文藝的作品裏，他是把工農的痛苦，一種不能掩飾的事實，儘量描寫了的。」如本刊第 16 期上的《民眾》即是。事實不能掩飾，關鍵是怎麼看。如對「湘鄂贛的騷亂」，共產黨認為是革命，民族主義文藝家則以它的「民族的見地，來描寫，來宣洩，來洞燭」，以其反普羅的立場，看它是「土匪的作亂」。這能是改良主義的傾向嗎？

程景頤的文章〈民族主義文藝與國家主義文藝〉[96] 對二者及其關係論述得比較充分。全文分為：一、引言；二、民族主義與國家主義；三、民族主義文藝與國家主義文藝；四、結論。

引言：

> 民族主義文藝因已高高地樹起鮮明的旗幟，但國家主義文藝這個名詞，似乎不大常聽說過，雖然事實上是常有這一種內容的作品。不過，自民族主義文藝的旗幟在中國文壇上出現之後，便有一般帶著近視眼鏡的創作者和批評者，板起了懷疑的面孔，以為是與國家主義文藝的內容，分不出顯明的界限；甚至在口頭上或文字上，把這面應著中國民族環境的需要而樹起的旗幟，與國家主義文藝一例視為狹義的，並且反革命的。這是已見的事實。這種事實，可以說是中國文壇前途一層不幸的厄運。而造成這種事實的主力，也就可以說是目前中國文壇所以紛亂龐雜的一種原因；帶著近視眼鏡的懷疑者太多了，所以隨隨便便可以將張和尚的帽子戴在李和尚的頭上，互相詆毀，互相污衊，以致失去建立新文藝的中心意識。結果，我們所看到的，是封建勢力保護下的文藝，得以苟延殘喘而繼續著在誘惑一部分讀者；和仰承第三國際鼻息的普羅文藝思潮，日漸沖進學校裏去而麻醉了多數的青年。努力文藝革命的同志們，思之能不痛心？現在我們為了要樹

立一個適合中國民族的環境需要的文藝的中心意識，不得不請一般的懷疑者，摘下他們的近視眼鏡，另行拿出冷靜的頭腦和縝密的思慮，把民族主義文藝和國家主義文藝分一個瓜清水白，然後革命文藝的前途才有一線的曙光；文藝革命運動者才有一個中心的標準，而不致暗中摸索瞎撞。（以上第1-3頁）

民族主義與國家主義：

由於血統、生活、語言、宗教，以及風俗習慣等類的方式相同，而形成民族；由於武力的克服，而造成國家。可見民族是一個自然的集團，國家卻是一個人為的組合。這在機體的誕生方面說，很明顯地分出民族與國家是兩個迥然不同的名詞。那末在主義的活動方面，當然也各有互異的方向和目標。平常一般人都說，民族主義一定要是民權主義的和民生主義的民族主義，然後才能顯出它的博大性和革命性，否則便與國家主義沒有分別；換一句話說，這就是民族主義沒有獨立性，民族主義是反革命的，民族主義就是國家主義！這種謬解，已經成了普遍的錯誤。要知道，順乎自然的演進，根據環境的要求，以謀某一民族的生存和獨立，這才發生民族主義。所以民族主義，在退的方面，是求本國民族全體的解放，以保持本國民族整個的生命；例如在中國境內，我們不但要求漢族全體的自由獨立，並且扶持著滿蒙回藏等小民族，一律平等地視為國內民族的一份子。在進的方面，既不妨害他民族的利益，並且援助被壓迫的民族，使之獨立生存，以求得全世界各民族的共同發展。先 總理在《民族主義》第六講裏，很明白地告訴我們：「我們不但要恢復民族地位，還要對於世界負一個大責任，……要濟弱扶傾，才是盡我們民族的天職。若是不立定這個志願，中國民族，便沒有希望；我們今日在沒有發達之先，立定扶傾濟弱的志願，將來到了強盛時候，想到今日身受過了列強政治經濟壓迫的痛苦，將來弱小民族，如果也受這種痛苦，

我們便要把那些帝國主義來消滅！」濟弱扶傾，消滅帝國主義，便是順手自然，使人類趨於和平大同的境域，這是民族主義的最後目的，也就是民族主義的唯一精神！至於國家主義，卻大大的不同了。它在退的方面，是特殊階級的少數人，拿國家這個名詞，來欺騙民眾，使每一個人，都在作著富國強兵的迷夢，而結果，民眾只是徒然的犧牲，卻為特殊階級的少數人造成了特殊的、御用的勢力；在進的方面，則憑藉著他們由於欺騙民眾得來的特殊的御用的勢力，以積極地掠奪他民族的利益，並剝奪他民族的生命，多消滅了一個民族，他們的勢力便多發展一部分。所以，現在人類的分野，明顯地擺在我們眼前，只有兩大階級：一個是帝國主義者，一個是弱小民族。這種反乎自然的惡現象之所以形成，國家主義便是唯一的原動力。同時，帝國主義與帝國主義間，又往往因為開拓領土，爭奪商場，利益上一旦發生衝突，便立時會牽動起世界大戰。可見得國家主義與民族主義，不論在初期的活動方面，或在最後的結果方面，都沒有彷徨的表現；同時，也就證明了民族主義不但不是沒有獨立性，並且不是反革命的。由此得到的結論是：民族主義的結果，是促進人類和平世界大同；國家主義的結果，是造成國際競爭和世界大戰。（以上第3─6頁）

民族主義文藝與國家主義文藝：

　　民族主義與國家主義的界限既已分析清楚，那麼以這兩種不同的主義為立場的文藝的優劣，就不言而喻了。

　　文藝的派別，到現在可算是極其龐雜。有些人說，為文藝而文藝，文藝自有其自身的價值；有些人說，為人生而文藝，文藝離開人生，便沒有充實的內容；有些人說，為社會而文藝，文藝不作社會的表現，便是落了伍的廢物：形形色色，不勝枚舉。但不論他是為什麼而文藝，至於文藝的內在精神，總是共同的含有宣傳性的，雖然文藝本身並不是一種宣傳品。話又說回來，雖然

都不是宣傳品，但宣傳性卻是共同有的，並且這種宣傳性的宣傳力，是非常強大，會超過正式的宣傳品，正式的宣傳品反不能如它這樣易於普遍和深入到民眾的心理上去。我們現在所研究的民族主義的與國家主義的這兩種文藝，當然也不能例外。

既然宣傳性是各種文藝共有的，根據民族主義文藝與國家主義文藝的性質，以及文藝的內在精神的宣傳影響，即可分析民族主義文藝與國家主義文藝的線索：

凡是一個民族主義文藝的作者，他一定是以本國民族的地位為立場，全世界各民族應有的共同覺醒為目標。在弱小民族的國度裏的作者，他是要用文藝的力量，寫出本民族原有的精神，過去的錯誤，現在的痛苦，未來的危險，以及今後應有的努力；文藝既是有強大的宣傳力，易於普遍和深入於民眾的心理上去，那麼這種作品，如果是成熟的，便不論這個民族的民族意識是怎樣的沉睡也很容易將它喚醒；同時，因為帝國主義者侵略弱小民族的方式完全一樣，所以各弱小民族所處的環境，也完全相同，於是自然就引起他們的同感和共鳴，而得到共同的覺悟，並且聯合起一條鞏固的反帝國主義的戰線。至於帝國主義的國度裏，也一樣應當有民族主義文藝的運動者，他們應當用文藝的力量，寫出本國民族特性的優點，目前統治階級對於本國民族欺騙的陰謀，今後本國民族對於他民族的政策應有改變，以清醒帝國主義國家的民眾過去的麻痺。使他們由於瞭解民族形成的原理，而發生民族與民族間應當親愛，互助，才可以求得人類真幸福的感動；到這時，帝國主義的惡勢力，便不攻自破了。譬如英、法、俄、日等國，他們是帝國主義的國家，但不能說這個帝國主義的殘暴陰險，便是撒克遜、拉丁、斯拉夫、大和等民族的天生的整個民族性；他們所以形成帝國主義，不過是他們民族中的少數野心家的暴行，整個的民族性，何嘗天生便是這樣罪惡的呢？所以民族主義文藝，既不限於哪一個民族，也不限於哪一個階級的國家，因為它的目的是在喚醒各民族對於民族意義的真認識，以消弭人類間互相仇視的心理，這就是它的偉大性！這就是它的革命性！

　　至於國家主義的文藝，它所貢獻於人類的，恰與這種精神相反！因為這種文藝，根本在作者方面，思想便是背謬的，心理便是偏狹的，他們只是在歌頌著統治階級對於本國民眾的陰謀，讚美著統治階級對於弱小民族的殘暴，雖然有時他們也在諷刺著，譏訕著，甚至於痛罵著他們的統治者，那不過因為統治者的陰謀和殘暴，在他們的理想中，還認為不滿足罷了。他們發揮著文藝的力量，侵蝕了本國民眾的「人類互愛」的心靈，日益沉迷於富國強兵，爭權奪霸，開拓領土，攫取商場等等野蠻性的美夢裏；英國無落日，日本執東亞牛耳，撒克遜與大和兩個民族引以為榮；其實，這種驕橫的心理，並不是這兩種民族的本能的惡根性，不過受了統治階級的欺騙和這一類文人們的惡感，所以才發生這種人造式的後天的變化！甚至到了現在，還在「恭祝吾皇萬歲」，擁戴著贅瘤式的君王而不自覺呢！這種文藝的思潮，若是沖進了弱小民族的社會裏去，那就更危險了！他們所身受的帝國主義的壓迫，還沒有解除，倒因為受了這種文藝的影響，而鼓動起狹義的愛國情緒，丟棄了切身的需要，應有的努力，卻去憧憬著過去德意志的陸軍、現在英吉利的海軍，對於壓迫他們的帝國主義者，要作循環式的報復，對於其他的弱小民族，要將身受過的痛苦作遞擅式的轉施，這種目的完成之日，便是世界上的掠奪者增加之時！掠奪者逐漸增多，世界的和平，便永遠不能實現；人類的真幸福便永遠無從降臨！所以在弱小民族的國度裏，尤其要格外防止國家主義文藝意識的發生和樹立！

　　簡單的結論是：民族主義文藝的影響能燃起人類「互愛」的熱情；國家主義文藝的影響卻蠱動人類「互殺」的野心。（以上第6—11頁）

結論：

　　至此，要單獨提倡民族主義文藝的道理已經說盡。

　　不錯，中國目前沒法解決的問題實在太多了。文藝既有相當的力量，使民眾對於各種的沉醉覺醒，那就不應斤斤於民族解放

問題的一項，這句話，雖然很有理由，但是我們應當明白，不論
是政治的，經濟的，物質的，文化的，以及一切什麼什麼的問題，
在帝國主義的壓迫不曾解除，酣睡著的民族意識不曾覺醒之前，
有沒有可以先行解決的可能？這不待智者，也知道帝國主義的勢
力，是一切建設問題的第一個障礙！現在中國民族的生命，各帝
國主義者，早晨妥協了利益均沾的條件，晚上東亞這塊秋海棠式
的版圖上，便可以換上各種的色彩！文藝應當是大眾的，我們文
藝的大眾，便是整個民族；文藝應當合乎時代，目前的中國民族，
正是危急存亡的時候；文藝應當適應大眾環境的需要，我們被壓
迫的民族，正屈服在帝國主義的鐵蹄下呻吟著！所以現代的文藝
作家，應當有充實的民族意識，應當運用他的文藝天才，寫出以
民族運動為背景的作品，供獻給於人類；更應當共同努力於合乎
現時代一切條件的革命文藝的中心意識的樹立，以掃清文壇上一
切腐化惡化勢力的騷亂，這才是當前唯一的急務。而根據上面種
種的理由，我們便瞭解了在這一個時代裏，在這一種環境中，文藝界
應具的中心意識是什麼：便是以本國民族的地位為立場，全世界各民
族應有的共同覺醒為目標的民族主義文藝！（以上第12─13頁）

自覺地站在民族主義文藝「幫同」地位的開展社，對三民主義文藝
還要不客氣一些。

《開展》月刊編者曹劍萍乾脆說三民主義文藝在文藝上是不能成立
的，它只能是民族主義文藝的內容之一！

他說：「近來，文藝上發生了三民主義與民族主義的文藝論戰。敬查
三民主義文藝的口號，兩年前即已耳聞，並且目睹，係『中國自製』，更
非『固有之粹』之處，與民族主義文藝，實出一轍，而旗幟之鮮明及堂
皇，更非民族主義文藝所可並肩而語，自然，容易被人淡焉而置之的情
狀，也常比民族主義文藝為烈了。

「據我個人的感想，──不敢說是意思──三民主義文藝在文藝上不
能單獨成為一個理論，只能是民族主義文藝的內容的一大部分，我們要

在文藝上表現三民主義——民族（國際上的自由平等）民權（政治上的自由平等）民生（經濟上的自由平等），是為了什麼？是為了我們的民族，也就是民族主義文藝理論之精義之一——『為了民族的』。民族主義文藝理論的精義有三，便是屬於民族的，為了民族的，產生於民族的。因為是『屬於民族的』，我們在文藝裏要寫出民族性民族意識和民族精神；因為是『為了民族的』，我們在文藝裏要表現救國的三民主義；因為是『產生於民族的』，我們文藝的情趣要是民族的情趣。

「在兩年前所提出的三民主義的文藝口號，應該是國民黨施之於文藝的文藝政策，到了今天，便應該是民族主義文藝的內容之一。假如定有人要另外分立出來，文藝上自不許有『狄克推多』的，當然悉聽尊便。其如不忌諱的說起來，這一面旗幟，實在比民族主義文藝的旗幟鮮明而且堂皇得多多，越鮮明，越堂皇，越會被人淡焉而置之的了。」[97]

接著，《開展》又揭露三民主義文藝之徒躲在什麼地方「搖大旗」，對民族主義文藝「放冷箭」。

這篇雜文說：「當我們民族主義文藝運動殺開了血路而剛才成功些局面的時候，有幾位忠實同志，不知為甚便出來搖大旗，提倡所謂三民主義文藝；提倡則提倡可焉，何況三民主義根本就是我們日夜信仰誓死服從的，假使這面大旗真能搖成功一些局面，在我們，自然又是多了一支生力軍的援助。

「無奈忠實同志在搖大旗吶喊三民主義文藝之餘，偏要張弓拉弦，對著我們的身後過意放射冷箭，說什麼民族主義文藝是『一民主義』底啊，不要民權民生底啊，似乎非要殺盡天下長人然後顯出自己的不矮，而自以為在此刻文藝運動的正宗，絕對的非三民主義文藝莫屬。」「即使三民主義文藝受了封誥而真的變成正宗，則民族主義文藝就算歪，又有何妨？」

這篇雜文解釋說，其實，民族主義是三民主義的起點。這符合孫中山先生的觀點：「世界各國，都是先由民族主義進到民權主義，再由民權

---

[97] 見 1930 年 11 月 15 日《開展》月刊第 4 號。

主義進到民生主義。」三民主義是一個整體，它是逐漸進化的，不是同時並舉的。再就歷史發展說，也是辛亥革命先推翻滿清帝制，求得民族獨立，然後才有民權與民生。「進一層說：我們是明白欲求民權民生的解決，必須先從民族做起而來提倡民族主義文藝。這樣，民族主義文藝運動即使被誣為『一民主義』的，然而在實質上又何嘗不要民權不要民生？」況且文藝是民族的，提倡民族主義文藝運動，也許比任何其他提法都要妥當些。

總之，在民族民族主義文藝之外再提三民主義文藝，而且還躲在暗處搖大旗，放冷箭，這只能說是不理性的惡意，顯得無聊。[98]

1930 年 11 月，又有張季平與虛白之辯。

先是虛白針對一篇「想出出風頭」的通訊，發表〈民族主義文藝運動的檢討〉，左一個說「我認為疵累百出」，右一個說「有糾正的必要」。據張季平的概括，虛白的全文可分 4 點來說明：第一是文學與時代，其次是中心意識，複次是所屬時代，最後是文學與工具。張季平隨之以〈檢討「民族主義文藝運動的檢討」〉[99]逐一加以辯駁。

自由主義文藝派的評論：阿狗文藝

胡秋原稱自己是自由知識份子，在文藝上既不同意左派的馬克思主義，也反對右派的法西斯主義，而是奉行自由主義。他的〈阿狗文藝論——民族主義理論之謬誤〉[100]，正如副題所示，就是批駁民族主義文藝運動的理論的。前言說：「《文化評論》編者，徵文於余，並示《前鋒》1 期之民族文藝運動宣言，囑為文批評其理論；余閱之不覺失笑。民族理論

---

[98] 予展〈搖大旗，放冷箭〉(《開展線下》專欄之十三)，載 1930 年 12 月 25 日《開展》月刊第 5 號，第 151－156 頁。

[99] 載 1930 年 11 月 23 日《前鋒週報》第 23 期。

[100] 載 1931 年 12 月 25 日上海《文化評論》創刊號。

之不通，曩曾於文藝史之方法論中略述之，此種理論之存在，實中國文藝界之污點。故稍指出其謬誤不經之處，他日有暇，當更評論之。」

正文第一題「藝術非至下」。文曰：

藝術的悲哀。

現在是 Mammon 壓殺 Apollo，強姦 Muse 的時代。無怪乎美國的辛克萊老人太息「Money Writes」了。

急進的資產階級藝術家，不忍文藝為庸俗市民所玷污，提出了「藝術至上」，「為藝術而藝術」的口號。這自然是一個幻想，因為這「純藝術」的傾向，實際上起於藝術家與其環境之不調和，所以由憎惡現實而回避現實，自閉於藝術之宮中。然而在這意義上，無論戈恬（Gautier），無論普希金，無論王爾德，是很少反動氣味的。但是隨資產階級社會之破綻日益暴露，他們自己又要求藝術為改造社會的工具之一了，因此不願束藝術於高閣，而提出「為人生而藝術」的要求。於是小仲馬以「為藝術而藝術」的口號為無意義，杜堪（Ducamp）攻訐「沒有腦筋的美貌」。自是以後，在各國，人生派與藝術派作了無數的紛爭。

在頭腦簡單的人看來，自然人生派是正確而且勝利了。然而唯物史觀者樸列汗諾夫開始指出這兩種傾向之社會根源，不能簡單以誰對誰不對來解決的。例如，功利派藝術論者有革命的萊辛（Lessing），有生氣潑剌的釋勒（Schiler），有社會主義者車爾尼綏夫斯基（Chernyschevsky），有保皇黨雨果，有反動的資產者小仲馬，有尼古拉的警備司令；反之，藝術至上論者有普希金，佛羅貝爾，戈恬和在俄國革命史上曾佔重要地位的象徵派。這些人們，各以各種不同的動機，贊成或反對純藝術論。

其實，這些論爭是徒勞的。因為藝術只有一個目的，那就是生活之表現，認識與批評。偉大的藝術，盡了表現批評之能事，那就為了藝術，同時也為了人生。

在資本主義社會末期——帝國主義時代，有兩種傾向又取新的形式而展開了。例如，象徵派頹廢派的魏爾侖（Verlaine），在其獨特的詩句中，寄其空靈之夢；同時社會主義者則以文藝作社會主義之宣傳，而吉普林以詩歌頌大英主義，意大利未來派又成了法西斯蒂的御用詩人。

在資產階級頹廢，階級鬥爭尖銳的時代，急進的社會主義者與極端反動主義者都要求功利的藝術。這只要看蘇聯的無產者文學與意大利棒喝主義文學就可以明白了。法西斯蒂是資本主義末期的必然產物，他們眼見自己社會之頹敗，同時看見新興勢力的怒長，於是非以極端的國家主義，以十二分的氣力，「振作起來」，集中國家力量，整頓自己本身，強壓新生勢力，不足以圖存。這就是棒喝主義發生之背景。

在這裏，也就是中國今日民族文藝產生的原因。這自然不是中國的「國粹」，在意大利不待說了；在法國，也有 Barres 以後的傳統主義民族主義文學。在日本，也有那謳歌日本天皇和國家的日本民族主義文藝；此外，在英國，在波蘭，都不希罕這一類的東西。

這新的法西斯主義文學，是比所謂頹廢派下流萬倍的東西。如樸列汗諾夫說的，「某一階級借剝削他階級而生活，在社會上獲得完全支配之時，所謂前進者，就是墮落的意思。」因為這是寄生者最兇殘之本相。

藝術者，是思想感情之形象的表現，而藝術之價值，則視其所含蓄的思想感情之高下而定。所以，偉大的藝術，都具有偉大的情思。而偉大藝術家，常是被壓迫者，苦難者的朋友。自然，這並不是說藝術家都不是統治階級的代言人，然而，他（如果夠得上說是一個藝術家）即令表現上層階級之思想與意識，常是無意識的，如果有意識為特權階級辯護，那藝術沒有不失敗的。傳道書云：「壓迫他人，賢者也變成愚者。」安得列夫說文學之最高目的，即在消滅人類間一切的階級隔閡。所以，只有人類主義的文學，沒有狗道主義之文學。富人不能進天國，畜牲也難進藝術之宮。

法西斯蒂的文學（？），是特權者文化上的「前鋒」，是最醜陋的警犬，他巡邏思想上的異端，摧殘思想的自由，阻礙文藝之自由的創造。然而，摩罕默德主義是與文化之發展絕不相容的。中國自漢以來的儒教一尊主義，歐洲中世之絕對教權主義，結果造成文化之停滯與黑暗。文學與藝術，至死也是自由的，民主的。因此，所謂民族文藝，是應該使一切愛護文藝的人賤視的。

藝術雖然不是「至上」，然而決不是「至下」的東西。將藝術墮落到一種政治的留聲機，那是藝術的叛徒。藝術家雖然不是神聖，然而也決不是叭兒狗。以不三不四的理論，來強姦文學，是對於藝術尊嚴不可恕的冒瀆。

中國文藝界上一個最可恥的現象，就是所謂「民族文藝運動」。中國法西斯蒂文學之最初萌芽，是醒獅派的國家主義文學；然而這獅牌文學太可笑了，結果除了幾篇打油小說以外，只在愚公之愚劣的「書生報國無他道，手把毛錐作寶刀」，「慕沙里尼是吾師，克里孟梭更不疑」之愚詩中，貽臭於文壇。自然，這只是反映中國當時法西斯主義基礎之薄弱。

到了去年，隨著中國「內亂」之尖銳，獨裁統治之強化，盲動主義之急進與敗北，所謂普羅文學之盛極而衰，在感覺最銳敏的文藝領域中，開始見法西斯主義之萌芽。為這萌芽之具體表現者，即所謂「民族文藝運動」。無論這運動者的動機是如何惡劣，但在這惡劣的背後，有國際及中國經濟政治之潛因，是不可忽略的。

關於民族文藝家憑藉暴君之餘焰，所作的一切不正與不潔的事實，殘虐文化與藝術之自由發展，無須乎多說了。而他們所標榜的理論與得意的作品，實際是最陳腐可笑的造謠與極其低能的囈語。毫無學理之價值，毫無藝術之價值。文藝之理論與創作墮落到如此，只有令人詫異了。這些東西本來是不值稍有識者之一笑的，然而愛護藝術之我們，為了真理的重光，為了藝術家之人格，為了藝術之尊嚴，對於這樣僭妄之舉，於深致歎息之餘，如何能默爾而息呢？

正文第二題「中心意識之謬誤」。文曰：

民族文藝派之唯一理論經典，即所謂〈民族主義文藝運動宣言〉。據說，這三四千字的宣言，是頗經過一番苦思深慮，而且經過某大衙門掌櫃之批准的。來歷既如此不凡，應該字字珠璣了。然而所可惜者，竟完全出人「意表之外」！

宣言第一節，即慨歎中國文藝界封建意識與階級意識之橫行，而認為「新文藝之危機」即在「整個文藝運動中缺乏中心意識」。而唯一方法，即「在努力於新文藝進程中底中心意識底形成」。且不說這些文句是否亨

通，我就不明白為什麼要什麼「中心意識」？文化與藝術之發展，全靠各種意識互相競爭，才有萬花撩亂之趣。中國與歐洲文化，發達於自由表現的先秦及希臘時代，而僵化於中心意識形成之時。用一種中心意識，獨裁文壇，結果，只有奴才奉命執筆而已。那是什麼藝術？各種意識之競爭批評，正是光明而不是危機；而要用什麼民族意識來包辦，才真是危機，不，簡直是畜牲道而已。

正文第三題「文藝之起源與民族意識無關」。文曰：

那宣言的大手筆，在第二節捏造事實，說「藝術作品在原始狀態是從民族的立場所形成的生活意識裏產生的」，於是，「金字塔人面獸所顯示的是埃及民族意識」，「希臘民族勇猛活潑的感情，有物質享樂的要求，有現世思想，有愛好運動的情趣，所以希臘藝術上所表現的正是希臘民族精神；維納斯像正足以反映希臘民族象徵人生的宗教觀念；鐵餅投手明顯希臘人愛好運動的精神」。

這簡直是 Nonsense ！民族文藝家諸君之沒有時間觀念，歷史知識，竟一至如此！埃及民族並不是生下來就有那天生意識，決定他們去建築金字塔與人面獸的。在埃及歷史之初期，他們並沒有那些東西，直到埃及帝國成立時代才產生的。當時經濟政治文化之發達，奴隸經濟之發達，使為當時君主永生欲望之化身的金字塔成為可能；而尤其不可忘記者，是當時機械之進步。然而，這巨大的，唯量的，垂直主義的藝術特徵，這永生信仰觀念，並不是埃及民族專利的意識，一切古代東方民族，如巴比侖，加爾提（Caldea），以及米坎納──克萊特（Mycanae-Crete）諸地之藝術，都與埃及藝術具同樣的作風。巴比侖 Naramsin 王之紀念碑，亞述王 Assur-Nazirpal 之巨像，都是如此。此外，印度偉大的佛像與伽藍，也是這類似社會的藝術產物。難道埃及的民族與印度民族是一個民族麼？不然，何以他們的「民族意識」一樣呢？反之，到了埃及分裂時代，尤其到了新帝國時代，埃及藝術在宏大之外，又添上了華麗的色彩，為什麼同一埃及民族而他們的意識又變了呢？而且，就在今日，埃及在鬧獨立運動了，不能說他沒有民族意識，為什麼他們的「民族意識」不能使他們再建築幾座金字塔呢？嗚呼，真正豈有此理。

　　至於說維納斯像「反映希臘人生的宗教觀念」，真令人莫知所云。希臘的封建時代，只有那「勝利女神」，在希臘古典時代，市民文化時代，才有密洛島之女神之出現，在希臘之晚期，Melos 之維納斯又為 Medici 之維納斯所代替了。在中世紀，這女神被視為魔女，一直到文藝復興期，這雕像又成為一時女性之理想的丰姿；意大利民族，一般地來模仿希臘民族的藝術。這如何來說明呢？意大利民族及其意識和希臘民族及其意識相同麼？無論答案是肯定還是否定，民族意識之謬論，實都無存在之餘地了。在我們看來，這相同，只能以意大利社會經濟條件走到了和希臘的相同階段來解釋。即那美麗的女神，是表現並適合商業資本時代，有產者組織確立時代之美的觀念的。至於鐵餅投手是顯示希臘人愛好運動的精神，更是無聊的不通。希臘藝術上表現運動，只是古典期以後的事。最古的阿婆羅像，是靜止不動的。佛理采說：「古代希臘藝術，沒有在運動中的世界概念，同樣，在立腳於自然經濟上的西歐封建時代之雕刻及繪圖上，也是在靜止狀態上，表現神人，聖者及人類之姿態。而運動，是隨希臘資本主義，商業及都市生活狀態之發達，才成為藝術之問題的，同樣，歐洲藝術上從靜止推移到運動，是在意大利貨幣經濟與商業改造人類之心理與生活同時顯然開始發達的時代，村落主生活狀態讓位於都會生活的時代。」（參看拙譯《藝術社會學》）。古典時代之希臘民族，文藝復興期之意大利民族，19世紀末及20世紀初之歐洲民族（從印象主義到未來主義，莫不描寫動的題材），都描寫運動；而封建的埃及，封建的希臘，及中世的歐洲，藝術中都沒有運動的影子。所以，如佛理采說的，「運動只是在市民社會才是可能的」，所以，愛好運動並非希臘特有的民族性，而希臘民族性並非從來愛好運動的。至於，如果再問何以希臘民族就愛好運動呢？民族藝術論者的吠聲也要吠不出來罷。

　　理論家們接著又說：「文學的原始狀態，必基於民族的一般意識。這我們在希臘的《伊里亞特》和《奧德賽》，日爾曼的《尼貝龍根》，英吉利的《皮華爾夫》，法蘭西的《羅蘭歌》，及我國之《詩經・國風》上，很可以明瞭的」。屁哉！言乎！同一日爾曼民族，為什麼從《尼貝龍根》變成《少年維特之煩惱》，又一變為《日出之前》呢？同一中國民族，為

什麼由國風而楚騷，而漢賦，而魏晉六朝之詩，而宋詩，而元曲，而明清之詩，而近代的白話詩呢？

因此，什麼「文藝之起源——也就是文藝的最高使命，就是民族意識」，實在是無聊的胡扯了。至於金字塔，維納斯，伊里亞特，國風等，也並非最初的文學。可憐民族文藝派連文藝起源幾個字都不懂，還高談理論，可笑也，亦可憐也！

正文第四題為「牛頭不對馬嘴」。文曰：

那宣言之第三段又說什麼民族文藝之發展第一需要政治上的民族主義，第二要造成政治上的民族主義。

將文藝與政治混為一物，已經表示他們沒有談文藝的資格。那意思無非是說：民族文藝是民族主義的兒子，民族文藝又要生民族主義的孫子；也就是說，文藝是政治的走狗，文藝又是政治的忠臣。嗚呼，這是阿狗文藝的肺腑！

然而，他們要為這理論辯護，不惜歪曲事實，作牛頭不對馬嘴之宣傳了。

第一，說立體主義，野獸運動，純粹主義種種藝術流派，中心意識只有一個——法西斯民族意識。其實，立體派與野獸派只是頹廢期的有產者藝術家因無內容結果趨於盲目的個性主義之表現，其所以盛於法國者，不過因為法國社會狀態最先顯示資本主義頹廢之故。純粹主義不過是末期資本主義文化之反社會主義表現之一。其實，立體派開山祖，野獸派要人皮加梭（Piccasso），是西班牙人而不是法國人；野獸派群中之Vlamnik，Dongen，都是荷蘭人而不是法國人。為什麼西班牙民族荷蘭民族有「法蘭西的民族意識」呢？民族文藝理論家（？）將還放什麼屁呢？嘻嘻！法國文學之加特力的傾向，固然是事實，然而除了純粹主義以外，還在更重要的超現實主義（Surrealisme）和社會主義傾向，民族派的理論家們就沒有看見。在同一法蘭西民族，有 Morrous，Barresourget，Bordeaux的一個系統的意識，同時還有 Zola，Jaures，France，Rolland，Barbusse的一個系統的意識；有 Valery，Cocteau、Claudel 的意識，又有 Aragonbreton等的意識；又如，同一中國民族，有民族文藝家們的意識（？），同時也還有大多數不吃狗糞的人的意識！

其次，說「表現主義是日爾曼的民族精神及民族意識的表露，意大利的民族藝術集中於未來主義，俄羅斯的民族藝術集中於原始主義」，更是第三個不通。如果稍為研究了一點藝術史，何至於說這樣的昏話呢？我不禁對我們的理論家動憐憫之情了。表現主義發生於戰敗的德國，表現小資產階級的叛逆精神，反對客觀，高唱是自我；然而隨社會鬥爭之激化，空虛的叛逆僅流於空虛，於是恰恰相反的新客觀主義（Neue-Sachlichkeit）又繼之而起。為什麼同一日爾曼民族的意識，今日就與明日不同呢？不是民族意識發了瘋，就是民族意識碰著鬼了！至於未來主義根本是資本主義末稍的狂放的知識份子之熱病的產物，所以在民族不同的俄國和意大利，都成了未來派的發祥之地。民族藝術家只記得意大利的法西斯蒂的忠犬，只記得意大利的外國伯父，而忘記俄國也有赤化的未來派。此外說俄國民族藝術集中於原始主義，稍知新俄藝術ABC者，也知道民族派真是在白晝見鬼了。

最後，他們說「巨哥斯拉夫民族藝術的確立，就直接影響巨哥斯拉夫民族的出現」。我除了驚歎世上無奇不有以外，實在無話可說了。所以，不僅哥德錯了，聖約翰也錯了。應該說是「太初有民族文藝」。並且還應該加添兩句：「然後有人類，然後有國家」。那麼，不待言，民族文藝諸公就是耶和華了。呵呵！

正文第五題為「所謂民族及民族主義」。文曰：

那宣言第四節除了背誦前面的謬論以外，就是說藝術是 of，for，而且 by 民族的。民族是什麼東西呢？「一種人種集團」。

所謂民族，也只是一個歷史的現象，由氏族，種族進化，嚴格說起來，只是在商業資本主義初期才確實形成的。然而這也決不是永久神聖的東西，資本主義完全崩潰以後，民族界線亦必漸漸消滅。民族文藝家說民族「決定於文化歷史體質心理之共同點」，完全是笑話。中國和日本兩個民族，文化歷史體質心理能夠說是絕對不同麼？英美根本就是一個種族，為什麼又積不相能呢？其實，民族之形成，只是因為經濟之共同性；而在階級的社會，民族和國家，又嘗嘗成為統治者的護符。

　　民族藝術家們之理論（？），不過是剽竊泰納之種族理論，而且剽竊得不大高明。其實，泰納之種族論，自 Metchnikoff　Grosse 以來，已被人攻擊得不能站住了：第一，種族論不能說明一種族藝術家之相異及不同種族藝術家之相同；第二，事實上已無純粹之民族，即以漢族來講，已不知經過多少次之混合了；第三，實際上，民族只是一個地理上政治上的名稱，一種抽象的存在，在今日，民族與國家成了一個東西，實際上只是統治階級所統治的地域與人民之名稱。

　　所謂民族主義，就是國家主義，在英文上都是 Nationalism，而實際上也是同一的，雖然在性質上有程度之差。民族主義是統治階級的一個護符；然而，民族主義──國家主義，在某一階段下，在某一情形下，是革命的，如 18 世紀以前法國革命時期資產階級國家形成時代，以及 19 世紀法國對普魯士的侵略時代。但在帝國主義時代，民族的口號逐漸失去其進步的意義了，帝國主義國家利用民族口號做侵略主義的護符，壓迫本國革命運動的護符，現代的民族主義只有在殖民地半殖民地之徹底的反帝國主義運動上，才有進步的意義。然而若是一個單純民族主義運動，離開其真實的同盟者，不僅不能達到目的，而結果必形成民族主義的反面。結果，只是資產階級之改良的，虛偽的民族主義。民族文藝派說「民族主義的目的，不僅消極的謀那一群人種的生存，並積極地發揮那一群人的力量和增長那一群人的光輝。」所謂「那一群人」者，實際上只是那一群中的少數（主人與忠犬）而已。要維持那一群人的「生存」，並且「發揮力量」，「增長光輝」，那只有拼命壓迫那一群人中的一大部分；並且，更進一步，如民族派兩大作家萬某黃某所做夢想的，殺入俄國，在那裏大作一番奸擄燒殺而已。

　　正文第六題是「理論之墮落」。文曰：

　　所謂理論，不通到如此程度，墮落到這樣程度，我實在不能不愛惜一點精神，對於那宣言末節所鼓吹的「我們現在所負的，正是建立我們的民族主義文學與藝術重要偉大使命」之可噁的吹打，下什麼批評了。

　　民族文藝派的理論，是一種唯心論，不，一種最簡單，最幼稚，最拙劣的唯心論。他們以民族意識說明文藝，而以文化歷史體質心理說明

民族。然而所謂文化歷史體質心理之共同點的總和，又無非就是民族意識了。所以他們的理論公式就是這麼一個東西：

民族意識──民族──民族意識──民族主義──民族文藝。

然而，這不過是招牌與江湖之說唱而已。那實際的事實不過是如此：

洋錢──槍桿──民族文藝理論──民族文藝運動。

反對這個公式的人也許笑我是應用「經濟」史觀；自然，這是和唯物史觀毫不相干的，但是，對於人類以下的存在，是必須用這種最狹義的「經濟史觀」的。例如，狗子本來不能賽跑，然而飼以牛肉，十天教訓，他也竟可以和賽馬一樣，鬧得萬人空巷的了。那麼

牛肉──狗子主義──狗子賽跑

又有誰說這「牛肉史觀」不對呢？

傅東華在一篇總結 1927－1937 年的文學的文章中，對民族主義文藝也有他的看法。文章第三節的小標題是「民族主義文藝的理論」。他說：

「革命文學或普羅文學發展到民十九初頭左聯成立的時候，勢力已經非常之膨脹。據日本人增田涉的觀察，當時『除了胡適等人的新月一派外，文壇之諸勢力殆已糾合統一在這裏了』。（見中央公論社《世界文藝大辭典・支那文學史》部分）這話雖未必完全正確，但這一派文學在當時氣勢十分猖獗，乃是實情。因此，在左聯成立以後不久，（即民十九六月間）就有高喊民族主義文藝的《前鋒週報》及以後的《前鋒月刊》（同年雙十節創刊）相繼出來，企圖和左聯對抗。《前鋒週報》的宗旨似乎要從理論上去征服左翼文學，所以每期都有一篇論文，如詩歌、戲劇、批評各門，都給戴上一個民族主義的帽子而加一番說明。那裏面的文章顯然都取戰鬥的姿態，所以除論文之外每期都有三四篇『談鋒』，大都是對於左翼中人的人身攻擊。又如第二期中朱大心的〈劃清了陣線〉一詩，那就簡直是衝鋒的口號了：

劃清了陣線，
我們起來作戰！
為民族而奮鬥，

看旗幟的招展。
起來！
馬克思列寧的養子們！
起來！
賣身投靠的養子們！
我們在今天
刀對刀，劍對劍。

「然而據我的記憶所及，當時的左翼中人不但不曾『刀對刀，劍對劍』的和他們對打起來，並且彷彿連招架也不曾招架一下。這是因為當時左翼中人的策略是對於不投降的已成勢力進攻，肯投降的已成勢力招撫或擁戴，至於那一批高呼民族主義的攻擊家，大多是不見經傳的，所以左翼完全不把他們放在眼裏。而事實上，這番民族主義文藝的吶喊，也確實不曾發生絲毫的效果。這其中的原因，除開那些吶喊都是不見經傳的人物一層外，據筆者的分析，大概還有下列的幾個：

「一、民族主義文藝的客觀環境還沒有成熟──近來葛友蘭說過，若是要人民愛國，必須先使人民切實知道國有可愛的地方。這話當然同樣可以適用於民族。現在回想民十九當時的情勢，一般青年觸目驚心的只是接連而來的給與我們民族的刺激，還不曾服過一滴像後來綏遠抗敵那樣的興奮劑，因而他們未嘗不想愛民族，而朦朧之中總覺得民族並無可愛的地方。在這樣一片生硬的土地上，要想單憑幾句標語口號而播下民族主義的種子，當然是近乎不可能的。

「二、戰鬥的形勢不利──中國讀書人的傳統觀念裏面，本來就包含著『清高』和『氣節』的成分，所謂『不事王侯，高尚其志』，在封建時代便已成為『士』一階級的信條，及經五四以來反封建思想的輸入，在朝和在野間的鴻溝就劃得更加清楚。當時一班提倡民族主義文藝運動的人，人家總疑心他們是有政府的背景，因而他們的話無論說得怎樣天花亂墜，在效果上至少也要打上一個大大的折扣。

「三、本身就不很健全──文藝上的無論那一種運動，單掛招牌當然不能成功，總須有實在的貨色做後盾。那一次的民族主義文藝運動的一

個特色，無可諱言的，是單有理論而沒有作品，而況那樣的理論也老實不大高明，因而拿它比起郭沫若、成仿吾等人的革命文學理論來，實只是方向不同，浪漫的氣分同樣的十足。大約那些文章的執筆者，本身就曾深受過創造社一派作家的影響。例如《前鋒週報》第一期澤明的〈中國文藝的沒落〉一文中論到「民族主義文藝的特質」一段：

> 是一個太陽，血紅的，熱烈的，光明的，突然間從東山升起，沖散了污濁的雲霧，萬丈的火焰，照耀著四方；燦爛的彩雲，佈滿了天空；黑暗的影，逃避無蹤；死的陰晦，銷聲匿跡；一切生物昂然而起，飛的飛，叫的叫，跳的跳，含苞的放花，睡眠的蘇醒，一切生物，起來，躍然地起來，充滿著生命，盈蕩著活氣，像長江的奔流，一直地向著前進，驚懼，沒有的，艱難，克服它，奔流過去，要到海，要到偉大的海。這便是民族主義文藝的特質之一。民族主義文藝是有力的，有希望的，是有光明的，是有意志的，是有精神的，要喚起民族的意識，要激起民族的生氣，團結起來，一致為民族而爭鬥。在這太陽似的民族主義文藝之前，從來萎靡不振，淫亂頹廢，忸忸怩怩，沒有目的，只知做奴隸的文藝都要被摧毀，都要被消除！

「像這樣的文字，我不知別人讀了以後的感想怎樣，在我，我讀了以後是立刻聯想起基督教聖經的《新約‧默示錄》來了。誰都知道《默示錄》是一種符咒式的文學，所以像這樣的民族主義文藝的理論也該算是一種符咒式的理論。當時像左聯那樣一個有背景，有組織，有人材，有策略的集團，而希圖拿這樣的符咒去咒倒它，至少要算是一種太奢的奢望。

「同年（即民十九）八月中，南京的《文藝月刊》創刊了。它雖然並沒有明白打起民族主義的旗號，但是它的徵稿簡章中也有『發揚民族精神』一語，所以我們也不妨歸入本節來敘述。從姿態上看，如果《前鋒週報》算是一個不顧一切的戰鬥員，那末《文藝月刊》就該算是一個溫文儒雅的紳士。這兩種刊物的主旨都是反左翼，但《前鋒》是『罵』而《文藝》是『勸』。我們讀它創刊號裏用全社同人名義發表的〈達賴滿

（DYNAMO）的聲音〉一文，便可見他們是企圖把文藝從政治的或階級的奴役地位贖身出來。他們對於左翼文學在當時橫暴的狀況有這麼一段描寫：（按：引文從略）他們責備左翼作家的話裏，有一段比較懇切，到七八年後的現在看起來，意義愈覺深長了：（按：引文從略）但說左翼作家聽了這番勸告就會馬上向右轉，天底下決然不會有這樣的奇跡。於是他們終於也遭到了冷寞。在讀眾方面，則因他們自己並沒有基本的作者隊伍，全靠外邊的雜色軍隊來捧場（例如沈從文、陳夢家是新月派，巴金、李青崖、魯彥都是《小說月報》的老朋友），所以也不容易開拓地盤。」[101]

這時候的傅東華是大型月刊《文學》的編輯，而《文學》的前身是《小說月報》。傅東華與各方面都有關係，他用「氣勢十分猖獗」來說左翼文學，可見他對左翼文學是有看法的。他冷靜評說民族主義文學，很有說服力。說它的理論如「符咒」，說它在創作上沒有貨色，都極為準確。「他們自己並沒有基本的作者隊伍」，則是對民族主義文藝和三民主義文藝的共同概括。

左翼文壇的評論：屠夫文學

民族主義文藝運動於 1930 年 6 月 1 日發表宣言，先後創辦《前鋒週報》、《前鋒月刊》、《現代文學評論》、《開展月刊》、《矛盾月刊》等。執政的國民黨牌的文學運動的出臺，左翼文學即遭到摧殘和鎮壓：至 1930年 6 月，左聯的刊物《萌芽月刊》、《拓荒者》、《大眾文藝》等先後被查禁，事實上，左聯從此即基本上沒有了自己的機關刊物；1931 年 1 月 17 日左聯的 5 位作家李偉森、柔石、胡也頻、馮鏗、殷夫被捕，2 月 7 日被秘密殺害。至此，短期內左聯的活動陷入低潮。4 月 25 日左聯秘密發行機關刊物《前哨》（從第 2 期起改名《文學導報》）。9 月 20 日，在「九一八」事變之後的第三天，左聯創刊《北斗》雜誌，標誌著左聯又公開活動了。

---

[101] 傅東華〈十年來的中國文藝〉，見《十年來的中國》，上海商務印書館 1937 年 7月出版。

　　民族主義文藝運動一出爐，左聯就注意到了它的非文學性。1930 年
8 月 4 日左聯執行委員會通過的文件〈無產階級文學運動新的情勢及我們
的任務〉[102]就揭露說：「目前反動統治階級在文化上向革命營壘的進攻一
天一天的加緊，書店的查封，刊物的禁止，郵政的封鎖，戲劇公演的壓
迫，文化的摧殘比之君主專制時代，北洋軍閥時代來得更凶，然而這還
是下策，特別是教育機關的壟斷，對革命學生的進攻，向廣大學生群眾
之欺騙，更有積極性更是組織化（如全國運動大會及童子軍的檢閱以
至民族主義文學的結合），所以進攻方式來得更加巧妙。」又說，「中
國無產階級文學運動已經衝破了末期資本主義文學的個人主義浪漫主
義藝術至上主義的影響，明確的指出無產階級文學的必然性。現在不
管新月派怎樣板起臉孔來說文學的尊嚴，也不管民族主義文學派怎樣
在叫囂，也不管取消派怎樣在開始取消中國無產階級文學運動，然而，
他們在蓬勃的革命鬥爭事實之前，只暴露自己的反動的真相，……」
再說，「只有取消派和文學上的法西斯蒂組織民族主義文學派的小嘍囉
才不能夠從中國無產階級文學運動之歷史的發展來注解『左聯』產生
的意義。」

　　左聯的 5 位作家遭到國民黨當局暗殺後，左聯在〈中國左翼作家聯
盟為國民黨屠殺大批革命作家宣言〉[103]中揭露：「國民黨在虐殺我們的革
命作家以前，已經給我們革命文化運動以最高度的壓迫了；禁止書報，
通緝作家，封閉書店；一面收買流氓，偵探，墮落文人組織其民族主義
和三民主義文學運動，以為如此就可以使左翼文化運動消滅了，然而無
效。於是就虐殺了我們的作家；然而這也是無效的。」左聯同時指出：
國民黨「不能不用極刑對付我們的作家」，實在證明「中國統治階級之觀
念的欺騙（孫文主義，民族主義文學等）已經完全無用，所以他們只有
法西斯蒂的壓迫的一條路」。[104]

---

[102] 載 1930 年 8 月 15 日《文化鬥爭》第 1 卷第 1 期。

[103] 載 1931 年 4 月 25 日《前哨》第 1 卷第 1 期。

[104] 見〈為國民黨屠殺同志致各國革命文學和文化團體及一切為人類進步而工作的
著作家思想家書〉，載《前哨》創刊號。

　　左聯於 1931 年 4 月 28 日、5 月 2 日作出決定：開除葉靈鳳、周全平出聯盟，並在《前哨》雜誌上公佈。理由是他們或者「竟已屈服於反動勢力，向國民黨寫『悔過書』，並且實際的為國民黨民族主義文藝運動奔跑，道地的做走狗」，或者因為立場動搖，「參加反動民族主義文藝運動」。[105]

　　左聯秘書處於 1931 年 9 月 1 日發表啟事，揭露民族主義文藝之徒假冒左聯名義，破壞左聯聲譽、挑撥左聯與各路群眾的關係。

　　啟事說：「最近發現冒充本聯盟之信件致各書店之雜誌編輯部（如商務之《小說月報》《東方雜誌》及開明之《中學生雜誌》），其詞如下：

> 編輯先生：我們以最和平的態度謹致忠告希望貴社能以三分之一的篇幅登載關於蘇聯的論文及文藝作品並須於最近一期開始否則即以手溜彈投入我們已經到了使用暴力的時代了。
>
> 左聯（A3）八、十一

左聯的啟事說：「關於此信，我們從種種方面觀察，認為係民族主義文藝派的鬼（詭）計，其用意所在，一望而知。茲特在此鄭重聲明，本聯盟絕未發出此項信件，且絕無此種意思。蓋惟理論上不能勝人者，方乞靈於武力；馬克思主義文藝理論，今已深入人心，雖因白色恐怖之嚴厲，並不減其暗中的活躍。反之，民族主義文藝派則常憑藉武力以救其理論之末路，如本聯盟刊物及聯盟員之屢受禁止逮捕屠殺，及社會上中間作家之受恫嚇，皆其明證。」[106]

　　在「九一八」事變發生後，左聯於 10 月 15 日即發表〈告無產階級作家革命作家及一切愛好文藝的青年〉書，提醒：「資產階級正在大大鼓吹愛國主義，不但在政治宣傳上，而且在文藝上。鼓吹愛國主義，民族主義，莎凡主義，法西斯蒂主義，這當然是一切資產階級豢養的清客文人的天責。」鼓吹這些之不足，還要「以民族主義之名義行之」，「這種民族主義的文藝立刻散佈到窮鄉僻巷」。「可憐的中國豪紳地主資產階

---

[105] 見 1931 年 8 月 5 日《文學導報》第 1 卷第 2 期。
[106] 見 1931 年 9 月 13 日《文學導報》第 1 卷第 4 期，第 16 頁。

級，為著執行帝國主義的論旨，還另外有各種各式叫民眾等死送命的方法。」推行民族主義文藝即是途徑之一。「他們以民族主義的名義問：『中國的人呢？』而回答是：滿洲里『國門之戰的英雄難道都已經戰死在沙場』？他們努力的假借日本帝國主義出兵東三省的事變，來提倡反對蘇聯的『愛國熱忱』。他們蒙蔽群眾，不敢說明事實的真相：當年不是蘇聯出兵滿洲里，而是黨國遵照美國洋錢的論旨，企圖出兵西伯利亞。他們以民族權主義的主義，鼓吹岳飛復生，鼓吹『民族英雄』的戰爭，他們企圖蒙蔽群眾：竭力掩蓋在現在的政權之下，所謂擁護國際公理的對日宣戰只是替美國，英國，法國去做炮灰。他們以民族主義的名義號召工人增加生產效率民眾服從政府的命令。他們一切種種激昂慷慨，賭神罰咒，拍胸脯，扯鬍子的花言巧語，都是要麻醉欺騙群眾，要迷惑群眾去做帝國主義的炮灰，中外資本家地主的牛馬奴隸。」公開信號召：「中國一切無產階級作家和革命作家，你們的筆鋒，應當同著工人的盒子炮和紅軍的梭標槍炮，奮勇的前進！掃除和肅清民族主義的人性主義的和平主義的瘋狂劑和迷魂湯！」[107]

左聯執行委員會 1931 年 11 月的決議〈中國無產階級革命文學的新任務〉[108]的重要文件中，在當前形勢「新時期的客觀的特質」中指出：「國民黨以及一切反動政治集團用白色恐怖，用欺騙麻醉政策，用民族主義，改良主義，藝術至上主義，種種假面具，圍攻無產階級的革命文學。從出版界到銀幕到劇場，從畫家的調色板到無線廣播電臺，革命與反革命的鬥爭處處在決蕩，在擴大！」在當前「新的任務」一項裏，要求：「反對民族主義，法西斯主義，取消派，以及一切反革命的思想與文學；反對統治階級文化上的恐怖手段與欺騙政策。」

以上是左聯文件中的觀點和態度。概言之，左聯認為：三民主義文藝與民族主義文藝是由流氓、偵探、墮落文人組成的法西斯蒂的文學派

---

[107] 以上見 1931 年 10 月 23 日《文學導報》第 1 卷第 6、7 期合刊。
[108] 載 1931 年 11 月 15 日《文學導報》第 1 卷第 8 期。

別，是反動統治階級在文化上向革命營壘進攻的方式之一，因而必須揭露其本質，堅決反對它。

左聯成員個人署名批判三民主義文藝與民族主義文藝的文章，集中發表在《前哨》、《文學導報》上。舉其要者有：魯迅的〈中國無產階級革命文學和前驅的血〉、〈「民族主義文學」的任務和運命〉，馮雪峰的短評〈我們同志的死和走狗們的卑劣〉、〈統治階級的「反日大眾文藝」之檢查〉，瞿秋白的〈屠夫文學〉，茅盾的〈「民族主義文藝」的現形〉、《〈黃人之血〉及其他〉、〈評所謂「文藝救國」的新現象〉。這些文章的特點之一是：將執政的國民黨所支持的三民主義文藝與民族主義文藝，他們的文藝政策，對革命文學的查禁，對左聯及其成員的鎮壓，抗日聲中的欺騙宣傳，一併放在一起做總體考察，總體批判。顯示視野的廣闊，觸覺的銳敏，批判的深刻。

馮雪峰的短評：

〈我們同志的死和走狗們的卑劣〉，《前哨》短評，署名文英，寫於1931 年 4 月 12 日，刊 4 月 25 日《前哨》創刊號。

國民黨暗殺左聯 5 位作家，革命者無不義憤填膺，本文由血淚澆鑄而成。

「暗殺我們的同志，顯出了國民黨的卑劣；在我們同志被暗殺了以後陸續出版的《當代文藝》，《南風》，《文藝月刊》，《現代文學評論》等走狗的『文學』刊物，則尤其顯出了他們的卑劣。每種雜誌裏都寫著『普羅文藝沒落了』的一句話，然而沒有在一個地方敢傲然地這樣說：『我們虐殺了大批普羅革命作家了！』也沒有在一個地方提及了他們在一日之內封閉了 4 家書店的事。有『勇氣』宣告走狗『文學』的『勃起』以示威，而竟沒有勇氣宣佈屠殺作家，強迫書店，『綁票文章』的事以示威，斯謂之卑劣！

「然而也好，走狗的『文學』刊物的『雨後春筍般』的出版，畢竟使文學和走狗不再聯在一起了。當我們說：南京的以每月千二百元（見文藝新聞）收買小狗們而出的《文藝月刊》，畢竟只是些小狗，上海的由劊子手，偵探，識字流氓而組織的民族主義文學，畢竟只是些劊子手，

偵探，流氓的時候，也許還有些良善而糊塗的先生們，以為這是我們的過敏之談。然而現在，一本一本都放在你面前了，請認個『貨真價實』吧。

「耶穌說，富人要進天堂，比駱駝穿過針孔還要難。其實進天堂的倒都是富人，但狗之於文學，事實證明，確是不相宜的。

「復旦大學教授（現在應該再添了尊稱，民族主義文學的新將？老將？健將？大將？小卒？了）謝六逸，在不久之前曾做了一篇大約題作〈大學生與唯性史觀〉的文章，登在新生命社的《社會與教育》上，末段說，馬克思主義（原文好像只馬克思三字）青年，相信唯物史觀，也信奉唯性史觀，因為有女朋友，女同志。

「有女朋友，女同志，確是不錯的，因為這次被暗殺的 24 人中就有 3 個女的，居 24 人之五的我們的同志中也就有一個馮鏗。謝六逸教授應該以這為例證再做一篇文章，以證實他的學說，並且要注意，3 個女子中有一個是孕婦。孕婦在國民黨是該死的，而謝六逸應該尤其憎惡，也應該忿忿的說：『分明動用過了，唯性史觀！死有餘辜！』

「但是，唯物史觀呢？梁實秋先生！這是應該由你來做『蓋棺之論』了。開口『盧布』，閉口『盧布』，連一切人都覺得已極乏味，國民黨走狗們也已自己打自己的嘴巴，說『普羅作家都快餓死了』的現在，也還是『盧布』的你這『正人君子』，我們的同志被暗殺了，你應該學學陳西瀅，像他歎息三一八犧牲者一樣，歎一聲『可憐為了幾個盧布，犧牲了生命』！才正像一個正人君子呢。」

「暗殺了 5 個革命作家，封閉了 4 家書店之後，送出了多種官辦刊物，終使我們清楚了從前還不很清楚的許多東西！本是犬而裝作虎的，本是羊而裝作狼的，現在都『覺悟』的覺悟，『悔過』的悔過，騎牆的也不必再騎牆，都還歸原形了。至少，我們不必再受這些東西的累了。但是不是羊，不是犬的，在這時也顯出了不是羊，不是犬。然而他們就同樣的被壓迫了。

「我在上面用了一句『綁票文章』的話，我必須聲明這不是我造的，這是在國民黨有了『文藝政策』（據說是學共產黨的）以後，知識份子間嘴上流行的話。這也是國民黨『文藝政策』的許多項目中之一。禁

止書報，通緝著作家，封閉書店，屠殺和逮捕作家，收買小狗，最後一條是這『綁票文章』。革命作家自然逮捕屠殺就是了，小狗只要每月幾元或千字 3 元 5 元就紛紛的來了；然而殺人只是使人怕，小狗們又性不宜於文學，雖有雜誌而讀者寥寥，於是乎不能不來光顧行佛不能用錢瀆冒，又似乎不便嚴辦，可以吸引讀者，然而偏又好像不肯合作的人們了，對於這些人們，適用『綁』的『政策』。

「於是做文人也和『光天之下』的明太祖時代一樣的為難了，因為開頭雖客氣，『請你做文章』，而接著是『不做，則……』有下文的。於是本有文章要做的只得不做了，本沒有病的忽然稱病了，本住在上海的忽然宣告失蹤了。言論，結社，集會和自由是完全被剝奪了，而現在卻連不言論，不結社，不集會的自由也不准。」

馮雪峰這篇短論態度鮮明，文字犀利，一針見血。然而，把在民族主義文藝刊物上發表文章的復旦大學教授謝六逸這樣的作者也視作民族主義文藝派的走狗，則說明左翼文學思潮中英雄主義，唯我獨革，順我者昌、逆我者亡的傾向，是比較嚴重的，普遍的。

馮雪峰的〈統治階級的「反日大眾文藝」之檢查〉[109] 指出：在「九一八事變」之後的反日聲中，報刊上、街頭牆壁上出現的各式各樣的「大眾文藝」作品，不少都是三民主義文藝派或民族主義文藝家藉以兜售其奸的偽劣產品，有毒素，能麻醉人，信不得。

茅盾的〈「民族主義文藝」的現形〉[110] 考諸歐洲歷史、文學藝術史、法國泰納的《藝術哲學》等，逐段批駁〈民族主義文藝運動宣言〉，襤其華袞，示人本相。

茅盾的文章開宗名義第一句話就說：「國民黨維持其反動政權的手段，向來是兩方面的：殘酷的白色恐怖與無恥的麻醉欺騙。」（第 5 頁）

「因為要麻醉欺騙群眾，所以『民族主義文藝』的低能兒輩不得不東抄西襲以造成他們的荒謬無稽的『民族主義文藝』的理論（見〈民族

---

[109] 載 1931 年 10 月 23 日《文學導報》第 1 卷第 6、7 期合刊，第 11－16 頁。署名洛揚。

[110] 載 1931 年 9 月 13 日《文學導報》第 1 卷第 4 期，第 5－10 頁。署名石萌。

主義文藝運動宣言〉），又不得不戴起『革命』的假面具來抨擊中國舊傳統文學與胡適之的新月派（見〈中國文藝之沒落〉及〈最近中國文藝界的檢討〉等文），又不得不檢起那早就被他們丟在糞坑裏的國民黨第一次全國代表大會宣言關於民族主義的解釋（見〈從三民主義的立場觀察民族主義的文藝運動〉及〈民族主義文藝運動的使命〉等文）。但在階級鬥爭日益尖銳化的今日，麻醉欺騙的效力是微乎其微的，所以我們早就料到這企圖麻醉欺騙民眾的『民族主義文藝』結果一定是法西斯蒂化。」（第5頁）

批駁關於民族主義文藝運動的「理論」：茅盾說，民族主義文藝的理論最大的「文獻」就是他們的〈宣言〉。此後民族主義派各位先生的高論都是這篇宣言的「注腳和引伸」。「據說這篇『宣言』是花了重賞而始起草完成，又經過許多人討論，並由國民黨中央宣傳部加以最後決定的，是這麼鄭重其事的一篇文章！然而內容的支離破碎，東抄西襲，捉襟見肘的窘狀，卻也正和整個國民黨的統治權相彷彿！」（第5頁）

若用顯微鏡來檢查，這篇〈宣言〉的構成分子是：（一）早已被西歐學者駁得體無完膚的泰納（Taine）的藝術理論的一部分；（二）18 世紀歐洲商業資本主義漸漸發展以來歐洲各民族國家形成的過去的歷史；（三）19 世紀後期起，直到現代的被壓迫民族的民族革命運動的故事；（四）歐洲大戰後文藝上各種新奇主義——如表現主義、未來主義等等的曲解。所謂〈民族主義文藝運動宣言〉就是這樣的一味「雜拌兒」，並且它的四色原料都已經臭爛了。

泰納在他的《藝術哲學》和《英國文學史·序言》中，以為文藝產生的三個因素是種族、環境和時代。這在 1864 年當時誠然不失為驚人的議論，可是自從馬克思主義文藝理論發展以後，泰納這理論早已被駁得體無完膚。民族主義文藝派恰就拾取了泰納關於「種族」的說教而加以若干杜撰，湊成了他們的「文藝的最高意義就是民族主義」的奇論。〈民族主義文藝運動宣言〉「剽竊了泰納的理論而加以改頭換面，並且弄得不通」，是「膚淺而且生吞活剝的借用」。泰納的理論本來就有錯誤，經民族主義文藝家們這麼一知半解、牛頭不對馬嘴的剽竊，顯得更糟。

　　民族主義文藝家們說埃及的金字塔、人面獸，及其他的藝術形態均是埃及民族宗教底表示，因而正是埃及的民族意識的顯示。茅盾批駁：「可是我們卻要告訴讀者：雖然埃及的藝術是宗教的，但埃及的宗教卻是埃及『法老』（就是埃及的皇帝）及其貴族僧侶的統治階級『牧民』的武器，因之絕對不是什麼『民族的意識』。農業封建教權的埃及帝國的統治階級（僧侶貴族──大地主）是立足在無量數農奴的血汗勞動上面，而作為埃及皇帝的墳墓的金字塔就顯示了埃及的此種社會組織；金字塔的廣大的基盤是象徵了埃及的廣大的農奴群眾，金字塔尖端是象徵了統治階級及其最上層的『法老』。所以埃及金字塔所代表的，是埃及帝國的構成，而不是什麼埃及的民族意識！我們的民族主義文藝諸位先生既把『牧民』武器的宗教的美及其藝術說成是民族意識的表示，就證明了他們的所謂『民族』實在只是統治階級；統治階級代表了『民族』，所以他們所謂『民族的利益』，就是統治階級的利益。」

　　批駁關於「文學的原始狀態」「必基於民族底一般的意識」：「第一，文學的原始狀態已經由馬克思主義文藝理論家的不斷的研究，深信不是基於民族的一般的意識；第二，所謂《伊利亞特》與《奧德賽》，《尼貝龍根》與《皮華而夫》，《羅蘭歌》與中國的《詩經‧國風》，等等被他們民族主義派認為可以給他們『保鏢』的作品，絕對不是文學的原始狀態，又且絕對不是『基於民族的一般的意識』；凡是讀過幾本文學史的人都知道這些古代文學從發生到寫定，中間經過幾百年的時間，而其最後的寫定（即我們現在所見的形式）大抵出之於有教養者之手──即當時統治階級的文人之手，所以已經滲透了統治階級的意識了。即如中國《詩經》內的《國風》，即使在本質上是民間的抒情文學，然而至少是經過孔子批判地採取了的，因而《國風》中的意識形態也還是適合於當時統治階級的政客──孔子的需要或被認為可以作為『教育』民眾的。所以這些古代文學恰好正是古代的階級文學的代表！反對階級文學的『民族主義者』舉這些古代文學為例，正所謂認他人為父了！（其實民族派所反對者只是無產階級的階級文學，統治階級的階級文學他們是擁護而且盡力的，不過為欺騙民眾起見，他們在宣言裏擺出了不承認有任何階級文學的面

孔罷了。)」民族主義文藝家們又說意大利但丁的《神曲》、英國喬叟的
《坎特伯雷故事集》裏有「民族意識」，實際它們中並沒有什麼民族意識。
「《神曲》有的是當時威尼斯及佛羅倫斯等等商業手工業都市的市民階級
的意識形態，然而也不是很單純，中間還殘留著不少沒落的貴族階級的
意識形態。至於《坎特伯雷故事集》則除了統治階級的意識形態以外，
什麼也沒有，此所以喬叟能為『內廷供奉』詩人了。」（以上第5-7頁）

　　批駁〈民族主義文藝運動宣言〉第三段：這第三段「是為麻醉群眾
而作的」。第三段的中心內容是上面說過的三種構成分子。第一，就中世
紀後歐洲各民族國家形成的過去的歷史說：「民族主義者雖然背誦了一大
段歷史，可是像一個低能兒小學生們，背錯書了！他們對於自己所出的
題目卻抄錯了答案！1815 年維也納會議以後的『民族獨立運動』和現代
的『民族解放運動』有很大的差別。那時候獨立運動的各『民族』本身
是一個封建諸侯的政治組織，那時候雖然有些鼓吹獨立運動的文學作品
卻只是貴族文人的『愛國主義』的作品。那時候的『民族獨立運動』和
我們的『民族主義文藝運動』諸位先生所要號召以圖欺騙麻醉群眾的『民
族主義』完全是兩樣東西！」第二，就 19 世紀後半起，直到現代的被壓
迫民族的民族革命運動的故事說，民族主義文藝的先生們半生不熟地抄
了幾句話，以為就可以起到麻醉欺騙的作用。茅盾說不然。「一般說來，
在被壓迫民族的革命運動中，以民族革命為中心的民族主義文學，也還
有相當的革命的作用；然而世界上沒有單純的社會組織，所以被壓迫民
族本身也一定包含著至少兩個在鬥爭的階級，——統治階級與被壓迫的工
農大眾。在這狀況上，民族主義文學就往往變成了統治階級欺騙工農的
手段，什麼革命意義都沒有了。這是一般的說法。至於在中國，則封建
軍閥、豪紳地主、官僚買辦階級、資產階級聯合的統治階級早已勾結帝
國主義加緊向工農剝削，所以民族文學的口號完完全全是反動的口號。」
第三，就歐洲大戰後文藝上各種新奇主義說：「歐戰以後新奇的表現派、
構成派、踏踏主義、未來主義等等，絕對不是什麼『民族意識』的表現；
這些文學上多態的矛盾，恰正是世界資本主義崩潰期中必然產生的小資
產階級對於資本主義世界之或迎或拒的矛盾複雜心理的反映。因為資本

主義崩潰的過程在世界各國有先後遲速，又因為革命勢力的發展在世界各國亦並不平衡，所以小資產階級對於資本主義現實的態度亦成了多角形：……中國文壇上已經發生，而且將來一定還要更多地發生（不過同時都一定是方生方滅，不會有長久命運），並且如果把民族主義文藝當作一個社會現象來看時，則民族主義文藝也正是其中之一個。但畢竟不同者，因為民族主義文藝是官辦的，是國民黨的白色文藝政策！」

民族主義文藝的法西斯化：由於 1930 年以來中國政治、經濟、軍事的急遽變化，「使國民黨及其代表的封建階級和資產階級甚至他們的後臺老闆國際帝國主義都駭怖到瘋狂了！這就使得本來以欺騙麻醉為目的的國民黨『民族主義文藝』運動，不得不迅速法西斯蒂化！並且覺得因為國民黨內部衝突的日益尖銳化，國民黨中央宣傳部打算以『民族主義文藝』的旗幟來設一反動陣營的企圖也終於失敗了。不但北京的胡漢民系的『三民主義文學派』始終不理上海的『民族主義派』，便是民族主義派本身內也發生了潘公展與朱應鵬的衝突了！」至此，民族主義文藝派再不能按部就班地實現他們的欺騙麻醉政策，只有加緊地厲行文藝上的法西斯蒂恐怖。「綁票」（以敦請的威脅的利誘的各種手段招作家給他們的刊物投稿）就是其中一例。結果還是徒勞。這赤裸裸的法西斯蒂化，就是：「用機關槍、大炮、飛機、毒氣彈，屠殺遍中國的不肯忍受帝國主義及國民黨層層宰割的工農群眾！屠殺普羅文學作家！這屠殺文學就是他們宣傳得極厲害的〈隴海線上〉和〈國門之戰〉！」

民族主義文藝是「文藝上白色的妖魔」！

茅盾的〈《黃人之血》及其他〉[111] 全文共 11 節，一口氣批判了黃震遐的〈隴海線上〉、〈黃人之血〉和萬國安的〈國門之戰〉。

主要觀點是：（一）民族主義文藝是范爭波、朱應鵬辦的合組公司，黃震遐、萬國安是范・朱合組公司栽培出來的。（二）黃震遐的小說〈隴海線上〉雖然抄上了「輕甲車連歌」、「黃浦歌」、還有「三民主義，吾黨所宗」的國民黨黨歌，「可是他實在意外地把南京政府軍隊的醜態全都暴

---

[111] 載 1931 年 9 月 28 日《文學導報》第 1 卷第 5 期，第 14－16 頁。署名石崩。

露了。他不但招供了所說輕甲車連是傭雇了白俄人來殘殺中國人的把
戲，他不但招供了『弔民伐罪』的中央軍很為河南民眾所仇視，他並且
招供了輕甲車連殘殺河南民眾而被民眾打敗。」他「無意中表現了『弔
民伐罪』的軍隊是屠殺民眾的劊子手了」。（三）詩劇〈黃人之血〉寫的
「是元朝蒙古人西征的事蹟」。西征到俄羅斯，黃震遐用這個史料來寫詩
劇，就有「過屠們而大嚼」的意思。「另一方面還有很重要的作用，就是
企圖喚起『西征』俄羅斯的意識，以便再作第二次的進攻蘇聯。」黃詩
人借古代蒙古人「西征」的「偉績」，「煽起瘋狂的黃色人種主義，夢想
去進攻那八百年前曾經受過『黃禍』的俄羅斯」。詩中的事實提醒讀者：
中國人和日本人應該聯合起來，在日本人的領導、指揮之下，去進攻蘇
聯。奉日本為宗主，共同抵禦白色人種的東侵。為此，黃詩人盡了兩重
任務：「麻醉民眾與法西斯蒂化」。（四）萬國安的〈國門之戰〉「是作者
親身經歷的國民黨進攻蘇俄的失敗的故事」。「國民黨軍人在哈爾濱殘殺
無辜的蘇聯人民的獰相在這篇〈國門之戰〉裏表現得淋漓盡致。自然，
這是民族主義！」（五）茅盾的總結：「民族主義文藝是范朱合股公司在
最近十分賣力氣幹的事，如〈國門之戰〉和〈黃人之血〉，都是仰承著帝
國主義進攻蘇聯的意旨而作的巧妙文章，尤其在〈黃人之血〉這詩劇內
更無恥地居然替日本人的『大亞細亞主義』作鼓吹。『大亞細亞主義』本
來不是專對蘇聯的，但是〈黃人之血〉特取了蒙古人西征的故事來暗中
鼓吹『大亞細亞主義』，這就表示了民族主義的作家們的民族主義就是仰
承英美日帝國主義的鼻息而願為進攻蘇聯的警犬！／對於侵略中國的
英，美，日，法帝國主義者們，民族主義的作家們是連屁也不敢放一個
的；那時候，他們就不是民族主義，而成了『奴隸主義』！」

　　茅盾的〈評所謂「文藝救國」的新現象〉[112]，就「九一八」之後，
上海部分文人成立「上海文藝界救國會」一事，連湯帶水地揭露民族主
義文藝派，並其他組織，主題是反抗日本帝國主義的侵略，揭露「中國

---

[112] 載 1931 年 10 月 23 日《文學導報》第 1 卷第 6、7 期合刊，第 20－23 頁。署
　名石萌。

的軍閥官僚買辦階級銀行家豪紳地主的中國國民黨政府」的賣國行徑。文章說：在侵略者面前，統治當局僅是不抵抗還不夠，還要「加緊欺騙民眾，和緩革命高潮：這便是一切所謂『反日會』，『抗日會』，『對日經濟永遠絕交』，『準備對日戰爭』，『義勇軍』，乃至『上海文藝界救國會』等等狗把戲。」原因是：「民族主義文藝這塊招牌太臭，革命青年的發展太快，使得中間階級的『自好之士』不願和不敢公然和民族主義文藝幹偷偷摸摸的勾當，這是國民黨的小走狗們誠惶誠恐，十分痛心，而又無可奈何的事。」「上海文藝界救國會」是民族主義文藝派和中間階級的一部分「海上文藝家」，半遮半掩地結下的「五百年風流孽債」。據民族主義文藝派刊物《草野》第 6 卷第 7 期的一則報導，上海文藝界救國會的參加者是：徐蔚南、傅彥長、陳抱一、張若谷、邵洵美、邵冠華、王鐵華、湯增揚、楊昌溪、汪馥泉、杜冰坡、何子恒、俞寄凡、毛秋白、謝六逸、趙景深、朱應鵬、李丹、周大融、王道源、張世祿、蕭友梅、郭步陶、鄭業建、梁得所、丘斌存、關紫蘭。茅盾說：從這名單中，「我們知道所謂『上海文藝界大團結』只是向來灰色的幾個人如謝六逸，趙景深，徐蔚南，張若谷，李青崖等等在『救國』的面具下向民族主義派的一種公開的賣身投靠！」「和國民黨豢養下的一切黨部，黃色工會，新聞記者，教員機關一樣，民族主義派在這時候正努力表現工作給帝國主義的老闆看，希望挽回帝國主義的歡心，說一聲『這走狗也還有幾分用處呀！』」

茅盾文章還提到文學青年聯盟。說文學青年聯盟的發起人是顧詩靈，而顧詩靈是絜茜社的發起人之一，絜茜社卻提倡平民文藝，由社會民主黨把握。

總括茅盾幾篇文章的觀點是：就歐洲藝術的歷史，就法國泰納的《藝術哲學》，就中國目前的現實，逐段批判〈民族主義文藝運動宣言〉，指出它是「國民黨的白色文藝政策」，是「文藝上白色的妖魔」，已經法西斯化；批判民族主義文藝的作品〈隴海線上〉、〈國門之戰〉、〈黃人之血〉；認為抗日聲中在上海出現的「上海文藝界救國會」等是受欺騙的產物，筆者認為茅盾於此打擊面太寬。

　　瞿秋白〈屠夫文學〉[113]指出民族主義文學家黃震遐的〈隴海線上〉和萬國安的〈國門之戰〉都是屠夫文學。他說：「現在是什麼年頭？中國的紅白戰爭一天天劇烈起來，所謂剿匪是中國天字第一號的要緊事情。反對蘇聯呢，──這尤是中國紳商的太上皇的諭旨。這就是更加需要戰爭，需要殺人放火。『凡是必需的，都是應該的──合理的。』這是哲學家的話頭。文學家就是說說。『凡是必需的都是神聖的。』」在國民黨軍圍剿紅軍的時候，中國紳商需要「定做一批批鼓吹戰爭的小說。定做一種鼓吹殺人放火的文學。這就叫做民族主義的文學。」

　　瞿秋白短評〈青年的九月〉[114]繼續揭露民族主義文學運動的本質。文章說，歐戰之後的第14年，國際帝國主義正在準備著進攻蘇聯的戰爭。「現在又是資本家要叫勞動青年去當炮灰的時候了，又是無恥的所謂社會民主黨，所謂勞動黨，所謂社會黨，替資本家宣傳『保護祖國』的時候了，又是他們出賣勞動群眾，指使他們去自相殘殺的時候了」。「正因為這個原故，中國的黃金少年要出來弄個什麼民族主義文學的把戲。中國的肥頭胖腦的紳士，大肚皮的豪商，沐猴而冠的穿著西洋大禮服，戴著西洋白手套的資本家，本來是帝國主義的走狗，他們的狗種──黃金少年，黃埔少年，五皮主義的少年──自然要汪汪汪的大咬（叫？）起來，替他們的主人做『戰鼓』，鼓吹戰爭了。這些狗種，居然這樣不要臉，公開的稱讚德法勞動者的自相殘殺，拿來『證明』民族意識的至高無上（見葉秋原做的民族主義文藝的論文──《民族主義文藝論文集》）。這個自相殘殺使歐美資本主義延長了一二十年的壽命，使帝國主義鞏固了對於印度……中國的統治。中國黃金少年稱頌這種自相殘殺，就是稱頌帝國主義的統治，露出他們的狗相。」（第3頁）第二，「中國的革命青年，中國的勞動青年，中國的一般勞動群眾，早已開始知道應當為著什麼而戰，應當為著勞動的解放而戰，應當而且必須經過階級戰爭而去解救中國於

[113] 載1931年8月20日《文學導報》第1卷第3期，第12－15頁。收入雜文集《亂彈》時，改名為〈狗樣的英雄〉，文字也略有改動。
[114] 載1931年9月13日《文學導報》第1卷第4期，第2－5頁。

帝國主義鐵蹄之下。紀念九月第一個星期日，已經不僅僅用筆，用舌頭，用抗議，用示威，而且用著槍彈，用著梭鏢。」「中國的勞動群眾不但反對軍閥，並且反對軍國，不但反對軍國，並且要求『軍』勞動，『軍』階級！」現在「想用種種花言巧語鼓舞人家去替你們當炮灰，去侵略勞動國家，去殘殺勞動群眾，去摧殘革命，沒有這樣容易的了！」（第4頁）第三，民族民族主義文藝是文藝上的「狗把戲」、「狗相」。這「只是孫文企圖圓化異同的國族主義，只是紳商階級的國家主義，只是馬鹿愛國主義，只是法西斯主義的表現，企圖製造捍衛帝國主義統治的所謂『民族』的『無上命令』，企圖製造服從紳商的奴才性的『潛意識』，企圖製造甘心替階級仇敵當炮灰的『情緒』——勞動者安心自相殘殺的殺氣騰騰的『情緒』。」「民族主義的黃金少年，正在號召著『投筆從戎』，正在起勵『新朝遺少』去當『少爺兵』，為的是不但去親手砍動起來的奴隸的頭顱，並且要去握緊『牛馬』嘴上的勒口，監視白軍之中的『丘八』。『佈施』許多新式的蒙汗藥，……」（第4頁）

　　魯迅〈「民族主義文學」的任務和運命〉[115] 稱民族主義文學是流氓文學，盡的是寵犬的職責。第一，流屍文學與流氓政治同在。「所謂『文藝家』的許多人，是一向在盡『寵犬』的職分的，雖然所標的口號，種種不同，藝術至上主義呀，國粹主義呀，民族主義呀，為人類的藝術呀，但這僅如巡警手裏拿著前膛槍或後膛槍，來福槍，毛瑟槍的不同，那終極的目的卻只一個：就是打死反帝國主義即反政府，亦即『反革命』，或僅有些不平的人民。／那些寵犬派文學之中，鑼鼓敲得最起勁的，是所謂『民族主義文學』。但比起偵探，巡捕，劊子手的顯著的勳勞來，卻還有很多的遜色。這緣故，就因為他們還只在叫，未行直接的咬，而且大抵沒有流氓的剽悍，不過是飄飄蕩蕩的流屍。然而這又正是『民族主義文學』的特色，所以保持其『寵』的。／翻一本他們的刊物來看罷，先前標榜過各種主義的各種人，居然湊合在一起了。這是『民族主義』的巨人的手，將他們抓過來的麼？並不，這些原是上海灘上久已沉沉浮浮

---

[115] 載 1931 年 10 月 23 日《文學導報》第 1 卷第 6、7 期合刊，第 16－20 頁。

的流屍，本來散見於各處的，但經風浪一吹，就漂集一處，形成一個堆積，又因為各個本身的腐爛，就發出較濃厚的惡臭來了。」「這叫做『為王前驅』，所以流屍文學仍將與流氓政治同在。」（第16頁）第二，雜碎的流屍。「先前的有些所謂文藝家，本未嘗沒有半意識或無意識的覺得自身的潰敗，於是就自欺欺人的用種種美名來掩飾，曰高逸，曰放達（用新式話來說就是『頹廢』），畫的是裸女，靜物，死，寫的是花月，聖地，失眠，酒，女人。一到舊社會的崩潰愈加分明，階級的鬥爭愈加鋒利的時候，他們也就看見了自己的死敵，將創造出新的文化，一掃舊來的污穢的無產階級，並且覺到了自己就是這污穢，將與在上的統治者同其運命，於是就必然漂集於為帝國主義所宰割的民族中的順民所豎起的『民族主義文學』的旗幟之下，來和主人一同做一回最後的掙扎了。／所以，雖然是雜碎的流屍，那目標卻是同一的，和主人一樣：用一切手段，來壓迫無產階級，以苟延殘喘。不過究竟是雜碎，而且多帶著先前剩下的皮毛，所以自從發出宣言以來，看不見一點鮮明的作品，宣言是一小群雜碎胡亂湊成的雜碎，不足為據的。」（第16-17頁）在《前鋒月刊》第5號上，有了「青年軍人」寫軍閥混戰的〈隴海線上〉，把蔣馮閻戰爭說成是法國客軍在非洲打阿拉伯人。「原來中國軍閥的混戰，從『青年軍人』，從『民族主義文學者』看來，是並非驅同國人民互相殘殺，卻是外國人在打別一外國人，兩個國度，兩個民族，在戰地上一到夜裏，自己就飄飄然覺得皮色變白，鼻樑加高，成為臘丁民族的戰士，站在野蠻的菲洲了。」（第17頁）第三，關於黃震遐的詩劇〈黃人之血〉。詩劇的事蹟是「黃色人種西征，主將是成吉思汗的孫子拔都元帥，真正的黃色種。所征的是歐洲，其實專在幹羅斯（俄羅斯）──這是作者的目標；聯軍的構成是漢，韃靼，女真，契丹人──這是作者的計畫；一路勝下去，可惜後來四種人不知『友誼』的要緊和『團結的力量』，自相殘殺，竟為白種武士所乘了──這是作者的諷喻，也是作者的悲哀。」（第17頁）作者所希望的是「亞細亞勇士們張大吃人的血口」對著俄羅斯。「現在日本兵『東征』了東三省，正是『民族主義文學家』理想中的『西征』的第一步，『亞細亞勇士們張大吃人的血口』的開場。不過先得在中國咬一口。」（第19

頁）民族主義文學家「發揚踔厲」，或做「慷慨悲歌的文章」，「永含著戀主的哀愁」，「盡些送喪的任務」；只有「到無產階級革命的風暴怒吼起來，刷新山河的時候，這才能脫出這沉滯猥劣的腐爛的運命」。（第20頁）魯迅文章中還順便提到報刊上的抗日詩歌，如蘇鳳的〈戰歌〉、甘豫慶的〈去，上戰場去〉、邵冠華的〈醒起來罷同胞〉、沙珊的〈學生軍〉、給之津的〈偉大的死〉等，「這些詩裏很明顯的是作者都知道沒有武器，所以只好用『肉體』，用『純愛的精靈』，用『屍體』。」發揚踔厲，慷慨悲歌，寫寫無妨，若在現實生活中真要這樣，就上了民族主義文學家們的當了，因為魯迅向來是不主張無代價的犧牲的。

此後，魯迅的雜文中還一再捎帶著揭露和批判民族主義文學。

結語
──寬容的心態 歷史的視角

　　普羅文學，三民主義文學，民族主義文學，都在歷史上存在過。所不同的是：它們的規模有大有小，存在的時間有長有短，活動的地域有廣有狹，對歷史的貢獻有多有少，甚至是有正有負。

　　當年，它們之間都有政治上的利害關係，有時還鬧得你死我活，血淋淋的。在七八十年以後的現在，我們再來說起它們，面對的就只是歷史，是過往的事實。階級的利害衝突已經不存在了，政治上的你存我亡已經留給消逝的時間了。研究歷史的人比創造歷史的人幸運之處就在於：創造歷史的人為了爭生存，求發展，擴充地盤，必須珠璣計較，不顧一切；研究歷史則可以超脫，把研究的對象放在全中國、甚至全世界的視角來審視，放在幾十年、一百年、幾千年的歷史長河中，時間流動中來觀察，便會豁然開朗，存廢明白。歷史是公正的，時間是準確的。

　　需要的是寬容的心態，歷史的視角。

　　寬容就能見到豐富的色彩，聽到輕重、疾徐、快慢、精粗、豪放與舒緩各式各樣的聲音（五音雜陳），嗅到不同的氣味，體會到毫髮區別。

　　再說事物總是複雜的，本來是共處一時，共居一地，同頂一片藍天，同踩一方黃土，同聽市塵的喧鬧。沒有輕，哪來的重？沒有醜，何以顯示美？更沒有純粹，有的只是混雜，你中有我，我中有你。

普羅文學

　　普羅文學在本書的楔子部分已經有所介紹，尤其是它的理論主張。

　　普羅文學是無產階級革命文學的初始階段，是中國文壇的新事物。它是歷史推移、形勢發展的產物，是「五四」新文學運動的必然，是國

際文學思潮在中國走出來的足印。是這些條件的綜合反應，不是任何個人一吆喝就能有的。三民主義文藝家和民族主義文藝家說普羅文學是無根生木，無煙起火，是不確切的，是意氣的話。

三民主義文藝家，民族主義文藝家，眾口一詞，都說，那幾年普羅文學是主潮，占居文壇統治地位，至少是 1928 年、1929 年、1930 年是如此。

創作界以寫普羅為趨勢，讀書界以談普羅為時尚。蔣光慈、洪靈菲、華漢（陽翰笙）、戴平萬、龔冰廬、楊邨人、孟超、柔石、胡也頻、劉一夢、馮鏗等人的小說，不脛而走，洛陽紙貴。郭沫若、殷夫、森堡（任鈞）、楊騷等人的詩歌，譯品《母親》、《屠場》、《煤油》及日本的小說，也都走俏。這些作品，寫帝國主義的侵略，地主階級的橫征暴斂，資本家的慘無人道（超經濟剝削）；寫工人的慘苦，農人的受壓迫和剝削，小資產階級知識份子的苦悶彷徨；寫工農的反抗，小資產階級知識份子的革命：而且是地主資本家一打就倒，工人農民的鬥爭無往而不勝；覺醒的革命的小資產階級知識份子振臂一呼，無不應者雲集，一下子就可帶出幾千人的隊伍，還都來之能戰，戰之能勝。當時的社會環境需要這種革命的浪漫主義作品。他們寫的都是現實生活，重大題材：可以說，從「五四」，甚至遠一點，從辛亥革命起，中經奇奇怪怪的軍閥混戰，二七慘案，五卅運動，北伐戰爭，南方的農民運動，直到八一南昌起義，井岡山革命根據地的建立，甚至南洋華僑的命運，都直入主題。有聲有色，一部濃墨重彩的歷史畫卷。首先是作品的主題變了：「五四」時期是寫人的覺醒，個性解放，「救救孩子」，娜拉出走，我要做一個人！到了普羅文學階段，則變為寫階級和階級鬥爭，寫革命，一個吃掉另一個，一個階級打倒、以至於消滅另一個階級。個體變成了群體，個人變成了階級，衝突變成了鬥爭，摩擦變成了打倒。振聾發聵！

不只是創造社、太陽社、我們社的新興作家寫革命，就是與普羅不沾邊的作者，也以寫鬥爭、寫革命為時髦。除創造社等社團的刊物外，有些出版時間較長、或說態度較保守的刊物，都要發點有關普羅的作品，哪怕登一則廣告也行，總之，要表明不脫離形勢，緊跟時代。這是思潮的力量，**趨勢**的不可抗拒（也可怕）。

不可否認，初期普羅文學創作普遍存在著公式化概念化臉譜化的毛病。直白的敘述代替了精細的描寫，乾巴巴的叫喊代替了抒情，聲嘶力竭地喊口號，赤裸裸地說出作者欲灌輸給讀者的思想。一覽無遺，不留回味。把詩歌當成了政治傳單，把小說當成了動員講話。這樣的作品，讀一篇覺得有勁，讀三篇就覺得雷同，讀五篇就覺得蒼白反胃。

1930 年 3 月 2 日中國左翼作家聯盟成立。左聯的成立，標誌著中國共產黨不但從指導思想上、而且從組織上直接領導文藝運動的開始，標誌著左翼文學陣營（至少在形式上）的團結，標誌著魯迅至少在名義上成了左翼文壇的旗手（由圍剿他，把他視為「封建餘孽」、「二重反革命」，至尊之為領袖，這不是小變化）。

但人世間沒有一寸路是平坦的。

左聯的成立是絕對的好事。但接著的途程並不順利，前進沒有直線。（一）左聯這時候有機關刊物《萌芽月刊》、《拓荒者》、《大眾文藝》，但很快即遭查禁，左聯就沒有自己的刊物了，言論陣地就被查封了。（二）1928 年普羅文學創作的代表作家，蔣光慈、洪靈菲、華漢（陽翰笙）等的創作陡然減少，以至於悄無聲息了。他們將被張天翼、丁玲、魏金枝等所取代，但還沒有被取代。恰恰在 1930 年，柔石有《為奴隸的母親》，蔣光慈有他自己最成熟的小說《咆哮了的土地》（即《田野的風》），此篇主人公是工人和革命知識份子，題材是南方土地革命運動，在文學作品中第一次寫了井岡山革命根據地。華漢的短篇小說《疍船上的一夜》也是直接寫南昌起義失敗之後的革命者的遭遇的。戴平萬的短篇小說《村中的早晨》更是直接寫土地革命之後農村的新氣象的。這四篇寫土地革命的小說，都是他們的創作中最好的，也是整個左翼創作中最可以一讀的，是放在哪兒都不遜色的。（三）左聯一成立即被國民黨中央宣佈密令：取締組織，通緝作家。因此，實際能公開活動的作家很少，至 1931 年 2 月 7 日柔石等五人被暗殺，左聯的活動跌至最低谷。

因此，1930 年下半年，才有三民主義文藝社團中國文藝社亮相，才有它的機關刊物《文藝月刊》問世，才有民族主義文藝運動登場，並左一聲左聯「傾圮」了，右一聲左翼文藝「陷落」了。從現象上看的確是如此。左翼文學從來沒有交好運。

1931 年，左聯只有秘密發行的《前哨》——《文學導報》，以登消息和論文為主，除烈士的幾篇遺作外，沒有創作。

但 1931 年「九一八」之後，情況大變。左聯的活動又審慎地浮出水面。其標誌就是《北斗》和《文學月報》相繼創刊。但都只辦了半年左右，二者相加，即 1932 年全年，左聯是有較大型的刊物在世的。

這一時段，左聯的創作有了質的變化。左翼文學走向成熟了。張天翼自《三天半的夢》、《從空虛到充實》，至《二十一個》，再至《皮帶》；丁玲以《水》改寫《莎菲女士的日記》之後的腳印；魯迅出版《二心集》；茅盾的長篇巨制《子夜》問世，之後更有《林家鋪子》和《春蠶》；沙汀攜帶《法律外的航線》闖進文壇；艾蕪發表成名作《人生哲學的一課》；丘東平的《通訊員》，周文的《雪地》，洪深的《五奎橋》，葉紫的《豐收》、《火》、《電網外》，吳組緗的《一千八百擔》，鮮態欲滴，秀色可餐；艾青吹著《大堰河——我的保姆》的蘆笛上場：一連串的優秀之作使人目不暇接，心悅誠服地看到左翼文學已經走出了幼稚，克服了盲目，取得了驕人的進步，雄踞文壇，為文學歷史爭光添色，增加了分量。

1932－1933 年，左聯的刊物沒有了，《新月》停刊了，但《現代》創刊了，日本人燒了《小說月報》，但中國人又創辦了《文學》，之後還有《文學季刊》和《水星》，都是響噹噹的，亮錚錚的。

更不可忽視的是一個極小極小的歷史事實：華漢三部曲《地泉》於 1932 年 7 月重版，書前有五篇重要的序言。五篇序言總結了初期普羅文學創作中革命浪漫諦克的錯誤，明確了革命文學不應該（像蔣光慈、洪靈菲、華漢）那樣寫的理論認識。不說是飛躍，至少是文學自覺的增強。《地泉》重版，頭頂五篇序言，看似不起眼，卻像一個表明文學分期的歷史性界樁。

再一個不能忽視的現象是一批蘇俄文學作品的翻譯引進。繼辛克萊的《屠場》、高爾基的《母親》之後，它們是：法捷耶夫的《毀滅》、綏拉菲莫維支的《鐵流》，革拉特珂夫的《水泥》，富曼諾夫的《卡巴耶夫》，里別進斯基的《一周間》等等。之後，周起應發表〈關於「社會主義的現實主義與革命的浪漫主義」——唯物辯證法的創作方法的否定〉。這表

明由普羅文學發展到左翼文學，再由左翼文學發展到社會主義現實主義和革命浪漫主義的階段，也是左翼文學以寬大的胸懷，宏闊的視野，溶入全文壇，就把握文學的本質來說，一定程度上由必然王國進到了自由王國的階段。

三民主義文藝

三民主義文藝派的作者們說得很明確，而且是一再說、長期說：是因為共產黨有文藝政策，他們才提出三民主義文藝口號、制定出三民主義文藝政策的。

請記住趙友培在抗戰時期的歎息：他們沒有隊伍，沒有領導，沒有理論，沒有創作，也就沒有能夠佔領市場，更沒有能夠造成影響。雖說這位作者在已經建立了抗日民族統一戰線的時期，還口口聲聲反共，但他說的是真話，是事實。他們最形象的說法是：三民主義文藝尚在母親的懷中，還沒有生下來，它是男是女（其實還包括是死是活）也不知道。不過他們還是堅信，生下來的一定會是孩子，不是猴子。一個執政黨，在文藝領域就只能有這一點出息，能說不糟糕嗎？這說明一個真理：文藝是一門獨特的品種，不是靠武力鎮壓了對方，就會天然出現的；不是用幾個錢可以買得來的。掃蕩了左翼文壇，自己去擺攤子，並不是說就能開出燦爛之花。文藝靠智慧的創造，靈感的發揮。它要一批人來做，兢兢業業地做，勤勤懇懇地做，踏踏實實地做，堅持做，長期做，才可能做出點名堂。

抗戰時期，儘管張道藩、王集叢、趙友培合力宣傳過，起勁鼓動過，奮力掙扎過，但還是沒有拿出有分量的作品鎮住文壇。實在是朝中無人，手下無兵呀！

三民主義文藝唯一的業績是辦的《文藝月刊》。

《文藝月刊》是三民主義文藝派的機關刊物。第一，它辦刊時間比較久，長達 12 年，「風雨」無阻，實在不容易。在現代文壇，連《小說

月報》都沒有它存在的時間長。（當然是因為日本軍國主義侵略者人為的破壞造成的。）第二，它出版比較準時，幾乎沒有脫期的現象。第三，篇幅比較大，每期十五六萬字至十七八萬字。可容納較多的好作品。第四，雖說它是三民主義文藝派的同仁刊物，但它卻接納各色稿件，許多色彩不太明顯的作家，因它而有一碗飯吃。左翼人士給它稿子它也不拒絕。抗戰時期因為全民族聯合抗日，它就更是一種統一戰線的刊物，大量原先的左翼作家在刊物上馳騁，表達全國人民同仇敵愾，不分彼此，團結禦侮，抗日救國的胸臆。第五，畢竟因為它的政治色彩是明顯的，它的背景是清楚的，加之它的編輯力量太弱，所以在長達12年的生存中，並沒有推出特別有價值、足以傳之後世、影響全文壇的作品。

民族主義文藝

民族主義文藝比起三民主義文藝來，要熱鬧一些。

它煞有介事地發表過宣言，各刊物上都有連篇累牘的論文，闡述其集團的主張。法國泰納的民族、時代、地域三原則，以民族主義為中心意識，這是它的全部文藝理論的精髓。泰納的理論有其合理性，但不是文藝方面的經典。將民族主義與三民主義這個政治概念攪在一起，是無論如何說不清的，再說它離文藝實在是遠了一點，生拉活扯弄在一起，就會顯示窘態。

它的社團多刊物多。正宗的、嫡系的是前鋒社及其刊物《前鋒週報》、《前鋒月刊》、《現代文學評論》，上海、南京、杭州、南昌、廣州等地派生的起碼有：開展社及其《開展月刊》、《矛盾月刊》，線路社及其《橄欖》，流露社及其《流露》，以及《草野》、《長風》、《青白》，李焰生的《新壘》，杭州的《黃鐘》，南昌的《民族文藝》，廣州的《時代文藝》等等。另有汪精衛派的《南華文藝》，社會民主黨的《絜茜月刊》。熱鬧的市場，並不能說就有繁榮的文藝。

　　衡量一股思潮在文學史上的得與失，評價一個作家在文學史上有無地位，以及地位的大與小，品評一部作品在文學史上的分量，主要看其是否具有創造性，是否提供了新鮮的、獨一無二的原素。別看民族主義文藝派有那麼多大大小小的刊物，在文壇延續了那麼長的時間，活動的地域也不能說不廣，但能夠讓人拿來當靶子、供批判的作家作品，也就只有萬國安及〈國門之戰〉，黃震遐及〈隴海線上〉、〈黃人之血〉、〈大上海的毀滅〉等幾篇（部）。〈國門之戰〉寫 1929 年中東路事件，主題是中俄兩國關於領土主權、鐵路主權的爭議。這麼重大的題材，現實性這麼強，卻寫成中央軍用斧頭劈殺俄國女「間諜」的殺人遊戲。渲染殺人，怎麼能是民族主義文藝呢？〈隴海線上〉寫蔣馮閻混戰，即中央軍與地方軍閥為爭奪地盤的混戰，很難說誰是正義的代表者，更找不到誰是人民利益的代表者，尤其看不出關於民族主義的要義何在。從維護國家統一的權威話語說，中央軍似乎該受到擁護，但它卻殺害無辜，而且是爛殺無辜，除了可惡，可憎，可厭而外，沒有提供什麼有價值的情節。〈大上海的毀滅〉，聚焦滾燙的侵略和反侵略的生活，理應寫成一部灼人的鮮活的作品，但作家再次辜負了生活，讓民族失望。〈黃人之血〉寫七百多年前蒙古軍隊的西征，鐵騎狂飆，黃塵滾滾，生靈塗炭，血路一條，是恥辱的一頁，哪能有民族主義尊嚴之可言。讚揚黃色人種的大軍西征俄羅斯、佔領俄羅斯，在當時的具體歷史條件下，無疑，用心是險惡的。《黃鐘》旗幟鮮明地讚頌亞歷山大、俾斯麥、拿破崙、希特勒、墨索里尼這樣一些獨裁者、血腥統治者、法西斯主義者、侵略者，這跟中國的民族主義實在沒有關係，不但不能沾光，還是典型的玷污，貨真價實的歪曲。這是辦刊 4 年的總傾向，不是一時一期的失察。

　　民族主義文藝派的大大小小的作者們，對普羅文學──左翼文學──社會主義現實主義和革命浪漫主義文學，那是竭盡全力地、沒有一刻停歇地進行誣衊，詛咒，歪曲，謾罵，攻擊。他們說：（一）這是沒有根據的文學運動。因為無產階級的對立面是資產階級，而中國是遭帝國主義侵略的封建社會，中國只有大貧和小貧，而沒有資本家，也就沒有資產階級；連資產階級都沒有，無產階級要革命就沒有對象，從而也就沒有

理由倡導無產階級革命文學。（二）而事實上又出現了無產階級文學運動，那是因為拿了蘇俄的盧布，要替蘇聯赤色帝國主義服務。（三）是共產黨的工具，不是審美意義上的文學。（四）魯迅是為了坐頭把交椅，受人尊敬，才搖身一變投降的，連人格都顯得低下。（五）沒有創作。能見到的只是「打打打」，「殺殺殺」，「手槍炸彈」，那樣的標語和口號，赤裸裸的叫囂，蒼白無力的說教。魯迅寫不出來了，只有隨筆應市；郭沫若江郎才盡了，只有少年回憶；其他的「革命文學」僅如教科書。（六）批評：一抄蘇聯，二轉抄日本，（接過梁實秋的話）且全是「硬譯」和「死譯」，詰屈聱牙，疙裏疙瘩，誰也讀不懂。（七）霸佔文壇，拒不讓位。像這樣「理性」的否定，打倒，消滅的文章很少，在他們的刊物上隨處可見的是橫不講理的污言穢語。一個編輯《前鋒週報》的李錦軒，在自己的刊物上設「談鋒」專欄，每期專門發表低級的雜文三四篇，總共有幾十篇，沒有一篇是據實講理的，全都是可鄙的笑料。「幫同」民族主義文藝的《開展月刊》，也東施效顰，牙牙學舌，然而質地更低下。

過去說民族主義文藝是由於左聯的批判而倒旗子的，而退出歷史舞臺的。其實，這個話聽不得，左聯哪裡有那麼大的力量！左聯自身都難保，它是被明令取締的社團，被明令通緝的作家；當民族主義文藝登上文壇，創刊《前鋒月刊》的鼎盛時期，左聯已經沒有了刊物，盟員極少，活動暫停。民族主義文藝是受官方支持的，有靠山，哪裡是在夾縫（石縫）中艱難存在的左聯所能左右其生死的。左聯的幾篇文章，瞿秋白的，茅盾的，魯迅的，在秘密發行的《文學導報》上發表，有幾個人能看到？有多少人相信？有什麼攻擊力？把《文學導報》上的所有有關言論都算上，再把胡秋原的批判也算上，也不足以使民族主義文藝倒臺。民族主義文藝的正宗，在文壇活動也就半年多時間；其他的自願「幫同」的難兄難弟，其刊物辦得稍長，那是因為它們不在震中，在邊緣，或者並不血淋淋地殺戮，而是以發表創作為主。民族主義文藝的退出歷史舞臺，那是因為它跟三民主義文藝派一樣，沒有理論，沒有作家。一個既沒有理論支撐，又不能拿創作證明其正確的社團，不用誰來打倒，它自身就會悄悄地墜地。說到底，一部文學歷史是作家作品的歷史。

　　文學史上的 30 年代（1927－1937）很難說誰在文壇唱主角。普羅文學，左翼文學，三民主義文藝，民族主義文藝，社會主義現實主義與革命浪漫主義文學，以巴金、老舍、曹禺為代表的文學流派，圍繞《現代》雜誌的文學，《論語》派，通俗文學派，等等，都共生一時，共存一地，並不是你方唱罷我登場，而是你中有我，我中有你，互為生存的條件。文學這種審美意識形態，它不像其他實實在在的對象，可以粉碎，可以消失；文學這種東西，即或你把它「消滅」了，它的影響還存在，或許愈消滅愈吃香，愈能流傳。任何一種文學現象（包括思潮，流派，作家作品，刊物社團，等等）只能自生自滅，不可能人為地催生，也不可能人為地取締。像所謂三民主義文藝，它什麼也沒有，也就喊喊，表示它曾經有過聲響，但什麼也沒有留下；如果它都不走失，那才是怪事。《文藝月刊》辦了 12 年，隨形附影，中國文藝社也就存在了十多年，但它幾乎不能說明這是三民主義文藝派的存在。雖然沒有更多的確鑿的材料說明《文藝月刊》到底具體是誰編的，但繆崇群是編輯主力則是沒有問題的。繆崇群本人對左翼文學，對魯迅並不友善，常有攻擊性的言論見諸刊物；但他是不懂政治的人，是無權無勢的人，他因為家庭和身體的原因，寂寞孤獨，心情壓抑，愁苦鬱悶，個別文章近於頹廢。像他這樣的人，以一人之力主編一個大型刊物，只能四平八穩，八方拉稿，以文學為本位。所以他們陣營有人說，這早已不像是同仁刊物了。不像同仁刊物，見不到社團的色彩，聽不到社團的聲音，那麼大浪淘沙，這個社團就無聲無息地走失了，思潮的具象，社團的魂魄，就漸漸地在人們的眼前揮發了。民族主義文藝要熱鬧一些，複雜一些。由官方出錢辦的刊物，或者說官方以不同的方式染指過的，壽命都很短，甚至還不如左聯的刊物；相反，民間籌辦的刊物，其歷史倒要長一些。刊物是思潮、社團的載體，而刊物終歸要受市場的制約。後臺再硬，唱得再好聽，讀者不買你的刊物，一切都白費。所以競爭的最後方式是刊物的質量和特色，是擁有讀者的多少，即刊物的銷行量。政權當然要起作用。國民黨執政當局可以一口氣封閉幾十種左翼色彩的刊物和書店，而三民主義文藝刊物、民族主義文藝刊物，就不會有這種遭遇。但放在歷史長河的天秤上

來稱份量,情形就會是另外的樣子。總而言之,要承認共生現象,這就需要有寬容的胸懷,歷史的視角。凡是存在的,都是合理的。存在過,共生過,這是事實,要承認,並放在同一個天秤上來衡量,用同一把尺子來量。

共處是事實,寬容是心態。

國家圖書館出版品預行編目

國民黨文藝思潮：三民主義文藝與民族主義文藝 /
張大明著. -- 一版. -- 臺北市：秀威資訊
科技, 2009.05
　　面；　　公分. --(語言文學類；PG0246)
BOD 版
ISBN 978-986-221-213-4(平裝)

　1. 中國國民黨　2. 文藝思潮　3. 三民主義　4
. 民族主義

820.908　　　　　　　　　　　98005718

語言文學類　PG0246

國民黨文藝思潮
——三民主義文藝與民族主義文藝

作　　者 / 張大明
主　　編 / 蔡登山
發 行 人 / 宋政坤
執行編輯 / 賴敬暉
圖文排版 / 郭雅雯
封面設計 / 陳佩蓉
數位轉譯 / 徐真玉　沈裕閔
圖書銷售 / 林怡君
法律顧問 / 毛國樑　律師
出版印製 / 秀威資訊科技股份有限公司
　　　　　台北市內湖區瑞光路 583 巷 25 號 1 樓
　　　　　電話：02-2657-9211　　　傳真：02-2657-9106
　　　　　E-mail：service@showwe.com.tw
經 銷 商 / 紅螞蟻圖書有限公司
　　　　　台北市內湖區舊宗路二段 121 巷 28、32 號 4 樓
　　　　　電話：02-2795-3656　　　傳真：02-2795-4100
　　　　　http：//www.e-redant.com

2009 年 5 月　BOD 一版
定價：470 元

讀 者 回 函 卡

感謝您購買本書,為提升服務品質,煩請填寫以下問卷,收到您的寶貴意見後,我們會仔細收藏記錄並回贈紀念品,謝謝!

1.您購買的書名:＿＿＿＿＿＿＿＿＿＿＿＿＿＿＿＿

2.您從何得知本書的消息?

　　□網路書店　□部落格　□資料庫搜尋　□書訊　□電子報　□書店

　　□平面媒體　□ 朋友推薦　□網站推薦 □其他＿＿＿＿＿

3.您對本書的評價:(請填代號　1.非常滿意 2.滿意 3.尚可 4.再改進)

　　封面設計＿＿　版面編排＿＿　內容＿＿　文/譯筆＿＿　價格＿＿

4.讀完書後您覺得:

　　□很有收獲　□有收獲　□收獲不多　□沒收獲

5.您會推薦本書給朋友嗎?

　　□會　□不會,為什麼?＿＿＿＿＿＿＿＿＿＿＿＿＿＿

6.其他寶貴的意見:＿＿＿＿＿＿＿＿＿＿＿＿＿＿＿＿

＿＿＿＿＿＿＿＿＿＿＿＿＿＿＿＿＿＿＿＿＿＿＿＿

＿＿＿＿＿＿＿＿＿＿＿＿＿＿＿＿＿＿＿＿＿＿＿＿

＿＿＿＿＿＿＿＿＿＿＿＿＿＿＿＿＿＿＿＿＿＿＿＿

讀者基本資料

姓名:＿＿＿＿＿＿＿＿＿＿　年齡:＿＿＿＿　性別:□女 □男

聯絡電話:＿＿＿＿＿＿＿＿　E-mail:＿＿＿＿＿＿＿＿

地址:＿＿＿＿＿＿＿＿＿＿＿＿＿＿＿＿＿＿＿＿＿＿

學歷:□高中(含)以下　□高中　□專科學校　□大學

　　　□研究所(含)以上 □其他＿＿＿＿＿＿

職業:□製造業 □金融業 □資訊業 □軍警 □傳播業 □自由業

　　　□服務業 □公務員 □教職　□學生 □其他＿＿＿＿＿

(請沿線對摺寄回,謝謝!)